中國古典文學基本叢書

世説新語箋疏

下册

〔南朝宋〕劉義慶 撰
〔南朝梁〕劉孝標 注
余嘉錫 箋疏

中華書局

巧藝第二十一

1 彈棊始自魏宮内，用妝匳戲[一]。傅玄彈棊賦叙曰：「漢成帝好蹴踘，劉向以謂勞人體，竭人力，非至尊所宜御。乃因其體作彈棊。今觀其道，蹴踘道也。」[二]按玄此言，則彈棊之戲，其來久矣。且梁冀傳云：「冀善彈棊，格五。」而此云起魏世，謬矣。文帝於此戲特妙，用手巾角拂之，無不中。有客自云能，帝使爲之。客著葛巾角，低頭拂棊，妙踰於帝[三]。典論帝自叙曰[四]：「戲弄之事，少所喜，唯彈棊略盡其妙。少時嘗爲之賦[五]。昔京師少工有二焉[六]，合鄉侯、東方世安、張公子[七]，常恨不得與之對也。」博物志曰：「帝善彈棊，能用手巾角。時有一書生，又能低頭以所冠葛巾角撇棊也。」

【校文】

注「常自叙曰」　「常」，景宋本及沈本作「帝」。

【箋疏】

〔一〕李詳云：「詳案：御覽七百五十五引此作『彈碁始自魏文帝宮内裝器戲也』。」沈濤交翠軒筆記一曰：「老學庵筆記『大名龍興寺佛殿有魏宫玉石彈棊局』云云（詳見前）。案吕頤浩燕魏雜記：『北京隆興寺佛殿兩楹簷下有魏宫彈棊局，魏文帝時欵識存焉。王欽臣賦詩云：「鄴城臺榭付塵埃，玉局依然獨未灰。妙手一彈那復得，寶奩當日爲誰開。飄零久已抛紅子，埋没惟斯近紫苔。此藝不傳真可惜，摩挲聊記再看來。」此局因沈積中爲朔漕，進入禁中，不復見矣。』宋時以大名府爲北京，今隆興寺遺址猶存。仲至此詩，宋詩紀事亦失采。」李詳云：「御覽又引彈棊經後序曰：『自後漢沖、質已後，此蓺中絶。至獻帝建安中，曹公執政，禁闌幽密，至於博弈之具，皆不得妄實宫中，宫人因以金釵玉梳戲於粧奩之上，即取類於彈棊也。及魏文帝受禪，宫人所爲，更習彈棊焉。』」嘉錫案：彈棊經後序，此下尚有「故帝與吴季重曰，彈棊間設者也」二句。考魏志王粲傳注引魏略曰：「大將軍西征，太子南在孟津小城，與質書曰『每念昔日南皮之游，誠不可忘。彈棊間設，終以博弈』」云云。「大將軍西征」，文選四十二與朝歌令吴質書注引典略作「大軍西征」，是也。案魏志武帝紀：建安十九年十二月，公至孟津。二十年三月，公西征張魯。曹丕與質書當在此時。南皮之游，又在其前。而後序乃謂「文帝受禪，宫人更習彈棊，故帝與質書」云云，蓋徒欲附會世説彈棊始自魏宫之説，而不知其歲月之不合也。後序有「唐順宗在春宫日」及「長慶末」之語，蓋唐末人所作，其叙漢、魏事絶不可信。恐讀者誤信其説，以爲可以調停世説及劉孝標注，故因審言所引，駁之如此。御覽引藝經曰：「彈棊二人對局，黑白棊各六枚，先列棊相當，下呼上擊之。」嘉錫案：黑白棊各六枚者，一人之棊也。兩人則二十四枚。皇朝事實類苑卷五十二引贊寧要言云：「彈棊或云粧奩戲，不知造者。故有鏇背局，似香奩蓋故也。」贊寧之意，蓋謂棊局有似香奩者，後人因造爲起於魏宮粧奩戲之説，其實非也。

〔二〕嘉錫案：葛洪作西京雜記，託之劉歆云：「成帝好蹴踘，群臣以蹴踘爲勞體，非至尊所宜。帝曰：『朕好之，可擇似而不勞者奏之。』家君作彈棋以獻。帝大悦，賜青羔裘、紫絲履，服以朝覲。」與玄叙小異，余疑其説或出於七略蹴踘新書條下。

〔三〕周亮工書影五曰：「古技藝中所不傳者，彈棊。友人有言秦中一好古家藏有古彈棊局，方二尺，中心高如覆盂，皆與古所傳合，予未之見。然彈棊之法不傳，局即存，無庸也。」老學菴筆記十曰：「呂進伯作考古圖云：『古彈棊局，狀如香爐。蓋謂其中隆起也。李義山詩云：「玉作彈棊局，中心亦不平。」今人多不能解。』以進伯之説觀之，則粗可見，但恨其藝之不傳也。大名龍興寺佛殿有魏宮玉石彈棊局，上有黄初中刻字，政和中取入禁中。」嘉錫案：詩話總龜二十八引古今詩話曰：「彈棋，今人罕爲之。有譜一卷，蓋唐賢所爲。其局方二尺，中心高如覆盂，其巔爲小壺，四角微起。李商隱詩云『玉作彈棋局，中心最不平』，謂其中高也。樂天詩云『彈棋局上事，最妙是長斜』，謂抹角長斜，一發過半局。今譜中具有此法。柳子厚叙：用二十四棊者，即此謂也。」其説較之放翁尤爲詳盡。文帝用手巾角拂之，書生以葛巾角撇棊者，蓋時人皆以手彈之使起，二人獨不用手，所以爲巧。

〔四〕李慈銘云：「案常當是帝字之誤。」

〔五〕藝文類聚七十四、御覽七百五十五均引有魏文帝彈棊賦。

〔六〕「少工」，魏志注作「先工」，當據改。「二焉」，魏志注作「馬」。

〔七〕「世安」，魏志作「安世」。

2 陵雲臺樓觀精巧〔一〕，先稱平衆木輕重，然後造構，乃無錙銖相負揭。臺雖高峻，常隨風摇動，而終無傾倒之理。魏明帝登臺，懼其勢危，别以大材扶持之，樓即穨壞。論者謂輕重力偏故也。洛陽宫殿簿曰：「陵雲臺上壁方十三丈，高九尺。樓方四丈，高五丈。棟去地十三丈五尺七寸五分也。」〔二〕

【箋疏】

〔一〕程炎震云：「水經注十六穀水篇引洛陽記曰：『陵雲臺東有金市。金市北對洛陽壘。』御覽一百七十八引述征記曰：『陵雲臺在明光殿西，高八丈，累塼作道，通至臺上。』則陵雲臺永嘉後猶存。」御覽一百七十八引述征記曰：「陵雲臺在光明殿西，高八丈，累塼作道，通至臺上。登迴迴眺，究觀洛邑，暨南望少室，亦山丘之秀極也。」嘉錫案：臺高八丈，未爲極峻，不稱「陵雲」之名。蓋亦字有脱誤也。洛陽伽藍記一曰：「千秋門内道北有西游園，園中有凌雲臺，即是魏文帝所築者。臺上有八角井。高祖於井北造涼風觀。觀東有靈芝釣臺，累木爲之，出於海中，去地二十丈。風生户牖，雲起梁棟。丹楹刻桷，圖寫列仙。刻石爲鯨魚，背負釣臺。既如從地踴出，又似空中飛下。」案此所謂靈芝釣臺，亦是累木爲之。蓋即規仿陵雲臺。但此釣臺當是北魏高祖所造，非魏文所築。聊並録之，以相參證耳。

〔三〕藝文類聚六十二引楊龍驤洛陽記曰：「陵雲臺高二十三丈，登之見孟津。」此注中「十三丈」上疑脱「二」字。編珠二引洛陽記曰：「凌雲臺高十三丈，鑄五龍飛鳳凰焉。」

3 韋仲將能書〔一〕。魏明帝起殿〔二〕，欲安榜，使仲將登梯題之。既下，頭鬢皓然，因敕兒孫：「勿復學書。」〔三〕文章叙録曰：「韋誕字仲將，京兆杜陵人，太僕端子。有文學，善屬辭。以光禄大夫卒。」〔四〕衛恒四體書勢曰：「誕善楷書，魏宫觀多誕所題。明帝立陵霄觀，誤先釘榜，乃籠盛誕，轆轤長絙引上，使就題之。去地二十五丈，誕甚危懼。乃戒子孫絶此楷法，著之家令。」〔五〕

【箋疏】

〔一〕御覽七百四十七引三輔決録曰：「韋誕字仲將，除武都太守。以書不得之郡，轉侍中。洛陽、鄴、許三都宫觀始就，命誕銘題，以爲永制。以御筆、墨皆不任用，因奏曰：『夫工欲善其事，必先利其器。

用張芝筆、左伯紙及臣墨，兼此三具，又得臣手，然後可以逞徑丈之勢，方寸千言。』」

〔二〕水經穀水注曰：「魏明帝上法太極，于洛陽南宮起太極殿于漢崇德殿之故處。南宮既建，明帝令侍中京兆韋誕以古篆書之。」

〔三〕李治敬齋古今黈六云：「晉書：王獻之爲謝安長史，太極殿新修成，欲使獻之題其榜，難言之。試謂曰：『魏時凌雲殿榜未題而匠者誤釘之，乃使韋仲將懸橙書之。比訖，鬚髮盡白，裁餘氣息。還語子弟，宜絶此法。』獻之揣知其旨，正色曰：『仲將，魏之大臣，寧有此事？使其若此，有以知魏德之不長也。』書法録云：『魏明帝凌雲臺初成，令韋誕題牓，高下異好，就點正之。因危懼，以戒子孫，無爲大字楷法。』王僧虔名書録云：『魏明帝起凌雲臺，誤先釘牓，而未之題。籠盛韋誕，鹿盧引上書之。去地二十五丈，誕甚危懼，乃戒子孫，絶此楷法。』李子曰：魏明帝之爲人，人主中俊健者也。興工造事，必不孟浪。況凌雲殿非小小營構，其爲匠氏者，必極天下之工；其爲將作者，必欲當時之選。樓觀題牓，以人情度之，宜必先定，豈有大殿已成，而使匠石輩遽掛白牓哉？誤釘後書之説，萬無此理。而名書録載之，晉史又載之，是皆好事者之過也。名書録又謂去地二十五丈，以籠盛誕，鹿盧引上書之，果可信耶？書法録言高下異好，令就點定。誕因危懼，以戒子孫。則此説其或有之。晉書又稱誕比書訖，鬚髮盡白。此尤不可信者。前人記周興嗣一夕次千文成，鬚髮盡白，已屬繆妄。而誕之書牓，特茶頃耳，危懼雖甚，安能遽白乎？」嘉錫案：晉書王獻之傳載謝安欲令獻之題牓事，與本書方正篇注所引宋明帝文章志全同，非唐之史臣所能杜撰也。至於魏時起陵雲臺誤先釘榜，乃以鹿盧引韋誕上使書，則不獨晉書言之，法書要録所載王僧虔啟上古來能書人名（與李治所引不同），即世說此條及注引衛恒四體書勢，亦已先言之矣。但或以爲殿，或以爲臺爲觀，互有不同耳。夫陵雲臺觀，萬人屬目，乃竟釘未書之榜，誠非情理所有。然衛恒去韋誕時不遠，又與王僧虔皆世代書家，縱所言不能無少誤，然父師相傳，豈得全無所本乎？李氏竟似未見世說者，可怪也。李所引書法録，不知出何書，其文乃與張懷瓘書斷全同。據其所言，此榜仍是在平地書就，及懸之臺上，方覺其不佳。榜既高大，又已釘牢，取之甚難，故懸誕使上，令就加描潤耳。高下異好，書畫之常。懷瓘此說，必別有所據，足以正從來相傳之失矣。又知誕之戒子孫，乃專令絶大字楷法，並非禁使永不學書也。若夫鬚髮盡白，乃是後來形容過甚之詞，衛恒、王僧虔及廣記所引書法録皆無此說，分別觀之可矣。

〔四〕程炎震云：「魏志二十一劉劭傳注引文章叙録云：『誕，太僕端之子。建安中爲郡上計吏，特拜郎中。稍遷侍中、中書監。以光禄大夫遜位。年七十五，卒於家。』」

〔五〕程炎震云：「晉書三十六恒傳、四體書勢無此文。惟篆書篇云：『韋誕師淳而不及。太和中，誕爲武都太守，以能書留補侍中。魏氏寶器銘題，皆誕書也。』三國志劉劭傳注引同。詳其文意，謂誕善篆書，非謂楷隸也。」

4 鍾會是荀濟北從舅〔一〕，二人情好不協。荀有寶劍，可直百萬，常在母鍾夫人許。

孔氏志怪曰：「勖以寶劍付妻。」會善書，學荀手跡，作書與母取劍，仍竊去不還。世語曰：「會善學人書，伐蜀之役，於劍閣要鄧艾章表，皆約其言。令詞旨倨傲，多自矜伐。艾由此被收也。」荀勖知是鍾而無由得也，思所以報之。後鍾兄弟以千萬起一宅，始成，甚精麗，未得移住。荀極善畫，乃潛往畫鍾門堂，作太傅形象〔二〕，衣冠狀貌如平生。二鍾入門，便大感慟，宅遂空廢。孔氏志怪曰：「于時咸謂勖之報會，過於所失數十倍。彼此書畫，巧妙之極。」

【箋疏】

〔一〕程炎震云：「晉書三十九勖傳：『武帝受禪，改封濟北郡公，固辭爲侯。』」

〔二〕程炎震云：「勖，御覽一百八十又三百四十三引並作深，是也。門堂下有並字，是也。餘同不悉出。」

5 羊長和博學工書，文字志曰：「忱性能草書，亦善行隸，有稱於一時。」能騎射，善圍棊。諸羊後多知書，而射、弈餘蓺莫逮。

6 戴安道就范宣學，中興書曰：「逵不遠千里，往豫章詣范宣，宣見逵，異之，以兄女妻焉。」視范所爲：范讀書亦讀書，范鈔書亦鈔書。唯獨好畫，范以爲無用，不宜勞思於此。戴乃畫南都賦圖；范看畢咨嗟，甚以爲有益，始重畫。

7 謝太傅云：「顧長康畫，有蒼生來所無。」〔一〕續晉陽秋曰：「愷之尤好丹青，妙絶於時。曾以一廚畫寄桓玄，皆其絶者，深所珍惜，悉糊題其前。桓乃發廚後取之，好加理。後愷之見封題如初，而畫並不存，直云：『妙畫通靈，變化而去，如人之登仙矣。』」

【箋　疏】

〔一〕歷代名畫記五引劉義慶世説云：「謝安謂長康曰：『卿畫自生人以來未有也。』又云：『卿畫蒼頡，古來未有也。』」並與今本不合。又引云：「桓大司馬每請長康與羊欣論書畫，竟夕忘疲。」今本亦無此語。名畫記一云：「桓玄性貪好奇，天下法書名畫，必使歸己。及玄篡逆，晉府名迹，玄盡得之。玄敗，宋高祖先使臧喜入宫載焉。」

8 戴安道中年畫行像甚精妙。庾道季看之，語戴云：「神明太俗，由卿世情未盡。」戴云：「唯務光當免卿此語耳。」列仙傳曰：「務光，夏時人也。耳長七寸，好鼓琴，服菖蒲韭根。湯將伐桀，謀於光，光曰：『非吾事也。』湯曰：『伊尹何如？』務光曰：『彊力忍詬，不知其它。』湯克天下，讓於光，光曰：『吾聞無道之世，不踐其土。況讓我乎？』負石自沈於盧水。」〔一〕

【箋　疏】

〔一〕「韭」，名畫記五引作「薤」。「盧水」引作「瀘水」。

9 顧長康畫裴叔則，頰上益三毛。人問其故，顧曰：「裴楷儁朗有識具，正此是其識具。」看畫者尋之，定覺益三毛如有神明，殊勝未安時。愷之歷畫古賢，皆爲之贊也。

10 王中郎以圍棊是坐隱，支公以圍棊爲手談〔一〕。博物志曰：「堯作圍棊，以教丹朱。」語林曰：「王以圍棊爲手談，故其在哀制中，祥後客來，方幅會戲。」〔二〕

【箋　疏】

〔一〕水經注二十二渠水注引語林曰：「王中郎以圍棊爲坐隱，或亦謂之手談，又謂之爲棊聖。」

〔二〕隋書音樂志引沈約奏曰：「檀弓叢雜，又非方幅典誥之書也。」梁書徐勉傳：「嘗爲書誡子崧曰：

『前割西邊，施宣武寺。既失西廂，不復方幅。』」陳書姚察傳：「補東宮學士，宮内所須，方幅手筆，皆付察立草。」南史蕭坦之傳：「帝夜遣内左右，密賂文季，文季不受。帝大怒。坦之曰：『官若詔敕出賜，令舍人主書送往，文季寧敢不受？政以事不方幅，故仰遣耳。』」又豫章王綜傳：「普通四年，爲都督南兗州刺史，頗勤於事，而不見賓客。其辭訟則隔簾理之，方幅出行，垂帷於輿。每云惡人識其面也。」嘉錫案：詳此諸證，則方幅之言，謂事物之正當者耳。另參賢媛篇「周浚作安東時」條。

11 顧長康好寫起人形。續晉陽秋曰：「愷之圖寫特妙。」欲圖殷荆州，殷曰：「我形惡，不煩耳。」顧曰：「明府正爲眼爾。仲堪眇目故也。但明點童子，飛白拂其上，使如輕雲之蔽日。」〔一〕

「日」，一作「月」〔二〕。

【箋疏】

〔一〕歷代名畫記一顧愷之曰：「畫人最難，次山水狗馬，其臺閣，一定器耳，差易爲也。」

〔二〕程炎震云：「晉書九十二愷之傳亦作月。」

12 顧長康畫謝幼輿在巖石裏。人問其所以，顧曰：「謝云：『一丘一壑，自謂過之。』此子宜置丘壑中。」

13 顧長康畫人，或數年不點目精。人問其故，顧曰：「四體妍蚩，本無關於妙處；傳神寫照，正在阿堵中。」〔一〕

【箋疏】

〔一〕書鈔一百五十四引俗説云：「顧虎頭爲人畫扇，作嵇、阮，都不點眼睛，便送還扇主，曰：『點睛便能語也。』」

14 顧長康道：「畫手揮五弦易，目送歸鴻難。」〔一〕

【箋疏】

〔一〕程炎震云：「晉書：『愷之每重嵇康四言詩，因爲之圖。』」嘉錫案：晉書愷之傳云「愷之每重嵇康四言詩，因爲之圖」云云。世說不言作圖，語意不明。文選二十四嵇叔夜贈秀才入軍詩云：「目送歸鴻，手揮五弦，俯仰自得，游心泰玄。」按淮南子俶真訓云：「夫目視鴻鵠之飛，耳聽琴瑟之聲，而心在雁門之間。」叔夜之意，蓋出於此。李善注未引。

寵禮第二十二

1 元帝正會，引王丞相登御牀，王公固辭，中宗引之彌苦。王公曰：「使太陽與萬物同暉，臣下何以瞻仰？」中興書曰：「元帝登尊號，百官陪位，詔王導升御坐，固辭然後止。」

2 桓宣武嘗請參佐入宿，袁宏、伏滔相次而至。莅名，府中復有袁參軍，彥伯疑焉，令傳教更質。傳教曰：「參軍是袁、伏之袁，復何所疑？」

3 王珣、郗超並有奇才，爲大司馬所眷拔。珣爲主簿，超爲記室參軍。超爲人多須，珣狀短小。于時荆州爲之語曰〔一〕：「髯參軍，短主簿，能令公喜，能令公怒。」〔二〕續晉陽秋曰：「超有才能，珣有器望，並爲温所暱。」

【校文】

「多須，珣狀短小」　「須」，景宋本作「鬚」。「珣」下景宋有「行」字，非。沈本有「形」字。

【箋疏】

〔一〕程炎震云：「晉書超傳作『府中語曰』。此荆州字誤。珣弱冠從温，已移鎮姑熟，不在荆州矣。」

〔二〕嘉錫案：此出晉陽秋，見書鈔六十九引。

4　許玄度停都一月，劉尹無日不往，乃歎曰：「卿復少時不去，我成輕薄京尹！」語林曰：「玄度出都，真長九日十一詣之，曰：『卿尚不去，使我成薄德二千石。』」

5　孝武在西堂會，伏滔預坐。還，下車呼其兒，兒，即系也。丘淵之文章録曰：「系字敬魯，仕至光禄大夫。」〔一〕語之曰：「百人高會，臨坐未得他語，先問：『伏滔何在？在此不？』〔二〕此故未易得。爲人作父如此，何如？」

【箋　疏】

〔一〕程炎震云：「晉書九十二滔傳系作系之。」李詳云：「詳案：晉書伏滔傳載滔子系之，與劉注異。」

〔二〕李慈銘云：「案臨上當有脱字。晉書伏滔傳作『百人高會，天子先問伏滔在坐不？』」

6　卞範之爲丹陽尹，羊孚南州暫還，往卞許，云：「下官疾動不堪坐。」卞便開帳拂褥，羊徑上大牀，入被須枕。卞回坐傾睞，移晨達莫。羊去，卞語曰：「我以第一理期卿，卿莫負我。」丘淵之文章録曰：「範之字敬祖，濟陰寃句人。祖嵔，下邳太守。父循，尚書郎。桓玄輔政，範之遷丹陽尹。玄敗，伏誅。」

任誕第二十三〔一〕

【箋　疏】

〔一〕嘉錫案：國於天地，必有興立。管子曰：「四維不張，國乃滅亡。」自古未有無禮義，去廉恥，而能保國長世者。自曹操求不仁不孝之人，而節義衰；自司馬昭保持阮籍，而禮法廢。波靡不返，舉國成風，紀綱名教，蕩焉無存。以馴致五胡之亂，不惟亡國，且幾亡種族矣。君子見微而知著，讀世説任誕之篇，亦千古之殷鑒也。文選四十九干寶晉紀總論曰：「風俗淫僻，恥尚失所，學者以老、莊爲宗，而黜六經；談者以虛薄爲辯，而賤名檢；行身者以放濁爲通，而狹節信。」又曰：「觀阮籍之行，而覺禮教崩弛之由。」又曰：「民風國勢如此，雖以中庸之才，守文之主治之，辛有必見之於祭祀，季札必得之於聲樂，范燮必爲之請死，賈誼必爲之痛哭。又況我惠帝以蕩蕩之德臨之哉！」李善注引王隱晉書曰：「貴游子弟，多祖述於阮籍，同禽獸爲通。」抱朴子外篇刺驕篇曰：「世人聞戴叔鸞、阮嗣宗傲俗自放，見謂大度，而不量其材力非傲生之匹，而慕學之。或亂項科頭，或裸袒蹲夷，或濯腳於稠衆，或溲便於人前，或停客而獨食，或行酒而止所親。此蓋左衽之所爲，非諸夏之快事也。昔辛有見被髮而祭者，知戎之將熾。余觀懷、愍之世，俗尚驕褻，夷虜自遇，其後羌胡猾夏，侵掠上京，及悟斯事，乃先著之妖怪也。」戴叔鸞即後漢逸民傳之戴良，見後「阮籍當葬母」條。全晉文三十五應詹上疏陳便宜曰：「元康以來，賤經尚道。以玄虛宏放爲夷達，以儒術清儉爲鄙俗。望白署空，顯以台衡之望；尋文謹案，目以蘭薰之器。永嘉之弊，未必不由此也。」

1 陳留阮籍、譙國嵇康、河内山濤，三人年皆相比，康年少亞之。預此契者：沛國劉伶、陳留阮咸、河内向秀、琅邪王戎。七人常集于竹林之下〔一〕，肆意酣暢，故世謂「竹林七賢」〔二〕。晉陽秋曰：「于時風譽扇于海內，至于今詠之。」

【箋疏】

〔一〕程炎震云：「阮以漢建安十五年庚寅生，山以建安二十年乙未生，少阮五歲。嵇以魏黃初四年癸卯生，少阮十三歲。王戎以魏青龍二年甲寅生，蓋於七人中最後死也。沈約七賢論曰：『仲容年齒不懸，風力粗可。』」

〔二〕程炎震云：「文選卷二十一五君詠注引魏氏春秋曰：『康寓居河內之山陽縣，與河內向秀友善，遊於竹林。』水經注卷九清水篇曰：『長泉水出白鹿山，東南伏流，逕十三里，重源濬發於鄧城西北，世亦謂之重泉也。又逕七賢祠東，左右筠篁列植，冬夏不變貞萋，向子期所謂「山陽舊居」也。後人立廟於其處。廟南又有一泉，東南流注於長泉水。郭緣生述征記所云「嵇公故居，時有遺竹」也。』御覽一百八十引述征記曰：『山陽縣城東北二十里，魏中散大夫嵇康園宅，今悉爲田墟，而父老猶謂嵇公竹林，時有遺竹也。』」

2 阮籍遭母喪〔一〕，在晉文王坐進酒肉。司隸何曾亦在坐，晉諸公贊曰：「何曾字穎考，陳郡陽夏人。父夔，魏太僕。曾以高雅稱，加性仁孝，累遷司隸校尉。用心甚正，朝廷師之。仕晉至太宰。」〔二〕曰：「明公方以孝治天下，而阮籍以重喪，顯於公坐飲酒食肉，宜流之海外，以正風教。」文王曰：「嗣宗毁頓如此，君不能共憂之，何謂？且有疾而飲酒食肉，固喪禮也！」籍飲噉不輟，神色自若〔三〕。干寶晉紀曰：「何曾嘗謂阮籍曰：『卿恣情任性，敗俗之人也。今忠賢執政，綜核名實，若卿之徒，何可長也！』復言之於太祖，籍飲噉不輟。故魏、晉之間，有被髮夷傲之事、背死忘生之人，反謂行禮者，籍爲之也。」魏氏春秋曰：「籍性至孝，居喪雖不率常禮，而毁幾滅性。然爲文俗之士何曾等深所讐疾。大將軍司馬昭愛其通偉，而不加害也。」

【校　文】

注「加性仁孝」　「加」，沈本作「天」。

注「師之」　「師」，景宋本作「憚」。

【箋　疏】

〔一〕程炎震云：「晉書三十三曾傳：『嘉平中爲司隸校尉，積年遷尚書。正元中爲鎮北將軍。』則嗣宗喪母，亦當在嘉平中，時年四十餘，昭未輔政。籍傳叙於文帝讓九錫後，誤。」

〔二〕晉書曾傳言：「曹爽專權，宣帝稱疾，曾亦謝病。爽誅，乃起視事。魏帝之廢也，曾預其謀焉。」是曾乃司馬氏之死黨。

〔三〕避暑録話上云：「阮籍既爲司馬昭大將軍從事，聞步兵廚酒美，復求爲校尉。史言雖去職，常游府内，朝宴必與。以能遺落世事爲美談。以吾觀之，此正其詭譎，佯欲遠昭而陰實附之。故示戀戀之意，以重相諧結。不然，籍與嵇康當時一流人物也，何禮法之士疾籍如仇，昭則每爲保護，康乃遂至於殺身？籍何以獨得於昭如是耶？至勸進之文，真情乃見。籍著大人論，比禮法士如群蝨之處裩中。吾謂籍附昭乃裩中之蝨，但偶不遭火焚耳。使王淩、毌丘儉等一得志，籍尚有噍類哉？」嘉錫案：觀阮籍詠懷詩，則籍之附昭，或非其本心。然既已懼死而畏勢，自匿於昭，爲昭所親愛。又見高貴鄉公之英明，大臣諸葛誕等之不服，鑒於何晏等之以附曹爽而被殺，恐一旦司馬氏事敗，以逆黨見誅。故沈湎於酒，陽狂放誕，外示疏遠，以避禍耳。後人謂籍之自放禮法之外，端爲免司馬昭之猜忌及鍾會輩之讒毁，非也。使籍果不附昭，以昭之奸雄，豈不能燭其隱而遽爲所瞞，從而保護之，且贊其至慎，憂其毁頓也哉？觀其於高貴鄉公時，一醉六十日以拒司馬昭之求婚。逮高貴鄉公已被弒，諸葛誕已死，昭之篡形已成，遂爲之草勸進文，籍之情可以見矣。世之論籍者，惟葉氏爲得之。然王淩、毌丘儉之死，在懿及師時，非昭所殺。葉説亦有誤。又案：此出王隱晉書，見書鈔六十一。亦出干寶晉紀，見文選集注八十八嵇叔夜與山巨源絶交書注。

3 劉伶病酒，渴甚，從婦求酒。婦捐酒毁器，涕泣諫曰：「君飲太過，非攝生之道，必宜斷之！」伶曰：「甚善。我不能自禁，唯當祝鬼神，自誓斷之耳！便可具酒肉。」婦曰：「敬聞命。」供酒肉於神前，請伶祝誓。伶跪而祝曰：「天生劉伶，以酒爲名〔一〕，一飲一斛，五斗解酲。毛公注曰：「酒病曰酲。」婦人之言，愼不可聽。」便引酒進肉，隗然已醉矣。見竹林七賢論。

【箋疏】

〔一〕黄生義府下曰：「世説：『天生劉伶，以酒爲名。』古名、命二字通用，謂以酒爲命也。孟子：『其間必有名世者。』漢楚元王傳作『命世』。此二字通用之證。」

4 劉公榮與人飲酒，雜穢非類，人或譏之。答曰：「勝公榮者，不可不與飲；不如公榮者，亦不可不與飲；是公榮輩者，又不可不與飲。」故終日共飲而醉。劉氏譜曰：「昶字公榮，沛國人。」晉陽秋曰：「昶爲人通達，仕至兖州刺史。」

5 步兵校尉缺，廚中有貯酒數百斛，阮籍乃求爲步兵校尉。文士傳曰：「籍放誕有傲世情，不樂仕宦。晉文帝親愛籍，恒與談戲，任其所欲，不迫以職事。籍常從容曰：『平生曾遊東平，樂其土風，願得爲東平太守。』文帝説，從其意。籍便騎驢徑到郡，皆壞府舍諸壁障，使内外相望，然後教令清寧。十餘日，便復騎驢去。後聞步兵廚中有酒三百石，忻然求爲校尉。於是入府舍，與劉伶酣飲。」竹林七賢論又云：「籍與伶共飲步兵廚中，並醉而死。」此好事者爲之言。籍景元中卒，而劉伶太始中猶在〔一〕。

【箋疏】

〔一〕程炎震云：「晉書伶傳云：『泰始初，對策罷，以壽終。』」

6 劉伶恒縱酒放達，或脱衣裸形在屋中，人見譏之。伶曰：「我以天地爲棟宇，屋室爲幝衣，諸君何爲入我幝中？」鄧粲晉紀曰：「客有詣伶，值其裸袒，伶笑曰：『吾以天地爲宅舍，以屋宇爲幝衣，諸君自不當入我幝中，又何惡乎？』其自任若是。」

7 阮籍嫂嘗還家，籍見與別。或譏之，曲禮：「嫂叔不通問。」故譏之。籍曰：「禮豈爲我輩設也？」

8 阮公鄰家婦有美色，當壚酤酒。阮與王安豐常從婦飲酒，阮醉，便眠其婦側。夫始殊疑之，伺察，終無他意。王隱晉書曰：「籍鄰家處子有才色，未嫁而卒。籍與無親，生不相識，往哭，盡哀而去。其達而無檢，皆此類也。」

【校　文】

注「往哭」「哭」下沈本有「之」字。

9 阮籍當葬母，蒸一肥豚，飲酒二斗，然後臨訣〔一〕，直言：「窮矣！」都得一號，因吐血，廢頓良久〔二〕。鄧粲晉紀曰：「籍，母將死，與人圍棋如故，對者求止，籍不肯，留與決賭。既而飲酒三斗，舉聲一號，嘔血數升，廢頓久之。」

【校　文】

「直言」「言」沈本作「云」。

【箋　疏】

〔一〕嘉錫案：居喪而飲酒食肉，起於後漢之戴良。故抱朴子以良與嗣宗並論。良事已見德行篇「王戎、和嶠條」下。

〔三〕李慈銘云：「案父母之喪，苟非禽獸，無不變動失據。阮籍雖曰放誕，然有至慎之稱。文藻斐然，性當不遠。且仲容喪服追婢，遂爲清議所貶，沈淪不調。阮簡居喪偶黍臛，亦至廢頓，幾三十年。嗣宗晦迹尚通，或者居喪不能守禮，何至聞母死而留棋決賭，臨葬母而飲酒烹豚？天地不容，古所未有。此皆元康之後，八達之徒，沈溺下流，妄誣先達，造爲悖行，崇飾惡言，以籍風流之宗，遂加荒唐之論。争爲梟獍，坐致羯胡率獸食人，掃地都盡。鄧粲所紀，世説所販，深爲害理，貽誤後人。有志名教者，亟當辭而闢之也。」嘉錫案：以空言翻案，吾所不取。籍之不顧名教如此，而不爲清議所廢棄者，賴司馬昭保持之也。觀何曾事自見。

10 阮仲容、咸也。步兵居道南〔一〕，諸阮居道北。北阮皆富，南阮貧。七月七日，北阮盛曬衣〔二〕，皆紗羅錦綺。仲容以竿掛大布犢鼻褌於中庭〔三〕。人或怪之，答曰：「未能免俗，聊復爾耳！」竹林七賢論曰：「諸阮前世皆儒學，善居室，唯咸一家尚道棄事，好酒而貧。舊俗：七月七日，法當曬衣，諸阮庭中，爛然錦綺。咸時總角，乃竪長竿，掛犢鼻褌也。」

【箋疏】

〔一〕李慈銘云：「案阮籍爲步兵校尉，阮咸未嘗爲此官。此條阮仲容下『步兵』二字蓋衍。後人或疑仲容、步兵連文，是並舉咸、籍二人。故晉書阮咸傳遂云：『咸與籍居道南。』蓋即本世說之文。然臨川如果並舉咸、籍，則籍當先咸，而云『仲容步兵』，成何文理？且下但言掛幝，何須連及嗣宗？注引七賢論，亦無籍事。又孝標於下條注曰：『籍也』，而於此無注。則原本無此二字可知。唐修晉書，多本世說，而咸傳載此，乃有咸與籍之文。則爾時世說已誤也。」

〔二〕御覽卷三十一引韋氏月録曰：「七月七日曬曝革裘，無虫。」又引崔寔四民月令曰：「七月七日暴經書及衣裳，習俗然也。」全唐詩沈佺期七夕曝衣篇自注引王子陽園苑疏云：「太液池邊有武帝閣，帝至七月七日夜，宮女出后衣曝之。」

〔三〕養新録四曰：「史記司馬相如傳：『相如自著犢鼻褌。』韋昭曰：『今三尺布作，形如犢鼻矣。』案廣雅：『衳襣，幝也。幝無襠者謂之䘹。䘹，度没反。』說文無䘹字，當爲突，即犢鼻也。突、犢聲相近，重言爲犢鼻，單言爲突。後人又加衣旁耳。」

11 阮步兵籍也。喪母，裴令公楷也。往弔之〔一〕。阮方醉，散髮坐牀，箕踞不哭。裴至，下席於地，哭弔唁畢，便去〔二〕。或問裴：「凡弔，主人哭，客乃爲禮。阮既不哭，君何爲哭？」裴曰：「阮方外之人，故不崇禮制；我輩俗中人，故以儀軌自居。」時人歎爲兩得其中。名士傳曰：「阮籍喪親，不率常禮，裴楷往弔之，遇籍方醉，散髮箕踞，旁若無人。楷哭泣盡哀而退，了無異色，其安同異如此。」戴逵論之曰：「若裴公之制弔，欲冥外以護内，有達意也，有弘防也。」

【校　文】

注「制弔」　「制」，景宋本及沈本俱作「致」。

【箋　疏】

〔一〕程炎震云：「阮長於裴且三十歲，宜裴以儀軌自居。然阮喪母在嘉平中，楷時未弱冠，似未必有此事。」又云：「御覽五百六十一引裴楷别傳云：『初陳留阮籍遭母喪，楷弱冠往弔。』」

〔二〕書鈔八十五引裴楷别傳云：「阮籍遭母喪，楷往弔。籍乃離喪位，神氣晏然，縱情嘯詠，旁若無人。楷便率情獨哭，哭畢而退。」

12　諸阮皆能飲酒，仲容至宗人間共集，不復用常桮斟酌，以大甕盛酒〔一〕，圍坐，相向大酌。時有群豬來飲，直接去上〔二〕，便共飲之。

【箋　疏】

〔一〕「甕」，山谷外集注七引作「盆」。

〔二〕程炎震云：「晉書四十九阮咸傳云：『咸直接去其上。』」

13 阮渾長成，風氣韻度似父，亦欲作達。步兵曰：「仲容已預之，卿不得復爾。」竹林七賢論曰：「籍之抑渾，蓋以渾未識己之所以爲達也。後咸兄子簡，亦以曠達自居。父喪，行遇大雪，寒凍，遂詣浚儀令，令爲它賓設黍臛，簡食之，以致清議，廢頓幾三十年。是時竹林諸賢之風雖高，而禮教尚峻，迨元康中，遂至放蕩越禮。樂廣譏之曰：『名教中自有樂地，何至於此！』樂令之言有旨哉！謂彼非玄心，徒利其縱恣而已。」

14 裴成公婦，王戎女。王戎晨往裴許，不通徑前。裴從牀南下，女從北下，相對作賓主，了無異色。裴氏家傳曰：「頠取戎長女。」

15 阮仲容先幸姑家鮮卑婢。及居母喪，姑當遠移，初云當留婢，既發，定將去。仲容借客驢著重服自追之，累騎而返。曰：「人種不可失！」即遥集之母也。竹林七賢論曰：「咸既追婢，於是世議紛然。自魏末沈淪閭巷，逮晉咸寧中，始登王途〔一〕。」阮孚别傳曰：「咸與姑書曰：『胡婢遂生胡兒。』姑答書曰：『魯靈光殿賦曰：「胡人遥集於上楹。」可字曰遥集也。』故孚字遥集。」

【校文】

「定將去」　「定」，沈本作「迺」。

【箋疏】

〔一〕程炎震云：「咸云人種，則孚在孕矣。孚傳云：『年四十九卒』，以蘇峻作逆推之，知是咸和二年。則生於咸寧五年。泰始五年荀勖正樂時，咸已爲中護軍長史、散騎侍郎，而云『咸寧中始登王途』，非也。」

16 任愷既失權勢，不復自檢括。或謂和嶠曰：「卿何以坐視元裒敗而不救？」〔一〕和曰：「元裒如北夏門，拉攞自欲壞，非一木所能支。」〔二〕晉諸公贊曰：「愷字元裒，樂安博昌人。有雅識國幹，萬機大小多綜之。與賈充不平，充乃啟愷掌吏部，又使有司奏愷用御食器，坐免官。世祖情遂薄焉。」

【箋疏】

〔一〕程炎震云：「晉書愷傳云：『賈充遣尚書右僕射高陽王珪奏愷，遂免官。』考武紀，珪爲僕射在太始七年，至十年薨。愷之免官，當在此數年中。和嶠時爲中書令，故人責以不救也。」

〔三〕程炎震云：「北夏門蓋即大夏門。」嘉錫案：晉書地理志：「洛陽北有大夏、廣莫二門。」洛陽伽藍記序曰：「北面西頭，漢曰夏門，魏、晉曰大夏門。嘗造三層樓，去地二十丈。洛陽城門樓皆兩重，惟大夏門甍棟干雲。」和嶠於洛陽十二門獨舉北夏門者，蓋以其最壯麗繁盛也。說文：「拉，摧也。」「攞」字始見集韻八戈及類篇十二上云：「良何切，揀也。」韻會舉要二十哿云：「朗可切，裂也。」均與拉攞之義不相近。此乃六朝俗字，其義則推物使動也。今通作挪。玉篇云：「挪，奴多切，搓挪也。」又見王仁煦切韻及篆隸萬象名義。蓋搓挪則物自移動，二字不知孰爲後起。任愷爲侍中，總門下樞要，管綜既繁，權勢日重，自爲人所側目。加以與賈充不平，充朋黨甚盛，浸潤多端，毁言日至，雖慈母猶不免投杼，況人主乎？嶠與愷親善，武帝所素知。若復以口舌相救，將益爲帝所疑，於事終無所益。蓋愷之必敗，如城門之自壞，非一朝一夕之故矣。故其言如此。

17　劉道真少時，常漁草澤，善歌嘯，聞者莫不留連。有一老嫗，識其非常人，甚樂其歌嘯，乃殺豚進之。道真食豚盡，了不謝。嫗見不飽，又進一豚，食半餘半，迺還之。後爲吏部郎，嫗兒爲小令史，道真超用之。不知所由，問母，母告之。於是齎牛酒詣道真，道真曰：「去！去！無可復用相報。」劉寶，已見。

18 阮宣子常步行，以百錢掛杖頭，至酒店，便獨酣暢。雖當世貴盛，不肯詣也。名士傳曰：「脩性簡任。」

19 山季倫爲荆州〔一〕，時出酣暢。人爲之歌曰：「山公時一醉，徑造高陽池〔二〕。日莫倒載歸，茗艼無所知〔三〕。復能乘駿馬，倒著白接籬〔四〕。舉手問葛彊，何如并州兒？」高陽池在襄陽。彊是其愛將，并州人也。襄陽記曰：「漢侍中習郁於峴山南，依范蠡養魚法作魚池，池邊有高隄，種竹及長楸，芙蓉蔆芡覆水，是遊燕名處也。山簡每臨此池，未嘗不大醉而還，曰：『此是我高陽池也！』襄陽小兒歌之。」

【箋　疏】

〔一〕程炎震云：「晉書四十三本傳：永嘉三年，簡鎮襄陽。」

〔二〕水經注二十八沔水注曰：「沔水逕蔡洲，又與襄陽湖水合。水上承鴨湖，東南流逕峴山西。又東南流，注白馬陂水。又東，入侍中襄陽侯習郁魚池。郁依范蠡養魚法作大陂，陂長六十丈，廣四十步。池中起釣臺。池北亭，郁墓所在也。列植松篁于池側。沔水上，郁所居也。又作石洑，逗引大池水，於宅北作小魚池。池長七十步，廣二十步，西枕大道，東北二邊，限以高隄，楸竹夾植，蓮芡覆水，是遊宴之名處也。山季倫之鎮襄陽，每臨此池，未嘗不大醉而還。」元和郡縣志二十一曰：「襄陽縣習郁池在縣南十四里。」太平寰宇記一百四十五曰：「習郁池在襄陽東十五里。」雞肋編上曰：「余嘗守官襄陽，今州城在峴、萬兩山之間。峴山在東，萬山在西。習池在鳳林寺。山北岸爲漢江所齧，甚邇。數十年之後，當不復見矣。」王世貞宛委餘編八曰：「余過襄陽，城之十餘里爲習家池，不能二畝許，乃是流泉匯而爲池耳。前半里許，俯大江。按水經注『沔水逕蔡洲，與襄陽湖水合』云云。然則今之習池，非復昔之舊矣。又其地高，不可引湖水。」

〔三〕茗艼，水經沔水注及類聚九引襄陽記作「酩酊」。黄生義府下云：「酩酊二字古所無。世説『茗艼無所知』，蓋借用字。今俗云懵懂，即茗艼之轉也。又列子『眠娗諈諉』，張湛注：『眠娗，不開通貌。』詳註義，則眠娗當即讀茗艼。」

〔四〕張淏雲谷雜記二曰：「杜子美詩云『醉把青荷葉，狂遺白接䍦』。王洙注引世説山簡倒著白接䍦事，且云：『接䍦，衫也。』予按郭璞爾雅注云：『白鷺頭翅背上皆有長翰毛，今江東人取以爲睫攡。』又廣韻云：『接䍦，白帽。』而集韻又作䍦及𣯍，亦云『白帽』。李白答人贈烏紗帽云：『領得烏紗帽，全勝白接䍦。』則接䍦爲帽明甚，非衫也。洙誤矣。」爾雅釋鳥郭注曰：「白鷺頭翅背上皆有長翰毛，今江東人取以爲睫攡，名之曰白鷺縗。」郝懿行疏曰：「郭云『江東人取以爲睫攡』者，廣韻云：『接䍦，白帽，即睫攡也。』御覽引此注，正作接攡。」嘉錫案：景宋本御覽六百八十七引郭注及世説實作接離，不作攡及籬也。元李治敬齋古今黈卷十曰：「晉書山簡傳：襄陽人歌曰：『日暮倒載歸。』人説倒載甚多，俱不灑脱。吾以爲倒身于車中，無疑也。言倒即倒卧，言載即其車。可知倒載來歸，既而復能騎駿馬也。蓋歸時以茗艼之故，倒卧車中；比入城，酒稍解，遂能騎馬。雖能騎馬，終被酒困，故倒著白接離也。上倒上聲，下倒去聲，着入聲。」

20 張季鷹縱任不拘，時人號爲「江東步兵」。或謂之曰：「卿乃可縱適一時，獨不爲身後名邪？」答曰：「使我有身後名，不如即時一桮酒！」〔一〕文士傳曰：「翰任性自適，無求當世，時人貴其曠達。」

【校　文】

「獨不爲」　景宋本及沈本無「獨」字。

【箋　疏】

〔一〕明陸樹聲長水日抄曰：「張季鷹因秋風起，思吴中蓴菜鱸魚，幡然曰：『人生貴適志，安能羈宦數千里，以要名爵？』觀其語顧榮曰：『天下紛紛，禍難未已。夫有四海之名者，求退良難。吾本志山林，無望於時。』故託言以去，而或者乃謂之曰：『子獨不爲身後名？』不知翰方逃名當世，何暇計身後名耶？」

21 畢茂世云：「一手持蟹螯，一手持酒桮，拍浮酒池中，便足了一生。」晉中興書曰：「畢卓字茂世，新蔡人〔一〕。少傲達，爲胡毋輔之所知。太興末，爲吏部郎，嘗飲酒廢職。比舍郎釀酒熟，卓因醉，夜至其甕間取飲之。主者謂是盜，執而縛之，知爲吏部也，釋之。卓遂引主人燕甕側，取醉而去。温嶠素知愛卓，請爲平南長史，卒。」

【箋　疏】

〔一〕程炎震云：「晉書卓傳云：新蔡鮦陽人。」

22 賀司空入洛赴命，爲太孫舍人〔一〕。經吴閶門，在船中彈琴。張季鷹本不相識，先在金閶亭，聞絃甚清，下船就賀，因共語。便大相知説。問賀：「卿欲何之？」賀曰：「入洛赴命，正爾進路。」張曰：「吾亦有事北京，因路寄載。」便與賀同發。初不告家，家追問迺知。

【箋　疏】

〔一〕程炎震云：「晉書六十八循傳作『太子舍人』，是愍懷太子也。永康元年，愍懷廢死，後立其子爲皇太孫，太子官屬即轉爲太孫官屬。」

23 祖車騎過江時，公私儉薄，無好服玩。王、庾諸公共就祖，忽見裘袍重疊，珍飾盈列，諸公怪問之。祖曰：「昨夜復南塘一出。」祖于時恒自使健兒鼓行劫鈔，在事之人，亦容而不問〔一〕。晉陽秋曰：「逖性通濟，不拘小節。又賓從多是桀黠勇士，逖待之皆如子弟。永嘉中，流民以萬數，揚土大饑，賓客攻剽，逖輒擁護全衛〔二〕，談者以此少之〔三〕，故久不得調。」

【箋　疏】

〔一〕此條有敬胤注。

〔二〕程炎震云：「晉書逖傳：『逖撫慰之曰：「比復南塘一出不？」或爲吏所繩，逖輒擁護救解之。』蓋用晉陽秋語而較詳，於事爲合。如世説所云，則土雅自行劫矣。」

〔三〕嘉錫案：賓客攻剽，而逖擁護之者，此古人使貪使詐之術也。孟嘗君以雞鳴狗盜之徒爲食客，亦是此意。談者少之，遂歸罪於逖，以爲自使健兒劫鈔矣。

24 鴻臚卿孔群好飲酒。王丞相語云：「卿何爲恒飲酒？不見酒家覆瓿布，日月糜爛？」〔一〕群曰：「不爾，不見糟肉，乃更堪久？」群嘗書與親舊：「今年田得七百斛秫米，不了麴糵事。」群已見上。

【箋　疏】

〔一〕程炎震云：「晉書群傳：日月下有久字。」

25 有人譏周僕射與親友言戲，穢雜無檢節。鄧粲晉紀曰：「王導與周顗及朝士詣尚書紀瞻觀伎。瞻有愛妾，能爲新聲。顗於衆中欲通其妾，露其醜穢，顏無怍色。有司奏免顗官，詔特原之。」周曰：「吾若萬里長江，何能不千里一曲！」〔一〕

【箋　疏】

〔一〕嘉錫案：伯仁名德，似不宜有此。然魏、晉之間，蔑棄禮法，放蕩無檢，似此者多矣。御覽八百四十五引典論曰：「孝靈末，常侍張讓子奉爲太醫令，與人飲，輒去衣露形，爲戲樂也。」可見此風起於漢末。本書德行篇曰：「王平子、胡毋彦國諸人皆以任放爲達，或有裸體者。」注引王隱晉書曰：「魏末阮籍嗜酒荒放，露頭散髮，裸袒箕踞。其後貴游子弟阮瞻、王澄、謝鯤、胡毋輔之之徒皆祖述於籍，謂得大道之本。故去巾幘，脱衣服，露醜惡，同禽獸。甚者名之爲通，次者名之爲達也。」伯仁與瞻等同時，不免名士習氣，故其舉動相同。特因其死在瞻等之後，晚年名德日重，故不與諸人同科耳。或謂諸人雖裸袒，不過朋友作達，何至衆中欲通人妾？不知王隱謂瞻等露醜惡，同禽獸，則亦何所不至！且此自是當時風氣，亦不獨瞻等爲然也。抱朴子疾謬篇曰：「輕薄之人，迹廁高深。交成財贍，名位粗會，便背禮叛教，託云率任。才不逸倫，强爲放達。以傲兀無檢者爲大度，以惜護節操爲澀少。於是臘鼓垂，無賴之子，白醉耳熱之後，結黨合群，遊不擇類，攜手連袂，以遨以集。入他堂室，觀人婦女，指玷修短，評論美醜。或有不通主人，便共突前，嚴飾未辦，不復窺聽。犯門折關，踰垝穿隙，有似抄刼之至也。其或妾媵藏避不及，至搜索隱僻，就而引曳，亦怪事也。然落拓之子，無骨骾而好隨俗者，以通此者爲親密，距此者爲不恭。於是要呼憒雜，入室視妻，促膝之狹坐，交杯觴於咫尺。絃歌淫冶之音曲，以誂文君之動心。載號載呶，謔戲醜褻。窮鄙極黷，爾乃笑（此句疑脱一字）。亂男女之大節，蹈相鼠之無儀。然而俗習行慣，皆曰此乃京城上國公子王孫貴人所共爲也。」沈約宋書五行志一亦曰：「晉惠帝元康中，貴游子弟相與爲散髮倮身之飲，對弄婢妾。逆之者傷好，非之者負譏。希世之士，恥不與焉。蓋胡翟侵中國之萌也。豈徒伊川之民，一被髮而祭者乎？」二書之言，雖詳略不同，而曲折相合，知當時之風氣如此。伯仁大節無虧而言戲穢雜，蓋習俗移人，賢者不免。以彼任率之性，又好飲狂藥，昏醉之後，亦復何所不至？固不可以一眚掩其大德，亦不必曲爲之辯，以爲必無此事也。

26 温太真位未高時，屢與揚州、淮中估安樗蒱，與輒不競。嘗一過，大輸物，戲屈，無因得反。與庾亮善，於舫中大喚亮曰：「卿可贖我！」庾即送直，然後得還。經此數四。中興書曰：「嶠有儁朗之目，而不拘細行。」

27 温公喜慢語，卞令禮法自居。卞壼別傳曰：「壼正色立朝，百寮嚴憚，貴遊子弟，莫不祗肅。」至庾公許，大相剖擊。温發口鄙穢，庾公徐曰：「太真終日無鄙言。」重其達也。

28 周伯仁風德雅重，深達危亂。過江積年，恒大飲酒。嘗經三日不醒，時人謂之「三日僕射」〔一〕。晉陽秋曰：「初，顗以雅望，獲海内盛名，後屢以酒失。庾亮曰：『周侯末年，可謂鳳德之衰也。』」語林曰：「伯仁正有姊喪，三日醉，姑喪，二日醉，大損資望。每醉，諸公常共屯守。」

【校文】

「雅重」　北堂書鈔五十九引作「雅凝」。

【箋　疏】

〔一〕晏殊類要二十八引作「顛常醉，及渡江，三日醒。」馬國翰語林輯本注曰：「御覽四百九十七引『周伯仁過江恒醉，止有姊喪三日醒，姑喪三日醒也』。案劉（孝標）引當與御覽同。後人以世説有三日不醒語，遂改兩醒字爲兩醉字。止訛爲正，三訛爲二耳。」嘉錫案：御覽所引，於文理事情，皆較世説注爲協。馬説是也。南史陳慶之傳載慶之子暄與兄子秀書云「昔周伯仁度江，唯三日醒，吾不以爲少」云云。正是用語林，可以爲證。

29 衛君長爲温公長史，温公甚善之。每率爾提酒脯就衛，箕踞相對彌日。衛往温許亦爾。衛永，已見。

30 蘇峻亂，諸庾逃散。庾冰時爲吴郡，單身奔亡〔一〕，民吏皆去，唯郡卒獨以小船載冰出錢塘口，蘧篨覆之〔二〕。時峻賞募覓冰，屬所在搜檢甚急。卒捨船市渚，因飲酒醉還，舞棹向船曰：「何處覓庾吴郡？此中便是。」冰大惶怖，然不敢動。監司見船小裝狹，謂卒狂醉，都不復疑。自送過淛江，寄山陰魏家，得免。中興書曰：冰爲吴郡，蘇峻作逆，遣軍伐冰，冰棄郡奔會稽。後事平，冰欲報卒，適其所願。卒曰：「出自廝下，不願名器。少苦執鞭，恒患不得快飲酒，使其酒足餘年畢矣，無所復須。」冰爲起大舍，市奴婢，使門内有百斛酒，終其身。時謂此卒非唯有智，且亦達生。

【箋疏】

〔一〕程炎震云：「咸和二年二月，庾冰奔會稽。」

〔二〕李詳云：「詳案：説文：『籧篨，粗竹席也。』通鑑九十四作蘧篨。胡注：『從草者，今蘆蕟也。』案古人從艸從竹之字互用，胡氏亦望文生義耳。其實竹席、蘆席，皆可覆之。」嘉錫案：方言五曰：「簟，宋、魏之間謂之笙，或謂之籧苗。自關而西，或謂之簟，或謂之筕，其粗者謂之籧篨。自關而東，或謂之蓋掞。」郭注曰：「江東呼籧篨爲蕟，音廢。」

31 殷洪喬作豫章郡〔一〕，殷氏譜曰：「羨字洪喬，陳郡人〔二〕。父識，鎮東司馬。羨仕至豫章太守。」臨去，都下人因附百許函書。既至石頭〔三〕，悉擲水中，因祝曰：「沈者自沈，浮者自浮，殷洪喬不能作致書郵。」〔四〕

【箋疏】

〔一〕程炎震云：「羨於咸康中爲長沙，見庾翼傳。作豫章未知何時，蓋亦成帝時。」

〔二〕書鈔一百三引語林作「郡下人」。御覽五百九十五作「郡人」。

〔三〕能改齋漫録九曰：「汪藻彦章爲江西提學，作石頭驛記云：『自豫章絶江而西，有山屹然。並江西出，曰石頭渚。世以爲殷洪喬投書之地。今且千載，而洪喬之名與此山俱傳。』然則石頭之名，汪彦章徇流俗之失，竟以爲洪喬投書之地，失之矣。予嘗考之，蓋江南有兩石頭：鍾山龍蟠，石頭虎踞，與夫王敦、蘇峻之所據者，此隸乎金陵者也。余孝頃與蕭勃即石頭作兩城，二子各據其一，此豫章之石頭也。洪喬爲豫章太守，都下人士因其行，致書百餘函，次石頭皆投之。蓋金陵晉室所都，都下人士以羨出守，故因書以附之。投之石頭，謂羨出都而投，而非抵豫章而投也。後人以羨嘗守豫章，而豫章適有石頭，故因石頭之名號投書渚矣。」嘉錫案：此事原有二説。世説及今晉書殷浩傳均作都下人附書。羨既不肯爲人作致書郵，則不必攜至豫章而後擲之水中。吴曾以爲是金陵之石頭，固自有理。然御覽七十一引晉書曰：「殷羨建元中爲豫章太守。去郡，郡人多附書一百餘封。行至江西石頭渚岸，以書擲水中，故時人號爲投書渚。」是附書者，乃豫章郡人，而非都下人士。且明明指爲江西石頭渚矣。寰宇記一百六載其事於洪州南昌縣石頭渚條下，並不始於汪彦章。吴曾之説知其一，未知其二也。世説此條本之語林。書鈔、御覽引語林，均作「郡人附書」。疑世説都字爲傳寫之譌。唐史臣不覺其誤，反據以改舊晉書，所謂郢書而燕説之也。景定建康志十九云：「投書渚，今在城西。」是亦以爲金陵之石頭。而所引晉史，仍作「殷羨去郡，人多附書」。則又兩失之矣。説郛卷五十引豫章古今記曰：「石頭津在郡江之西岸，亦名沈書浦。晉殷羨字洪喬，爲豫章太守。臨去，因附書百封，羨將至石頭沈之。内有囑托事，擲於水中曰：『有事者沈，無事者浮。』故名焉。」

〔四〕嘉錫案：此出語林，見御覽五百九十五引。

32　王長史、謝仁祖同爲王公掾。王濛别傳曰：「丞相王導辟名士時賢，協贊中興。旌命所加，必延俊乂，辟濛爲掾。」長史云：「謝掾能作異舞。」謝便起舞，神意甚暇。晉陽秋曰：「尚性通任，善音樂。」語林曰：「謝鎮西酒後，於槃案間，爲洛市肆工鴝鵒舞，甚佳。」王公熟視，謂客曰：「使人思安豐。」戎性通任，尚類之。

33　王、劉共在杭南〔一〕，酣宴於桓子野家。伊，已見。謝鎮西往尚書墓還，葬後三日反哭。諸人欲要之，初遣一信，猶未許，然已停車。重要，便回駕。諸人門外迎之，把臂便下，裁得脱幘，著帽酣宴。半坐，乃覺未脱衰。尚書，謝裒，尚叔也。已見。宋明帝文章志曰：「尚性輕率，不拘細行。兄葬後，往墓還。王濛、劉惔共遊新亭，濛欲招尚，先以問惔曰：『計仁祖正當不爲異同耳。』惔曰：『仁祖韻中自應來。』乃遣要之。尚初辭，然已無歸意。及再請，即回軒焉。其率如此。」

【校　文】

注「尚初辭」下　沈本有「不往」二字。

【箋　疏】

〔一〕程炎震云：「杭，朱雀桁也。」

34　桓宣武少家貧，戲大輸，債主敦求甚切，思自振之方，莫知所出。陳郡袁耽，俊邁多能。袁氏家傳曰：「耽字彥道，陳郡陽夏人，魏郎中令渙曾孫也。魁梧爽朗，高風振邁，少倜儻不羈，有異才，士人多歸之。仕至司徒從事中郎。」宣武欲求救於耽，耽時居艱，恐致疑，試以告焉。應聲便許，略無嫌吝。遂變服懷布帽隨温去，與債主戲。耽素有蓺名，債主就局，曰：「汝故當不辨作袁彥道邪？」遂共戲。十萬一擲，直上百萬數。投馬絶叫〔一〕，傍若無人，探布帽擲對人曰：「汝竟識袁彥道不？」〔二〕郭子曰：「桓公樗蒱，失數百斛米，求救於袁耽。耽在艱中，便云：『大快。我必作采，卿但大喚。』即脱其衰，共出門去。覺頭上有布帽，擲去，著小帽。既戲，袁形勢呼祖，擲必盧雉，二人齊叫，敵家頃刻失數

百萬也。」〔三〕

【校　文】

「慊吝」　景宋本作「嫌恡」。「慊」，沈本作「嫌」。

注「少倜儻不羈，有異才」　沈本作「少有異才，倜儻不羈」。

【箋　疏】

〔一〕吴承仕曰：「投馬之馬，當即今所謂籌馬歟？」

〔二〕程炎震云：「晉書八十三耽傳云：『其通脱若此。』」

〔三〕嘉錫案：御覽七百五十四引郭子曰：「桓公年少至貧，嘗樗蒱，失數百斛米。齒既惡，意亦沮，自審不復振，乃請救於袁彦道。桓具以情告，袁欣然無忤，便即俱去門，云『我不但拔卿，要爲卿破之，我必作快齒，卿但快唤』云云。」較此注所引，互有詳略。

35 王光禄云：「酒，正使人人自遠。」光禄，王蘊也。續晉陽秋曰：「蘊素嗜酒，末年尤甚。及在會稽，略少醒日。」

36 劉尹云：「孫承公狂士，每至一處，賞翫累日，或回至半路卻返。」中興書曰：「承公少誕任不羈，家於會稽，性好山水。及求鄞縣，遺心細務，縱意遊肆，名阜盛川，靡不歷覽。」

37 袁彥道有二妹：一適殷淵源，一適謝仁祖。袁氏譜曰：「躭大妹名女皇，適殷浩。小妹名女正，適謝尚。」語桓宣武云：「恨不更有一人配卿。」

38 桓車騎在荆州，張玄爲侍中，使至江陵，路經陽岐村〔一〕，村臨江，去荆州二百里。俄見一人，持半小籠生魚，徑來造船云：「有魚，欲寄作膾。」張乃維舟而納之。問其姓字，稱是劉遺民〔二〕。中興書曰：「劉驎之，一字遺民。」已見。張素聞其名，大相忻待。劉既知張銜命，問：「謝安、王文度並佳不？」張甚欲話言，劉了無停意。既進膾，便去，云：「向得此魚，觀君船上當有膾具，是故來耳。」於是便去。張乃追至劉家，爲設酒，殊不清旨。張高其人，不得已而飲之。方共對飲，劉便先起，云：「今正伐荻，不宜久廢。」張亦無以留之。

【校文】

「無停意」　「停」，渚宮舊事引作「留」。

「方共對飲」　「共」，渚宮舊事引作「欲」。

【箋　疏】

〔一〕水經注三十五云：「江水又右逕陽岐山北，山枕大江。」寰宇記一百四十六云：「陽岐山在石首縣西一百步。」程炎震云：「舊唐書地理志：『石首縣顯慶元年移治陽岐山下。』御覽四十九引荆南記云：『石首縣陽岐山，山無所出，不足可書。本屬南平界。』又引范元年記云：『故老相承云：胡伯始以本縣境無山，此山上計偕簿。』按此山當有脱文，今姑仍之。」

〔二〕李慈銘云：「案史通雜説上史記篇注云：『劉遺民、曹纘皆於檀氏春秋有傳。』今晉書則了無其名。宋書周續之傳言彭城劉遺民遁迹廬山，與續之及陶淵明稱潯陽三隱。白居易宿西林寺詩注有柴桑令劉遺民。郎瑛七修類稾謂劉遺民名程之。據此注引何法盛書，則遺民是驎之別字，豈柴桑令又一人歟？今晉書劉驎之傳，不言一字遺民。」嘉錫案：此條自「名程之」以上，皆孫志祖之説，見讀書脞録卷三。渚宮舊事五作「問其姓氏，稱劉道岷」。注云：「一云字道民。」案道民、遺民，自是兩人。隋書經籍志云：「梁有老子玄譜一卷，晉柴桑令劉遺民撰，亡。」又云：「梁有柴桑令劉遺民集五卷，録一卷，亡。」經典釋文序録有劉遺民玄譜一卷，注云：「字遺民，彭城人，東晉柴桑令。」廣弘明集三十二有釋慧遠與隱士劉遺民等書，道宣注云：「彭城劉遺民，以晉太元中除宜昌、柴桑二縣令。值廬山靈邃，足以往而不返。丁母憂，去職入山。於西林澗北，別立禪坊，養志閒處。在山一十五年，年五十七。」蓮社高賢傳云：「劉程之字仲思，彭城人。劉裕以其不屈，乃旌其號曰遺民。」據此，則其人雖與劉驎之同時，同號遺民，而其名字、里貫、仕履以及平生事蹟，乃無一同者。其非一人，瞭然易見。棲逸篇注言驎之居陽岐，去道斥近。晉書驎之傳亦言居於陽岐，在官道之側。與此條張玄往江陵，而道經陽岐村者合。然則與玄遇者，自是驎之，與白蓮社中之劉遺民固絶不相干也。御覽五百四引晉中興書曰：「劉驎之字子驥，一字道民。」與此注引作一字遺民者不同。考水經注四十引有劉道民詩。蓋驎之自字道民，後人校世説者但知有廬山之劉遺民，遂妄改爲「遺」耳。又案：蓮社高賢傳，乃宋大觀間沙門懷語據陳舜俞本重修。舜俞原書，見宋本廬山記卷三，題爲十八賢傳。其劉遺民傳云：「劉程之字仲思，彭城聚里人。解褐府參軍。程之既慕遠公名德，欲白首同社，乃録尋陽、柴桑，以爲入山之資。歲滿棄去，結廬西林，蔽以榛莽。義熙間，公侯復辟之，皆不應。後易名遺民。義熙六年庚戌終，春秋五十七。」無劉裕以其不屈，旌其號曰遺民之説。高賢傳之言，疑出傅會。佛祖通載八亦云：「司徒王謐、丞相桓玄、侍中謝混、太尉劉裕咸嘉其賢，欲相推薦。程之力辭。太尉亦以其志不屈，與群公議遺民之號旌焉。」與高賢傳同一不可據。

39 王子猷詣郗雍州，中興書曰：「郗恢字道胤，高平人。父曇，北中郎將。恢長八尺，美髭髯，風神魁梧。

烈宗器之，以爲蕃伯之望。自太子左率，擢爲雍州刺史。」雍州在内。見有𣰆㲪〔一〕，云：「阿乞那得此物？」阿乞，恢小字。令左右送還家。郗出見之，王曰：「向有大力者負之而趨。」莊子曰：「夫藏舟於壑，藏山於澤，謂之固矣。然有大力者負之而走，昧者不知也。」郗無忤色。

【校　文】

「𣰆㲪」　「𣰆」，沈本作「毾」。

【箋　疏】

〔一〕李慈銘云：「案𣰆㲪，當作毾㲪。一切經音義引通俗文：『織毛褥曰氍毹，細者謂之毾㲪。』後漢書西域傳注引埤倉：『毾㲪，毛席也。』北堂書鈔引通俗文：『氍毹之細者曰毾㲪。』玉篇：『毾㲪，席也。』集韻：『毾㲪，罽也。』字書、韻書，並無𣰆字。」程炎震云：「𣰆即毾字。玉篇：『毾，他臘切，毾㲪。』後漢書百十八西域傳『天竺國有細布好毾㲪』，注：『毾，它盍反。㲪，音登。』埤蒼：『白毛席也。』廣韻二十八盍：『毾，吐盍切，毾㲪。』又十七登：『㲪，都滕切，毾㲪。㲪，都能切，毾㲪也。』釋名曰：『施之承大牀前，小榻上，以登牀也。』按今本釋名卷六作榻登，賢注所引亦小異。」吴承仕曰：「據此，是𣰆㲪尚希有，故時人珍之。」

40 謝安始出西戲，失車牛，便杖策步歸。道逢劉尹，語曰：「安石將無傷？」謝乃同載而歸。

41 襄陽羅友有大韻，少時多謂之癡。嘗伺人祠，欲乞食，往太蚤，門未開。主人迎神出見，問以非時，何得在此，答曰：「聞卿祠，欲乞一頓食耳。」〔一〕遂隱門側。至曉，得食便退，了無怍容。爲人有記功，從桓宣武平蜀，按行蜀城闕觀宇，内外道陌廣狹，植種果竹多少，皆默記之。後宣武溧洲與簡文集〔二〕，友亦預焉。共道蜀中事，亦有所遺忘，友皆名列，曾無錯漏。宣武驗以蜀城闕簿，皆如其言。坐者歎服。謝公云：「羅友詎減魏陽元！」〔三〕後爲廣州刺史，當之鎮，刺史桓豁語令莫來宿〔四〕。答曰：「民已有前期。主人貧，或有酒饌之費，見與甚有舊，請別日奉命。」征西密遣人察之。至日，乃往荆州門下書佐家，處之怡然，不異勝達。在益州語兒云：「我有五百人食器。」家中大驚。其由來清，而忽有此物，定是二百五十沓烏樏〔五〕。

晉陽秋曰：「友字它仁，襄陽人。少好學，不持節檢。性嗜酒，當其所遇，不擇士庶。又好伺人祠，往乞餘食，雖復營署壚肆，不以爲羞。桓温常責之云：『君太不逮！須食，何不就身求？乃至於此！』友傲然不屑，答曰：『就公乞食，今乃可得，明日已復無。』温大笑之。始仕荆州，後在温府，以家貧乞禄。温雖以才學遇之，而謂其誕肆，非治民才，許而不用。後同府人有得郡者，温爲席起別，友至尤晚。問之，友答曰：

『民性飲道嗜味，昨奉教旨，乃是首旦出門，於中路逢一鬼，大見揶揄，云：「我只見汝送人作郡，何以不見人送汝作郡？」民始怖終慚，回還以解，不覺成淹緩之罪。』温雖笑其滑稽，而心頗愧焉。後以爲襄陽太守，累遷廣、益二州刺史。在藩舉其宏綱，不存小察，甚爲吏民所安説。薨於益州。」〔六〕

【校　文】

「至日」　「日」，景宋本及沈本作「夕」。

注「字它仁」　「它」，沈本作「宅」。

注「以才學遇之」　沈本「才」作「文」。

注「起別」　「起」，景宋本及沈本作「赴」。

注「始怖終慚」　「怖」，景宋本及沈本作「恠」。

【箋　疏】

〔一〕錢大昕恒言録二曰：「世説羅友曰：『聞君祠，欲乞一頓食耳。』南史徐湛之傳：『今日有一頓飽食，欲殘害我兒子。』杜子美詩：『頓頓食黄魚。』舊唐書食貨志：『宜付所司決，痛杖一頓。』阮常生注曰：『常生案：水經注：「爾雅曰：『山一成謂之頓丘。』釋名謂『一頓而成丘，無高下小大之殺也』。」』」

〔二〕李慈銘云：「案漂洲，當作溧洲，本作烈洲，亦作洌洲。在今江南江寧縣西南七十里，以旁有烈山得名。此因烈誤洌，因洌誤溧，遂譌爲漂耳。晉書桓温傳作洌洲。桓沖傳亦誤作漂洲。」程炎震云：「御覽六十九引丹陽記曰：『烈洲在縣西南。』輿地志云：『吴舊津所也。内有小水，堪泊船，商客多停以避烈風，故以名焉。王濬伐吴宿於此。簡文爲相時，會桓元子之所也。亦曰漂洲。洲上有山，山形似栗。伏滔北征賦謂之烈洲。』又曰：『江寧縣二十五里有洌洲。』按漂洲當作溧洲，即洌洲也。簡文會温於洌洲，通鑑在哀帝興寧三年二月。胡三省曰：『今姑孰江中有洌山，即其地。又會桓元子之所也。』子字原脱，今補。」

〔三〕程炎震云：「桓温以永和三年丁未平蜀，至興寧三年乙丑，凡十九年，是真强記者矣。」晉書：「魏舒字陽元，任城樊人也。官至司徒，謚曰康。」傳不言其强記，其事未詳。

〔四〕程炎震云：「興寧三年，桓豁爲荆州。」

〔五〕李慈銘云：「案沓，重也。樏已見卷中之上雅量篇。其器似盤中有隔，猶唐之牙盤，今之手盒。一器中攢聚數十隔。故友二百五十重烏樏者，每隔之下必有其托，遂成五百食器矣。友家清貧，蓋用黑漆此器，故曰烏樏。」程炎震云：「玉篇：『沓，重疊也。』廣韻：『沓，重也，合也。』樏當爲有蓋之器，故一樏可爲兩人食器也。」嘉錫案：廣韻：「樏，力委切，似盤，中有隔也。」解見雅量篇「王夷甫嘗屬族人事」條。御覽七百五十九引東宮舊事曰：「漆三十五子方樏二沓，蓋二枚。」與此可以互證。樏之爲器，其形似盤而有蓋，又似盒，中分數隔。一隔之中，別置小盤以盛菜，如今之碟子，爲其便於洗滌也，故謂之樏。樏之爲言累也。盒爲母，而碟爲子，幾隔則爲幾子。故杜蘭香傳有七子樏，而祖台之志怪謂之七子盒盤也。盒與碟合爲一副，則謂之沓。沓者，疊也。言隔之上又有碟，其形疊疊然也。但東宮舊事之與世說，又自不同。舊事之所謂沓，舉盒言之，故三十五子而爲一沓。則樏一而碟三十五也。此所謂沓者，舉碟言之，欲其數之多，故以一碟一隔爲一沓。蓋取出其碟，隔中亦可以盛菜，故二百五十沓，而可爲五百人食器也。第不知凡爲幾樏，樏有幾子耳。程氏以樏與蓋，有兩人食器，非也。樏必有隔，無隔則不得謂之樏。三十五子之樏，而止有一蓋，則碟多而蓋少。一沓惡能分食兩人乎？烏樏者，塗之使黑，而不用漆，極言其清貧耳。後人或去盒，獨用其碟。古無碟子，既不可名樏，又似盤而小，復不可名盤，遂謂之疊。酉陽雜俎十五云：「劉錄事食鱠數疊，咯出一骨珠子，乃置於茶甌中，以疊覆之。」又云：「有大蝦蟆如疊。」金石萃編一百三唐濟瀆廟北海壇祭器碑，有椀二百箇，疊子五十隻，盤子五十雙。王氏跋云：「疊子廁於椀後，即今俗名碟子。疊有重累之義。碟音舌，集韻云『治皮也』，不與碗同類。今俗作碟，非也。」其說是矣。以余考之：碟字，宋人本作楪。歸田録四云：「呂文穆公爲宰相，有一朝士家藏古鑑，自言能照二百里，欲因公弟獻以求知。公笑曰：『吾面不過楪子大，安用照二百里！』」東京夢華録四云：「都人風俗奢侈，凡酒店中兩人對坐飲酒，亦須用注碗一副，盤盞兩副，果菜碟各五片，水菜碗三五隻。」武林舊事六記酒樓云：「酒未至，則先設看菜數楪。及舉盃，則又換細菜。」又卷九記高宗幸張俊府，俊所進奉寶器，有玉椽頭楪兒一，玉圓臨安樣楪兒一。凡所謂楪子楪兒，皆即疊也。不知何時又轉爲碟。碟固俗字，然玉篇云：「楪，餘涉切，牖也。」又「楪榆，縣名」。以楪爲疊，亦非其本義也。今人知碟子之出於櫐者，鮮矣。故牽連並考之如此。通鑑長編卷一百四十三范仲淹言滕宗諒在邠州，聲樂數日，樂人弟子得銀楪子三二十片。案三二十片，蓋即三二十隻也。以其小而淺，故謂之片。又案：類聚八十二引杜蘭香傳，有七子櫐。詳見雅量篇「王夷甫嘗屬族人事」條。

〔六〕渚宮舊事五云：「友墓在公安縣南。」

42 桓子野每聞清歌，輒喚「奈何！」謝公聞之曰：「子野可謂一往有深情。」

43 張湛好於齋前種松柏。晉東宮官名曰：「湛字處度，高平人。」張氏譜曰：「湛祖嶷，正員郎。父曠，鎮軍司馬。湛仕至中書郎。」〔一〕時袁山松出遊，每好令左右作挽歌。山松別見。續晉陽秋曰：「袁山松善音樂。北人舊歌有行路難曲，辭頗疎質。山松好之，乃爲文其章句，婉其節制。每因酒酣，從而歌之，聽者莫不流涕。初，羊曇善唱樂，桓尹能挽歌，及山松以行路難繼之，時人謂之三絕。」今云挽歌，未詳〔二〕。時人謂：「張屋下陳屍，袁道上行殯。」裴啟語林曰：「張湛好於齋前種松，養鴝鵒。袁山松出遊，好令左右作挽歌。時人云云。」

【箋　疏】

〔一〕隋書經籍志曰：「列子八卷，東晉光禄勳張湛注。」宋書良吏王歆之傳曰：「高平張祐，以吏材見知。祐祖湛，晉孝武時以才學爲中書侍郎、光禄勳。」

〔二〕程炎震云：「御覽四百九十七酣醉門引俗記曰：『宋禕死後，葬在金城南山，對瑯琊郡門。袁山松爲瑯邪太守，每醉，輒乘輿上宋禕冢，作行路難歌。』晉書八十三山松傳並取兩説。」詳見品藻篇「宋禕曾爲王大將軍妾」條。讀書脞録續編四曰：「志祖案：山松既歌行路難曲，復於出游好令左右作挽歌也。自是二事，不當牽合，晉書本傳兩載之。」

44　羅友作荆州從事〔一〕，桓宣武爲王車騎集别。車騎，王洽，别見。友進，坐良久，辭出，宣武曰：「卿向欲咨事，何以便去？」答曰：「友聞白羊肉美，一生未曾得喫，故冒求前耳，無事可咨。今已飽，不復須駐。」了無慚色。

【箋　疏】

〔一〕渚宮舊事五云：「友與兄崇及甥習鑿齒同爲温從事。」

45 張驎酒後挽歌甚悽苦[一]，桓車騎曰：「卿非田横門人，何乃頓爾至致？」驎，張湛小字也。譙子法訓云：「有喪而歌者。或曰：『彼爲樂喪也，有不可乎？』譙子曰：『書云：「四海遏密八音。」何樂喪之有？』曰：『今喪有挽歌者，何以哉？』譙子曰：『周聞之：蓋高帝召齊田横至于户鄉亭，自刎奉首，從者挽至於宮，不敢哭而不勝哀，故爲歌以寄哀音。彼則一時之爲也。鄰有喪，舂不相引，挽人銜枚，孰樂喪者邪？』」按莊子曰：「紼謳所生，必於斥苦。」司馬彪注曰：「紼，引柩索也。斥，疏緩也。苦，用力也。引紼所以有謳歌者，爲人有用力不齊，故促急之也。」春秋左氏傳曰：「魯哀公會吴伐齊，其將公孫夏命歌虞殯。」杜預曰：「虞殯，送葬歌，示必死也。」史記絳侯世家曰：「周勃以吹簫樂喪。」然則挽歌之來久矣，非始起於田横也。然譙氏引禮之文，頗有明據，非固陋者所能詳聞。疑以傳疑，以俟通博。

【箋疏】

〔一〕程炎震云：「晉書卷二十禮志曰：『漢、魏故事，大喪及大臣之喪，執紼者輓歌。新禮以爲輓歌出於漢武帝役人之勞謌，聲哀切，遂以爲送終之禮。雖音曲摧愴，非經典所制，違禮設銜枚之義。方在號慕，不宜以歌爲名，除(不)輓歌。摯虞以爲：輓歌因倡和而爲摧愴之聲，銜枚所以全哀，此亦以感衆。雖非經典所載，是歷代故事。詩稱「君子作歌，惟以告哀」。以歌爲名，亦無所嫌。宜定新禮如舊。詔從之。』」

46 王子猷嘗暫寄人空宅住，便令種竹。或問：「暫住何煩爾？」王嘯詠良久，直指竹曰：「何可一日無此君？」中興書曰：「徽之卓犖不羈，欲爲傲達，放肆聲色頗過度。時人欽其才，穢其行也。」

47 王子猷居山陰，夜大雪，眠覺，開室，命酌酒，四望皎然。因起仿偟，詠左思招隱詩。中興書曰：「徽之任性放達，棄官東歸，居山陰也。」左詩曰：「杖策招隱士，荒塗横古今。巖穴無結構，丘中有鳴琴。白雪停陰岡，丹葩曜陽林。」忽憶戴安道。時戴在剡〔一〕，即便夜乘小船就之。經宿方至，造門不前而返。人問其故，王曰：「吾本乘興而行，興盡而返，何必見戴？」

【箋疏】

〔一〕程炎震云：「山陰剡，即揚州會稽縣。」

48 王衛軍云：「酒正自引人著勝地。」王薈，已見。

【校文】

注「薈」 景宋本及沈本俱作「蒼」，是。

49 王子猷出都，尚在渚下〔一〕。舊聞桓子野善吹笛，續晉陽秋曰：「左將軍桓伊善音樂，孝武飲燕，謝安侍坐，帝命伊吹笛。伊神色無忤，既吹一弄，乃放笛云：『臣於箏乃不如笛，然自足以韻合歌管。臣有一奴，善吹笛，且相便串，請進之。』帝賞其放率，聽召奴。奴既至，吹笛，伊撫箏而歌怨詩，因以爲諫也。」〔二〕而不相識。遇桓於岸上過，王在船中，客有識之者，云是桓子野。王便令人與相聞云：「聞君善吹笛，試爲我一奏。」桓時已貴顯，素聞王名，即便回下車，踞胡牀〔三〕，爲作三調。弄畢，便上車去。客主不交一言。

【箋疏】

〔一〕程炎震云：「晉書八十一伊傳云：『王徽之赴召京師，泊舟青溪側。』」

〔二〕類聚四十四引語林曰：「桓野王善解音，晉孝武祖宴西堂，樂闋酒闌，將詔野王箏歌。野王辭以須笛。於是詔其常吹奴碩，賜姓曰張，加四品將軍，引使上殿。張碩意氣激揚，吹破三笛。末取睹脚笛，然後乃理調成曲。」野王蓋子野之誤。書鈔一百十引語林云：「晉孝武祖宴西堂，詔桓子野彈箏，桓乃撫箏而歌怨詩，悲厲之響，一堂流涕。」嘉錫案：事詳晉書八十一桓宣傳。

〔三〕演繁露十四云：「今之交床，制本虜來，始名胡床。桓伊下馬，據胡床取笛三弄是也。隋以讖有胡，改名交床。」嘉錫案：御覽卷六百九十九引風俗通曰：「靈帝好胡服帳，京師皆競爲之。」又卷七百六引云：「靈帝好胡床。」晉書五行志曰：「泰始之後，中國相尚用胡床。」

50 桓南郡被召作太子洗馬，玄別傳曰：「玄初拜太子洗馬，時朝廷以温有不臣之迹，故抑玄爲素官。」船泊荻渚〔一〕。王大服散後已小醉，往看桓。桓爲設酒，不能冷飲，頻語左右：「令温酒來！」桓乃流涕嗚咽，王便欲去。桓以手巾掩淚，因謂王曰：「犯我家諱，何預卿事？」〔二〕王歎曰：「靈寶故自達。」靈寶，玄小字也。異苑曰：晉安帝紀曰：「玄哀樂過人，每歡戚之發，未嘗不至嗚咽。」

「玄生而有光照室，善占者云：『此兒生有奇耀，宜目爲天人。』宣武嫌其三文〔三〕，復言爲『神靈寶』，猶復用三。既難重前，卻減『神』一字，名曰『靈寶』。」語林曰：「玄不立忌日，止立忌時，其達而不拘，皆此類。」

【校　文】

注「宜目爲天人」　「目」，景宋本作「字」。

【箋　疏】

〔一〕程炎震云：「晉書玄傳云：『年二十三，始拜太子洗馬。』則是太元十六年，王忱已爲荆州。此荻渚當在江陵。」

〔二〕嘉錫案：顏氏家訓風操篇曰：「禮云：『見似目瞿，聞名心瞿。』有所感觸，惻愴心眼。若在從容平常之地，幸須申其情耳。必不可避，亦當忍之，不必期於顛沛而走也。梁世謝舉甚有聲譽，聞諱必哭，爲世所譏。又有臧逢世，臧嚴之子，篤學修行，不墜門風。孝元經牧江州，遣往建昌督事，郡縣民庶，競修牋書。有稱嚴寒者，必對之流涕。不省取記，多廢公事。」由顏氏之言觀之，知聞諱而哭，乃六朝之舊俗。故雖凶悖如桓玄，不敢不謹守此禮也。御覽卷五百六十二引世說曰：「桓玄呼人温酒，自道其父名。既而曰：『英雄正自粗疏。』」今世説既無其語，且正與此相反，不知本出何書。恐是孝標之注，蓋引他書，以明與世説不同。今本爲宋人所削耳。

〔三〕吳承仕曰：「嫌有三文，『天人』非三文也。此註恐有奪誤。」嘉錫案：宣武嫌其三文，若字爲天人，則止二文。蓋天人下脱一字。今本異苑亦誤作「目爲天人」。

51 王孝伯問王大：「阮籍何如司馬相如？」王大曰：「阮籍胸中壘塊，故須酒澆之。」

言阮皆同相如，而飲酒異耳。

52 王佛大歎言：「三日不飲酒，覺形神不復相親。」晉安帝紀曰：「忱少慕達，好酒，在荆州轉甚，一飲或至連日不醒，遂以此死。」宋明帝文章志曰：「忱嗜酒，醉輒經日，自號上頓。世喭以大飲爲『上頓』，起自忱

也。」〔一〕

【箋疏】

〔一〕程炎震云：「北堂書鈔一百四十八引祖台之與王荊州忱書曰：『君須復飲，不廢止之，將不獲已耶？通人識士，累於此物，古人屏爵去邑，焚罍毁榼。』案邑字有誤。御覽四百五十七引作巵。」嘉錫案：竇革酒譜誡失篇亦引云：「古人以酒爲戒，願君屏爵棄巵，焚罍毁榼。殛儀狄於羽山，放杜康於三危。古人繫重離必有贈言，僕之與君，其能已乎？」合此兩書觀之，知台之嘗勸忱戒酒，而忱不從，故卒死於酒。書鈔所引，無「殛儀狄」以下六句，且有脱誤。嚴可均未檢酒譜，故全晉文卷一百三十八所輯其文不全，今爲補之如此。宋書范泰傳曰：「荊州刺史王忱嗜酒，醉輒累旬。及醒，則儼然端肅。」

53 王孝伯言：「名士不必須奇才，但使常得無事，痛飲酒，熟讀離騷，便可稱名士。」〔一〕

【箋疏】

〔一〕「便」，山谷内集注十二引作「自」。又十九引作「便足」。嘉錫案：賞譽篇云：「王恭有清辭簡旨，而讀書少。」此言不必須奇才，但讀離騷，皆所以自飾其短也。恭之敗，正坐不讀書。故雖有憂國之心，而卒爲禍國之首，由其不學無術也。自恭有此説，而世之輕薄少年，略識之無，附庸風雅者，皆高自位置，紛紛自稱名士。政使此輩車載斗量，亦復何益於天下哉？

54 王長史登茅山，大慟哭曰：「琅邪王伯輿，終當爲情死。」王氏譜曰：「廞字伯輿，琅邪人。父薈，衛將軍。廞歷司徒長史。」周祗隆安記曰：「初，王恭將唱義，使喻三吴，廞居喪，拔以爲吴國内史。國寶既死，恭罷兵，令廞反喪服。廞大怒，即日據吴都以叛。恭使司馬劉牢之討廞，廞敗，不知所在。」〔一〕

【箋疏】

〔一〕宋書王華傳云：「父廞，司徒左長史。晉隆安初，王恭起兵討王國寶，時廞丁母憂在家。恭檄令起兵，廞即聚衆應之。以女爲貞烈將軍，以女人爲官屬。國寶既死，恭檄廞罷兵。廞起兵之際，多所誅戮。至是，不復得已。因舉兵以討恭爲名。恭遣劉牢之擊廞，廞敗走，不知所在。」嘉錫案：廞之所以卒至於叛，晉書王薈傳謂「廞墨絰合衆，誅殺異己。自謂義兵一動，勢必未寧，可乘間而取富貴。而曾不旬日，恭符廞去職，遂大怒，迴衆討恭」。與宋書互有詳略。要之，皆狂奴故態耳。其以女爲將軍，亦任誕之一端也。

簡傲第二十四

1　晉文王功德盛大，坐席嚴敬，擬於王者。漢晉春秋曰：「文王進爵爲王，司徒何曾與朝臣皆盡禮，唯王祥長揖不拜。」唯阮籍在坐〔一〕，箕踞嘯歌，酣放自若。

【箋　疏】

〔一〕程炎震云：「咸熙元年，昭進爵爲王，阮已先一年卒矣。」

2　王戎弱冠詣阮籍，時劉公榮在坐。阮謂王曰：「偶有二斗美酒，當與君共飲，彼公榮者，無預焉。」二人交觴酬酢，公榮遂不得一桮，而言語談戲，三人無異。或有問之者，阮答曰：「勝公榮者，不得不與飲酒；不如公榮者，不可不與飲酒；唯公榮，可不與飲酒。」晉陽秋曰：「戎年十五，隨父渾在郎舍，阮籍見而説焉。每適渾俄頃，輒在戎室久之。乃謂渾：『濬沖清尚，非卿倫也。』戎嘗詣籍共飲，而劉昶在坐不與焉，昶無恨色。既而戎問籍曰：『彼爲誰也？』曰：『劉公榮也。』濬沖曰：『勝公榮，故與酒；不如公榮，不可不與酒；唯公榮者，可不與酒。』」〔二〕竹林七賢論曰：「初，籍與戎父渾俱爲尚書郎，每造渾，坐未安，輒曰：『與卿語，不如與阿戎語。』就戎，必日夕而返。籍長戎二十歲〔二〕，相得如時輩。劉公榮通士，性尤好酒。籍與戎酬酢終日，而公榮不蒙一桮，三人各自得也。戎爲物論所先，皆此類。」

【校　文】

「一桮」「桮」，景宋本作「榼」。

注「酬酢」「酬」，景宋本及沈本作「醻」。

【箋　疏】

〔一〕容齋隨筆卷十二云：「此事見戎傳，而世説爲詳。又一事云：『公榮與人飲酒，雜穢非類，人或譏之，答曰：「勝公榮者，不可不與飲；不如公榮者，亦不可不與飲。」故終日共飲而醉。』（按見任誕篇）二者稍不同。公榮待客如此，費酒多矣。顧不蒙一杯於人乎？」嘉錫案：余以爲此即一事，而傳聞異辭耳。又晉陽秋所載濬沖語，世説以爲籍語，亦爲小異。晉書從世説。程炎震云：「晉書四十三戎傳作戎問籍答。」

〔二〕程炎震云：「籍長戎實二十四歲。」

3　鍾士季精有才理，先不識嵇康。鍾要于時賢儁之士，俱往尋康。康方大樹下鍛〔一〕，向子期爲佐鼓排〔二〕。康揚槌不輟，傍若無人，移時不交一言。鍾起去，康曰：「何所聞而來？何所見而去？」鍾曰：「聞所聞而來，見所見而去。」〔三〕文士傳曰：「康性絶巧，能鍛鐵。家有盛柳樹〔四〕，乃激水以圜之，夏天甚清涼，恒居其下傲戲，乃身自鍛。家雖貧，有人説鍛者，康不受直。雖親舊以雞酒往，與共飲噉，清言而已。」魏氏春秋曰：「鍾會爲大將軍兄弟所暱，聞康名而造焉。會名公子，以才能貴幸，乘肥衣輕，賓從如雲。康方箕踞而鍛，會至不爲之禮，會深銜之。後因吕安事，而遂譖康焉。」〔五〕

【校　文】

注「有人説鍛者」　「説」，景宋本及沈本作「就」。

【箋　疏】

〔一〕李慈銘云：「案説文：『鍛，小冶也。』急就篇：『鍛鑄鉛錫鐙錠鐎。』顔師古注『凡金鐵之屬，椎打而成器者，謂之鍛。銷冶而成者，謂之鑄。』王應麟補注引蒼頡篇曰：『鍛，椎也。』」

〔二〕程炎震云：「後漢書杜詩傳：『遷南陽太守，造作水排，鑄爲農器。』賢注：『排音蒲拜反，冶鑄者爲排以吹炭。排當作橐，古字通用。』魏書韓暨傳：『徙監冶謁者，舊時治作馬排，每一熟石，用馬百匹。更作人排，又費工力。暨乃因長流爲水排。』裴注曰：『排，蒲拜反，爲排以吹炭。』晉書杜須傳：『又作人排新器。』音義曰：『排，蒲界反。』玉篇：『鞴，皮拜切，韋囊也。可以吹火令熾，亦作橐。』廣韻十六怪：『鞴，韋囊，吹火。橐，上同，並蒲拜反。』蓋古只作排，後乃造鞴橐字。文選二十一五君詠注引向秀別傳曰：『秀嘗與嵇康偶鍛於洛邑，故鍾得見之。』又十六思舊賦注引魏氏春秋『康寓居河内之山陽，鍾會爲大將軍所昵』云云。蓋中有删節，故併兩處爲一。」李詳云：「詳案：玄應一切經音義卷一云：『韛囊，埤蒼作鞴。東觀漢記作排。王弼注書作橐。同皮拜反，所以冶家用炊火令熾者也。』後漢書杜詩傳：『造作水排，鑄爲農器。』章懷注：『排，音蒲拜反，冶鑄者爲排以吹炭。排當作橐，古字通用也。』案韛以熟牛皮爲之，故字從韋。吾鄉冶銅者尚有此製。韛、鞴同字。」嘉錫案：審言箋引音義有删改，且誤以「作排」以下均爲埤蒼語。今據原書改正。冶家，音義作治家，審言改作「鍛家」，並非。慧琳音義四十二誤亦同。

〔三〕嘉錫案：嵇、鍾問答之語，亦出魏氏春秋。見三國志王粲傳注引。

〔四〕崔豹古今注曰：「合歡樹似梧桐，枝葉繁，互相交結。每風來輒自解，了不相牽綴。樹之階庭，使人不忿。嵇康種之舍前。」

〔五〕魏志王粲傳注、文選思舊賦注並引魏氏春秋曰「康寓居河内之山陽，鍾會聞康名而造之。康方箕踞而鍛」云云。嘉錫案：晉之河内郡山陽縣，在今河南修武縣西北。嘗疑會以貴公子居京師，賓從如雲，未必走數百里，遠至山陽訪康。考御覽四百九引向秀別傳曰：「秀字子期，少爲同郡山濤所知。

又與譙國嵇康，東平呂安友善。其趍舍進止，無不必同。造事營生，業亦不異。常與康偶鍛於洛邑，與呂安灌園於山陽。收其餘利，以供酒食之費。或率爾相攜，觀原野，極游浪之勢，亦不計遠近。或經日乃歸，復常業。」據此，是嵇、向偶鍛之地在洛邑，不在山陽。故會得與一時賢儁俱往尋康。魏氏春秋所謂康居山陽，特記其竹林之游，而於此事，則未及分析言之耳。

4 嵇康與呂安善，每一相思，千里命駕。晉陽秋曰：「安字中悌，東平人，冀州刺史招之第二子〔一〕。志量開曠，有拔俗風氣。」干寶晉紀曰：「初，安之交康也，其相思則率爾命駕。」安後來，值康不在，喜出户延之，不入。晉百官名曰：「嵇喜字公穆，歷揚州刺史，康兄也。阮籍遭喪，往弔之。籍能爲青白眼，見凡俗之士，以白眼對之。及喜往，籍不哭，見其白眼，喜不懌而退。康聞之，乃齎酒挾琴而造之，遂相與善。」干寶晉紀曰：「安嘗從康，或遇其行，康兄喜拭席而待之，弗顧，獨坐車中。康母就設酒食，求康兒共與戲。良久則去，其輕貴如此。」題門上作「鳳」字而去。喜不覺，猶以爲欣故作。「鳳」字，凡鳥也。許慎説文曰：「鳳，神鳥也。從鳥，凡聲。」

【校 文】

注「中悌」 「中」，景宋及沈本作「仲」。

【箋疏】

〔一〕程炎震云：「魏志十六杜恕傳：『鎮北將軍呂昭，又領冀州牧。』注引世語曰：『昭字子展。長子巽，字長悌，爲相國掾，有寵於司馬文王。次子安，字仲悌。次子粹，字季悌，河南尹。』按昭爲冀州，蓋在太和中。」

5 陸士衡初入洛，咨張公所宜詣，劉道真是其一。陸既往，劉尚在哀制中。性嗜酒，禮畢，初無他言，唯問：「東吴有長柄壺盧，卿得種來不？」〔一〕陸兄弟殊失望，乃悔往〔二〕。

【箋疏】

〔一〕嘉錫案：通典八十八孫爲祖持重議載劉寶以爲孫爲祖不三年，引據經典甚詳。則寶亦治喪服之學者，而其居喪乃如此！違其實而習其文，此魏、晉之經學，所爲有名無實也。

〔二〕抱朴子外篇譏惑論東晉初江表風俗之失曰：「又聞貴人在大哀，或有疾病，服石散，以數食宜藥勢，以飲酒爲性命。疾患危篤，不堪風冷，幃帳茵褥，任其所安。於是凡瑣小人之有財力者，了不復居於喪位，常在別房，高牀重褥，美食大飲。或與密客，引滿投空，至於沈醉。曰：『此京洛之法也。』不亦惜哉！余之鄉里先德君子，其居重難，或并在衰老，於禮唯應縗麻在身，不成喪致毀者，哀啜粥，口不經甘。時人雖不肖者，莫不企及自勉。而今人乃自取如此！何其相去之遼緬乎？」嘉錫案：據抱朴之言，則居喪飲酒，自是京洛間之習俗。蓋自阮籍居母喪，飲酒食肉，士大夫慕其放達，相習成風。劉道真任誕之徒，自不免如此。恣情任性，自放於禮法之外耳。非必因有疾，及服寒食散也。抱朴吴人，言其鄉先德居喪，莫不守禮。士衡兄弟，吴中舊族，習於禮法，故乍聞道真之語，爲之駭然失望。當時因風尚不同，南北相輕，此亦其一事。及五馬南浮，名士過江如鯽。三吴子弟，仰其風流，群相仿效，雖凡瑣小人，亦從風而靡矣。

6 王平子出爲荆州，晉陽秋曰：「惠帝時，太尉王夷甫言於選者，以弟澄爲荆州刺史，從弟敦爲青州刺史。澄、敦俱詣太尉辭〔一〕。太尉謂曰：『今王室將卑，故使弟等居齊、楚之地，外可以建霸業，内足以匡帝室，所望於二弟也！』」王太尉及時賢送者傾路。時庭中有大樹，上有鵲巢。平子脱衣巾，徑上樹取鵲子。涼衣拘閡樹枝，便復脱去。得鵲子還，下弄，神色自若，傍若無人〔二〕。鄧粲晉紀曰：「澄放蕩不拘，時謂之達。」

【箋疏】

〔一〕程炎震云：「晉書四十三澄傳作『惠帝末』，是也。通鑑八十六以澄刺荆，繫之永嘉元年。蓋光熙元年劉弘卒，即議代者，明年澄乃之鎮耳。通鑑考異引晉春秋，青州作揚州。温公駁之，蓋所見本偶誤耳。」又云：「光熙元年，王衍爲司空。明年十一月，爲司徒。」

〔二〕李慈銘云：「案王澄一生，絶無可取。狂且恃貴，輕侻喪身。既無當世之才，亦絶片言之善。虚叨疆寄，致亂逃歸。徒以王衍、王戎，紛紜標榜。一自私其同氣，一自附於宗英。大言不慚，厚相封殖。觀於此舉，脱衣上樹，裸體探雛，直是無賴妄人，風狂乞相。以爲簡傲，何啻寱言！晉代風流，概可知矣。舍方伯之威儀，作驅烏之兒戲，而委以重任，鎮扼上流。夷甫之流，謀國如是，晉之不競，亦可識矣。」

7 高坐道人於丞相坐，恒偃卧其側。見卞令，肅然改容云：「彼是禮法人。」高坐傳曰：「王公曾詣和上，和上解帶偃伏，悟言神解。見尚書令卞望之，便斂衿飾容。時歎皆得其所。」

8 桓宣武作徐州，時謝奕爲晉陵。中興書曰：「奕自吏部郎，出爲晉陵太守。」先粗經虚懷，而乃無異常。及桓還荆州〔一〕，將西之間，意氣甚篤，奕弗之疑。唯謝虎子婦王悟其旨。虎子，謝據小字，奕弟也。其妻王氏，已見。每曰：「桓荆州用意殊異，必與晉陵俱西矣！」俄而引奕爲司馬。奕既上，猶推布衣交。在温坐，岸幘嘯詠，無異常日。宣武每曰：「我方外司馬。」遂因酒，轉無朝夕禮〔二〕。桓舍入内，奕輒復隨去。後至奕醉，温往主許避之。主曰：「君無狂司馬，我何由得相見？」

【箋疏】

〔一〕程炎震云：「建元元年，温爲徐州。永和元年，遷荆州。此還字當作遷。」

〔二〕程炎震云：「晉書七十九奕傳，朝夕作朝廷。」嘉錫案：「遂因酒，轉無朝夕禮」，書鈔六十八引作「遂因酒縱誕」。

9 謝萬在兄前，欲起索便器。于時阮思曠在坐曰：「新出門户，篤而無禮。」

10 謝中郎是王藍田女壻，謝氏譜曰：「萬取太原王述女，名荃。」嘗著白綸巾，肩輿徑至揚州聽事見王〔一〕，直言曰：「人言君侯癡，君侯信自癡。」藍田曰：「非無此論，但晚令耳。」述別傳曰：「述少真獨退靜，人未嘗知，故有晚令之言。」

【箋疏】

〔一〕程炎震云：「萬以升平三年敗廢。五年起爲散騎常侍。述時皆爲揚州。」又云：「文選十六閑居賦注引周遷輿服雜事記曰：『步輿方四尺，素木爲之，以皮爲襻搦之。自天子至於庶人，通得乘之。』」

11 王子猷作桓車騎騎兵參軍，桓問曰：「卿何署？」答曰：「不知何署，時見牽馬來，似是馬曹。」中興書曰：「桓沖引徽之爲參軍，蓬首散帶，不綜知其府事。」桓又問：「官有幾馬？」答曰：「不問馬，何由知其數？」論語曰：「廄焚，孔子退朝曰：『傷人乎？』不問馬。」注：「貴人賤畜，故不問也。」又問：「馬比死多少？」答曰：「未知生，焉知死？」論語曰：「子路問死。孔子曰：『未知生，焉知死？』」馬融注曰：「死事難明，語之無益，故不答。」

12 謝公嘗與謝萬共出西，過吳郡。阿萬欲相與共萃王恬許，恬已見。時爲吳郡太守。太傅云：「恐伊不必酬汝意，不足爾！」萬猶苦要，太傅堅不回，萬乃獨往。坐少時，王便入門內，謝殊有欣色，以爲厚待己。良久，乃沐頭散髮而出，亦不坐，仍據胡牀，在中庭曬頭，神氣傲邁，了無相酬對意。謝於是乃還。未至船，逆呼太傅。安曰：「阿螭不作爾！」〔一〕王恬，小字螭虎。

【箋　疏】

〔一〕李慈銘云：「案作當作足，此仍述安石語。『不足爾』，言不足往也。」嘉錫案：江左王、謝齊名，實在安立功名以後。此時謝氏兄弟甫有盛名，而其先本非世族，故阮裕譏爲新興門户。王恬貴游子弟，宜其不禮謝萬也。

13 王子猷作桓車騎參軍〔一〕。桓謂王曰：「卿在府久，比當相料理。」初不答，直高視，以手版拄頰云：「西山朝來，致有爽氣。」

【箋　疏】

〔一〕渚宮舊事五作「王子猷爲桓温參軍」，誤也。

14 謝萬北征，常以嘯詠自高，未嘗撫慰衆士〔一〕。謝公甚器愛萬，而審其必敗，乃俱行，從容謂萬曰：「汝爲元帥，宜數喚諸將宴會，以説衆心。」萬從之。因召集諸將，都無所説，直以如意指四坐云：「諸君皆是勁卒。」諸將甚忿恨之〔二〕。謝公欲深著恩信，自隊主將帥以下，無不身造，厚相遜謝。及萬事敗，軍中因欲除之。復云：「當爲隱士。」故幸而得免。萬敗事已見上。

【箋疏】

〔一〕嘉錫案：晉書王羲之傳：「萬爲豫州都督，羲之遺萬書誡之曰：『以君邁往不屑之韻，而俯同群辟，誠難爲意也。然所謂通識，正自當隨事行藏，乃爲遠耳。願君每與士之下者同，則盡善矣。食不二味，居不重席，此復何有？而古人以爲美談。濟否所由，實在積小以致高大，君其存之！』萬不能用。」觀此章所叙，萬之輕傲諸將，正所謂邁往不屑之氣也。右軍之言，深中其病。以此等狂妄之徒，而付之征討之任，其敗固宜。

〔二〕通鑑一百胡注曰：「如意，鐵如意也。凡奮身行伍者，以兵與卒爲諱。既爲將矣，而稱之爲卒，所以益恨也。」

15 王子敬兄弟見郗公，躡履問訊，甚修外生禮。及嘉賓死，皆著高屐，儀容輕慢〔一〕。命堂，皆云「有事，不暇坐」。既去，郗公慨然曰：「使嘉賓不死，鼠輩敢爾！」愔子超，有盛名，且獲寵於桓温，故爲超敬愔〔二〕。

【箋疏】

〔一〕程炎震云：「龍城札記三曰：『屐可以遊山，亦可以燕居著之，謝安之履齒折，是也。紈絝少年喜着高齒屐，見顔氏家訓中。大抵通侻之服，非正服也。宋阮長之爲中書郎，直省，應往鄰省，誤着屐出閤。依事，自列門下。事見南史。蓋宮省謹嚴之地，宜着履舄。在直所，容可不拘，而出閤則必不可以褻，此其所以自劾也。』」

〔二〕惜抱軒筆記五曰：「晉書郗超傳言王獻之兄弟於超死後簡敬於郗愔，此本世説，吾謂其誣也。子敬佳士，豈慢舅若此？且超權重，爲人所畏，乃簡文時。及孝武時，桓温喪，超失勢矣，豈存没尚足輕重於其父哉？」

16 王子猷嘗行過吴中，見一士大夫家極有好竹。主已知子猷當往，乃灑埽施設，在聽事坐相待。王肩輿徑造竹下，諷嘯良久。主已失望，猶冀還當通，遂直欲出門。主人大不堪，便令左右閉門不聽出。王更以此賞主人，乃留坐，盡歡而去。

17 王子敬自會稽經吴，聞顧辟疆顧氏譜曰：「辟疆，吴郡人。歷郡功曹、平北參軍。」有名園〔一〕。先不識主人，徑往其家，值顧方集賓友酣燕。而王遊歷既畢，指麾好惡，傍若無人。顧勃然不堪曰：「傲主人，非禮也；以貴驕人，非道也。失此二者，不足齒人，傖耳！」便驅其左右出門。王獨在輿上，回轉顧望，左右移時不至，然後令送著門外，怡然不屑〔二〕。

【校　文】

「不足齒人」　「人」，沈本作「之」。

【箋　疏】

〔一〕吴郡志十四云：「顧辟疆園，自西晉以來傳之，池館林泉之盛，號吴中第一。晉、唐人題詠甚多，今莫知遺跡所在。考龜蒙之詩，則在唐爲任晦園亭。今任園亦不可考矣。」嘉錫案：顧辟疆東晉人，志云「西晉以來傳之」，誤也。

〔二〕李慈銘云：「晉書作『不足齒之傖耳，便驅出門』。此處人字疑是之字形誤。惟晉書言『便驅出門』，蓋采世説之文而誤。子敬固爲無禮，亦安得遽摽之門外？依臨川所説，乃是驅其左右，斯爲近理云。王獨在輿上者，六朝貴游登臨游歷，多以肩輿。如陶淵明門生舁竹輿，上條王子敬看竹亦云『肩輿徑造竹下』也。」程炎震云：「人，宋本作之。晉書八十獻之傳亦作之。」嘉錫案：顏氏家訓涉務篇曰：「梁世士大夫皆尚褒衣博帶，大冠高履。出則車輿，入則扶侍。郊郭之内，無乘馬者。」今以晉人之事觀之，則出必車輿，自是江南習俗。之推指爲梁事，特就身所親歷言之耳。

世説新語卷下之下

排調第二十五〔一〕

【箋疏】

〔一〕程炎震云：「排當作俳。金樓子捷對篇曰：『諸如此類，合曰俳調。過乃疏鄙，不足多稱。』魏志二十九華陀傳注引曹植辯道論曰：『自家王與太子及余兄弟，並以爲調笑。』文心雕龍諧隱篇云：『魏文因俳説以著笑書，薛綜憑宴會而發嘲調。』亦一證也。」

1 諸葛瑾爲豫州，遣別駕到臺，瑾已見。語云：「小兒知談，卿可與語。」連往詣恪，江表傳曰：「恪字元遜，瑾長子也。少有才名，發藻岐嶷，辯論應機，莫與爲對。孫權見而奇之，謂瑾曰：『藍田生玉，真不虚也！』仕吴至太傅。爲孫峻所害。」恪不與相見。後於張輔吴坐中相遇，環濟吴紀曰：「張昭字子布，忠正有才義，仕吴，爲輔吴將軍。」别駕喚恪：「咄咄郎君。」恪因嘲之曰：「豫州亂矣，何咄咄之有？」答曰：「君明臣賢，未聞其亂。」恪曰：「昔唐堯在上，四凶在下。」答曰：「非唯四凶，亦有丹朱。」於是一坐大笑〔一〕。

【箋疏】

〔一〕程炎震云：「黄龍元年，瑾爲豫州牧。張昭嘉禾五年卒。當在此八年中。恪死時年五十一，是時三十上下矣。」

2　晉文帝與二陳共車，過喚鍾會同載，即駛車委去。比出，已遠。既至，因嘲之曰：「與人期行，何以遲遲？望卿遥遥不至。」會答曰：「矯然懿實，何必同群？」帝復問會：「皋繇何如人？」答曰：「上不及堯、舜，下不逮周、孔，亦一時之懿士。」〔一〕二陳，騫與泰也。會父名繇，故以「遥遥」戲之。騫父矯，宣帝諱懿，泰父群，祖父寔，故以此酬之。

【箋疏】

〔一〕李慈銘云：「案皋陶古皆作咎繇。説文言部謨字下引虞書咎繇謨。許君所稱，古文尚書也。離騷、尚書大傳、漢書皆作咎繇。故司馬昭以戲鍾會，非僅取同音也。」李詳云：「詳案：鍾會父繇。魏時自音繇，非如今時音由也。禮檀弓：『詠斯猶。』鄭注：『猶當爲搖聲之誤，秦人猶、搖聲相近。』又爾雅釋詁：『繇，喜也。』郭注：『禮記：「詠斯猶。」猶即繇，古今字耳。』」援鶉堂筆記三十云：「蓋舊讀繇爲遥，以其父名爲戲也。今皆讀爲由音。」

3 鍾毓爲黄門郎，有機警，在景王坐燕飲。時陳群子玄伯、武周子元夏同在坐，魏志曰：「武周字伯南，沛國竹邑人。仕至光禄大夫。」共嘲毓。景王曰：「皋繇何如人？」對曰：「古之懿士。」顧謂玄伯、元夏曰：「君子周而不比，群而不黨。」〔一〕孔安國注論語曰：「忠信爲周，阿黨爲比。黨，助也。君子雖衆，不相私助。」

【箋疏】

〔一〕嘉錫案：此與上一條即一事，而傳聞有異耳。

4 嵇、阮、山、劉在竹林酣飲，王戎後往。步兵曰：「俗物已復來敗人意！」魏氏春秋曰：「時謂王戎未能超俗也。」王笑曰：「卿輩意，亦復可敗邪？」

5　晉武帝問孫皓：吴録曰：「皓字元宗，一名彭祖，大皇帝孫也。景帝崩，皓嗣位，爲晉所滅，封歸命侯。」「聞南人好作爾汝歌，頗能爲不？」皓正飲酒，因舉觴勸帝而言曰：「昔與汝爲鄰，今與汝爲臣。上汝一桮酒，令汝壽萬春。」帝悔之。

6　孫子荆年少時欲隱，語王武子「當枕石漱流」，誤曰「漱石枕流」。王曰：「流可枕，石可漱乎？」孫曰：「所以枕流，欲洗其耳；逸士傳曰：「許由爲堯所讓，其友巢父責之。由乃過清泠水洗耳拭目，曰：『向聞貪言，負吾之友。』」所以漱石，欲礪其齒。」〔一〕

【箋　疏】

〔一〕李詳云：「詳案：蜀志秦宓傳『枕石漱流，吟詠緼袍』。」嘉錫案：此乃彭羕傳羕薦宓於許靖語，不在宓傳。李氏謂是秦宓傳中語，誤。又案：宋書樂志三魏武帝秋胡行曰：「遨游八極，枕石漱流飲泉。沈吟不決，遂上升天。」「枕石漱流」四字，始見於此。然彭羕薦秦子勑亦用之，未必襲自魏武，疑其前更有出處也。晉書隱逸宋纖傳，太守楊宣畫其像作頌曰：「爲枕何石？爲漱何流？身不可見，名不可求。」知此語爲魏、晉人所常用矣。此出王隱晉書，見御覽五十一引。

7 頭責秦子羽云：子羽未詳。「子曾不如太原温顒、潁川荀寓、温顒已見。荀氏譜曰：「寓字景伯，祖式，太尉。父保〔一〕，御史中丞。」世語曰：「寓少與裴楷、王戎、杜默俱有名，仕晉，至尚書。」范陽張華、士卿劉許〔二〕、晉百官名曰：「劉許字文生，涿鹿郡人。父放，魏驃騎將軍。許，惠帝時爲宗正卿。」按許與張華同范陽人，故曰士卿，互其辭也。宗正卿，或曰士卿。義陽鄒湛〔三〕、河南鄭詡？晉諸公贊曰：「湛字潤甫，新野人。以文義達，仕至侍中。詡字思淵，滎陽開封人，爲衛尉卿。祖泰，揚州刺史。父褒〔四〕，司空。」此數子者，或謇喫無宮商〔五〕，或尪陋希言語，或淹伊多姿態，或讙譁少智諝，或口如含膠飴，或頭如巾齏杵〔六〕，文士傳曰：「華爲人少威儀，多姿態。」推意此語，則此六句，還以目上六人，而「口如含膠飴」，則指鄒湛。湛辯麗英博，而有此稱。未詳。而猶以文采可觀，意思詳序，攀龍附鳳，並登天府。」張敏集載頭責子羽文曰〔七〕：「余友有秦生者，雖有姊夫之尊，少而狎焉。同時好暱〔八〕，有太原温長仁顒、潁川荀景伯寓、范陽張茂先華、士卿劉文生許、南陽鄒潤甫湛、河南鄭思淵詡。數年之中，繼踵登朝，而此賢身處陋巷，屢沽而無善價，亢志自若，終不衰墮，爲之慨然。又怪諸賢既已在位，曾無伐木嚶鳴之聲，甚違王貢彈冠之義，故因秦生容貌之盛，爲頭責之文以戲之，并以嘲六子焉。雖似諧謔，實有興也。」其文曰：「維泰始元年，頭責子羽曰：『吾託子爲頭，萬有餘日矣。大塊稟我以精，造我以形。我爲子植髮膚、置鼻耳、安眉須、插牙齒，眸子摛光，雙顴隆起〔九〕。每至出入之間，遨遊市里，行者辟易，坐者竦跽。或稱君侯，或言將軍，捧手傾側，佇立崎嶇。如此者，故我形之足偉也。子冠冕不戴，金銀不佩，釵以當笄，帢以代幗〔一〇〕，旨味弗嘗，食粟茹菜，隈摧園間，糞壤汙黑，歲莫年過，曾不自悔。子厭我於形容，我賤子乎意態。若此者乎，必子行己之累也。子遇我如讐，我視子如仇，居常不樂，兩者俱憂〔一一〕，何其鄙哉！子欲爲人寳也〔一二〕，則當如皋陶、后稷、巫咸、伊陟，保乂王家，永見封殖。子欲爲名高也，則當如許由、子威、卞隨、務光、洗耳逃禄，千歲流芳。子欲爲遊説也，則當如陳軫、蒯通、陸生、鄧公〔一三〕，轉禍爲福，令辭從容〔一四〕。子欲爲進趣也，則當如賈生之求試，終軍之請使。砥礪鋒穎，以幹王事。子欲爲恬淡也，則當如老聃之守一，莊周之自逸。廓然離欲，志陵雲日。子欲爲隱遁也〔一五〕，則當如榮期之帶索，漁父之瀺灂，棲遲神丘，垂餌巨壑。此一介之所以顯身成名者也〔一六〕。今子上不希道德，中不效儒墨，塊然窮賤，守此愚惑。察子之情，覩子之志，退不爲於處士，進無望於三事，而徒翫日勞形，習爲常人之所喜，不亦過乎！』於是子羽愀然深念而對曰：『凡所教敕，謹聞命矣。以受性拘係〔一七〕，不聞禮義，設以天幸，爲子所寄。今欲使吾爲忠也，即當如伍胥屈平。欲使吾爲信也，則當殺身以成名。欲使吾爲介節邪〔一八〕，則當赴水火以全貞。此四者，人之所忌，故吾不敢造意。』頭曰：『子所謂天刑地網，剛德之尤，不登山抱木，則褰裳赴流。吾欲告爾以養性，誨爾以優游，而以蟣蝨同情〔一九〕，不聽我謀，悲哉！俱寓人體，而獨爲子頭！且擬人其倫，喻子儕偶。子不如太原温顒〔二〇〕、潁川荀寓、范陽張華、士卿劉許、南陽鄒湛、河南鄭詡。此數子者，或謇喫無宫商，或尪陋希言語，或淹伊多姿態，或讙譁少智謂，或口如含膠飴，或頭如巾齏杵〔二一〕，而猶文采可觀，意思詳序，攀龍附鳳，並登天府。夫舐痔得車，沈淵得珠〔二二〕，豈若夫子徒令脣舌腐爛，手足沾濡哉！居有事之世，而恥爲權圖，譬猶鑿池抱甕，難以求富。嗟乎子羽！何異檻中之熊〔二三〕，深穽之虎，石間饑蟹，竇中之鼠。事力雖勤，見功甚苦。宜其拳局翦蹙〔二四〕，至老無所希也。支離其形，猶能不困，非命也夫！豈與夫子同處也〔二五〕。』」

【校　文】

「謇喫」「喫」，景宋本及沈本作「吃」。

注「許由子威」「威」，沈本作「臧」。

注「廓然離欲」「欲」，沈本作「俗」。

注「不聞禮義」「聞」，景宋本及沈本俱作「閑」。

注「爲忠也」「爲信也」「也」，沈本俱作「邪」。

注「而以蟣蝨同情」「以」，沈本作「與」。

注「而猶文采可觀」「猶」下沈本有「以」字。

注「翦蹙」「翦」，景宋本及沈本俱作「煎」。

【箋　疏】

〔一〕李慈銘云：「案『式』當作『彧』，『保』當作『俁』。三國志荀彧傳『子俁御史中丞』，注引荀氏家傳曰『俁字叔倩，子寓，字景伯』，又引世語云云，與此同。」程炎震云：「『祖式、父保』，當據魏志十荀彧傳改作『祖彧、父俁』。」

〔二〕魏志劉放傳曰：「放薨，子正嗣。」注云：「臣松之案：頭責子羽曰士卿劉許，字文生，正之弟也。與張華六人，並稱文辭可觀，意思詳序。晉惠帝世，許爲越騎校尉。」隋志云：「梁有宗正劉訏集二卷，録一卷，亡。」新唐志作劉許。程炎震云：「魏書劉放傳『子正』，裴注曰：『頭責子羽文曰士卿劉許，字文生，正之弟也。與張華六人並稱，文辭可觀，意思詳序。』」

〔三〕晉書地理志：武帝平吴，分南陽立義陽郡。張敏此文作於泰始元年，在未平吴之前。故注引此文，兩稱南陽鄒湛。此作義陽者，蓋後來所改。然惠帝時分南陽立新野郡，而此不稱新野，則臨川所據者晉初之本也。

〔四〕李慈銘云：「案『褒』當作『袤』。晉書鄭袤傳：『袤字林叔，滎陽開封人，漢大司農衆之元孫。』父即范書所言公業也。」

〔五〕通雅卷五曰：「讒㥒，一作謇喫。列子曰：讒㥒凌誶，好陵責駡人也。㥒，吃也。説文曰：急性也。方言：讒㥒，吃也。或謂之軋，謂之歰。郭璞曰：江東曰喋，皆謂口吃好言之狀。頭責子羽文『或謇喫無宫商』。喫，廣韻音毄。」

〔六〕嘉錫案：言其頭小而鋭，如擣齏之杵，而冠之以巾也。初學記十九引劉思真醜婦賦云「頭似研米槌」。

〔七〕隋志有晉尚書郎張敏集二卷，梁五卷。唐宋志仍二卷。洪邁容齋五筆四曰：「故篋中得舊書一帙，題爲晉代名臣文集，凡十有四家。所載多不能全。有張敏者，太原人，仕歷平南參軍、太子舍人、濟北長史。其一篇曰頭責子羽文，極爲尖新。古來文士，皆無此作。恐藝文類聚、文苑英華或有之。

惜其泯没不傳，謾采之以遺博雅君子。其文九百餘言，頗有東方朔客難、劉孝標絶交論之體。集仙傳所載神女成公智瓊傳見於太平廣記，蓋敏之作也。」嚴可均全晉文八十曰：「張敏，太原中都人，咸寧中爲尚書郎，領祕書監，太康初出爲益州刺史。」文廷式補晉書藝文志丁部六曰：「張敏集，遂初堂書目尚著録。是此書南宋猶存。」嘉錫案：張敏仕履，得洪氏、嚴氏所述而始全。然洪氏未考世説，故不知頭責子羽文具存孝標注中。且云文苑英華或有之。夫英華上繼文選，起自梁代，安得有晉人文耶？嚴氏又未考五筆，故所載官職不完。智瓊傳見廣記六十一，不著姓名。洪氏知爲張敏所作者，據晉代名臣文集也。嚴氏僅從書鈔百二十九采其神女傳三句，而於此傳全篇失收，傳中有張華神女賦序一篇，全晉文五十八張華文中亦未録入，皆千慮之一失也。文選五十六劍閣銘注引臧榮緒晉書曰：「張載作劍閣銘，益州刺史張敏見而奇之，乃表上其文。世祖遣使鐫石記焉。」據今晉書張載傳，事在太康初。

〔八〕李慈銘云：「案洪氏邁容齋五筆引此文小有異同。其此本灼然誤者，輒注其旁。可互通者别出之。『狎焉』作『狎之』，『好暱』作『暱好』。」

〔九〕漢書東方朔傳：「上復問朔：『方今公孫丞相、兒大夫、董仲舒之倫，先生自視何與比哉？』朔對曰：『臣觀其臿齒牙，樹頰頦，吐脣吻，擢項頤，結股腳，連脽尻，遺蛇其迹，行步偊旅，臣朔雖不肖，尚兼此數子者。』」張敏所謂植髮膚云云，其意度蓋出於此。

〔一〇〕李慈銘云：「洪本兩『不』字俱作『弗』。『帢』作『帞』，乃『帕』之誤，『帕』即『帢』字。『幗』作『帶』，當以洪本爲是，帶與戴佩韻。」

〔一一〕漢書匈奴傳曰：「高后時，冒頓寖驕，迺爲書使使遺高后曰：『陛下獨立，孤僨獨居。兩者不樂，無以自虞。』」

〔一二〕李慈銘云：「『人寶』洪本作『仁賢』，誤。」

〔一三〕漢書鼂錯傳曰：「錯已死，謁者僕射鄧公爲校尉，擊吴楚爲將，還見上，上問曰：『道軍所來，聞鼂錯死，吴楚罷不？』鄧公曰：『吴爲反數十歲矣。發怒削地，以誅錯爲名，其意不在錯也。且臣恐天下之士，拑口不敢復言矣。』上曰：『何哉？』鄧公曰：『夫鼂錯患諸侯彊大不可制，故請削之，以尊京師。萬世之利也。計畫始行，卒受大戮，内杜忠臣之口，外爲諸侯報仇。臣竊爲陛下不取也。』於是景帝喟然長息曰：『公言善，吾亦恨之。』迺拜鄧公爲城陽中尉。鄧公，成固人也。多奇計。建元年中上招賢良，公卿言鄧先。鄧先時免，起家爲九卿，一年，復謝病，免歸。」

〔一四〕李慈銘云：「洪本令作含，疑此誤。」（以下「李云」並據洪邁容齋五筆校。）

〔一五〕李云：「廓作漢，欲作俗。六『也』字俱作『耶』，古也耶通用，也自爲古。」

〔一六〕李云：「一介之下有人字，此脱。」

〔一七〕李云：「受上無以字，此誤衍。」

〔一八〕李云：「設作誤。三『也』字亦皆作耶，伍作包。」

〔一九〕李云：「以作與。」

〔二〇〕李云：「子不如作曾不如。案當作子曾不如。」

〔二一〕程炎震云：「文心雕龍諧隱篇作握舂杵。」

〔二二〕李云：「猶下有以字，與正文合。得珠作竊珠。」

〔二三〕李云：「檻中作牢檻。」

〔二四〕李云：「翦作煎。」

〔二五〕李云：「洪本作命也夫與子同處。」

8 王渾與婦鍾氏共坐，見武子從庭過，渾欣然謂婦曰：「生兒如此，足慰人意。」婦笑曰：「若使新婦得配參軍，生兒故可不啻如此！」王氏家譜曰：「倫字太沖〔一〕，司空穆侯中子，司徒渾弟也。醇粹簡遠，貴老、莊之學，用心淡如也。爲老子例略、周紀。年二十餘，舉孝廉，不行。歷大將軍參軍。年二十五卒，大將軍爲之流涕。」〔二〕

【校文】

注「倫字太沖」 「倫」，沈本作「淪」。

【箋疏】

〔一〕李慈銘云：「案閨房之内，夫婦之私，事有難言，人無由測。然未有顯對其夫，欲配其叔者。此即倡家蕩婦，市里淫姏，尚亦慙於出言，赧其顔頰。豈有京陵盛閥，太傅名家，夫人以禮著稱，乃復出斯穢語？齊東妄言，何足取也！『倫』當作『淪』。」

〔二〕程炎震云：「御覽三百九十一引郭子同，惟末有『淪字太沖，爲晉文王大將軍，從征壽春，遇疾亡，時人惜焉』五句。蓋郭子本文，而臨川删之，下軍字上當脱參字。」

9　荀鳴鶴、陸士龍二人未相識〔一〕，俱會張茂先坐。張令共語。以其並有大才，可勿作常語。陸舉手曰：「雲間陸士龍。」荀答曰：「日下荀鳴鶴。」陸曰：「既開青雲覩白雉，何不張爾弓，布爾矢？」荀答曰：「本謂雲龍騤騤，定是山鹿野麋。獸弱弩彊，是以發遲。」張乃撫掌大笑。晉百官名曰：「荀隱字鳴鶴，潁川人。」荀氏家傳曰：「隱祖昕，樂安太守。父岳，中書郎。隱與陸雲在張華坐語，互相反覆，陸連受屈，隱辭皆美麗，張公稱善云。世有此書，尋之未得〔二〕。歷太子舍人、廷尉平，蚤卒。」

【箋疏】

〔一〕晉書陸機傳吴士鑑注曰：「荀岳墓碣云：『岳字於伯，小字異姓，樂平府君之第一子。夫人東萊劉仲雄之女。息男隱，字鳴鶴。隱，司徒左西曹掾。子男瓊，字華孫。』又歷叙岳之官閥，自本郡功曹史至中書侍郎。案世説注引家傳：『岳父昕，樂安太守。』當據碑作『樂平』以正之。家傳：隱官廷尉平，而碑作左西曹掾。蓋初爲廷尉平，而終於西曹掾，亦當以碑爲得實。劉仲雄名毅，有傳。惟荀昕不見史傳，碑又不敢直書其名。考魏志荀攸傳：攸叔父衢。裴注引荀氏家傳曰：『衢子祈，字伯旗，位至濟陰太守。』疑昕與祈即一人，因字形相近而誤。或曾歷濟陰、樂平兩郡，而碑與傳各舉其一耳。」嘉錫案：荀岳墓碣見芒洛冢墓遺文三編，題爲墓誌銘，略云：「君樂平府君第二子。」碑陰又云：「岳字於伯，小字異妵。」考妵字始見左傳昭二十一年云：「宋華妵居於公里。」説文云：「妵，女字也。從女，主聲。」廣韻上聲四十五厚云：「妵，天口切，人名。」吳氏引作「樂平第一子」，又引作「小字異姓」。蓋諦視拓本不審耳。碑立於元康五年十月，而云「息男隱，字鳴鶴，年十九」。隱雖蚤卒，未必即死於是年。然則碑言隱官司徒掾，蓋立碑時之官。家傳言歷廷尉平，蚤卒，則其最後之官。吳氏以爲終於西曹掾，非也。樂平君之名，以其字伯旗推之，當是旂常之旂。作祈與昕者，皆傳寫之誤。

〔二〕「世有此書，尋之未得」兩句，乃孝標之語，謂有一書具載鳴鶴、士龍反覆之辭，而尋之未得，故不能知其詳也。

10 陸太尉詣王丞相，陸玩，已見。王公食以酪。陸還遂病。明日與王牋云：「昨食酪小

過，通夜委頓。民雖吴人，幾爲傖鬼。」〔一〕

【箋　疏】

〔一〕程炎震云：「晉書玩傳云：『其輕易權貴如此。』」嘉錫案：吴人以中州人爲傖人，見雅量篇「褚公於章安令」條。又案：類聚七十二引笑林曰：「吴人至京，爲設食者有酪蘇，未知是何物也，强而食之。歸吐，遂至困頓。謂其子曰：『與傖人同死，亦無所恨，然汝故宜慎之。』」笑林爲魏邯鄲淳所著，在陸玩之前，疑玩即用其語，以戲王導耳。

11　元帝皇子生〔一〕，普賜群臣。殷洪喬謝曰：殷羨，已見。「皇子誕育，普天同慶。臣無勳焉，而猥頒厚賚。」中宗笑曰：「此事豈可使卿有勳邪？」

【箋　疏】

〔一〕程炎震云：「元帝六男，惟簡文帝生於即位之後，此當即簡文也。」

12　諸葛令、王丞相共争姓族先後，王曰：「何不言葛、王，而云王、葛？」令曰：「譬言驢馬，不言馬驢，驢寧勝馬邪？」〔一〕諸葛恢。

【校　文】

注「諸葛恢」　「恢」下景宋本及沈本有「已見」二字。

【箋　疏】

〔一〕嘉錫案：凡以二名同言者，如其字平仄不同，而非有一定之先後如夏商、孔顔之類，則必以平聲居先，仄聲居後，此乃順乎聲音之自然，在未有四聲之前，固已如此。故言王、葛驢馬，不言葛、王馬驢，本不以先後爲勝負也。如公穀、蘇李、嵇阮、潘陸、邢魏、徐庾、燕許、王孟、韓柳、元白、温李之屬皆然。

13 劉真長始見王丞相，時盛暑之月，丞相以腹熨彈棊局，曰：「何乃淘！」〔一〕吴人以冷爲淘。劉既出，人問見王公云何，劉曰：「未見他異，唯聞作吴語耳。」語林曰：「真長云：『丞相何奇，止能作吴語及細唾也。』」〔二〕

【箋　疏】

〔一〕李慈銘云：「案玉篇：『洶，虚觥切，水浪洶洶聲。』廣韻：『呼宏切，水石聲，又大也。』集韻：『水相激聲。』俱無冷訓。説文：『訇，騃言聲。』韻會引作『駭言聲』。訇從言，匀省聲，虎横切。洶即從訇聲。蓋因寒而駭呼，其聲若宏，因爲洶字耳。今吴下亦無此方言。」嘉錫案：演繁露卷六云：「玉篇：『洶者，虚觥反，水石聲也。』腹熨棋局，水石之聲非所言也。今鄉俗狀凉冷之狀者曰『冷洶洶』，即真長之謂吴語也乎？」案程大昌爲休寧人，其地於春秋及三國時正屬吴，據其所言，則南宋猶有此吴語矣。尊客乃以今吴下無此方言爲疑。然則劉真長、裴榮期、劉義慶、劉孝標皆不解方言，誤以他郡語作吴語也乎？李詳云：「詳案：太平御覽七百五十五引作『何如乃瀙』，注：『吴人以冷爲瀙也。音楚敬切。』説文：『瀙，冷寒也。』段注引此條云：『御覽引此事，洶作瀙。集韻類篇同楚慶切，吴人謂冷也。今吴俗謂冷物附他物，其語如鄭國之鄭，即瀙字也。』」文廷式純常子枝語卷三云：「御覽七百五十四引世説『丞相以腹熨彈棊局，問曰：何如乃滯』注：『吴人以冷爲滯也，音楚敬切。』卷三十四引語林作『何乃洶』。洶字亦音楚敬切。余謂瀙、洶皆清字之别體耳。曲禮：『冬温而夏清。』釋文：『清，才性反，字從冫，冰冷也。本或作水旁，非也。』呂氏春秋有度篇：『冬不用簍，非愛簍也，清有餘也。』即此字。」

〔二〕嘉錫案：吾鄉呼冷物附身凉浸肌骨者，其音如靚，亦即瀙字。此句之義，當以段氏説爲定。俞正燮癸巳類稾七有夥頤何乃洶還音義一篇，謂何字爲句，即陳涉傳之「夥頤」，似可備一説。至謂「乃洶」

即六朝俗語之「寧馨」，則迂曲不可通矣。程氏本銅熨斗齋隨筆七之説，亦以「乃滀」爲「那亨」。日知録二十九曰：「五方之語，雖各不同，然使友天下之士而操一鄉之音，亦君子之所不取也。故仲由之喭，君子病之；鴃舌之人，孟子所斥。而宋書謂『高祖雖累葉江南，楚言未變，雅道風流，無聞焉爾』。又謂『長沙王道憐素無才能，言音甚楚。舉止施爲，多諸鄙拙』。世説言『劉真長見王丞相，惟聞作吴語』。又言『王大將軍年少時，舊有田舍名，語音亦楚』（見豪爽篇）。又言『支道林入東，見王子猷兄弟還，人問：「見諸王何如？」答曰：「見一群白項烏，但聞喚啞啞聲。」』（見輕詆篇）夫以創業之君，中興之相，不免時人之議，而況於士大夫乎？北齊楊愔稱裴讞之曰：『河東士族，京官不少，惟此家兄弟全無鄉音。』其所賤可知矣。」嘉錫又案：顧氏謂士大夫不宜操鄉音，固是通論，然瑯琊王氏本非吴人，而以吴語爲真長、道林所笑，故當别自有意，非鄉音之謂也。蓋四方之音不同，各操土風，互相非笑，惟以帝王都邑所在，聚四方之人，而通其語言，去泰去甚，便爲正音，顔氏家訓論之詳矣（已見雅量篇「桓公伏甲設饌」條）。東漢、魏、晉並都洛陽，風俗語言爲天下之準則。及五胡雲擾，中原士夫相牽過江，雖久居吴土，舉目有山河之異。而舉止風流，猶有承平故態。談玄便思正始名士，詠詩必學洛下書生。雖曰樂操土風，亦所以自表其爲故家舊族也。王導系出瑯玡，生於京洛，思舊之情，時縈夢寐。觀其於洛水邊游戲，（見企羨篇「王丞相過江」條，及輕詆篇「王丞相輕蔡公」條。）津津樂道，知其不忘故土矣。第以元帝初鎮建康，吴人不附，導勸帝虚己順心，引用南士（見晉書本傳）。又自欲與陸玩結婚（見方正篇），皆所以調和南北，消弭異同也。即其造次之間，偶作吴語，亦將以此達彼我之情，猶之禹入裸國而裸耳。陳寅恪曰：「王導、劉惔本北人，而又皆士族，導何故用吴語接之？蓋東晉之初，基業未固，導欲籠絡江東人心，作吴語者，亦其開濟政策之一端也。觀世説政事篇所載『王丞相拜揚州，賓客數百人，並加霑接，人人有説色。因過胡人前彈指曰：「蘭闍！蘭闍！」群胡同笑』，則知導接胡人，尚操胡語。然此不過一時之權略，自不可執以爲三百年之常規明矣。」寅恪此言，可謂識微之論。然則真長之譏王導，無乃猶未察其用心，而索之於形骸之内也乎？抱朴子譏惑篇曰：「上國衆事，所以勝江表者多，然亦有可否者。君子行禮，不求變俗，謂違本邦之他國，不改其桑梓之法也。況其在於父母之鄉，亦何爲當事棄舊，而更强學乎？乃有轉易其聲音，以效北語。既不能便良，似可恥可笑。所謂不得邯鄲之步，而有匍匐之嗤者，此猶其小者耳。乃有遭喪者，而學中國哭者，令忽然無復念之情。昔鍾儀、莊舄不忘本聲，孔子云：『喪親者若嬰兒之失母，其號豈常聲之有？寧令哀有餘而禮不足。』哭以洩哀，妍媸何在？而乃冶飾其音，非痛切之謂也。」葛洪抱朴子成於建武元年（見自叙）。然則西晉之末，因中原士大夫之渡江，三吴子弟慕其風流，已有轉易聲音以效北語者。相沿日久，浸以成俗。但中原士大夫與吴中士庶談，或不免作吴語。王子猷兄弟雖系出高門，而生長江左，習慣自然，竟忘舊俗。群居共語，開口便作吴音。固宜爲支道林之所譏笑矣。陳寅恪曰：「宋書顧琛傳云：『先是宋世江東貴達者，會稽孔季恭、季恭子靈符、吴興丘淵之及琛吴音不變。』寅恪案：史言唯此數人吴音不變，則其餘士族雖本吴人，亦不操吴音，斷可知矣。（此下有論洛生詠一節，已見雅量篇「桓公伏甲」條下。）顏氏家訓音辭篇云：『易服而與之談，南方士庶，數音可辨。隔垣而與之語，北方朝野，終日難分。』寅恪案：南北所以如此不同者，蓋江左士族操北語，而庶人操吴語。河北則社會階級雖殊，而語音無別故也。南史王敬則傳云：『王敬則，臨淮射陽人也，僑居晉陵南沙縣。』南齊書王敬則傳云：『敬則名位雖達，不以富貴自遇。接士庶皆吴語，而殷勤周悉。』寅恪案：據敬則傳，東晉南朝官吏接士人則用北語，接庶人則用吴語。是士人皆北語階級，而庶人皆吴語階級，得以推知。此點可與顏氏家訓音辭篇互證。」又曰：「永嘉南渡之士族，其北方原籍雖各有不同，然大抵操洛陽近傍之方言，似無疑義。故吴人之仿效北語，亦當同是洛陽近傍之方言。如洛生詠，即其一證也。」嘉錫案：寅恪之論吴語，詳矣。然東晉士大夫僑居既久，又日與吴中士庶應接，自不免雜以吴音。况其子孫生長江南，習其風土，則其所操北語必不能盡與洛下相同。蓋不純北，亦不純南，自成爲一種建康語耳。觀顏氏家訓音辭篇以洛下與金陵並言，可以悟矣。

14 王公與朝士共飲酒，舉瑠璃盌謂伯仁曰：「此盌腹殊空，謂之寶器，何邪？」以戲周之無能。答曰：「此盌英英，誠爲清徹，所以爲寶耳！」

【校　文】

諸「盌」字　景宋本俱作「椀」。

「所以爲寶耳」「耳」下沈本有「公乃王導」四字，分列兩行，爲小注。

15 謝幼輿謂周侯曰：「卿類社樹，遠望之，峨峨拂青天；就而視之，其根則群狐所託，下聚溷而已！」謂顗好媟瀆故。答曰：「枝條拂青天，不以爲高；群狐亂其下，不以爲濁。聚溷之穢，卿之所保，何足自稱！」

16 王長豫幼便和令，丞相愛恣甚篤。每共圍棊，丞相欲舉行，長豫按指不聽〔一〕。丞相笑曰：「詎得爾？相與似有瓜葛。」蔡邕曰：「瓜葛，疎親也。」〔二〕

【箋　疏】

〔一〕程炎震云：「『按指不聽』，晉書六十五悅傳云『争道』。」

〔二〕珩璜新論云：「俗所謂瓜葛，亦有所出也。後漢禮儀志上陵儀注：『苟先帝有瓜葛之屬，男女畢會也。』」嘉錫案：玉臺新詠二樂府詩集七十七魏明帝種瓜篇云：「與君新爲婚，瓜葛相牽連。」

17 明帝問周伯仁：「真長何如人？」答曰：「故是千斤犗特。」〔一〕王公笑其言。伯仁曰：「不如卷角牸，有盤辟之好。」〔二〕以戲王也。

【箋疏】

〔一〕玉篇云：「犗，加敗切。犗之言割也，割去其勢，故謂之犗。」說文云：「扑特，牛父也。」嘉錫案：真長年少有才，故伯仁比之騸牛，言其馴擾而有千斤之力也。

〔二〕嘉錫案：玉篇云：「牸，母牛也。」論語鄉黨篇：「足躩如也。」集解引包氏曰：「足躩，盤辟貌。」敦煌本論語鄭注作「逡巡貌」。然則盤辟即逡巡也。漢書何武傳曰：「坐舉方正，所舉者，槃辟雅拜。」師古曰：「槃辟，猶言槃旋也。」又儒林傳曰：「魯徐氏善爲頌。」注蘇林曰：「不知經，但能盤辟爲禮容。」以此數說考之，則盤辟爲從容雅步，不能速行之貌也。牛老則卷角，筋力已盡，行步盤旋，不能速進。政事篇載庾亮譏導曰：「公之遺事，天下未以爲允。」又言：「導晚年略不復省事，自歎曰：『人言我憒憒，後人當思此憒憒。』」是導在當時雖爲元老宿望，而有不了事之稱，故伯仁以此戲之。

18 王丞相枕周伯仁厀，指其腹曰：「卿此中何所有？」答曰：「此中空洞無物，然容卿輩數百人。」

19 干寶向劉真長中興書曰：「寶字令升，新蔡人。祖正〔一〕，吳奮武將軍。父瑩，丹陽丞〔二〕。寶少以博學才器著稱，歷散騎常侍。」敘其搜神記，孔氏志怪曰：「寶父有嬖人，寶母至妬，葬寶父時，因推著藏中。經十年而母喪，開墓，其婢伏棺上，就視猶煖，漸有氣息。輿還家，終日而蘇。説寶父常致飲食，與之接寢，恩情如生。家中吉凶，輒語之，校之悉驗。平復數年後方卒。寶因作搜神記，中云『有所感起』是也。」〔三〕劉曰：「卿可謂鬼之董狐。」春秋傳曰：「趙穿攻晉靈公於桃園，趙宣子未出境而復。太史書：『趙盾弑其君。』宣子曰：『不然。』對曰：『子爲正卿，亡不越境，反不討賊，非子而誰？』孔子曰：『董狐，古之良史也，書法不隱。趙盾，古之賢大夫也，爲法受惡。』」

【箋疏】

〔一〕程炎震云：「祖正，晉書八十二寶傳作祖統。」

〔二〕文廷式純常子枝語卷六云：「晉書干寶傳：『父瑩，丹陽丞。』輿地紀勝：嘉興府古跡有干瑩墓。注云：『干寶父也。墓在海鹽。』」

〔三〕嘉錫案：唐無名氏文選集注六十二江文通擬郭弘農游仙詩注引雷居士豫章記云：「吳猛，豫章建寧人。干慶爲豫章建寧令，死已三日。猛曰：『明府算曆未應盡，似是誤耳。今爲參之。』乃沐浴衣裳，復死於慶側。經一宿，果相與俱生。慶云：『見猛天曹中論訴之。』慶即干寶之兄。寶因之作搜神記。故其序云：『建武中，有所感起，是用發憤焉。』」案此所引「有所感起」句，與孝標注合。然今搜神記自序乃無此句。蓋今本出於後人搜輯，非干寶原書，其自序則録自晉書本傳，已經史臣刊削，不全故也。晉書兼載寶父婢再生及兄死復悟兩事。然不及吴猛，又不詳寶兄之名。御覽八百八十七廣記三百七十八引幽明録，記干慶事雖詳，然不言爲干寶之兄。獨見於文選集注，亦可謂珍聞也矣。

20 許文思往顧和許，顧先在帳中眠。許至，便徑就牀角枕共語。許琛已見。既而唤顧共行，顧乃命左右取枕上新衣，易己體上所著。許笑曰：「卿乃復有行來衣乎？」

【校　文】

「取枕上新衣」　「枕」，景宋本作「机枕」，沈本作「其枕」。

21 康僧淵目深而鼻高，王丞相每調之。僧淵曰：「鼻者面之山，管輅别傳曰：「鼻者天中之山。」相書曰：「鼻之所在爲天中，鼻有山象，故曰山。」目者面之淵。山不高則不靈，淵不深則不清。」〔一〕

【箋　疏】

〔一〕李詳云：「案梁簡文謝安吉公主餉胡子一頭啟：『山高水深，宛在其貌。』即用僧淵此事。胡子者，胡奴也。僧淵本胡人。」

22 何次道往瓦官寺禮拜甚勤。充崇釋氏，甚加敬也。阮思曠語之曰：「卿志大宇宙，尹子曰：「天地四方曰宇，往古來今曰宙。」勇邁終古。」終古，往古也。楚辭曰：「吾不能忍此終古也。」何曰：「卿今日何故忽見推？」阮曰：「我圖數千户郡，尚不能得；卿迺圖作佛，不亦大乎！」思曠，裕也。

23 庾征西大舉征胡，既成行，止鎮襄陽。晉陽秋曰：「翼率衆入沔，將謀伐狄。既至襄陽，狄尚彊，未可決戰。會康帝崩，兄冰薨，留長子方之守襄陽，自馳還夏。」殷豫章與書，送一折角如意以調之。豫章，殷羨。庾答書曰：「得所致，雖是敗物，猶欲理而用之。」

【校　文】

注「還夏」　景宋本「夏」下有「口」字。

24 桓大司馬乘雪欲獵，先過王、劉諸人許。真長見其裝束單急，問：「老賊欲持此何作？」桓曰：「我若不爲此，卿輩亦那得坐談？」語林曰：「宣武征還，劉尹數十里迎之，桓都不語，直云：『垂長衣，談清言，竟是誰功？』劉答曰：『晉德靈長，功豈在爾？』」二人說小異，故詳載之。

25 褚季野問孫盛：「卿國史何當成？」孫云：「久應竟，在公無暇，故至今日。」褚曰：「古人『述而不作』，何必在蠶室中！」漢書曰：「李陵降匈奴，武帝甚怒。太史令司馬遷盛明陵之忠，帝以遷爲陵遊說，下遷腐刑。乃述唐、虞以來，至于獲麟，爲史記。遷與任安書曰：『李陵既生降，僕又茸之以蠶室。』」蘇林注曰：「腐刑者，作密室蓄火，時如蠶室。」舊時平陰有蠶室獄。

26 謝公在東山，朝命屢降而不動。後出爲桓宣武司馬，將發新亭，朝士咸出瞻送。高靈時爲中丞〔一〕，亦往相祖。先時，多少飲酒，因倚如醉，戲曰：「卿屢違朝旨，高卧東山，諸人每相與言：『安石不肯出，將如蒼生何？』今亦蒼生將如卿何？」謝笑而不答〔二〕。高靈已見。婦人集載桓玄問王凝之妻謝氏曰：「太傅東山二十餘年，遂復不終，其理云何？」謝答曰：「亡叔太傅先正，以無用爲心，顯隱爲優劣，始末正當動靜之異耳。」

【箋　疏】

〔一〕高崧見言語篇「謝萬拜豫州都督」條。但彼注云：「阿酃，崧小字也。」此作靈爲異。

〔二〕程炎震云：「晉書七十一崧傳，不言嘗爲中丞，蓋略之。安傳則同此。又安傳云：『安甚有愧色。』」

27 初，謝安在東山居，布衣，時兄弟已有富貴者〔一〕，翕集家門，傾動人物。劉夫人戲謂安曰：「大丈夫不當如此乎？」謝乃捉鼻曰：「但恐不免耳！」〔二〕

【箋　疏】

〔一〕通鑑一百胡注曰：「謝尚、謝奕、謝萬皆爲方伯，盛於一時。」

〔二〕通鑑注曰：「言恐亦不免如諸兄弟也。」嘉錫案：安意蓋謂己本無心於富貴，故屢辭徵召而不出。但時勢逼人，政恐終不得免耳。安少有鼻疾，語音重濁（見雅量篇注）。所以捉鼻者，欲使其聲輕細以示鄙夷不屑之意也。能改齋漫録三乃謂「安所以不仕，政畏桓温。其答妻之言，蓋畏温知之而不免其禍，非爲不免富貴也」。以文義考之，其説非是。

28 支道林因人就深公買印山〔一〕，深公答曰：「未聞巢、由買山而隱。」〔二〕逸士傳曰：

「巢父者，堯時隱人。山居，不營世利，年老以樹爲巢而寢其上，故號巢父。」高逸沙門傳曰：「遁得深公之言，慙恧而已。」

【箋疏】

〔一〕程炎震云：「印山當作岬山，見德行言語篇注。高僧傳四亦作岬山。音義云：『吾浪切，山名，在越剡縣。』」

〔二〕嘉錫案：印山當作岬山。高僧傳四竺道潛傳曰：「支遁遣使求買岬山之側沃洲小嶺，欲爲幽棲之處。潛答云：『欲來輒給，豈聞巢、由買山而隱。』」

29 王、劉每不重蔡公。二人嘗詣蔡，語良久，乃問蔡曰：「公自言何如夷甫？」答曰：「身不如夷甫。」王、劉相目而笑曰：「公何處不如？」答曰：「夷甫無君輩客！」

30 張吴興年八歲，虧齒，玄之已見。先達知其不常，故戲之曰：「君口中何爲開狗竇？」張應聲答曰：「正使君輩從此中出入！」

【校　文】

「答曰」　沈本無「答」字。

31 郝隆七月七日出日中仰卧。人問其故，答曰：「我曬書。」〔一〕征西寮屬名曰：「隆字佐治，汲郡人。仕吴至征西參軍。」〔二〕

【箋　疏】

〔一〕玉燭寶典卷七及太平御覽卷三十一並引崔寔四民月令曰：「七月七日曝經書及衣裳。」故郝隆因此自謂曬書，亦兼用邊韶「腹便便，五經笥」之語耳。

〔二〕李慈銘云：「案『吴』字疑衍。」

32 謝公始有東山之志，後嚴命屢臻，勢不獲已，始就桓公司馬。于時人有餉桓公藥草，中有「遠志」。公取以問謝：「此藥又名『小草』，何一物而有二稱？」本草曰：「遠志一名棘宛，其葉名小草。」謝未即答。時郝隆在坐〔一〕，應聲答曰：「此甚易解：處則爲遠志，出則爲小草。」謝甚有愧色〔二〕。桓公目謝而笑曰：「郝參軍此過乃不惡〔三〕，亦極有會。」

【箋疏】

〔一〕李詳云：「御覽九百八十九引『郝隆在坐』下有『謝因曰「郝參軍有知識，試復通看」』二語。」

〔二〕爾雅釋草曰：「葽繞、棘蒬。」注曰：「今遠志也。似麻黄，赤華，葉鋭而黄，其上謂之小草。」廣雅云：「大觀本草六引神農本經曰：『遠志味苦温。主欬逆傷中，補不足，除邪氣，逆九竅，益智慧，耳目聰明不忘，强志倍力，久服輕身不老。葉名小草，一名棘菀，一名葽繞，一名細草。』注引陶隱居曰：『小草狀似麻，黄而青。』又引蘇頌圖經曰：『遠志，根黄色，形如蒿根，苗名小草。』古方通用遠志、小草，今醫但用遠志，稀用小草。」嘉錫案：據此，則遠志之與小草，雖一物而有根與葉之不同。葉名小草，根不可名小草也。郝隆之答，謂出與處異名，亦是分根與葉言之。根埋土中爲處，葉生地上爲出。既協物情，又因以譏謝公，語意雙關，故爲妙對也。

〔三〕「郝參軍此過」，「過」，御覽及渚宫舊事五並作「通」。

33 庾園客詣孫監，值行，見齊莊在外，尚幼，而有神意。庾試之曰：「孫安國何在？」即答曰：「庾稺恭家。」庾大笑曰：「諸孫大盛，有兒如此！」又答曰：「未若諸庾之翼翼。」還，語人曰：「我故勝，得重喚奴父名。」孫放別傳曰：「放兄弟並秀異，與庾翼子園客同爲學生。園客少有佳稱，因談笑嘲放曰：『諸孫於今爲盛。』盛，監君諱也。放即答曰：『未若諸庾之翼翼。』放應機制勝，時人仰焉。

司馬景王、陳、鍾諸賢相酬，無以踰也。」〔一〕

【校　文】

正文及注「庾園客」　「園」，景宋本及沈本作「爰」。

【箋　疏】

〔一〕李慈銘云：「案父執盡敬，禮有明文。入門問諱，尤宜致慎。而魏、晉以來，舉此爲戲，效市井之脣吻，成賓主之嫌仇。越檢踰閑，深堪忿疾。而鍾、馬行之於前，孫、庾效之於後。歆其狂藥，傳爲佳談。夫子云：『群居終日，言不及義，好行小慧，難矣哉！』若此者，乃不義之極致，小慧之下流。誤彼後生，所宜深戒。『愛親者，不敢惡於人；敬親者，不敢慢於人。』斯道也，自天子以達於庶人，一也。」

34　范玄平在簡文坐，談欲屈，引王長史曰：「卿助我。」范汪別傳曰：「汪字玄平，潁陽人。左將軍略之孫〔一〕。少有不常之志，通敏多識，博涉經籍，致譽於時。歷吏部尚書、徐兗二州刺史。」王曰：「此非拔山力所能助！」史記曰：「項羽爲漢兵所圍，夜起歌曰：『力拔山兮氣蓋世，時不利兮騅不逝。』」

【箋　疏】

〔一〕程炎震云：「晉書七十五汪傳潁陽作順陽，略作畧。」

35　郝隆爲桓公南蠻參軍，三月三日會，作詩。不能者，罰酒三升。隆初以不能受罰，既飲，攬筆便作一句云：「娵隅躍清池。」桓問：「娵隅是何物？」答曰：「蠻名魚爲娵隅。」桓公曰：「作詩何以作蠻語？」隆曰：「千里投公，始得蠻府參軍，那得不作蠻語也！」

【校　文】

「三月三日會，作詩。不能者」　渚宮舊事五作「三月三日大會參佐，令賦詩，遲者」。

「三升」　景宋本及沈本作「三斗」。

「蠻語也」　渚宮舊事五無「也」字，「語」下有「温大笑」三字。

36　袁羊嘗詣劉恢〔一〕，恢在内眠未起。袁因作詩調之曰：「角枕粲文茵，錦衾爛長筵。」唐詩曰：「晉獻公好攻戰，國人多喪，其詩曰：『角枕粲兮，錦衾爛兮，予美亡此，誰與獨旦？』」袁故嘲之。劉尚晉明帝女，晉陽秋曰：「恢尚廬陵長公主，名南弟。」主見詩，不平曰：「袁羊，古之遺狂！」

【校文】

注「唐詩曰」 沈本「詩」下有「序」字。

【箋疏】

〔一〕程炎震云：「恢當作惔，各本皆誤，下同。」

37 殷洪遠答孫興公詩云：「聊復放一曲。」〔一〕劉真長笑其語拙，問曰：「君欲云那放？」殷曰：「榼臘亦放，何必其鎗鈴邪？」〔二〕殷融，已見。

【箋疏】

〔一〕嘉錫案：「放一曲」，謂放聲長歌也。

〔二〕榼與榻同，見廣韻入聲二十八盍。榼臘者，擊鼓之聲也。說文曰：「鼛，鼓聲也。」段玉裁改鼓聲爲鼛聲。注云：「司馬法曰：『鼛聲不過闒。』音義曰：『闒，吐臘反。劉湯答反。闒即鼛字也。』投壺音義曰：『鄭呼爲鼙也。其聲下，其音榻榻然。榻音吐臘反，榻亦即鼛也。』」史記上林賦『鏗鎗鏜鼛』，漢書、文選作『闛鞈』。郭璞曰：『闛鞈，鼓音也。』此渾言之耳。鼙亦鼓也。淮南兵略訓：『若聲之與響，若鏜之與鞈。』高注：『鏜鞈，鼓鼙聲。』此謂鏜鼓聲，鞈鼙聲也。」嘉錫案：段氏所引司馬法，今本無。其文見周禮大司馬鄭注，故有陸德明音義也。鼛爲鼓聲，通作榻，故疾言之則爲榻榻，徐言之則爲榻臘。隋書樂志下：「龜兹、疎勒樂器，皆有答臘鼓。」答臘即榻臘，蓋象其聲以爲之名也。通典一百四十四曰：「答臘鼓制，廣羯鼓而短，以指揩之，其聲甚震。俗謂之揩鼓。」敦煌瑣綴中有唐人所作字寶，其入聲字有「手檐拉」，蓋檐臘本爲鼓聲，及轉爲答臘，又轉爲檐拉，遂爲揩鼓之專名。以其純用手擊，故謂之「手檐拉」。可與此條互證。說文曰：「鎗，鐘聲也。」段注曰：「引申爲他聲。」廣雅釋訓曰：「鈴，鈴聲也。」此云「檐臘亦放，何必鎗鈴」者，謂己詩雖不工，亦足以達意，何必雕章繪句，然後爲詩？猶之鼓雖無當於五聲，亦足以應節，何必金石鏗鎗，然後爲樂也？

38 桓公既廢海西，立簡文，晉陽秋曰：「海西公諱奕，字延齡，成帝子也。興寧中即位。少同閹人之疾，使宮人與左右淫通生子。大司馬温自廣陵還姑孰，過京都，以皇太后令，廢帝爲海西公。」侍中謝公見桓公拜。桓驚笑曰：「安石，卿何事至爾？」謝曰：「未有君拜於前，臣立於後！」

39 郗重熙與謝公書，道：「王敬仁聞一年少懷問鼎。郗曇、王脩，已見。史記曰：「楚莊王觀兵於周郊，周定王使王孫滿迎勞楚王，王問鼎大小輕重，對曰：『在德不在鼎。』莊王曰：『子無阻九鼎，楚國折鉤之喙，足以爲九鼎也。』」不知桓公德衰，爲復後生可畏？」春秋傳曰：「齊桓公伐楚，責苞茅之不貢。」論語曰：「後生可畏，焉知來者之不如今？」孔安國曰：「後生，少年。」

【校　文】

注「郗曇王脩」　沈本無「王脩」二字。

40 張蒼梧是張憑之祖，嘗語憑父曰：「我不如汝。」憑父未解所以。蒼梧曰：「汝有佳兒。」張蒼梧碑曰：「君諱鎮，字義遠，吴國吴人。忠恕寬明，簡正貞粹。泰安中，除蒼梧太守。討王含有功，封興道縣侯。」憑時年數歲，歛手曰：「阿翁，詎宜以子戲父？」

41 習鑿齒、孫興公未相識，同在桓公坐。桓語孫：「可與習參軍共語。」孫云：「『蠢爾蠻荆』，敢與大邦爲讎？」習云：「『薄伐獫狁』，至于太原。」〔一〕小雅詩也。毛詩注曰：「蠢，動也。荆蠻，荆之蠻也。獫狁，北夷也。」習鑿齒，襄陽人。孫興公，太原人。故因詩以相戲也。

【箋　疏】

〔一〕渚宫舊事五云「王恂，太原人，爲征南主簿。在温坐嘲習鑿齒」云云，與本書及注皆不同。蓋别有所本。然爲征南主簿，乃琅邪王珣，非太原人。舊事不可從。

42 桓豹奴是王丹陽外生，形似其舅，桓甚諱之。豹奴，桓嗣小字。中興書曰：「嗣字恭祖，車騎將軍沖子也。少有清譽。仕至江州刺史。」王氏譜曰：「混字奉正，中軍將軍恬子。仕至丹陽尹。」宣武云：「不恒相似，時似耳！恒似是形，時似是神。」桓逾不説〔一〕。

【箋　疏】

〔一〕朱子語類百三十八云：「因説外甥似舅，以其似母故也。問：『形似母，情性須别？』曰：『情性也似，大抵形是箇重濁底，占得地步較闊。情性是箇輕清底，易得走作。』」嘉錫案：語類所謂情性之似，即神似也。如朱子説，則人之似其母，形似處多，而神似處少。桓嗣方以似其舅爲諱，而温謂其神似，故逾不説。但人生似舅，世所常有，不曉豹奴何故諱之也？

43 王子猷詣謝萬，林公先在坐，瞻矚甚高。王曰：「若林公鬚髮並全，神情當復勝此不？」謝曰：「脣齒相須，不可以偏亡。春秋傳曰：「脣亡齒寒。」鬚髮何關於神明！」林公意甚惡，曰：「七尺之軀，今日委君二賢。」〔一〕

【校文】

「鬚」　景宋本俱作「須」。

【箋疏】

〔一〕容止篇：謝公云：「見林公雙眼黯黯明黑。」孫興公見林公「稜稜露其爽」。嘉錫案：容止篇「王長史」條注言：「林公之形，信當醜異。」疑道林有齞脣歷齒之病。謝萬惡其神情高傲，故言正復有髮無關神明；但脣亡齒寒，爲不可缺耳。其言謔而近虐，宜林之怫然不悦也。

44　郗司空拜北府，南徐州記曰：「舊徐州都督以東爲稱。晉氏南遷，徐州刺史王舒加北中郎將。北府之號，自此起也。」王黄門詣郗門拜，云：「應變將略，非其所長。」驟詠之不已。郗倉謂嘉賓曰：「公今日拜，子猷言語殊不遜，深不可容！」倉，郗融小字也。郗氏譜曰：「融字景山，愔第二子，辟琅邪王文學，不拜而蚤終。」嘉賓曰：「此是陳壽作諸葛評。蜀志陳壽評曰：「亮連年動衆，而無成功，蓋應變將略，非其所長也。」王隱晉書曰：「壽字承祚，巴西安漢人。好學，善著述。仕至中庶子。初，壽父爲馬謖參軍，諸葛亮誅謖，髡其父頭。亮子瞻又輕壽。故壽撰蜀志，以愛憎爲評也。」人以汝家比武侯，復何所言？」

【校　文】

注「故壽撰蜀志」　景宋本無「故壽」二字，非。

45 王子猷詣謝公，謝曰：「云何七言詩？」東方朔傳曰：「漢武帝在栢梁臺上，使群臣作七言詩。」七言詩自此始也。子猷承問，答曰：「昂昂若千里之駒，汎汎若水中之鳧。」出離騷。

46 王文度、范榮期俱爲簡文所要。范年大而位小，王年小而位大。將前，更相推在前。既移久，王遂在范後。王因謂曰：「簸之揚之，糠秕在前。」范曰：「洮之汰之，沙礫在後。」〔一〕王坦之、范啟已見。世説是孫綽、習鑿齒言。

【校　文】

注「世説」　「世」，景宋本及沈本作「一」。

【箋疏】

〔一〕程炎震云："晉書五十六綽傳作孫、習語。"詩小雅大東曰："維南有箕，不可以簸揚。"書仲虺之誥曰："肇我邦予有夏，若苗之有莠，若粟之有秕。"孔傳曰："始我商家，國於夏世，欲見翦除，若莠生苗，若秕在粟，恐被鋤治簸颺。"釋文曰："颺，音揚。"嘉錫案：文度之言，全出孔傳。釋慧琳一切經音義二十八引通俗文云："淅米謂之洮汰。"榮期因文度比之爲糠秕，故亦取義於淅米。米經洮汰，則沙礫留於最後也。

47　劉遵祖少爲殷中軍所知，稱之於庾公。庾公甚忻然，便取爲佐。既見，坐之獨榻上與語。劉爾日殊不稱，庾小失望，遂名之爲"羊公鶴"。昔羊叔子有鶴善舞，嘗向客稱之。客試使驅來，氃氋而不肯舞〔一〕。故稱比之。徐廣晉紀曰："劉爰之字遵祖，沛郡人。少有才學，能言理。歷中書郎、宣城太守。"

【校文】

"忻然"　景宋本及沈本無"然"字。

【箋　疏】

〔一〕影宋本太平寰宇記百十八：「朗州武陵縣鶴澤。案劉義慶説苑曰：『晉羊祜領荆州，於沅陵澤中得鶴，教其舞以娛賓。因名爲鶴澤。』」王象之輿地紀勝六十八「常德府鶴澤」條下引爲説苑，不出姓名。且駁之曰：「象之竊謂羊祜在晉，止屯襄陽，不應得鶴於此而有其地。及羊祜已没，杜預繼之，始平吴耳。其年月不相應，當考。」嘉錫案：劉義慶説苑、隋唐志皆不著録，亦不見他書引用，恐是寰宇記之誤。以其既稱義慶姓名，姑存之以備參考。輿地紀勝六十四云：「晉羊祜鎮荆州，江陵澤中多有鶴，常取之教舞以娛賓客。因名曰鶴澤。後人遂呼江陵郡爲鶴澤。」

48 魏長齊雅有體量〔一〕，而才學非所經。初宦當出，虞存嘲之曰：「與卿約法三章：談者死，文筆者刑，商略抵罪。」魏怡然而笑，無忤於色。魏氏譜曰：「顗字長齊，會稽人。祖胤，處士。父説，大鴻臚卿。顗仕至山陰令。」漢書曰：「沛公入咸陽，召諸父老曰：『天下苦秦苛法久矣，今與父老約法三章耳：殺人者死，傷人及盜抵罪。』」應劭注曰：「抵，至也。但至於罪。」

【箋　疏】

〔一〕程炎震云：「金樓子立言篇作魏長高。又云：『更覺長高之爲高，虞存之爲愚也。』則長齊當作長高，草書相近之誤耳。」

49 郗嘉賓書與袁虎，道戴安道、謝居士云：「恒任之風，當有所弘耳。」以袁無恒，故以此激之。袁、戴、謝並已見。

50 范啟與郗嘉賓書曰：「子敬舉體無饒縱，掇皮無餘潤。」郗答曰：「舉體無餘潤，何如舉體非真者？」范性矜假多煩，故嘲之。

51 二郗奉道，二何奉佛，皆以財賄。謝中郎云：「二郗諂於道，二何佞於佛。」〔一〕中興書曰：「郗愔及弟曇奉天師道。」晉陽秋曰：「何充性好佛道，崇修佛寺，供給沙門以百數。久在揚州，徵役吏民，功賞萬計，是以爲遐邇所譏。充弟準，亦精勤，唯讀佛經、營治寺廟而已矣。」

【校　文】

注「唯讀佛經」　景宋本及沈本無「唯」字。

注「而已矣」　景宋本及沈本無「矣」字。

【箋　疏】

〔一〕嘉錫案：事詳術解篇「郗愔信道」條。法苑珠林五十五（支那撰述百二十卷本）引冥祥記曰：「晉司空廬江何充，字次道，弱而信法，心業甚精。常於齋堂，置於空座，筵帳精華，絡以珠寶，設之積年，庶降神異。後大會，道俗甚盛。」可見其佞佛之甚也。高僧傳十竺佛圖澄傳曰：「尚書張良、張離等，家富事佛，各起大塔。澄謂曰：『事佛在於清静無欲，慈矜爲心。檀越雖儀奉大法，而貪悋未已，遊獵無度，積聚不窮，方受現世之罪，何福報之可希耶？』」然則如充之聚斂財賄，以營寺塔，非惟達識之所譏，亦古德高僧所不許也。

52 王文度在西州，與林法師講〔一〕，韓、孫諸人並在坐。林公理每欲小屈，孫興公曰：「法師今日如著弊絮在荆棘中，觸地挂閡。」

【箋　疏】

〔一〕程炎震云：「坦之未嘗爲揚州，支遁下都在哀帝時，王述方刺揚州，蓋就其父官廨中設講耳。」

53 范榮期見郗超俗情不淡，戲之曰：「夷、齊、巢、許，一詣垂名，何必勞神苦形，支策據梧邪？」郗未答。韓康伯曰：「何不使遊刃皆虚？」莊子曰：「昭文之鼓琴，師曠之支策，惠子之據梧，三子之智幾矣，皆其盛也，故載之末年。庖丁爲文惠君解牛，三年之後，未嘗見全牛也。用刀十九年矣，所解數千牛，而刀刃若新發於硎。文惠君問之，庖丁曰：『彼節者有間，而刀刃無厚；以無厚入有間，恢恢乎其於遊刃必有餘地。』」

【校　文】

注「數千牛」　景宋本及沈本無「數」字。

54 簡文在殿上行，右軍與孫興公在後。右軍指簡文語孫曰：「此噉名客！」簡文顧曰：「天下自有利齒兒。」後王光禄作會稽，謝車騎出曲阿祖之〔一〕，王蘊、謝玄，已見。王孝伯罷秘書丞在坐，謝言及此事，因視孝伯曰：「王丞齒似不鈍。」王曰：「不鈍，頗亦驗。」〔二〕

【箋　疏】

〔一〕程炎震云：「謝玄時蓋鎮廣陵。」

〔二〕嘉錫案：「噉名客」與「利齒兒」，語意不甚可解。名既不可噉，且噉名亦何須利齒？若謂簡文此語爲指右軍言之，則右軍僅寥寥一語，未可便謂之「利齒兒」。考宋曾慥類説四十九載殷芸小説引世說作「右軍指孫曰：『此是啖石客。』簡文曰：『公豈不聞天下自有利齒兒耶？』」夫簡文既稱右軍爲公，則不得復呼之爲「利齒兒」，益知此語不爲右軍而發。蓋道家有啖石之法，右軍以興公善於持論，然多强辭奪理，故戲之爲「啖石客」。簡文聞之，便解其意，因答言彼齒牙堅利，自能啖石耳。亦以譏興公也。下文謝玄亦云「王丞齒似不鈍」，正是以右軍戲興公者譏之。後人不解啖石之義，妄改爲噉名。又以簡文語與右軍意不相干，復改右軍指孫爲指簡文語孫，於是右軍與簡文共嘲興公者，變爲二人互相嘲矣。不知使此語在簡文即位以後，則天子也。即在未即位以前，亦相王也。右軍非狂誕之徒，安敢如此輕相戲侮耶？宋晁載之續談助卷四載殷芸小説引世説「右軍指孫曰」，指下多一「謂」字，簡文下多「聞之」二字，餘與今本同，似不如類説所引爲得其真。惟「噉名」亦作「噉石」，知今本名字，確爲傳寫之誤矣。

55 謝遏夏月嘗仰卧，謝公清晨卒來，不暇著衣，跣出屋外，方躡履問訊。公曰：「汝可謂前倨而後恭。」戰國策曰：「蘇秦説惠王而不見用，黑貂之裘弊，黄金百斤盡，大困而歸。父母不與言，妻不爲下機，嫂不爲炊。後爲從長，行過洛陽，車騎輜重甚衆，秦之昆弟妻嫂側目不敢視。秦笑謂其嫂曰：『何先倨而後恭？』嫂謝曰：『見季子位高而金多。』秦歎曰：『一人之身，富貴則親戚畏懼，貧賤則輕易之，而況於他人哉！』」

56 顧長康作殷荆州佐，請假還東。爾時例不給布颿，顧苦求之，乃得。發至破冢，遭風大敗。周祇隆安記曰：「破冢，洲名，在華容縣。」作牋與殷云：「地名破冢，真破冢而出。行人安穩，布颿無恙。」〔一〕

【箋疏】

〔一〕説文禾部新附云：「穩，蹂穀聚也。一曰安也。从禾，隱省。古通用安隱。」禮記曲禮云：「主人不問，客不先舉。」鄭注云：「客自外來，宜問其安否無恙。」爾雅釋詁云：「恙，憂也。」郭注云：「今人云無恙，謂無憂也。」藝文類聚七十五引風俗通曰：「無恙，俗説疾也。凡人相見及書問者，曰：『無疾耶？』按上古之時，草居露宿。恙，噬蟲也，食人心。凡相勞問者曰：『無恙乎？』非爲疾也。」嘉錫案：應劭此語，顔師古匡謬正俗八已據爾雅駁之。謂恙非食人之蟲。然由此可見漢、晉時常語於人之無憂無病者，皆謂之無恙。布帆，物也，非人也，安得謂之無恙乎？蓋本當云：「布帆安穩，行人無恙。」因帆已破敗，不可言安穩，故易其語以見意。此乃以文滑稽耳。後人習聞此語，而不曉其意，以爲長康欲誑仲堪，詭言布帆未破，於是凡言及物之完好如故者，輒曰「布帆無恙」，非也。

57 符朗初過江，裴景仁秦書曰：「朗字元達，符堅從兄〔一〕。性宏放，神氣爽悟。堅常曰：『吾家千里駒也。』堅爲慕容沖所圍，朗降謝玄，用爲員外散騎侍郎。吏部郎王忱與兄國寶命駕詣之。沙門法汰問朗曰：『見王吏部兄弟未？』朗曰：『非一狗面人心，又一人面狗心者是邪？』忱醜而才，國寶美而狠故也。朗常與朝士宴，時賢並用唾壺，朗欲夸之，使小兒跪而張口，唾而含出。又善識味，會稽王道子爲設精饌，訖，問：『關中之食，孰若於此？』朗曰：『皆好。唯鹽味小生。』即問宰夫，如其言。或人殺雞以食之，朗曰：『此雞棲，恒半露。』問之，亦驗。又食鵝炙，知白黑之處，咸試而記之，無豪釐之差。著符子數十篇，蓋老、莊之流也。朗矜高忤物，不容於世，後衆讒而殺之。」王咨議大好事，問中國人物及風土所生，終無極已，王氏譜曰：「肅之字幼恭，右將軍羲之第四子。歷中書郎、驃騎咨議。」朗大患之。次復問奴婢貴賤，朗云：「謹厚有識中者乃至十萬，無意爲奴婢問者止數千耳。」

【校文】

正文及注諸「符」字　景宋本俱作「苻」。

注「性宏放」　「宏」，景宋本作「宕」。

【箋疏】

〔一〕嘉錫案：苻朗爲苻堅從兄子，此注「兄」下脱「子」字。

58 東府客館是版屋。謝景重詣太傅，時賓客滿中，初不交言，直仰視云：「王乃復西戎其屋。」〔一〕秦詩叙曰：「襄公備其兵甲，以討西戎，婦人閔其君子，故作詩曰：『在其版屋，亂我心曲。』」毛公注曰：「西戎之版屋也。」

【箋　疏】

〔一〕程炎震云：「左思三都賦序曰：『見在其版屋，則知秦野西戎之宅。』」嘉錫案：此必座中之人有不可於意者，故不與之交言，且微辭以譏之。

59 顧長康噉甘蔗，先食尾。問所以，云：「漸至佳境。」〔一〕

【箋　疏】

〔一〕嘉錫案：類聚八十七引世説曰：「顧愷之爲虎頭將軍，每食蔗，自尾至本。人或問，曰：『漸入佳境。』」與今本不同。考晉書職官志無虎頭將軍之號，亦絶不見於他書。宋人修太平御覽，多採用類聚，而其九百七十四甘蔗門改引晉書「顧愷之每食蔗」云云，則類聚之誤審矣。宋吴曾能改齋漫録五引世説，與類聚全同。然曾所徵引，往往即從類書販稗得之，未必所見世説果有異於今本也。歷代名畫記五曰：「顧愷之字長康，小字虎頭。」然則虎頭是小字，而非官名。及叙其仕履，僅云：「義熙初，爲散騎常侍。」且自注其下曰：「見晉史、中興書、檀道鸞續晉陽秋、劉義慶世説及顧集。」可見愷之並未嘗爲將軍也。孫志祖讀書脞録五亦云虎頭將軍，未悉其爲何等官屬。仍當以名畫記爲正。

60 孝武屬王珣求女壻，曰：「王敦、桓温，磊砢之流，既不可復得，且小如意，亦好豫人家事，酷非所須。正如真長、子敬比，最佳。」珣舉謝混。後袁山松欲擬謝婚，續晉陽秋曰：「山松，陳郡人。祖喬，益州刺史。父方平，義興太守。山松歷秘書監、吳國内史。孫恩作亂，見害。初，帝爲晉陵公主訪壻於王珣，珣舉謝混云：『人才不及真長，不減子敬。』帝曰：『如此便已足矣。』」王曰：「卿莫近禁臠。」〔一〕

【箋疏】

〔一〕李詳云：「詳案：晉書謝安傳附謝混載此語云：『元帝始鎮建業，公私窘罄，每得一㹠，以爲珍膳。項上一臠尤美，輒以薦帝。群下未嘗敢食，于時呼爲禁臠。故珣因以爲戲。』」程炎震云：「混傳云云，蓋是世説本文，而今本失之。不然，禁臠二字，孝標不容無注也。」建康實録十曰：「案中興書：初元帝出鎮建鄴，屬永嘉喪亂，天下分離，公私窘罄。每得一㹠，爲珍膳。項上一臠尤美，輒將薦帝，群下未嘗敢食。於時呼爲禁臠。或曰鶉炙也。故珣以爲戲。」頂上，今晉書謝混傳作項上，亦無鶉炙之説。

61 桓南郡與殷荊州語次，因共作了語。顧愷之曰：「火燒平原無遺燎。」桓曰：「白布纏棺豎旒旐。」〔一〕殷曰：「投魚深淵放飛鳥。」次復作危語〔二〕。桓曰：「矛頭淅米劍頭炊。」〔三〕殷曰：「百歲老翁攀枯枝。」顧曰：「井上轆轤臥嬰兒。」殷有一參軍在坐，云：「盲人騎瞎馬，夜半臨深池。」〔四〕殷曰：「咄咄逼人！」〔五〕仲堪眇目故也〔六〕。中興書曰：「仲堪父嘗疾患經時，仲堪衣不解帶數年。自分劑湯藥，誤以藥手拭淚，遂眇一目。」

【箋　疏】

〔一〕豎，渚宮舊事五作附。

〔二〕嘉錫案：古文苑有宋玉大言賦、小言賦，爲楚襄王、唐勒、景差、宋玉共造，如聯句之體。如大言賦：宋玉曰「方地爲車，圓天爲蓋。長劍耿耿倚天外」云云。了語、危語，意蓋仿此。

〔三〕程炎震云：「某氏曰：『内則云：「析稌。」魏武嘲王景興在會稽析粳米。』析與淅古字通，故韓、孟聯句有『析玉不可從』，俗謬改作淅。若淅米，則不合用矛頭也。」嘉錫案：此説穿鑿不可從，淅米固不合用矛頭，炊飯豈當用劍頭耶？此不過言於戰場中造飯，死生呼吸，所以爲危也。

〔四〕李慈銘云：「案晉書顧愷之傳脱『顧曰井上』一句，又脱『夜半』二字，皆誤。當據此補。」

〔五〕嘉錫案：「咄咄」，驚歎之辭。「咄咄逼人」，亦晉人口頭常語。法書要録卷二宋羊欣采古來能書人名曰：「王脩善隸、行，與羲之善，殆窮其妙，子敬每省修書云：『咄咄逼人。』」又卷十王右軍與司空郗公書曰：「獻之，字子敬，少有清譽，善隸書，咄咄逼人。」淳化閣帖卷五衛夫人書曰：「衛有一弟子王逸少，甚能學衛真書，咄咄逼人。」

〔六〕嘉錫案：此出語林，見類林雜説五引。

62 桓玄出射，有一劉參軍與周參軍朋賭，垂成，唯少一破。劉謂周曰：「卿此起不破，我當撻卿。」〔一〕周曰：「何至受卿撻？」劉曰：「伯禽之貴，尚不免撻，而況於卿！」尚書大傳曰：「伯禽與康叔見周公，三見而三笞。康叔有駭色，謂伯禽曰：『有商子者，賢人也，與子見之。』乃見商子而問焉。商子曰：『南山之陽有木焉，名喬。』二三子往觀之，見喬實高高然而上。反，以告商子。商子曰：『喬者，父道也。南山之陰有木焉，名曰梓。』二三子復往觀焉，見梓實晉晉然而俯。反以告商子。商子曰：『梓者，子道也。』二三子明日見周公，入門而趨，登堂而跪。周公拂其首，勞而食之，曰：『爾安見君子乎？』」禮記曰：「成王有罪，周公則撻伯禽。」亦其義也。周殊無忤色。桓語庾伯鸞曰：晉東宮百官名曰：「庾鴻字伯鸞，潁川人。」庾氏譜曰：「鴻祖義，

吴國内史。父楷，左衛將軍。鴻仕至輔國内史。」〔二〕「劉參軍宜停讀書，周參軍且勤學問。」〔三〕

【箋　疏】

〔一〕嘉錫案：此蓋桓玄僚屬，分朋賭射。劉、周同在一朋，周當起射，如不破的，則全朋不勝，故戲言激之。

〔二〕李慈銘云：「案義當作羲，太尉亮次子也。晉書作會稽内史。（此據楷傳。而羲本傳作吴興内史，則誤。吴興非國，當曰太守，不當曰内史也。吴興蓋吴國之譌。）左衛將軍，晉書作左將軍。輔國内史亦有誤。輔國惟有將軍，安得有内史？」

〔三〕嘉錫案：劉瀲引故事，比擬不倫，以書傳資其利口，故曰宜停讀書。周被駡而無忤色，蓋本不知伯禽爲何人，故曰「且勤學問」。

63 桓南郡與道曜講老子，王侍中爲主簿在坐。桓曰：「王主簿，可顧名思義。」王未答，且大笑。桓曰：「王思道能作大家兒笑。」道曜，未詳。思道，王禎之小字也。老子明道，禎之字思道，故曰「顧名思義」〔一〕。

【箋疏】

〔一〕程炎震云：「禎當作楨，品藻篇『楨之字公幹』，則字當從木，晉書亦從木。」

64 祖廣行恒縮頭。詣桓南郡，始下車，桓曰：「天甚晴朗，祖參軍如從屋漏中來。」祖氏譜曰：「廣字淵度，范陽人。父台之，仕光禄大夫。廣仕至護軍長史。」

【校文】

注「仕光禄大夫」 景宋本及沈本無「仕」字。

65 桓玄素輕桓崖，崖在京下有好桃，玄連就求之，遂不得佳者。崖，桓脩小字。續晉陽秋曰：「脩少爲玄所侮，於言端常嗤鄙之。」玄與殷仲文書，以爲嗤笑曰：「德之休明，肅慎貢其楛矢；如其不爾，籬壁間物亦不可得也。」國語曰：「仲尼在陳，有隼集陳侯之庭而死，楛矢貫之，石砮尺有咫。問於仲尼。仲尼曰：『隼之來遠矣。此肅慎之矢也。昔武王克商，通道于九夷百蠻，使各以方賄貢，於是肅慎氏貢楛矢。古者分異姓之職〔一〕，使不忘服也，故分陳以肅慎之貢；若求之故府，其可得。』使求，得之金櫝，如初。」〔二〕

【箋疏】

〔二〕程炎震云：「國語作『分異姓以遠方之職貢』，此恐有脱字。」

〔三〕「如初」，國語作「如之」。

輕詆第二十六

1 王太尉問眉子：「汝叔名士，何以不相推重？」眉子已見。叔，王澄也。眉子曰：「何有名士終日妄語？」

2 庾元規語周伯仁：「諸人皆以君方樂。」周曰：「何樂？謂樂毅邪？」史記曰：「樂毅，中山人。賢而爲燕昭王將軍，率諸侯伐齊，終於趙。」庾曰：「不爾，樂令耳！」周曰：「何乃刻畫無鹽，以唐突西子也。」〔一〕列女傳曰：「鍾離春者，齊無鹽之女也。其醜無雙，黄頭深目，長壯大節，鼻昂結喉，肥項少髮，折腰出胸，皮膚若漆。行年三十，無所容入，衒嫁不售，乃自詣齊宣王，乞備後宫，因説王以四殆。王拜爲正后。」吴越春秋曰：「越王句踐得山中採薪女子，名曰西施，獻之吴王。」

【校　文】

注「鍾離春」「春」，景宋本作「春」。

【箋　疏】

〔一〕程炎震云：「文選卷四十任昉到大司馬記室箋曰：『惟此魚目，唐突璵璠。』注引孔融汝潁優劣論：陳群曰：「頗有蕪菁，唐突人參。』張銑注：『唐突，詆觸也。』駢雅訓纂卷二曰：『按翟氏灝通俗編卷十三引毛詩鄭箋「豕之性唐突難禁制」，後漢書殷熲傳「唐突諸郡」，曹植牛鬭詩「欻起相唐突」，晉子夜歌「小喜多唐突」，晉書周顗傳「唐突西施」，南史王思遠傳「唐突卿宰」，陸厥傳「那得此道人，禄蔌似隊父唐突人」，又後漢書孔融傳「揬突宮掖」，文選長笛賦「犇遯碭突」，揬與碭皆唐之通用字。困學紀聞云「唐突見南史陸厥傳」，不知其前已多見。』此條援據甚博，惟考今本范書孔融傳實作唐，不作揬。惠氏棟後漢書補注卷十六唐突注引丁度曰：『搪突，觸也。』吴曾曰律有唐突之罪。」嘉錫案：能改齋漫録一曰：「律有唐突之罪。」漢馬融長笛賦曰：「濕瀑噴沫，犇遯碭突。」李善注：「碭，徒郎切。」以唐爲碭。魏曹子建牛鬭詩云：「行至土山頭，欻起相搪突。」見太平廣記。

3 深公云：「人謂庾元規名士，胸中柴棘三斗許。」〔一〕

【箋　疏】

〔二〕程炎震云：「周嬰巵林引此條，下有『深公即殷源也』六字。力辨其誤。今以此本無此注，故不録人。巵林又曰：『方正篇載深公語，則元規於法深不薄，今乃發輕詆。夫倚庾之貴以拒誹，訾庾之短以鬻重，法深豈高逸沙門哉？』」

4 庾公權重，足傾王公。庾在石頭，王在冶城坐〔一〕，大風揚塵，王以扇拂塵曰：「元規塵汙人！」〔二〕按王公雅量通濟，庾亮之在武昌，傳其應下，公以識度裁之，囂言自息。豈或回貳有扇塵之事乎？

王隱晉書戴洋傳曰：「丹陽太守王導，問洋得病七年，洋曰：『君侯命在申，爲土地之主，而於申上冶，火光昭天，此爲金火相爍，水火相炒，以故相害。』導呼冶令奕遜，使啟鎮東徙，今東冶是也。」丹陽記曰：「丹陽冶城，去宮三里，吴時鼓鑄之所，吴平猶不廢。」又云：「孫權築冶城，爲鼓鑄之所。」既立石頭大塢，不容近立此小城，當是徙縣冶空城而置冶爾。冶城疑是金陵本冶〔三〕。漢高六年，令天下縣邑〔四〕，秣陵不應獨無。

【校　文】

注「昭天」　「昭」，景宋本作「照」。

注「金火相爍」　「爍」，景宋本及沈本作「鑠」。

【箋　疏】

〔一〕李詳云：「詳案：困學紀聞書類周公城録條原注：『世説注云：「推周公城録：治城宜是金陵本里。」』據此知今注『治城』上當奪『推周公城録』五字，『宜』、『疑』、『治』、『里』，並以音同傳寫之誤。萬氏集證謂王原注當在言語篇『謝公登治城』注中，非也。」嘉錫案：困學紀聞二曰：「禹貢釋文：周公職録云：『黄帝受命風后，受圖割地，分九州。』隋唐志無此書。太平御覽一百五十七引太一式占、周公城名録有此三句。夾漈通志藝文略：周公城名録一卷。城、職字相似，恐傳寫之誤。」原注曰「世説注」云云。抱朴子内篇登涉引周公城名録，審言所引未全，今具録之，以見周公城録之確有其書也。姚振宗漢書藝文志拾補五曰：「或稱城名録，或稱職録，大抵是河洛圖緯之佚存者。」程炎震云：「此云庾在石頭，王在冶城。蓋咸和元二年間。晉書導傳云：『亮居外鎮，據上流，擁强兵。』則是亮鎮武昌時，通鑑因之繫之咸康四年。蓋以蘇峻叛前，王、庾不聞有郄也。」

〔二〕嘉錫案：事見雅量篇「往來者云庾公有東下意」條。

〔三〕「縣治空城」、「金陵本治」兩「治」字皆當作「冶」。

〔四〕李慈銘云：「縣邑下脱城字。」漢書注師古曰：「縣之與邑，皆令築城。」

5　王右軍少時甚澀訥〔一〕，在大將軍許，王、庾二公後來，右軍便起欲去。大將軍留之

曰：「爾家司空、王丞相已見。元規，復可所難？」〔二〕

【箋疏】

〔一〕御覽七百三十九引語林曰：「王右軍少嘗患癲，一二年輒發動。後答許詢詩，忽復惡中得二十字云：『取歡仁智樂，寄暢山水陰。清泠澗下瀨，歷落松竹林。』既醒，左右誦之，讀竟，乃歎曰：『癲何預盛德事耶？』」按右軍病癲，他書未聞。裴啟與右軍同時，言或不妄。聊附於此，以爲談助。

〔二〕程炎震云：「王本可作何。」嘉錫案：「王本」即明王世貞評點本。

6 王丞相輕蔡公，曰：「我與安期、千里共遊洛水邊，何處聞有蔡充兒？」〔一〕晉諸公贊曰：「充字子尼，陳留雍丘人。」充別傳曰：「充祖睦，蔡邕孫也〔二〕。充少好學，有雅尚，體貌尊嚴，莫有媟慢於其前者。高平劉整有儁才，而車服奢麗，謂人曰：『紗縠，人常服耳。』嘗遇蔡子尼在坐，終日不自安。』見憚如此。是時，陳留爲大郡，多人士，琅邪王澄嘗經郡境，問：『此郡多士，有誰乎？』〔三〕吏曰：『有江應元、蔡子尼。』時陳留多居大位者，澄問：『何以但稱此二人？』吏曰：『向謂君侯問人，不謂位也。』澄笑而止。充歷成都王東曹掾，故稱東曹。」妒記曰：「丞相曹夫人性甚忌，禁制丞相，不得有侍御，乃至左右小人，亦被檢簡，時有妍妙，皆加誚責。王公不能久堪，乃密營別館，衆妾羅列，兒女成行。後元會日，夫人於青疎臺中，望見兩三兒騎羊，皆端正可念。夫人遙見，甚憐愛之。語婢：『汝出問，是誰家兒？』給使不達旨，乃答云：『是第四王等諸郎。』曹氏聞，驚愕大恚。命車駕，將黄門及婢二十人，人持食刀，自出尋討。王公亦遽命駕，飛轡出門，猶患牛遲。乃以左手攀車蘭〔四〕，右手捉麈尾，以柄助御者打牛，狼狽奔馳，劣得先至。蔡司徒聞而笑之，乃故詣王公，謂曰：『朝廷欲加公九錫，公知不？』王謂信然，自叙謙志。蔡曰：『不聞餘物，唯聞有短轅犢車，長柄麈尾。』王大愧。後貶蔡曰：『吾昔與安期、千里，共在洛水。』〔五〕

【校　文】

「蔡充兒」之「充」及注「充」字，　景宋本俱作「克」。

注「蔡邕孫也」　「孫也」，沈本作「從孫」。

注「嘗經郡境」　景宋本「郡」下有「入」字。

注「第四王等」　「王」，景宋本作「五」。

注「吾昔與安期千里」　景宋本及沈本無「昔」字。

【箋　疏】

〔一〕李慈銘云：「案充，晉書蔡謨傳作克。」

〔二〕越縵堂日記第二十一册（五十七葉）云：「後漢書蔡邕傳邕上疏有『臣年四十有六，孤特一身』之語。

不言其後有子否也。其女文姬傳謂『曹操愍邕無嗣』。案晉書羊祜傳：『祜爲蔡邕外孫，討吳有功，當晉爵土，請以封舅子蔡襲，遂封襲關内侯。』是邕有孫，昔人已有言之者。今案世説輕詆篇注引蔡充別傳曰：『充祖睦，蔡邕孫也。』則邕孫不止一人，尤有明證。充，司徒謨之父。晉書作克，附見謨傳。」嘉錫案：明周嬰卮林六曰：「羊祜討吳有功，將進爵土，乞以賜舅子蔡襲，襲非邕之孫乎？又世説新語注引蔡充別傳曰：『充祖睦，蔡邕孫也。』而晉書蔡謨傳曰：『蔡睦，魏尚書。睦生德，樂平太守。德生充，爲東曹掾。充生謨，至司徒。謨生邵、系等。』世系昭然。邕未嘗爲庭堅之不祀也。而史言『曹操痛邕無嗣，遣使者以金璧贖琰還』，豈爲其子早凋故乎？然蔡豹傳曰：『豹高祖質，漢衛尉左中郎將邕叔父也。祖睦，魏尚書。父宏，陰平太守。』據此，則睦爲邕叔父之孫，與世説注不同，未知孰是。」周氏所考甚詳，越縵豈未之見耶？余以爲羊祜之舅子襲，自是蔡邕之孫。惟是否邕有子先死，僅遺幼孫，抑邕本無子孫，而襲父子以同宗入繼，皆不可知。至於蔡睦，則實非邕後。晉書蔡豹傳有明文可考。元和姓纂八亦云：「蔡攜生稜，稜生邕、質，元孫克。」與晉書合。世説注多脱誤，不可據。各本作「充祖睦，蔡邕孫」者固誤，淳熙本作「蔡邕從孫」，亦非也。以世次考之，睦乃蔡邕從子耳。

〔三〕李慈銘云：「案晉書作『琅邪太守吕豫遣吏迎澄，澄問吏曰』云云。此注入境問下，疑脱吏曰二字。多士疑當作名士。」

〔四〕「蘭」，類聚三十五引妬記作「攔」。案「攔」當從木，作「欄」字。

〔五〕注文「王大愧，後貶蔡曰」下袁本作「吾昔與安期、千里共在洛水集處，不聞天下有蔡克兒。正忿蔡前戲言耳」。

7 褚太傅初渡江，嘗入東，至金昌亭。吴中豪右，燕集亭中。謝歆金昌亭詩叙曰〔一〕：「余尋師，來入經吴，行達昌門，忽覩斯亭，傍川帶河，其榜題曰『金昌』。訪之耆老，曰：『昔朱買臣仕漢，還爲會稽内史，逢其迎吏，遊旅北舍，與買臣争席。買臣出其印綬，群吏慚服自裁。因事建亭，號曰「金傷」，失其字義耳。』」褚公雖素有重名，于時造次不相識别。敕左右多與茗汁，少著粽〔二〕，汁盡輒益，使終不得食。褚公飲訖，徐舉手共語云：「褚季野！」於是四座驚散，無不狼狽。

【校文】

注「遊旅北舍」　景宋本「遊」作「逆」，「北」作「比」。袁本「遊」亦作「逆」。

【箋疏】

〔一〕全晉文百三十五云：「歆爵里未詳。」嘉錫案：隋志注：梁有車騎司馬謝韶集三卷，歆、韶形近，或即其人。

〔二〕李慈銘云：「案通鑑盧循遺劉裕益智粽。宋書：廢帝殺江夏王義恭，以蜜漬目睛，謂之鬼目粽。近儒段玉裁謂粽皆當作粽。廣韻、集韻、類篇、干禄字書皆有粽字，蜜漬瓜食也。桑感切。粽即糝字，今之小菜。齊民要術引廣州記：『益智子取外皮，蜜漬爲糝。』其字徑作糝。胡三省注通鑑曰：『角黍，蓋誤認爲粽。』慈銘案：段説是也。玉篇、廣韻皆以粽爲糉之俗，訓云：『蘆葉裹黍。』與宋書所謂蜜漬者，迥不相合。世説此處粽字亦粽之誤。當以『少著粽』讀句，謂多與以茗汁，而少與以小菜。如今客來與茶，别設菜果也。若作糉，則茗汁中豈可著此？且古人角黍非常食之物，未聞有以此待客者。李本徑改作糉，益誤矣。」嘉錫案：北户録二云：「辯州以蜜漬益智子，食之亦甚美。」注引顔之推云：「今以蜜藏雜果爲粽。」字苑曰：「雜藏果也，音素感反。」嘉錫考之諸書，凡釋粽字，皆謂蜜漬瓜果。蓋即今之所謂蜜餞。凡茶坊中猶爲客設之以佐茶。此俗古今不異。段氏、李氏解爲小菜，非是。藏小菜之法，以鹽不以蜜，且安有以小菜佐茗飲者乎？

8 王右軍在南，丞相與書，每歎子姪不令。云：「虎㹠、虎犢，還其所如。」〔一〕虎㹠，王彭之小字也。王氏譜曰：「彭之字安壽，琅邪人。祖正，尚書郎。父彬，衛將軍。彭之仕至黄門郎。虎犢，彪之小字也。彪之字叔虎，彭之第三弟。年二十而頭鬢皓白，時人謂之王白鬚。少有局幹之稱。累遷至左光禄大夫。」

【校　文】

注兩「鬢」字，景宋本俱作「須」。

【箋　疏】

〔一〕程炎震云：「王導卒於咸康五年，彪之年三十四。此蓋彪之初爲郎時，右軍當在江州。」嘉錫案：言彭之、彪之，生長高門，而才質凡下，羊質虎皮，恰如其名也。嘉錫又案：言彭之真豚犬之流，彪之初生之犢，二人之才正如其小字耳。

9 褚太傅南下，孫長樂於船中視之〔一〕。長樂，孫綽。言次及劉真長死，孫流涕，因諷詠曰：「人之云亡，邦國殄瘁。」大雅詩。毛公注曰：「殄，盡。瘁，病也。」褚大怒曰：「真長平生，何嘗相比數，而卿今日作此面向人！」孫回泣向褚曰：「卿當念我！」〔二〕時咸笑其才而性鄙。

【箋　疏】

〔一〕程炎震云：「此蓋褚裒彭城敗後還鎮京口時，故云南下，永和五年也。其冬，裒卒矣。」

〔二〕程炎震云：「御覽六十六引語林曰：『褚公遊曲阿後湖，狂風忽起，船傾。褚公已醉，乃曰：「此舫人皆無可以招天譴者，唯有孫興公多塵滓，正當以此厭天欲耳！」便欲捉孫擲水中。孫懼無計，唯大呼曰：「季野！卿念我！」』疑即此一事，而此文未全。褚裒曰『真長』云云，亦是常語，孫何爲便作哀鳴？知必有惡劇也。臨川蓋以捉擲水中非佳事，故節取之。又『季野！卿念我』下有注，以季野爲彦回字，誤，今不取。」又云：「曲阿在京口，地亦相合，故是一時事。」嘉錫案：此可見褚裒深惡綽之爲人。

10 謝鎮西書與殷揚州，爲真長求會稽。殷答曰：「真長標同伐異，俠之大者。常謂使君降階爲甚，乃復爲之驅馳邪？」

11 桓公入洛，過淮、泗，踐北境〔一〕，與諸僚屬登平乘樓〔二〕，眺矚中原，慨然曰：「遂使神州陸沈〔三〕，百年丘墟，王夷甫諸人，不得不任其責！」八王故事曰：「夷甫雖居台司，不以事物自嬰，當世化之，羞言名教。自臺郎以下，皆雅崇拱默，以遺事爲高。四海尚寧，而識者知其將亂。」晉陽秋曰：「夷甫將爲石勒所殺，謂人曰：『吾等若不祖尚浮虚，不至於此！』」袁虎率而對曰：「運自有廢興，豈必諸人之過？」桓公懍然作色，顧謂四坐曰：「諸君頗聞劉景升不？劉鎮南銘曰：「表字景升，山陽高平人。

黄中通理，博識多聞。仕至鎮南將軍、荆州刺史。」有大牛重千斤，噉芻豆十倍於常牛，負重致遠，曾不若一羸牸。魏武入荆州，烹以饗士卒，于時莫不稱快。」〔四〕意以況袁。四坐既駭，袁亦失色〔五〕。

【校　文】

「率而」　「而」，景宋本作「爾」。

【箋　疏】

〔一〕程炎震云：「桓温入洛，是永和十二年伐姚襄時，過淮、泗，是太和四年征慕容暐時，首尾十四年，非一役也。此以入洛與過淮、泗並舉，殊誤。晉書温傳叙此於伐姚襄時，而云自江陵北伐，過淮、泗，尤誤。案入洛之役，戴施屯河上，勒舟師以逼許、洛。温不自御也。周保緒晉略列傳二十五曰：『温伐燕，自姑孰乘舟，順江而下。入淮、泗，登平乘樓。』此爲合矣。」嘉錫案：通鑑一百亦叙袁宏之對於永和十二年，蓋沿用晉書之文。文學篇曰：「桓宣武北征，袁虎時從，被責免官。」注引温别傳曰：「温以太和四年上疏，自征鮮卑。」又案：袁宏之免官，不見於晉書本傳。據孝標注，則在太和四年。與此條所云「過淮、泗，踐北境」，正一時之事。蓋宏因此對，失温之意，遂致被責免官矣。温雖頗慕風流，而其人有雄姿大略，志在功名，故能矯王衍等之失。英雄識見，固自不同。

〔二〕程炎震云：「宋書六十三王曇首傳：『太祖鎮江陵，曇首轉長史。太祖入奉大統，曇首固陳，上乃下，嚴兵自衛。中兵參軍朱容子抱刀在平乘户外。』」又六十一武三王江夏王義恭傳曰：「平乘船皆下兩頭，作露手形，不得儗象龍舟，悉不得朱油。」李詳云：「詳案：通鑑一百胡注：『平乘樓，大船之樓。』隋書楊素傳：『樓船亦有平乘之名。』」

〔三〕原本玉篇水部云：「莊子：『是陸沈者也。』司馬彪曰：『無水而沈也。』野王案：陸沈，猶淪翳也。言居陸而若沈溺無聞也。史記『陸沈於俗，避世金馬門』是也。」嘉錫案：陸沈者，無水而沈。淮南子覽冥訓：『是謂坐馳陸沈，晝冥宵明』及此條之神州陸沈，皆其本義。至於莊子則陽篇、史記滑稽傳之以陸沈喻隱淪，論衡謝短篇：「知古不知今，謂之陸沈。」以喻人之不學，則其引伸之義也。通鑑胡注曰：「以王衍等尚清談而不恤王事，以致夷狄亂華也。」身之之言，與劉注同意。

〔四〕晉書殷浩傳庾翼貽浩書曰：「王夷甫，先朝風流士也。然吾薄其立名非真，而始終莫取。若以道非虞、夏，自當超然獨往，而不能謀始，大合聲譽，極致名位，正當抑揚名教，以静亂源。而乃高談莊、老，説空終日。雖云談道，實長華競。及其末年，人望猶存。思安懼亂，寄命推務。而甫自申述，徇小好名。既身囚胡虜，棄言非所。凡明德君子，遇會處際，寧可然乎？而世皆然之。益知名實之未定，弊風之未革也。」嘉錫案：晉人之論王夷甫者，庾翼之言爲最切矣。翼傳言見桓温總角，便期之以遠略，謂有英雄之才。固宜其議論之有合也。又案：文學篇「袁彦伯作名士傳成」，注曰：「宏以裴叔則、樂彦輔、王夷甫、庾子嵩、王安期、阮千里、衛叔寶、謝幼輿爲中朝名士。」然則宏亦祖尚玄虚，服膺夷甫者。桓温所謂諸人，正指中朝名士，固宜爲之强辯矣。

〔五〕通鑑注曰：「温意以牛况宏，徒能糜俸禄，而無經世之用。」

12 袁虎、伏滔同在桓公府，桓公每遊燕，輒命袁、伏，袁甚恥之，恒歎曰：「公之厚意，未足以榮國士，與伏滔比肩，亦何辱如之！」〔一〕

【箋疏】

〔一〕嘉錫案：文選三國名臣序贊引晉陽秋曰：「袁宏爲大司馬府記室參軍。」本書言語篇注引中興書曰：「伏滔少有才學，舉秀才，大司馬桓温參軍。」足證二人同在桓温府也。考文選集注九十四引臧榮緒晉書云：「袁宏好學，善屬文，謝尚以爲豫州别駕，桓温命爲安西參軍。」按之晉書帝紀，桓温之爲安西將軍，在穆帝永和元年。其爲大司馬，在哀帝興寧元年前後。相距已十有八年。宏先爲安西參軍，則其入桓温幕府亦已久矣。今晉書文苑傳不叙宏入安西府事，第云累遷大司馬桓温記室者，略之也。然又云「伏滔先在温府，與宏善」。則不知何據，疑其誤也。

13 高柔在東，甚爲謝仁祖所重。既出，不爲王、劉所知。仁祖曰：「近見高柔，大自敷奏，然未有所得。」真長云：「故不可在偏地居，輕在角觸奴角反。中〔一〕，爲人作議論。」高柔聞之，云：「我就伊無所求。」人有向真長學此言者，真長曰：「我寔亦無可與伊者。」然遊燕猶與諸人書：「可要安固。」安固者，高柔也。孫統爲柔集叙曰：「柔字世遠，樂安人。才理清鮮，安行仁義。婿泰山胡毋氏女，年二十，既有倍年之覺，而姿色清惠，近是上流婦人。柔家道隆崇，既罷司空參軍、安固令〔二〕，營宅於伏川。馳動之情既薄，又愛翫賢妻，便有終焉之志。尚書令何充取爲冠軍參軍，僶俛應命，眷戀綢繆，不能相舍。相贈詩書，清婉辛切。」〔三〕

【校　文】

注「辛切」　「辛」，沈本作「新」。

【箋　疏】

〔一〕李詳云：「詳案：廣韻四覺：『觸，屋角。』今人謂屋隅爲角觸，當作此字。」嘉錫案：今俗作「角落」。

〔二〕程炎震云：「安固縣屬揚州臨海郡。」

〔三〕文廷式補晉書藝文志丁部曰「世説高柔在東」云云，與魏之高柔别是一人。魏高柔，字文惠，三國志有傳。書鈔一百一十高文惠與婦書曰：『今置琵琶一枚，音甚清亮也。』一百三十六高文惠婦與文惠書云：『今奉織成襪一量。』御覽六百八十九高文惠婦與文惠書：『今聊奉組生履一緉。』六百八十八高文惠婦與文惠書曰：『今奉總帢十枚。』據世説注當是高世遠婦。書鈔、御覽誤也。」嘉錫案：文氏説是也。嚴可均全三國文五十四亦疑之，而不能定。今觀世遠夫婦往復書，蓋上擬秦嘉、徐淑，文采必有可觀，惜乎僅存殘篇斷句，無以窺其清婉辛切之旨矣。

14 劉尹、江虨、王叔虎、孫興公同坐，江、王有相輕色。虨以手歙叔虎云：「酷吏！」詞色甚彊。劉尹顧謂：「此是瞋邪？非特是醜言聲，拙視瞻。」言江此言，非是醜拙，似有忿於王也。

15 孫綽作列仙商丘子贊曰：「所牧何物？殆非真豬。儻遇風雲，爲我龍攄。」列仙傳曰：「商丘子胥者，商邑人。好吹竽牧豕，年七十，不娶妻而不老。問其須要，言『但食老朮、昌蒲根，飲水，如此便不飢不老耳』。貴戚富室，聞而服之，不能終歲輒止，謂將有匿術。」孫綽爲贊曰：「商丘卓犖，執策吹竽。渴飲寒泉，飢食菖蒲。所牧何物？殆非真豬。儻逢風雲，爲我龍攄。」時人多以爲能。王藍田語人云：「近見孫家兒作文，道『何物真豬』也。」

【校　文】

注「須要」　景宋本作「道要」。

16　桓公欲遷都〔一〕，以張拓定之業。孫長樂上表諫此議甚有理。桓見表心服，而忿其爲異，令人致意孫云：「君何不尋遂初賦，而彊知人家國事！」孫綽表諫曰：「中宗龍飛，實賴萬里長江，畫而守之耳。不然，胡馬久已踐建康之地，江東爲豺狼之場矣。」綽賦遂初，陳止足之道。

【箋　疏】

〔一〕程炎震云：「永和十二年，桓温請遷都洛陽。」

17　孫長樂兄弟就謝公宿，言至款雜。劉夫人在壁後聽之，具聞其語。謝公明日還，問：「昨客何似？」劉對曰：「亡兄門，未有如此賓客！」夫人，劉惔之妹。謝深有愧色。

18 簡文與許玄度共語，許云：「舉君、親以爲難。」簡文便不復答。許去後而言曰：「玄度故可不至於此！」按邴原別傳：「魏五官中郎將，嘗與群賢共論曰：『今有一丸藥，得濟一人疾，而君、父俱病，與君邪？與父邪？』諸人紛葩，或父、或君。原勃然曰：『父子，一本也。』亦不復難。」君、親相校，自古如此。未解簡文誚許意。

【校文】

注「紛葩」　「葩」，沈本作「紛」。

19 謝萬壽春敗後還〔一〕，書與王右軍云：「慙負宿顧。」〔二〕右軍推書曰：「此禹、湯之戒。」春秋傳曰：「禹、湯罪己，其興也勃焉。」言禹、湯以聖德自罪，所以能興。今萬失律致敗，雖復自咎，其可濟焉？故王嘉萬也〔三〕。

【箋疏】

〔一〕程炎震云：「升平三年，謝萬敗。」

〔二〕嘉錫案：晉書羲之傳「萬爲豫州都督，羲之遺書誡之曰：『願君每與士之下者同，則盡善矣。』萬不能用，果敗。」故此書云「慙負宿顧」也。

〔三〕嘉錫案：注意謂萬雖自咎，亦無所濟。則不當以右軍爲嘉萬。況世説著其事於輕詆篇，是右軍此語，乃譏笑之詞，其不嘉萬亦明矣。王字疑當作不。

20 蔡伯喈睹睞笛椽〔一〕，孫興公聽妓，振且擺折。伏滔長笛賦叙曰：「余同寮桓子野有故長笛，傳之耆老云『蔡邕伯喈之所製也』。初，邕避難江南，宿於柯亭之館，以竹爲椽，邕仰眄之，曰：『良竹也。』取以爲笛，音聲獨絶〔二〕。歷代傳之至於今。」王右軍聞，大嗔曰：「三祖壽一作「臺」。樂器，虺瓦一作「瓩凡」。弔孫家兒打折。」〔三〕

【箋疏】

〔一〕嘉錫案：據注，此笛爲桓子野所有。考類聚四十四引語林「子野令奴張碩吹睹腳笛」，與此作「睹睞」不同。疑以「睹腳」爲是。蓋邕睹竹椽之腳，而知其爲良材，遂以爲名。猶之琴名焦尾也。

〔二〕御覽一百九十四引郡國志曰：「柯亭，一名千秋亭，又名高遷亭。」會稽記云：「漢議郎蔡邕避難宿於此亭，仰觀椽竹，知有奇響，因取爲笛，果有異聲。」後漢書邕傳注引張隲文士傳曰：「邕告吴人曰：『吾昔嘗經會稽高遷亭，見屋椽竹，東間第十六可以爲笛。』取用，果有異聲。」

〔三〕嘉錫案：此條語不可通，雖從「一作」，亦終難解，必有誤字也。

21 王中郎與林公絶不相得。王謂林公詭辯，林公道王云：「著膩顔帢〔一〕，𦄂布單衣，挾左傳，逐鄭康成車後，問是何物塵垢囊？」〔二〕中郎，坦之。帢，帽也。裴子曰：「林公云：『文度著膩顔，挾左傳，逐鄭康成，自爲高足弟子。篤而論之〔三〕，不離塵垢囊也。』」

【箋疏】

〔一〕李慈銘云：「案晉書五行志：『魏造白帢，横縫其前以别後，名之曰顔帢。至永嘉之間，稍去其縫，名無顔帢。』據此，則江東時以顔帢爲舊制，故道林以膩顔帢誚之。」嘉錫案：「膩顔帢」居易録三十二已解釋甚詳，但未明引晉書五行志耳。

〔二〕嘉錫案：後漢書襄楷傳云：「天帝遺以好女，浮屠曰『此但革囊盛血』，遂不眄之。」注云：「四十二章經：天神獻玉女於其佛，佛曰：『此是革囊盛衆穢耳。』」「塵垢囊」即「革囊盛衆穢」之意，其鄙坦之至矣。然由此可知坦之獨抱遺經，謹守家法，故能闢莊周之非儒道，箴謝安之好聲律。名言正論，冠絶當時。夫奏簫韶於溱洧，襲冠裳於裸國，固宜爲衆喙之所咻，群犬之所吠矣。若支遁者，希聞至道，徒資利口，嗔癡太重，我相未除。曾不得爲善知識，惡足稱高逸沙門乎？書鈔百三十五引語林云：「王□爲諸人談，有時或排擯高秃，以如意注林公云：『阿柱，汝憶摇櫓時不？』阿柱，乃林公小名。」嘉錫案：書鈔所稱王某，蓋即王中郎。本篇又言其嘗作沙門不得爲高士論。其輕侮支遁如此，宜遁之報以惡聲矣。又案：晉書坦之傳及經典釋文序録並不言坦之治左傳。隋書經籍志有春秋左氏經傳通解四卷、春秋旨通十卷並王述之撰。六朝人名有「之」字者，多去「之」爲單名。述之疑即王述。故金樓子立言篇云「王懷祖頗有儒術」，蓋謂此也。坦之傳其父學，故支遁因而譏之耳。兩唐志於經傳通解不著録，而有王延之春秋旨通十卷，恐是傳寫之誤。經義考一百七十五遂以兩書爲南齊之尚書左僕射王延之撰，殆非也。

〔三〕莊子田子方篇老聃曰：「夫天下也者，萬物之所一也。得其所一而同焉，則四支百體，將爲塵垢；而死生終始，將爲晝夜。」「篤而論之」猶云「要而言之」。蓋魏、晉人常語也。金樓子立言下引諸葛亮曰：「追觀光武二十八將，下及馬援之徒，忠貞智勇，無所不有。篤而論之，非減曩時。」

22 孫長樂作王長史誄云〔一〕：「余與夫子，交非勢利，心猶澄水，同此玄味。」禮記曰：「君子之交淡若水，小人之交甘若醴。」王孝伯見曰：「才士不遜，亡祖何至與此人周旋！」

【箋疏】

〔一〕程炎震云：「法書要録卷九載張懷瓘書斷：王濛永和三年卒，年三十九。」

23 謝太傅謂子姪曰：「中郎始是獨有千載！」車騎曰：「中郎衿抱未虛，復那得獨有？」中郎，謝萬。

24 庾道季詫謝公曰：「裴郎云：『謝安謂裴郎乃可不惡，何得爲復飲酒？』裴郎又云：『謝安目支道林，如九方皋之相馬，略其玄黄，取其儁逸。』」庾龢、裴啓，已見。支遁傳曰〔一〕：「遁每標舉會宗，而不留心象喻，解釋章句，或有所漏，文字之徒，多以爲疑。謝安石聞而善之曰：『此九方皋之相馬也，略其玄黄，而取其儁逸。』」列子曰：「伯樂謂秦穆公曰：『臣所與共儋纆薪菜者，有九方皋，此其於馬，非臣之下也。』公使行求馬，反，曰：『得矣！牡而黄。』使人取之，牝而驪。公曰：『毛物牡牝之不知，何馬之能知也？』伯樂曰：『若皋之觀馬者，天機也。得其精，亡其粗；在其内，亡其外；見其所見，不見其所不見；視其所視，遺其所不視。若彼之所相，有貴於馬也。』既而，馬果千里足。」謝公云：「都無此二語，裴自爲此辭耳！」庾意甚不以爲好，因陳東亭經酒壚下賦。讀畢〔二〕，都不下賞裁，直云：「君乃復作裴氏學！」於此語林遂廢。今時有者，皆是先寫，無復謝語〔三〕。續晉陽秋曰：「晉隆和中，河東裴啓撰漢、魏以來迄于今時，言語應對之可稱者，謂之語林。時人多好其事，文遂流行。後説太傅事不實，而有人於謝坐叙其黄公酒壚，司徒王珣爲之賦，謝公加以與王不平，乃云：『君遂復作裴郎學。』自是衆咸鄙其事矣。安鄉人有罷中宿縣詣安者，安問其歸資。答曰：『嶺南凋弊，惟有五萬蒲葵扇，又以非時爲滯貨。』安乃取其中者捉之，於是京師士庶競慕而服焉。價增數倍，旬月無賣。

夫所好生羽毛，所惡成瘡痏。謝相一言，挫成美於千載；及其所與，崇虚價於百金。上之愛憎與奪，可不慎哉！」

【校文】

注「儋纆」「纆」，景宋本作「纒」。

注「牡而黄」「牡」，景宋本作「牝」。

注「毛物牡牝」「牡牝」，景宋本及沈本俱作「牝牡」。

注「得其精」「得」，景宋本作「問」。

【箋疏】

〔一〕嘉錫案：支遁傳不知誰撰，蓋必作於語林成書之後，故采取其語，今高僧傳亦仍而不改。

〔二〕李慈銘云：「案讀畢下當有謝公字。」

〔三〕嘉錫案：傷逝篇載「王戎過黄公酒壚」事，注引竹林七賢論曰：「俗傳若此。潁川庾爰之嘗以問其伯文康。文康云：『中朝所不聞，江左忽有此論，蓋好事者爲之耳。』」是此事之不實，庾亮已辯之於前。謝安蓋熟知之。乃俗語不實，流爲丹青。王珣既因之以作賦，裴啟又本之以著書。於草野傳聞，不加考辨，則安石之深鄙其事斥爲裴郎學，非過論也。但王珣賦甚有才情，謝以與王不平，故於其賦之工拙不置一詞。意以爲選題既誣，其文字亦無足道焉耳。

25 王北中郎不爲林公所知，乃著論沙門不得爲高士論。大略云：「高士必在於縱心調暢，沙門雖云俗外，反更束於教，非情性自得之謂也。」

26 人問顧長康：「何以不作洛生詠？」答曰：「何至作老婢聲！」〔一〕洛下書生詠，音重濁，故云老婢聲。

【箋疏】

〔一〕嘉錫案：洛下書生詠者，效洛下讀書之音，以詠詩也。陸法言切韻序云：「吴、楚則時傷輕淺，燕、趙則多傷重濁。」洛下雖非燕、趙，而同在大河南北，故其音亦傷重濁。長康世爲晉陵無錫人，習於輕淺，故鄙夷不屑爲之。晉書王敦傳曰：「含軍敗，敦聞怒曰：『我兄，老婢也！』」長康漫論聲韻，而忽作此詈人之語，世説亦入之輕詆篇，則其言必有所爲。長康素爲桓温所親暱。温死，謝安執政，而長康作詩哭温，有「魚鳥無依」之歎（見言語篇「顧長康拜桓宣武墓」條）。然則「老婢」之譏，殆爲謝安發也。亦可謂不識好惡者矣。又案：「謝安少能作洛下書生詠，有鼻疾，語音濁。後名流多斅其詠，弗能及，手掩鼻而吟焉。」見雅量篇「桓公伏甲」條注引文章志。

27 殷顗、庾恒並是謝鎮西外孫。謝氏譜曰：「尚長女僧要適庾龢，次女僧韶適殷歆。」〔一〕殷少而率悟，庾每不推。嘗俱詣謝公，謝公熟視殷曰：「阿巢故似鎮西。」巢，殷顗小字也。於是庾下聲語曰：「定何似？」謝公續復云：「巢頰似鎮西。」庾復云：「頰似，足作健不？」庾氏譜曰：「恒字敬則。祖亮，父龢。恒仕至尚書僕射。」

【箋　疏】

〔一〕程炎震云：「晉書殷顗傳：父康。此云歆，未知孰是？」

28 舊目韓康伯：將肘無風骨。説林曰：「范啟云：『韓康伯似肉鴨。』」〔一〕

【校　文】

「將」　景宋本作「捋」。

【箋疏】

〔一〕嘉錫案：方言一云：「京、奘、將，大也。秦、晉之間，凡人之大謂之奘，或謂之壯。燕之北鄙，齊、楚之郊，或曰京，或曰將，皆古今語也。」據此，則「將」爲「壯」之聲轉。康伯爲人肥大，故范啟以肉鴨比之。凡人肥則肘壯。此云將肘者，江北傖楚人語也。品藻篇云：「韓康伯雖無骨幹，然亦膚立。」同譏其無骨，而毀譽不同，愛憎之見異耳。觀注語知康伯甚肥，故時人譏其有肉無骨。

29 符宏叛來歸國〔一〕，謝太傅每加接引，宏自以有才，多好上人，坐上無折之者。適王子猷來，太傅使共語。子猷直孰視良久，回語太傅云：「亦復竟不異人！」宏大慚而退。續晉陽秋曰：「宏，符堅太子也。堅爲姚萇所殺，宏將母妻來投，詔賜田宅。桓玄以宏爲將，玄敗，寇湘中，伏誅。」〔二〕

【校文】

「符」　景宋本俱作「苻」。

【箋疏】

〔一〕程炎震云：「太元十年六月符宏來降。」嘉錫案：見晉書孝武帝紀，與通鑑作七月不同。嘉錫又案：考之晉書苻堅載記及通鑑一百六，太元九年慕容沖、姚萇等並叛秦。八月沖進逼長安。十年五月，沖攻長安，苻堅留太子宏守城，帥騎數百出奔五將山。六月，宏不能守長安，將數千騎與母妻西奔下辯。七月，姚萇遣兵執苻堅送詣新平。太子宏至下辯，南秦州刺史楊壁拒之。宏奔武都投氐豪强熙，假道來奔。八月，姚萇遣人縊堅于新平佛寺。世説據晉人紀載，以宏背父來降，故書之以叛。實則宏出長安時，堅已奔五將。父子不相見，無所受命。宏之自武都來歸，堅又已被擒，存亡不可知，宏非背其父而出走也。故責宏以不能死守長安以身殉國，則可矣；謂之爲叛父，固非其罪也。是年四月，劉牢之已率兵救苻丕於鄴，爲慕容垂所敗而歸。太保謝安又請自將救秦。宏之來奔，自必請兵復讎，故安每加接引。八月，安卒，乃不果出兵耳。宋書謝靈運傳載其山居賦自注曰：「太傅既薨，遠圖已輟。」此之謂也。（遠圖，各本皆誤作建圖，據文選述祖德詩注引改。）

〔二〕晉書桓玄傳云：「安帝反正，湘州刺史苻宏走入湘中，害郡守。長吏檀祗討宏於湘東，斬之。」又苻堅載記云：「宏歷位輔國將軍。桓玄篡位，以宏爲涼州刺史。義熙初，以謀叛被誅。」通鑑卷二百九十二云：「溆州蠻酋苻彥通自稱苻秦苗裔。」胡注曰：「苻秦之亡，苻宏奔晉，從諸桓於荆、楚，其後無聞。彥通自以爲苻秦苗裔，蓋言出於宏之後。」

30 支道林入東，見王子猷兄弟。還，人問：「見諸王何如？」答曰：「見一群白頸烏，但聞喚啞啞聲。」〔一〕

【箋疏】

〔一〕嘉錫案：詳見排調篇「劉真長始見王丞相」條。老學庵筆記八曰：「古所謂揖，但舉手而已。今所謂喏，乃始於江左諸王。方其時，惟王氏子弟爲之，故支道林見王子猷兄弟曰：『見一群白項烏，但聞喚啞啞聲。』即今喏也。」嘉錫案：道林之言，譏王氏兄弟作吴音耳。啞啞之聲與唱喏殊不相似，放翁之説，近於傅會。

31 王中郎舉許玄度爲吏部郎。郗重熙曰：「相王好事，不可使阿訥在坐。」〔一〕訥，詢小字。

【校文】

「在坐」 景宋本「坐」下有「頭」字。

【箋疏】

〔一〕程炎震云：「坦之嘗爲撫軍掾，郗愔爲撫軍司馬，蓋同時。然坦之晚進位卑，恐未得舉玄度也。」

32 王興道謂「謝望蔡霍霍如失鷹師」。永嘉記曰：「王和之字興道，琅琊人。祖翼〔一〕，平南將軍。父胡之，司州刺史。和之歷永嘉太守、正員常侍。」望蔡，謝琰小字也〔二〕。

【箋疏】

〔一〕程炎震云：「翼當據晉書作廙。」

〔二〕程炎震云：「謝琰傳『封望蔡公』，非小字，注誤。」

33 桓南郡每見人不快，輒嗔云：「君得哀家梨，當復不烝食不？」〔一〕舊語：秣陵有哀仲家梨甚美，大如升，入口消釋。言愚人不別味，得好梨烝食之也。

【箋疏】

〔一〕程炎震云：「某氏曰：北户録引作『不烝不食』。」

假譎第二十七

1 魏武少時，嘗與袁紹好爲游俠，觀人新婚，因潛入主人園中，夜叫呼云：「有偷兒賊！」青廬中人皆出觀〔一〕，魏武乃入，抽刃劫新婦與紹還出。失道，墜枳棘中，紹不能得動。復大叫云：「偷兒在此！」紹遑迫自擲出，遂以俱免。曹瞞傳曰：「操小字阿瞞，少好譎詐，遊放無度。」孫盛雜語云：「武王少好俠，放蕩不修行業。嘗私入常侍張讓宅中，讓乃手戟於庭，踰垣而出，有絕人力，故莫之能害也。」

【箋　疏】

〔一〕玉臺新詠一古詩無名人爲焦仲卿妻作云：「其日牛馬嘶，新婦入青廬。」酉陽雜俎一禮異篇云：「北朝婚禮，青布幔爲屋，在門内外，謂之青廬，於此交拜。」

2 魏武行役，失汲道，軍皆渴，乃令曰：「前有大梅林，饒子，甘酸，可以解渴。」士卒聞之，口皆出水，乘此得及前源〔一〕。

【校　文】

「失汲道，軍皆渴」　沈本無「道」字，景宋本「軍」上有「三」字。

【箋　疏】

〔一〕嘉錫案：通典一百五十六引此作「世説新書」，字句小異。

3 魏武常言：「人欲危己，己輒心動。」因語所親小人曰：「汝懷刃密來我側，我必説心動，執汝使行刑，汝但勿言其使，無他，當厚相報！」執者信焉〔一〕，不以爲懼。遂斬之。此人至死不知也。左右以爲實，謀逆者挫氣矣〔二〕。曹瞞傳曰：「操在軍，廩穀不足，私語主者曰：『何如？』主者云：『可以小斛足之。』操曰：『善。』後軍中言操欺衆，操題其主者背以徇曰：『行小斛，盜軍穀。』遂斬之。仍云：『特當借汝死以厭衆心。』其變詐皆此類也。」

【校　文】

「常言」　景宋本及沈本作「常謂」。

【箋疏】

〔一〕嘉錫案：執者，廣記一百九十引殷芸小説作侍者。

〔二〕宋馬永卿記劉安世之語爲元城語録，其卷中曰：「老先生曰：『昨夜看三國志，識破一事。操之遺令，諄諄百言，下至分香賣履之事，家人婢妾，無不處置詳盡，無一語語及禪代之事。其意若曰：禪代之事，自是子孫所爲，吾未嘗教爲之。是實以天下遺子孫，而身享漢臣之名。此遺令之意，昨夜偶窺破之。』老先生似有喜色。某因此歷觀曹操平生之事，無不如此。夜卧圓枕，噉野葛至尺許，飲鴆酒至一盞，皆此意也。操之負人多矣，恐人報己，故先揚此聲以誑時人，使人無害己意也。然則遺令之意，亦揚此聲以誑後世耳。」嘉錫案：安世所謂揚其聲以誑時人，正從世説所載二事看出。老先生者，安世所以稱司馬温公也。

4 魏武常云：「我眠中不可妄近，近便斫人，亦不自覺，左右宜深慎此！」後陽眠〔一〕，所幸一人竊以被覆之，因便斫殺。自爾每眠，左右莫敢近者。

【箋疏】

〔一〕嘉錫案：陽眠，廣記一百九十引殷芸小説作陽凍。

5 袁紹年少時，曾遣人夜以劍擲魏武，少下，不著〔一〕。魏武揆之，其後來必高，因帖卧牀上，劍至果高。按袁、曹後由鼎跱，迹始攜貳。自斯以前，不聞讐隙，有何意故而剚之以劍也？

【箋疏】

〔一〕吴承仕曰：「『少下不著』者，劍著牀下耶？此節記事可疑。」

6 王大將軍既爲逆，頓軍姑孰。晉明帝以英武之才，猶相猜憚，乃著戎服，騎巴賨馬，齎一金馬鞭，陰察軍形勢〔一〕。未至十餘里，有一客姥，居店賣食，帝過愒之〔二〕，謂姥曰：「王敦舉兵圖逆，猜害忠良，朝廷駭懼，社稷是憂。故劬勞晨夕，用相覘察。恐形迹危露，或致狼狽。追迫之日，姥其匿之。」便與客姥馬鞭而去。行敦營帀而出，軍士覺，曰：「此非常人也！」敦卧心動，曰：「此必黄須鮮卑奴來！」命騎追之，已覺多許里，追士因問向姥：「不見一黄須人騎馬度此邪？」姥曰：「去已久矣，不可復及。」於是騎人息意而反〔三〕。異苑曰：「帝躬往姑孰，敦時晝寢，卓然驚悟曰：『營中有黄頭鮮卑奴來，何不縛取？』帝所生母荀氏，燕國人，故貌類焉。」

【校　文】

「姑孰」　景宋本「孰」作「熟」。

「賣食」　景宋本及沈本無「賣」字。

【箋　疏】

〔一〕程炎震云：「此明帝太寧二年事。」又云：「晉書明紀作『巴滇馬』。」

〔二〕李慈銘云：「案説文：『愒，息也。』今作憩，乃愒之俗。」

〔三〕晉書明帝紀云：「帝至于湖，陰察敦營壘而出。有軍士疑帝非常人。」又：「敦正晝寢，夢日環其城，驚起曰：『此必黄鬚鮮卑奴來也。』」與世説「敦卧心動」之説合。神仙傳九郭璞傳云：「王敦鎮南洲，欲謀大逆，乃召璞爲佐。時明帝年十五。一夕，集朝士，問太史：『王敦果得天下耶？』史臣曰：『王敦致天子，非能得天下。』明帝遂單騎微行，直入姑熟城。敦正與璞食。璞久之不白敦。敦驚曰：『吾今同議定大計，卿何不即言？』璞曰：『向見日月星辰之精靈，五嶽四海之神祇，皆爲道從翼衛，下官震悸失守，不得即白將軍。』敦使聞，謂是小奚戲馬，檢定非也。遣三十騎追不及。」嘉錫案：據其所言，則敦並未晝寢，且亦不知是明帝。語涉妄誕，恐不足信。

7 王右軍年減十歲時，大將軍甚愛之，恒置帳中眠。大將軍嘗先出，右軍猶未起。須臾，錢鳳入，屏人論事，晉陽秋曰：「鳳字世儀，吴嘉興尉子也。姦慝好利，爲敦鎧曹參軍。知敦有不臣心，因進說。後敦敗，見誅。」都忘右軍在帳中，便言逆節之謀。右軍覺，既聞所論，知無活理，乃剔吐汙頭面被褥，詐孰眠。敦論事造半，方意右軍未起，相與大驚曰：「不得不除之！」及開帳，乃見吐唾從横，信其實孰眠，於是得全。于時稱其有智。按諸書皆云王允之事，而此言羲之，疑謬〔一〕。

【校文】

「年減十歲」「減」，沈本作「裁」。

「乃剔吐」「剔」，沈本作「陽」。

「孰眠」「孰」，沈本作「熟」。

「方意右軍」「意」，沈本作「憶」。

【箋疏】

〔一〕御覽四百三十二引晉中興書曰：「王允之字淵猷，年在總角，從伯敦深智之。嘗夜飲，允之辭醉先眠。時敦將謀作逆，因允之醉別牀卧，夜中與錢鳳計議。允之已醒，悉聞其語，恐或疑，便於眠處大吐，衣面並汙。鳳既出，敦果照視，見其眠吐中，以爲大醉，不復疑之。」嘉錫案：今晉書允之傳略同，且曰：「時父舒始拜廷尉，允之求還定省，敦許之。至都，以敦、鳳謀議事白舒。舒即與導俱啟明帝。」其非右軍事審矣。世説之謬，殆無可疑。

8 陶公自上流來，赴蘇峻之難，令誅庾公。謂必戮庾，可以謝峻。晉陽秋曰：「是時成帝在襁褓，太后臨朝，中書令庾亮以元舅輔政，欲以風軌格政，繩御四海。而峻擁兵近甸，爲逋逃藪。亮圖召峻，王導、卞壼並不欲。亮曰：『蘇峻豺狼，終爲禍亂，晁錯所謂削亦反，不削亦反。』遂下優詔，以大司農徵之。峻怒曰：『庾亮欲誘殺我也。』遂克京邑。平南温嶠聞亂，號泣登舟，遣參軍王愆期推征西陶侃爲盟主，俱赴京師。時亮敗績奔嶠，人皆尤而少之。嶠愈相崇重，分兵以配給之。」庾欲奔竄，則不可；欲會，恐見執，進退無計。温公勸庾詣陶，曰：「卿但遥拜，必無它，我爲卿保之。」庾從温言詣陶，至便拜。陶自起止之，曰：「庾元規何緣拜陶士行？」畢，又降就下坐，陶又自要起同坐。坐定，庾乃引咎責躬，深相遜謝，陶不覺釋然〔一〕。

【校文】

「陶士行」　「行」，景宋本作「衡」。

「同坐坐定」景宋本及沈本無下一「坐」字。

【箋疏】

〔一〕程炎震云：「此是咸和三年，亮奔尋陽時。晉書六十六侃傳叙侃語於石頭平後，非也。」

9 温公喪婦，從姑劉氏，家值亂離散，唯有一女，甚有姿慧，姑以屬公覓婚。公密有自婚意，答云：「佳壻難得，但如嶠比云何？」姑云：「喪敗之餘，乞粗存活，便足慰吾餘年，何敢希汝比！」卻後少日，公報姑云：「已覓得婚處，門地粗可，壻身名宦，盡不減嶠。」因下玉鏡臺一枚。姑大喜。既婚，交禮，女以手披紗扇，撫掌大笑曰：「我固疑是老奴，果如所卜！」按温氏譜：「嶠初取高平李暅女，中取琅琊王詡女，後取廬江何邃女。」都不聞取劉氏，便爲虚謬〔一〕。谷口云：「劉氏，政謂其姑爾，非指其女姓劉也。孝標之注，亦未爲得。」〔二〕玉鏡臺，是公爲劉越石長史，北征劉聰所得。王隱晉書曰：「建興二年，嶠爲劉琨假守左司馬，都督上前鋒諸軍事，討劉聰。」晉陽秋曰：「聰一名載，字玄明，屠各人。父淵，因亂起兵。死，聰嗣業。」

【箋疏】

〔一〕御覽五百五十四引晉中興書曰：「温嶠葬豫章。至嶠後妻何氏卒，便載嶠喪還都。詔令葬建平陵北，并贈嶠二妻王氏、何氏始安夫人印綬云。」嘉錫案：晉書本傳同。並與温氏譜合。詔書不及李氏者，蓋以早亡，又不從葬故也。嶠之不婚劉氏，亦已明矣。又案：晉書閻鼎傳有中書令李暅，爲鼎所殺。

〔二〕李慈銘云：「案『谷口』以下，蓋宋人校語。既謂其姑，必仍姓温，何得云劉？宋人疏謬，往往如是。」程炎震云：「温嶠三娶，見晉書禮志中，孝標此難是也。『谷口』不知何人。此數語宋本已有之，當考。姑既適劉，其女非姓劉而何？」

10 諸葛令女，庾氏婦，既寡，誓云「不復重出」。此女性甚正彊，無有登車理。即庾亮子會妻。父虨，已見上〔一〕。恢既許江思玄婚，乃移家近之。初，誑女云：「宜徙於是。」家人一時去，獨留女在後。比其覺，已不復得出。江郎莫來，女哭詈彌甚，積日漸歇。江虨暝入宿，恒在對牀上。後觀其意轉帖，虨乃詐厭〔二〕，良久不悟，聲氣轉急。女乃呼婢云：「喚江郎覺！」江於是躍來就之曰：「我自是天下男子，厭，何預卿事而見喚邪？既爾相關，不得不與人語。」女默然而慙，情義遂篤。葛令之清英，江君之茂識，必不背聖人之正典，習蠻夷之穢行。康王之言，所輕多矣。

【校　文】

「江郎莫來」　「莫」，景宋本作「暮」。

【箋　疏】

〔一〕程炎震云：「父虨當作文彪，見方正篇『諸葛恢大女』條。」嘉錫案：江虨字思玄。此所叙即虨事，不應稱父虨。虨當作恢。

〔二〕李慈銘云：「案厭俗作魘。」李詳云：「詳案：一切經音義七引蒼頡篇云：『厭，眠内不詳也。』説文：『厭，笮也。』案笮，迫也。今人病厭，如有壓迫之者，驚呼不自覺是也。説文『𥨊』下云：『𥨊而厭也。』山海經西山經：『翼望之山，有鳥焉，名曰鵸鵌，服之使人不厭。』與此皆厭之古字，俗作魘。」嘉錫案：玄應音義七正法華經音引蒼頡篇云：「『伏合人心曰厭。』亦眠内不祥也。」審言本此爲説。然其書卷一大方等大集經音及慧琳音義曰：「十六大智度論音並引字苑云：『厭，眠内不祥也。』蒼頡篇云：『伏合人心曰厭。』」然則「眠内不祥」非蒼頡篇之語也，審言誤矣。

11 愍度道人始欲過江，與一傖道人爲侶。謀曰：「用舊義在江東，恐不辦得食。」便共立「心無義」。既而此道人不成渡，愍度果講義積年。名德沙門題目曰：「支愍度才鑒清出。」孫綽愍度贊曰：「支度彬彬，好是拔新。俱稟昭見，而能越人。世重秀異，咸競爾珍。孤桐嶧陽，浮磬泗濱。」後有傖人來，先道人寄語云：「爲我致意愍度，無義那可立？舊義者曰：「種智有是，而能圓照。然則萬累斯盡，謂之空無；常住不變，謂之妙有。」而無義者曰：「種智之體，豁如太虛，虛而能知，無而能應。居宗至極，其唯無乎？」治此計，權救饑爾，無爲遂負如來也！」〔一〕

【箋疏】

〔一〕程炎震云：「高僧傳四愍度作敏度，云：『敏度亦聰哲有譽，著傳譯經録，今行於世。』又高僧傳五法汰傳云：『時沙門道恒頗有才力，常執心無義，大行荆土。汰曰：「此是邪説，應須破之。」乃大集名僧，令弟子曇壹難之。日色既暮，明日更集。慧遠就席，攻難數番，關責鋒起。恒自覺義途差異，神色微動，麈尾扣案，未即有答。遠曰：「不疾而速，杼柚何爲？」坐者皆笑。心無之義，於是而息。』蓋道恒述敏度義者也。尋敏度過江，當庾亮在江州。法汰過江，則桓温在荆州。相去殆二十餘年也。」高僧傳四康僧淵傳云：「晉成之世，與康法暢、支敏度等俱過江。敏度亦聰哲有譽，著傳譯經録，今行於世。」嘉錫案：無義出三藏記十二。陸澄法論目録有劉遺民釋心無義。夫心無之義，既因慧遠而息，遺民乃慧遠之徒，不知何爲，猶著書以釋之，豈所謂釋者，將以攻駁其義耶？法論既亡，其詳不可得聞矣。

12 王文度弟阿智，惡乃不翅〔一〕，當年長而無人與婚。孫興公有一女，亦僻錯，又無嫁娶理。因詣文度，求見阿智。既見，便陽言：「此定可，殊不如人所傳，那得至今未有婚處！我有一女，乃不惡，但吾寒士，不宜與卿計，欲令阿智娶之。」文度欣然而啟藍田云：「興公向來，忽言欲與阿智婚。」藍田驚喜。既成婚，女之頑嚚，欲過阿智。方知興公之詐。

阿智，王虔之小字。虔之字文將，辟州別駕，不就。娶太原孫綽女，字阿恒〔二〕。

【箋疏】

〔一〕李詳云：「詳案：説文：『疷，病不翅也。』段氏注：『翅同啻。』倉頡篇曰：『不啻，多也。』（詳案：一切經音義七引）古語不啻，如楚人言夥頤之類。世説新語『惡乃不翅』，晉、宋間人尚作此語。」嘉錫案：「不翅」之義，詳見賞譽篇「江思悛」條。此言阿智之爲人，不但是惡而已。

〔二〕嘉錫案：此注當是引王氏譜，各本皆脱去書名。

13 范玄平爲人，好用智數，而有時以多數失會。嘗失官居東陽，桓大司馬在南州，故往投之。桓時方欲招起屈滯，以傾朝廷；且玄平在京，素亦有譽，桓謂遠來投己，喜躍非常。比入至庭，傾身引望，語笑歡甚。顧謂袁虎曰：「范公且可作太常卿。」范裁坐，桓便謝其遠來意。范雖實投桓，而恐以趨時損名，乃曰：「雖懷朝宗〔一〕，會有亡兒瘞在此，故來省視。」桓悵然失望，向之虚佇，一時都盡〔二〕。中興書曰：「初，桓温請范汪爲征西長史，復表爲江州，並不就。還都，因求爲東陽太守，温甚恨之。汪後爲徐州，温北伐，令汪出梁國，失期，温挾憾奏汪爲庶人。汪居吴，後至姑孰見温，温語其下曰：『玄平乃來見，當以護軍起之。』汪數日辭歸，温曰：『卿適來，何以便去？』汪曰：『數歲小兒喪，往年經亂，權瘞此境，故來迎之，事竟去耳。』温愈怒之，竟不屑意。」

【校文】

「姑孰」「孰」，景宋本作「熟」。

注「起之」「起」，沈本作「處」。

注「故來迎之」「故」，沈本作「因」。

【箋疏】

〔一〕李詳云：「詳案：晉時禮謁上官謂之朝宗。陶潛孟府君傳『褚裒爲豫章太守，出朝宗亮』（庾亮）是也。晉書范汪傳去此語，唐之史臣蓋不審所云，疑以謂僭。」

〔三〕李慈銘云：「案范素忤桓，此之遠來，自以己事，窺温奸志，直折其謀。進退較然，可謂不畏强禦。世説乃謂其『多數失會』，又云『恐以趨時損名』。夫遠省兒喪，安知其實投桓氏？既曰投桓，何又辭去？此皆矯誣之言，妄誣賢者也。」程炎震云：「玄平自爲桓温長史，後與温立異，閑廢積年。豈當晚節，更希苟合？孝標引中興書，蓋以駁正世説。唐修晉書於汪傳乃棄彼取此，亦不樂成人之美矣。」嘉錫案：注引中興書，并無范實投桓，而恐以趨時損名之語。且云：「温愈怒之，竟不屑意。」然則范本無投桓之心可知矣。晉書儒林傳載汪孫弘之與司馬道子牋曰：「桓温於亡祖，雖其意難測，求之於事，正免黜耳，非有至怨也。」蓋温怒汪甚至，故其意難測。又與王珣書曰：「吾少嘗過庭，備聞祖考之言，未嘗不發憤衝冠，情見乎辭。」又曰：「上憤國朝無正義之臣，次惟祖考有没身之恨。」然則汪之恨温亦切矣。

14 謝遏年少時，好著紫羅香囊，垂覆手〔一〕。太傅患之，而不欲傷其意，乃譎與賭，得即燒之。遏，謝玄小字。

【箋疏】

〔一〕嘉錫案：「覆手」不知何物，恐是手巾之類。御覽七百十六引竹林七賢論曰：「王戎以手巾插腰。」

殆即所謂「垂覆手」也。

黜免第二十八

1 諸葛厷在西朝[一]，少有清譽，爲王夷甫所重，時論亦以擬王。後爲繼母族黨所讒，誣之爲狂逆。將遠徙，友人王夷甫之徒，詣檻車與別。厷問：「朝廷何以徙我？」王曰：「言卿狂逆。」厷曰：「逆則應殺，狂何所徙！」厷已見。

【校　文】

「檻車」　景宋本與沈本無「車」字。

【箋　疏】

〔一〕嘉錫案：倭名類聚鈔卷一引作宏，説詳文學篇「諸葛厷年少」條。

2 桓公入蜀，至三峽中〔一〕，部伍中有得猿子者。荆州記曰：「峽長七百里，兩岸連山，略無絶處，重巖疊障，隱天蔽日。常有高猿長嘯，屬引清遠。漁者歌曰：『巴東三峽巫峽長，猿鳴三聲淚沾裳。』」其母緣岸哀號，行百餘里不去，遂跳上船，至便即絶。破視其腹中，腸皆寸寸斷。公聞之，怒，命黜其人。

【箋　疏】

〔一〕程炎震云：「御覽五十三引庾仲雍荆州記曰：『巴陵，楚之世有三峽：明月峽、廣德峽、東突峽，即今之巫峽、秭歸峽、歸鄉峽。』」

3 殷中軍被廢〔一〕，在信安，終日恒書空作字。揚州吏民尋義逐之，竊視，唯作「咄咄怪事」四字而已〔二〕。晉陽秋曰：「初，浩以中軍將軍鎮壽陽，羌姚襄上書歸降。後有罪，浩陰圖誅之。會關中有變，苻健死。浩僞率軍而行，云『修復山陵』。襄前驅，恐，遂反。軍至山桑，聞襄將至，棄輜重馳保譙。襄至，據山桑，焚其舟實。至壽陽，略流民而還。浩士卒多叛，征西温乃上表黜浩，撫軍大將軍奏免浩，除名爲民。浩馳還謝罪。既而遷于東陽信安縣。」

【箋疏】

〔一〕程炎震云：「永和十年，殷浩廢徙。」

〔二〕程炎震云：「御覽五十引涼州記曰：『赫連定據平涼，登此山，有群狐遶之而鳴。射之，竟不得一。定乃歎曰：「咄咄！此亦怪事也！」』」嘉錫案：「咄咄」者，歎詫之聲，觀赫連定語可見。解見汰侈篇「石崇爲客作豆粥」條。袁宏後漢紀二十六曰：「蓋勳爲羌所破，滇吾以馬與勳。勳曰：『我欲死，不去也。』衆曰：『金城購君羊萬頭、馬千匹，欲與君爲一。』勳咄咄曰：『我死不知也！』」開元占經八十三引幽明録曰：「漢武帝常微行，過人家。家有婢，國色，帝悦之，因留宿。夜與婢□。有書生亦家宿，善天文，忽見客星移，掩帝座，甚逼。書生大驚躍，連呼『咄咄』，不覺聲高。」

4 桓公坐有參軍椅烝薤不時解〔一〕，共食者又不助，而椅終不放，舉坐皆笑〔二〕。桓公曰：「同盤尚不相助，況復危難乎？」勅令免官。

【校文】

「勅」 景宋本作「敕」。

【箋疏】

〔一〕程炎震云：「椅，當是人名，然上下恐有脱文。」

〔二〕椅，御覽九百七十七引作猗，注云：「音羈，筯取物也。」嘉錫案：猗爲筯取物者，釋玄應一切經音義十五引通俗文：「以箸取物曰攲。」御覽七百六十引同，并有注云：「音羈。」則猗與攲，通用字也。今本誤作椅，遂不可解。書鈔四十五引作「參軍名倚」，則以爲人名。其書傳寫失真，不足據。大藏經梁釋僧旻、寶唱等經律異相四十九地獄部云：「炙地獄者，大鐵山火焰相搏，以鐵鏟鏟之，周匝猗炙，一面適熟，鏟自然轉，反覆顛倒。」釋慧琳一切經音義七十九云：「猗炙，上音依，猶倚也，倚立於旁曰猗。」今案經律異相之意，蓋謂以鐵鏟取人入火，反覆炙之，如箸之取物，故曰猗炙。慧琳不知猗、攲通用，乃望文生訓，釋猗作倚，非是。以此推之，則此所謂「猗烝薤不時解」、「猗終不放」者，謂以箸取薤不得，乃反覆用箸，終不釋手也。今世傖人猶有反手挾菜者，其狀鄙野，故爲舉坐所笑。薤今名藠子，無蒸食之者。而齊民要術九素食篇有薤白蒸。其法略曰「秫米一石，熟舂煮之。葱、薤等寸切，令得一石許，油五升，合和蒸之。氣餾，以豉汁五升灑之。凡三灑。半熟，更以油五升灑之」云云。觀其作法，乃是米薤同蒸，調以油豉。則蒸熟後必凝結如餈不可解，故挾取較難耳。

5 殷中軍廢後，恨簡文曰：「上人著百尺樓上，儋梯將去。」〔一〕續晉陽秋曰：「浩雖廢黜，夷神委命，雅詠不輟，雖家人不見其有流放之戚。外生韓伯始隨至徙所，周年還都，浩素愛之，送至水側，乃詠曹顔遠詩曰：『富貴它人合，貧賤親戚離。』因泣下。」〔二〕其悲見于外者，唯此一事而已。則書空、去梯之言，未必皆實也。

【箋　疏】

〔一〕嘉錫案：殷浩之被廢，今晉書浩傳但云：「桓温素忌浩，既聞其敗，上疏罪浩，竟坐廢爲庶人。」温傳亦云：「時殷浩至洛陽，脩復園陵，經涉數年，屢戰屢敗，器械都盡。温復進督司州，因朝野之怨，乃奏廢浩。自是，内外大權，一歸温矣。」若如所言，則浩之見廢，純出於温，無與簡文事。浩豈不知，何爲歸怨乎？縱浩本無此言，乃紀載之不實，然造言者，果何自而生耶？今讀上條注引晉陽秋，言「征西温上表黜浩，撫軍大將軍奏免浩，除名爲民」。撫軍大將軍者，簡文也。浩除名徙信安，事在永和十年。時簡文方以撫軍、録尚書事輔政，故疏請廢浩，雖出於温，而定其罪罰者，則實簡文。言語篇「顧悦與簡文同年」條注引中興書曰：「悦上疏理浩，或諫以浩爲太宗所廢，必不依許。」然則浩之得罪，以情言之，簡文乃迫於桓温，非其本懷。以事言之，則固明明撫軍之所奏請，不得謂非太宗之所廢也。由是世人相傳：浩恨簡文，有上樓去梯之語。雖不知實否，要不可謂之無理矣。嘉錫又案：浩之得罪，固由於自請北伐，大敗於姚襄，致桓温得因以爲罪，然其爲政，亦甚失人情。其尤謬者，莫過於處置蔡謨一事。謨除司徒，三年不就職。永和六年，帝臨軒徵謨不至，公卿奏請送廷尉。謨懼，稽顙待罪。浩欲加謨大辟，會徐州刺史荀羨入朝，浩以問羨。羨曰：「蔡公今日事危，明日必有桓、文之舉。」浩乃止，下詔免謨爲庶人（見蔡謨荀羡傳及通鑑九十九）。謨此舉誠不能無過，然特謙沖太甚，非争權亂政者比也。縱欲正上下之分，其罪亦何至於死！況其時天子幼沖，政在宰輔。浩以無功新進，憑其威勢，輒欲專殺大臣。使其果行，荀羡縱不舉兵，桓温亦必入清君側。晉室之亂，可翹足而待也。浩本與羡友善，故擢居重任，以爲羽翼（見羡及浩傳）。其詞尚不平如此，則其時人心之洶洶可知矣。史言温因朝野之怨，乃奏廢浩，首舉蔡謨事爲言（見温及浩傳）。然則浩縱不戰敗，亦必覆公餗，敗國家事，不待桓温之廢之也。免官禁錮，咎由自取，復何怨乎？程炎震云：「説文：『僉，何也。』管子七法：『檐竿而欲定其末。』注：『檐，舉也。』」

〔二〕嘉錫案：韓伯家素貧窶（見伯傳），其母子初必依浩爲生。浩以永和十年被廢。伯從之經年，年已二十有四。其辭去還都，蓋以浩在困頓中，不宜復累之。故浩有感於曹顔遠之詩，以素愛之不忍別，因而自傷，非怨之也。又案：曹攄字顔遠，其感舊詩見文選二十九。

6 鄧竟陵免官後赴山陵〔一〕，過見大司馬桓公，公問之曰：「卿何以更瘦？」大司馬寮屬名曰：「鄧遐字應玄，陳郡人，平南將軍岳之子。勇力絶人，氣蓋當世，時人方之樊噲。爲桓温參軍，數從温征伐，歷竟陵太守〔二〕。枋頭之役，温既懷恥忿，且憚遐，因免遐官，病卒。」鄧曰：「有愧於叔達，不能不恨於破甑！」郭林宗別傳曰：「鉅鹿孟敏，字叔達，敦朴質直。客居太原，雜處凡俗，未有所名。嘗至市買甑，荷儋墮地壞之，徑去不顧。適遇林宗，見而異之，因問曰：『壞甑可惜，何以不顧？』客曰：『甑既已破，視之何益？』林宗賞其介決，因以知其德性，謂必爲美士，勸令讀書。遊學十年，遂知名，三府並辟，不就。東夏以爲美賢。」

【箋　疏】

〔一〕程炎震云：「竟陵郡，惠帝分江夏置。東晉時屬荆州，亦當屬江州。」又云：「咸和二年十月，葬簡文帝於高平陵。」

〔二〕程炎震云：「御覽三百七十八引『何以更瘦』下，原注徐廣晉紀曰『鄧遐勇力絶人』云云。此注當有脱文。又從温征伐下有爲冠軍將軍五字，無歷字。」

7 桓宣武既廢太宰父子〔一〕，仍上表曰：「應割近情，以存遠計。若除太宰父子，可無後憂。」簡文手答表曰：「所不忍言，況過於言！」宣武又重表，辭轉苦切。簡文更答曰：「若晉室靈長，明公便宜奉行此詔〔二〕；如大運去矣，請避賢路！」桓公讀詔，手戰流汗，於此乃止。太宰父子，遠徙新安〔三〕。司馬晞傳曰：「晞字道升，元帝第四子。初封武陵王，拜太宰。少不好學，尚武凶恣。時太宗輔政，晞以宗長不得執權，常懷憤慨，欲因桓温入朝殺之。太宗即位，新蔡王晃首辭，引與晞及子綜謀逆。有司奏晞等斬刑，詔原之，徙新安。晞未敗四五年中，喜爲挽歌，自摇大鈴，使左右習和之。又燕會，使人作新安人歌舞離别之辭，其聲甚悲，後果徙新安。」

【校　文】

注「使人作新安人歌舞離别之辭」　「使人」，景宋本作「倡妓」。

【箋　疏】

〔一〕程炎震云：「咸安元年，桓温廢武陵王晞。」

〔二〕程炎震云：「此詔，晉書簡文紀作前詔，是。」

〔三〕晉書簡文紀云：「帝雖神識恬暢，而無濟世大略。故謝安稱爲惠帝之流，清談差勝耳。」嘉錫以爲簡文雖制於權臣，而能保全海西公及武陵王晞。其人蓋長者而短於才。然其言不惡而嚴，足令桓温駭服。即此一事，以視惠帝之聽人提掇，弑母殺子，戮舅廢妻，皆懵然不能出一語者，相去何止萬萬！謝安之言，擬人不於其倫。疑是記者之失，不足以爲定評也。

8　桓玄敗後，殷仲文還爲大司馬咨議〔一〕，意似二三，非復往日。大司馬府聽前有一老槐，甚扶疎。殷因月朔，與衆在聽，視槐良久，歎曰：「槐樹婆娑，無復生意！」〔二〕晉安帝紀曰：「桓玄敗，殷仲文歸京師，高祖以其衛從二后，且以大信宣令，引爲鎮軍長史。自以名輩先達，位遇至重，而後來謝混之徒，皆疇昔之所附也，今比肩同列，常怏然自失。後果徙信安。」

【箋疏】

〔一〕程炎震云：「義熙元年三月，瑯邪王德文爲大司馬，後爲恭帝。」又云：「晉書九十九仲堪傳取此事，而不言爲大司馬咨議，蓋略之。」

〔二〕李詳云：「詳案：婆娑本訓爲舞貌。舞必宛轉傾側，引申爲人偃息縱弛之狀。項岱注漢書叙傳（隋志漢書叙傳五卷，項岱注）『婆娑，偃息』，是也。仲文此語，謂槐樹婆娑剝落，無復生趣。與陶桓公言『老子婆娑』正同。通鑑九十五胡注『婆娑，肢體緩縱不收之貌。』」嘉錫案：文選四十五班孟堅答賓戲：「婆娑乎術藝之場。」注：「項岱曰：『婆娑，偃息也。』」蓋李善引項氏叙傳注之語，不見於漢書顏注。審言不明著出處，聊爲補之。

9 殷仲文既素有名望，自謂必當阿衡朝政。忽作東陽太守，意甚不平。晉安帝紀曰：「仲文後爲東陽，愈憤怨，乃與桓胤謀反，遂伏誅〔一〕。仲文嘗照鏡不見頭，俄而難及。」及之郡，至富陽，慨然歎曰：「看此山川形勢，當復出一孫伯符！」孫策，富春人。故及此而歎。

【箋疏】

〔一〕文選集注六十二江文通擬殷東陽興矚詩注引續晉陽秋云：「劉毅博才好士，以仲文早有令名，深相禮重。何無忌甚慕之。自以進達之，令府中才士孫闡、孔甯之徒並稱撰文義以待焉。仲文既失志，悦忽不知如此，遂相忌疎，唯達牋疏而已。無忌甚以遨忽而輕也，大以爲憾。及朝臣議欲北伐，無忌曰：『方今殷仲文、桓玄爲腹心之疾，捨近事遠，非長策也。』遂因此而陷仲文焉。」嘉錫案：此所引「自以進達之」句，文義不明，疑有脱誤。晉書殷仲文傳作「遷爲東陽太守，何無忌甚慕之。東陽無忌所統，仲文許當便道修謁，無忌故益欽遲之」云云。又是時桓玄已死，無忌不當以玄及仲文爲言，本傳作桓胤是也。程炎震云：「義熙三年二月，仲文誅死。」

儉嗇第二十九

1 和嶠性至儉，家有好李，王武子求之，與不過數十。王武子因其上直，率將少年能食之者，持斧詣園，飽共噉畢，伐之，送一車枝與和公，問曰：「何如君李？」和既得，唯笑而已。晉諸公贊曰：「嶠性不通，治家富擬王公，而至儉〔一〕，將有犯義之名。」語林曰：「嶠諸弟往園中食李，而皆計核責錢。故嶠婦弟王濟伐之也。」

【箋疏】

〔一〕李詳云：「詳案：魏志和洽傳裴注引諸公贊作『家産豐富，擬於王公，而性至儉嗇』。」

2 王戎儉吝，其從子婚，與一單衣，後更責之。王隱晉書曰：「戎性至儉，不能自奉養，財不出外。天下人謂爲膏肓之疾。」

3 司徒王戎，既貴且富，區宅僮牧、膏田水碓之屬，洛下無比。契疏鞅掌，每與夫人燭下散籌筭計。晉諸公贊曰：「戎性簡要，不治儀望，自遇甚薄，而產業過豐。論者以爲台輔之望不重。」〔一〕王隱晉書曰：「戎好治生，園田周徧天下。翁嫗二人，常以象牙籌晝夜筭計家資。」晉陽秋曰：「戎多殖財賄，常若不足。或謂戎故以此自晦也。」戴逵論之曰：「王戎晦默於危亂之際，獲免憂禍，既明且哲，於是在矣。或曰：『大臣用心，豈其然乎？』逵曰：『運有險易，時有昏明，如子之言，則蘧瑗、季札之徒，皆負責矣。自古而觀，豈一王戎也哉！』」〔二〕

【箋疏】

〔一〕御覽七百十六引竹林七賢論曰：「王戎雖爲三司，率爾私行，巡省田園，不從一人，以手巾插腰。戎故吏多大官，相逢，輒下道避之。」

〔二〕嘉錫案：觀諸書及世說所言，戎之鄙吝，蓋出於天性。戴逵之言，名士相爲護惜，阿私所好，非公論也。

4 王戎有好李，賣之，恐人得其種，恒鑽其核。

5 王戎女適裴頠，貸錢數萬。女歸，戎色不説。女遽還錢，乃釋然。

6 衛江州在尋陽，永嘉流人名曰：「衛展字道舒，河東安邑人。祖列，彭城護軍。父韶，廣平令。展，光熙初除鷹揚將軍、江州刺史。」〔一〕有知舊人投之，都不料理，唯餉「王不留行」一斤。此人得餉，便命駕。本草曰：「王不留行，生太山，治金瘡，除風，久服之，輕身。」李弘範聞之曰：「家舅刻薄，乃復驅使草木。」中興書曰：「李軌字弘範，江夏人。仕至尚書郎。」按軌，劉氏之甥。此應弘度，非弘範也。

【校　文】

「草木」　「草」，景宋本作「卉」。

【箋　疏】

〔一〕程炎震云：「晉書三十六展傳云『永嘉中』。光熙止一年，明年即爲永嘉。」

7 王丞相儉節，帳下甘果，盈溢不散。涉春爛敗，都督白之，公令舍去，曰：「慎不可令大郎知。」王悅也。

8 蘇峻之亂，庾太尉南奔見陶公。陶公雅相賞重。陶性儉吝，及食，噉薤，庾因留白。陶問：「用此何爲？」庾云：「故可種。」於是大歎庾非唯風流，兼有治實〔一〕。

【箋疏】

〔一〕嘉錫案：陶公愛惜物力，竹頭木屑，皆得其用。既是性之所長，亦遂以此取人。其因庾亮噉薤留白，而賞其有治實，猶之有一官長取竹連根，而超兩階用之之意也。事見政事篇。此之儉吝，正其平生經濟所在。與王戎輩守財自封者，固自不同。

9 郗公大聚斂，有錢數千萬，嘉賓意甚不同。常朝旦問訊，郗家法，子弟不坐，因倚語移時，遂及財貨事。郗公曰：「汝正當欲得吾錢耳！」迺開庫一日，令任意用。郗公始正謂損數百萬許，嘉賓遂一日乞與親友，周旋略盡。郗公聞之，驚怪不能已已。中興書曰：「超少卓犖而不羈，有曠世之度。」

汰侈第三十

1 石崇每要客燕集，常令美人行酒，客飲酒不盡者，使黄門交斬美人。王丞相與大將軍嘗共詣崇，丞相素不能飲，輒自勉彊，至於沈醉。每至大將軍，固不飲，以觀其變。已斬三人，顔色如故，尚不肯飲。丞相讓之，大將軍曰：「自殺伊家人，何預卿事！」〔一〕王隱晉書曰：「石崇爲荆州刺史，劫奪殺人，以致巨富。」王丞相德音記曰：「丞相素爲諸父所重，王君夫問王敦：『聞君從弟佳人，又解音律，欲一作妓，可與共來。』遂往。吹笛人有小忘，君夫聞，使黄門階下打殺之，顔色不變。丞相還，曰：『恐此君處世，當有如此事。』」兩説不同，故詳録〔二〕。

【箋疏】

〔一〕李慈銘云：「案晉書王敦傳，以此爲王愷事，非石崇。疑皆傳聞過實之辭。崇、愷雖暴，不至是也。」

〔二〕程炎震云：「晉書九十八敦傳，兼取行酒及吹笛兩事，但云王愷，不云石崇。又不言已殺三人，較可信。」

2 石崇廁，常有十餘婢侍列，皆麗服藻飾〔一〕。置甲煎粉、沈香汁之屬，無不畢備。又與新衣著令出，客多羞不能如廁。王大將軍往，脱故衣，著新衣，神色傲然。群婢相謂曰：「此客必能作賊。」語林曰：「劉寔詣石崇，如廁，見有絳紗帳大牀，茵蓐甚麗，兩婢持錦香囊。寔遽反走，即謂崇曰：『向誤入卿室内。』崇曰：『是廁耳。』」

【箋　疏】

〔一〕李詳云：「詳案：漢書外戚衛皇后子夫傳：『帝起更衣，子夫侍尚衣。』更衣即廁所，有美人列侍，帝戚平陽主家始有之。石崇仿之，所以爲侈。」

3 武帝嘗降王武子家，武子供饌，並用瑠璃器。婢子百餘人，皆綾羅絝羅〔一〕，以手擎飲食。烝㹠肥美，異於常味。帝怪而問之，答曰：「以人乳飲㹠。」帝甚不平，食未畢，便去。王、石所未知作。「羅」，一作「襬」。

【箋　疏】

〔一〕程炎震云：「濟尚常山公主，故帝幸其家。」又云：「玉篇：『羅，力貨切，女人上衣也。襬，彼皮切，關東人呼裙也。』兩字皆得通，未知孰是。御覽四百七十二引，絝襬作袴褶。」

4 王君夫以粭糒澳釜〔一〕，石季倫用蠟燭作炊。君夫作紫絲布步障碧綾裏四十里，石崇作錦步障五十里以敵之。石以椒爲泥，王以赤石脂泥壁〔二〕。晉諸公贊曰：「王愷字君夫，東海人，王肅子也。雖無檢行，而少以才力見名，有在公之稱。既自以外戚，晉氏政寬，又性至豪。舊制，鴆不得過江，爲其羽櫟酒中，必殺人。愷爲翊軍時〔三〕，得鴆於石崇而養之，其大如鵝，喙長尺餘，純食蛇虺。司隸奏按愷、崇〔四〕，詔悉原之，即燒於都街〔五〕。愷肆其意色，無所忌憚。爲後軍將軍〔六〕，卒謚曰醜。」

【箋疏】

〔一〕程炎震云：「晉書三十三崇傳無糒字。音義出粭澳二字。糒是乾飯，疑衍此字。晉書音義：『粭，與之反。』考玉篇、廣韻皆無粭字。而廣韻飴字正切與之。蓋粭、飴同字。又廣韻：『燠，烏到切。』燠釜，以水添釜，則字當從火。」

〔二〕元河南志卷一云：「毓德坊有鬬富臺。今洛人相傳云：石崇王愷築會之所。而韋述記不著，疑妄。」

〔三〕程炎震云：「武紀太康元年六月，初置翊軍校尉官。」

〔四〕程炎震云：「崇、愷傳並云：司隸傅祗。案祗爲司隸，在元康元年。」

〔五〕李詳云：「詳案：晉書九十三王愷傳：『石崇與愷將爲鴆毒之事。司隸校尉傅祗劾之。』案司隸所劾，因愷、崇豢養毒鳥，留之害人，故焚於都街。如晉書言，似二人謀爲悖逆之事，殊爲誤會。左傳莊公三十二年正義引晉諸公贊曰：『舊制：鴆不得渡江，有重法。石崇爲南中郎將，得鴆，以與王愷養之。大如鵝，喙長尺餘，純食蛇虺。司隸傅祗於愷家得此鳥。奏之，宣示百官，燒於都街。』」

〔六〕程炎震云：「晉書崇傳云：『崇得鴆鳥雛，以與後軍將軍王愷。』愷傳亦云『轉後將軍』。」

5 石崇爲客作豆粥，咄嗟便辦〔一〕。恒冬天得韭蓱虀〔二〕。又牛形狀氣力不勝王愷牛，而與愷出遊，極晚發，爭入洛城，崇牛數十步後，迅若飛禽，愷牛絶走不能及。每以此三事爲搤腕〔三〕。乃密貨崇帳下都督及御車人，問所以。都督曰：「豆至難煑，唯豫作熟末，客至，作白粥以投之。韭蓱虀是擣韭根，雜以麥苗爾。」復問馭人牛所以駛。馭人云：「牛本不遲，由將車人不及制之爾〔四〕。急時聽偏轅，則駛矣。」愷悉從之，遂爭長。石崇後聞，皆殺告者。晉諸公贊曰：「崇性好俠，與王愷競相誇衒也。」

【箋疏】

〔一〕葉夢得石林詩話上曰：「劉貢父以司空圖詩中『咄喏』二字辨晉書所載『石崇豆粥，咄嗟而辦』爲誤，以喏爲嗟，非也。孫楚詩自有『三命皆有極，咄嗟不可保』之語。咄嗟，皆聲也。自晉以前，未見有言咄。殷浩所謂『咄咄逼人』，蓋拒物之聲。嗟乃歎聲。咄嗟猶言呼吸。疑是晉人一時語，故孫楚亦云云爾。」王楙野客叢書二十三云：「竊謂此語，自古而然，非特晉也。前漢書『項羽意烏猝嗟』，李奇注：『猝嗟，猶咄嗟也。』後漢何休注公羊曰：『噫咄嗟也。』又戰國策有叱咄、叱嗟等語。益知此語自古而然。咄咄逼人乃殷仲堪語，石林謂殷浩語，誤也。殷浩語乃咄咄書空。」桂馥札樸五云：「左思詠史詩：『俛仰生榮華，咄嗟復枯凋。』此言蘇秦、李斯，忽而榮華，忽而枯凋也。馥謂咄嗟便辦，猶言一呼即至也。豆粥難成，惟崇家立具，稱其疾也。」嘉錫案：咄嗟，本叱咤之聲，王楙所言，是其本義。至左思、孫楚及世説所謂咄嗟，皆言其疾速，乃後起之義。自是魏、晉時人語。葉石林引證雖有誤，其以咄嗟爲呼吸，固不誤也。

〔二〕程炎震云：「韲字誤，當作齏。晉書作虀，是俗字。玉篇尚無虀字，廣韻始有之。齊民要術八引崔寔曰：『八月取韭菁，作擣虀。』故冬天爲難得。文選卷四張平子南都賦：『浮蟻若蓱。』善注曰：『如蓱之多者。』非蓱蓋亦如此。」

〔三〕晉書石崇傳「每」上有「愷」字。

〔四〕晉書石崇傳此句作「良由馭者逐之不及而反制之」。

6 王君夫有牛，名「八百里駮」〔一〕，常瑩其蹄角。王武子語君夫：「我射不如卿，今指賭卿牛，以千萬對之。」君夫既恃手快，且謂駿物無有殺理，便相然可。令武子先射。武子一起便破的，卻據胡牀，叱左右：「速探牛心來！」須臾，炙至，一臠便去。相牛經曰：「牛經出甯戚，傳百里奚。漢世河西薛公得其書，以相牛，千百不失。本以負重致遠，未服輜軿，故文不傳。至魏世，高堂生又傳以與晉宣帝，其後王愷得其書焉。」臣按其相經云：「陰虹屬頸，千里。」〔二〕注曰：「陰虹者，雙筋白尾骨屬頸，甯戚所飯者也。」愷之牛，其亦有陰虹也。甯戚經曰：「棰頭欲得高，百體欲得緊，大膁疎肋難齡齝〔三〕，龍頭突目好跳。又角欲得細，身欲促，形欲得如卷。」

【校　文】

注「白尾」　「白」，沈本作「自」。

注「其亦」　景宋本及沈本無「其」字。

注「齡齝」　景宋本及沈本無「齡」字；「齝」，沈本作「齠」。

【箋　疏】

〔一〕演繁露一曰：「王濟之『八百里駮』。駮，亦牛也。言其色駮而行速，日可八百里也。」嘉錫案：此王愷之牛，演繁露誤作王濟。

〔二〕程炎震云：「齊民要術六引相牛經，千里上有行字。」

〔三〕齊民要術引此句作「大膁疎肋難飼」。

7 王君夫嘗責一人無服餘衵，因直内著曲閣重閨裏，不聽人將出。遂饑經日，迷不知何處去。後因緣相爲，垂死，迺得出。

8 石崇與王愷爭豪，並窮綺麗，以飾輿服。續文章志曰：「崇資産累巨萬金，宅室輿馬，僭擬王者。庖膳必窮水陸之珍。後房百數，皆曳紈繡、珥金翠，而絲竹之蓺，盡一世之選。築榭開沼，殫極人巧。與貴戚羊琇、王愷之徒競相高以侈靡，而崇爲居最之首，琇等每愧羨，以爲不及也。」〔一〕武帝，愷之甥也，每助愷。嘗以一珊瑚樹，高二尺許賜愷。枝柯扶疎，世罕其比。愷以示崇。崇視訖，以鐵如意擊之，應手而碎。愷既惋惜，又以爲疾己之寶，聲色甚厲。崇曰：「不足恨，今還卿。」乃命左右悉取珊瑚樹，有三尺四尺，條幹絶世，光彩溢目者六七枚，如愷許比甚衆。愷惘然自失〔二〕。南州異物志曰：「珊瑚生大秦國，有洲在漲海中，距其國七八百里，名珊瑚樹洲。底有盤石，水深二十餘丈，珊瑚生於石上。初生白，軟弱似菌。國人乘大船，載鐵網，先没在水下，一年便生網目中，其色尚黄，枝柯交錯，高三四尺，大者圍尺餘。三年色赤，便以鐵鈔發其根，繫鐵網於船，絞車舉網。還，裁鑿恣意所作。若過時不鑿，便枯索蟲蠹。其大者輸之王府，細者賣之。」廣志曰：「珊瑚大者，可爲車軸。」

【箋疏】

〔一〕宋書五行志曰：「晉興，何曾薄太官御膳，自取私食。子劭又過之。而王愷又過劭。王愷、羊琇之疇，盛致聲色，窮珍極麗。至元康中，夸恣成俗，轉相高尚。石崇之侈，遂兼王、何而儷人主矣。崇既誅死，天下尋亦淪喪。僭侈之咎也。」晉書五行志同。

〔二〕嘉錫案：此出語林，見御覽七百三。

9 王武子被責，移第北邙下。晉諸公贊曰：「濟與從兄恬不平，濟爲河南尹，未拜，行過王宮，吏不時下道，濟於車前鞭之，有司奏免官。論者以濟爲不長者。尋轉太僕，而王恬已見委任，濟遂斥外。」于時人多地貴，濟好馬射，買地作埒，編錢帀地竟埒。時人號曰「金溝」。「溝」，一作「埒」。

【校文】

注「兄恬」「王恬」　「恬」，沈本俱作「佑」。

注「溝一作埒」　景宋本無此四字。

10 石崇每與王敦入學戲，見顏、原象家語曰：「顏回字子淵，魯人。少孔子二十九歲，而髮白，三十二歲蚤死。」原憲，已見。而歎曰：「若與同升孔堂，去人何必有間！」王曰：「不知餘人云何，子貢去卿差近。」史記曰：「端木賜字子貢，衛人。嘗相魯，家累千金，終於齊。」石正色云：「士當令身名俱泰，何至以甕牖語人！」原憲以甕爲巨牖〔一〕。

【箋疏】

〔一〕程炎震云：「『原憲甕牖』，見韓詩外傳、新序節士篇及莊子讓王篇。此注不備引，恐非孝標之舊矣。」

11 彭城王有快牛，至愛惜之。朱鳳晉書曰：「彭城穆王權，字子輿，宣帝弟馗子。太始元年封。」〔一〕王太尉與射，賭得之。彭城王曰：「君欲自乘則不論；若欲噉者，當以二十肥者代之。既不廢噉，又存所愛。」王遂殺噉。

【箋疏】

〔一〕程炎震云：「權子植，孫釋，並爲彭城王。權薨於咸寧元年，衍才二十歲。此彭城王，未必定是權。」

12 王右軍少時，在周侯末坐。割牛心噉之，於此改觀〔一〕。俗以牛心爲貴，故羲之先飡之。

【校文】

注「飡」　景宋本作「食」。

【箋疏】

〔一〕程炎震云：「晉書八十羲之傳云：『年十三，嘗謁周顗。時重牛心炙。坐客未噉，顗先割啗羲之。於是始知名。』右軍十三歲，是建興四年。」

忿狷第三十一〔一〕

【箋疏】

〔一〕程炎震云：「狷當作悁。文選潘岳西征賦：『方鄙吝之忿悁。』注引戰國策張儀曰：『秦忿悁含怒之日久矣。』」

1 魏武有一妓，聲最清高，而情性酷惡。欲殺則愛才，欲置則不堪。於是選百人一時俱教。少時，還有一人聲及之，便殺惡性者。

【校文】

「還」　景宋本作「果」。

2 王藍田性急。嘗食鷄子，以筯刺之，不得，便大怒，舉以擲地。鷄子於地圓轉未止，仍下地以屐齒蹍之，又不得，瞋甚，復於地取内口中，齧破即吐之。王右軍聞而大笑曰：「使安期有此性，猶當無一豪可論，況藍田邪？」中興書曰：「述清貴簡正，少所推屈，唯以性急爲累。」〔一〕安期，述父也。有名德，已見。

【箋疏】

〔一〕程炎震云：「晉書七十五述傳曰：『既躋重位，每以柔克爲用。』」

3 王司州嘗乘雪往王螭許。王胡之、王恬，並已見。恬小字螭虎。司州言氣少有牾逆於螭，便作色不夷。司州覺惡，便輿牀就之，持其臂曰：「汝詎復足與老兄計？」按王氏譜：胡之是恬從祖兄。螭撥其手曰：「冷如鬼手馨，彊來捉人臂！」

4 桓宣武與袁彦道樗蒱，袁彦道齒不合，遂厲色擲去五木。温太真云：「見袁生遷怒，知顔子爲貴。」〔一〕論語曰：「哀公問弟子孰爲好學？孔子曰：『有顔回者，好學，不遷怒，不貳過，不幸短命死矣。』」

【箋　疏】

〔一〕嘉錫案：桓温以孝武帝寧康元年卒，年六十二。逆數至成帝咸和四年温嶠卒時，凡四十五年。温纔十七歲。袁彦道卒於咸康初，年二十五，其長於温不過數歲。兩童子兒戲相爭，事所恒有，未足深責也。

5　謝無奕性粗彊。以事不相得，自往數王藍田，肆言極罵。王正色面壁不敢動，半日。謝去良久，轉頭問左右小吏曰：「去未？」答云：「已去。」然後復坐。時人歎其性急而能有所容。

6　王令詣謝公，值習鑿齒已在坐，當與併榻。王徙倚不坐，公引之與對榻。去後，語胡兒曰：「子敬實自清立，但人爲爾多矜咳，殊足損其自然。」劉謙之晉紀曰：「王獻之性甚整峻，不交非類。」〔一〕

【校　文】

「矜咳」　「咳」，沈本作「硋」。

【箋　疏】

〔一〕嘉錫案：習鑿齒人才學問獨出冠時，而子敬不與之併榻，鄙其出身寒士，且有足疾耳。所謂「不交非類」者如此。非孔子「無友不如己者」之謂也。

7 王大、王恭嘗俱在何僕射坐。中興書曰：「何澄字子玄〔一〕，清正有器望。歷尚書左僕射。」恭時爲丹陽尹，大始拜荆州。靈鬼志謠徵曰：「初，桓石民爲荆州，鎮上時，民忽歌黄曇曲曰：『黄曇英，揚州大佛來上朋。』〔二〕少時，石民死，王忱爲荆州。」〔三〕佛大，忱小字也。訖將乖之際，大勸恭酒，恭不爲飲，大逼彊之轉苦，便各以帬帶繞手。恭府近千人，悉呼入齋，大左右雖少，亦命前，意便欲相殺〔四〕。何僕射無計，因起排坐二人之間，方得分散。所謂勢利之交，古人羞之。

【校　文】

注「上時」　沈本作「上明」。

注「上朋」 沈本作「上明」。

【箋 疏】

〔一〕程炎震云：「晉書何準傳作季玄。」

〔二〕李慈銘云：「案上時當作上明，下文上朋亦上明之誤。晉、宋五行志皆作上明。上明者，荆州地名也。卷下之上棲逸篇：『劉驎之見荆州刺史桓沖，比至上明。』宋書州郡志：『荆州刺史桓沖，始治上明。』今湖北荆州府松滋縣有上明故城。」

〔三〕程炎震云：「太元十四年六月桓石虔卒，王忱代之。明年王恭亦出鎮京口矣。」

〔四〕嘉錫案：恭與忱有隙，詳見賞譽篇注引晉安帝紀。

8 桓南郡小兒時，與諸從兄弟各養鵝共鬬。南郡鵝每不如，甚以爲忿。迺夜往鵝欄間，取諸兄弟鵝悉殺之。既曉，家人咸以驚駭，云是變怪，以白車騎。車騎曰：「無所致怪，當是南郡戲耳！」〔一〕問，果如之。

【箋 疏】

〔一〕吴承仕曰：「車騎口中，何云南郡？此記事不中律令處。」

讒險第三十二

1　王平子形甚散朗，内實勁俠〔一〕。鄧粲晉紀云：「劉琨嘗謂澄曰：『卿形雖散朗，而内勁狹，以此處世，難得其死！』澄默然無以答。後果爲王敦所害。劉琨聞之曰：『自取死耳！』」

【校　文】

注「而内勁狹」　景宋本「内」下有「實」字。

【箋　疏】

〔一〕程炎震云：「晉書四十三王澄傳勁俠作動俠。通鑑八十八胡注曰：『言其心輕易動，又豪俠自喜也。』雖望文生義，然可知宋時梅磵所見本即是動字。」

2　袁悦有口才，能短長説，亦有精理。始作謝玄參軍，頗被禮遇。後丁艱，服除還都，唯齎戰國策而已。語人曰：「少年時讀論語、老子，又看莊、易，此皆是病痛事，當何所益邪？天下要物，正有戰國策。」既下，説司馬孝文王〔一〕，大見親待，幾亂機軸，俄而見誅。袁氏譜曰：「悦字元禮，陳郡陽夏人。父朗，給事中。仕至驃騎咨議。太元中〔二〕，悦有寵於會稽王，每勸專覽朝權，王頗納其言。王恭聞其説，言於孝武。乃託以它罪，殺悦於市中〔三〕。既而朋黨同異之聲，播於朝野矣。」

【箋疏】

〔一〕李慈銘云：「案孝文當作文孝，晉書作文孝。」

〔二〕嘉錫案：自太元中以下，似别引一書，非袁氏譜之言。傳寫脱去書名耳。

〔三〕嘉錫案：悦嘗離間王忱、王恭，見賞譽篇「王恭與王建武甚有情」條。晉書王國寶傳曰：「中書郎范甯，國寶舅也。疾其阿諛，勸孝武帝黜之。國寶乃使陳郡袁悦之因尼妙音致書與太子母陳淑媛，説國寶宜見親信。帝知之，託以他罪殺悦之。」與此不同。蓋孝武之積怒於悦，非一事也。

3 孝武甚親敬王國寶、王雅。雅别傳曰：「雅字茂建，東海沂人〔一〕，少知名。」晉安帝紀曰：「雅之爲侍中，孝武甚信而重之。王珣、王恭特以地望見禮，至於親幸，莫及雅者。上每置酒燕集，或召雅未至，上不先舉觴。時議謂珣、恭宜傅東宫，而雅以寵幸，超授太傅、尚書左僕射。」雅薦王珣於帝〔二〕，帝欲見之。嘗夜與國寶、雅相對，帝微有酒色，令喚珣，垂至，已聞卒傳聲。國寶自知才出珣下，恐傾奪要寵，因曰：「王珣當今名流，陛下不宜有酒色見之，自可別詔也。」帝然其言，心以爲忠，遂不見珣。

【校　文】

「傾奪要寵」　「要」，景宋本作「其」。

「別詔也」　景宋本「詔」下有「召」字。

【箋　疏】

〔一〕李慈銘云：「案晉書王雅傳：『東海郯人，魏衛將軍肅之曾孫。』茂建作茂達。」程炎震云：「晉書八十三雅傳作『雅字茂達，東海郯人』。」

〔二〕李慈銘云：「案太傅當作太子少傅。」晉書會稽王道子領太子太傅，以雅爲太子少傅。」程炎震云：「太元十二年立太子，雅嘗爲傅。明年，珣自吳國內史授爲尚書右僕射，代譙王恬之，蓋雅薦之。」

4　王緒數讒殷荆州於王國寶，殷甚患之，求術於王東亭〔一〕。曰：「卿但數詣王緒，往輒屏人，因論它事，如此，則二王之好離矣。」殷從之。國寶見王緒問曰：「比與仲堪屏人何所道？」緒云：「故是常往來，無它所論。」國寶謂緒於己有隱，果情好日疏，讒言以息。按國寶得寵於會稽王，由緒獲進〔二〕，同惡相求，有如市賈，終至誅夷，曾不攜貳。豈有仲堪微間而成離隙〔三〕？

【箋疏】

〔一〕嘉錫案：寵禮篇言珣爲桓溫主簿，荆州爲之語曰：「髯參軍，短主簿。能令公喜，能令公怒。」則其人必長於揣摩。時人以其多智數，故造爲此言耳。

〔二〕程炎震云：「晉書國寶傳云『國寶進從祖弟緒』，與此注異。」

〔三〕嘉錫案：唐寫本規箴篇注引國寶別傳曰「國寶雖爲相王所重，既未爲孝武所親，及上覽萬機，乃自進於上。上甚愛之。俄而上崩，政由宰輔。國寶從弟緒有寵於王，深爲其說。王忿其去就，未之納也。緒說漸行，遷左僕射，領吏部、丹陽尹，以東宮兵配之。國寶權震外內」云云。是則國寶之復得寵於會稽王，實由王緒之力。此規箴篇所以言王緒、王國寶相爲脣齒。而孝標此注亦謂二人同惡相求，有如市賈也。今本删除首尾，但存「從弟緒有寵於王，深爲其說」二語，遂使讀者莫知其所謂矣。至唐修晉書，於國寶傳乃云：「安帝即位，國寶復事道子，進從祖弟緒爲琅邪內史，亦以佞邪見知。道子復惑之，倚爲心腹。」今考簡文三子傳云：「道子復委任王緒，由是朋黨競扇，友愛道盡。太妃每和解之，而道子不能改。」是則當孝武之時，緒已見知於道子，倚爲心腹久矣。何待安帝即位，始因國寶以進耶？國寶傳叙此既誤，而又删除王緒爲國寶進説之事，則其曲折尤不明。故事據晉書，必不可以讀世説也。當王恭討國寶檄至時，緒尚説國寶令矯道子命召王珣、車胤殺之，以除衆望。而國寶爲珣、胤所動，遂上疏解職，既而悔之，方謀距恭。道子乃委罪國寶，付廷尉賜死，并斬緒以謝恭。故孝標謂二人終至誅夷，曾不攜貳。然則其未死之前，未嘗爲殷仲堪所間亦明矣。

尤悔第三十三

1 魏文帝忌弟任城王驍壯，因在卞太后閤共圍棊，並噉棗。文帝以毒置諸棗蔕中，自選可食者而進，王弗悟，遂雜進之。既中毒，太后索水救之。帝預敕左右毁缾罐，太后徒跣趨井，無以汲〔一〕。須臾，遂卒。魏略曰：「任城威王彰，字子文，太祖卞太后弟二子。性剛勇而黄鬚，北討代郡，獨與麾下百餘人突虜而走。太祖聞曰：『我黄鬚兒可用也！』」魏志春秋曰：「黄初三年〔二〕，彰來朝。初，彰問璽綬，將有異志，故來朝不即得見，有此忿懼而暴薨。」〔三〕復欲害東阿，太后曰：「汝已殺我任城，不得復殺我東阿。」〔四〕魏志方伎傳曰：「文帝問占夢周宣：『吾夢磨錢文，欲滅而愈更明，何謂？』宣悵然不對。帝固問之，宣曰：『陛下家事，雖欲爾，而太后不聽，是以欲滅更明耳。』帝欲治弟植之罪，逼於太后，但加貶爵。」

【箋　疏】

〔一〕吴承仕曰：「須水豈必須井邊汲？豈無豫儲之水耶？想見古時生具之拙。」嘉錫案：井水解毒，不見於本草，然古人相傳有之。後漢書李固傳曰：「冀忌帝聰慧，恐爲後患，遂令左右進鴆。帝苦煩甚，使促召固。固入，前問：陛下得患所由？帝尚能言，曰：『食煮餅。今腹中悶，得水尚可活。』時冀亦在側，曰：『恐吐，不可飲水。』語未絶而崩。」

〔二〕程炎震云：「三年，魏志彰傳作四年，曹子建贈白馬王彪詩序亦作四年。」

〔三〕李慈銘云：「案有蓋用字之誤。」

〔四〕林國贊三國志裴注述卷一云：「后妃傳注引魏書，稱東阿王爲有司所奏，卞后終不假借。及見文帝，亦不以爲言。裴注非之。案曹丕偪於卞后，不能深罪植，史有明文。植傳注引魏略正同。且彼時植方爲臨菑侯，追徙王東阿，丕卒已八年矣，亦不得於彼時遽稱東阿王。世説新語稱魏文帝既害任城王，復欲害東阿。太后曰：『汝已殺我任城，不得復殺我東阿。』亦足與裴説互參。惟稱植爲東阿，仍與魏書同誤。」嘉錫案：魏志植本傳：植以太和三年徙封東阿，即丕死後之三年。林氏以爲丕卒已八年者，亦誤。魏書之稱東阿，時代雖誤，猶可諉爲史臣叙事之詞。若世説此語出於卞氏口中，安得預稱其後來之封號？其誤又甚於魏書矣。蓋彰之暴卒，固爲丕所殺，又實有害植之意，以卞氏不聽，得免。世俗遂因其事而增飾之耳。

2 王渾後妻，琅邪顏氏女。王時爲徐州刺史〔一〕，交禮拜訖，王將答拜，觀者咸曰：「王侯州將，新婦州民，恐無由答拜。」王乃止。武子以其父不答拜，不成禮，恐非夫婦，不爲之拜，謂爲「顏妾」。顏氏恥之。以其門貴，終不敢離。婚姻之禮，人道之大，豈由一不拜而遂爲妾媵者乎！世説之言，於是乎紕繆。

【箋疏】

〔一〕程炎震云：「晉書渾傳：『武帝受禪，遷徐州刺史。』」

3 陸平原河橋敗〔一〕，爲盧志所讒，被誅。王隱晉書曰：「成都王穎討長沙王乂，使陸爲都督前鋒諸軍事。」機別傳曰：「成都王長史盧志，與機弟雲趣舍不同。又黄門孟玖求爲邯鄲令於穎〔二〕，穎教付雲，雲時爲左司馬，曰：『刑餘之人，不可以君民！』玖聞此怨雲，與志讒構日至。及機於七里澗大敗，玖誣機謀反所致，穎乃使牽秀斬機。先是，夕夢黑幔繞車，手決不開，惡之。明旦，秀兵奄至，機解戎服，著衣帢見秀，容貌自若，遂見害。時年四十三。軍士莫不流涕。是日天地霧合，大風折木，平地尺雪。」干寶晉紀曰：「初，陸抗誅步闡，百口皆盡，有識尤之。及機、雲見害，三族無遺。」臨刑歎曰：「欲聞華亭鶴唳，可復得乎！」〔三〕八王故事曰：「華亭，吴由拳縣郊外墅也，有清泉茂林。吴平後，陸機兄弟共游於此十餘年。」語林曰：「機爲河北都督，聞警角之聲，謂孫丞曰：『聞此不如華亭鶴唳。』故臨刑而有此歎。」

【箋疏】

〔一〕晉書惠帝紀：「太安二年十月戊申，破陸機於建春門。」水經注十六穀水注曰：「穀水又東屈，南逕建春門石橋下。昔陸機爲成都王穎入洛，敗北而還。」

〔二〕程炎震云：「晉書雲傳作『孟玖欲用其父爲邯鄲令』，與此不同。」

〔三〕元和郡縣志二十五曰：「華亭縣，華亭谷在縣西三十五里，陸遜、陸抗宅在其側。遜封華亭侯。陸機曰『華亭鶴唳』，此地是也。」通鑑八十五注曰：「華亭時屬吴郡嘉興縣，界有華亭谷、華亭水。至唐始分嘉興縣爲華亭縣。今縣東七十里，其地出鶴，土人謂之鶴窠。」通鑑八十五胡注曰：「機發此言，有咸陽市上歎黄犬之意。」

4 劉琨善能招延，而拙於撫御。一日雖有數千人歸投，其逃散而去亦復如此。所以卒無所建〔一〕。鄧粲晉紀曰：「琨爲并州牧〔二〕，糺合齊盟，驅率戎旅，而内不撫其民，遂至喪軍失士，無成功也。」敬徹按：「琨以永嘉元年爲并州，于時晉陽空城，寇盜四攻，而能收合士衆，抗行淵、勒，十年之中，敗而能振，不能撫御，其得如此乎？凶荒之日，千里無煙，豈一日有數千人歸之？若一日數千人去之，又安得一紀之間以對大難乎？」〔三〕

【校　文】

注「敬徹」「徹」，景宋本作「胤」。

【箋　疏】

〔一〕此條有敬胤注。

〔二〕嘉錫案：并州凶荒之狀，具見於晉書本傳琨在路所上懷帝表。御覽四百八十六引琨與王丞相牋曰：「不得進軍者，實困無食。殘民鳥散，擁髮徒跣。木弓一張，荆矢十發。編草盛糧，不盈二日。夏即桑椹，冬則營豆。視此哀歎，令人氣索。恐吴、孫、韓、白，猶或難之。況以琨怯弱凡才，而當率此，以殄强寇。」此牋晉書不載。觀其所言，知遺民所以逃散者，實因乏食之故。神農之教曰：「有石城十仞，湯池百步，帶甲百萬，而無粟者，不能守也。」（漢書食貨志引）大禹曰：「民無食也，則我弗能使也。」（賈子脩政語上引）饑困如此，而責琨不能撫御，是必王敦黨徒之議論，所謂「設淫辭而助之攻」也。

〔三〕嘉錫案：汪藻考異録第十卷五十一事，與世説多重出，惟有三事爲今本所無。其注則與孝標注全不同，多自稱「敬胤案」。汪藻云：「其所載以宋、齊人爲今人。則敬胤者，孝標以前人也。」嘉錫又案：孝標並不採用敬胤注，而獨有此一條，蓋宋人所附入也。

5 王平子始下，丞相語大將軍：「不可復使羌人東行。」平子面似羌。按王澄自爲王敦所害，丞相名德，豈應有斯言也。

6 王大將軍起事，丞相兄弟詣闕謝。周侯深憂諸王，始入，甚有憂色。丞相呼周侯曰：「百口委卿！」周直過不應。既入，苦相存救。既釋，周大説，飲酒。及出，諸王故在門。周曰：「今年殺諸賊奴，當取金印如斗大繫肘後。」大將軍至石頭，問丞相曰：「周侯可爲三公不？」丞相不答。又問：「可爲尚書令不？」又不應。因云：「如此，唯當殺之耳！」復默然。逮周侯被害，丞相後知周侯救己，歎曰：「我不殺周侯，周侯由我而死。幽冥中負此人！」〔一〕虞預晉書曰：「敦克京邑，參軍呂猗説敦曰：『周顗、戴淵，皆有名望，足以惑衆。視近日之言，無慙懼之色，若不除之，役將未歇也。』敦即然之，遂害淵、顗。初，猗爲臺郎，淵既上官，素有高氣，以猗小器待之，故售其説焉。」

【箋　疏】

〔一〕建康實録五引中興書曰：「顗死後，王導校料中書故事，見顗表救己殷勤。乃執表垂泣，悲不自勝，告諸子曰：『吾雖不殺伯仁，伯仁因我而死。幽冥之中，負此良友！』」今晉書顗本傳略同。宋施德操北窗炙輠録卷上云：「禹錫問余曰：『周伯仁救王導，逮事已解，固嘗同車入見，雖告之以相救之意，庸何傷？卒不告，後竟遇害。伯仁亦□□。』余曰：『不然，此所以見古人用心處也。元帝與王導，豈他君臣比？同甘共苦，相與奮起於艱難顛沛之中。今以王敦，遂相猜疑如此，此君子所以深惜也。故伯仁之救導，欲其盡出於元帝，不出於己，所以全君臣終始之義。伯仁之賢，正在於此。』」嘉錫案：此論推勘伯仁心事可謂入微。

7 王導、温嶠俱見明帝，帝問温前世所以得天下之由。温未答。頃，王曰：「温嶠年少未諳，臣爲陛下陳之。」王迺具叙宣王創業之始，誅夷名族，寵樹同己。及文王之末，高貴鄉公事。宣王創業，誅曹爽，任蔣濟之流者是也。高貴鄉公之事，已見上。明帝聞之，覆面著牀曰：「若如公言，祚安得長！」〔一〕

【校　文】

「祚安得長」　袁本「祚」作「胙」。

【箋　疏】

〔一〕李慈銘云：「案祚李本作胙，是也。古無祚字。」程炎震云：「晉書宣紀載此事，但云導，不言嶠，蓋略之。」

8 王大將軍於衆坐中曰：「諸周由來未有作三公者。」有人答曰：「唯周侯邑五馬領頭而不克。」〔一〕大將軍曰：「我與周，洛下相遇，一面頓盡。值世紛紜，遂至於此！」因爲流涕。鄧粲晉紀曰：「王敦參軍有於敦坐樗蒱，臨當成都，馬頭被殺〔二〕，因謂曰：『周家奕世令望，而位不至三公，伯仁垂作而不果，有似下官此馬。』敦慨然流涕曰：『伯仁總角時，與於東宫相遇，一面披衿，便許之三司。何圖不幸，王法所裁。悽愴之深，言何能盡！』」

【校　文】

注「臨當成都」「都」，景宋本作「者」，是。

【箋　疏】

〔一〕李慈銘云：「案邑疑已字之誤。」

〔二〕李慈銘云：「案晉書顗傳作『敦坐有一參軍摴蒱，馬於博頭被殺』。」

9 温公初受劉司空使勸進，母崔氏固駐之，嶠絶裾而去。温氏譜曰：「嶠父襜，娶清河崔參女。」迄於崇貴，鄉品猶不過也。每爵皆發詔〔一〕。虞預晉書曰：「元帝即位，以温嶠爲散騎侍郎。嶠以母亡，逼賊，不得往臨葬，固辭。詔曰：『嶠以未葬，朝議又頗有異同，故不拜。其令人坐議，吾將折其衷。』」

【箋疏】

〔一〕李慈銘云：「案晉書孔愉傳云：『初，愉爲司徒長史，以平南將軍温嶠母亡，遭亂不葬，乃不過其品。至蘇峻平，而嶠有重功。愉往石頭詣嶠，嶠執手流涕曰：「天下喪亂，忠孝道廢。能持古人節，歲寒不凋者，惟君一人耳！」時人咸稱嶠居公，而重愉之守正。』」吴承仕曰：「鄉評不與，而發詔特進之。然則平人進爵，必先檢鄉評矣。當時九品中正之制乃如此。」

10 庾公欲起周子南，子南執辭愈固。庾每詣周，庾從南門入，周從後門出。庾嘗一往奄至，周不及去，相對終日。庾從周索食，周出蔬食，庾亦彊飯，極歡；并語世故，約相推引，同佐世之任。既仕，至將軍二千石，尋陽記曰：「周邵字子南，與南陽翟湯隱於尋陽廬山。庾亮臨江州，聞翟、周之風，束帶躡屐而詣焉。聞庾至，轉避之。亮後密往，值邵彈鳥於林，因前與語。還，便云：『此人可起。』即拔爲鎮蠻護軍、西陽太守。」其集載與邵書曰：「西陽一郡，户口差實，非履道真純，何以鎮其流遁？詢之朝野，僉曰足下。今具上表，請足下臨之無讓。」而不稱意。中宵慨然曰：「大丈夫乃爲庾元規所賣！」一歎，遂發背而卒。

11 阮思曠奉大法，敬信甚至。大兒年未弱冠，忽被篤疾。阮氏譜曰：「牖字彦倫，裕長子也〔一〕。仕至州主簿。」兒既是偏所愛重，爲之祈請三寶，晝夜不懈。謂至誠有感者，必當蒙祐。而兒遂不濟。於是結恨釋氏，宿命都除。以阮公智識，必無此弊。脱此非謬，何其惑歟！夫文王期盡，聖子不能駐其年，釋種誅夷，神力無以延其命。故業有定限，報不可移。若請禱而望其靈，匪驗而忽其道，固陋之徒耳，豈可以言神明之智者哉！

【校文】

「蒙祐」「祐」，沈本作「佑」。

注「豈可以」「以」，景宋本及沈本俱作「與」。

【箋疏】

〔一〕程炎震云：「晉書裕傳云：『三子：傭、寧、普，傭早卒。』牖、傭字相近，恐是晉書誤也。」

12 桓宣武對簡文帝，不甚得語。廢海西後，宜自申叙，乃豫撰數百語，陳廢立之意。既見簡文，簡文便泣下數十行。宣武矜愧，不得一言。

13 桓公卧語曰：「作此寂寂，將爲文、景所笑！」既而屈起坐曰：「既不能流芳後世，亦不足復遺臭萬載邪？」續晉陽秋曰：「桓温既以雄武專朝，任兼將相，其不臣之心，形于音迹。曾卧對親僚，撫枕而起曰：『爲爾寂寂，爲文、景所笑！』衆莫敢對。」

14 謝太傅於東船行，小人引船，或遲或速，或停或待，又放船從横，撞人觸岸。公初不呵譴，人謂公常無嗔喜。曾送兄征西葬還，征西，謝奕。日莫雨，駛小人皆醉〔一〕，不可處分。公乃於車中，手取車柱撞馭人，聲色甚厲。夫以水性沈柔，入隘奔激。方之人情，固知迫隘之地，無得保其夷粹。孟子曰：「湍水，決之東則東，決之西則西。搏而躍之，可使過顙；激而行之，可使在山。豈水之性哉？人可使爲不善，性亦猶是也。」

【校文】

「或速」 景宋本及沈本作「或疾」。

【箋　疏】

〔一〕程炎震云：「御覽卷十雨部引駛作駃，無小字，是也。」

15 簡文見田稻不識，問是何草，左右答是稻。簡文還，三日不出，云：「寧有賴其末，而不識其本！」文公種菜，曾子牧羊，縱不識稻，何所多悔〔一〕！此言必虛。

【箋　疏】

〔一〕淮南子泰族訓曰：「夫觀逐者，於其反也。而觀行者，於其終也。故舜放弟，周公殺兄，猶之爲仁也。文公樹米，曾子架羊，猶之爲知也。」高誘注云：「文公，晉文公也。樹米而欲生之也。架，連架所以備知也。」其語仍不可解。新語輔政篇曰：「故智者之所短，不如愚者之所長。文公種米，曾子駕羊，相士不熟，信邪失方。察察者有所不見，恢恢者何所不容。」說苑雜言篇曰：「文公種米，曾子駕羊，孫叔敖相楚，三年不知軛在衡後。務大者，固忘小。」劉子新論觀量篇曰：「項羽不學一藝，韓信不營一飡。非其心不愛藝，口不嗜味，由其性大，不綴細業也。晉文種米，曾子植羊，非性闇惷，不辯方隅，以其運大，不習小務也。」以此參互考之，知菜當作米，牧當作駕。此言君子可大受，而不可小知。故智有所不明，神有所不通。如種田當樹穀，駕車當用牛，此愚夫愚婦之所知也，而文公、曾子不知。然不可謂之不智，何者？君子之學務其大者、遠者，薄物細故，雖不知無害也。故曰：「縱不識稻，何所多悔？」若作種菜牧羊，則語意全失。高誘之注，望文生義，亦非也。

16 桓車騎在上明畋獵。東信至，傳淮上大捷。語左右云：「群謝年少，大破賊。」因發病薨。談者以爲此死，賢於讓揚之荆〔一〕。續晉陽秋曰：「桓沖本以將相異宜，才用不同，忖己德量不及謝安，故解揚州以讓安。自謂少經軍鎮，及爲荆州，聞符堅自出淮、肥，深以根本爲慮，遣其隨身精兵三千人赴京師。時安已遣諸軍，且欲外示閒暇，因令沖軍還。沖大驚曰：『謝安乃有廟堂之量，不閑將略。吾量賊必破襄陽，而并力淮、肥。今大敵果至，方遊談示暇，遣諸不經事年少，而實寡弱，天下誰知〔二〕？吾其左衽矣！』俄聞大勳克舉，慚慨而薨。」〔三〕

【箋疏】

〔一〕程炎震云：「寧康元年，沖爲揚州。三年，改徐州，鎮丹徒。太元二年，桓豁卒，始代爲荆州，非自揚之荆也。」

〔二〕程炎震云：「『天下誰知』，晉書沖傳作『天下事可知』。」

〔三〕程炎震云：「太元八年十月，有肥水之捷。九年二月，桓沖卒。晉書七十四沖傳云『沖本疾病，加以慚恥』，得之。」嘉錫案：沖不知謝玄之必能立勳，其知人料事，誠不及郗超。然淝水破敵，江左危而復安，舉國以爲大慶。沖聞捷音，固當驚喜出於意外。縱恥其前言之失，不過慚沮而已。亦復何關利害，而遂至於發病以死乎？今以晉書及通鑑考之，則沖之死，蓋自有其故矣。孝武紀云：「寧康三年五月，以中軍將軍揚州刺史桓沖爲鎮北將軍、徐州刺史，鎮丹徒。尚書僕射謝安領揚州刺史。」此即續晉陽秋所謂「解揚州以讓安」也。沖傳云：「時丹楊尹王蘊以后父之重昵於安。安意欲出蘊爲方伯，乃復解沖徐州，直以車騎將軍都督豫、江二州之六郡軍事，自京口遷鎮姑熟。」紀不書解沖徐州事，傳又不著年月，惟通鑑一百四載之。太元元年正月云「謝安欲以王蘊爲方伯，故先解沖徐州」，是也。（晉書記此事多誤。如稱王蘊爲丹陽尹，而據蘊傳則其尹丹陽在徐州之後。又紀於太元二年十月始書尚書王蘊爲徐州刺史，恐亦不當懸缺，待蘊至年餘之久也。）其時距沖之讓揚州纔八閱月耳。徐州刺史鎮京口，爲天下勁兵處。桓溫所稱「京口酒可飲、兵可使」者也（見捷悟篇注）。故溫嘗逐郗愔而代之。沖先本以江州刺史監江、荆、豫三州之六郡軍事。溫死後，乃徙督揚、江、豫三州，揚州刺史代溫居任。及讓揚州，改授都督徐、兖、豫、青、揚五州之六郡軍事、徐州刺史。至是，謝安忽無故解其徐州。蓋安意在强幹弱枝，以尊王室，不欲桓氏兵權過重，故解沖方鎮之任，以朝廷親信之王蘊代之。僅令沖督豫、江二州之六郡，又不兼刺史，其勢任反不如溫未死時。自常人視之，則安爲以怨報德，殆非人情所能堪。度沖之心，未必無少望。至太元二年，桓豁卒，乃復用沖都督荆、江等七州軍事、荆州刺史，始得復領重鎮。此在謝安，必有甚不得已者。蓋已察知沖之心無他，而桓氏積爲荆、楚所服，非沖無以安之耳。沖至鎮，請以王薈補江州刺史。薈遭兄喪，不欲出，謝安更以中領軍謝輶代之。沖聞之而發怒，上疏以爲輶文武無堪，求自領江州，許之。按輶乃會稽謝氏，非安之子弟，其人南土之望（見宋書裴松之傳），後爲會稽内史，嘗發妖賊孫泰反謀，泰遂伏誅（見晉書孫恩傳）。是其才智足辦，何至如沖所詆「文武無堪」？安以宰相用一刺史，而爲方鎮所距，朝廷亦曲從之。孰謂沖與安果能和衷共濟，毫無芥蒂耶？傳又云：「初，沖之西鎮，以賊寇方彊，故移鎮上明。謂江東力弱，正可保固封疆，自守而已。又以將相異宜，自以德望不逮謝安，故委之内相，而四方鎮扞，以爲己任。又與朱序欵密，俄而序没於賊，沖深用愧惋。」今按沖之材武，本不如温。懲於枋頭之敗，而苻堅之强又過慕容暐，故甫鎮荆州，即移州治。其畏葸之情，已可概見。然當温北伐時，沖嘗破苻雄於白鹿原，大敗姚襄於伊水（見温傳）。故心雖怯敵，猶狃於前事，自負將才，以鎮扞四方爲己任。既而堅遣苻丕等寇樊、鄧，（此據苻堅載記及通鑑。沖傳作苻融，誤也。）魯陽、南鄉、魏興等郡，所在陷没（事在太元三四年）。此皆沖之所部，坐視胡騎縱横，而莫之能禦。沖之愧惋，蓋不獨朱序敗没一事而已。其後六年冬，沖遣桓石虔擊擒秦襄陽太守閻震。計沖與秦戰，惟此一役，尚爲有功。至八年五月，沖帥師十萬伐秦，攻襄陽不克，僅桓石虔敗其别將張崇，頗有俘獲。會秦慕容垂救至，沖懼，遽退，還上明。（沖傳載此事不詳，又誤叙於擒閻震之前，今據堅載記及通鑑一百五。）其畏敵如虎若此。沖之所以自任者，固已情見勢絀矣。（傳言沖遣將攻克魏興等三郡，據紀及通鑑乃九年事。）及其年八月，苻堅傾國入寇。以當時諸將位望言之，元帥之任，非沖莫屬。荆州雖重，別遣他將守之可矣。安竟以謝石爲征討大都督，（安傳言安亦爲此官，不應頓有二人，本紀及通鑑皆不書。）諸將玄、琰等，皆其子弟也，而沖不敢争。固由其能盡忠守分，亦以前此屢敗，氣已中餒故也。沖嘗以十萬之衆，望風遁走。石等所統，纔八萬人耳。以與百萬之敵相當，固應憂其寡弱。又爲堅先聲所奪，談虎色變，則其惴惴懼爲左衽也亦宜。然謝玄已於太元四年破秦將俱難等於淮陰，其時秦兵去廣陵僅百里，朝廷震動，賴玄郤敵，功亦鉅矣。玄三戰三勝（見玄傳），雖古之名將，何以過之？而沖乃斥爲不經事年少，何其言之易也。蓋沖畏堅太甚，又夙輕安不知兵，料其必敗，且己與安有隙，故發此憤懣不平之言耳。既而玄等竟獲大捷，勳庸莫二，而己無尺寸之功。回思居分陝之任，既已六年，喪敗頻仍，而大功乃出於向所薄視之少年，不免相形見絀。此乃於桓氏之威望有損，不徒自愧而已。沖之爲人，非能不以得喪動心者。固宜其憤怒傷身，鬱鬱以死矣。然但深自怨艾，而不爲跋扈之舉，爲國家生事，此所以談者以爲此死賢於讓揚之荆也。續晉陽秋叙次不明，晉書改之曰：「俄而聞堅破，大勳克舉。又知朱序因以得還。沖本疾病，加以慚恥，發病而卒。」於情事較爲得之。通鑑但云「沖自以失言慚恨」，而删去朱序得還事，非也。由此可見謝安雖保全江左，功在奕世，而當其時，固衆謗群疑，極艱貞之會。大勳之成，良非易事。沖既卒，朝議欲以謝玄爲荆、江二州刺史，安自以父子名位太盛，又懼桓氏失職怨望，桓石虔新有功，而慮其難制，不欲令據形勝之地，乃以桓石民爲荆州，桓伊爲江州，石虔爲豫州。彼此無怨，各得其任（安傳及通鑑一百五）。安之所以能安江左者，以其能用人，而不務張己之權勢也。然當其用王藴及石、玄時，人猶不免疑其信用私昵。使非遇桓沖能守臣節，或尚難免因以致亂。桓伊嘗爲孝武歌曰：「爲君既不易，爲臣良獨難。」（伊傳）詎不信哉！

17 桓公初報破殷荆州〔一〕，周祇隆安記曰：「仲堪以人情注於玄，疑朝廷欲以玄代己，遣道人竺僧儻齎寶物遺相王寵幸媒尼左右〔二〕，以罪狀玄，玄知其謀而擊滅之。」曾講論語〔三〕，至「富與貴，是人之所欲，不以其道得之不處」，孔安國注曰：「不以其道得富貴，則仁者不處。」玄意色甚惡。

【箋　疏】

〔一〕程炎震云：「陳少章曰：桓公當作桓玄。」又云：「隆安三年十二月，玄襲江陵。」

〔二〕嘉錫案：此所謂媒尼，疑是支妙音，詳識鑒篇「王忱死」條注。

〔三〕李慈銘云：「案曾當作會。」

紕漏第三十四

1 王敦初尚主，敦尚武帝女舞陽公主，字脩褘。如廁，見漆箱盛乾棗，本以塞鼻，王謂廁上亦下果，食遂至盡。既還，婢擎金澡盤盛水，瑠璃盌盛澡豆〔一〕，因倒著水中而飲之，謂是乾飯。群婢莫不掩口而笑之。

【箋　疏】

〔一〕千金方六下面藥篇有：「洗手面令白浄悦澤澡豆方：每日常用，以漿水洗手面甚良。」又有：「洗面黑不浄澡豆洗手面方：用洗手面，十日色白如雪，三十日如凝脂。神驗。」又有：「洗面藥澡豆方：每旦取洗手面，百日白浄如素。」又有：「澡豆治手乾燥少潤膩二方、澡豆方、桃人澡豆主悦澤去鼾黯方。」

2　元皇初見賀司空，言及吴時事，問：「孫皓燒鋸截一賀頭，是誰？」司空未得言，元皇自憶曰：「是賀劭。」劭即循父也。皓凶暴驕矜，劭上書切諫，皓深恨之。親近憚劭貞正，譖云謗毁國事，被詰責。後還復職。劭中惡風，口不能言語。皓疑劭託疾，收付酒藏，考掠千數，卒無一言。鋸殺之。司空流涕曰：「臣父遭遇無道，創巨痛深，無以仰答明詔。」〔一〕禮記：「創巨者其日久，痛深者其愈遲。」元皇愧慙，三日不出。

【校　文】

注「鋸殺之」「鋸」，景宋本作「遂」。

【箋　疏】

〔一〕程炎震云：「晉書六十八循傳，臣父作先父，創巨上有循字。明詔二字無。蓋以元帝爲安東時，循非王國官，不當稱臣也。」

3　蔡司徒渡江〔一〕，見彭蜞〔二〕，大喜曰：「蟹有八足，加以二螯。」〔三〕令烹之。既食，吐下委頓，方知非蟹。後向謝仁祖説此事，謝曰：「卿讀爾雅不熟，幾爲勸學死。」〔四〕大戴禮勸學篇曰：「蟹二螯八足，非蛇蟺之穴無所寄託者，用心躁也。」故蔡邕爲勸學章取義焉。爾雅曰：「蝟蟝小者蛂。」即彭蜞也，似蟹而小。今彭蜞小於蟹，而大於彭蝟，即爾雅所謂蝟蟝也。然此三物，皆八足二螯，而狀甚相類。蔡謨不精其小大，食而致斃，故謂讀爾雅不熟也。

【箋　疏】

〔一〕程炎震云：「晉書七十七謨傳云：『避亂渡江，時明帝爲東中郎將，引爲參軍。』蓋建興中。」

〔二〕北户録一曰：「儋州出蟚蜞。」注引證俗音曰：「有毛者曰蟚蜞，無毛者爲彭滑，堪食。俗呼彭越，訛耳。」并引世説此條爲證。

〔三〕李慈銘云：「案螯俗字。説文蟹字注作敖。荀子、大戴亦俱作螯。」

〔四〕李氏晉書札記四云：「大戴禮勸學云『蟹二螯八足』，荀子勸學篇云『蟹六跪而二螯』，跪即足也，六亦八之誤。大戴勸學即本荀子。後蔡邕用之作勸學篇，如急就、凡將之流。其文蓋四字爲句。『蟹有八足，加以二螯』二語，疑即勸學篇語。謨爲邕之從曾孫行，故誦其語。而謝尚以爲勸學死嘲之。」嘉錫案：李氏此解，最爲明晰。魏書劉芳傳及文選注、類聚、御覽、法書要録諸書引蔡邕勸學篇，皆四字句，可證也。又案：小學鉤沈五王念孫校云：「案『蟹有八足，加以二螯』，即蔡邕勸學篇文，與『鼫鼠五能，不成一技』，皆取義於大戴禮勸學篇。其斷四字爲句，亦正相似。司徒熟于蔡邕勸學篇『蟹有八足，加以二螯』之語，不熟于爾雅釋魚蛸蟝之文，因而誤食彭蜞。故曰『讀爾雅不熟，幾爲勸學死』也。」然則王懷祖已先言之，李氏偶未考耳。

4　任育長年少時，甚有令名。武帝崩，選百二十挽郎〔一〕，一時之秀彦，育長亦在其中。王安豐選女壻，從挽郎搜其勝者，且擇取四人，任猶在其中。童少時神明可愛，時人謂育長影亦好。自過江，便失志。王丞相請先度時賢共至石頭迎之，猶作疇日相待，一見便覺有異。坐席竟，下飲〔二〕，便問人云：「此爲茶，爲茗？」覺有異色，乃自申明云：「向問飲爲熱，爲冷耳。」嘗行從棺邸下度〔三〕，流涕悲哀。王丞相聞之曰：「此是有情癡。」晉百官名曰：「任瞻字育長，樂安人。父琨，少府卿。瞻歷謁者僕射、都尉、天門太守。」

【箋疏】

〔一〕亡友高閬仙步瀛曰：「北堂書鈔設官部八引續漢書百官志曰：『輀車拂挽爲公卿子弟，六卿。十人挽兩邊。白素幘，委貌冠，都布衣也。』（今續漢志無此文）可見挽郎之設，起於後漢。世說曰：『武帝崩，選百二十挽郎。』書鈔又引晉要事曰：『咸康七年，尚書僕射諸葛恢奏：「恭皇后今當山陵，依舊公卿六品清官子弟爲挽郎，非古也。豈牽曳國士，爲之役夫，請悉罷之。」』此晉時挽郎也。南齊書高逸傳：『何求元嘉末爲宋文帝挽郎。』周書檀翥傳：『年十九，爲魏孝明帝挽郎。』此南北朝時挽郎也。唐代尚沿之。」嘉錫案：續漢書禮儀志下大喪禮曰：「載車著白系，參繆紼，長三十丈，大七寸，爲輓六行，行五十人。公卿以下子弟凡三百人，皆素幘，委貌冠，衣素裳。」書鈔所引，疑即此條，誤作百官志。其不同處，當是別引他書，傳寫謬亂耳。後漢挽郎三百人，晉武只百二十，已減於舊。晉書禮志曰：「成帝咸康七年，皇后杜氏崩。有司奏依舊選公卿以下六品子弟六十人爲挽郎。詔停之。孝武帝太元四年，皇后王氏崩，有司奏選挽郎二十四人。詔停之。」其數更銳減，且停罷不行矣。不知何時復行選用也。

〔二〕李詳云：「詳案陸羽茶經引此并原注云：『下飲，謂設茶也。』」

〔三〕嘉錫案：棺邸者，賣棺之店也。唐律疏議卷四曰：「居物之處爲邸，沽賣之所爲店。」示兒編卷十七引作「棺底下」，無「度」字，非是。

5 謝虎子嘗上屋熏鼠。虎子，據小字。據字玄道，尚書褒第二子。年三十三亡。胡兒既無由知父爲此事，聞人道「癡人有作此者」，戲笑之。時道此非復一過。太傅既了己之不知，因其言次，語胡兒曰：「世人以此謗中郎，亦言我共作此。」中郎，據也。章仲反。按世有兄弟三人，則謂第二者爲中。今謝昆弟有六，而以據爲中郎，未可解。當由有三時，以中爲稱，因仍不改也。胡兒懊熱，一月日閉齋不出。太傅虛託引己之過，以相開悟，可謂德教。

【校　文】

注「褒」　景宋本及沈本作「裒」。

6 殷仲堪父病虛悸，聞牀下蟻動，謂是牛鬭。殷氏譜曰：「殷師字師子。祖識、父融，並有名。師至驃騎咨議，生仲堪。」續晉陽秋曰：「仲堪父曾有失心病，仲堪腰不解帶，彌年父卒。」孝武不知是殷公〔一〕，問仲堪：「有一殷，病如此不？」仲堪流涕而起曰：「臣進退唯谷。」大雅詩也。毛公注曰：「谷，窮也。」

【箋疏】

〔一〕程炎震云：「此公字作父字解。」

7 虞嘯父爲孝武侍中，帝從容問曰：「卿在門下，初不聞有所獻替。」虞家富春，近海，謂帝望其意氣〔一〕，對曰：「天時尚煗，鱭魚蝦鱃未可致〔二〕，尋當有所上獻。」帝撫掌大笑。中興書曰：「嘯父，會稽人，光禄潭之孫，右將軍純之子〔三〕。少歷顯位，與王廞同廢爲庶人。義旗初，爲會稽内史。」〔四〕

【校文】

「蝦鱃」「鱃」，景宋本作「鮭」。

【箋　疏】

〔一〕程炎震云：「意氣二字恐誤，晉書但云『謂帝有所求』。」

〔二〕李慈銘云：「案鮏當作鮺。説文：『鮺，藏魚也。』玉篇：『鮺，仄下切，藏魚也。』又：『鮓，同上。』釋名：『鮓，菹也。以鹽米釀魚如菹，熟而食之也。』廣韻：『鮓，側下切。』晉書虞嘯父傳作『蝦鮓』。鯯，説文、玉篇俱無此字。廣韻十三祭『鯯，魚名，可爲醬。征例切。』」

〔三〕李詳云：「晉書虞潭傳：『子仡嗣，官至右將軍司馬。仡卒，子嘯父嗣。』是名仡，不名純。右將軍司馬又與右將軍有異也。」

〔四〕程炎震云：「與王廞同廢爲庶人。晉書云：『有司奏嘯父與廞同謀。』此當脱謀字。晉書云：『桓玄用事，以爲太尉左司馬，遷護軍將軍，出爲會稽内史。義熙初去職。』與此不同。」

8　王大喪後，朝論或云「國寶應作荊州」。晉安帝紀曰：「王忱死，會稽王欲以國寶代之。孝武中詔用仲堪，乃止。」國寶主簿夜函白事〔一〕，云：「荊州事已行。」國寶大喜，而夜開閤，喚綱紀〔二〕，話勢雖不及作荊州，而意色甚恬。曉遣參問，都無此事。即喚主簿數之曰：「卿何以誤人事邪？」

【校　文】

「而夜」　景宋本及沈本作「其夜」。

【箋　疏】

〔一〕程炎震云：「王忱死時，國寶爲中領軍，故其屬官得有主簿。」

〔二〕李詳云：「詳案：文選三十六李善注：『綱紀，謂主簿也。』又引虞預晉書：『東平主簿王豹白事，齊王曰：「況豹雖陋，故大州之綱紀也。」』觀此條下喚主簿，是主簿即綱紀也。」

惑溺第三十五

1　魏甄后惠而有色，先爲袁熙妻，甚獲寵。曹公之屠鄴也，令疾召甄，左右白：「五官中郎已將去。」公曰：「今年破賊正爲奴。」魏略曰：「建安中，袁紹爲中子熙娶甄會女。紹死，熙出在幽州，甄留侍姑。及鄴城破，五官將從而入紹舍，見甄怖，以頭伏姑厀上。五官將謂紹妻袁夫人：『扶甄令舉頭。』見其色非凡，稱歎之。太祖聞其意，遂爲迎娶，擅室數歲。」世語曰：「太祖下鄴，文帝先入袁尚府，見婦人被髮垢面，垂涕立紹妻劉後。文帝問，知是熙妻，使令攬髮，以袖拭面，姿貌絶倫。既過，劉謂甄曰：『不復死矣。』遂納之，有子。」魏氏春秋曰：「五官將納熙妻也，孔融與太祖書曰：『武王伐紂，以妲己賜周公。』太祖以融博學，真謂書傳所記。後見融問之，對曰：『以今度古，想其然也。』」

【校　文】

注「出在幽州」　「在」，景宋本及沈本作「任」。

注「見甄怖」　沈本無「見」字，「甄」下有「驚」字。

注「有子」　景宋本作「有寵」。

2　荀奉倩與婦至篤，冬月婦病熱，乃出中庭自取冷，還以身熨之。婦亡，奉倩後少時亦卒。以是獲譏於世。粲別傳曰：「粲常以婦人才智不足論，自宜以色爲主。驃騎將軍曹洪女有色，粲於是聘焉。容服帷帳甚麗，專房燕婉。歷年後婦病亡。未殯，傅嘏往喭粲，粲不明而神傷〔一〕。嘏問曰：『婦人才色並茂爲難。子之聘也，遺才存色，非難遇也，何哀之甚？』粲曰：『佳人難再得！顧逝者不能有傾城之異，然未可易遇也。』痛悼不能已已。歲餘亦亡。亡時年二十九。粲簡貴，不與常人交接，所交者一時俊傑。至葬夕，赴期者裁十餘人，悉同年相知名士也。哭之，感慟路人。粲雖褊隘，以燕婉自喪，然有識猶追惜其能言。」奉倩曰：「婦人德不足稱，當以色爲主。」裴令聞之曰：「此乃是興到之事，非盛德言，冀後人未昧此語。」何劭論粲曰：「仲尼稱

『有德者有言』。而荀粲減於是，力顧所言有餘，而識不足。」

【校　文】

注「力顧」　「力」，景宋本及沈本作「内」。

【箋　疏】

〔一〕李慈銘云：「案明字誤。三國志荀彧傳注作不哭。」

3 賈公閭充別傳曰：「充父逵，晚有子，故名曰充，字公閭，言後必有充閭之異。」後妻郭氏酷妒，有男兒名黎民，生載周，充自外還，乳母抱兒在中庭，兒見充喜踊，充就乳母手中嗚之〔一〕。郭遥望見，謂充愛乳母，即殺之。兒悲思啼泣，不飲它乳，遂死。郭後終無子。晉諸公贊云：「郭氏即賈后母也。爲性高朗，知后無子，甚憂愛愍懷，每勸厲之。臨亡，誨賈后，令盡意於太子，言甚切至。趙充華及賈謐母〔二〕，並勿令出入宮中。又曰：『此皆亂汝事！』后不能用，終至誅夷。」〔三〕臣按：傅暢此言，則郭氏賢明婦人也。向令賈后撫愛愍懷，豈當縱其妒悍，自斃其子。然則物我不同，或老壯情異乎？

【校　文】

注「甚憂愛慇懷」　「憂」，沈本作「撫」。

【箋　疏】

〔一〕程炎震云：「『充就乳母手中嗚之』，晉書充傳作『充就而拊之』。」周祖謨曰：「『嗚之』者，親之也。」

〔二〕李慈銘云：「案趙充華，趙粲，武帝充華也。賈謐母，賈午，韓壽妻也。」

〔三〕嘉錫案：晉書愍懷太子傳言：賈后母郭槐欲以韓壽女爲太子妃而壽妻賈午及后皆不聽。又載太子被廢後與妃書曰：「鄙雖愚頑，欲盡忠孝之節，雖非中宮所生，奉事有如親母。自爲太子以來，勑見禁檢，不得見母。自宜城君亡，不見存恤，恒在空室中坐。」宜城君者，郭槐也。此書出自太子之手，固當可信。然則槐之撫愛愍懷，諒非虚語。世説及晉書所載槐之妒悍或晉人惡充父女者過甚之辭也。

4 孫秀降晉〔一〕，晉武帝厚存寵之，太原郭氏録曰〔二〕：「秀字彦才，吴郡吴人，爲下口督，甚有威恩。孫皓憚欲除之，遣將軍何定遡江而上，辭以捕鹿三千口供廚。秀豫知謀，遂來歸化。世祖喜之，以爲驃騎將軍、交州牧。」妻以姨妹蒯氏，室家甚篤。妻嘗妒，乃駡秀爲「貉子」〔三〕。晉陽秋曰：「蒯氏，襄陽人，祖良，吏部尚書。父鈞，南陽太守。」秀大不平，遂不復入。蒯氏大自悔責，請救於帝。時大赦，群臣咸見。既出，帝獨留秀，從容謂曰：「天下曠蕩，蒯夫人可得從其例不？」秀免冠而謝，遂爲夫婦如初。

【箋　疏】

〔一〕程炎震云：「泰始六年十二月，孫秀來奔。」

〔二〕李詳云：「詳案：此何法盛中興書也，傳寫遺其書名。法盛中興書於諸姓各爲一録：如會稽賀録、琅琊王録、陳郡謝録、丹陽薛録、潯陽陶録等，凡數十家。此郭氏録當衍氏字。」

〔三〕程炎震云：「狢、貉同字。蜀志關羽傳注引典略『羽罵孫權爲狢子』。御覽二百四十九引後秦記曰：『姚襄遣參軍薛瓚使桓温，温以胡戲瓚。瓚曰：「在北曰狐，居南曰狢。何所問也？」』」晉書陸機傳「宦人孟玖弟超爲小都督，縱兵大掠。機録其主者。超直入機麾下奪之，顧謂機曰：『貉奴，能作督不？』」章炳麟新方言二曰：「説文：『貉，北方豸種。』今江南運河而東，相輕賤則呼貉子，貉音如馬。若肆師甸祝，以表貉爲表禡矣。」嘉錫案：魏、晉以降，北人率罵吳人爲貉子。關羽、孟超之言，可以爲證。然北史王羆傳云：「神武遣韓軌、司馬子如宵濟襲羆，羆持一白棒大呼而出曰：『老羆當道卧，貉子那得過！』」則只是尋常詈人之詞。軌，太安狄那人。子如，河内温人。並非吴人也。

5 韓壽美姿容，賈充辟以爲掾。充每聚會，賈女於青璅中看，見壽，説之。恒懷存想，發於吟詠。後婢往壽家，具述如此，并言女光麗。壽聞之心動，遂請婢潛修音問。及期往宿。壽蹻捷絶人，踰牆而入，家中莫知。晉諸公贊曰：「壽字德真，南陽赭陽人〔一〕。曾祖暨，魏司徒，有高行。」壽敦家風，性忠厚，豈有若斯之事？諸書無聞，唯見世説，自未可信。自是充覺女盛自拂拭，説暢有異於常。後會諸吏，聞壽有奇香之氣，是外國所貢，一著人，則歷月不歇。十洲記曰：「漢武帝時，西域月氏國王遣使獻香四兩，大如雀卵，黑如桑椹，燒之，芳氣經三月不歇。」蓋此香也。充計武帝唯賜己及陳騫，餘家無此香，疑壽與女通，而垣牆重密，門閤急峻，何由得爾？乃託言有盜，令人修牆。使反曰：「其餘無異，唯東北角如有人跡。而牆高，非人所踰。」充乃取女左右婢考問，即以狀對。充秘之，以女妻壽。郭子謂與韓壽通者，乃是陳騫女，即以妻壽，未婚而女亡。壽因娶賈氏，故世因傳是充女〔二〕。

【箋疏】

〔一〕程炎震云：「赭陽，晉書謐傳作堵陽。」

〔二〕類聚卷三十五引臧榮緒晉書曰：「賈充後妻郭氏，又生二女，少有淫行。年十四五，通於韓壽，充未覺。時外國獻奇香，世祖分與充，充以賜女。充與壽坐，聞其衣香，心疑之。充家嚴峻，牆高丈五，薦以枳棘。周行東北角，有如狸鼠行迹。充潛知，殺婢，遂以女妻之。」疑即因世説加以粉飾。唐修晉史全本臧書，故亦以爲充女也。御覽五百引郭子云：「賈公閭（宋本誤作問）女悦韓壽，問婢『識不』，一婢云是其故主。女内懷存想。婢後往壽家説如此。壽乃令婢通己意，女大喜，遂與通。」嘉錫案：孝標方引郭子，謂壽所通者是陳騫女，以駁世説。若如御覽所引，則正與世説合。一書之中，豈得自相違異？疑「賈公閭」三字本作「陳休淵」，宋人校御覽者據世説妄改之。御覽九百八十一又引郭子曰：「陳騫以韓壽爲掾，每會，聞壽有異香氣，是外國所貢，一着衣，歷日不歇。騫計武帝唯賜己及賈充，他家理無此香。嫌壽與己女通，考問左右，婢具以實對。騫以女妻壽。壽時未婚。」按此是郭子本文。孝標以其文與世説多同，遂隱括引之耳。御覽所引未全，故無女亡娶賈氏之語。晉書陳騫傳云：「弟稚與其子輿忿爭，遂説騫子女穢行。騫表徙弟，以此獲譏於世。」李慈銘晉書札記三云：「世説注引郭子，言韓壽私通者乃騫女，即此所謂『子女穢行』也。」

6 王安豐婦常卿安豐。安豐曰：「婦人卿壻，於禮爲不敬，後勿復爾。」婦曰：「親卿愛卿，是以卿卿；我不卿卿，誰當卿卿？」遂恒聽之。

7 王丞相有幸妾姓雷，頗預政事納貨。蔡公謂之「雷尚書」。語林曰：「雷有寵，生恬、洽。」

【校　文】

注「生恬、洽」　景宋本及沈本俱作「生洽、恬」。

仇隟第三十六

1 孫秀既恨石崇不與緑珠，干寶晉紀曰：「石崇有妓人緑珠〔一〕，美而工笛，孫秀使人求之。崇別館北邙下〔二〕，方登涼觀，臨清水。使者以告，崇出其婢妾數十人以示之曰：『任所以擇。』使者曰：『本受命者，指緑珠也，未識孰是？』崇勃然曰：『緑珠，吾所愛，不可得也！』使者曰：『君侯博古知今，察遠照邇，願加三思。』崇不然。使者已出又反，崇竟不許。」又憾潘岳昔遇之不以禮。後秀爲中書令，岳省内見之，因喚曰：「孫令，憶疇昔周旋不？」秀曰：「『中心藏之，何日忘之？』」岳於是始知必不免。王隱晉書曰：「岳父文德〔三〕，爲琅邪太守，孫秀爲小吏給使，岳數蹴蹋秀，而不以人遇之也。」〔四〕後收石崇、歐陽堅石，同日收岳。晉陽秋曰：「歐陽建字堅石，渤海人。有才藻，時人爲之語曰：『渤海赫赫，歐陽堅石。』初，建爲馮翊太守，趙王倫爲征西將軍，孫秀爲腹心，撓亂關中，建每匡正，由是有隟。」王隱晉書曰：「石崇、潘岳與賈謐相友善，及謐廢，懼終見危，與淮南王謀誅倫，事泄，收崇及親朞以上皆斬之。初，岳母誡岳以止足之道，及收，與母别曰：『負阿母！』崇家河北，收者至。曰：『吾不過流徙交、廣耳！』及車載東市〔五〕，始歎曰：『奴輩利吾家之財。』收崇人曰：『知財爲害，何不蚤散？』崇不能答。」石先送市，亦不相知。潘後至，石謂潘曰：「安仁，卿亦復爾邪？」〔六〕潘曰：「可謂『白首同所歸』。」語林曰：「潘、石同刑東市，石謂潘曰：『天下殺英雄，卿復何爲？』潘曰：『俊士填溝壑，餘波來及人。』」潘金谷集詩云：「投分寄石友，白首同所歸。」乃成其讖。

【箋疏】

〔一〕嶺表録異上曰：「白州有一派水，出自雙水山，合容州江，呼爲緑珠井，在雙角山下。昔梁氏之女有容貌，石季倫爲交趾採訪使，以真珠三斛買之。梁氏之居，舊井存焉。」嘉錫案：晉書石崇傳，崇未嘗至交州。據通典三十二，唐開元十二年始置採訪處置使，晉時亦無此官。崇於惠帝時嘗以南中郎將、荆州刺史、兼南蠻校尉。其買緑珠，或在此時。續談助五抄樂史緑珠傳云：「越俗以珠爲上寶，生女名珠娘，生男名珠兒。緑珠之名，由此而稱。」

〔二〕洛陽伽藍記一曰：「昭儀尼寺在東陽門内一里御道南，有池，京師學徒謂之翟泉。後隱士趙逸云：『此地是晉侍中石崇家池，池南有緑珠樓。』於是學徒始寤，經過者想見緑珠之容也。」嘉錫案：伽藍記所言「在洛陽城内」，與此所言「北邙别館」，蓋非一地。

〔三〕程炎震云：「晉書五十五岳傳云『父芘』，則文德蓋其字也。」

〔四〕李詳云：「詳案：文選潘岳金谷集詩善注引隱書作『不以仁遇』，爲是。人、仁古通。」

〔五〕李慈銘云：「案車載下脱一詣字，當據晉書石崇傳補。」

〔六〕程炎震云：「石、潘之死，通鑑繫之永康元年。崇年五十二。岳秋興賦云：『晉十有四年，余春秋三十有二。』則是年五十四。」

2 劉璵兄弟少時爲王愷所憎〔一〕，嘗召二人宿，欲默除之。令作阬，阬畢，垂加害矣。石崇素與璵、琨善，聞就愷宿，知當有變，便夜往詣愷，問二劉所在。愷卒迫不得諱，答云：「在後齋中眠。」石便徑入，自牽出，同車而去。語曰：「少年，何以輕就人宿？」劉璨晉紀曰：「琨與兄璵俱知名，遊權貴之間，當世以爲豪傑。」

【校　文】

注「權貴之間」　「間」，沈本作「門」。

【箋　疏】

〔一〕李慈銘云：「案璵，晉書作輿。」

3 王大將軍執司馬愍王，夜遣世將載王於車而殺之，當時不盡知也。晉陽秋曰：「司馬丞字元敬，譙王遜子也。爲中宗相州刺史〔一〕，路過武昌，王敦與燕會，酒酣，謂丞曰：『大王篤實佳士，非將御之才。』對曰：『焉知鉛刀不能一割乎？』敦將謀逆，召丞爲軍司馬，丞歎曰：『吾其死矣！地荒民解，勢孤援絶。赴君難，忠也；死王事，義也。死忠與義，又何求焉！』乃馳檄諸郡丞赴義〔二〕。敦遣從母弟魏乂攻丞，王廙使賊迎之，薨於車。敦既滅，追贈驃騎，謚曰愍王。」雖愍王家，亦未之皆悉，而無忌兄弟皆穉。無忌別傳曰：「無忌字公壽，丞子也。才器兼濟，有文武幹。襲封譙王，衛軍將軍。」王胡之與無忌，長甚相暱，胡之嘗共遊，無忌入告母，請爲饌。母流涕曰：「王敦昔肆酷汝父，假手世將。司馬氏譜曰：「丞娶南陽趙氏女。」王廙別傳曰：「廙字世將。祖覽、父正。廙高朗豪率。王導、庾亮遊于石頭，會廙至，爾日迅風飛颿，廙倚船樓長嘯，神氣甚逸。導謂亮曰：『世將爲復識事。』亮曰：『正足舒其逸耳。』性倨傲，不合己者面拒之，故爲物所疾。加平南將軍，薨。」吾所以積年不告汝者，王氏門彊，汝兄弟尚幼，不欲使此聲著，蓋以避禍耳！」無忌驚號，抽刃而出，胡之去已遠。

【箋疏】

〔一〕李慈銘云：「案丞晉書作承，元敬作敬才。相當作湘。」

〔二〕李慈銘云：「案軍司馬，晉書作軍司是也。魏、晉有軍司，主一軍之事，以高秩重望者居之。承既藩王，又爲方伯，故敦以爲軍司，不當爲軍司馬也。地荒民解，晉書作地荒人鮮。解乃鮮字之誤。諸郡下衍丞字，或是亟字之誤。」

4 應鎮南作荆州〔一〕，王隱晉書曰：「應詹字思遠，汝南南頓人，璩曾孫也。爲人弘長有淹度，飾之以文才。司徒何充歎曰：『所謂文質之士！』累遷江州刺史、鎮南將軍。」王脩載、譙王子無忌同至新亭與別，坐上賓甚多，不悟二人俱到。有一客道：「譙王丞致禍，非大將軍意，正是平南所爲耳。」無忌因奪直兵參軍刀，便欲斫。脩載走投水，舸上人接取，得免。中興書曰：「褚褒爲江州，無忌於坐拔刀斫耆之，褒與桓景共免之〔二〕。御史奏無忌欲專殺害〔三〕，詔以贖論。」前章既言無忌母告之，而此章復云客叙其事，且王廙之害司馬丞，遐邇共悉，脩齡兄弟豈容不知。孫盛之言，皆實録也〔四〕。

【校　文】

注兩「褒」字　景宋本俱作「裒」。

注「孫盛之言」　「孫」，景宋本作「法」，是。

【箋疏】

〔一〕程炎震云：「應詹止作江州，不作荆州，此荆字當作江。孝標注不加糾正，知當時尚未誤也。」

〔二〕李慈銘云：「案褒當作裒。」

〔三〕李慈銘云：「案『御史』晉書作『御史中丞車灌』。」程炎震云：「晉書三十七無忌傳云『時王廙子丹陽丞耆之在坐』，又云『丹陽尹桓景』，又云『御史中丞車灌奏』。」

〔四〕程炎震云：「詹爲江州，在明帝太寧二年，去承之死才三年。承之難，無忌以少得免，則爾時未能報仇也。褚裒爲江州，以裒傳及康紀參考，是咸康八年代王允之。則去承死二十一年，無忌已官黄門侍郎矣。晉書從中興書爲是。」

5 王右軍素輕藍田，藍田晚節論譽轉重，右軍尤不平。藍田於會稽丁艱，停山陰治喪。右軍代爲郡，屢言出弔，連日不果。後詣門自通，主人既哭，不前而去，以陵辱之。於是彼此嫌隙大搆。後藍田臨揚州，右軍尚在郡。初得消息，遣一參軍詣朝廷，求分會稽爲越州，使人受意失旨，大爲時賢所笑。藍田密令從事數其郡諸不法，以先有隟，令自爲其宜。右軍遂稱疾去郡，以憤慨致終〔一〕。中興書曰：「羲之與述志尚不同，而兩不相能。述爲會稽，艱居郡境。王羲之後爲郡，申慰而已，初不重詣，述深以爲恨。喪除，徵拜揚州，就徵，周行郡境，而不歷羲之。臨發，一别而去。

羲之初語其友曰：『王懷祖免喪，正可當尚書，投老可得爲僕射。更望會稽，便自邈然。』述既顯授，又檢校會稽郡，求其得失，主者疲於課對。羲之恥慨，遂稱疾去郡，墓前自誓不復仕。朝廷以其誓苦，不復徵也。〔二〕

【箋疏】

〔一〕程炎震云：「晉書八十羲之傳用中興書，不取此文。蓋『以陵辱之』云，太不近情也。」

〔二〕金樓子立言篇下云：「王懷祖之在會稽居喪，每聞角聲即灑掃，爲逸少之弔也。如此累年，逸少不至。及爲揚州，稱逸少罪。逸少於墓所自誓，不復仕焉。余以爲懷祖爲得，逸少爲失也。懷祖地不賤於逸少，頗有儒術，逸少直虛勝耳。才既不足，以爲高物，而長其狠傲，隱不違親，貞不絶俗，生不能養，死方肥遯。能書，何足道也！若然，魏勰之善畫，綏明之善棊，皆可凌物者也。懷祖構怨，宜哉！主父偃之心，蘇季子之帛，自於懷祖見之。」程炎震云：「御覽四十七引孔華會稽記曰：『諸暨縣北界有羅山，越時西施、鄭旦所居。所在有方石，是西施曬紗處，今名紵羅山。王羲之墓在山足，有石碑，孫興公爲文，王子敬所書也。』」

6 王東亭與孝伯語，後漸異。孝伯謂東亭曰：「卿便不可復測！」答曰：「王陵廷争，陳平從默，但問克終云何耳。」漢書曰：「吕后欲王諸吕，問右相王陵，以爲不可。問左丞相陳平，平曰：

『可。』陵出讓平，平曰：『面折廷爭，臣不如君；全社稷，定劉氏，君不如臣。』」晉安帝紀曰：「初，王恭赴山陵，欲斬國寶，王珣固諫之，乃止。既而恭謂珣曰：『此日視君，一似胡廣。』珣曰：『王陵廷爭，陳平從默，但問克終如何也。』」

7　王孝伯死，縣其首於大桁。司馬太傅命駕出至標所，孰視首，曰：「卿何故趣欲殺我邪？」續晉陽秋曰：「王恭深懼禍難，抗表起兵。於是遣左將軍謝琰討恭。恭敗，走曲阿，爲湖浦尉所擒。初，道子與恭善，欲載出都，面相折數，聞西軍之逼，乃令於兒塘斬之〔一〕，梟首於東桁也。」

【箋　疏】

〔一〕李慈銘云：「案兒，古倪字，晉書作倪塘。」

8　桓玄將篡，桓脩欲因玄在脩母許襲之。庾夫人云：「汝等近過我餘年，我養之，不忍見行此事。」桓氏譜曰：「桓沖後娶潁川庾蔑女〔一〕，字姚。」晉安帝紀曰：「脩少爲玄所侮，言論常鄙之，脩深憾焉，密有圖玄之意。脩母曰：『靈寶視我如母，汝等何忍骨肉相圖！』脩乃止。」

【箋　疏】

〔一〕李慈銘云：「案庾蔑爲明穆皇后伯父袞之子。袞見晉書孝友傳。蔑官至侍中。」

世說新語卷上之上

德行第一

1 陳仲舉言爲士則，行爲世範〔一〕，登車攬轡，有澄清天下之志。汝南先賢傳曰：「陳蕃字仲舉，汝南平輿人。有室荒蕪不埽除，曰：『大丈夫當爲國家埽天下。』〔二〕值漢桓之末，閹豎用事，外戚豪橫。及拜太傅，與大將軍竇武謀誅宦官，反爲所害。」爲豫章太守〔三〕，海内先賢傳曰：「蕃爲尚書，以忠正忤貴戚，不得在臺，遷豫章太守。」至，便問徐孺子所在〔四〕，欲先看之。謝承後漢書曰：「徐穉字孺子，豫章南昌人。清妙高跱，超世絶俗。前後爲諸公所辟，雖不就，及其死，萬里赴弔。常豫炙雞一隻，以綿漬酒中，暴乾以裹雞，徑到所赴冢隧外，以水漬綿，斗米飯，白茅爲藉，以雞置前。醊酒畢，留謁即去，不見喪主。」主簿白：「群情欲府君先入廨。」〔五〕陳曰：「武王式商容之閭，席不暇煖。許叔重曰：「商容，殷之賢人，老子師也。」車上跽曰式〔六〕。吾之禮賢，有何不可！」袁宏漢紀曰：「蕃在豫章，爲穉獨設一榻，去則懸之，見禮如此。」

其重要者記於每條之後。舉凡一般的異體字和各本的明顯譌誤，概不録入。所録都略有斷制，不以不備爲嫌。董弅本和沈本都從晏殊本出，所以遇「殊」字都改作「絶」，文義往往不通，今一律不記。

四、本書一依原書編次，箋疏列於原文每條之後，用數字標誌先後，與原書正文或注文之下所加數字相對照，讀者可以依次尋閲。

五、箋疏一條之内先舉前人已有的箋釋或按語，後出作者已説。前人所解，凡有引用，均標明姓氏。如與作者所見不合，則别加案語。凡未舉前人姓氏的都是作者的箋注。

六、王氏重刻紛欣閣本卷首有世説新語序跋，今附印於書後，以資參考。

七、世説（包括劉注）所涉及人物共達一千五百餘人，而名號及稱謂不一，舊刻本雖附有「釋名」，然極不完備。又世説一書，劉注徵引典籍達四百餘種，今絶大部分已亡佚。爲便於讀者查索本書中的人名、書名，特編世説新語常見人名異稱表、世説新語人名索引、世説新語引書索引，三者皆張忱石先生爲之。

凡例

一、世説新語流傳較早的刻本是南宋刻本。現在所知有三種：（一）日本尊經閣叢刊中所影印的宋高宗紹興八年董弅刻本。書分三卷，書後有汪藻所撰叙録兩卷，包括考異和人名譜各一卷。（二）宋孝宗淳熙十五年陸游刻本，明嘉靖間吴郡袁褧（尚之）嘉趣堂有重雕本。書分三卷，每卷又分上下。清道光間浦江周心如紛欣閣又重雕袁本，稍有刊正。光緒間王先謙又據紛欣閣本傳刻。（三）清初徐乾學傳是樓所藏宋淳熙十六年湘中刻本，與紹興八年本相近而與袁本頗有不同。沈寶硯有校記，見涵芬樓影印嘉趣堂本後。三種宋刻本，以第一種董弅本最佳。

二、唐人稱世説新語爲世説新書。日本舊家藏有唐寫本世説新書殘卷，上虞羅氏曾影印行世。全書當爲十卷本，與隋書經籍志所著録的世説劉孝標注卷數相同。此本只存「規箴」、「捷悟」、「夙慧」、「豪爽」幾篇，文字遠勝於宋本。

三、本書所印世説新語採用王先謙重雕紛欣閣本，以影宋本、袁本、沈寶硯本對校，摘

向。古人説「君子多識前言往行以畜其德」，研究前代歷史，自當明鑒戒，勵節概。作者注此書時，正當國家多難，剥久未復之際，既「有感於永嘉之事」，則於魏、晉風習之澆薄，賞譽之不當，不能不有所議論，用意在於砥礪士節，明辨是非，這又與史評相類。

這部書的原稿既然分寫在三部書中，要條分縷析，整理成書是極爲困難的。首先要綜合各本，逐録成編，然後依照原書每條正文和注文的先後序列箋疏，使與原文相對應。幸得友人相助，始録成清稿二十六册。於五十年代中曾遠寄滬濱，由中華書局上海編輯所請徐震堮先生覆檢所抄有無錯誤，以便定稿付印。然稽留三載，未能檢校，但别紙加己案若干條於箋疏之後，而與原來邀請覆查之旨不符。因索回與妻余淑宜和長子士琦就清稿檢覈，並加標點。淑宜着力最多，理當同署。對於徐氏案語，一律不用，以免掠美之嫌。

本書自開始整理迄今，中間一再拖延，屢承海内外學者垂問，現在總算有了定稿，可以跟讀者見面了。箋疏既然是遺著，未便妄加删節。標點容有疏失，希望讀者指正。又本書付印時，承中華書局張忱石先生細心審校，在此謹致謝意。

一九八〇年十二月一日於北京大學

群書，隨文疏解，詳加考校，分别用朱墨等色筆書寫在三部刻本中。每條疏記，動輒長達二三百字，楷法精細不苟。字大者如豆，小者如粟，甚且錯落於刻本字裏行間，稠密無間。用心之專，殆非常人所能及。平時夙興夜寐，直至逝世前二年，即一九五三年。十餘年間，幾乎有一半時日用在這部箋疏上了。惟平生寫作，向無片楮箋記，臨紙檢書，全憑記憶，隨筆而下。自謂：「一生所著甚多，於此最爲勞瘁。」可惜晚年右臂麻痹，精力就衰，未能親自謄録，編次成書。因而書中也有徵引别家之説，而没有能加案語的。今承乏整理，前後披尋，屢經抄録，纔轉成清本。

箋疏内容極爲廣泛，但重點不在訓解文字，而主要注重考案史實。對世説原作和劉孝標注所説的人物事迹，一一尋檢史籍，考覈異同；對原書不備的，略爲增補，以廣異聞；對事乖情理的，則有所評論，以明是非。同時，對晉書也多有駁正。這種作法跟劉孝標注和裴松之三國志注的作法如出一轍。裴松之上三國志注表説：「按三國雖歷年不遠，而事關漢、晉，首尾所涉，出入百載，注記紛錯，每多舛互。其壽（陳壽）所不載，事宜存録者，則罔不畢取，以補其闕。或同説一事，而辭有乖雜，或出事本異，疑不能判，並皆抄内，以備異聞。若乃紕繆顯然，言不附理，則隨違矯正，以懲其妄。」這些話也恰恰可以説明本書作者意旨之所

雜引史書外，間或對臨川原作有所駁正。今本世説尤悔篇「劉琨善能招延」一條的注文中尚有敬胤注按語，不曾被宋人删去，惟文句小有裁截。敬胤原書早已亡佚，而劉孝標注獨傳至今，這或與孝標書晚出，且引據該洽，注釋詳密，翦裁得當有關。孝標的名聲又高於敬胤，自不待言。今本孝標注幾經傳寫，宋刻本已與唐寫本不盡相同，疑其中也不免有敬胤按語夾雜在内。惟孝標所注，雖説精密，仍有疏漏紕繆，直至近代始有人鈎沉索隱，爲之補正。

本書名爲箋疏，是外舅余嘉錫（季豫）先生所著。作者爲史學名家，以精於考證古代文獻著稱，歷任北京各大學教授，講授目録學、經學通論、駢體文等課程。平生以著述爲事，博覽群書，對子史雜著尤爲嫺熟，著有四庫提要辨證、目録學發微、余嘉錫論學雜著等書。本書經始於一九三七年，曾分用五色筆以唐、宋類書和唐寫本世説殘卷校勘今本，一九三八年五月又用日本影印宋本與明、清刻本對校。於時國難日深，民族存亡，危如累卵，令人憤悶難平。七月七日盧溝橋事變作，北平淪陷，作者不得南旋，書後有題記稱：「讀之一過，深有感於永嘉之事，後之視今，亦猶今之視昔。他日重讀，回思在莒，不知其欣戚爲何如也。」自此以後，作者一面筆録李慈銘的批校、程炎震的箋證、李詳（審言）的箋釋（載一九三九年制言雜誌第五十二期）以及近人談到的有關世説的解釋，一面泛覽史傳

前言

周祖謨

世説新語雖是古代的一部小説，但一直爲研究漢末魏晉間的歷史、語言和文學的人所重視。作者南朝宋臨川王劉義慶，史稱「愛好文義，文辭雖不多，足爲宗室之表」。此書採集前代遺聞軼事，錯綜比類，分德行、言語等三十六門，所涉及的重要人物不下五六百人，上自帝王卿相，下至士庶僧徒，都有所記載。從中我們可以觀察到當時人物的風貌、思想、言行和社會的風俗、習尚，這確實是很好的歷史資料。至於文辭之美，簡樸雋永，尤爲人所稱道。其書又得梁劉孝標爲之注，於人物事跡，記述更加詳備。

孝標博綜群書，隨文施注，所引經史雜著四百餘種，詩賦雜文七十餘種，可謂弘富；而且所引的書籍後代大都亡佚無存，所以清代的輯佚家莫不視爲鴻寶。因劉孝標注以前，舊有敬胤注，見日本影印的宋本世説汪藻所撰的叙録考異。汪藻在考異中所録敬胤書共五十一條，其中十三條無注。案敬胤事跡無考，據「王丞相云刁玄亮之察察」一條注文，知與下彬同時，當爲南齊人。敬胤注與劉孝標注全不相同，雖採録史書較詳，而缺乏翦裁，除

世説新語卷下之下

下册

中册

目録

上册

世説新語箋疏，一九八三年由中華書局初版發行，一九九三年轉由上海古籍出版社出版修訂本。此次根據一九九三年本重排。

特此説明。

中華書局編輯部

二〇〇七年四月

經歷約五十年的時間，參閲了大量文獻資料。據著者自叙，這部二十四卷共八十萬字的著作，是余先生「一生精力所萃」，此書對於研究中國古代的歷史、文學、哲學及版本目録學等，都極具參考價值。余先生曾於一九三七年七月排印了史部和子部未完稿十二卷。一九四九年以後，又繼續寫作，並最後修訂全稿，成二十四卷，於一九五八年十月由科學出版社出版。一九八〇年中華書局據一九五八年的本子，改正若干錯字，加以標點重排出版。此次編入余嘉錫著作集時，我們在書末增加了書名音序和筆劃兩種索引，以便讀者使用。

目録學發微是近代目録學書籍中創作較早而又極有系統、頗有創見的一本書。對目録書籍發展的源流、各書體制的得失利弊都有詳細的論述。一九六三年由中華書局初版發行。古書通例於一九八五年由上海古籍出版社初版印行，現據以重排，並與目録學發微合爲一册。

余嘉錫論學雜著，一九六三年及一九七七年曾印刷兩次，收論文、書序、題跋等三十篇文章及讀書隨筆三十條。此次出版，在書末增收了讀已見書齋隨筆（續）二十三條、庚戌都門客感詩七律四首、亡室陳恭人墓表和余嘉錫先生傳略。

出版説明

余嘉錫（一八八四——一九五五），字季豫，後號猾庵，或稱猾翁，湖南常德人，著名的古文獻學家、目録學家和史學家。十八歲時中鄉試舉人，後曾任吏部文選司主事，科舉廢除後回常德師範學校任教。一九二八年到北京，在輔仁大學、北京大學等多所大學講授目録學、經學通論、駢體文等課程。一九三一年任輔仁大學教授兼國文系主任。一九四二年兼輔仁大學文學院院長，一九四七年以四庫提要辨證一書當選爲中央研究院院士。解放後被聘爲中國科學院語言研究所專門委員。

余嘉錫先生學貫古今，著作主要有四庫提要辨證、目録學發微、古書通例、余嘉錫論學雜著和世説新語箋疏等，影響甚廣。爲紀念余嘉錫先生的學術成就，我們將上述著作彙編爲余嘉錫著作集，分册出版，以嘉惠學林。

四庫提要辨證一書，系統地考辨清代四庫全書總目提要的乖錯違失，並對所論述的許多種古籍，從内容、版本，到作者生平，都作了翔實的考證。余嘉錫先生寫作此書，前後

而實寡弱，天下誰知？（此句有脫誤。晉書桓沖傳作天下事可知。）吾其左衽矣！」俄聞大勳克舉，慚慨而薨。

案沖不知謝玄之必能立勳，其知人料事，識不及郗超。（是事見謝玄傳）然既乃心王室，深以左衽為憂，及淝水破敵，江左危而復安，舉國以為大慶，沖聞捷音，固當驚喜出於意外，縱恥其前言之失，不過慚沮而已，於其本身有何利害，而遂至於發病以死乎？余嘗參考羣書，推測當時情事，則乃知沖之死蓋自有其故矣。

晉書孝武紀云：「寧康三年五月，以中軍將軍揚州刺史桓沖為鎮北將軍、徐州刺史，鎮丹徒。尚書僕射謝安領揚州

著者手稿之四

論桓沖之死及謝安之所以處桓氏

余嘉錫

世說新語尤悔篇曰云：桓車騎在上明畋獵。東信至，傳淮上大捷。語左右云：羣謝年少大破賊。因發病薨。談者以為此死賢於讓揚之荊。

注引續晉陽秋曰：桓沖本以將相異宜，才用不同，忖己德量不及謝安，故解揚州以讓安，自謂少經軍鎮，及為荊州，聞苻堅自出淮肥，深以根本為慮，遣其隨身精兵三千人赴京師。時安已遣諸軍，且欲外示閑暇，因令沖軍還。沖大驚曰：謝安乃有廟堂之量，不閑將畧。吾量賊必破襄陽而并力淮肥，今大敵果至，方游談示暇，遣諸不經事年少

著者手稿之三

高僧傳五曰竺道壹姓陸吳人也少出家貞正有學業於王珣兄弟深加敬事晉太和中出都止瓦官寺從汰公受學數年之中思徹淵深講傾都邑危時論所宗晉簡文皇帝深所知重及帝崩汰死壹乃還東止虎丘山郡守瑯琊王薈於邑西起嘉祥寺請居僧首壹暫往吳之虎丘山以晉隆安中遇疾而卒春秋七十有一矣

書鈔五十八引臧榮緒晉書[illegible]張天錫字純嘏爲符融征南司馬謝安等大破符堅於淮淝天錫於陣歸國詔爲散騎常侍左員外

階庭耳此出語林見類聚八十一

道壹道人好整飾音辭王珣遊嚴陵瀨詩敘曰道壹姓竺氏名德沙門題目曰道壹文鋒富贍孫綽爲之贊曰馳騁遊說言固不虛唯茲壹公綽然有餘譬若春圃載芬載敷條柯猗蔚枝榦扶疏從都下還東山經吳中已而會雪下未甚寒諸道人問在道所經壹公曰風霜固所不論乃先集其慘澹郊邑正自飄颻林岫便已皓然

張天錫爲涼州刺史稱制西隅既爲苻堅所禽用爲侍中後於壽陽俱敗至都張資涼州記曰天錫字公純嘏安定烏氏人張耳後也曾祖軌永嘉中爲涼州刺史值京師大亂遂據涼土天錫嗣位自立爲涼州牧苻堅使將姚萇攻沒涼州天錫歸長安堅以爲侍中比部尚書歸義侯從堅至壽陽堅軍敗遂南歸拜散騎常侍西平公中興書曰天錫後以貧拜廬江太守薨[illegible]爲孝武所器每入言論無不竟日頗有嫉己

淳酪養性人無嫉心詩魯頌曰翩彼飛鴞集于泮林食我桑椹懷我好音西河舊事曰河西牛羊肥酪過精好但寫酪置革上都不解散也

頭長吏拜桓宣武墓作詩云山崩溟海竭魚鳥將何依

著者手稿之二（原書爲湖南思賢精舍刊本）

中國古典文學基本叢書

世説新語箋疏

上册

〔南朝宋〕劉義慶 撰
〔南朝梁〕劉孝標 注
余嘉錫 箋疏

中華書局

目　　次

《世説新語》常見人名異稱表

爲便於讀者了解本書中的人名異稱，特列此表，所收人名以書中常見並出現二次以上者爲準。

三畫　山

山濤字巨源，又稱山司徒、山少傅、山公、康侯。

山簡字季倫，又稱山公。

四畫　卞 王 支 孔

卞壼字望之，又稱卞令。

卞範之字敬祖，又稱卞範、卞鞠。

王乂字叔元，又稱王平北。

王戎字濬沖，又稱阿戎、安豐、王安豐、安豐侯。

王忱字元達，又稱王大、阿大、佛大、王佛大、建武、王建武、王荆州、王吏部。

王承字安期，又稱東海、王東海、王參軍。

王劭字敬倫，又稱大奴。

王含字處弘，又稱王光禄。

王坦之字文度，又稱中郎、王中郎、王北中郎、安北。

王述字懷祖，又稱藍田、藍田侯、王藍田、宛陵、王掾。

王胡之字脩齡，又稱阿齡、王長史、司州、王司州。

王衍字夷甫，又稱太尉、王太尉。

王恬字敬豫，又稱阿螭、螭虎、王螭。

王昶字文舒，又稱穆侯、司空。

王洽字敬和，又稱領軍、王領軍、王車騎。

王珉字季琰，又稱王彌、僧彌、王僧彌、小令。

王脩字敬仁，又稱苟子、王苟子、王脩之。

王爽字季明，又稱王睹。

王珣字元琳，又稱阿瓜、法護、東亭、王東亭、東亭侯、短主簿。

王悦字長豫,又稱大郎。
王敦字處仲,又稱阿黑、大將軍、王大將軍。
王舒字處明,又稱王中郎、彭澤侯。
王恭字孝伯,又稱王甯、阿甯、王丞。
王彪之字叔虎,又稱虎犢、王白鬚。
王湛字處沖,又稱王汝南。
王渾字玄沖,又稱王司徒,王侯。
王廙字世將,又稱平南。
王澄字平子,又稱阿平。
王廞字伯輿,又稱王長史。
王導字茂弘,又稱阿龍、丞相、王丞相、仲父、司空、王公。
王濛字仲祖,又稱長史、王長史、阿奴、王掾。
王徽字幼仁,又稱荆産、王荆産。
王徽之字子猷,又稱王黄門。
王羲之字逸少,又稱右軍、王右軍、臨川。
王凝之字叔平,又稱王江州、王郎。
王臨之字仲産,又稱阿林、阿臨、東陽。
王薈字敬文,又稱小奴、王小奴、王衛軍。
王謐字雅遠,又稱武岡、王武岡、武岡侯。
王藴字叔仁,又稱阿興、光禄、王光禄。
王獻之字子敬,又稱阿敬、王令。
支遁字道林,又稱支氏、支公、林公、林道人、林法師。
孔坦字君平,又稱廷尉、孔廷尉。
孔愉字敬康,又稱孔郎、車騎、孔車騎、餘不亭侯。
孔群字敬休,又稱中丞。
孔巖字彭祖,又稱孔西陽、西陽侯。

五畫　石 司

石勒字世龍,又稱明皇帝。
司馬懿字仲達,又稱宣文侯、宣王、太傅、司馬宣王、晉宣王、晉宣帝、高祖。
司馬師字子元,又稱大將軍、景王、晉景王、晉景帝。

司馬昭字子上,又稱大將軍、晉王、晉文王、司馬文王、文皇帝、晉文帝、太祖。
司馬炎字安宇,又稱晉王、晉武帝、世祖。
司馬叡字景文,又稱琅邪王、晉王、元皇、元皇帝、晉元帝、中宗。
司馬衍字世根,又稱晉成帝、顯宗。
司馬紹字道畿,又稱晉明帝、肅祖。
司馬奕字延齡,又稱晉海西公、晉廢帝。
司馬昱字道萬,又稱會稽、撫軍、撫軍大將軍、相王、晉簡文帝、太宗。
司馬曜字昌明,又稱孝武皇帝、晉孝武帝、烈宗。
司馬乂字士度,又稱長沙王。
司馬丞字元敬,又稱譙王、司馬愍王、愍王。
司馬攸字大猷,又稱齊王、齊獻王。
司馬冏字景治,又稱齊王。
司馬倫字子彝,又稱趙王。
司馬穎字叔度,又稱成都王。
司馬道子,又稱會稽王、司馬太傅、文孝王、司馬文孝王。
司馬越字元超,又稱太傅、司馬太傅、東海王。
司馬晞字道升,又稱武陵王、太宰。

六畫　江 羊

江虨字思玄,又稱江郎、江君、江僕射。
羊孚字子道,又稱羊侯。
羊忱字長和,又稱羊陶。
羊祜字叔子,又稱羊公、羊太傅。

七畫　沈 李 車 阮 杜 何

沈充字士居,又稱沈令。
李重字茂曾,又稱平陽、李平陽。
李秉字玄胄,又稱秦州。
李廞字元禮,又稱李府君。
車胤字武子,又稱車公。
阮裕字思曠,又稱阮主簿、阮光禄、阮公。

阮籍字嗣宗,又稱步兵、阮步兵、阮公。
杜育字方叔,又稱神童、杜聖。
杜預字元凱,又稱當陽侯。
何充字次道,又稱何揚州、驃騎、何驃騎。
何晏字平叔,又稱阿平、何尚書。

八畫　邴 孟 和 竺 周

邴原字根矩,又稱邴君。
孟嘉字萬年,又稱孟從事。
和嶠字長輿,又稱和公。
竺法深,又稱竺道潛、深公、法師。
周顗字伯仁,又稱周僕射、周侯。

九畫　范

范甯字武子,又稱范豫章。

十畫　高 祖 袁 荀 桓 郝 孫 殷 郗

高坐道人,又稱尸黎密、帛尸黎密。
高崧字茂琰,又稱阿酃、高靈、高侍中。
祖逖字士穉,又稱祖車騎、祖生。
袁宏字彦伯,又稱袁虎、袁生、袁參軍。
荀彧字文若,又稱敬侯。
荀淑字季和,又稱荀君、荀朗陵。
荀爽字慈明,又稱荀諝。
荀羨字令則,又稱荀中郎。
荀勖字公曾,又稱荀濟北。
荀靖字叔慈,又稱玄行先生。
荀顗字景倩,又稱荀侍中、臨淮公。
桓玄字敬道,又稱靈寶、南郡、桓南郡、南郡公、桓義興、桓公。
桓伊字叔夏,又稱子野、桓子野、桓尹、桓護軍。
桓沖字玄叔,又稱車騎、桓車騎、桓公。
桓温字元子,又稱桓宣武、宣武、宣武侯、宣武公、桓荆州、桓大司馬、大將軍、桓公。
桓嗣字恭祖,又稱豹奴、桓豹奴。

桓彝字茂倫,又稱桓常侍、桓宣城、桓廷尉。
桓豁字朗子,又稱征西、桓征西。
郝隆字佐治,又稱郝參軍。
孫休字子烈,又稱琅邪王、景皇帝、吴景帝。
孫秀字俊忠,又稱孫令。
孫皓字元宗,又稱孫彭祖、歸命侯。
孫盛字安國,又稱監君、孫監。
孫策字伯符,又稱孫郎、長沙桓王。
孫綽字興公,又稱孫長樂。
孫權字仲謀,又稱大皇帝、吴大帝。
殷仲堪,又稱殷荆州、殷侯。
殷浩字淵源,又稱阿源、殷揚州、殷中軍、殷侯。
殷羨字洪喬,又稱殷豫章。
殷融字洪遠,又稱太常、殷太常。
殷顗字伯道,又稱阿巢。
郗恢字道胤,又稱阿乞、郗雍州、郗尚書。
郗超字嘉賓,又稱景興、郗郎、髯參軍。
郗愔字方回,又稱司空、郗司空、郗公。
郗曇字重熙,又稱中郎。
郗鑒字道徽,又稱郗太尉、郗太傅、郗司空、郗公。

十一畫　許 郭 曹 陸 張 陳 習 陶

許詢字玄度,又稱阿訥、許掾。
許璪字思文,又稱許侍中。
郭泰字林宗,又稱郭太、郭有道。
郭槐,又稱郭玉璜、郭氏、廣宣君。
曹操字孟德,又稱阿瞞、曹公、武王、魏王、魏武帝、太祖、魏太祖。
曹丕字子桓,又稱五官將、魏文帝。
曹叡字太沖,又稱魏明帝。
曹植字子建,又稱東阿王、鄄城侯、陳思王。
曹髦字彦士,又稱高貴鄉公。
陸玩字士瑶,又稱陸太尉。

陸遜字伯言，又稱神君。
陸機字士衡，又稱陸平原。
張天錫字純嘏，又稱歸義侯。
張玄之字祖希，又稱張玄、張冠軍、張吴興。
張昭字子布，又稱張輔吴。
張湛字處度，又稱張驎。
張華字茂先，又稱張公。
張翰字季鷹，又稱江東步兵。
張憑字長宗，又稱張孝廉。
陳寔字仲弓，又稱太丘、陳太丘。
陳逵字林道，又稱廣陵公。
陳群字長文，又稱司空。
習鑿齒字彦威，又稱習參軍。
陶侃字士衡，又稱陶士行、陶公、長沙郡公、桓公。
陶範字道則，又稱胡奴、陶胡奴。

十二畫　庾 温 賀 傅 嵇

庾友字惠彦，又稱弘之、玉臺、庾玉臺。
庾冰字季堅，又稱庾吴郡、庾司空、庾公。
庾亮字元規，又稱庾公、太尉、庾太尉、文康、庾文康。
庾爰之字仲真，又稱園客、庾園客。
庾琮字子躬，又稱庾公。
庾倩字少彦，又稱庾倪。
庾統字長仁，又稱庾赤玉。
庾敳字子嵩，又稱中郎、庾中郎。
庾會字會宗，又稱阿恭。
庾羲字叔和，又稱道恩。
庾翼字穉恭，又稱小庾、庾郎、庾征西、庾小征西。
温嶠字太真，又稱温司馬、温忠武、温公。
賀邵字興伯，又稱賀太傅。
賀循字彦先，又稱司空、賀司空、賀生。
傅瑗字叔玉，又稱傅約。

嵇康字叔夜，又稱嵇中散、嵇生，嵇公。
嵇紹字延祖，又稱嵇侍中。

十三畫　賈

賈充字公閭，又稱魯郡公。

十四畫　褚 裴

褚裒字季野，又稱褚太傅、褚公。
裴秀字季彦，又稱鉅鹿公、元公。
裴啟字榮期，又稱裴郎。
裴楷字叔則，又稱裴令公。
裴頠字逸民，又稱裴僕射、成公、裴成公、裴令。
裴徽字文季，又稱裴冀州、裴使君。
裴遐字叔道，又稱裴散騎。

十五畫　諸 鄧 蔡 樂 劉

諸葛亮字孔明，又稱伏龍、武侯。
諸葛恢字道明，又稱葛令、諸葛令。
鄧遐字應玄，又稱鄧竟陵。
鄧颺字玄茂，又稱鄧尚書。
蔡洪字叔開，又稱秀才。
蔡謨字道明，又稱蔡司徒、蔡公。
樂廣字彦輔，又稱樂令、樂君。
劉表字景升，又稱劉牧、劉鎮南。
劉昶字公榮，又稱劉公。
劉惔字真長，又稱劉尹、劉丹陽。
劉琨字越石，又稱劉司空、廣武侯。
劉準字君平，又稱劉河内。
劉瑾字仲璋，又稱劉太常。
劉毅字仲雄，又稱劉功曹。
劉驎之字子驥，又稱劉遺民、劉長史。

十六畫　衛

衛玠字叔寶，又稱衛虎、衛君、衛洗馬。
衛瓘字伯玉，又稱太保。

十七畫　謝 韓 戴 鍾

謝玄字幼度,又稱謝遏、謝孝、車騎、謝車騎、謝左軍。

謝安字安石,又稱太傅、謝太傅、謝相、謝家安、僕射、謝公、文靖。

謝尚字仁祖,又稱堅石、鎮西、謝鎮西、謝郎、謝掾。

謝奉字弘道,又稱安南、謝安南。

謝奕字無奕,又稱晉陵、安西、謝安西。

謝琰字瑗度,又稱末婢、望蔡、謝望蔡。

謝萬字萬石,又稱阿萬、謝中郎、關内侯。

謝敷字慶緒,又稱謝居士。

謝據字玄道,又稱虎子、謝虎子、中郎。

謝裒字幼儒,又稱謝尚書。

謝朗字長度,又稱胡兒、謝胡、謝胡兒、東陽。

謝混字叔源,又稱益壽、謝益壽。

謝道蘊,又稱王凝之妻、謝夫人、王江州夫人。

謝韶字穆度,又稱謝封。

謝淵字叔度,又稱謝末。

謝鯤字幼輿,又稱謝豫章。

韓伯字康伯,又稱韓豫章、韓太常。

戴逵字安道,又稱戴公。

戴儼,又稱戴淵、戴若思。

鍾毓字穉叔,又稱鍾君。

十九畫　龐

龐統字士元,又稱鳳雛、龐公。

二十畫　釋

釋惠遠,又稱釋慧遠,遠公、遠法師。

二十一畫　顧

顧和字君孝,又稱顧司空、顧公。

顧邵字孝則,又稱顧子。

顧雍字元歎,又稱陽遂鄉侯、顧侯。

顧榮字彦先,又稱顧驃騎、元公。

《世説新語》人名索引

凡　　例

一、本索引收録《世説新語》正文及劉注中的所有人名。

二、本索引以姓名或常用稱謂爲主目，其他稱謂如字、小名、綽號、官名、爵名等附注於後，並列爲參見條目。

三、凡原書姓名記載有誤者，一律改正，並作注説明之。爲便於讀者查索，特將原誤姓名列爲參見條目，但不作爲主目後的異稱。

四、凡同姓名人物，在姓名後注明其特徵，以示區别。

五、人名下的數碼，表示該人在本書中所見的篇次及條數。

例如：山簡（季倫、山季倫、山公）

8/29 *

表示山簡見於《世説新語》第八篇（賞譽）第29條。

六、凡劉注有小傳者，綴以 * 號，並排列在最前面，以供讀者參考。

七、本索引以四角號碼排列，後附《筆畫與四角號碼對照表》，以便讀者用不同方法查檢。

① 原作"庾法暢",箋疏據《高僧傳·康僧淵傳》考定,當作康法暢。今據改。

① 原作“庾義”當是庾羲之譌,《世説人名譜·鄢陵庾氏譜》亦作庾羲。

① 原作謝歆,箋疏考定當是謝韶之誤,今從之。

① 此處原文爲“一門叔父,則有阿大中郎”。據考證此“阿大”爲謝尚,“中郎”當指“謝據”(詳見拙文“阿大中郎考”,《文史》第五輯;《謝道韞與阿大中郎》,臺灣《中國文化月刊》134期)。汪藻《世説人名譜·陳國陽夏謝氏譜》亦云據“小字虎子,號中郎”。

② 參見前注。

① 原作"諸葛厷",箋疏云厷當作宏。今從之。

0823_3 於

0864_0 許

① 原作許珣,當是許詢之誤,今改正。

② 原作"許章",箋疏云"章字誤,當作劭",今從之。

1010_1 正

1010_4 王

① 原作“許文思”,劉注云“許琛已見”。《世説》一書中未有名許琛者,此云“許琛已見”之“許琛”,當爲“許璪”之誤。許璪見《世説・雅量篇》(6/16),劉注於該處云“字思文”,《世説人名譜》亦云“許璪字思文,侍中”。故此許文思當爲許思文之誤。劉注所云許琛,亦爲許璪之誤,今均改正。

② 原作王翼,箋疏云“翼當據《晉書》作廙”。今從之。

① 原作"王儀伯",據《後漢書》卷六十七王璋字伯儀,此作儀伯當爲伯儀之倒誤,今乙正。

① 原作“王佐”,箋疏引吴士鑑《晉書斠注》“謂佐爲佑之譌”,今從之。

② 原作“王祐”,箋疏云祐當作佑,今改正。

③④ 原作“王微”,箋疏以爲“作徽者是”,今從之。

① 原作“僧彌”,據箋疏考定,此僧彌當是王僧珍之誤,今從之。

① 原作“王倫”,箋疏云倫當作淪,今從之。

① 原作“王禎之”，箋疏云禎當作楨，字思道當從木，今從之。

① 劉注作“王會”,據宋本、沈本當作“王薈”,今改正。

① 原作“王礦”,箋疏云“礦當作曠,《晉書》作曠,各本皆誤”,今從之。

① 原作“王中郎”,箋疏云“坦之卒於寧康三年,天錫以泗水來降,不及見矣。此王中郎蓋别是一人”。據《晉書·王舒傳》,王舒此時“除北中郎將、監青徐二州軍事”,故此“王中郎”,實指王舒。

① 箋疏以爲此"元帝"當作"成帝"爲是。

② 箋疏云此"武帝"當作"成帝"。

① 原文作“晉元帝”,當是晉成帝事。
② 原文作“晉武帝”,箋疏以爲當是晉成帝事。

① 原作“裴緯”,箋疏云“緯當作綽”,是,今從之。

① 原作“孫紞”，箋疏云此紞字當作統，今從之。

① 原文作"孫琳",據《三國志·吴書》當作孫綝。

② 原作"文皇帝",箋疏云"文皇帝當作大皇帝,謂孫權也",今從之。

① 《晉書》本傳作“司馬承”。

2010_4 重

2022_7 秀

喬

2123_4 虞

2124_1 處

① 原作"衛承",據箋疏考定,承字譌,當作衛永。今從之。

① 原作"任昭先",據《後漢書》卷三十五《鄭玄傳》注,任嘏字昭光,非昭先。今據改。

① 原作博亮，箋疏疑博字當作傅，謂傅亮也，今從之。

② 原文云郗“超爲傅約亦辨百萬資”。劉注云“約，傅瓊小字”。箋疏疑瓊爲傅咸之曾孫，傅瑗之兄弟行，故得與郗超相識。今檢史籍，未有名傅瓊者。《宋書·傅亮傳》云：“瑗，以學業知名，位至安成太守，瑗與郗超善。”《世説人名譜·北地傅氏譜》亦云：“瑗，咸孫，字叔玉，小字約，位至安成太守。”由此可知，此傅約當爲傅瑗小字，劉注以爲傅瓊，實誤。

2590_4 桀

2591_7 純

2600_0 白

2610_4 皇

2620_0 伯

2622_7 帛

2623_4 皋

2641_3 魏

2690_0 和

2692_2 穆

2694_1 釋

① 原作“長齊”,箋疏云“長齊當作長高,草書相近之誤耳”。今從之。

① 《晉書》本傳作“殷顗”，本書 26/27 亦作殷顗，《世說人名譜・陳郡長平殷氏譜》及本書 1/41、10/23 皆作殷覬。

① 原文作“江鄘”,沈本及本書他處皆作“江虨”。

② 原文作“江道”,箋疏疑此“道”爲“逌”之誤。江逌《晉書》有傳,今據改。

③ 原文作“江淳”,箋疏云“當據《晉書》作惇”,今從之。

3912_0 沙

4001_7 九

4003_0 大

太

4010_0 士

4010_1 左

4010_8 壹

4020_7 麥

① 原作“林公”,箋疏云“此林公必是深公之誤”。

①②③④ 原作“李康”,箋疏云“李康當作李秉”,今從之。

⑤ 劉注作“李合”,箋疏云“此合字蓋即荃字之誤”,今從之。

4080_1 真

4080_6 賁

4090_3 索

4091_6 檀

桓

①② 原作“袁奉高”“袁閎”,箋疏云當作“袁閬”,據《後漢書》袁閬字奉高,袁閎字夏甫。

2/55	6/30	13/8
2/56	6/33	13/9
2/58	6/39	13/10
2/59	7/16	14/27
2/60	7/19	14/28
2/64	7/20	14/32
2/72	7/22	14/34
2/90	7/27	17/12
2/95	8/48	18/10
2/101	8/72	19/21
2/102	8/73	19/22
3/16	8/79	19/32
3/19	8/99	20/9
3/20	8/101	22/2
4/22	8/102	22/3
4/29	8/103	23/34
4/80	8/105	23/37
4/87	8/115	23/41
4/92	8/117	23/44
4/95	9/13	23/50
4/96	9/32	24/8
4/97	9/35	24/15
4/98	9/36	25/24
4/100	9/37	25/26
5/44	9/38	25/32
5/50	9/42	25/35
5/54	9/45	25/38
5/55	9/52	25/41
5/56	9/64	25/42
5/58	10/19	25/60
6/25	11/6	26/11
6/26	11/7	26/12
6/27	12/7	26/16
6/29	13/7	27/13

4212_2 彭

4220_0 蒯

4240_0 荆

4241_3 姚

4315_0 城

4346_0 始

4380_5 越

4385_0 戴

① 原作桓遐,箋疏云“宋本《世説》誤作遐,諸本並從之,莫有知其誤者矣,唐寫本作熙,不誤”。今從之。

4410_4 董

4410_7 藍

4411_1 堪

4411_2 范

① 苻丕及以下苻生、苻健、苻洪、苻朗、苻雄、苻堅之“苻”,原皆作“符”,今據箋疏一律改正。

① 原作“慕容俊”、“慕容晉”,當爲慕容儁之訛,今改正。

4471_1 老

① 原作“荀保”,箋疏云“保當作俣”,今從之。
② 原作“荀式”,箋疏云“式當作彧”,今從之。

① 原作“共王”,箋疏以爲“共王爲共工之誤”,今從之。
② 原作“楚王”,據孫詒讓《墨子年表》此楚王爲楚惠王。
③ 原作“楚王”,據其時代考索,當爲楚惠王。

① 原作“蔡叔子”,箋疏云“蔡系字子叔,此叔子二字蓋誤倒”。今據此乙正,併入蔡系條。

①②③④ 原作“楊淮”,箋疏考定此淮當作準,今從之。

① 原作“郄隆”,據箋疏考定此郄隆當作郗隆,今從之。

① 原作“敬徹”,宋本作“敬胤”,今從宋本。

① 原作“秦伯”,據《左傳》,此秦伯爲秦穆公。
② 原作“秦伯”,據《左傳》,此秦伯爲秦桓公。

① 原文作“劉璨《晉紀》”,各志皆無劉璨撰《晉紀》之著録,疑此劉璨爲鄧粲之誤,因無確鑿證據,故仍單獨立目。

①② 原文皆作"劉淮",箋疏云淮當作準,今從之。

③ 原作"劉漢",箋疏云當作劉漠,今從之。

7621_3 隗

7622_7 陽

① 原作“陳淮”，箋疏云當作陳準，今從之。

② 原作“陳侯”，據《史記・孔子世家》，此陳侯爲陳湣公。

陶

① 原作“羊乘”,據箋疏考定乘當作秉,今從之。

①② 劉注原作“羊悦”,箋疏云“悦當作忱”,今從之。

8315_3 錢

8418_1 鎮

8742_7 鄭

① 劉注原文爲"黄門侍郎鍾琰女",箋疏云"琰是鍾夫人名,此注誤","琰當作徽",今從之。

② 原作"鄭褒",箋疏云"褒"當作"袤",今從之。

① 原文作"林公"(即支遁),箋疏云"此林公字必是深公之誤……淺人見林公,罕見深公,故輒改耳",今從之。

① 原作“榮期”,當是榮啟期之省稱,《列子》作榮啟期。

《世説新語》引書索引

凡　例

一、本索引收録劉注中徵引的書名及文章篇名。凡僅提及書名或文章篇名而無引文者，不予收録。

二、凡劉注引書注明作者者，今以書名爲主目，作者姓名列爲參見條目，並附注於書名之後。

三、書名相同而又非同一書者，則在書名後注明。例如：

　　王氏譜〔琅邪臨沂〕

　　王氏譜〔太原晉陽〕

四、書名下的數字，前者爲《世説新語》篇次，後者爲條數。例如：

　　晉陽秋

　　　1/17(2)

表示《晉陽秋》見於《世説新語》第一篇(德行)第17條。(2)表示《晉陽秋》的引文在該處有二條。

五、由於劉注記載書名時有省略或舛誤，今盡可能查對《隋書・經籍志》、《舊唐書・經籍志》、《新唐書・藝文志》諸書，予以訂正，對其舛錯之處，則作注説明。

六、本索引以四角號碼排列，後附《筆畫與四角號碼對照表》，以便讀者用不同方法查檢。

---

① 《文章傳》,隋唐志皆無著録,疑此爲《文士傳》或《文章志》、《文章録》之譌,因無確鑿證據,姑仍單獨立目。

② 原文作"丘淵之文章叙",據《隋書・經籍志》丘淵之所撰爲《文章録》,此"叙"字,當爲"録"字之譌。今改正。

① 原文作《裴子》,當即裴啓《語林》。
②③ 見前注。

① 原文作《謝車騎傳》,無家字,當爲一書,今統一作《謝車騎家傳》。

① 原文作“劉璨《晉紀》”,此書隋唐志皆不著録,疑即鄧粲之誤。

① 原文作“朱鳳《晉紀》”,據《隋書・經籍志》朱鳳所撰爲《晉書》,非《晉紀》,本書1/18、2/29、30/11亦作《晉書》,此“紀”當是“書”字之譌。

---

① 原作“謝沈《漢書》”,據《隋書·經籍志》、《舊唐書·經籍志》、《新唐書·藝文志》云,謝沈所撰爲《後漢書》,此“漢書”應作“後漢書”。

② 原作“薛瑩《漢書》”,此“漢書”應作“後漢書”,本書1/4及《隋書·經籍志》皆作“後漢書”。

① 《隋書·經籍志》無此書,疑此"氏"字衍,或"志"爲"譜"字之誤。因無確鑿證據,仍分别立目。

② 原作"魏志春秋",《隋書·經籍志》有《魏氏春秋》,二十卷,孫盛撰。無魏志春秋,此"志"爲"氏"字之誤,今改正。

① 原文"誄"作"諫",誤。宋本作誄,《晉書·劉惔傳》載有孫綽誄。今據改。

①② 原文作庾法暢，箋疏云庾字誤，當作康法暢，今從之。

① 謝韶,原作謝歆。《隋書·經籍志》云,梁有車騎司馬謝韶集三卷。謝韶官車騎司馬,乃謝萬子,附見《晉書·謝安傳》,謝歆則無考。疑此歆字當韶之譌。

筆畫與四角號碼對照表

本檢字表爲便利習慣於使用筆畫順序檢字者檢查本索引之用。凡索引中的第一個字,依筆畫順序排列,同筆畫的,再依點起、横起、直起、撇起排列,每字後注明四角號碼,讀者可憑此以檢索引字頭。

二　畫

横　起

丁 1020_0
刁 1712_0
十 4000_0
九 4001_7

直　起

卜 2300_0

撇　起

八 8000_0
人 8000_0

三　畫

横　起

三 1010_1
下 1023_0
干 1040_0
于 1040_0
子 1740_7
大 4003_0
士 4010_0

直　起

上 2110_0
山 2277_0
小 9000_0

撇　起

千 2040_0
凡 7721_0

四　畫

點　起

方 0022_7
卞 0023_0
文 0040_0

横　起

王 1010_4
五 1010_7
元 1021_1
天 1043_0
不 1090_0
孔 1241_0
尹 1750_7
太 4003_0
友 4040_7
支 4040_7
夫 5003_0
井 5500_0
牙 7124_0
巨 7171_7
尸 7720_7

直　起

比 2171_0
中 5000_6
母 7777_4
少 9020_0

撇　起

毛 2071_4
仁 2121_0
允 2321_0
月 7722_0
丹 7744_0
介 8022_0
公 8073_2

五　畫

點　起

市 0022_7
玄 0073_2
永 3023_2
它 3071_4

横　起

正 1010_1
丙 1022_7
平 1040_0
石 1060_0
弘 1223_0
功 1412_7
召 1760_2
司 1762_0
左 4010_1
右 4060_0
古 4060_0
世 4471_7
末 5090_0
尼 7721_1

直　起

出 2277_2
中 5000_6
史 5000_6
申 5000_6
四 6021_0
田 6040_0

撇　起

幼 2472_7
白 2600_0
句 2762_0
丘 7210_1
令 8030_7

六　畫

點　起

安 3040_4
江 3111_0
汝 3414_0
次 3718_2
羊 8050_1

横　起

百 1060_0

西 1060_0
列 1220_0
羽 1712_0
老 4471_1
共 4480_1
吏 5000_6
夷 5003_2
匡 7171_1
匠 7171_2

直　起

曲 5560_0
吕 6060_0
光 9021_1

撇　起

任 2221_4
伏 2323_4
牟 2350_0
先 2421_1
休 2429_0
仲 2520_6
朱 2590_0
向 2722_0
伊 2725_7
名 2760_0
如 4640_0
后 7226_1
全 8010_4
合 8060_1
竹 8822_0

七　畫

點　起

辛 0040_1
言 0060_1
宋 3090_4
沈 3411_2
汰 3413_0
沖 3510_6
汲 3714_7
沙 3912_0

横　起

巫 1010_8
邢 1742_7
君 1760_7
李 4040_7
孝 4440_7
杜 4491_0
車 5000_6
束 5090_6
成 5320_0
扶 5503_0
防 7022_7
阮 7121_1
即 7772_0

直　起

步 2120_1
吴 6043_0
别 6240_0

撇　起

廷 1240_1
延 1240_1
秀 2022_7
何 2122_0
佐 2421_1
佛 2522_7
伯 2620_0
伶 2823_7
罕 3740_1
妒 4340_7
狄 4928_0
谷 8060_8

八　畫

點　起

庖 0021_2
育 0022_7
京 0090_6
於 0823_3
沛 3012_7
宛 3021_2
肩 3022_7
宗 3090_1
河 3112_0
法 3413_1
祁 3722_7

横　起

武 1314_0
孟 1710_7
承 1723_2
邴 1722_7
若 4460_4
林 4499_0
邯 4772_7
青 5022_7
奉 5050_3
東 5090_6
招 5706_2
阿 7122_0
長 7173_2
附 7420_0
屈 7727_2

直　起

虎 2121_7
卓 2140_6
叔 2794_0
典 5580_1
易 6022_7
昌 6060_0
昆 6071_1
呼 6204_9
明 6702_0
盼 6802_7
尚 9022_7

撇　起

季 2040_7
征 2121_1
伍 2121_7
侍 2424_1
糾 2490_0
帛 2622_7
和 2690_0
兒 2721_7
始 4346_0
妲 4641_0
周 7722_0
服 7724_7
金 8010_9
竺 8810_1

九　畫

點　起

兖 0021_6
彦 0022_2
帝 0022_7
度 0024_7
奕 0043_0
宣 3010_6
洪 3418_1
洛 3716_4

常 9022$_7$

撇 起

巢 2290$_4$
偉 2425$_6$
魚 2733$_6$
終 2793$_3$
逢 3730$_4$
婦 4742$_7$
第 8822$_7$
符 8824$_0$

十二畫

點 起

童 0010$_4$
庾 0023$_7$
甯 3022$_7$
寒 3030$_3$
富 3060$_6$
馮 3112$_7$
湛 3411$_1$
湘 3610$_0$
温 3611$_7$
湯 3612$_7$
湟 3711$_1$
逸 3730$_1$
遊 3830$_4$
曾 8060$_6$

横 起

項 1118$_6$
琴 1120$_7$
鄄 1712$_7$
尋 1734$_6$
壹 4010$_8$
堯 4021$_1$
賁 4080$_6$
彭 4212$_2$
博 4304$_2$
堪 4411$_1$
越 4380$_5$
華 4450$_4$
黄 4480$_6$
賀 4680$_0$
期 4782$_0$
畫 5010$_6$
惠 5033$_3$
盛 5310$_7$
揚 5602$_7$
提 5608$_1$
搜 5704$_7$
雅 7021$_4$
隋 7422$_7$
隆 7721$_4$
陽 7622$_7$
屠 7726$_4$
閔 7740$_0$
開 7744$_1$

直 起

景 6090$_6$

撇 起

喬 2022$_7$
舜 2025$_2$
焦 2033$_1$
傅 2324$_2$
嵇 2397$_2$
復 2824$_7$
無 8033$_1$
禽 8042$_7$
矩 8141$_7$

十三畫

點 起

廉 0023$_7$
新 0292$_1$
詩 0464$_1$
遂 3830$_3$
道 3830$_6$
慈 8033$_3$
義 8055$_3$

横 起

零 1030$_7$
雷 1060$_3$
賈 1080$_6$
瑗 1214$_7$
董 4410$_4$
塔 4416$_1$
萬 4442$_7$
葛 4472$_7$
楚 4480$_1$
楊 4692$_7$
敬 4864$_0$
肅 5022$_7$
隗 7621$_3$
熙 7733$_1$
愍 7833$_4$

直 起

虞 2123$_4$
蜀 6012$_7$
園 6023$_2$
路 6716$_4$
嗣 6722$_0$
鄖 6782$_7$
當 9060$_6$

撇 起

經 2191$_1$
解 2725$_2$
鄒 2742$_7$
鄱 2762$_7$
會 8060$_6$
鉅 8111$_7$

十四畫

點 起

齊 0022$_3$
廣 0028$_6$
語 0166$_1$
端 0212$_7$
説 0861$_6$
賓 3080$_6$
滿 3412$_7$
漢 3413$_4$
漁 3713$_6$
褚 3426$_0$
榮 9990$_4$

横 起

爾 1022$_7$
甄 1111$_7$
翟 1721$_4$
鄢 1732$_7$
遠 3430$_3$
蒯 4220$_0$
蓋 4410$_1$
綦 4490$_3$
趙 4980$_2$
輔 5302$_7$
監 7810$_7$

直 起

裴 1173$_2$
臧 2325$_0$
踈 6519$_6$
鳴 6702$_7$

撇 起

維2091$_4$
僕2223$_4$
緑2793$_2$
僧2826$_6$
遥3230$_7$
鳳7721$_0$
舞8025$_1$
領8138$_0$
管8877$_7$
箕8880$_1$

十五畫

點 起

慶0024$_7$
諸0466$_0$
論0862$_7$
潘3216$_9$
潤3712$_0$
養8073$_2$
鄭8742$_7$

横 起

彈1625$_6$
鄧1712$_7$
遲3730$_4$
蔣4424$_7$
慕4433$_3$
樊4443$_0$
摯4450$_2$
蔡4490$_1$
樓4594$_4$
輪5802$_7$
撫5803$_1$
髯7244$_7$
豎7710$_8$
間7760$_6$
歐7778$_2$

直 起

墨6010$_4$

撇 起

樂2290$_4$
緩2294$_7$
德2423$_1$
盤2710$_7$
黎2713$_2$
魯2760$_3$
稺2795$_1$
劉7210$_0$

十六畫

點 起

諫0569$_6$
遵3830$_4$

横 起

霍1021$_4$
豫1723$_2$
蕭4422$_7$
燕4433$_1$
歷7121$_1$

直 起

冀1180$_1$
盧2121$_7$
穎2198$_6$
遺3530$_8$
戰6355$_0$
黔6832$_7$
閻7777$_7$

撇 起

衛2122$_7$
穆2692$_2$
鮑2731$_2$
興7780$_1$
錢8315$_3$
餘8879$_4$

十七畫

點 起

應0023$_1$
襄0073$_2$
謝0460$_0$
濟3012$_3$
濬3116$_8$

横 起

孺1142$_7$
環1613$_2$
檀4091$_6$
戴4385$_0$
韓4445$_6$
薛4474$_1$
聲4740$_1$
隰7623$_3$
臨7876$_6$

直 起

螭5012$_7$

撇 起

繆2792$_2$
鮮2835$_1$
鍾8211$_4$

十八畫

點 起

顔0028$_6$
雜0091$_4$
禮3521$_8$

横 起

藍4410$_7$
繫5790$_3$

直 起

顓2128$_6$
曜6701$_4$
闔7710$_7$

撇 起

魏2641$_3$
歸2712$_7$
鎮8418$_1$
簡8822$_7$

十九畫

點 起

龐0021$_1$
廬0021$_7$
譙0063$_1$
譜0866$_1$
禰3122$_7$

横 起

關7777$_2$

直 起

羅6091$_4$
懷9003$_2$

撇 起

邊3630$_2$

二十畫

點 起

寶3080$_6$
夔8024$_7$

横 起

勸4422$_7$
藺4422$_7$
蘧4430$_3$
蘇4439$_4$

直 起

嚴6624$_8$

撇 起

釋2694$_1$

有難解，以它書證之，間有可是正處，而注亦比晏本時爲增損。至於所疑，則不敢妄下雌黄，姑亦傳疑，以竢通博。紹興八年夏四月癸亥，廣川董弅題。

郡中舊有南史劉賓客集版，皆廢于火，世説亦不復在。游到官，始重刻之，以存故事。世説最後成，因併識于卷末。淳熙戊申重五日，新定郡守笠澤陸游書。

附録二

世説舊題一首舊跋二首

宋臨川王義慶采擷漢、晉以來佳事佳話爲世説新語，極爲精絶，而猶未爲奇也。梁劉孝標注此書，引援詳確，有不言之妙。如引漢、魏、吴諸史及子傳地理之書皆不必言，只如晉氏一朝史及晉諸公列傳譜録文章，凡一百六十六家，皆出於正史之外。記載特詳，聞見未接，寔爲注書之法。右見高氏緯略。

右世説三十六篇，世所傳釐爲十卷。或作四十五篇，而末卷但重出前九卷中所載。余家舊藏，蓋得之王原叔家。後得晏元獻公手自校本，盡去重復，其注亦小加剪截，最爲善本。晉人雅尚清談，唐初史臣修書，率意竄定，多非舊語，尚賴此書以傳後世。然字有譌舛，語

嘗考載記所述晉人話言，簡約玄澹，爾雅有韻。世言江左善清談，今閲新語，信乎其言之也。臨川撰爲此書，採掇綜叙，明暢不繁；孝標所注，能收録諸家小史分釋其義。詁訓之賞見於高似孫緯略。余家藏宋本，是放翁校刊本。謝湖躬耕之暇，手披心寄，自謂可觀。爰付梓人，傳之同好。因歎昔人論司馬氏之祚亡於清談，斯言也無乃過甚矣乎？竹林之儔，希慕沂樂；蘭亭之集，詠歌堯風；陶荆州之勤敏，謝東山之恬鎮；解莊易，則輔嗣平叔擅其宗；析梵言，則道林法深領其乘。或詞冷而趣遠，或事瑣而意奥，風旨各殊，人有興託。王茂弘、祖士稚之流，才通氣峻，心翼王室，又斑斑載諸册簡。是可非之者哉？詩不云乎，「濟濟多士，文王以寧」。余以瑯琊王之渡江，諸賢弘賛之力爲多，非强説也。夫諸晤言，率遇藻裁，遂爲終身品目，故類以標格相高。玄虚成習，一時雅尚，有東京廚俊之流風焉。然曠達拓落，濫觴莫拯，取譏世教，撫卷惜之。此於諸賢，不無遺憾焉耳矣。刻成，序之。嘉靖乙未歲立秋日也。吴郡袁褧撰。

附録一

世説新語序目

晉人樂曠多奇情，故其言語文章别是一色，世説可覩已。説爲晉作，及于漢、魏者，其餘耳。雖典雅不如左氏國語，馳騖不如諸國策，而清微簡遠，居然玄勝。槩舉如衛虎渡江，安石教兒，機鋒似沈，滑稽又冷，類入人夢思，有味有情，嚥之愈多，嚼之不見。蓋于時諸公剸以一言半句爲終身之目，未若後來人士俛焉下筆，始定名價。臨川善述，更自高簡有法。反正之評，戾實之載，豈不或有？亦當頌之，使與諸書並行也。晚後淺俗，奈解人正不可得。嗚呼！人言江左清談遺事，槃槃一老出其游戲餘力，尚足辦此百萬之敵，兹非談之宗歟？抑吾取其文，而非論其人也。丙戌長夏，病思無聊，因手校家本，精剟其長註，間疏其滯義。明年以授梓，迺五月既望梓成。耘廬劉應登自書其端，是爲序。

【箋疏】

〔一〕李詳云：「案蔡邕陳太丘碑文『文爲德表，範爲士則』。魏志鄧艾傳作『文爲世範，行爲士則』。」

〔二〕後漢書陳蕃傳曰：「父友同郡薛勤來候之，謂蕃曰：『孺子何不洒掃以待賓客？』蕃曰云云。」

〔三〕程炎震云：「陳爲豫章，范書不記其年，以穉傳『延熹二年，蕃與胡廣上疏薦穉等』推之，知在永壽間。」

〔四〕御覽四百三引海内先賢行狀曰：「徐孺子徵聘未嘗出門，赴喪不遠萬里。常事江夏黄公，薨，往會其葬。家貧無以自供，賫磨鏡具自隨。每至所在，賃磨取資，然後得前。既至設祭，哭畢而返。陳仲舉爲豫章太守，召之則到，饋之則受，但不服事，以成其節。」袁宏後漢紀二十二云：「蕃以禮請爲功曹，穉爲之起，既謁而退。蕃饋之粟，受而分諸鄰里。」又云：「穉少時，遊學國中，江夏黄瓊教授於家，故穉從之諮訪大義。瓊後仕進，位至三司，穉絶不復交。及瓊薨當葬，穉乃赴弔進爵，哀哭而去。」據此則瓊嘗爲孺子所師事，宜其萬里赴弔，不徒感其辟舉之恩而已。然平生篤於風義，其所赴弔不獨黄瓊，凡故舊死喪，莫不奔赴。故本傳稱郭林宗有母憂，穉往弔之，置生芻一束於廬前而去。又宋談鑰嘉泰吴興志卷四曰：「烏程縣孺山在縣東三十八里。三吴土地記云：『後漢徐孺子哭友人冀州刺史姚元起於此。時九江何子翼嘲之曰：南州孺子，弔生哭死。前慰林宗，後傷元起。』」皆其證。風俗通三曰：「公車徵士，豫章徐孺子比爲太尉黄瓊所辟，禮文有加。孺子隱者，初不答命。瓊薨，既葬，負笣屵齎一盤醊，哭於墳前。孫子琰故五官郎將，以長孫制杖，聞有哭者，不知其誰，亦於倚廬哀泣而已。孺子無有謁刺，事訖便去。子琰大怪其故，遣瓊門生茅季瑋追請，辭謝，終不肯還。」御覽四百七十四引謝承後漢書曰：「徐穉字孺子，豫章人。家貧常自耕稼，恭儉義讓，所居服其德。屢辟公府不起。時陳蕃爲太守，以禮請署功曹，穉不免之，既謁而退。蕃在郡不接賓客，唯穉來特設一榻，去則懸之。後舉有道，拜太原太守，皆不就。」朱子語類百三十五曰：「徐孺子以綿漬酒藏之雞中去弔喪，便以水浸綿爲酒以奠之便歸。所以如此者，是要用他自家酒，不用別處底。所以綿漬者，蓋路遠難以器皿盛故也。」

〔五〕左暄三餘偶筆五曰：「漢人稱太守爲明府。章懷注後漢書張湛傳云：『郡守所居曰府，府者尊高之稱。』又府君亦太守之稱，如後漢書劉平傳：『龐萌反於彭城，攻敗太守孫萌。平時爲郡吏，號泣請曰：願以身代府君。』三國志：『孫策進軍豫章，華歆爲太守，葛巾迎策。策謂歆曰：府君年德名望，遠近所歸。』」

〔六〕李慈銘云：「所引許叔重云云，當出許君淮南子注。今淮南子繆稱訓『老子學商容』，高誘注云：『商容，神人也。』與許君異。」太平寰宇記一百六洪州南昌縣：「徐孺子臺在州東南一里。輿地志云：『臺在縣東湖小洲上。郡守陳蕃所立。』」

2 周子居常云：「吾時月不見黄叔度，則鄙吝之心已復生矣。」〔一〕子居別見。典略曰：「黄憲字叔度，汝南慎陽人。時論者咸云『顔子復生』。而族出孤鄙，父爲牛醫。潁川荀季和執憲手曰：『足下吾師範也。』後見袁奉高曰：『卿國有顏子，寧知之乎？』奉高曰：『卿見吾叔度邪？』戴良少所服下，見憲則自降薄，悵然若有所失。母問：『汝何不樂乎？復從牛醫兒所來邪？』良曰：『瞻之在前，忽焉在後，所謂良之師也。』」

【箋疏】

〔一〕李慈銘云：「案子居名乘，見下賞譽門注引汝南先賢傳云云。後漢書黃憲傳以此二語爲陳蕃、周舉之言。」嘉錫案：黃叔度嘗與周子居同舉孝廉，見風俗通及聖賢群輔録。本書賞譽篇注言「子居非陳仲舉、黃叔度之儔則不交」。此宜是子居之言，范書蓋誤也。程炎震云：「范書黃憲傳載此語，作陳蕃、周舉相謂之詞。袁宏後漢紀則作子居語。」

3 郭林宗至汝南造袁奉高，續漢書曰：「郭泰字林宗，太原介休人。泰少孤，年二十，行學至成皋屈伯彦精廬。乏食，衣不蓋形，而處約味道，不改其樂。李元禮一見稱之曰：『吾見士多矣，無如林宗者也。』及卒，蔡伯喈爲作碑，曰：『吾爲人作銘，未嘗不有慚容，唯爲郭有道碑頌無愧耳。』初，以有道君子徵。泰曰：『吾觀乾象、人事，天之所廢，不可支也。』遂辭以疾。」汝南先賢傳曰：「袁宏字奉高，慎陽人。友黃叔度於童齒，薦陳仲舉於家巷。辟太尉掾，卒。」〔二〕車不停軌，鸞不輟軛。詣黃叔度，乃彌日信宿。人問其故，林宗曰：「叔度汪汪如萬頃之陂。澄之不清，擾之不濁，其器深廣，難測量也。」泰別傳曰：「薛恭祖問之，泰曰：『奉高之器，譬諸汎濫〔二〕，雖清易挹也。』」

【校　文】

注「成皋」　景宋本及袁本俱作「城阜」。

注「雖清易挹也」　「也」字景宋本及沈本俱作「耳」。

【箋　疏】

〔一〕嘉錫案：廣記卷一百六十九引世説曰：「郭泰秀立高峙，澹然淵停。九州之士，悉凜凜宗仰，以爲覆蓋。蔡伯喈告盧子幹、馬日磾曰：『吾爲天下碑銘多矣，未嘗不有慚，唯爲郭先生碑頌，無愧色耳。』」疑所引即是此注，其詳略不同者，今本已爲宋人所刊削故也。寰宇記四十一曰：「周武帝時除天下碑，唯林宗碑，詔特留。」程炎震云：「劉攽曰：『袁閬字奉高，袁閎字夏甫。此言奉高，則閎當作閬。』按閎是袁安玄孫。安傳云：汝陽人。閬嘗爲汝南功曹，見范書王龔傳，明著其字奉高。劉説是也。奉高、叔度，同爲慎陽人，故林宗得并造之耳。文選褚淵碑注引范書，誤作袁宏。胡氏考異訂宏爲閎。足知唐初范書已誤袁閬作袁閎矣。」李慈銘云：「案後漢書：袁閎字夏甫，汝南汝陽人。司徒安之玄孫。終身未嘗應辟召，而黄憲傳亦載奉高之器云云。章懷注：奉高爲閎字。然王龔傳云：龔遷汝南太守。功曹袁閬字奉高，數辭公府之命。則奉高乃袁閬。此注引汝南先賢傳，似亦閬而非閎。但范書未著閬爲何縣人，亦不言其卒於何官，而此下言語篇有邊文禮見袁奉高云云。又有荀慈明與汝南袁閬相見云云。宋劉原父謂黄憲傳袁閎乃袁閬之譌。近時洪筠軒説亦同。而孫頤谷謂當時蓋有兩袁閎：一字夏甫，一字奉高。又有一袁閬。然黄憲傳中先出袁閎注云：閎一作閬。疑此閎字本是誤文。劉氏、洪氏之説差爲得之。若據孫説，不容汝南一郡之中，同時名士有兩袁閎；又不容慎陽一縣，並時有兩袁奉高也。」嘉錫案：文選集注百十六李善引范曄後漢書，正作袁閬。足見唐初人所見范書並不誤。其文選注及此注作袁閎者，乃宋時淺人據誤本范書改之耳。諸家紛紛考辨，雖復與古暗合，然今既見唐寫本，則此事不待繁言而自解矣。

〔二〕程炎震云：「汎當依范書黄憲傳作氿。」嘉錫案：此出郭泰別傳，見後漢書黄憲傳注及御覽四百四十六。

4　李元禮風格秀整，高自標持，欲以天下名教是非爲己任〔一〕。薛瑩後漢書曰：「李膺字元禮，潁川襄城人。抗志清妙，有文武儁才。遷司隸校尉，爲黨事自殺。」後進之士，有升其堂者，皆以爲登龍門。三秦記曰：「龍門，一名河津，去長安九百里。水懸絶，龜魚之屬莫能上，上則化爲龍矣。」

【箋　疏】

〔一〕御覽四百四十七引袁子正書曰：「李膺言出於口，人莫得違也。有難李君之言者，則鄉黨非之。李君與人同輿載，則名聞天下。」嘉錫案：此出袁山松後漢書，見御覽四百六十五。又出袁宏後漢紀二十二。

5 李元禮嘗歎荀淑、鍾皓先賢行狀曰：「荀淑字季和，潁川潁陰人也。所拔韋褐芻牧之中，執案刀筆之吏，皆爲英彦。舉方正，補朗陵侯相，所在流化。鍾皓字季明，潁川長社人。父、祖至德著名。皓高風承世，除林慮長，不之官。人位不足，天爵有餘。」曰：「荀君清識難尚，鍾君至德可師。」海内先賢傳曰：「潁川先輩，爲海内所師者：定陵陳穉叔、潁陰荀淑、長社鍾皓。少府李膺宗此三君，常言：『荀君清識難尚，陳、鍾至德可師。』」〔一〕

【箋　疏】

〔一〕嘉錫案：魏志鍾繇傳注引先賢行狀亦言「時郡中先輩爲海内所歸者，蒼梧太守定陵陳稚叔、故黎陽令潁陰荀淑及皓」。宋本作「陳鍾叔」，誤也。程炎震云：「四長年輩以范書考之，鍾無卒年。荀最早，生於建初八年，長元禮二十七歲。陳最少，生於永元十六年，長元禮六歲。鍾年六十九，范史不著卒於何年。魏書鍾繇傳注引先賢行狀，陳寔少皓十七歲，則皓生於元和三年丙戌，長元禮二十四歲也。」

6 陳太丘詣荀朗陵，貧儉無僕役。陳寔字仲弓，潁川許昌人。爲聞喜令、太丘長，風化宣流。乃使元方將車，先賢行狀曰："陳紀字元方，寔長子也。至德絶俗，與寔高名並著，而弟諶又配之。每宰府辟召，羔雁成群，世號『三君』，百城皆圖畫。"〔一〕季方持杖後從。長文尚小，載著車中。既至，荀使叔慈應門，慈明行酒，餘六龍下食。張璠漢紀曰："淑有八子：儉、緄、靖、燾、汪、爽、肅、敷。淑居西豪里，縣令苑康曰：『昔高陽氏有才子八人。』遂署其里爲高陽里。時人號曰八龍。"〔二〕文若亦小，坐著膝前。于時太史奏："真人東行。"〔三〕檀道鸞續晉陽秋曰："陳仲弓從諸子姪造荀父子，于時德星聚，太史奏：『五百里賢人聚。』"〔四〕

【校　文】

注「陳寔字仲弓」　景宋本及袁本「陳」字下皆有「寔傳曰」三字。

「持杖後從」　「後從」，景宋本及沈本俱作「從後」。

注「緄」　景宋本及沈本俱作「緄」。

【箋　疏】

〔一〕古文苑十九邯鄲淳後漢鴻臚陳君碑云："君諱紀字元方，太丘君之元子也。顯考君以茂行崇冠先疇，季弟亦以英才知名當世。孝靈之初，並遭黨錮，俱處於家，號曰三君。及太丘君疾病終亡，喪過乎哀。禮既除，戚容彌甚。豫州刺史嘉懿至德，命敕百城，圖畫形象。」

〔二〕史通採撰篇曰：「夫郡國之籍，譜牒之書，務欲矜其州里，誇其氏族。讀之者安可不練其得失，明其真僞者乎？至於江東五儁，始自會稽典録；潁川八龍，出於荀氏家傳。而脩漢、晉史者，皆徵彼虚譽，定爲實録。苟不別加研覈，何以詳其是非？」嘉錫案：八龍之名，見范書荀淑傳，而其事蹟，則惟爽有傳。靖附見淑傳云：「靖有至行，年五十而終，號曰玄行先生。」悦傳云：「儉之子也。儉早卒。」彧傳云：「父緄爲濟南相。緄畏憚宦官，乃爲彧娶中常侍唐衡女。」如是而已。魏志彧傳亦僅云：「父緄濟南相，叔爽司空。」其餘四龍，生平竟不見於史傳。孝標注徵引至詳，亦僅慈明見言語篇注。叔慈見品藻篇注。而此條注中並不言八龍始末，惟陶淵明聖賢群輔録引荀氏譜云：「荀儉字伯慈，漢侍中悦之父。儉弟緄，字仲慈，濟南相，漢光禄大夫彧之父，年六十六。緄弟靖，字叔慈。或問汝南許劭『靖爽孰賢？』劭曰：『二人皆玉也。慈明外朗，叔慈内潤。』靖隱身修學，進退以禮。太尉辟不就，年五十五。靖弟燾，字慈光，舉孝廉，年七十。燾弟汪，字孟慈，昆陽令，年六十。汪弟爽，字慈明，董卓徵爲平原相，遷光禄勳、司空，出自巖藪，九十三日遂登台司，年六十三。爽弟肅，字敬慈，守舞陽令，年五十。肅弟旉，字幼慈，司徒掾，年七十。」此可補孝標注之遺。觀諸書所述，八龍之中，慈明名最著，叔慈次之，餘六龍碌碌無所短長。足見純盜虚聲，原非實録。據群輔録，後漢時尚有汝南周燕五子，及北海公沙穆五子，並號五龍，乃不爲人所知。而荀氏八龍，獨爲人所稱述。蓋以慈明位至三公，文若及其子孫又顯於魏、晉故也。考悦、彧同爲曹操所辟，而悦忠於獻帝，與彧終爲曹氏佐命者不同。所著漢紀、申鑒，皆卓然足以自傳，不愧爲荀氏之才子。文若小於仲豫十三歲，而此節言德星之聚，有文若而無仲豫，其故可知矣。大較後漢人之以龍名者，惟孔明卧龍、管寧龍尾，斯爲不負。他皆虚美溢量，未可信以爲實也。嘉錫又案：魏志荀彧傳注引零陵先賢傳曰：「仲豫名悦，朗陵長儉之少子。」則儉亦嘗仕宦。但儉父淑爲朗陵侯相，不應儉亦適爲朗陵長。荀氏譜既不言，疑魏志注誤也。

〔三〕程炎震云：「案范書荀淑年六十七，建和三年卒。荀彧以建安十七年卒，年五十，則當生於延熹六年。距荀淑之卒已十四年矣。若非范史紀年有誤，則其事必虚。考袁山松後漢書亦載此事，而云荀數詣陳，蓋荀陳州里故舊，過從時有，而必以文若實之，則反形其矯誣矣。」

〔四〕御覽三百八十四引漢雜事曰：「陳寔字仲弓。漢末太史家瞻星，有德星見，當有英才賢德同遊者。書下諸郡縣問。潁川郡上事：其日有陳太丘父子四人俱共會社，小兒季方御，大兒元方從，抱孫子長文，此是也。」嘉錫案：父子同游，人間常事，何至上動天文？此蓋好事者爲之，本無可信之理。據漢雜事所載，殆時人欽重太丘名德，造作此言，與荀氏無與焉。乃其後人自爲家傳，附會此事，以爲家門光寵，斯其誣罔虚謬，足令識者齒冷矣。隋志有漢魏吴蜀舊事八卷，又秦漢以來舊事十卷，唐志並著録。御覽所引漢雜事，不知是出此二書否？朱子晦菴文集三十五答劉子澄書曰：「近看温公論東漢名節處，覺得有未盡處。但知黨錮諸賢趨死不避，爲光武明章之烈，而不知建安以後，中州士大夫只知有曹氏，不知有漢室，卻是黨錮殺戮之禍有以敺之也。且以荀氏一門論之，則荀淑正言於梁氏用事之日，而其子爽已濡跡於董卓專命之朝，及其孫彧則遂爲唐衡之壻，曹操之臣，而不知以爲非矣。蓋剛方直大之氣，折於凶虐之餘，而漸圖所以全身就事之計。想其當時父兄師友之間，自有一種議論，文飾蓋覆，使驟而聽之者不覺其爲非，而真以爲是必有深謀奇計，可以活國救民於萬分之一也。邪説横流，所以甚於洪水猛獸之害，孟子豈欺予哉！」

7 客有問陳季方：海内先賢傳曰：「陳諶字季方，寔少子也。才識博達。司空掾公車徵，不就。」「足下家君太丘，有何功德而荷天下重名？」季方曰：「吾家君譬如桂樹生泰山之阿，上有萬仞之高，下有不測之深；上爲甘露所霑，下爲淵泉所潤。當斯之時，桂樹焉知泰山之高，淵泉之深，不知有功德與無也！」〔一〕

【箋疏】

〔一〕枚乘七發云「龍門之桐，高百尺而無枝。中鬱結之輪菌，根扶疏以分離。上有千仞之峰，下臨百丈之谿。湍流遡波，又澹淡之。其根半死半生，冬則烈風漂霰飛雪之所激也，夏則雷霆霹靂之所感也」云云。季方之言，全出於此。魏、晉諸名士不獨善談名理，即造次之間，發言吐詞，莫不風流蘊藉，文采斐然，蓋自後漢已然矣。

8 陳元方子長文有英才，魏書曰：『陳群字長文，祖寔，嘗謂宗人曰：『此兒必興吾宗。』及長，有識度。其所善，皆父黨。」與季方子孝先，陳氏譜曰：「諶子忠，字孝先。州辟不就。」各論其父功德，爭之不能決，咨於太丘。太丘曰：「元方難爲兄，季方難爲弟。」一作「元方難爲弟，季方難爲兄」。

9 荀巨伯遠看友人疾，荀氏家傳曰：「巨伯，漢桓帝時人也。亦出潁川，未詳其始末。」值胡賊攻郡，友人語巨伯曰：「吾今死矣，子可去！」巨伯曰：「遠來相視，子令吾去，敗義以求生，豈荀巨伯所行邪？」賊既至，謂巨伯曰：「大軍至，一郡盡空，汝何男子，而敢獨止？」巨伯曰：「友人有疾，不忍委之，寧以我身代友人命。」賊相謂曰：「我輩無義之人，而入有義之國！」遂班軍而還，一郡並獲全〔一〕。

【箋疏】

〔一〕後漢書桓帝紀：永壽元年秋七月，南匈奴左薁鞬臺耆、且渠伯德等叛，寇美稷，安定屬國都尉張奐討除之。二年秋七月，鮮卑寇雲中。延熹元年十二月，鮮卑寇邊，使匈奴中郎將張奐率南單于擊破之。二年春二月，鮮卑寇鴈門。六月鮮卑寇遼東。六年五月鮮卑寇遼東屬國。九年六月南匈奴及烏桓、鮮卑寇緣邊九郡。秋七月遣使匈奴中郎將張奂擊南匈奴、烏桓、鮮卑。永康元年正月，夫餘王寇玄菟，太守公孫域與戰，破之。嘉錫案：桓帝時，羌胡並叛，其胡賊之難如此。然他胡輒爲漢所擊敗，惟鮮卑常自來自去。此條末云「賊班師而還」，則巨伯所值者，其鮮卑乎？其事既無可考，不知究在何年、何郡也。嘉錫又案：原本説郛卷四引襄陽記載此事，較世説爲略，蓋有删節。第不知果出襄陽記原書否？當更考之。

10 華歆遇子弟甚整，雖閒室之内，嚴若朝典。魏志曰：「歆字子魚，平原高唐人。」魏略曰：「靈帝時與北海邴原、管寧俱遊學相善，時號三人爲一龍。謂歆爲龍頭，寧爲龍腹，原爲龍尾。」〔一〕陳元方兄弟恣柔愛之道〔二〕，而二門之裏，兩不失雍熙之軌焉。

【校　文】

「嚴若朝典」「嚴」，景宋本作「儼」。

【箋　疏】

〔一〕魏志華歆傳曰：「臣松之以爲邴根矩之徽猷懿望，不必有愧華公；管幼安含德高蹈，又恐弗當爲尾。魏略此言未可以定其先後也。」洪亮吉四史發伏九曰：「案時人號三人爲一龍，其頭腹尾蓋以齒之長幼而定。考歆卒於太和五年。魏書云年七十五。寧卒於正始二年，年八十四。是歆長寧一年。邴原之年雖無可考，以時人之稱謂及寧傳中三人次序度之，原當幼於歆，長於寧也。時人以三人相善而齊名，不當即分優劣，故以年之前後爲定。松之乃云原不應後歆，寧復勿當爲尾，誤矣。」

〔二〕後漢書陳寔傳：「有六子，紀、諶最賢。紀字元方，亦以至德稱。兄弟孝養，閨門廱和，後進之士皆推慕其風。」嘉錫案：詳本傳。所謂兄弟，蓋兼舉六人言之，不獨元方也。惟世説之意，則似專指二人耳。

11 管寧、華歆共園中鋤菜，傅子曰：「寧字幼安，北海朱虛人，齊相管仲之後也。」見地有片金，管揮鋤與瓦石不異，華捉而擲去之。又嘗同席讀書，有乘軒冕過門者，寧讀如故，歆廢書出看。寧割席分坐曰：「子非吾友也。」魏略曰：「寧少恬靜，常笑邴原、華子魚有仕宦意。及歆爲司徒，上書讓寧。寧聞之笑曰：『子魚本欲作老吏，故榮之耳。』」

12 王朗每以識度推華歆。魏書曰：「朗字景興，東海郯人，魏司徒。」歆蜡日禮記曰：「天子大蜡八，伊耆氏始爲蜡。蜡，索也。歲十二月，合聚萬物而索饗之。」五經要義曰：「三代名臘：夏曰嘉平，殷曰清祀，周曰大蜡，總謂之臘。」晉博士張亮議曰：「蜡者，合聚百物索饗之，歲終休老息民也。臘者，祭宗廟五祀。傳曰：『臘，接也。』祭則新故交接也。秦、漢已來，臘之明日爲祝歲〔一〕，古之遺語也。」嘗集子姪燕飲，王亦學之。有人向張華説此事，張曰：「王之學華，皆是形骸之外，去之所以更遠。」〔二〕王隱晉書曰：「張華字茂先，范陽人也。累遷司空，而爲趙王倫所害。」

【校文】

注「臘之明日爲祝歲」「祝」，景宋本及沈本俱作「初」。

【箋疏】

〔一〕程炎震云：「全晉文一百二十七卷據類聚五、御覽三十三引作『俗謂臘之明日爲初歲。秦、漢以來，有祝歲者，古之遺語也』。於文爲備，此恐有脱文。」

〔二〕李慈銘云：「案華守豫章，兵至即迎；王守會稽，猶知拒戰。華黨曹氏，發壁牽后；王被操徵，積年乃至。此蓋所謂『學之形骸之外，去之更遠』者也。二人優劣，不問可知。晉人清談如此。」

13 華歆、王朗俱乘船避難〔一〕，有一人欲依附，歆輒難之〔二〕。朗曰：「幸尚寬，何爲不可？」後賊追至，王欲舍所攜人。歆曰：「本所以疑，正爲此耳。既已納其自託，寧可以急相棄邪？」遂攜拯如初。世以此定華、王之優劣〔三〕。華嶠譜叙曰：「歆爲下邽令，漢室方亂，乃與同志士鄭太等六七人避世。自武關出，道遇一丈夫獨行，願得與俱。皆哀許之。歆獨曰：『不可。今在危險中，禍福患害，義猶一也。今無故受之，不知其義，若有進退，可中棄乎？』衆不忍，卒與俱行。此丈夫中道墮井，皆欲棄之。歆乃曰：『已與俱矣，棄之不義。』卒共還，出之而後別。」

【箋　疏】

〔一〕程炎震云：「據華嶠譜叙，是獻帝在長安時事。王朗方從陶謙於徐州，不得同行也。」

〔二〕章炳麟菿漢昌言五曰：「漢、魏廢興之際，陳群所爲，未若華歆之甚也。及魏受禪，群與歆皆有感容，時人議群者猶曰『公慙卿，卿慙長』，獨於歆，魏、晉間皆頌美不容口。曹植亦不慊於其兄之奪漢者，然所作輔臣論，稱歆『清素寡欲，聰敏特達，志存太虛，安心玄妙。處平則以和養德，遭變則以義斷事』。然則歆之矯僞干譽，有非恒人所能測者矣。」又曰：「歆之得譽，亦緣嶠之譜叙，范書載歆勒兵收伏后事，本諸吴人所作曹瞞傳，若嶠所作後漢書，必不載也。」

〔三〕嘉錫案：自後漢之末，以至六朝，士人往往飾容止、盛言談，小廉曲謹，以邀聲譽。逮至聞望既高，四方宗仰，雖賣國求榮，猶翕然以名德推之。華歆、王朗、陳群之徒，其作俑者也。觀吴志孫策傳注引獻帝春秋，朗對孫策詰問，自稱降虜，稽顙乞命。蜀志許靖傳注引魏略，朗與靖書，自喜目覩聖主受終，如處唐虞之世。其頑鈍無恥，亦已甚矣。特作惡不如歆之甚耳，此其優劣，無足深論也。

14 王祥事後母朱夫人甚謹。晉諸公贊曰：「祥字休徵，琅邪臨沂人。」祥世家曰：「祥父融，娶高平薛氏，生祥。繼室以廬江朱氏，生覽。」晉陽秋曰：「後母數譖祥，屢以非理使祥，弟覽輒與祥俱。又虐使祥婦，覽妻亦趨而共之。母患，方盛寒冰凍，母欲生魚，祥解衣將剖冰求之，會有處冰小解，魚出。」〔一〕蕭廣濟孝子傳曰：「祥後母忽欲黄雀炙，祥念難卒致。須臾，有數十黄雀飛入其幕。母之所須，必自奔走，無不得焉。其誠至如此。」家有一李樹，結子殊好，母恒使守之。時風雨忽至，祥抱樹而泣。蕭廣濟孝子傳曰：「祥後母庭中有李，始結子，使祥晝視鳥雀，夜則趍鼠。一夜，風雨大至，祥抱泣至曉，母見之惻然。」祥嘗在別牀眠，母自往闇斫之。值祥私起〔二〕，空斫得被。既還，知母憾之不已，因跪前請死。母於是感悟，愛之如己子。虞預晉書曰：「祥以後母故，陵遲不仕。年向六十，刺史呂虔檄爲別駕，時人歌之曰：『海沂之康，寔賴王祥；邦國不空，別駕之功！』累遷太保。」〔三〕

【校　文】

注「晝視鳥雀，夜則趍鼠」　「雀」、「趍」，景宋本及沈本作「爵」、「趁」。

【箋　疏】

〔一〕後山談叢二曰：「世傳王祥卧冰求魚以養母。至今沂水歲寒冰厚，獨祥卧處，闕而不合。」焦循易餘籥録二十曰：「晉書王祥傳：『母常欲生魚，時天寒冰凍，祥解衣將剖冰求之。』按解衣者，將用力擊開冰凍，冬月衣厚，不便用力也，非必裸至於赤體。俗傳爲卧冰，無此事也。」嘉錫案：初學記三引師覺孝子傳曰：「王祥少有德行，失母，後母憎而譖之，祥孝彌謹。盛寒河冰，網罟不施，母欲得生魚。祥解褐扣冰求之，忽冰少開，有雙鯉出游，祥垂綸獲之而歸。人謂之至孝所致也。」其叙事極爲明晳，可見祥未嘗卧冰。記纂淵海二引孝子傳曰：「王祥事繼母至孝，母疾思食魚，時冬月，冰堅不可得。祥解衣卧冰上，少時冰開，雙鯉躍出。」此所引孝子傳，不知何家；卧冰之説，蓋始於此。則其傳譌，亦已久矣。

〔二〕劉盼遂曰：「左氏襄十五年傳：『師慧過宋朝，將私焉。』杜注：『私，小便。』」

〔三〕今晉書王祥傳亦云：「徐州刺史吕虔檄爲别駕，祥年垂耳順，固辭不受，覽勸之。」錢大昕二十二史考異云：「祥以泰始五年薨，年八十五。魏志吕虔爲徐州刺史，在文帝時。計文帝黄初元年，祥纔三十有六耳。即使被徵在黄初之末，亦止四十餘，何得云耳順也。王隱晉書云：『祥始出仕，年過五十。』蓋據舉秀才除温令而言，非指爲别駕之日也。」嘉錫案：魏志吕虔傳云：「文帝即王位，加裨將軍，封益壽亭侯，遷徐州刺史。請琅邪王祥爲别駕，民事一以委之。」似虔之遷徐州檄祥爲别駕，尚在延康元年未改元黄初之前。晉書祥傳載祥遺令曰：「吾年八十有五，啟手何恨。」又云：「泰始五年，薨。」故錢氏本此計祥年壽。然裴松之注引王隱晉書曰：「祥泰始四年年八十九，薨。」與武帝紀書「泰始四年夏四月戊戌，太保睢陵公王祥薨」合。本傳遺令及卒年，疑皆傳寫之誤。若依王隱書計之，則祥當生於漢光和三年，至延康元年，年四十有一；即下至黃初七年魏文崩時，亦止四十七。總之，與年垂耳順之語不合。此蓋臧榮緒誤依虞預，而唐史臣因之，未及考之王隱書也。

15 晉文王稱阮嗣宗至慎，每與之言，言皆玄遠，未嘗臧否人物。魏書曰：「文王諱昭，字子上，宣帝第二子也。」魏氏春秋曰：「阮籍字嗣宗，陳留尉氏人，阮瑀子也。宏達不羈，不拘禮俗。兗州刺史王昶請與相見，終日不得與言。昶愧歎之，自以不能測也。口不論事，自然高邁。」李康家誡曰〔一〕：「昔嘗侍坐於先帝，時有三長史俱見，臨辭出，上曰：『爲官長當清、當慎、當勤，修此三者，何患不治乎？』並受詔。上顧謂吾等曰：『必不得已而去，於斯三者何先？』或對曰『清固爲本』。復問吾，吾對曰：『清慎之道，相須而成，必不得已，慎乃爲大。』上曰：『卿言得之矣，可舉近世能慎者誰乎？』吾乃舉故太尉荀景倩、尚書董仲達、僕射王公仲。上曰：『此諸人者，温恭朝夕，執事有恪，亦各其慎也。然天下之至慎者，其唯阮嗣宗乎！每與之言，言及玄遠，而未嘗評論時事，臧否人物，可謂至慎乎！』」〔二〕

【箋疏】

〔一〕李慈銘云：「李康當作李秉。三國志李通傳注引王隱晉書作李秉。秉與康字形近也。各本皆誤。

秉字玄胄，通之孫也。所云先帝者，司馬昭也。秉官至秦州刺史、都亭定侯。唐修晉書附見其子重傳。改秉作景者，避世祖昞字嫌諱。」嘉錫案：嚴可均全晉文五十三李秉家誡下注曰：「魏志李通傳注引王隱晉書，秉嘗答司馬文王問，因以爲家誡。世説德行篇注及御覽四百三十引王隱晉書竝作李康。因秉字俗寫作秉，與康形近而誤也。李康字蕭遠，中山人。文選運命論注引劉義慶集林康早卒，未必入晉也。」是秉、康之誤，嚴氏已辨之甚明。因其書刊行較晚，李氏未見，故重費考正耳。

〔二〕文選嵇叔夜與山巨源絶交書曰：「阮嗣宗口不論人過，吾每師之，而未能及。至性過人，與物無傷，唯飲酒過差耳。至爲禮法之士所繩，疾之如讎，幸賴大將軍保持之耳。」

16 王戎云：「與嵇康居二十年，未嘗見其喜愠之色。」康集叙曰：「康字叔夜，譙國銍人。」王隱晉書曰：「嵇本姓溪，其先避怨徙上虞，移譙國銍縣。以出自會稽，取國一支，音同本奚焉。」虞預晉書曰：「銍有嵇山，家於其側，因氏焉。」康別傳曰：「康性含垢藏瑕，愛惡不争於懷，喜怒不寄於顔。所知王濬沖在襄城，面數百，未嘗見其疾聲朱顔。此亦方中之美範，人倫之勝業也。」文章叙録曰〔一〕：「康以魏長樂亭主壻遷郎中，拜中散大夫。」〔二〕

【校文】

注「嵇本姓溪」　「溪」，景宋本及沈本俱作「奚」。

【箋疏】

〔一〕張政烺曰：「文選注卷六十四引王隱晉書：『荀勗字公曾，領祕書監，與中書令張華，依劉向別録，整理錯亂，又得汲冢竹書。身自撰次，以爲中經。』隋書經籍志史部簿録類：『雜撰文章家集叙十卷，荀勗撰。』『雜撰』當作『新撰』。兩唐志不誤，惟皆作五卷，疑卷數有分合；否則殘缺矣。此當即晉中經新撰書録之一部分。中世重文，流行獨久。史漢三國無文苑傳，范曄創意爲之，大抵依據此書；而他傳具文章篇目者，其辭多本於此。蓋承初平、永嘉，圖籍喪焚，一代文獻之足徵者，僅此而已。新撰文章家集叙一書，久佚不傳。三國志注、世説新語注等書徵引，皆簡稱文章叙録。」

〔二〕嘉錫案：魏志二十「沛穆王林薨，子緯嗣」，注云：「案嵇氏譜：嵇康妻，林子之女也。」據此知長樂亭主乃曹操之曾孫女。文選恨賦注引王隱晉書曰：「嵇康妻，魏武帝孫、穆王林女也。」與譜異，當以譜爲正。

17 王戎、和嶠同時遭大喪，俱以孝稱。王雞骨支牀，和哭泣備禮〔一〕。晉諸公贊曰：「戎字濬沖，琅邪人，太保祥宗族也。文皇帝輔政，鍾會薦之曰：『裴楷清通，王戎簡要。』即俱辟爲掾。晉踐祚，累遷荆州刺史，以平吴功，封安豐侯。」晉陽秋曰：「戎爲豫州刺史，遭母憂，性至孝，不拘禮制，飲酒食肉，或觀棊弈，而容貌毁悴，杖而後起。時汝南和嶠，亦名士也，以禮法自持。處大憂，量米而食，然顦顇哀毁不逮戎也。」武帝謂劉仲雄曰：王隱晉書曰：「劉毅字仲雄，東萊掖人，漢城陽景王後也。亮直清方，見有不善，必評論之。王公大人，望風憚之。僑居陽平〔二〕，太守杜恕致爲功曹，沙汰郡吏三百餘人。三魏僉曰：『但聞劉功曹，不聞杜府君。』累遷尚書、司隸校尉。」

「卿數省王、和不？聞和哀苦過禮，使人憂之。」仲雄曰：「和嶠雖備禮，神氣不損；王戎雖不備禮，而哀毀骨立。臣以和嶠生孝，王戎死孝。陛下不應憂嶠，而應憂戎。」〔三〕晉陽秋曰：「世祖及時談以此貴戎也。」

【箋疏】

〔一〕程炎震云：「晉書王戎傳云：『時和嶠亦居父喪。』考嶠傳不言父喪去官，而嶠父附見於魏書和洽傳内，則未嘗入晉矣。戎傳云：『自豫州徵爲侍中，後遷光禄勳、吏部尚書，以母憂去職。』嶠傳亦云：『太康末，爲尚書，以母憂去職。』據戎爲豫州，在咸寧五年，而劉毅卒於太康六年。知戎、嶠遭憂，必在此數年中。而晉書戎傳稱和嶠父喪，嶠傳稱太康末，皆有誤字也。」嘉錫案：此自史臣紀叙之疏耳，非傳寫之誤也。嘉錫又案：孝友之道，關乎天性，未有孝於其親而薄於骨肉者。而孝之與友，尤不單行。王戎女貸錢數萬而色不悦，必待還錢乃始釋然。和嶠諸弟食其園李，皆計核責錢（均見儉嗇篇）。二人之重貨財而輕骨肉如此。王戎猶可，若和嶠之視兄弟如路人，雖不得遽謂之不孝，而其所以事親養志者，殆未能過從其厚矣。

〔二〕程炎震云：「魏志杜恕傳不言爲陽平，則别是一人，非元凱之父。」

〔三〕後漢書逸民傳曰：「戴良字叔鸞。良少誕節。母卒，兄伯鸞居廬啜粥，非禮不行。良獨食肉飲酒，哀至乃哭。而二人俱有毁容。或問良曰：『子之居喪，禮乎？』良曰：『然。禮所以制情佚也。情苟不佚，何禮之論？夫食旨不甘，故致毁容之實；若味不存口，食之可也。』論者不能奪之。」嘉錫案：抱朴子漢過篇曰：「反經詭聖，順非而博者，謂之莊老之客。」是老莊之學，在後漢之末已盛行。莊子大宗師曰：「子桑户、孟子反、子琴張三人相與友。子桑户死，未葬；孔子使子貢往待事焉。或編曲，或鼓琴，相和而歌。子貢趨而進曰：『敢問臨尸而歌，禮乎？』二人相視而笑曰：『是惡知禮意！』」戴良之言，或出於此。居喪與王戎、和嶠不謀而合。蓋魏、晉人一切風氣，無不自後漢開之。抱朴子刺嶠以戴叔鸞、阮嗣宗並論，良有以也。

18 梁王、趙王，朱鳳晉書曰：「宣帝張夫人生梁孝王肜，字子徽，位至太宰。桓夫人生趙王倫，字子彝，位至相國。」國之近屬，貴重當時。裴令公晉諸公贊曰：「裴楷字叔則，河東聞喜人，司空秀之從弟也。父徽，冀州刺史，有俊識。楷特精易義。累遷河南尹、中書令，卒。」歲請二國租錢數百萬，以恤中表之貧者。或譏之曰：「何以乞物行惠？」裴曰：「損有餘，補不足，天之道也。」〔一〕名士傳曰：「楷行己取與，任心而動，毁譽雖至，處之晏然，皆此類。」

【箋　疏】

〔一〕老子曰：「天之道其猶張弓乎？高者抑之，下者舉之；有餘者損之，不足者與之。天之道，損有餘，而補不足。」

19 王戎云：「太保居在正始中，不在能言之流。及與之言，理中清遠，將無以德掩其言！」晉陽秋曰：「祥少有美德行。」〔一〕

【箋　疏】

〔一〕通鑑七十九胡注曰：「正始所謂能言者，何平叔數人也。魏轉而爲晉，何益於世哉？王祥所以可尚者，孝於後母，與不拜晉王耳。君子猶謂其任人柱石，而傾人棟梁也。理致清遠，言乎？德乎？清談之禍，迄乎永嘉，流及江左，猶未已也。」嘉錫案：胡氏之論王祥是矣，若其以祥之不拜司馬昭爲可尚，則猶未免徇世俗之論而未察也。考其時祥與何曾、荀顗並爲三公，曾顗皆司馬氏之私黨，而祥特以虛名徇資格得之。祥若同拜，將徒爲昭所輕；長揖不屈，則汲黯所謂「大將軍有揖客，反不重耶」之意也。故昭亦以祥爲見待不薄，不怒而反喜。此正可見祥之爲人，老於世故，亦何足貴！五代之時，郭威反，隱帝被弒，威縱兵大掠。然見宰相馮道，猶爲之拜。道受拜如平時，徐曰：

「侍中此行不易。」若道之所爲，豈不更難於祥？然後人不以此稱道而笑罵之，至今未已，則以歐陽修作傳極詆道之無恥也。魏晉之際，如王祥等輩，皆馮道之流，其不爲人所笑罵者，亦幸而不遇歐陽氏爲作佳傳耳。

20 王安豐遭艱，至性過人。裴令往弔之，曰：「若使一慟果能傷人，濬沖必不免滅性之譏。」〔一〕曲禮曰：「居喪之禮，毀瘠不形，視聽不衰。不勝喪，乃比於不慈不孝。」孝經曰：「毀不滅性，聖人之教也。」

【箋疏】

〔一〕張文虎螺江日記七曰：「世説新語載王戎遭艱，裴令往弔之曰：『濬沖必不免滅性之譏。』濬沖，戎字。裴令者，裴楷也。楷爲中書令，故稱裴令。二人齊名交好，鍾會嘗稱裴楷清通、王戎簡要者，故其言若是。乃晉書戎傳改裴令爲裴頠。按頠爲戎女夫，未有女夫對婦翁而可直呼其字者，雖晉世不拘禮法，亦不應倨傲至此。」

21 王戎父渾有令名，官至涼州刺史。世語曰：「渾字長原，有才望。歷尚書、涼州刺史。」渾薨，所歷九郡義故〔一〕，懷其德惠，相率致賻數百萬，戎悉不受。虞預晉書曰：「戎由是顯名。」

【箋　疏】

〔一〕「九郡」，程炎震云：「御覽五百五十引作『州郡』是也。」

22　劉道真嘗爲徒〔一〕，晉百官名曰：「劉寶字道真，高平人。」徒，罪役作者。扶風王駿虞預晉書曰：「駿字子臧，宣帝第十七子，好學至孝。」晉諸公贊曰：「駿八歲爲散騎常侍，侍魏齊王講。晉受禪，封扶風王，鎮關中，爲政最美。薨，贈武王。西土思之，但見其碑贊者，皆拜之而泣。其遺愛如此。」〔二〕以五百疋布贖之，既而用爲從事中郎。當時以爲美事。

【箋　疏】

〔一〕隋書經籍志：「漢書駁議二卷，晉安北將軍劉寶撰。」顔師古漢書叙例曰：「劉寶字道真，高平人。晉中書郎、河内太守、御史中丞、太子中庶子、吏部郎、安北將軍，侍皇太子講漢書，别有駁義。」

〔二〕程炎震云：「蜀志五諸葛亮傳注引蜀記：『晉初扶風王駿鎮關中，有司馬高平劉寶。』按駿初封汝陰王，泰始六年鎮關中，咸寧三年改封扶風。」

23 王平子、胡毋彦國諸人，皆以任放爲達，或有裸體者。晉諸公贊曰：「王澄字平子，有達識，荆州刺史。」永嘉流人名曰：「胡毋輔之字彦國，泰山奉高人，湘州刺史。」王隱晉書曰：「魏末阮籍，嗜酒荒放，露頭散髮，裸袒箕踞。其後貴游子弟阮瞻、王澄、謝鯤、胡毋輔之之徒，皆祖述於籍，謂得大道之本。故去巾幘，脱衣服，露醜惡，同禽獸。甚者名之爲通，次者名之爲達也。」樂廣笑曰：「名教中自有樂地，何爲乃爾也！」〔一〕

【箋疏】

〔一〕嘉錫案：樂廣此語戴逵竹林七賢論盛稱之。見任誕篇「阮渾長成」條注引。

24 郗公值永嘉喪亂，在鄉里甚窮餒。鄉人以公名德，傳共飴之。公常攜兄子邁及外生周翼二小兒往食。鄉人曰：「各自饑困，以君之賢，欲共濟君耳，恐不能兼有所存。」公於是獨往食，輒含飯著兩頰邊，還吐與二兒。後並得存，同過江。郗鑒別傳曰：「鑒字道徽，高平金鄉人。漢御史大夫郗慮後也。少有體正，躭思經籍，以儒雅著名。永嘉末，天下大亂，饑饉相望，冠帶以下，皆割己之資供鑒〔一〕。元皇徵爲領軍，遷司空、太尉。」中興書曰：「鑒兄子邁，字思遠，有幹世才略。累遷少府、中護軍。」郗公亡，翼爲剡縣，解職歸，席苫於公靈牀頭，心喪終三年。周氏譜曰：「翼字子卿，陳郡人。祖奕，上谷太守。父優，車騎咨議。歷剡令〔二〕、青州刺史、少府卿，六十四而卒。」

【校　文】

「剡縣」　沈本作「郯縣」。

【箋　疏】

〔一〕嘉錫案：别傳言：「冠帶以下，皆割己之資供鑒。」割資尚無所愛，豈復惜飯不肯兼存兩兒？且郗公既受人之資給，那得猶須乞食。别傳當時人所作，理自可信。世説此言，疑非事實。晉書本傳云：「于時所在饑荒，州中之士，素有感其恩義者，相與資贍。鑒復分所得以賉宗族及鄉曲孤老，賴而全濟者甚多。」與别傳之言合。而其後復襲用世説此條。夫鑒之力足以賉宗族鄉里，豈不能全活兩兒？揆之事情，斯爲謬矣。

〔二〕嘉錫案：「歷剡令」上當有「翼」字。

25　顧榮在洛陽〔一〕，嘗應人請，覺行炙人有欲炙之色，因輟己施焉。同坐嗤之。榮曰：「豈有終日執之，而不知其味者乎？」後遭亂渡江，每經危急，常有一人左右己，問其所以，乃受炙人也〔二〕。文士傳曰：「榮字彦先，吳郡人。其先越王句踐之支庶，封於顧邑，子孫遂氏焉，世爲吳著姓。大父雍，吳丞相。父穆，宜都太守。榮少朗俊機警，風穎標徹，歷廷尉正。曾在省與同僚共飲，見行炙者有異於常僕，乃割炙以噉之。後趙王倫篡位，其子爲中領軍，逼用榮爲長史。及倫誅，榮亦被執。凡受戮等輩十有餘人。或有救榮者，問其故，曰：『某省中受炙臣也。』榮乃悟而歎曰：『一餐之惠，恩今不忘，古人豈虚言哉！』」

【校　文】

注「割炙以噉之」　「噉」，景宋本及沈本俱作「啖」。

注「一餐之惠」　「餐」，景宋本作「飡」。

【箋　疏】

〔一〕吴志顧雍傳曰：「長子邵早卒，次子裕有篤疾，少子濟嗣，無後，絶。詔以裕襲爵，爲醴陵侯。」注引吴録曰：「裕一名穆，終宜都太守。裕子榮。」

〔二〕嘉錫案：晉書顧榮傳曰：「榮與同僚宴，見執炙者，狀貌不凡，有欲炙之色。榮割炙啗之。」建康實録五略同。本注引文士傳，亦云「榮見行炙者，有異於常僕」，然則榮蓋賞其人物俊偉，故加以異待，不徒因其有欲炙之色而已。此其感激，當過於靈輒，宜乎終食其報也。嘉錫又案：晉書、建康實録均言榮爲趙王倫子虔長史，倫敗，榮被執，而執炙者爲督率，救之得免。此獨謂爲遭亂渡江時遇救，便自不同。疑世説採自顧氏家傳，故爲榮諱耳。南史陰鏗傳云：「鏗嘗與賓友宴飲，見行觴者，因回酒炙以授之，衆坐皆笑。鏗曰：『吾儕終日飲酒，而執爵者不知其味，非人情也。』及侯景之亂，鏗嘗爲賊禽，或救之，獲免。鏗問之，乃前所行觴者。」嘉錫案：此與顧榮事終末全同，疑爲後人因榮事而傅會。

26 祖光禄少孤貧，性至孝，常自爲母炊爨作食。王隱晉書曰：「祖納字士言，范陽遒人，九世孝廉。納諸母三兄，最治行操，能清言，歷太子中庶子、廷尉卿。避地江南，温嶠薦爲光禄大夫。」王平北聞其佳名〔一〕，以兩婢餉之，因取爲中郎。王乂别傳曰：「乂字叔元，琅邪臨沂人。時蜀新平，二將作亂，文帝西之長安，乃徵爲相國司馬，遷大尚書、出督幽州諸軍事，平北將軍。」有人戲之者曰：「奴價倍婢。」祖云：「百里奚亦何必輕於五羖之皮邪？」楚國先賢傳曰：「百里奚字凡伯，楚國人。少仕於虞，爲大夫。晉欲假道於虞以伐虢，諫而不聽，奚乃去之。」説苑曰：「秦穆公使賈人載鹽於虞，諸賈人買百里奚以五羊皮。穆公觀鹽，怪其牛肥，問其故，對曰：『飲食以時，使之不暴，是以肥也。』公令有司沐浴衣冠之。公孫支讓其卿位，號曰五羖大夫。」

【校　文】

注「字凡伯」「凡」，景宋本及袁本俱作「井」，是。

【箋疏】

〔一〕李詳云：「案晉書祖納傳作平北將軍王敦聞之，遺其二婢。敦乃乂字之譌。王敦未嘗爲平北將軍。乂督幽州，納范陽人，爲其部民，故得餉云。」

27 周鎮罷臨川郡還都，未及上，住泊青溪渚，永嘉流人名曰：「鎮字康時，陳留尉氏人也。祖父和，故安令。父震，司空長史。」中興書曰：「鎮清約寡欲，所在有異績。」王丞相往看之。丞相別傳曰：「王導字茂弘，琅邪人。祖覽，以德行稱。父裁，侍御史。導少知名，家世貧約，恬暢樂道，未嘗以風塵經懷也。」時夏月，暴雨卒至，舫至狹小，而又大漏，殆無復坐處。王曰：「胡威之清，何以過此！」即啟用爲吳興郡。晉陽秋曰：「胡威字伯虎，淮南人。父質以忠清顯。質爲荆州，威自京師往省之。及告歸，質賜威絹一匹。威跪曰：『大人清高，於何得此？』質曰：『是吾奉禄之餘，故以爲汝糧耳。』威受而去。每至客舍，自放驢取樵爨炊。食畢，復隨旅進道。質帳下都督陰齎糧要之，因與爲伴。每事相助經營之，又進少飯，威疑之〔一〕，密誘問之，乃知都督也。謝而遣之〔二〕。後以白質，質杖都督一百，除其吏名。父子清慎如此。及威爲徐州，世祖賜見，與論邊事及平生。帝歎其父清，因謂威曰：『卿清孰與父？』對曰：『臣清不如也。』帝曰：『何以爲勝汝邪？』對曰：『臣父清畏人知，臣清畏人不知，是以不如遠矣。』」〔三〕

【箋疏】

〔一〕嘉錫案：魏志胡質傳注引作「行數百里，威疑之」。

〔二〕嘉錫案：魏志注作「因取向所賜絹答謝而遣之」。

〔三〕嘉錫案：魏志胡質傳曰：「質字文德，楚國壽春人也。」注引晉陽秋叙威事較此注爲詳，疑今本爲宋人所删除。群書治要引晉書曰：「荆州帳下都督聞威將去，請假還家。持資糧，於路要威，因與爲伴。每事佐助，又進飲食。威疑而誘問之。既知，乃取所賜絹與都督，謝而遣之。後因他信以白質。質杖都督一百，除吏名。」所引蓋臧榮緒書，與魏志注所引晉陽秋合。嘉錫又案：都督此舉，誠有意爲諂，然雖相助經營，又進少飯，威已謝之以絹，無損於父子之清白。威誠不能隱而不白以欺其父。爲質者聞之，唤都督來，呵斥其非，使知愧悔足矣。此輩小人，何足深責！竟與除名，已嫌稍過；而又杖之一百，豈非欲衆口喧傳，使人知其清乎？好名之徒，傷於矯激，乃曰「清畏人知」，吾不信也。

28 鄧攸始避難，於道中棄己子，全弟子〔一〕。晉陽秋曰：「攸字伯道，平陽襄陵人。七歲喪父母及祖父母，持重九年。性清慎平簡。」鄧粲晉紀曰：「永嘉中，攸爲石勒所獲，召見，立幕下與語，説之，坐而飯焉。攸車所止，與胡人鄰轂，胡人失火燒車營，勒吏案問胡，胡誣攸。攸度不可與争，乃曰：『向爲老姥作粥，失火延逸，罪應萬死。』勒知，遣之。所誣胡厚德攸，遺其驢馬護送令得逸。」王隱晉書曰：「攸以路遠，斫壞車，以牛馬負妻子以叛。賊又掠其牛馬。攸語妻曰：『吾弟早亡，唯有遺民。今當步走，儋兩兒盡死，不如棄己兒，抱遺民。吾後猶當有兒。』婦從之。」中興書曰：「攸棄兒於草中，兒啼呼追之，至莫復及。攸明日繫兒於樹而去，遂渡江，至尚書左僕射，卒。弟子綏服攸齊衰三年。」既過江，取一妾，甚寵愛。歷年後訊其所由，妾具説是北人遭亂，憶父母姓名，乃攸之甥也。攸素有德業，言行無玷，聞之哀恨終身，遂不復畜妾〔二〕。

【校　文】

注「以叛賊」　「叛」，沈本作「逃」，則「以逃」屬上句讀。

【箋　疏】

〔一〕嘉錫案：攸棄己子，全弟子，固常人之所難能，然繫兒於樹則太殘忍，不近人情。故晉書史臣論極不滿之。詳見賞譽篇「謝太傅重鄧僕射」條下。

〔二〕曲禮曰：「取妻不取同姓，故買妾不知其姓，則卜之。」鄭注曰：「爲其近禽獸也。」嘉錫案：古者姓氏有别，所買之妾若出於微賤，不能知其氏族之所自出，猶必詢之卜筮，以決其疑。自漢以後，姓氏歸一，人非生而無家，未有不知其姓者。此妾既具知父母姓名，而攸曾不一問，寵之歷年，然後訊其邦族，雖哀恨終身，何嗟及矣！白圭之玷，尚可磨乎？

29 王長豫爲人謹順，事親盡色養之孝。中興書曰：「王悦字長豫，丞相導長子也。仕至中書侍郎。」〔一〕丞相見長豫輒喜，見敬豫輒嗔。文字志曰：「王恬字敬豫，導次子也。少卓犖不羈，疾學尚武，不爲導所重。至中軍將軍。多才藝，善隸書，與濟陽江彪以善弈聞。」長豫與丞相語，恒以慎密爲端。丞相還臺〔二〕，及行，未嘗不送至車後。恒與曹夫人併當箱篋〔三〕。長豫亡後，丞相還臺，登車後，哭至臺門。曹夫人作簏，封而不忍開。王氏譜曰：「導娶彭城曹韶女，名淑。」

【校　文】

注「江彪」　「彪」，景宋本作「虨」。

【箋　疏】

〔一〕法苑珠林九十五引幽明録曰：「中書郎王長豫有美名。父丞相至所珍愛。遇疾轉篤，丞相憂念特至，政在牀上坐，不食已積日。忽爲現一人，形狀甚壯，著鎧執刀，王問：『君是何人？』答曰：『僕是蔣侯也。公兒不佳，欲爲請命，故來耳，勿復憂。』王欣喜動容。即命求食，食遂至數升，内外咸未達所以。食畢，忽復慘然，謂王曰：『中書命盡，非可救者！』言終不見。」

〔二〕程炎震曰：「臺謂尚書省也。導時録尚書事，故云還臺。通典：『尚書省總謂尚書臺，亦曰中臺。』」

〔三〕「併當」，雅量篇「祖士少好財」條作「屏當」。慧琳一切經音義三十七曰：「摒儅，上并娉反，去聲字也。廣雅云：『摒，除也。』古今正字：『從手，屏聲，亦作拼。』下當浪反，字鏡云：『儅者，不中儅也。今摒除之。』文字典説：『從人，當聲。』」又五十八曰：「摒擋，通俗文除物曰摒擋，拼除也。」宋吴曾能改齋漫録二曰：「併當二字，俗訓收拾。」

30 桓常侍聞人道深公者，輒曰：「此公既有宿名，加先達知稱，又與先人至交，不宜説之。」〔一〕桓彝别傳曰：「彝字茂倫，譙國龍亢人，漢五更桓榮十世孫也。父穎，有高名。彝少孤，識鑒明朗，避亂渡江，累遷散騎常侍。」僧法深〔二〕，不知其俗姓，蓋衣冠之胤也。道徽高扇，譽播山東，爲中州劉公弟子。值永嘉亂，投迹楊土，居止京邑，内持法綱，外允具瞻，弘道之法師也。以業慈清净，而不耐風塵，考室剡縣東二百里岇山中，同遊十餘人，高棲浩然。支道林宗其風範，與高麗道人書，稱其德行。年七十有九，終於山中也〔三〕。

【校　文】

注「父穎」　「穎」，景宋本及沈本俱作「顥」。

注「散騎常侍」　景宋本及沈本俱脱「常侍」，非。

注「業慈」　「慈」，景宋本及沈本俱作「滋」。

【箋疏】

〔一〕程炎震曰：「以兩人之年考之，桓且長於深公十歲，此恐是元子語，非茂倫語。」

〔二〕程炎震曰：「僧法深上必有脱文，不知所引何書矣。」

〔三〕嘉錫案：高僧傳四云：「竺道潛字法深，姓王，瑯琊人，晉丞相武昌郡公敦之弟也。年十八出家，事中州劉元真爲師。晉永嘉初，避亂過江。中宗元皇及肅祖明帝、丞相王茂弘、太尉庾元規並欽其風德，友而敬焉。及中宗肅祖昇遐，王、庾又薨，乃隱迹剡山，以避當世。以晉寧康二年卒於山館，春秋八十有九。烈宗孝武詔曰『潛法師理悟虛遠、風鑒清貞。棄宰相之榮，襲染衣之素』云云。本注謂「不知其俗姓」。而高僧傳以爲王敦之弟。考之諸家晉史，並不言王敦有此弟。疑因孝武詔中「棄宰相之榮」語附會之。實則深公本衣冠之胤，所謂宰相，蓋別有所指，不必是王敦也。

31 庾公乘馬有的盧，晉陽秋曰：「庾亮字元規，潁川鄢陵人，明穆皇后長兄也。淵雅有德量，時人方之夏侯太初、陳長文之倫。侍從父琛，避地會稽，端拱嶷然，郡人嚴憚之。覲接之者，數人而已。累遷征西大將軍、荆州刺史。」伯樂相馬經曰：「馬白額入口至齒者，名曰榆雁，一名的盧。奴乘客死，主乘棄市，凶馬也。」或語令賣去。語林曰：「殷浩勸公賣馬。」庾云：「賣之必有買者，即當害其主。寧可不安己而移於他人哉〔一〕？昔孫叔敖殺兩頭蛇以爲後人，古之美談，賈誼新書曰：「孫叔敖爲兒時，出道上，見兩頭蛇，殺而埋之。歸見其母，泣。問其故，對曰：『夫見兩頭蛇者，必死。今出見之，故爾。』母曰：『蛇今安在？』對曰：『恐後人見，殺而埋之矣。』母曰：『夫有陰德，必有陽報，爾無憂也。』後遂興於楚朝。及長，爲楚令尹。」效之，不亦達乎！」

【校　文】

注「鄢陵」「鄢」，景宋本作「隖」。

【箋　疏】

〔一〕白氏六帖二十九曰：「庾亮有的盧，殷浩以不利主，勸賣之。亮曰：『己所不欲，不施於人。』」

32 阮光禄在剡〔一〕，曾有好車，借者無不皆給。有人葬母，意欲借而不敢言。阮後聞之，嘆曰：「吾有車而使人不敢借，何以車爲？」遂焚之。阮光禄別傳曰：「裕字思曠，陳留尉氏人。祖略，齊國内史。父顗，汝南太守。裕淹通有理識，累遷侍中。以疾築室會稽剡山。徵金紫光禄大夫，不就。年六十一卒。」

【箋　疏】

〔一〕李慈銘云：「案世説於阮裕或稱光禄，或稱其字思曠，無舉其名者。臨川避宋武諱也。」

33 謝奕作剡令，中興書曰：「謝奕字無奕，陳郡陽夏人。祖衡，太子少傅。父裒，吏部尚書。奕少有器鑒，辟太尉掾、剡令，累遷豫州刺史。」有一老翁犯法，謝以醇酒罰之，乃至過醉而猶未已。太傅時年七八歲，著青布絝，在兄膝邊坐，諫曰：「阿兄！老翁可念，何可作此。」奕於是改容曰：「阿奴欲放去邪？」〔一〕遂遣之。

【箋疏】

〔一〕嘉錫案：阿奴爲晉人呼其所親愛者之詞，故兄以此呼弟。説見方正篇「周叔治」條。

34 謝太傅絶重褚公，常稱：「褚季野雖不言，而四時之氣亦備。」文字志曰：「謝安字安石，奕弟也。世有學行，安弘粹通遠，温雅融暢。桓彝見其四歲時，稱之曰：『此兒風神秀徹，當繼蹤王東海。』善行書。累遷太保、録尚書事。贈太傅。」晉陽秋曰：「褚裒字季野，河南陽翟人。祖䂮，安東將軍。父洽，武昌太守。裒少有簡貴之風，沖默之稱。累遷江、兗二州刺史。贈侍中、太傅。」〔一〕

【校文】

注「父治」　「治」，景宋本及沈本俱作「洽」。

【箋　疏】

〔一〕程炎震曰：「袁長安十七歲。」

35 劉尹在郡，臨終綿惙〔一〕，聞閣下祠神鼓舞。正色曰：「莫得淫祀！」劉尹别傳曰：「惔字真長，沛國蕭人也。漢氏之後。真長有雅裁，雖蓽門陋巷，晏如也。歷司徒左長史、侍中、丹陽尹。爲政務鎮静信誠，風塵不能移也。」外請殺車中牛祭神〔二〕。真長答曰：「丘之禱久矣，勿復爲煩。」包氏論語曰：「禱，請也。」孔安國曰：「孔子素行合於神明，故曰：『丘之禱久矣。』」

【箋　疏】

〔一〕説文云：「綿聯，微也。惙，憂也。一曰意不定也。」慧琳一切經音義十七引聲類云：「短氣皃也。」又六十七引考聲云：「惙，弱也。」嘉錫案：綿惙正言其氣綿綿然，短促將絶之像也。家語觀周篇注云：「綿綿，微細。」素問方盛衰論注云：「綿綿乎，謂動息微也。」

〔二〕程大昌演繁露一曰：「漢初馬少，故曰自天子不能具醇駟，將相或乘牛車。自吴、楚反後，諸侯惟是食租衣税，無有横入，故貧者或乘牛車。則此之以牛而駕，自緣貧窶，無資可具，非有禁約也。漢韋玄成以列侯侍祠，天雨淖，不駕駟馬車而騎至廟下，有司劾奏削爵。則舍車而騎，漢已有禁矣。東晉惟許乘車，其或騎者，御史彈之，則漢法仍在也。至其駕車，遂改用牛。王導駕短轅犢車，王愷（原誤作濟）之八百里駮，石崇之牛疾奔，人不能追，南史吴興太守之官皆殺軛下牛以祭項羽，知駕車用牛也，豈通晉之制，皆不得駕馬也耶？」錢大昕二十二史考異六曰：「輿服志：古之貴者不乘牛車，漢武帝推恩之末，諸侯寡弱，貧者至乘牛車，其後稍見貴之。自靈、獻以來，天子至士，遂以爲常乘。按古制乘車、兵車、田車，皆曲轅，駕駟馬。惟平地任載之車駕牛，乃有兩轅。考工記所謂『大車之轅摯，其登又難』者也。牛車本庶人所乘，史記平準書言：『漢興，接秦之敝，自天子不能具鈞駟，而將相或乘牛車。』則漢初貴者已乘之矣。晉時御衣車、御書車、御軺車、御藥車、畫輪車，皆駕牛，則并施於鹵簿。隋書閻毗傳言：『屬車八十一乘，以牛駕車，不足以益文物。』是自晉至隋，屬車皆駕牛也。石崇傳：『崇與王愷出游，争入洛城。崇牛迅若飛禽，愷絶不能及。』王衍傳：『衍引王導共載，謂導曰：爾看吾目光在牛背上矣。』王導傳：『導以所執麈尾驅牛而進。』世説：『劉尹臨終，外請殺車中牛祭神。』南史劉瑀傳：『謂何偃曰：「君轡何疾？」偃曰：「牛駿馭精，所以疾耳！」』徐偃之傳：『與弟淳之共乘車行，牛奔車壞。』朱脩之傳：『至建業，奔牛墜車折腳。』劉德順傳：『善御車，嘗立兩柱，未至數尺，打牛奔，從柱前直過。』梁本紀：『常乘折角小牛車。』蕭琛傳：『郡有項羽廟，前後二千石皆以軛下牛充祭。』北史高允傳：『特賜允蜀牛一頭，四望蜀車一乘。』彭城王勰傳：『登車入東掖門，牛傷人，挽而入。』北海王詳傳：『詳與咸陽王禧、彭城王勰共乘犢車。』常景傳：『齊神武以景清貧，特給牛車四乘。』元仲景傳：『兼御史中尉，每向臺，恒駕赤牛，時人號赤牛中尉。』尒朱世隆傳：『今旦爲令王借牛車一乘，王嫌牛小，更將一青牛駕車。』畢義雲傳：『高元海遣犢車迎義雲入北宫。』琅邪王儼傳：『魏氏舊制，中丞出，千步清道，王公皆遥住車，去牛，頓軛於地，以待中丞過。』和士開傳：『遣韓寶業以犢車迎士開入内。』牛弘傳：『弟弼常醉，射殺弘駕車牛。』藝術傳：『天興五年，牛大疫，輿駕所乘巨犗數百頭，同日斃於路側。』此則自晉至隋，王公士大夫競乘牛車之證也。」嘉錫案：以晉事考之，蓋駕車用牛，而乘騎方得用馬，其見他書者姑不具引。祇以世説所載言之：本篇庾公乘馬有的盧，又「桓南郡」條注引中興書，羅企生回馬授手；言語篇支道林常養數匹馬；方正篇楊濟往大夏門盤馬，羊穉舒不坐便去，去數里住馬，羊忱不暇被馬，帖騎而避；雅量篇庾翼於道開鹵簿盤馬，王東亭爲桓宣武主簿，公於内走馬直出突之；賞譽篇王濟使王湛騎難乘馬；規箴篇桓南郡好獵，騁良馬馳擊若飛；捷悟篇王東亭乘馬出郊；豪爽篇桓石虔策馬於數萬衆中，莫有抗者；賢媛篇范逵投陶侃宿，馬僕甚多；術解篇羊祜墜馬折臂，王武子馬惜障泥；任誕篇人爲山季倫歌曰「復能騎駿馬」；簡傲篇王子猷作參軍，桓問何署，答曰「時見牽馬來，似是馬曹」；假譎篇明帝戎服騎巴賨馬；汰侈篇王武子好馬射。如此十餘條，凡言馬者，皆不云以駕車。蓋中國固不産馬，漢武時極力牧養，始稍蕃息。東京馬政，已不如前。漢、魏之際，喪亂相仍，沿至有晉，户口凋敝，馬之孳生益少。且其駕車服重，本不如牛，故愛重之，只供乘騎而已。晉書武帝紀曰：「有司嘗奏，御牛青絲紖斷，詔以青麻代之。」此天子乘牛車之證。其臣下之駕牛，自不待言。王愷、石崇，豪富汰侈，非不能致善馬者，而亦只用牛車。程氏疑晉制不得駕馬，斯言得之矣。

下至隋代，牛車猶盛行。及唐太宗以戰争得天下，講求牧政，不遺餘力，逮其極盛之時，國馬之數，突過西漢，而天下至以一縑易一馬。自是以後，士大夫無不騎馬。其或駕車，亦皆用馬。牛車雖存，只以供農田之用而已。嘉錫又案：傷逝篇注引搜神記曰：「庾亮病，術士戴洋曰：『昔蘇峻事，公於白石祠中許賽車下牛，從來未解，爲此鬼所考。』」則殺駕車之牛以祭神，乃晉人常有之事也。

36 謝公夫人教兒〔一〕，問太傅：「那得初不見君教兒？」答曰：「我常自教兒。」謝氏譜曰：「安娶沛國劉耽女。」按：太尉劉子真，清潔有志操，行己以禮。而二子不才，並黷貨致罪。子真坐免官。客曰：「子奚不訓導之？」子真曰：「吾之行事，是其耳目所聞見，而不放效，豈嚴訓所變邪？」安石之旨，同子真之意也。〔二〕

【箋　疏】

〔一〕吴承仕曰：晉書七十九謝安傳曰：「安妻劉惔妹也。」

〔二〕劉寔字子真，此事今見晉書本傳，而文不同。

37 晉簡文爲撫軍時〔一〕，續晉陽秋曰：「帝諱昱，字道萬，中宗少子也。仁聞有智度。穆帝幼沖，以撫軍輔政。大司馬桓温廢海西公而立帝，在位三年而崩。」所坐牀上塵不聽拂，見鼠行跡，視以爲佳。有參軍見鼠白日行，以手板批殺之，撫軍意色不説。門下起彈，教曰：「鼠被害，尚不能忘懷；今復以鼠損人，無乃不可乎？」

【箋　疏】

〔一〕程炎震云：「咸康六年，簡文爲撫軍將軍。永和元年，進撫軍大將軍。」

38　范宣年八歲，後園挑菜，誤傷指，大啼。人問：「痛邪？」答曰：「非爲痛，身體髮膚，不敢毀傷，是以啼耳！」宣別傳曰：「宣字子宣，陳留人，漢萊蕪長范丹後也。年十歲，能誦詩書。兒童時，手傷改容，家人以其年幼，皆異之。徵太學博士、散騎常侍，一無所就。年五十四卒。」宣潔行廉約，韓豫章遺絹百匹，不受。中興書曰：「宣家至貧，罕交人事。豫章太守殷羡見宣茅茨不完，欲爲改室，宣固辭。羡愛之，以宣貧，加年饑疾疫，厚餉給之，宣又不受。」〔一〕續晉陽秋曰：「韓伯字康伯，潁川人。好學，善言理。歷豫章太守、領軍將軍。」減五十匹，復不受。如是減半，遂至一匹，既終不受。韓後與范同載〔二〕，就車中裂二丈與范，云：「人寧可使婦無幝邪？」范笑而受之。

【校　文】

「人寧可使婦無幃邪」　「幃」，景宋本及沈本俱作「褌」。

【箋　疏】

〔一〕嘉錫案：晉書儒林傳，餉給范宣者，乃庾爰之。吴士鑑注謂：「世説注羡愛之三字爲庾爰之之譌。」其説是也。

〔二〕嘉錫案：棲逸篇曰：「范宣未嘗入公門。韓康伯與同載，遂誘俱入郡。范便於車後趨下。」今此又言「同載」，蓋韓敬范之爲人，同車出入之時亦多矣。

39　王子敬病篤〔一〕，道家上章應首過〔二〕，問子敬「由來有何異同得失？」子敬云：「不覺有餘事，惟憶與郗家離婚。」〔三〕王氏譜曰：「獻之娶高平郗曇女，名道茂，後離婚。」獻之别傳曰：「祖父曠，淮南太守。父羲之，右將軍。咸寧中，詔尚餘姚公主，遷中書令，卒。」〔四〕

【箋　疏】

〔一〕嘉錫案：本書言語篇注引晉安帝紀曰：「凝之事五斗米道。孫恩之攻會稽，凝之謂民吏曰：『不須備防，吾已請大道，許遣鬼兵相助，賊自破矣。』既不設備，遂爲恩所害。」晉書王羲之傳亦云：「王氏世事張氏五斗米道，凝之彌篤。」此所謂道家，即五斗米道也。魏志張魯傳云：「祖父陵，學道鵠鳴山中，造作道書，以惑百姓。從受道者，出五斗米，故世號米賊。魯據漢中，以鬼道教民。其來學道者，皆教以誠信不欺詐。有病自首其過。」注引典略曰：「張角爲太平道，張脩爲五斗米道。太平道者，師持九節杖爲符祝，教病人叩頭思過，因以符水飲之。脩法略與角同。加施静室，使病者處其中思過。又使人爲鬼吏，主爲病者請禱。請禱之法，書病者姓名，説服罪之意，作三通：其一上之天，著山上，其一埋之地，其一沈之水，謂之三官手書。使病者家出五斗米以爲常，故號曰五斗米師。」今子敬病篤，而請道家上章首過，正是五斗米師爲之請禱耳。宋米芾畫史云：「海州劉先生收王獻之畫符及神呪一卷，小字，五斗米道也。」本書傷逝篇注引幽明録言：泰元中有一師從遠來，云：「人命應終，有生樂代者，則死者可生。」子敬疾屬纊，子猷請以餘年代弟。此亦必是五斗米師以符水爲人治病者。足徵王氏兄弟信道者不獨凝之矣。御覽六百六十六引太平經曰：「王右軍病，請杜恭。恭謂弟子曰：『右軍病不差，何用吾？』十餘日果卒。」杜恭者，即晉書孫恩傳之錢唐杜子恭。恩叔父泰師事之，而恩傳其術，亦五斗米道也。則羲之傳謂「王氏世事五斗米道」不虚矣。以右軍之高明有識，不溺於老、莊之虚浮，而不免爲天師所惑。蓋其家世及婦家郗氏皆信道，右軍又好服食養性，與道士許邁游，爲之作傳，述其靈異之跡甚多。邁亦五斗米道，即真誥所謂許先生者。右軍蓋深信學道可以登仙也。然真誥闡幽微云：「王逸少有事繫禁中，已五年，云事已散。」是右軍奉道，生不爲杜子恭所佑；死乃爲鬼所考。子猷、子敬，疾終不愈，五斗米師符祝無靈，而凝之恃大道鬼兵，反爲孫恩所殺。奉道之無益，昭然可見；而東晉士大夫不慕老、莊，則信五斗米道，雖逸少、子敬猶不免，此儒學之衰，可爲太息！

〔二〕李詳云：「案隋書經籍志道經有諸消災度厄之法。依陰陽五行術數推人年命，書之如章表之儀，并具贄幣，燒香陳讀，云奏上天曹，請爲除厄。謂之上章。後漢書皇甫嵩傳：『張角自稱大賢良師，奉事黄、老道，蓄養弟子，跪拜首過。』」

〔三〕嘉錫案：淳化閣帖九有王獻之帖云：「雖奉對積年，可以爲盡日之歡，常苦不盡觸額之暢。方欲與姊極當年之疋，以之偕老，豈謂乖别至此。諸懷悵塞實深，當復何由日夕見姊耶！俯仰悲咽，實無已已，惟當絶氣耳！」黄伯思東觀餘論上謂當是與郗家帖，引世説此條爲證，是也。

〔四〕程炎震云：「新安公主，簡文帝女也。見晉書孝武文李太后傳，母徐貴人。初學記十引王隱晉書曰：『安禧皇后王氏，字神受，王獻之女，新安公主生，即安帝姑也。』御覽一百五十二引中興書曰：『新安愍公主道福，簡文第三女，徐淑媛所生，適桓濟，重適王獻之。』獻之以選尚主，必是簡文即位之後，此咸寧當作咸安。郗曇已前卒十餘年，其離婚之故不可知。或者守道不篤，如黄子艾耶？宜其飲恨至死矣。」程氏又云：「『餘姚』，晉書八十獻之傳、三十二后妃傳並作『新安』，蓋追封。」傷逝篇注曰：「獻之以泰元十五年卒，年四十五。」

40 殷仲堪既爲荆州〔一〕，值水，儉食，常五盌盤，外無餘肴。飯粒脱落盤席閒，輒拾以噉之。雖欲率物，亦緣其性真素〔二〕。每語子弟云：「勿以我受任方州〔三〕，云我豁平昔時意。今吾處之不易。貧者士之常〔四〕，焉得登枝而捐其本！爾曹其存之！」晉安帝紀曰：「仲堪，陳郡人，太常融孫也。車騎將軍謝玄請爲長史，孝武説之，俄爲黄門侍郎。自殺袁悦之後，上深爲晏駕後計，故先出王恭爲北蕃。荆州刺史王忱死，乃中詔用仲堪代焉。」

【箋疏】

〔一〕程炎震云：「太元十七年，仲堪爲荆州。」

〔二〕嘉錫案：世説盛稱仲堪之儉約，然晉書本傳云：「仲堪少奉天師道，又精心事神，不吝財賄，而怠行仁義，嗇於周急。」然則仲堪之儉，特鄙吝之天性耳。道藏「懷」字號唐王懸河三洞珠囊一，引道學傳第十六卷云：「殷仲堪者，陳郡人也。爲太子中庶子，少奉天師道，受治及正一，精心事法，不吝財賄。家有疾病，躬爲章符，往往有應。鄉人及左右或請爲之，時行周救，弘益不少也。」與本傳可以互證。儉於自奉，而侈於事神，將不爲達士所笑乎？晉時士大夫奉天師道者，有琅邪王氏父子、郗愔郗曇兄弟及仲堪。此皆明著於本傳者。其他史所不言，不知凡幾。釋寶唱比丘尼傳一道容尼傳曰：「簡文帝先事清水道師。道師，京都所謂王濮陽也。」考御覽六百六十六引太平經曰「濮陽者，不知何許人，事道專心，祈請皆驗。晉簡文廢世子，無嗣，時使人祈請於陽」云云。比丘尼傳所指必是此人。其事蹟既附見於太平經中，則所謂清水道，即太平道也。御覽六百七十一引上元寶經曰：「濮陽，曲水人。辭家學道，後授三元真一，遊變人間。」亦即此人。以一代帝王而所崇如此，可想見其勢力之盛。晉之風俗，亦可知矣。

〔三〕嘉錫案：廣雅釋詁云：「方，大也。」謂大州爲方州，乃晉人常用之語。晉書王敦傳云敦上疏曰「往段匹磾尚未有勞，便以方州與之」，是也。淮南覽冥訓云：「顓民生背方州，抱圓天。」注云：「方州，地。」班固典引云：「卓犖乎方州，羨溢乎要荒。」則謂四方諸州耳。均與此不同。

〔四〕嘉錫案：説苑雜言篇云：「孔子見榮啟期問曰：『先生何樂也？』對曰：『夫貧者，士之常也；死者，民之終也。處常待終，當何憂乎？』」家語六本篇略同。

41 初桓南郡、楊廣共説殷荊州，宜奪殷覬南蠻以自樹〔一〕。桓玄別傳曰：「玄字敬道，譙國龍亢人，大司馬溫少子也。幼童中，溫甚愛之。臨終命以爲嗣。年七歲，襲封南郡公，拜太子洗馬、義興太守。不得志，少時去職，歸其國。與荊州刺史殷仲堪素舊，情好甚隆。」周祇隆安記曰：「廣字德度，弘農人，楊震後也。」晉安帝紀曰：「覬字伯道，陳郡人。由中書郎出爲南蠻校尉。覬亦以率易才悟著稱，與從弟仲堪俱知名。」中興書曰：「初，仲堪欲起兵，密邀覬，覬不同。楊廣與弟佺期勸殺覬，仲堪不許。」覬亦即曉其旨，嘗因行散〔二〕，率爾去下舍，便不復還，内外無預知者。意色蕭然，遠同鬬生之無慍〔三〕。時論以此多之。春秋傳曰：「楚令尹子文，鬬氏也。」論語曰：「令尹子文，三仕爲令尹，無喜色；三已之，無愠色。」

【箋疏】

〔一〕程炎震云：「仲堪奪殷覬南蠻事，在隆安元年。」

〔二〕嘉錫案：散者，寒食散也。巢氏諸病源候論六寒食散發候篇引皇甫謐云：「服藥後宜煩勞。若羸著床不能行者，扶起行之，亦謂之行藥。」文選二十二有鮑明遠行藥詩。詳見余寒食散考。

〔三〕張文蠡螺江日記續編四曰：「世説載殷覬去官，而稱曰『遠同鬬生之無愠』，前未有稱子文爲鬬生者。此與夏侯太初稱樂毅爲樂生同屬創造。」又劉峻廣絶交論『罕生逝而國子悲』，謂罕虎也。夏侯湛作羊秉叙『豈非司馬生之所惑』，謂司馬子長也。江淹上建平王書『直生豈疑於盜金』，謂直不疑也。趙至與嵇茂齊書『梁生適越，登岳長謡』，謂梁鴻也。前此未有此稱，以此見古人行文，隨興所至，不必盡有所本。陸機豪士賦序『伊生抱明，允以嬰戮』，稱伊尹爲伊生，更奇。」嘉錫案：秦漢人稱人爲生，皆尊之之意。史記儒林傳曰：「言詩，於齊則轅固生；言尚書，自濟南伏生；言禮，自魯高堂生；言易，自菑川田生；言春秋，於齊魯自胡母生。」索隱云：「自漢以來，儒者皆號生，亦先生者省字呼之耳。」是也。六朝人爲文沿用此例，稱古人爲某生，猶之先生云爾。或爲省字，或欲便文，此修詞常法，未足深訝。而張氏譏其創造，引爲大奇，可謂「少所見，多所怪」矣！

42 王僕射在江州，爲殷、桓所逐，奔竄豫章〔一〕，存亡未測。徐廣晉紀曰：「王愉字茂和，太原晉陽人，安北將軍坦之次子也。以輔國司馬，出爲江州刺史。愉始至鎮，而桓玄、楊佺期舉兵以應王恭，乘流奄至，愉無防，惶遽奔臨川，爲玄所得。玄篡位，遷尚書左僕射。」王綏在都，既憂慽在貌，居處飲食，每事有降。時人謂爲試守孝子。中興書曰：「綏字彦猷，愉子也。少有令譽。自王渾至坦之，六世盛德〔二〕，綏又知名，于時冠冕，莫與爲比。位至中書令、荆州刺史。桓玄敗後，與父愉謀反，伏誅。」〔三〕

【校　文】

「既憂慽在貌」「慽」，景宋本及沈本俱作「戚」。

注「自王渾」「渾」，景宋本作「澤」，是。

【箋　疏】

〔一〕程炎震云：「隆安二年八月，江州刺史王愉奔於臨川。」

〔二〕李慈銘云：「案王渾當作王澤。澤生昶、昶生湛、湛生承、承生述、述生坦之。正得六世。若渾，乃昶之長子，湛之兄，於坦之爲從曾祖，安得有六世？晉書王綏傳云：『自昶父漢雁門太守澤，已有名稱。忱又秀出，綏亦著稱。八葉繼軌，軒冕莫與爲比焉。』可證渾當作澤。以字形相近而誤，各本皆同。王應麟小學紺珠氏族類載王昶至坦之五世盛德。而注引世説注中興書，亦作王渾。則南宋時已誤。」

〔三〕李慈銘荀學齋日記丙集上曰：「晉書愉傳，言愉之誅，以潛結司州刺史温詳謀作亂。而宋書武帝紀言綏以高祖起自布衣，甚相凌忽。又以桓氏甥有自疑之志，遂被誅。又王諶謂其兄謐亦曰：『王駒無罪而誅，此是翦除勝己，以絶人望。』駒，愉小字也。是潛結謀亂之言，亦劉裕所誣，非其實事。此皆晉書之疏也。安帝紀亦止言劉裕誅王愉王綏等，不云愉等謀亂。」嘉錫案：南史宋武帝紀曰：「初，荆州刺史王綏以江左冠族，又桓氏之甥，素甚陵帝。至是及其父尚書左僕射愉有自疑志，並誅。」魏書王慧龍傳曰：「初劉裕微時，愉不爲禮；及得志，愉合家見誅。」與宋書合。而中興書謂其謀反。蓋凡易代之際，以觸忤新朝受害者，史官相承，不曰謀反，即曰作亂。王愉父子，自因忤劉裕被殺。中興書爲宋湘東太守何法盛所撰，書本朝開國時事，自不能無曲筆。晉、宋、魏書修於異代，故皆直著其輕侮劉裕。李氏謂愉父子潛結温詳，爲裕之誣辭。然通鑑一百十三於義熙三年書「尚書左僕射王愉及子荆州刺史綏謀襲裕，事泄，族誅」，則愉、綏似實有謀，特不知温公别有所本否耳。愉爲桓玄僕射，不可謂無罪。綏之事親，無愧孝子，而亦爲玄中書令（見本傳）。建康實録十一引裴子野曰：「桓敬道坐盜社稷，王謐以民望鎮領，王綏、謝混以後進光輝。」是綏爲玄所寵用，亦一賊黨也。蓋魏晉士大夫止知有家，不知有國。故奉親思孝，或有其人；殺身成仁，徒聞其語。王祥、何曾之流，皆不免黨篡。求忠臣必於孝子之門，竟成虚言。六代相沿，如出一轍，而國家亦幾胥而爲夷。

爰及唐、宋，正學復明，忠義之士，史不絶書。故得常治久安，而吾中國亦遂能滅而復興，亡而復存。覽歷代之興亡，察其風俗之變遷，可以深長思矣。嘉錫又案：晉書王愉傳曰：「劉裕義旗建，加前將軍。愉既桓氏壻，父子寵貴，又嘗輕侮劉裕，心不自安。潛結司州刺史温詳，謀作亂，事泄被誅。子孫十餘人皆伏法。」此即中興書所謂「綏與父愉謀反」也。

43 桓南郡玄也。既破殷荆州，收殷將佐十許人，咨議羅企生亦在焉〔一〕。玄别傳曰：「玄克荆州，殺殷道護及仲堪參軍羅企生、鮑季禮，皆仲堪所親仗也。」桓素待企生厚，將有所戮，先遣人語云：「若謝我，當釋罪。」企生答曰：「爲殷荆州吏，今荆州奔亡，存亡未判，我何顔謝桓公？」中興書曰：「企生字宗伯，豫章人。殷仲堪初請爲府功曹，桓玄來攻，轉咨議參軍。仲堪多疑少決，企生深憂之，謂其弟遵生曰：『殷侯仁而無斷，事必無成。成敗天也，吾當死生以之。』及仲堪走，文武並無送者，惟企生從焉。路經家門，遵生紿之曰：『作如此分别，何可不執手？』企生回馬授手，遵生便牽下之，謂曰：『家有老母，將欲何行？』企生揮泣曰：『今日之事，我必死之。汝等奉養，不失子道，一門之内，有忠與孝，亦復何恨！』遵生抱之愈急，仲堪於路待之。企生遥呼曰：『今日死生是同，願少見待！』仲堪見其無脱理，策馬而去。俄而玄至，人士悉詣玄，企生獨不往而營理仲堪家。或謂曰：『玄性猜急，未能取卿誠節，若遂不詣，禍必至矣！』企生正色曰：『我殷侯吏，見遇以國士，不能共殄醜逆，致此奔敗，何面目就桓求生乎？』玄聞，怒而收之。謂曰：『相遇如此，何以見負？』企生曰：『使君口血未乾，而生此奸計，自傷力劣，不能翦定凶逆，我死恨晚爾！』玄遂斬之。時年三十有七，衆咸悼之。」〔二〕既出市，桓又遣人問欲何言，答曰：「昔晉文王殺嵇康，而嵇紹爲晉忠臣。王隱晉書曰：「紹字延祖，譙國銍人。父康有奇才儁辯。紹十歲而孤，事母孝謹，累遷散騎常侍。惠帝敗於蕩陰，百官左右皆奔散，唯紹儼然端冕，以身衛帝。兵交御輦，飛箭雨集，遂以見害也。」從公乞一弟以養老母。」桓亦如言宥之。桓先曾以一羔裘與企生母胡，胡時在豫章，企生問至，即日焚裘〔三〕。

【箋疏】

〔一〕程炎震云：「隆安三年十二月，桓玄襲江陵，害殷仲堪。」

〔二〕嘉錫案：觀中興書所載企生對桓玄之語，詞嚴義正，生氣凜然。在有晉士大夫間，不愧朝陽之鳴鳳。而臨終不免遜詞乞憐者，徒以有老母故也。忠孝之道，於斯兩全。雖所事非人，有慙擇木，君子善善從長，可無深責爾矣。

〔三〕宋書五十胡藩傳曰：「藩字道序，豫章南昌人也。祖隨，散騎常侍。父仲任，治書侍御史。藩參郗恢征虜軍事。時殷仲堪爲荆州刺史，藩外兄羅企生爲仲堪參軍。藩請假還，過江陵，省企生。仲堪要藩相見，接待甚厚，藩因説仲堪曰：『桓玄意趣不常，每怏怏於失職。節下崇待太過，非將來之計也。』仲堪色不悦，藩退而謂企生曰：『倒戈授人，必至之禍。若不早規去就，後悔無及。』玄自夏口襲仲堪，藩參玄後軍軍事。仲堪敗，企生果以附從及禍。」嘉錫案：據此，則企生母蓋胡隨之女、藩之姑也。

44 王恭從會稽還，周祇隆安記曰：「恭字孝伯，太原晉陽人。祖父濛，司徒左長史，風流標望。父蘊，鎮軍將軍，亦得世譽。」恭別傳曰：「恭清廉貴峻，志存格正。起家著作郎，歷丹陽尹、中書令。出爲五州都督、前將軍、青兗二州刺史。」王大看之。王忱，小字佛大。晉安帝紀曰：「忱字元達，北平將軍坦之第四子也。甚得名於當世，與族子恭少相善，齊聲見稱。仕至荆州刺史。」見其坐六尺簟，因語恭：「卿東來，故應有此物，可以一領及我。」恭無言。大去後，即舉所坐者送之。既無餘席，便坐薦上。後大聞之甚驚，曰：「吾本謂卿多，故求耳。」對曰：「丈人不悉恭，恭作人無長物。」

45 吳郡陳遺，未詳〔一〕。家至孝，母好食鐺底焦飯。遺作郡主簿〔二〕，恒裝一囊，每煮食，輒貯録焦飯，歸以遺母。後值孫恩賊出吳郡，晉安帝紀曰：「孫恩一名靈秀，琅邪人。叔父泰，事五斗米道，以謀反誅。恩逸逃於海上，聚衆十萬人，攻没郡縣。後爲臨海太守辛昺斬首送之。」〔三〕袁府君山松，別見。即日便征〔四〕，遺已聚斂得數斗焦飯，未展歸家，遂帶以從軍。戰於滬瀆，敗。軍人潰散，逃走山澤，皆多饑死，遺獨以焦飯得活。時人以爲純孝之報也〔五〕。

【箋　疏】

〔一〕御覽四百十一引宋躬孝子傳曰：「陳遺，吳郡人，少爲郡吏。」

〔二〕嘉錫案：宋躬孝子傳及南史均止云「少爲郡吏」，不知其爲主簿也。

〔三〕隋志有晉臨海太守辛德遠集五卷。新唐志有辛昞集四卷。文廷式補晉書藝文志六云：「德遠蓋昞字，唐人諱昞，故稱其字也。」嘉錫案：晉書安帝紀、孫恩傳作辛景，亦避諱改字。安帝紀：「元興元年三月，臨海太守辛景擊孫恩，斬之。」又孫恩傳：「恩復寇臨海，臨海太守辛景討破之。恩窮蹙赴海自沈。」嘉錫案：辛景即辛昺，蓋唐人修史時避諱改之。宋書高祖紀：「元興三年，兗州刺史辛禺懷貳。會北青州刺史劉該反，禺求征該，次淮陰，又反。禺長史羊穆之斬禺，傳首京師。」湘潭孫彪宋書考論云：「禺、昺字形相似，蓋即一人。」嘉錫案：元興元年三月，桓玄總百揆。二年十二月，篡位。辛昺若於三年爲兗州刺史，則必玄所用。御覽三百三十七有辛昞洛成時與桓郎牋曰：「桓振武令下官將千二百人襲□營。」振武者，桓石民也。則昺乃桓氏舊部，宜其降後復叛矣。

〔四〕程炎震云：「隆安五年，袁山松死於滬瀆。」

〔五〕宋躬孝子傳又曰：「母晝夜涕泣，目爲失明，耳無所聞。遺還入户，再拜號咽，母豁然有聞見。」嘉錫案：陳遺見南史孝義傳，較此爲詳。考法苑珠林四十九、御覽四百十一引宋躬孝子傳，廣記百六十二引孝子傳，並有陳遺事。字句大同小異，蓋同引一書也。南史云：「母晝夜泣涕，目爲失明，耳無所聞。遺還入户，再拜號咽，母豁然即明。」此事世説所無，而宋躬傳有之。蓋即南史所本，且不獨此一事而已。凡孝義傳中所載，如賈恩、丘傑、孫棘、何子平、王虚之、華寶、韓靈敏諸人，無不採自宋躬書者。考之類聚、御覽所引，便可見矣。宋躬孝子傳二十卷，隋書經籍志著録，不詳時代。兩唐志作宗躬。姚振宗隋志考證二十，據南齊書孔稚圭傳，永明中有廷尉監宋躬，南史袁彖傳有江陵令宗躬，隋志別集類有齊平西諮議宗躬集，因以考得其仕履。今案：南史王虚之傳中有齊永明間事，則宋躬書即著於齊代，臨川已不及見。世説此條，必別有所本。孝標注中不言遺母目瞽復明，蓋亦未覩其書也。南史稱宋初吴郡人陳遺，則遺之遭難不死雖在晉末，而其人實卒於宋初。考世説所載多魏、晉之事，其下逮宋朝者，不過王謐、傅亮、謝靈運數人而已，皆名士之冠絶當時者。遺南土寒人，仕纔州郡，獨蒙紀録，裒然爲一代稱首。蓋因其純孝足貫神明，不以微賤而遺之也。自中原雲擾，五馬南浮，雖王綱解紐，風教陵夷，而孝弟之行，獨爲朝野所重。自晉至梁，撰孝子傳者，隋志八家，九十六卷；兩唐志又益三家，十九卷。其他傳記所載，猶復累牘連篇。倫常賴以維繫，道德由之不亡。故雖江左偏安，五朝遞嬗，猶能支拄二百七十餘年，不爲胡羯所吞噬。至於京洛淪陷，北俗腥羶，而索虜鮮卑，亦復用夏變夷。終乃鴟鴞革音，歸我至化，而其國亦入版圖。胡漢種族不同，而孝乃爲人之本。然則處晦盲否塞之秋，而欲撥亂世反之正者，其可不加之意也哉！

46　孔僕射爲孝武侍中，豫蒙眷接。烈宗山陵，孔時爲太常，形素羸瘦，著重服，竟日涕泗流漣，見者以爲真孝子。續晉陽秋曰：「孔安國字安國，會稽山陰人，車騎愉第六子也。少而孤貧，能善樹節，以儒素見稱。歷侍中、太常、尚書，遷左僕射、特進，卒。」

47 吴道助、附子兄弟，居在丹陽郡後。遭母童夫人艱，道助，坦之小字。附子，隱之小字也。吴氏譜曰：「坦之字處靖，濮陽人〔一〕。仕至西中郎將功曹。父堅，取東苑童儈女，名秦姬。」朝夕哭臨。及思至〔二〕，賓客弔省，號踴哀絶，路人爲之落淚。韓康伯時爲丹陽尹，母殷在郡，每聞二吴之哭，輒爲悽惻。語康伯曰：「汝若爲選官，當好料理此人。」〔三〕康伯亦甚相知。韓後果爲吏部尚書。大吴不免哀制〔四〕，小吴遂大貴達〔五〕。鄭緝孝子傳曰：「隱之字處默，少有孝行，遭母喪，哀毁過禮。時與太常韓康伯鄰居，康伯母揚州刺史殷浩之妹，聰明婦人也。隱之每哭，康伯母輒輟事流涕，悲不自勝，終其喪如此。謂康伯曰：『汝後若居銓衡，當用此輩人。』後康伯爲吏部尚書，乃進用之。」晉安帝紀曰：「隱之既有至性，加以廉潔，奉禄頒九族，冬月無被。桓玄欲革嶺南之弊，以爲廣州刺史。去州二十里有貪泉，世傳飲之者其心無厭。隱之乃至水上，酌而飲之，因賦詩曰：『石門有貪泉，一歃重千金。試使夷齊飲，終當不易心。』爲盧循所攻，還京師。歷尚書、領軍將軍。」晉中興書曰：「舊云：往廣州，飲貪泉，失廉潔之性。吴隱之爲刺史，自酌貪泉飲之，題石門爲詩云云。」

【箋疏】

〔一〕程炎震云：「晉書云：『濮陽鄄城人，魏侍中質六世孫。』」

〔二〕李慈銘云：「案『思至』二字有誤，各本皆同。晉書作『每至哭臨之時，恒有雙鶴驚叫。及祥練之夕，復有群雁俱集』。疑此『思至』二字，當作『周忌』，思、周，形近；至、忌，聲近。」

〔三〕元李治敬齋古今黈十曰："料理之語，見於世説者三：韓康伯母聞吴隱之兄弟居喪孝，語康伯曰：『汝若爲選官，當好料理此人。』王子猷爲桓温車騎參軍，温謂子猷曰：『卿在府日久，比當相料理。』衞展在江州，知舊投之，都不料理。料理者，蓋營護之意，猶今俚俗所謂照顧覰當耳。石林以爲『料理』猶言誰何，料多作平音。作平音固是，其言誰何則非也。誰何乃訶喝禁御之謂。"嘉錫案：李以營護照顧釋料理，似也。然與桓車騎之語意不合，且車騎是桓沖非温也。南史陳本紀論引梁末童謡云："黄塵汙人衣，皁莢相料理。"以皁莢浣衣，而謂之料理，豈可解爲照顧乎？考釋玄應一切經音義十四曰："撩理，音力條反。通俗文云：『理亂謂之撩理。』又説文云：『撩，理也。』謂撩捋整理也。今多作料量之料字也。"釋慧琳一切經音義三十七曰："撩理，上了彫反，顧野王云：『撩謂整理也。』"此兩音義所引，乃料理之本義。蓋撩通作料，訓爲整理，故凡營護其人，爲整治其事物，皆可謂之料理也。錢大昕恒言録二曰："料理，雙聲字。"翟灝通俗編十二云："按料字平聲，韓退之詩：『爲逢桃樹相料理。』康與之詩：『東風着意相料理。』黄庭堅詩：『平生習氣難料理。』皆可證。今俗讀如字。"

〔四〕程炎震云："哀制，謂服中也。不免哀制，似謂不勝喪。然晉書云坦之後爲袁真功曹。"類聚二十引宗躬孝子傳曰："吴坦之，隱之兄也。母葬，夕設九飯祭，坦之每臨一祭，輒號痛斷絶，至七祭，吐血而死。"嘉錫案：此即世説所謂大吴不免哀制也。晉書哀帝紀隆和元年二月，以龍驤將軍袁真爲西中郎將，監護豫、司、并、冀四州諸軍事、豫州刺史，鎮汝南。桓温傳太和四年，温率西中郎將袁真北伐，温軍敗績，歸罪於真。表廢爲庶人。吴坦之之爲西中郎將參軍，當不出此數年中。韓康伯平生歷官，本傳無年月。考建康實録九：伯累遷至吏部尚書，改授太常。孝武帝太元五年八月卒。則伯之官吏部，最早亦不過太元之初，上距袁真之廢免，凡六七年矣。坦之蓋不待府廢，已丁憂罷官，哭母以死。故康伯不及用也。程氏謂後爲袁真功曹，殊失之不考。

〔五〕群書治要三十引晉書曰：「吴隱之字處默，濮陽人也。早孤，事母孝謹，愛敬著於色養，幾滅性於執喪。居近韓康伯家，康伯母賢明婦人，每聞隱之哭，臨饌輟飡，當織投杼，爲之悲泣，如此終其喪。謂伯曰：『汝若得在官人之任，當舉如此之徒。』及伯爲吏部，超選隱之，遂階清級，爲龍驤將軍，廣州刺史。」按治要所引晉書，不著姓名。張聰咸經史質疑録與阮侍郎論晉逸史例曰：「梁陳以下至唐初，凡引史者單稱晉書，皆臧氏書也。」

言語第二

1 邊文禮見袁奉高，閡也。失次序〔一〕。文士傳曰：「邊讓字文禮，陳留人。才儁辯逸，大將軍何進聞其名，召署令史，以禮見之。讓占對閑雅，聲氣如流，坐客皆慕之。讓出就曹，時孔融、王朗等並前爲掾，共書刺從讓，讓平衡與交接。後爲九江太守，爲魏武帝所殺。」奉高曰：「昔堯聘許由，面無怍色，皇甫謐曰：「由字武仲，陽城槐里人也。堯舜皆師而學事焉，後隱於沛澤之中，堯乃致天下而讓焉。由爲人據義履方，邪席不坐，邪饍不食，聞堯讓而去。其友巢父聞由爲堯所讓，以爲汚己，乃臨池洗耳。池主怒曰：『何以汚我水？』由於是遁耕於中嶽潁水之陽，箕山之下，終身無經天下色。死葬箕山之巔，在陽城之南十里。堯因就其墓，號曰箕山公神，以配食五嶽，世世奉祀，至今不絶也。」先生何爲顛倒衣裳？」文禮答曰：「明府初臨，堯德未彰，是以賤民顛倒衣裳耳。」

按：袁閬卒於太尉掾，未嘗爲汝南，斯説謬矣〔二〕。

【箋疏】

〔一〕嘉錫案：失次序謂擧止失措，故下文云「顛倒衣裳」。

〔二〕程炎震云：「案范書袁閬未嘗爲太尉掾，益明此注閬字是閬之誤。漢時吏民通稱守相爲明府，注中汝南字當作陳留，文禮，陳留浚儀人也。」

2 徐孺子稺也。年九歲，嘗月下戲。人語之曰：「若令月中無物，當極明邪？」五經通議曰：「月中有兔、蟾蜍者何？月，陰也；蟾蜍，亦陰也，而與兔並明，陰繫於陽也。」徐曰：「不然，譬如人眼中有瞳子，無此必不明。」

3 孔文舉融也。年十歲，隨父到洛。時李元禮有盛名，爲司隸校尉，詣門者皆儁才清稱及中表親戚乃通。文舉至門，謂吏曰：「我是李府君親。」〔一〕既通，前坐。元禮問曰：「君與僕有何親？」對曰：「昔先君仲尼與君先人伯陽，有師資之尊，是僕與君奕世爲通好也。」元禮及賓客莫不奇之。太中大夫陳韙後至，人以其語語之。韙曰：「小時了了，大未必佳！」文舉曰：「想君小時，必當了了！」韙大踧踖。續漢書曰：「孔融字文舉，魯國人，孔子二十四世孫也〔二〕。高祖父尚，鉅鹿太守。父宙，泰山都尉。」融別傳曰：「融四歲，與兄食梨，輒引小者。人問其故，答曰：『小兒，法當取小者。』年十歲，隨父詣京師。河南尹李膺有重名，融欲觀其爲人，遂造之。膺問：『高明父祖，嘗與僕周旋乎？』融曰：『然。先君孔子與君先人李老君，同德比義，而相師友。則融與君累世通家也。』〔三〕衆坐莫不歎息，僉曰：『異童子也！』太中大夫陳韙後至，同坐以告。韙曰：『人小時了了者，長大未必能奇。』融應聲曰：『即如所言，君之幼時，豈實慧乎？』膺大笑，顧謂融曰：『長大必爲偉器。』」〔四〕

【校　文】

注「輒引小者」　「引」，沈本作「取」。

【箋　疏】

〔一〕嘉錫案：府君，漢人本以稱太守。今元禮爲司隸校尉，亦有此稱者，蓋司隸比二千石，有府舍，故得通稱之也。

〔二〕孔宙碑云：「君諱宙字季將，孔子十九世之孫也。」嘉錫案：宙爲十九世，則融不得爲二十四世，續漢書誤也。後漢書本傳作二十世孫，不誤。

〔三〕嘉錫案：御覽四百六十三引范曄後漢書叙孔融李膺事，與此注所引融別傳及今本范書孔融傳，字句小異，且於「累世通家也」下增出一段云：「膺大悅，引坐，謂曰：『卿欲食乎？』融曰：『須食。』膺曰：『教卿爲客之禮：主人問食，但讓不須。』融曰：『不然，教君爲主之禮：但置於食，不須問客。』膺慙，乃歎曰：『吾將老死，不見卿富貴也。』融曰：『公殊未死。』膺曰：『如何？』融曰：『鳥之將死，其鳴也哀；人之將死，其言也善。向來公所言未有善也，故知未死。』膺甚奇之。後與膺談論百家經史，應答如流，膺不能下之。」凡百二十七字。既非范蔚宗書所有，考魏志崔琰傳注引續漢書，亦無此一段，不知爲何書之誤。惟類林雜說五辯捷篇與御覽同，無與膺談論以下，而多與陳煒往復語，作「『小時了了，大不能佳』。融曰：『觀君小時，定當了了。』煒甚踧踖」。與世說合。而與馬、范書皆不同。然不引書名，莫得而考也。

〔四〕程炎震云：「文舉以建安十三年死，年五十六，則十歲爲延熹六年。通鑑以李膺自河南尹輸作左校繫之延熹八年，蓋元禮尹京歷三年也，其爲司隸校尉則在八年以後矣。范書亦稱河南尹，與續漢書同。孝標引續漢書蓋隱以駁正本文也。若李賢注引孔融家傳云太尉李固則誤甚，延熹六年太尉是楊秉。又魏書崔琰傳注引續漢書作十餘歲。」嘉錫案：孝標注中所引河南尹李膺云，乃孔融別傳，非續漢書也，程氏誤矣。

4 孔文舉有二子，大者六歲，小者五歲。晝日父眠，小者牀頭盜酒飲之。大兒謂曰：「何以不拜？」答曰：「偷，那得行禮！」

5 孔融被收，中外惶怖。時融兒大者九歲，小者八歲。二兒故琢釘戲〔一〕，了無遽容。融謂使者曰：「冀罪止於身，二兒可得全不？」兒徐進曰：「大人豈見覆巢之下，復有完卵乎？」尋亦收至〔二〕。魏氏春秋曰：「融對孫權使有訕謗之言，坐棄市。二子方八歲、九歲，融見收，弈棊端坐不起。左右曰：『而父見執。』二子曰：『安有巢覆而卵不破者哉！』遂俱見殺。」世語曰：「魏太祖以歲儉禁酒，融謂酒以成禮，不宜禁。由是惑衆，太祖收寘法焉。二子齠齔見收，顧謂二子曰：『何以不辟？』二子曰：『父尚如此，復何所辟？』」裴松之以爲世語云融兒不辟，知必俱死，猶差可安。孫盛之言，誠所未譬。八歲小兒，能懸了禍患，聰明特達，卓然既遠，則其憂樂之情，固亦有過成人矣。安有見父被執，而無變容，弈棊不起，若在暇豫者乎？昔申生就命，言不忘父，不以己之將死而廢念父之情也。父安尚猶若茲，而況顛沛哉！盛以此爲美談，無乃賊夫人之子與？蓋由好奇情多，而不知言之傷理也。

【校　文】

注「安有巢覆而卵不破者哉」「覆」，景宋本及沈本俱作「毀」。

【箋　疏】

〔一〕周亮工因樹屋書影三曰：「金陵童子有琢釘戲，畫地爲界，琢釘其中，先以小釘琢地，名曰簽，以簽之所在爲主。出界者負，彼此不中者負，中而觸所主簽亦負。按孔北海被收時，兩郎方爲琢釘戲，乃知此戲相傳久矣。」

〔二〕後漢書融傳以爲融妻子皆被誅，女年七歲，男年九歲，方弈棊，融被收而不動。又言曹操盡殺之，女謂兄曰：「若死者有知，得見死者，豈非至願。」乃延頸就刑，顏色不變。與世説諸書又異。趙一清三國志注補十二曰：「晉書羊祜傳『祜前母孔融女，生兄發』，則戮不及嗣，可知裴世期之言爲有徵也。」嘉錫案：世期未嘗辯戮不及嗣。融子未必不死。趙氏之言，獨可駁范書耳。嘉錫又案：説苑權謀篇云：「覆巢毀卵，則鳳凰不翔。」家語困誓篇同。「毀」作「破」。

6　潁川太守髡陳仲弓〔一〕。按寔之在鄉里，州郡有疑獄不能決者，皆將詣寔。或到而情首，或中途改辭，或託狂悖，皆曰：「寧爲刑戮所苦，不爲陳君所非。」豈有盛德感人若斯之甚，而不自衛，反招刑辟，殆不然乎？此所謂東野之言耳〔二〕！客有問元方：「府君何如？」元方曰：「高明之君也。」「足下家君何如？」曰：「忠臣孝子也。」客曰：「易稱『二人同心，其利斷金；同心之言，其臭如蘭』。王廙注繫辭曰：「金至堅矣，同心者，其利無不入。蘭芳物也，無不樂者。言其同心者，物無不樂也。」何有高明之君而刑忠臣孝子者乎？」元方曰：「足下言何其謬也！故不相答。」客曰：「足下但因傴爲恭不能答。」〔三〕元方曰：「昔高宗放孝子孝己，帝王世紀曰：「殷高宗武丁有賢子孝己，其母蚤死，高宗惑後妻之言，放之而死，天下哀之。」〔四〕尹吉甫放孝子伯奇〔五〕，琴操曰：「尹吉甫，周卿也，有子伯奇，母死，更娶。後妻生子曰伯邽。乃譖伯奇於吉甫，於是放伯奇於野。宣王出遊，吉甫從，伯奇乃作歌，以言感之。宣王聞之曰：『此孝子之辭也。』吉甫乃求伯奇於野，而射殺後妻。」董仲舒放孝子符起。未詳。唯此三君，高明之君；唯此三子，忠臣孝子。」客慚而退〔六〕。

【校文】

「足下但因傴爲恭」「爲恭」下，景宋本袁本俱有「而」字。

【箋疏】

〔一〕嘉錫案：後漢書陳寔傳云：「少作縣吏，縣令鄧邵奇之，聽受業太學。後令復召爲吏，乃避隱陽城山中。時有殺人者，同縣揚吏以疑寔，縣遂逮繫。考掠無實，而後得出。」此逮繫仲弓者乃許令，而非潁川太守。傳又云：「除太丘長，解印綬去。及後逮捕黨人，事亦連寔。餘人多逃避求免，寔曰：『吾不就獄，衆無所恃。』乃請囚焉。遇赦得出。」

〔二〕嘉錫案：范書陳寔傳云：「寔在鄉閭，平心率物，其有争訟，輒求判正。曉譬曲直，退無怨者。至乃歎曰：『寧爲刑戮所加，不爲陳君所短。』」與此注事同而文異。孝標蓋别有所本。

〔三〕嘉錫案：左氏昭七年傳：「正考父佐戴、武、宣，三命兹益共。故其鼎銘云：『一命而僂，再命而傴，三命而俯。』」御覽四百三十二引作「滋益恭」，并引賈逵曰：「俯恭於傴，傴恭於僂。」此言因己問及君父，元方乃不得不虚詞褒揚，本非誠意。猶之人有病傴者，其容不得不俯，因遂謬爲恭敬，非其心之實然也。

〔四〕嘉錫案：戰國策秦一曰：「孝己愛其親，天下欲以爲子。」注：「孝己，殷王高宗戊丁之子也。」據史記殷本紀，「戊丁」當爲「武丁」，蓋音近而訛。又燕一曰：「孝如曾參孝己，則不過養其親。」莊子外物篇曰：「人親莫不欲其子之孝，而孝未必愛，故孝己憂而曾參悲。」荀子性惡篇曰：「天非私曾、騫、孝己而外衆人也。然而曾、騫、孝己獨厚於孝之實，而全於孝之名者，何也？以綦於禮義故也。」又大略篇曰：「虞舜、孝己孝而親不愛，比干、子胥忠而君不用。」文選長笛賦注引尸子云：「孝己事親，一夜而五起，視衣厚薄，枕之高下也。」諸書只言其孝，其被放事，惟見於帝王世紀。故孝標引以爲注。文選注同。

〔五〕張澍養素堂集十一尹吉甫子伯奇考云：「水經注揚雄琴清英曰：『尹吉甫子伯奇至孝，後母譖之，自投江中，衣落帶藻。忽夢見水仙賜其美藥，思惟養親，揚聲悲歌，船人聞而學之。吉甫聞船人之聲，疑似伯奇，援琴作子安之操。』澍案琴操亦言之。江陽今瀘州，子雲蜀人，以此事叙入江陽，是以尹氏爲江陽人也。鄭樵氏族略云：『尹氏少昊之子，封於尹城，因以爲氏。子孫世爲周卿士，食采於尹。』今汾州有尹吉甫墓，在南皮縣西三十里，高三丈。則吉甫之非蜀人，灼然矣。曹植惡鳥論言吉甫殺伯奇，未嘗投江，則失之。説苑獨云：『王國君前母子伯奇，後母子伯封。』亦異聞也。」嘉錫案：水經江水注「緜水至江陽縣方山下入江」引揚雄琴清英云云，故張氏謂雄以尹吉甫爲江陽人也。御覽九百二十三引陳思王植惡鳥論曰：「昔尹吉甫信後妻之讒而殺孝子伯奇，其弟伯封求之不得，作黍離之詩。俗傳云：吉甫後悟，追傷伯奇，出游於田，見異鳥鳴於桑，其聲噭然。吉甫心動曰：『無乃伯奇乎？是吾子，栖吾輿；非吾子，飛勿居。』言未卒，鳥尋聲而栖其蓋。吉甫命後妻載弩射之，遂射殺後妻以謝之。案琴清英、琴操均不言伯奇之死，而惡鳥論乃以爲被殺。考家語弟子解：「曾參告其子曰：『高宗以後妻殺孝己，尹吉甫以後妻放伯奇。』」漢書中山靖王勝傳曰：「斯伯奇所以流離，比干所以横分也。」師古曰：「伯奇，周尹吉甫之子也，事後母至孝。後母譖之於吉甫，吉甫欲殺之，伯奇乃亡走山林。」師古此注，必有所本。後漢書郅惲傳：「惲説太子曰：『昔高宗明君，吉甫賢臣，及有纖介，放逐孝子。』」風俗通二云：「曾子失妻而不娶，曰：『吾不及用（尹之誤）吉甫，子不如伯奇。以吉甫之賢，伯奇之孝，尚有放逐之敗，我何人哉？』」以此諸書考之，伯奇原未嘗死，而張氏翻以曹植不言其投江爲失實，吾不知其何説也。御覽四百六十九引韓詩曰：「黍離，伯封作也。」與惡鳥論合。劉注引琴操作伯邽，今本又作伯邦，皆伯封傳寫之誤耳。張氏所引説苑，乃今本佚文，似出漢書注，檢之未得，俟再考。

〔六〕程炎震云：「寔嘗逮繫，又以黨事請因，遇赦得出。蓋緣此而增飾之耳。」

7 荀慈明與汝南袁閬相見，荀爽一名諝。漢南紀曰：「諝文章典籍無不涉，時人諺曰：『荀氏八龍，慈明無雙。』潛處篤志，徵聘無所就。」張璠漢紀曰：「董卓秉政，復徵爽，爽欲遁去，吏持之急。起布衣，九十五日而至三公。」〔一〕問潁川人士，慈明先及諸兄。閬笑曰：「士但可因親舊而已乎？」慈明曰：「足下相難，依據者何經？」閬曰：「方問國士，而及諸兄，是以尤之耳。」慈明曰：「昔者祁奚內舉不失其子，外舉不失其讎，以爲至公。春秋傳曰：「祁奚爲中軍尉，請老，晉侯問嗣焉。稱解狐，其讎也。將立之而卒。又問焉。對曰：『午也可。』其子也。君子謂祁奚可謂能舉善矣。稱其讎不爲諂，立其子不爲比。」公旦文王之詩，不論堯舜之德，而頌文武者，親親之義也〔二〕。春秋之義，內其國而外諸夏。且不愛其親而愛他人者，不爲悖德乎？」〔三〕

【校　文】

「依據者何經」　「經」，景宋本及沈本俱作「因」。

注「祁奚爲中軍尉」 景宋本及沈本俱無「尉」字。按應有，兩本蓋偶脱。

【箋疏】

〔一〕李慈銘云：「案此處袁閬下無注，可知前所云袁閎，皆袁閬之譌。故孝標注例已見於前者，不復注也。」袁宏後漢紀二十六曰：「獻帝初，董卓薦爽爲平原相。未到官，徵爲光禄勳。至府三日，遷司空。當此之時，忠正者慷慨，而懷道者深嘿。爽既解禍於董卓之朝，又旬日之間位極人臣。君子以此譏之。」

〔二〕嘉錫案：毛詩序：「文王，文王受命作周也。」其詩只頌文王，不及武王，而云頌文武者，蓋統文王之什言之。陸德明釋文云：「文王至靈臺八篇，是文王之大雅；下武至文王有聲二篇，是武王之大雅。」至慈明以爲公旦所作，則毛詩無文，疑出三家詩遺説。

〔三〕劉盼遂曰：「（末）二句爲孝經聖治章語。」

8 禰衡被魏武謫爲鼓吏〔一〕，正月半試鼓。衡揚枹爲漁陽摻檛〔二〕，淵淵有金石聲，四坐爲之改容。典略曰：「衡字正平，平原般人也。」文士傳曰：「衡不知先所出，逸才飄舉。少與孔融作爾汝之交，時衡未滿二十，融已五十。敬衡才秀，共結殷勤，不能相違。以建安初北游，或勸其詣京師貴游者，衡懷一刺，遂至漫滅，竟無所詣。融數與武帝牋，稱其才，帝傾心欲見。衡稱疾不肯往，而數有言論。帝甚忿之，以其才名不殺，圖欲辱之，乃令録爲鼓吏。後至八月朝會，大閲試鼓節，作三重閣，列坐賓客。以帛絹製衣，作一岑牟、一單絞及小幝。鼓吏度者，皆當脱其故衣，著此新衣。次傳衡，衡擊鼓爲漁陽摻檛，蹋地來前，躡駿腳足〔三〕，容態不常，鼓聲甚悲，音節殊妙。坐客莫不忼慨，知必衡也。既度，不肯易衣。吏呵之曰：『鼓吏何獨不易服？』衡便止。當武帝前，先脱幝，次脱餘衣，裸身而立。徐徐乃著岑牟，次著單絞，後乃著幝。畢，復擊鼓摻槌而去，顔色無怍。武帝笑謂四坐曰：『本欲辱衡，衡反辱孤。』至今有漁陽摻檛，自衡造也〔四〕。爲黄祖所殺。」孔融曰：「禰衡罪同胥靡，不能發明王之夢。」皇甫謐帝王世紀曰：「武丁夢天賜己賢人，使百工寫其象，求諸天下。見築者胥靡，衣褐於傅巖之野，是謂傅説。」張晏曰：「胥靡，刑名。胥，相也；靡，從也。謂相從坐輕刑也。」魏武慚而赦之。

【箋疏】

〔一〕嘉錫案：舊唐書李綱傳曰「魏武使禰衡擊鼓。衡先解朝服，露體而擊之。云不敢以先王法服爲伶人之衣」云云。據其所言，則非爲吏所呵而著鼓吏之服也，與後漢書及文士傳皆不合，不知所出何書。抱朴子外篇四十七彈禰篇曰：「曹公嘗切齒欲殺之，然復無正有入死之罪，又惜有殺儒生之名，乃謫作鼓吏。衡了無悔情恥色，乃縛角於柱，口就吹之，乃有異聲，並摇鼙擊鼓，聞者不知其一人也。而論更劇，無所顧忌。尋亡走投荆州牧劉表。」嘉錫又案：此與漁陽參撾之説不同，與范書本傳操送往劉表之事亦異，當別有所本。

〔二〕李慈銘云：「案摻檛後漢書作參撾，章懷注曰：『參撾是擊鼓之法，槌及撾並擊鼓杖也。』注引文士傳亦作參撾。其下摻檛作參槌。章懷音參，七甘反。以音七紺反讀去聲者爲非。惠氏補注引楊文公談苑載禰衡鼓歌曰：『邊城晏闋漁陽摻，黄塵蕭蕭白日暗。』又引徐鍇曰：『參，音七鑒反，三檛鼓也。以其三檛鼓故，因謂之參。』案古誠有蹋鼓之法，然此既云揚枹，則非足擊可知，疑徐説爲是。」

〔三〕李氏又云：「案後漢書注引文士傳作『躡駁足腳』。駁，説文：『馬行相及也。』玉篇：『先合切，馬行皃。』廣韻：『蘇合切，馬行疾。』集韻：『悉合切。』西京賦：『駁娑駘蕩。』案躡駁蓋本作躡趿。説文：『趿，進足有所拾取也。』駁趿通借字。後漢書作蹀蹈而前。躡趿、蹀蹈皆疊韻字，行貌也。蹀蹈亦作蹀躞，皆以馬之行狀人之行。西京賦作駁娑，雙聲字也。駁是誤字。李本作鼓，乃不知而妄改矣。」

〔四〕嘉錫案：後漢書禰衡傳注云：「臣賢案：搥及撾，並擊鼓杖也。參撾是擊鼓之法，而王僧孺詩云：『散度廣陵音，參寫漁陽曲。』而於其詩自音云：參，音七紺反。後諸文人，多同用之。據此詩意，則參曲奏之名，則撾字入於下句，全不成文。其云復參撾而去。是知參撾二字當相連而讀。參字音爲去聲，不知何所憑也。參，七甘反。」詳章懷注意，蓋王僧孺音七紺反者，是以摻爲鼓曲之名，如琴之名操，笛之名弄。章懷因後漢書及文士傳皆參撾二字連讀，不以僧孺之説爲然。意謂參撾即是以鼓杖三擊鼓，故曰參撾是擊鼓之法。尊客先生偶據監本後漢書是字誤作足，遂謂章懷解爲以足擊鼓，又從而辯其非是，可謂郢書而燕説之矣。至於惠棟補注所引談苑，乃從能改齋漫録卷三稗販得之，而又誤其句讀，遂有所謂「禰衡鼓歌，似是衡所自作」。以後漢人而作唐人歌行，尤爲可笑。今録漫録原文於下，云：「楊文公談苑載徐鍇仕江南爲中書舍人。校祕書時，吴淑爲校理，古樂府中有摻字，淑多改作操。蓋以爲章草之變。鍇曰：『不可，非可以一例。若漁陽摻，音七鑒反，三撾鼓也。禰衡作漁陽摻撾。古歌云：「邊城晏開漁陽摻，黄塵蕭蕭白日暗。」』淑歎服之。」漫録所引談苑如此。徐鍇所謂古歌，疑即唐人李頎聽觱篥歌，本作「忽然更作漁陽摻，黄雲蕭條白日暗」。傳寫偶有不同耳，惡覩所謂禰衡鼓歌者乎！鍇謂摻音七鑒反，是用王僧孺之説。而解爲三撾鼓，則又與章懷之意同。音義兩不相應，亦非定論。漫録又曰：「余按詩遵大路篇云：『摻執子之袪兮。』陸德明音所覽反及所斬反。葛屨篇『摻摻女手』。則又音以所銜、所感、息廉三反。則摻字元非一義。桓譚新論有微子摻、箕子摻，乃知摻者，古已有之。」嘉錫以爲新論兩摻字皆操字之誤，非鼓曲之摻。姑並録之以備考。談苑語亦見履齋示兒編卷二十三引。

9 南郡龐士元聞司馬德操在潁川〔一〕，故二千里候之。至，遇德操采桑，士元從車中謂曰：「吾聞丈夫處世，當帶金佩紫，焉有屈洪流之量，而執絲婦之事。」

蜀志曰：「龐統字士元，襄陽人。少時樸鈍，未有識者。潁川司馬徽有知人之鑒，士元弱冠往見徽，徽采桑樹上，坐士元樹下，共語，自晝至夜〔二〕。徽異之曰：『生當爲南州士人之冠冕。』由是漸顯。」襄陽記曰：「士元，德公之從子也。年少未有識者，唯德公重之。年十八，使往見德操，與語，歎曰：『德公誠知人，實盛德也。』後劉備訪世事於德操，德操曰：『俗士豈識時務，此閒自有伏龍、鳳雛。』謂諸葛孔明與士元也。」華陽國志曰：「劉備引士元爲軍師中郎將，從攻洛〔三〕，爲流矢所中，卒。時年三十八。」德操曰：司馬徽別傳曰：「徽字德操，潁川陽翟人。有人倫鑒識，居荊州。知劉表性暗，必害善人，乃括囊不談議時人〔四〕。有以人物問徽者，初不辨其高下，每輒言佳。其婦諫曰：『人質所疑，君宜辨論，而一皆言佳，豈人所以咨君之意乎？』徽曰：『如君所言，亦復佳。』〔五〕其婉約遜遁如此。嘗有妄認徽豬者〔六〕，便推與之。後得其豬，叩頭來還，徽又厚辭謝之。劉表子琮往候徽，遣問在不，會徽自鋤園，琮左右問：『司馬君在邪？』徽曰：『我是也。』琮左右見其醜陋，罵曰：『死傭，將軍諸郎欲求見司馬君，汝何等田奴，而自稱是邪！』徽歸，刈頭著幘出見。琮左右見徽故是向老翁，恐，向琮道之。琮起，叩頭辭謝。徽乃謂曰：『卿真不可，然吾甚羞之。此自鋤園，唯卿知之耳。』有人臨蠶求簇箔者，徽自棄其蠶而與之。或曰：『凡人損己以贍人者，謂彼急我緩也。今彼此正等，何爲與人？』徽曰：『人未嘗求己，求之不與將慚。何有以財物令人慚者！』人謂劉表曰：『司馬德操，奇士也，但未遇耳。』表後見之，曰：『世間人爲妄語，此直小書生耳。』其智而能愚皆此類。荊州破，爲曹操所得，操欲大用，會其病死。」〔七〕「子且下車，子適知邪徑之速，不慮失道之迷。昔伯成耦耕，不慕諸侯之榮；莊子曰：「堯治天下，伯成子高立爲諸侯，禹爲天子，伯成辭諸侯而耕於野。禹往見之，趨就下風而問焉。子高曰：『昔堯治天下，不賞而民勸，不罰而民畏。今子賞罰而民且不仁，德自此衰，刑自此立。夫子盍行邪？毋落吾事！』」原憲桑樞，不易有官之宅。家語曰：「原憲字子思，宋人，孔子弟子。居魯，環堵之室，茨以生草，蓬户不完，桑樞而瓮牖，上漏下溼，坐而弦歌。子貢軒車不容巷，往見之，曰：『先生何病也？』憲曰：『憲聞無財謂之貧，學而不能行謂之病。今憲貧也，非病也。夫希世而行，比周而友，學以爲人，教以爲己。仁義之慝，輿馬之飾，憲不忍爲也。』」何有坐則華屋，行則肥馬，侍女數十，然後爲奇？此乃許、父許由、巢父。所以忼慨，夷、齊所以長歎。孟子曰：「伯夷、叔齊目不視惡色，耳不聽惡聲，與鄉人居，若在塗炭，蓋聖人之清也。」雖有竊秦之爵〔八〕，千駟之富，古史考曰：「吕不韋爲秦子楚行千金貨於華陽夫人，請立子楚爲嗣。及子楚立，封不韋洛陽十萬户，號文信侯。」以詐獲爵，故曰竊也。論語曰：「齊景公有馬千駟，民無德而稱焉。」孔安國曰：「千駟，四千匹。」不足貴也！」士元曰：「僕生出邊垂〔九〕，寡見大義。若不一叩洪鍾，伐雷鼓，則不識其音響也。」〔一〇〕

【箋　疏】

〔一〕程炎震云：「龐統之卒，通鑑繫之建安十九年，則弱冠是初平、建安間，司馬德操當已在荆州，不在潁川矣。或是自襄陽往江陵也。」

〔二〕書鈔九十八引荆州先賢傳云：「龐士元師事司馬德操，躡月躬採桑，士元與之談，遂移日忘飡。」

〔三〕李慈銘云：「案洛當作雒，續漢志廣漢郡有雒縣，爲刺史治。」

〔四〕嘉錫案：山谷内集卷十三注引「括囊」下有「畏慎」二字。

〔五〕嘉錫案：類林雜説二儒行篇引文士傳：「司馬徽字德操，潁川人，有大度，不説人之短長。所諮請，莫問吉凶，悉稱好，終不言惡。有鄉人往見徽。徽問安否？鄉人云：『子死。』徽曰：『好。』其妻責之：『以君有鄉人，故語問之。云何聞人死知其好？』徽答曰：『如卿之言亦好。』」與别傳不同。文士傳，晉張隲作。魏志王粲傳注稱隲虛僞妄作，則其書不足據也。

〔六〕嘉錫案：山谷内集十戲答王定國題門絶句云：「白鷗入群頗相委。」注云：「委，謂諳識也。世説司馬徽人有委認徽猪者。」則任淵在北宋時所見本是「委」。非「妄」字。

〔七〕程炎震云：「蜀志云年三十六。」

〔八〕嘉錫案：竊秦者，謂不韋以呂易嬴，有竊國之謀也。史記不韋傳云：「不韋取邯鄲諸姬絶好善舞者與居，知有身，子楚請之，不韋欲以釣奇，乃遂獻其姬。姬自匿有身，至大期時生子政。子楚立，是爲莊襄王。三年薨，太子政立，尊不韋爲相國，號稱仲父。」此所謂竊秦之爵也。若不韋之爲子楚謀爲嗣，雖以詐獲爵，然於子楚不爲無功，不得謂之竊。

〔九〕嘉錫案：襄陽之在漢世，不得謂之邊垂，此明是魏、晉人語。

〔一〇〕嘉錫案：據蜀志注引襄陽記，德公稱司馬德操爲水鏡，是德公甚服德操之爲人。德操嘗逕入德公室，呼其妻子使作黍，其妻子皆羅列拜於堂下，奔走供設。則二人交誼之深可知。士元以年少通家子承命往見，豈得不下車拜伏，而顧安坐車中呼而與之語乎？孔明嘗拜德公，又拜士元之父。士元與孔明比德齊名，不應傲慢如此也。且士元雅有人倫之鑒，故與陸績、顧劭、全琮一見即加以品題。德操之爲人，士元當聞之已熟，豈有於高士之前進其鄙陋之説，勸其「帶金佩紫」者乎？若其言果如此，則亦不足爲南州士人之冠冕，德操必不歎爲盛德矣。觀其問答，蓋仿客難、解嘲之體，特縮大篇爲短章耳。此必晉代文士所擬作，非事實也。

10 劉公幹以失敬罹罪〔一〕，典略曰：「劉楨字公幹，東平寧陽人。建安十六年，世子爲五官中郎將，妙選文學，使楨隨侍太子。酒酣坐歡，乃使夫人甄氏出拜，坐上客多伏，而楨獨平視。他日公聞，乃收楨，減死輸作部。」文士傳曰：「楨性辯捷，所問應聲而答。坐平視甄夫人，配輸作部，使磨石。武帝至尚方觀作者，見楨匡坐正色磨石。武帝問曰：『石何如？』楨因得喻己自理，跪而對曰：『石出荆山懸巖之巔，外有五色之章，内含卞氏之珍。磨之不加瑩，雕之不增文，稟氣堅貞，受之自然。顧其理枉屈紆繞而不得申。』帝顧左右大笑，即日赦之。」文帝問曰：「卿何以不謹於文憲？」楨答曰：「臣誠庸短，亦由陛下綱目不疏。」魏志曰：「帝諱丕，字子桓，受漢禪。」按諸書或云楨被刑魏武之世〔二〕，建安二十年病亡。後七年文帝乃即位，而謂楨得罪黄初之時，謬矣。

【校文】

注「太子」　景宋本作「世子」。

【箋疏】

〔一〕杭世駿道古堂集二十一論劉楨曰：「楨以平視輸作，顔之推著家訓，而訾以爲屈彊（家訓文章篇曰：「劉楨屈强輸作。」），吾以爲此不足以服楨也。恒人之情，有所忮忌，則必遷之他事以泄其不平之氣。矧魏武爲奸人之雄乎？甄氏之美，其欲之也久矣。『今年破賊正爲奴』（語見惑溺篇），是於父子之間特忍情抑怒，默而已焉。而五官乃命之出拜坐客，非所謂『逢彼之怒』耶？楨亦不幸而遘此也。或曰：子亦有所徵乎？曰：有。一徵之於酈氏之注水經：太祖乘步牽車乘城，降閱簿作。諸徒咸敬，而楨摳坐磨石不動。石如何性之對，則真可謂屈彊矣。太祖非惟不罪，而且爲復其文學（見水經穀水注引文士傳）。非前刻於楨而後獨寬也。所妬於甄氏者既久，則其氣平也，於楨何尤焉。一徵之於裴氏之注三國志：吳質別傳曰：文帝嘗召質及曹休歡會，命郭后出見質等。帝曰：『卿仰諦視之。』夫楨以平視而輸作，則郭后可以不令出見，而帝顧曰『卿仰諦視之』。則楨之平視，固非五官將所不悦也。吾故曰：魏武特借之以泄怒也。」嘉錫案：杭氏謂魏武妒其子之納甄氏而遷怒於楨，此臆測之詞，未必合於當時情事。惟所引吳質事，頗可以見丕之出其妻妾以見群臣，固自數見不鮮，故録之以相證。

〔二〕程炎震云：「或當作咸。文選南都賦注：『咸以折盤爲七盤。』胡氏考異以咸當爲或。是咸或相混，可反證也。魏志云二十二年卒，此或別有據，然云後七年文帝即位，亦不合。蓋傳寫誤耳。」嘉錫案：「或云」當作「咸云」，各本皆誤。

11 鍾毓、鍾會少有令譽。魏書曰：「毓字稚叔，潁川長社人，相國繇長子也。年十四，爲散騎侍郎，機捷談笑有父風，仕至車騎將軍。」年十三，魏文帝聞之，語其父鍾繇魏志曰：「繇字元常，家貧好學，爲周易、老子訓。歷大理、相國，遷太傅。」曰：「可令二子來！」於是敕見。毓面有汗，帝曰：「卿面何以汗？」毓對曰：「戰戰惶惶，汗出如漿。」復問會：「卿何以不汗？」對曰：「戰戰慄慄，汗不敢出。」〔一〕

【箋疏】

〔一〕程炎震云：「此似謂毓、會年並十三也。考毓傳云『年十四爲散騎侍郎，機捷談笑有父風。太和初，蜀相諸葛亮圍祁山。明帝欲親西征，毓上疏』云云。則太和之初，年出十四矣。會爲其母傳，自云黃初六年生會。則十三歲是景初元年，不惟不及文帝，繇亦前卒七年矣。此語誣甚。」趙一清三國志注補十三曰：「今志無此語。」嘉錫案：魏志疑魏書之誤。

12 鍾毓兄弟小時，值父晝寢，因共偷服藥酒。其父時覺，且託寐以觀之。毓拜而後飲，會飲而不拜。魏志曰：「會字士季，繇少子也。敏惠夙成。中護軍蔣濟著論，謂觀其眸子，足以知人。會年五歲，繇遣見濟。濟甚異之，曰：『非常人也！』及壯，有才數，精練名理，累遷黃門侍郎。諸葛誕反，文王征之，會謀居多，時人謂之子房。拜鎮西將軍。伐蜀，蜀平，進位司徒。自謂功名蓋世，不可復爲人下。謂所親曰：『我淮南已來，畫無遺策，四海共知，持此欲安歸乎？』遂謀反，見誅，時年四十。」既而問毓何以拜，毓曰：「酒以成禮，不敢不拜。」又問會何以不拜，會曰：「偷本非禮，所以不拜。」〔一〕

【校　文】

「藥酒」　北堂書鈔卷八十五作「散酒」。

注「持此」　景宋本及沈本俱作「將此」。

「偷本非禮」　北堂書鈔「偷」下有「酒」字。

【箋　疏】

〔一〕嘉錫案：此與本篇孔文舉二子盜酒事略同。蓋即一事，而傳聞異辭。

13　魏明帝爲外祖母築館於甄氏〔一〕。魏末傳曰：「帝諱叡，字元仲，文帝太子。以其母廢，未立爲嗣。文帝與俱獵，見子母鹿，文帝射其母，應弦而倒。復令帝射其子，帝置弓泣曰：『陛下已殺其母，臣不忍復殺其子。』文帝曰：『好語動人心。』遂定爲嗣，是爲明帝。」魏書曰：「文昭甄皇后，明帝母也。父逸，上蔡令。烈宗即位，追封上蔡君。嫡孫象襲爵，象薨，子暢嗣，起大第，車駕親自臨之。」既成，自行視，謂左右曰：「館當以何爲名？」侍中繆襲曰：文章叙録曰：「襲字熙伯，東海蘭陵人。有才學，累遷侍中、光禄勳。」「陛下聖思齊於哲王，罔極過於曾、閔。此館之興，情鍾舅氏，宜以『渭陽』爲名。」秦詩曰：「渭陽，康公念母也。康公之母，晉獻公之女。文公遭驪姬之難，未反而秦姬卒。穆公納文公，康公時爲太子，贈送文公於渭之陽，念母之不見也。我見舅氏，如母存焉。」按魏書：帝於後園爲象母起觀，名其里曰渭陽。然則象母即帝之舅母，非外祖母也。且「渭陽」爲館名，亦乖舊史也。

【箋疏】

〔一〕金樓子著書篇曰：「洛城之前，猶有甄侯之館。」

14 何平叔云：「服五石散，非唯治病，亦覺神明開朗。」魏略曰：「何晏字平叔，南陽宛人，漢大將軍進孫也。或云何苗孫也。尚主，又好色，故黄初時無所事任。正始中，曹爽用爲中書，主選舉，宿舊者多得濟拔。爲司馬宣王所誅。」秦丞相寒食散論曰〔一〕：「寒食散之方雖出漢代，而用之者寡，靡有傳焉。魏尚書何晏首獲神效，由是大行於世，服者相尋也。」

【箋疏】

〔一〕文廷式純常子枝語卷四云：「此乃秦承祖之誤。承祖醫書，隋志著録甚多，嚴鐵橋以愍帝曾嗣封秦王，爲丞相，因以入之，非也。」

15 **嵇中散語趙景真：**嵇紹趙至敘曰：「至字景真，代郡人。漢末，其祖流宕客緱氏。令新之官，至年十二，與母共道傍看，母曰：『汝先世非微賤家也，汝後能如此不？』至曰：『可爾耳。』歸便求師誦書，蚤聞父耕叱牛聲，釋書而泣。師問之，答曰：『自傷不能致榮華，而使老父不免勤苦。』年十四，入太學觀，時先君在學寫石經古文〔一〕，事訖去。遂隨車問先君姓名。先君曰：『年少何以問我？』至曰：『觀君風器非常，故問耳。』先君具告之。至年十五，陽病，數數狂走五里三里，爲家追得，又炙身體十數處。年十六，遂亡命，徑至洛陽，求索先君不得。至鄴，沛國史仲和是魏領軍史渙孫也，至便依之，遂名翼，字陽和。先君到鄴，至具道太學中事，便逐先君歸山陽經年。至長七尺三寸，潔白黑髮，赤脣明目，鬢鬚不多〔二〕，閑詳安諦，體若不勝衣。先君嘗謂之曰：『卿頭小而銳，瞳子白黑分明，視瞻停諦，有白起風。』至論議清辯，有從橫才，然亦不以自長也。孟元基辟爲遼東從事，在郡斷九獄，見稱清當。自痛棄親遠遊，母亡不見，吐血發病，服未竟而亡。」〔三〕**「卿瞳子白黑分明，有白起之風，**嚴尤三將敘曰：「白起，平原君勸趙孝成王受馮亭，王曰：『受之，秦兵必至，武安君必將，誰能當之者乎？』對曰：『澠池之會，臣察武安君小頭而面銳，瞳子白黑分明，視瞻不轉。小頭而面銳者，敢斷決也；瞳子白黑分明者，見事明也；視瞻不轉者，執志强也。可與持久，難與爭鋒。廉頗爲人，勇鷙而愛士，知難而忍恥，與之野戰則不如，持守足以當之。』王從其計。」**恨量小狹。」趙云：「尺表能審璣衡之度，**周髀曰：「夏至，北方二萬六千里，冬至，南方十三萬五千里，日中樹表則無影矣。周髀長八尺，夏至日，晷尺六寸。髀，股也；晷，句也。正南千里，句尺五寸；正北千里，句尺七寸。」周髀之書也。**寸管能測往復之氣。**呂氏春秋曰：「黃帝使伶倫自大夏之西、崑崙之陰，取竹之嶰谷生，其竅厚薄均者，斷兩節間而吹之，以爲黃鍾之管。制十二筩，以聽鳳凰之鳴。雄鳴六，雌鳴六，以爲律呂。」續漢書律曆志曰：「十二律之變，至於六十，以律候氣。候氣之法：爲室三重，户閉，塗釁必周，密布緹幔，以木爲案，加律其上，以葭莩灰抑其内，爲氣所動者，其灰散也。以此候之。」何必在大，但問識如何耳！」

【校 文】

注「制十二笛」 「笛」，爲「篇」之殘訛。

注「雌鳴六」 「鳴」，景宋本及沈本俱作「亦」。

【箋 疏】

〔一〕嘉錫案：此謂嵇康寫石經古文者。魏正始中立石經，爲古文、篆、隸三體。康游太學見之，因傳寫其古文也。朱彝尊經義考二百八十八曰：「晉書趙至云年十四，詣洛陽，遊太學，遇嵇康寫石經。嵇紹亦曰：『先君寫石經古文。』然則正始石經，實康等所書也。」全祖望鮚埼亭集外編二十三石經考異序亦曰：「正始石經亦出於湄，嵇康等祖之。嵇紹曰：『先君在太學寫石經古文。』即是正始間事。」嘉錫又案：二家之説皆非。黄生字詁曰：「説文：『寫，傳置也。』禮記：『器之溉者不寫，其餘皆寫。』注謂『傳之器中』是也。蓋傳此器之物於他器，謂之寫。因借傳此本書，書於他本，亦謂之寫，古云『殺青繕寫』。又云『一字三寫，烏焉成馬』。又云『在官寫書，亦是罪過』。皆此義也。今人以書字爲寫字，謁而不辨久矣。」黄氏此言，至爲精確，然則不得因嵇康寫古文，便謂石經爲康所書亦明矣。且即以趙至傳證之，傳云：「太康中赴洛，方知母亡，慟哭流血而卒，時年三十七。」雖不知其確卒於何年，姑以太康元年起算，上數三十七年爲正始五年。其十四歲，則陳留王奐之甘露二年也。三體石經之立久矣，尚待至此時始書之乎？此其顯而易見者。朱全二家之説，皆不細考之過也。嘉錫又案：春渚紀聞六曰：「古人作字，謂之字畫。所謂畫者，蓋有用筆深意。作字之法，要筆直而字圓。若作畫則無有不圓，如錐畫沙是也。不知何時改作寫字。寫訓傳，則是傳模之謂，全失秉筆之意也。又弈棊，古亦謂之行棊。行字亦有深意，不知何時改作著棊。著如著帽、著履，皆訓容也。不知於棊有何干涉也？且寫字、著棊，天下至俗無理之語，而并賢愚皆承其説，何也？」何薳爲何去非之子，不過洛學之餘，而能以寫字爲不然，其言深合語訓。清儒動謂宋人不知小學，乃其言且開黄生之先，竹垞、謝山不免爲其所笑也。

〔二〕嘉錫案：御覽三百六十八引趙志自叙曰：「志長七尺四寸，潔白黑髮，明眉赤脣，鬚鬢不多。」其文與此同。趙志蓋即趙至，則嵇紹此文，即本之至自叙也。

〔三〕李詳云：「劉注所引趙至叙，今以晉書九十二趙至傳稍疏異同於下：『十二』，傳作『十三』。『徑至洛陽』，傳作『亡到山陽』。『遂名翼，字陽和，先君到鄴，至具道太學中事，便逐先君歸山陽』，傳作『游鄴，與康相遇，隨康還山陽』。改名浚，字允元』。『孟元基辟爲遼東從事，在郡斷九獄』，傳作『幽州三辟部從事，斷九獄見稱』。『未竟而亡』，傳作『卒時年三十七』。」

16 司馬景王東征，魏書曰：「司馬師字子元，相國宣文侯長子也。以道德清粹，重於朝廷，爲大將軍、録尚書事。毌丘儉反，師自征之。薨，謚景王。」取上黨李喜，以爲從事中郎。因問喜曰：「昔先公辟君不就，今孤召君，何以來？」喜對曰：「先公以禮見待，故得以禮進退；明公以法見繩，喜畏法而至耳！」晉諸公贊曰：「喜字季和，上黨銅鞮人也。少有高行，研精藝學。宣帝爲相國，辟喜，喜固辭疾。景帝輔政，爲從事中郎，累遷光禄大夫，特進。贈太保。」

17 鄧艾口喫[一]，語稱「艾艾」。魏志曰：「艾字士載，棘陽人。少爲農人養犢。年十二，隨母至潁川，讀故太丘長碑文曰『言爲世範，行爲士則』[二]，遂名範，字士則。後宗族有同者，故改焉。每見高山大澤，輒規度指畫軍營處所，時人多笑焉。後見司馬宣王，三辟爲掾，累遷征西將軍。伐蜀，蜀平，進位太尉。爲衛瓘所害。」晉文王戲之曰：「卿云艾艾，定是幾艾？」對曰：「鳳兮鳳兮，故是一鳳。」[三]朱鳳晉紀曰：「文王諱昭，字子上，宣帝次子也。」列仙傳曰：「陸通者，楚狂接輿也。好養性，游諸名山。嘗遇孔子而歌曰：『鳳兮鳳兮，何德之衰！往者不可諫，來者猶可追。』後入蜀，在峨嵋山中也。」

【校　文】

「口喫」　景宋本及沈本俱作「口吃」。

注「司馬宣王三辟爲掾」　案止當作「司馬宣王辟爲掾」，景宋本誤增「帝」字，後人刪之，又誤增「三」字。

【箋疏】

〔一〕李慈銘云：「案喫當作吃。説文：『吃，語蹇難也。』玉篇始有喫字，云：『啖，喫也。』後人遂分別口吃之吃爲吃，啖喫之喫爲喫。其實古祇有吃無喫也。故啖喫字可仍作吃，而口吃字不可作喫。三國魏志鄧艾傳作吃不誤。」

〔二〕程炎震云：「『言爲世範，行爲士則』。魏志二十八艾傳作『言文爲世範，行爲士則』，此脱『文』字，然所引亦誤。文選五十八載碑『文爲德表，範爲士則』。」

〔三〕嘉錫案：此出裴啟語林，見御覽四百六十四引。

18 嵇中散既被誅，向子期舉郡計入洛，文王引進，問曰：「聞君有箕山之志，何以在此？」對曰：「巢、許狷介之士，不足多慕。」〔一〕王大咨嗟。向秀別傳曰：「秀字子期，河内人。少爲同郡山濤所知，又與譙國嵇康、東平呂安友善，並有拔俗之韻，其進止無不同，而造事營生，業亦不異。常與嵇康偶鍛於洛邑，與呂安灌園於山陽，不慮家之有無，外物不足佛其心。弱冠著儒道論，棄而不録，好事者或存之。或云是其族人所作，困於不行，乃告秀，欲假其名。秀笑曰：『可復爾耳！』後康被誅，秀遂失圖。乃應歲舉，到京師，詣大將軍司馬文王，文王問曰：『聞君有箕山之志，何能自屈？』秀曰：『常謂彼人不達堯意，本非所慕也。』一坐皆説。隨次轉至黄門侍郎、散騎常侍。」〔二〕

【校文】

注「無不同」「不同」，景宋本及沈本俱作「固必」。

注「不慮家之有無」「之」，景宋本及沈本俱作「人」。

【箋疏】

〔一〕莊子逍遥游：「堯讓天下於許由，曰：『夫子立而天下治，而我猶尸之，吾自視缺然，請致天下。』許由曰：『子治天下，天下既已治也。』」郭象注曰：「夫能令天下治，不治天下者也。故堯以不治治之，非治之而治者也。今許由方明既治，則無所代之，而治實由堯，故有子治之言。宜忘言以尋其所況，而或者遂云治之而治者堯也；不治而堯得以治者，許由也。斯失之遠矣。夫治之由乎不治，爲之出乎無爲也。取於堯而足，豈借之許由哉？若謂拱默乎山林之中，而後得稱無爲者，此莊、老之談所以見棄於當塗。當塗者自必於有爲之域而不反者，斯由之也。」嘉錫案：莊生曳尾塗中，終身不仕，故稱許由而毀堯、舜。郭象注莊，號爲特會莊生之旨。乃於開卷便調停堯、許之間，不以山林獨往者爲然，與漆園宗旨大相乖謬，殊爲可異。姚範援鶉堂筆記五十以此爲向秀之注，引秀答司馬昭語爲證。且曰：「郭象之注，多本向秀。此疑鑒於叔夜菲薄湯、武之言，故稱山林、當塗之一致，對物自守之偏狥，蓋遜避免禍之辭歟？」嘉錫以爲姚氏之言似矣，而未盡是也。觀文學篇注引向、郭逍遥義，始末全同。今郭注亦具載之。則此篇之注出於向秀固無疑義。但文學篇注又引秀別傳曰：「秀與嵇康、吕安爲友，注莊子既成，以示二子。」是向秀書成之時，嵇康尚無恙。姚氏謂「鑒於叔夜菲薄湯、武之言」者，非也。或者後來有所改定耶？要之魏、晉士大夫雖遺棄世事，高唱無爲，而又貪戀禄位，不能決然捨去。遂至進退失據，無以自處。良以時重世族，身仕亂朝，欲當官而行，則生命可憂；欲高蹈遠引，則門户靡託。於是務爲自全之策。居其位而不事其事，以爲合於老、莊清静玄虚之道。我無爲而無不爲，不治即所以爲治也。魏志王昶傳載昶爲兄子及子作名字，且以書戒之，略曰：夫人爲子之道，莫大於寶身全行，以顯父母。欲使汝曹立身行己，遵儒者之教，履道家之言，故以玄默沖虚爲名。欲使汝顧名思義，不敢違越也。夫能屈以爲伸，讓以爲得，弱以爲彊，鮮不遂矣。若夫山林之士，夷、叔之倫，甘長飢於首陽，安赴火於緜山，雖可以激貪勵俗，然聖人不可爲，吾亦不願也。昶之言如此，可以見魏、晉士大夫之心理矣。向子期之舉郡計入洛，雖或怵於嵇中散之被誅，而其以巢、許爲不足慕，則正與所注逍遥游之意同。阮籍、王衍之徒所見大抵如此，不獨子期一人藉以遜詞免禍而已。嘉錫又案：晉書劉毅傳：文帝辟爲相國掾，辭疾，積年不就，時人謂毅忠於魏氏。而帝以其顧望，將加重辟，毅懼，應命。司馬昭之待士如此，宜向子期之懼而失圖也。

〔二〕晉書本傳曰：「後爲散騎侍郎，轉黄門侍郎。散騎常侍在朝不任職，容迹而已。」勞格晉書校勘記卷中曰：「案任愷傳：『庾純、張華、温顒、向秀、和嶠之徒，皆與愷善；楊珧、王恂、華廙等，充所親敬。于是朋黨紛然。』則秀實係奔競之徒，烏得云容迹而已哉！」嘉錫案：子期入任愷之黨，誠違老氏和光同塵之旨；然愷與庾純、張華、和嶠之徒，皆忠於晉室，秀與之友善，不失爲君子以同德爲朋。勞氏譏爲奔競，未免稍過。

19 晉武帝始登阼，探策得「一」。晉世譜曰：「世祖諱炎，字安宇，咸熙二年受魏禪。」王者世數，繫此多少。帝既不説，群臣失色，莫能有言者。侍中裴楷進曰〔一〕：「臣聞天得一以清，地得一以寧，侯王得一以爲天下貞。」帝説，群臣歎服。王弼老子注云：「一者，數之始，物之極也。各是一物，所以爲主也。各以其一，致此清、寧、貞。」〔二〕

【校文】

注「安宇」　沈本作「安世」，與晉書武帝紀合。

【箋　疏】

〔一〕程炎震云：「御覽卷一天部引晉書云：『吏部郎中裴楷。』亦與今晉書不同。據今晉書楷傳，楷時已自吏部郎轉中書郎。」

〔二〕王弼本老子第三十九章云：「昔之得一者：天得一以清；地得一以寧；神得一以靈；谷得一以盈；萬物得一以生；侯王得一以爲天下貞。」嘉錫案：河上公本作「侯王得一以天下爲正」。

20 滿奮畏風。在晉武帝坐，北窗作琉璃屏，實密似疎，奮有難色〔一〕。帝笑之。荀綽冀州記曰：「奮字武秋，高平人，魏太尉寵之孫也。性清平有識，自吏部郎出爲冀州刺史。」晉諸公贊曰：「奮體量清雅，有曾祖寵之風，遷尚書令，爲荀顗所害。」〔二〕奮答曰：「臣猶吴牛，見月而喘。」〔三〕今之水牛，惟生江淮間，故謂之吴牛也。南土多暑，而此牛畏熱，見月疑是日，所以見月則喘。

【校　文】

「琉璃屏」　景宋本及沈本俱作「琉璃扇屏風」。

注「有曾祖寵之風」　「曾」字誤衍。

【箋　疏】

〔一〕嘉錫案：「難」，山谷内集注八引作「寒」。

〔二〕程炎震云：「案奮爲上官己所殺，見晉書周馥傳。在惠帝永興元年，荀顗死久矣。此荀顗字必誤。文選沈約奏彈王源文注引干寶晉紀曰：『苗願殺司隸校尉滿奮。』明是苗願字誤爲荀顗也。御覽三百七十八引異苑曰：『晉司隸校尉高平滿奮，字武秋。豐肥，膚肉潰裂，每至暑夏，輒膏汗流溢。有愛妾，夜取以燃照，炎灼發於屋表。奮大惡之，悉盛而埋之。暨永嘉之亂，爲胡賊所燒，皎若燭光。』案奮之死，不至永嘉。上官己之亂，亦非胡賊。異苑殊誤。」

〔三〕嘉錫案：事類賦卷一引風俗通曰：「吴牛望見月則喘，使之苦於日月，怖而喘焉。」滿奮之言，蓋出於此。嘉錫又案：此出郭子，見御覽一百八十八引。

21 諸葛靚在吳，於朝堂大會。晉諸公贊曰：「靚字仲思，琅邪人，司空誕少子也。雅正有才望。誕以壽陽叛，遣靚入質於吳，以靚爲右將軍、大司馬。」孫皓問：「卿字仲思，爲何所思？」對曰：「在家思孝，事君思忠，朋友思信，如斯而已。」

【校　文】

「如斯而已」　「而已」下沈本有「矣」字。

22 蔡洪赴洛，洪集録曰：「洪字叔開，吳郡人，有才辯，初仕吳朝。太康中，本州從事，舉秀才。」王隱晉書曰：「洪仕至松滋令。」〔一〕洛中人問曰：「幕府初開，群公辟命，求英奇於仄陋，採賢儁於巖穴。君吳楚之士，亡國之餘，有何異才，而應斯舉？」〔二〕蔡答曰：「夜光之珠，不必出於孟津之河；舊説云：「隋侯出行，有蛇斬而中斷者，侯連而續之，蛇遂得生而去。後銜明月珠以報其德，光明照夜同晝，因曰隋珠。」左思蜀都賦所謂「隋侯鄙其夜光」也。盈握之璧，不必採於崑崙之山。韓氏曰：「和氏之璧，蓋出於井里之中。」大禹生於東夷，文王生於西羌，按孟子曰：「舜生於諸馮，東夷人也；文王生於岐周，西戎人也。」則東夷是舜非禹也。聖賢所出，何必常處。昔武王伐紂，遷頑民於洛邑，尚書曰：「成周既成，遷殷頑民，作多士。」孔安國注曰：「殷大夫心不則德義之經，故徙於王都，邇教誨也。」得無諸君是其苗裔乎？」按華令思舉秀才入洛，與王武子相酬對，皆與此言不異，無容二人同有此辭。疑世説穿鑿也〔三〕。

【箋疏】

〔一〕隋志云：「梁有松滋令蔡洪集二卷，録一卷，亡。」

〔二〕李慈銘云：「案太平廣記俊辯類引劉氏小説，載晉蔡洪赴洛，洛中人問曰云云，與此一字不異。其下載又問洪，吳舊姓何如？答曰：『吳府君聖朝之盛佐』云云。劉氏小説亦義慶所作。舊唐書經籍志載劉義慶小説十卷，其吳府君以下云云，亦見此書賞譽門。惟首云『有問秀才吳舊姓何如』，不言是問蔡洪。孝標注曰：『秀才蔡洪也。』其餘語異同，別識彼卷。」嘉錫案：孝標注於此條以華令思之對王武子，與此言不異，疑世説爲穿鑿。於賞譽篇「有問秀才吴舊姓」條，則引蔡洪集與刺史周俊書以證其異同。明此二條所出不同，本非一事。廣記所引小説，强相聯貫，非也。隋志小説家於殷芸小説外，又有小説五卷，不著撰人。兩唐志始有小説十卷，題爲劉義慶，未知可據否。考直齋書録解題十一有唐劉餗小説三卷。然則廣記所引，未必定是義慶書也。

〔三〕程炎震云：「御覽四百六十四引文士傳亦作華譚。」嘉錫案：書鈔七十九引晉中興書云：「華譚舉秀才，至洛，王濟嘲之。」又引干寶晉紀云「周浚舉華譚爲秀才，王武子嘲之」云云。其問答之辭，與世説頗異，而意同。唐修晉書，採入華譚傳。又稱譚嘗薦干寶於朝。則譚之言行，寶當知之甚詳。寶實良史，必不阿所好，勦襲蔡洪之辭以爲譚語。宜乎孝標以世説爲穿鑿也。

23 諸名士共至洛水戲。竹林七賢論曰：「王濟諸人嘗至洛水解禊事。明日，或問濟曰：『昨遊，有何語議？』濟云云。」〔一〕還，樂令廣也。問王夷甫曰：「今日戲樂乎？」虞預晉書曰：「王衍字夷甫，琅邪臨沂人，司徒戎從弟，父乂，平北將軍。夷甫蚤知名，以清虚通理稱，仕至太尉，爲石勒所害。」王曰：「裴僕射善談名理，混混有雅致〔二〕；晉惠帝起居注曰：「裴頠字逸民，河東聞喜人，司空秀之少子也。」冀州記曰：「頠弘濟有清識，稽古善言名理。履行高整，自少知名。歷侍中、尚書左僕射，爲趙王倫所害。」張茂先論史漢，靡靡可聽〔三〕；晉陽秋曰：「華博覽洽聞，無不貫綜。世祖嘗問漢事，及建章千門萬户。華畫地成圖，應對如流，張安世不能過也。」我與王安豐戎也。說延陵、子房，亦超超玄著。」晉諸公贊曰：「夷甫好尚談稱，爲時人物所宗。」

【箋疏】

〔一〕李詳云：「案晉書王戎傳作或問王濟云云。御覽三十引竹林七賢論：王濟嘗解禊洛水，明日，或問王云云。兩書皆屬濟，與此不同。」嘉錫案：孝標注引七賢論，正所以著其與世說不同，審言置劉注不言，而必旁引御覽，何也？

〔二〕李慈銘云：「案混混讀如孟子原泉混混之混。」

〔三〕御覽引七賢論作「裴逸民敘前言往行，衮衮可聽」。

24 王武子、晉諸公贊曰：「王濟字武子，太原晉陽人，司徒渾第二子也。有儁才，能清言。起家中書郎，終太僕。」孫子荆文士傳曰：「孫楚字子荆，太原中都人也。」晉陽秋曰：「楚，驃騎將軍資之孫，南陽太守弘之子。鄉人王濟，豪俊公子，爲本州大中正，訪問弘爲鄉里品狀，濟曰：『此人非鄉評所能名，吾自狀之。』曰：『天才英特，亮拔不群。』」〔一〕仕至馮翊太守。」各言其土地人物之美。王云：「其地坦而平，其水淡而清，其人廉且貞。」孫云：「其山崋巍以嵯峨〔二〕，其水泙渫而揚波，其人磊砢而英多。」〔三〕按：三秦記、語林載蜀人伊籍稱吴土地人物，與此語同。

【箋疏】

〔一〕程炎震云：「魏志孫資傳注引晉陽秋云：『訪問關求楚品狀。』晉書楚傳云：『訪問銓邑人品狀。』此注云：『訪問弘爲邑人品狀。』蓋衍『弘』字。天才二語，文選五十四辨命論，六十竟陵王行狀注，兩引郭子作『孫楚狀王濟』，蓋傳聞異辭。御覽二百六十五引郭子較選注爲詳，仍是王狀孫，非孫狀王也。」李慈銘云：「案弘字誤。晉書孫楚傳作『訪問銓邑人品狀，至楚，濟曰：「此人非卿所能目，吾自爲之。」乃狀楚曰』云云。訪問者，魏、晉制，中正以下，皆設訪問。晉書劉卞傳：『卞入太學試經，爲臺四品吏，訪問令寫黄紙一鹿車，卞曰：「劉卞非爲人寫黄紙者也。」訪問怒，言於中正，退爲尚書令史。』」

〔二〕文選十一魯靈光殿賦云：「瞻彼靈光之爲狀也，則嵯峨嶵嵬，峞巍𡾊㟧。」張載注曰：「皆其形也。」李善注曰：「皆高峻之貌。」古文苑十二董仲舒山川頌云：「山則巃嵸㠑摧，嵬䧅嶵巍。」章樵注曰：「嶵，才賄反。巍嵬字平聲，並高峻崇積貌。」

〔三〕嘉錫案：慧琳一切經音義四十六大智度論音云：「字林：浹渫，謂冰凍（原誤東）相著也。論文作甲，非體也。」據慧琳言，則大智度論作甲渫，蓋即浹渫之省寫。浹字説文所無。當作浹渫。此云

「沖瀁而揚波」，蓋狀波動之貌，如冰凍之相著也。文選八上林賦「水玉磊砢」，郭璞注曰：「水玉，水精也。磊砢，魁壘貌也。」

25 樂令女適大將軍成都王穎。虞預晉書曰：「樂廣字彦輔，南陽人。清夷沖曠，加有理識。累遷侍中、河南尹。在朝廷用心虛淡，時人重其貞貴，代王戎爲尚書令。」八王故事曰：「司馬穎字叔度，世祖第十九子，封成都王、大將軍。」王兄長沙王執權於洛，晉百官名曰：「司馬乂字士度，封長沙王。」八王故事曰：「世祖第十七子。」遂構兵相圖。長沙王親近小人，遠外君子，凡在朝者，人懷危懼。樂令既允朝望，加有婚親，群小讒於長沙。長沙嘗問樂令，樂令神色自若，徐答曰：「豈以五男易一女？」〔一〕晉陽秋曰：「成都王之起兵，長沙王猜廣，廣曰：『寧以一女而易五男？』乂猶疑之，遂以憂卒。」由是釋然，無復疑慮〔二〕。

【校　文】

「既允朝望」　「允」，景宋本及沈本俱作「處」。

【箋疏】

〔一〕通鑑八十五胡注曰：「謂附穎，則五男被誅。」

〔二〕嘉錫案：晉陽秋謂「乂猶疑之」，而世説以爲「無復疑慮」，蓋傳聞異辭。穎以大安二年起兵討乂，而樂廣即卒於次歲永興元年正月。則晉陽秋謂廣以憂卒，信矣。故晉書本傳不從世説。

26 陸機詣王武子，晉陽秋曰：「機字士衡，吴郡人。祖遜，吴丞相。父抗，大司馬。機與弟雲並有儁才。司空張華見而説之，曰：『平吴之利，在獲二儁。』」機別傳曰：「博學善屬文，非禮不動。入晉，仕著作郎，至平原内史。」武子前置數斛羊酪，指以示陸曰：「卿江東何以敵此？」陸云：「有千里蓴羹，但未下鹽豉耳！」〔一〕

【箋疏】

〔一〕黄朝英緗素雜記三云：「陸機曰：『千里蓴羹，末下鹽豉。』所載此而已。及觀世説曰：『千里蓴羹，但未下鹽豉耳！』或以謂千里、末下皆地名，是未嘗讀世説而妄爲之説也。或以謂千里者，言其地之廣，是蓋不思之甚也。如以千里爲地之廣，則當云蓴菜，不當云羹也。或以謂蓴羹不必鹽豉，乃得其真味，故云未下鹽豉。是又不然。蓋洛中去吴有千里之遠，吴中蓴羹自可敵羊酪。第以其地遠未可卒致，故云但未下鹽豉耳。意謂蓴羹得鹽豉尤美也。此言近之矣。今詢之吴人信然。」（雜記於此下仍以千里、末下爲地名，自駁其前説。詳審文義，乃後人評語，混入正文，非原書所有。今不取。）胡仔苕溪漁隱叢話後集八引藝苑雌黄云：「作晉史者取世説之語，而删去兩字，但云『千里蓴羹，未下鹽豉』。故人多疑之。或言千里、末下皆地名，或言自洛至吴有千里之遥，是皆不然。蓋千里，湖名也。千里湖之蓴菜，以之爲羹，其美可敵羊酪，然未可猝至，故云『但未下鹽豉耳』！子美有别賀蘭銛詩云：『我戀岷下芋，君思千里蓴。』以『岷下』對『千里』，則千里爲湖名可知。酉陽雜俎酒食品，亦有千里蓴。」（按見雜俎卷七。）王楙野客叢書十云：「湖人陳和之言千里地名，在建康境上，其地所産蓴菜甚佳。計末下亦必地名。緗素雜記、漁隱叢話皆引世説之言，謂末下當云未下。僕謂末下少見出處，千里蓴言者甚多。如南史載沈文季謂崔祖思曰：『千里蓴羹，非關魯衛。』梁太子啟曰：『吴愧千里之蓴，蜀慙七菜之賦。』吴均移曰：『千里蓴羹，萬丈名膾。』千里之蓴，其見稱如此。」嘉錫案：陸機此事，出於郭子。書鈔一百四十四、御覽八百五十八及八百六十一引郭子，均作「千里蓴羹，未下鹽豉」。世説採用郭子，嫌其語意不明，增加數字耳。藝苑雌黄以爲晉書删世説者，非也。六朝、唐人均以千里蓴爲一物，杜甫又以對岷下之芋，則千里自當是地名。蔡夢弼艸堂詩箋二十三曰：「千里者，吴石塘湖名也。」石塘湖不知在何縣。太平寰宇記九十曰：「溧陽縣千里湖産蓴，陸機云『千里蓴羹，未下鹽豉』，即此。」景定建康志十八曰：「千里湖在溧陽縣東南十五里，至今産美蓴，俗呼千里漭，與故縣漭相連。」是千里湖確有其地，與野客叢書在建康境之説合。然御覽一百七十引輿地志曰：「吴大帝以陸遜爲華亭侯，以其所居爲封也。華亭谷出佳魚、蓴菜，故陸機云『千里蓴羹，未下鹽豉』。」則所謂千里湖者，似當在華亭，而不在溧陽。及考之諸書，華亭谷水，卻無千里湖之名。疑不能明，存以俟考。要之，千里之爲地名，乃唐、宋相承之舊説，不可易也。世説云：「但未下鹽豉耳！」語意明白，無煩曲解。齊民要術八曰：「食膾魚、蓴羹、芼羹之菜，蓴爲第一。唯芼蓴而不得著葱韰及米糝菹醋等，蓴尤不宜鹹。羹熟，即下清冷水。大率羹一斗，用水一升，多則加之益羹，清儁甜美（吉石盦影宋本作羹，誤）。悉不得攪，攪則魚蓴碎，令羹濁而不得好。」又引食經曰：「蓴羹，魚長二寸，唯蓴不切。鯉魚冷水入蓴，白魚冷水入蓴，沸入魚與鹹豉。」又云：「魚半體熟，煮三沸，渾下蓴與豉汁漬鹽。」此皆作蓴羹必下鹽豉之證也。陸云「但未下鹽豉」者，言蓴羹之濃滑甜美，足敵羊酪。但以二物相較，則羊酪乃未下鹽豉之蓴羹耳。蓋酪味純甜，蓴下鹽豉則其味鹹，與酪不類矣。不明言酪不如蓴，而言外自見蓴味尤在酪上，此所以爲名對也。徒以唐修晉書採用郭子較世説少二虚字，而宋時刻本又或誤未下爲末下，（今涵芬樓影印宋刻本尚不誤。）於是異説紛然，以末下爲地名。夷考其實，則古今並無此地，乃在無何有之鄉。建康志從而爲之説曰「或説千當作芊，末當作秣。千末皆省文也。秣下即秣陵」云云。無論秣陵之稱末下，絶不見於他書，且由未而之末，由末而之秣，一字數變，以伸其説，穿鑿附會，亦已甚矣！信如所言，則千里蓴羹與末下鹽豉，乃是兩物。不知水煮鹽豉，是何美味？士衡乃舉以敵羊酪，寧不爲傖人所笑哉！齊民要術六有作酪法：「牛羊乳皆得別作，和作，隨作意。」陸游劍南詩稿卷二十七戲詠山陰風物自注云：「蓴菜最宜鹽豉，所謂『未下鹽豉』者，言下鹽豉則非羊酪可敵，蓋盛言蓴菜之美爾。」嘉錫案：自來解釋此兩句，惟此説最確。明末人徐樹丕識小録卷三云：「千里，湖名，其地蓴菜最佳。陸機答謂未下鹽豉，尚能敵酪；若下鹽豉，酪不能敵矣。」徐氏此解極妙，與余意合。

27 中朝有小兒，父病，行乞藥。主人問病，曰：「患瘧也。」主人曰：「尊侯明德君子，何以病瘧？」俗傳行瘧鬼小，多不病巨人。故光武嘗謂景丹曰：「嘗聞壯士不病瘧，大將軍反病瘧耶？」答曰：「來病君子，所以爲瘧耳。」

【校文】

注「光武」下，景宋本及沈本俱有「皇帝」二字。

28 崔正熊詣都郡。都郡將姓陳〔一〕，問正熊：「君去崔杼幾世？」答曰：「民去崔杼，如明府之去陳恒。」晉百官名曰：「崔豹字正熊，燕國人，惠帝時官至太傅丞。」〔二〕

【箋　疏】

〔一〕嘉錫案：都郡將者，以他郡太守兼都督本郡軍事也。

〔二〕李慈銘云：「案太傅無丞，當是僕字之誤。」

29 元帝始過江，朱鳳晉書曰：「帝諱叡，字景文。祖伷，封琅邪王，父恭王覲嗣。帝襲爵爲琅邪王。少而明惠，因亂過江起義，遂即皇帝位。謚法曰：始建國都曰元。」謂顧驃騎曰：「寄人國土，心常懷慚。」榮跪對曰：「臣聞王者以天下爲家，是以耿、亳無定處，帝王世紀曰：「殷祖乙徙耿，爲河所毁。」今河東皮氏耿鄉是也。「盤庚五遷，復南居亳。」今景亳是也。九鼎遷洛邑。春秋傳曰：「武王克商，遷九鼎於洛邑。」今之偃師是也。願陛下勿以遷都爲念。」〔一〕

【箋　疏】

〔一〕嘉錫案：顧榮卒於元帝未即位以前，不當稱陛下。世説此條已爲敬胤所駁，見汪藻考異。

30 庾公造周伯仁。虞預晉書曰：「周顗字伯仁，汝南安城人，揚州刺史浚長子也。」晉陽秋曰：「顗有風流才氣，少知名，正體嶷然，儕輩不敢媟也。汝南賁泰，淵通清操之士，嘗歎曰：『汝、潁固多賢士，自頃陵遲，雅道殆衰，今復見周伯仁，伯仁將袪舊風，清我邦族矣。』舉寒素，累遷尚書僕射，為王敦所害。」伯仁曰：「君子何欣說而忽肥？」庾曰：「君復何所憂慘而忽瘦？」伯仁曰：「吾無所憂，直是清虛日來，滓穢日去耳。」

31 過江諸人，每至美日，輒相邀新亭〔一〕，藉卉飲宴。丹陽記曰：「新亭，吳舊立，先基崩淪。隆安中，丹陽尹司馬恢之徙創今地。」周侯顗也。中坐而歎曰：「風景不殊，正自有山河之異！」〔二〕皆相視流淚。唯王丞相導也。愀然變色曰：「當共戮力王室，克復神州，何至作楚囚相對？」春秋傳曰：「楚伐鄭，諸侯救之。鄭執鄖公鍾儀獻晉，景公觀軍府，見而問之曰：『南冠而縶者為誰？』有司對曰：『楚囚也。』使稅之。問其族，對曰：『伶人也。』『能為樂乎？』曰：『先父之職，敢有二事？』與之琴，操南音。范文子曰：『楚囚，君子也。樂操土風，不忘舊也。君盍歸之，以合晉、楚之成。』」

【校文】

注「使稅之」　「稅」，景宋本及沈本俱作「脫」。

【箋疏】

〔一〕程炎震云：「御覽一百九十四引丹陽記曰：『京師三亭。新亭，吳舊亭也。故基淪毀。隆安中，有丹陽尹司馬恢移創今地。謝石創征虜亭。三吳縉紳創冶亭。並太元中。」演繁露續集卷二云：「案此所言，乃王導正色處，則凡晉、宋間新亭，已非吳時新亭矣。」

〔二〕趙紹祖通鑑注商四曰：「按王導傳本作『有江山之異』。此大概言神州陸沈，非復一統之舊，故諸名士聞之傷心，相視流涕。通鑑偶易作江河，注遂爲之傅會，乃使情味索然。」李慈銘云：「案孫氏志祖曰：『通鑑八十七作「舉目有江河之異」。胡三省注云：「言洛都游宴多在河濱，而新亭臨江渚也。」解江河二字最明析。世説改江河作山河，殊無義。晉書王導傳作江山亦非。』」陳援菴通鑑胡注表微校讐篇云：「江河，世説新語作山河。太平御覽一九四所引同。晉書王導傳，宋本作江河，明監本、汲古閣本、清殿本均作江山。趙紹祖讀誤本晉書，先入爲主，故以江山爲是，以江河爲『情味索然』。不知温公、身之所據之晉書，自作江河，何得謂通鑑偶易？又何得謂胡注傅會？」説郛卷二十引周密浩然齋意抄云：「風景不殊，舉目有山河之異。此江左新亭語，尋常讀去，不曉其語。蓋洛陽四山圍，伊、洛、瀍、澗在中。建康亦四山圍，秦淮直其中，故云耳。所以李白詩曰『山似洛陽多』。許渾詩云『只有青山似洛中』。」嘉錫案：方輿勝覽引曾極金陵百詠，其新亭題下自注與此略同。密蓋即用極説也。嘉錫又案：敦煌唐寫本殘類書客遊篇引世説，「美日」作「暇日」。新亭上有「出」字，「正自有山河之異」句作「舉目有江山之異」，與晉書合。知唐人所見世説固作「江」。本篇袁彦伯歎曰：「江山遼落，居然有萬里之勢。」知「江山」爲晉人常語，不必改作「江河」也。

32 衛洗馬初欲渡江，形神慘顇，語左右云：「見此芒芒，不覺百端交集。苟未免有情，亦復誰能遣此！」晉諸公贊曰：「衛玠字叔寶，河東安邑人。祖父瓘，太尉。父恒，黄門侍郎。」玠别傳曰：「玠穎識通達，天韻標令，陳郡謝幼輿敬以亞父之禮。論者以爲出王眉子、平子、武子之右。世咸謂『諸王三子，不如衛家一兒』。娶樂廣女。裴叔道曰：『妻父有冰清之姿，壻有璧潤之望，所謂秦晉之匹也。』爲太子洗馬〔一〕。永嘉四年，南至江夏，與兄别於梁里澗，語曰：『在三之義，人之所重，今日忠臣致身之道，可不勉乎？』行至豫章，乃卒。」〔二〕

【箋疏】

〔一〕李慈銘云：「案洗馬之洗，讀爲先，去聲。此官始於東漢。續漢志：『太子洗馬，比六百石，員十六人。太子出，則當直者前導威儀。』蓋洗馬猶前馬。國語：『越王親爲夫差前馬。』見漢書如淳注，引作『先馬』，云『先或作洗』。韓非子云：『身執戈爲吴王洗馬。』洗者，先之借字也。」

〔二〕御覽四百八十九引晉中興書曰：「衛玠兄璪，時爲散騎侍郎，内侍懷帝。玠以天下將亂，移家南行，母曰：『我不能舍仲寶而去也。』玠啟喻深至，爲門户大計，母涕泣從之。臨别，玠謂璪曰：『在三之義，人之所重。今可謂致身授命之日，兄其勉之！』乃扶將老母，轉至豫章。而洛城失守，璪没焉。」嘉錫案：今晉書玠傳略同。然則叔寶南行，純出於不得已。明知此後轉徙流亡，未必有生還之日。觀其與兄臨訣之語，無異生人作死别矣。當將欲渡江之時，以北人初履南土，家國之憂，身世之感，千頭萬緒，紛至沓來，故曰不覺百端交集，非復尋常逝水之歎而已。

33 顧司空未知名，詣王丞相。丞相小極〔一〕，對之疲睡。顧思所以叩會之，顧和别傳曰：「和字君孝，吴郡人。祖容，吴荆州刺史。父相，晉臨海太守。和總角知名，族人顧榮雅相器愛，曰：『此吾家之騏驥也，必振衰族。』累遷尚書令。」因謂同坐曰：「昔每聞元公顧榮。道公協贊中宗〔二〕，保全江表，鄧粲晉紀曰：「導與元帝有布衣之好，知中國將亂，勸帝渡江，求爲安東司馬，政皆決之，號仲父。晉中興之功，導實居其首。」體小不安，令人喘息。」丞相因覺，謂顧曰：「此子珪璋特達〔三〕，機警有鋒。」

【箋疏】

〔一〕程炎震云：「小極字亦見本書文學篇『中朝有懷道之流』條。漢書匈奴傳：『匈奴孕重堕殰，罷極，苦之。』師古曰：『極，困也。』魏志華陀傳：『人體欲得勞動，但不得當使極耳。』又晉書顧和傳云『贈侍中司空』，此注未備，恐有脱文。」

〔二〕程炎震云：「王導初爲揚州，以和爲從事，在元帝時，安得稱中宗？宜張南漪譏之也。」

〔三〕劉盼遂曰：「按小戴記聘義：『珪璋特達，德也。』鄭注：『惟有德者，無所不達，不有須而成也。』王丞相引禮文以贊顧，蓋用鄭義，謂顧不須紹介自足通達也。」

34 會稽賀生，體識清遠，言行以禮。賀循別見〔一〕。不徒東南之美，爾雅曰：「東南之美者，有會稽之竹箭焉。」實爲海内之秀〔二〕。

【箋　疏】

〔一〕循事見規箴篇「元帝時廷尉張闓」條注。

〔二〕李慈銘云：「案會稽賀生上，疑有脱文。晉書顧和傳以不徒東南之美二句，皆是王導目和語。」嘉錫案：此不知何人之言，世説自他書摘出，失其本末耳。

35 劉琨雖隔閡寇戎，志存本朝，王隱晉書曰：「琨字越石，中山魏昌人。祖邁，有經國之才。父璠，光禄大夫。琨少稱儁朗，累遷司徒長史、尚書右丞。迎大駕於長安，以有殊勳，封廣武侯。年三十五，出爲并州刺史，爲段日磾所害。」謂温嶠曰：「班彪識劉氏之復興，馬援知漢光之可輔。漢書叙傳曰：「彪字叔皮，扶風人，客於天水。隴西隗囂有窺覦之志，彪作王命論以諷之。」東觀漢記曰：「馬援字文淵，茂陵人。從公孫述、隗囂游，後見光武曰：『天下反覆，盜名字者不可勝數，今見陛下寥廓大度，同符高祖，乃知帝王自有真也。』帝甚壯之。」今晉阼雖衰，天命未改。吾欲立功於河北，使卿延譽於江南。子其行乎？」温曰：「嶠雖不敏，才非昔人，明公以桓、文之姿，建匡立之功，豈敢辭命！」虞預晉書曰：「嶠字太真，太原祁人。少標俊清徹，英穎顯名，爲司空劉琨左司馬。是時二都傾覆，天下大亂，琨聞元皇受命中興，忼慨幽、朔，志存本朝。使嶠奉使，嶠喟然對曰：『嶠雖乏管、張之才，而明公有桓、文之志，敢辭不敏，以違高旨？』以左長史奉使勸進，累遷驃騎大將軍。」

【校　文】

注「尚書右丞」　景宋本「書」下有「左」字。

注「殊勳」　景宋本及沈本俱作「異勳」。疑宋人刻書避晏殊名改。

36　温嶠初爲劉琨使來過江〔一〕。于時江左營建始爾，綱紀未舉。温新至，深有諸慮。既詣王丞相，陳主上幽越，社稷焚滅，山陵夷毀之酷，有黍離之痛。温忠慨深烈，言與泗俱，丞相亦與之對泣。叙情既畢，便深自陳結，丞相亦厚相酬納。既出，懽然言曰：「江左自有管夷吾，此復何憂？」

〔一〕史記曰：「管仲夷吾者，潁上人。相齊桓公，九合諸侯，一匡天下。」語林曰：「初温奉使勸進，晉王大集賓客見之。温公始入，姿形甚陋，合坐盡驚。既坐，陳説九服分崩，皇室弛絶，晉王君臣莫不歔欷。及言天下不可以無主，聞者莫不踴躍，植髮穿冠。王丞相深相付託。温公既見丞相，便游樂不住，曰：『既見管仲，天下事無復憂。』」

【箋　疏】

〔一〕文選勸進表注引王隱晉書曰：「温嶠字泰真，太原人也。劉琨假守左長史西臺，除司空右司馬。五年，琨使詣江南。」嘉錫案：愍帝建興五年，即元帝建武元年。

37 王敦兄含爲光禄勳。含別傳曰：「含字處弘，琅邪臨沂人。累遷徐州刺史、光禄勳，與弟敦作逆，伏誅。」敦既逆謀〔一〕，屯據南州，含委職奔姑孰。鄧粲晉紀曰：「初，王導協贊中興，敦有方面之功。敦以劉隗爲閒己，舉兵討之。故含南奔武昌，朝廷始警備也。」〔二〕王丞相詣闕謝。中興書曰：「導從兄敦，舉兵討劉隗，導率子弟二十餘人，旦旦到公車，泥首謝罪。」司徒、丞相、揚州官僚問訊〔三〕，倉卒不知何辭。顧司空時爲揚州別駕〔四〕，援翰曰：「王光禄遠避流言，明公蒙塵路次，群下不寧，不審尊體起居何如？」

【箋　疏】

〔一〕李慈銘云：「案『逆謀』當是『謀逆』誤倒。」

〔二〕程炎震云：「南州解在本篇『宣武移鎮南州』條下。然敦以太寧二年，下屯于湖，自領揚州牧，故姑孰得蒙州稱。若永昌元年，但進兵蕪湖，未據姑孰。劉注引鄧粲晉紀，足以正本文之失也。」

〔三〕程炎震：「永昌元年，王敦叛時，導爲司空，不爲司徒。至成帝咸康四年，改司徒爲丞相，以導爲之。去永昌之元，十六七年矣。此司徒丞相四字，徒當作空，丞相二字當衍，止是司空揚州西府官僚耳。」

〔四〕通典三十二云王丞相集有教曰：「顧和理識清敏，劭今端古，宜得其才，以爲別駕。」

38 郗太尉拜司空〔一〕，語同坐曰：「平生意不在多，值世故紛紜，遂至台鼎。朱博翰音，實愧於懷。」〔二〕漢書曰〔三〕：「朱博字子元，杜陵人。爲丞相，臨拜，延登受策，有大聲如鍾鳴。上問揚雄、李尋，對曰〔四〕：『洪範所謂鼓妖者也。人君不聽，空名得進，則有無形之聲。』〔五〕博後坐事自殺。」〔六〕故序傳曰：「博之翰音，鼓妖先作。」易中孚曰：「上九，翰音登於天，貞凶。」王弼注曰：「翰，高飛也。飛者，音飛而實不從也。」〔七〕

【校　文】

注「飛者音飛」　上「飛」字景宋本作「音」。

【箋　疏】

〔一〕程炎震云：「咸和四年，郗鑒爲司空。」

〔二〕嘉錫案：鑒志存謙退，故其言如此。御覽二百七引晉中興書曰：「郗鑒爲太尉，雖在公位，沖心愈約。勞謙日仄，誦翫墳索。自少及長，身無擇行。家本書生，後因喪亂，解巾從戎，非其本願，常懷慨然。」可與此條相印證。

〔三〕注文漢書，係指五行志也。

〔四〕「李尋對曰」，漢書作「尋對曰」。

〔五〕「則有無形之聲」，漢書作「有聲無形，不知所從生」。

〔六〕「博後坐事自殺」，漢書作「博坐爲姦謀自殺」。

〔七〕嘉錫案：王弼魏人，其注似未可以解漢書。然觀李尋謂博「空名得進，有聲無形」，亦有音飛而實不從之義。則班固之意，當與王弼無大異也。周易集解十二中孚上九象曰：「翰音登於天，何可長也。」侯果曰：「窮上失位，信不由中。以此申命，有聲無實。中實内喪，虛華外揚，是翰音登天也。巽爲雞，雞曰翰音，虛音登天，何可久也。」可與漢書相發明。

39 高坐道人不作漢語〔一〕，或問此意，簡文曰：「以簡應對之煩。」高坐別傳曰：「和尚胡名尸黎密，西域人。傳云國王子，以國讓弟，遂爲沙門。永嘉中，始到此土，止於大市中。和尚天姿高朗，風韻遒邁。丞相王公一見奇之，以爲吾之徒也。周僕射領選，撫其背而歎曰：『若選得此賢，令人無恨。』俄而周侯遇害，和尚對其靈坐，作胡祝數千言，音聲高暢，既而揮涕收淚，其哀樂廢興皆此類。性高簡，不學晉語。諸公與之言，皆因傳譯。然神領意

得，頓在言前。」塔寺記曰：「尸黎密冢曰高坐，在石子岡，常行頭陀，卒於梅岡，即葬焉。晉元帝於冢邊立寺，因名高坐。」〔二〕

【校　文】

注「冢曰」　景宋本作「宋曰」者是。「宋曰」猶云「漢曰」、「晉曰」，謂以中國語譯西域語也。沈本作「家曰」，亦非。

【箋　疏】

〔一〕宋周必大二老堂雜誌五引高僧傳，載高坐事，自注云：「疑若今時謂僧爲上坐。」

〔二〕嘉錫案：高僧傳一帛尸梨蜜傳與注所引高坐别傳略同。惟云「晉咸康中卒，春秋八十餘。蜜常在石子岡東行頭陀，既卒，因葬於此。成帝懷其風，爲樹刹冢所。後有關右沙門來游京師，乃於冢處起寺，陳郡謝混贊成其業，追旌往事，仍曰高座寺也」。與注所引塔寺記大異。咸康是成帝年號，蜜既卒於咸康，則立寺者是成帝，而非元帝明矣。

40 周僕射雍容好儀形，詣王公，初下車，隱數人〔一〕，王公含笑看之。既坐，傲然嘯詠。

王公曰：「卿欲希嵇、阮邪？」答曰：「何敢近舍明公，遠希嵇、阮！」鄧粲晉紀曰：「伯仁儀容弘偉，善於俛仰應答，精神足以蔭映數人。深自持，能致人，而未嘗往焉。」

【箋疏】

〔一〕劉盼遂曰：「隱數人，解者多謂隱爲蔭映，非也。隱即㥯之借字。説文𠬪部：『㥯，有所依也。從𠬪工，讀與隱同。』故㥯亦可用隱爲之。孟子『隱几而卧』，趙注：『隱，倚也。』本書賢媛篇：『韓康伯母隱古几毁壞。』是隱作依解之證。而隱依亦聲轉也。僕射之隱數人，蓋謂憑依數人而行耳。本書雅量篇：『子敬神色恬然，徐喚左右，扶憑而出，不異平常。』『顧和始作揚州從事』條注引語林曰：『周侯飲酒已醉，著白袷，憑兩人來詣丞相。』宋書五行志一：『謝靈運每出入，自扶接者常數人。民間謡曰：『四人挈衣裙，三人捉坐席。』』是南朝人士出入扶依人者，自成見慣。僕射之下車隱數人，亦猶是矣。」周祖謨曰：「隱釋爲依，極是。但不必謂隱爲㥯之借字也。」嘉錫案：莊子齊物論「南郭子綦，隱几而坐」，釋文云：「隱，憑也。」鄧粲晉紀所謂「伯仁精神，足以蔭映數人」，別是一義，與世説語本不相蒙。若因此釋隱爲蔭映則誤矣。

41 庾公嘗入佛圖，見卧佛，涅槃經云：「如來背痛，於雙樹間北首而卧。」故後之圖繪者爲此象。曰：

「此子疲於津梁。」〔一〕于時以爲名言。

【箋疏】

〔一〕國語晉語二曰：「公子夷吾私於公子縶曰：『亡人苟入，且入河外列城五，豈謂君無有，亦爲君之東游津梁之上，無有急難也。』」注云：「津，水也。梁，橋也。」爾雅釋天曰：「箕斗之間，漢津也。」注云：「箕，龍尾。斗，南斗。天漢之津梁。」嘉錫案：此譬喻之言，謂佛説法接引，普渡衆生，咸登覺岸，如濟水之有津梁也。高僧傳七載僧肇答劉遺民書曰：「領公遠舉，乃是千載之津梁。」意與此同。晉書孔愉傳，安帝隆安中下詔曰：「領軍將軍孔安國，可以本官領東海王師，必能導達津梁，依仁游藝。」以津梁喻師道，其義一也。

42 摯瞻曾作四郡太守、大將軍户曹參軍，復出作内史，摯氏世本曰：「瞻字景游，京兆長安人，太常虞兄子也。父育，涼州刺史。瞻少善屬文，起家著作郎。中朝亂，依王敦爲户曹參軍。歷安豐、新蔡、西陽太守〔一〕。見敦以故壞裘賜老病外部都督。瞻諫曰：『尊裘雖故，不宜與小吏。』敦曰：『何爲不可？』瞻時因醉，曰：『若上服皆可用賜，貂蟬亦可賜下乎？』敦曰：『非喻，所引如此，不堪二千石。』瞻曰：『瞻視去西陽，如脱屣耳！』敦反〔二〕，乃左遷隨郡内史。」年始二十九。嘗别王敦，敦謂瞻曰：「卿年未三十，已爲萬石，亦太蚤。」瞻曰：「方於將軍，少爲太蚤；比之甘羅，已爲太老。」摯氏世本曰：「瞻高亮有氣節，故以此答敦。後知敦有異志，建興四年，與第五琦據荆州以距敦，竟爲所害。」〔三〕史記曰：「甘羅，秦相茂之孫也。年十二，而秦相吕不韋欲使張唐相燕，唐不肯行，甘羅説而行之。又請車五乘以使趙，還報秦，秦封甘羅爲上卿，賜以甘茂田宅。」

【校　文】

注「西陽太守」　「太守」，景宋本及沈本俱作「内史」。

注「第五琦」　「琦」，景宋本及沈本俱作「猗」。

【箋　疏】

〔一〕案世説言曾作四郡太守，而此只有三郡，疑有脱字。

〔二〕李慈銘云：「案反當是怒字之誤。是時敦未反也。其後與第五猗拒敦被害，時敦方爲元帝所倚任。晉書周訪傳至稱爲『賊帥杜曾、摯瞻、胡混等』，則其寃甚矣。」嘉錫案：瞻以大興二年五月被害，王敦至永昌元年正月始舉兵反，在瞻死後一年有餘。方瞻未死之時，敦固元帝之親信大臣也。而此已云敦反者，蓋第五猗奉愍帝命來鎮荆州，而敦自以其從弟廙爲荆州刺史，發兵拒猗。是抗天子之命吏，故書之以反，非謂其反元帝也。然如此書法，亦太不爲元帝留餘地矣。

〔三〕嘉錫案：建興四年，爲愍帝之末。明年元帝即位，改元建武。晉書元帝紀云：「建武元年八月，荆州刺史第五猗爲賊帥杜曾所推，遂與曾同反。周訪討曾，大破之。」與摯氏世本年月不合。周訪傳云：「時梁州刺史張光卒，愍帝以侍中第五猗爲征南大將軍，監荆、梁、益、寧四州，出自武關。賊率杜曾、摯瞻、胡混等並迎猗，奉之。」叙事較元紀爲詳，而又不著年月。通鑑八十九叙杜曾迎猗事於建興三年，蓋據華陽國志八。張光之死，在建興元年九月，約計必數月之後，朝廷始得聞之。及出鎮，間關赴任，逮其至達武關，當在是年耳。至於杜曾、摯瞻之與猗并力，不必同在一時。晉書特因周訪之破曾在建武元年，遂總叙之於此。其實瞻之與猗距敦，不妨自在建興之末。故晉書、通鑑及摯氏世本年月雖不合，似矛盾而非矛盾也。元帝紀又曰：「大興二年五月甲子，梁州刺史周訪及杜曾戰於武當，斬之，擒第五猗。」周訪傳云：「王敦以從弟廙爲荆州刺史，討曾大敗。曾遂逐廙，徑造沔口，大爲寇害。元帝命訪擊之。進至沌陽，訪親鳴鼓，將士皆騰躍奔走，曾遂大潰。訪夜追之，鼓行而進，遂定漢、沔。曾等走固武當。」此即元紀建武元年八月事也。又云：「訪謂僚佐曰：『今不斬曾，禍難未已。』於是出其不意，又擊破之。曾遁走，訪部將蘇温收曾詣軍，并獲第五猗、胡混、摯瞻等，送於王敦。又白敦，説猗逼於曾，不宜殺。敦不從而斬之。」此即元紀大興二年五月事也。世本既言瞻以距敦被害，則必與第五猗同時死矣。晉書及通鑑九十一竟不言瞻所終，則未考孝標之注也。瞻爲王敦參軍，當在建興四年以前。吴士鑑晉書斠注五十八謂猗爲敦所斬，而瞻則敦用爲參軍，非也。李慈銘越縵堂日記二十三册光緒元年九月二十四日記云：「晉書周訪傳，有賊率摯瞻。考世説註引摯氏世本，瞻固晉之忠臣。第五猗受愍帝之命，由侍中出爲荆州刺史。時元帝已有江表之地，而長安旋没於劉聰。愍帝被虜，猗特不順於元帝，與華軼、周馥同科。元帝之討滅猗等，正與漢光武之殺謝躬無異。而晉書元帝紀遽書猗與杜曾同反，已爲乖誤，至王敦此時方爲元帝所倚信，未有反迹。要之，摯瞻自以忤敦而死，而名爲賊帥，何其謬耶！」

43 梁國楊氏子，九歲，甚聰惠。孔君平王隱晉書曰：「孔坦字君平，會稽山陰人。善春秋，有文辯。歷太子舍人，累遷廷尉卿。」詣其父，父不在，乃呼兒出，爲設果。果有楊梅，孔指以示兒曰：「此是君家果。」兒應聲答曰：「未聞孔雀是夫子家禽。」〔一〕

【箋　疏】

〔一〕程炎震云：「御覽三百八十五，四百六十四引郭子同。五百二十八引郭子作楊修、孔融。」李慈銘云：「案金樓子捷對篇作楊子州答孔永語。太平廣記詼諧門引啟顔録作晉楊修答孔君平。」嘉錫案：楊德祖非晉人，晉亦不聞别有楊修，啟顔録誤也。敦煌本殘類書曰：「楊德祖少時與孔融對食梅。融戲曰：『此君家菓。』祖曰：『孔雀豈夫子家禽？』」與諸書又不同。皆一事而傳聞異辭。

44 孔廷尉以裘與從弟沈，孔氏譜曰：「沈字德度，會稽山陰人。祖父奕，全椒令。父群，鴻臚卿。沈至琅邪王文學。」沈辭不受。廷尉曰：「晏平仲之儉，祠其先人，豚肩不掩豆，猶狐裘數十年，劉向別録曰：「晏平仲名嬰，東萊夷維人。事齊靈公、莊公，以節儉力行重於齊。」禮記曰：「晏平仲祀其先人，豚肩不掩豆，君子以爲儉也。」又曰：「晏子一狐裘三十年，晏子焉知禮？」注：「豚，俎實也。豆，徑尺。言併豚之兩肩不能掩豆，喻少也。」卿復何辭此？」於是受而服之。

45 佛圖澄與諸石遊〔一〕，澄別傳曰：「道人佛圖澄，不知何許人，出於燉煌，好佛道，出家爲沙門。永嘉中，至洛陽，值京師有難，潛遁草澤間。石勒雄異好殺害，因勒大將軍郭默略見勒。以麻油塗掌，占見吉凶。數百里外聽浮圖鈴聲，逆知禍福。勒甚敬信之。虎即位，亦師澄，號大和尚。自知終日。開棺無屍，唯袈裟法服在焉。」林公曰：「澄以石虎爲海鷗鳥。」趙書曰：「虎字季龍，勒從弟也。征伐每斬將搴旗。勒死，誅勒諸兒，襲位。」莊子曰：「海上之人好鷗者，每旦之海上，從鷗游，鷗之至者數百而不止。其父曰：『吾聞鷗鳥從汝游，取來玩之。』明日之海上，鷗舞而不下。」〔二〕

【校文】

注「開棺無屍」　「屍」，景宋本及沈本俱作「尸」。

注「來玩之」「玩」，景宋本作「翫」。

【箋疏】

〔一〕封氏聞見記卷八云：「邢州内丘縣西，古中丘城寺有碑，後趙石勒光初五年所立也。碑云：『太和上佛圖澄願者，天竺大國罽賓小王之元子，本姓濕。所以言濕者，思潤里（一作理）國，澤被無外，是以號之爲濕。』按高僧傳、名僧傳、晉書藝術傳，佛圖澄並無此姓。今云姓濕，亦異聞也。」

〔二〕程炎震云：「今莊子無鷗鳥事，乃在列子黄帝篇耳。然宋書六十七謝靈運山居賦云：『撫鷗鯈而悦豫。』其自注亦云：『莊周云：「海人有機心，鷗鳥舞而不下。」』疑今本莊子有佚文也。」嘉錫案：漢書藝文志莊子五十二篇，今郭象注本止三十三篇，逸者多矣。劉注所引，逸篇之文也。列子僞書，襲自莊子耳。困學紀聞十、讀書脞録續編三所輯莊子逸文甚多，獨失載此條，蓋偶未檢。

46 謝仁祖年八歲〔一〕，謝豫章鯤。子別見。將送客，爾時語已神悟，自參上流。諸人咸共歎之曰：「年少，一坐之顔回。」仁祖曰：「坐無尼父，焉別顔回？」晉陽秋曰：「謝尚字仁祖，陳郡人，鯤之子也。韶齔喪兄，哀慟過人。及遭父喪，温嶠唁之，尚號叫極哀。既而收涕告訴，有異常童。嶠奇之，由是知名，仕至鎮西將軍、豫州刺史。」

【箋　疏】

〔一〕程炎震云：「尚生於永嘉二年戊辰，鯤以永昌元年壬午卒，尚時年十五。」

47 陶公疾篤〔一〕，都無獻替之言，朝士以爲恨。陶氏叙曰：「侃字士衡，其先鄱陽人，後徙尋陽。侃少有遠槩綱維宇宙之志。察孝廉，入洛，司空張華見而謂曰：『後來匡主寧民，君其人也。』劉弘鎮沔南，取爲長史，謂侃曰：『昔吾爲羊太傅參佐，見語云：「君後當居身處。」今相觀，亦復然矣。』累遷湘、廣、荆三州刺史，加羽葆鼓吹，封長沙郡公、大將軍。贊拜不名，劍履上殿。進太尉，贈大司馬，謚桓公。」按王隱晉書載侃臨終表曰：「臣少長孤寒，始願有限，過蒙先朝歷世異恩。臣年垂八十，位極人臣，啟手啟足，當復何恨！但以餘寇未誅，山陵未復，所以憤慨兼懷，唯此而已！猶冀犬馬之齒，尚可少延，欲爲陛下北吞石虎，西誅李雄，勢遂不振，良圖永息。臨書振腕，涕泗橫流。伏願遴選代人，使必得良才，足以奉宣王猷，遵成志業。則雖死之日，猶生之年。」有表若此，非無獻替。仁祖聞之曰：「時無豎刁，故不貽陶公話言。」呂氏春秋曰：「管仲病，桓公問曰：『子如不諱，誰代子相者？豎刁何如？』管仲曰：『自宮以事君，非人情，必不可用！』後果亂齊。」時賢以爲德音。

【校　文】

注「臨書振腕」「振」，景宋本及沈本俱作「扼」。

【箋疏】

〔一〕程炎震云：「咸和九年陶侃薨。」

48 竺法深在簡文坐，劉尹問：「道人何以游朱門？」答曰：「君自見其朱門，貧道如游蓬户。」高逸沙門傳曰：「法師居會稽，皇帝重其風德，遣使迎焉，法師暫出應命。司徒會稽王天性虛澹，與法師結殷勤之歡。師雖升履丹墀，出入朱邸，泯然曠達，不異蓬宇也。」或云卞令。別見〔一〕。

【箋疏】

〔一〕嘉錫案：高僧傳卷四竺道潛傳作潛常於簡文處遇沛國劉惔，惔嘲之曰「道士何以游朱門」云云，與此不同者。劉惔與劉恢實即一人，故彼作劉惔，而此稱劉尹，說詳賞譽篇「庾穉恭與桓温書」條下。

49 孫盛爲庾公記室參軍，中興書曰：「盛字安國，太原中都人。博學强識，歷著作郎、瀏陽令。庾亮爲荊州，以爲征西主簿，累遷祕書監。」從獵，將其二兒俱行。庾公不知，忽於獵場見齊莊，時年七八歲。庾謂曰：「君亦復來邪？」應聲答曰：「所謂『無小無大，從公于邁』。」〔一〕

【箋疏】

〔一〕嘉錫案：二語乃詩魯頌泮宮篇語。

50 孫齊由、齊莊二人小時詣庚公，公問齊由「何字」，答曰：「字齊由。」公曰：「欲何齊邪？」曰：「齊許由。」晉百官名曰：「孫潛字齊由，太原人。」中興書曰：「潛，盛長子也，豫章太守。殷仲堪下討王國寶，潛時在郡，逼爲咨議參軍，固辭不就，遂以憂卒。」齊莊「何字」，答曰：「字齊莊。」公曰：「欲何齊？」曰：「齊莊周。」公曰：「何不慕仲尼而慕莊周？」對曰：「聖人生知，故難企慕。」庾公大喜小兒對。孫放別傳曰：「放字齊莊，監君次子也。年八歲，太尉庾公召見之。放清秀，欲觀試，乃授紙筆令書，放便自疏名字。公題後問之曰：『爲欲慕莊周邪？』放書答曰：『意欲慕之。』公曰：『何故不慕仲尼而慕莊周？』放曰：『仲尼生而知之，非希企所及；至於莊周，是其次者，故慕耳。』公謂賓客曰：『王輔嗣應答，恐不能勝之。』卒長沙王相。」〔一〕

【箋疏】

〔一〕書鈔一百三十八引孫放別傳曰：「庾公建學校，君年最幼，入爲學生，班在諸生後。公問：『君何獨居後？』答曰：『不見船柂乎？在後所以正舡也。』」

51 張玄之、顧敷，是顧和中外孫，皆少而聰惠。和並知之，而常謂顧勝，親重偏至，張頗不厭。敷別見。續晉陽秋曰：「張玄之字祖希，吴郡太守澄之孫也。少以學顯，歷吏部尚書，出爲冠軍將軍、吴興太守。會稽内史謝玄同時之郡，論者以爲南北之望。玄之名亞謝玄，時亦稱南北二玄，卒於郡。」于時張年九歲，顧年七歲，和與俱至寺中。見佛般泥洹像，弟子有泣者，有不泣者，和以問二孫。玄謂「被親故泣，不被親故不泣」。敷曰：「不然，當由忘情故不泣，不能忘情故泣。」大智度論曰：「佛在陰庵羅雙樹間入般涅槃，卧北首〔一〕，大地震動。諸三學人，僉然不樂，郁伊交涕；諸無學人，但念諸法，一切無常。」

【校　文】

「被親」　「被」，景宋本及沈本俱作「彼」。

「不被」　景宋本及沈本俱作「彼不」。

注「卧北首」　「卧」，景宋本及沈本俱作「床」。

注「諸三」　景宋本作「諸二」。

【箋　疏】

〔一〕慧琳一切經音義廿五曰：「般者，音補末反，此梵語也。準經翻爲入也。涅槃，此翻爲圓寂也。」希麟續一切經音義十曰：「泥洹，或云般泥洹，或云泥越，或云般涅槃，或但云涅槃。此云圓寂。」法雲翻譯名義集五曰：「肇師涅槃論曰：秦言無爲，亦名滅度。言其大患永滅，超度四流。法華、金剛皆云滅度。奘三藏翻爲圓寂，賢首云：德無不備稱圓，障無不盡稱寂。」

52　庾法暢造庾太尉〔一〕，握麈尾至佳〔二〕，公曰：「此至佳，那得在？」法暢曰：「廉者不求，貪者不與，故得在耳。」法暢氏族所出未詳〔三〕。法暢著人物論，自叙其美云：「悟鋭有神，才辭通辯。」

【箋　疏】

〔一〕嘉錫案：庾法暢當作康法暢。

〔二〕嘉錫案：今人某氏（忘其名氏）日本正倉院考古記曰：「麈尾有四柄，此即魏、晉人清談所揮之麈。其形如羽扇，柄之左右傅以麈尾之毫，絶不似今之馬尾拂麈。此種麈尾，恒於魏、齊維摩説法造像中見之。最初者，當始於雲岡石窟魏獻文帝時代造營之第五洞，洞内後室中央大塔二層四面中央之維摩。厥後龍門濱陽洞中，洞正面上部右面之維摩。天龍山第三洞，東壁南端之維摩。又瑞典西倫氏中國雕刻集中所載，北魏正始元年、孝昌三年，北齊天保八年諸石刻中維摩所持之麈尾，幾無不與正倉院所陳者同形。不過依時代關係，形式略有變化。然皆作扇形也。陳品中有栜柄麈尾。柄，柿木質。牙裝剥落，尾毫尚存少許。今陳黑漆函中，可想見其原形。」

〔三〕嘉錫案：高僧傳四康僧淵傳云：「晉成之世，與康法暢、支敏度等俱過江。暢亦有才思，善爲往復，著人物始義論等。暢常執麈尾行。每值名賓，輒清談盡日。庾元規謂暢曰：『此麈尾何以常在？』暢曰云云。」考晉代沙門，無以庾爲姓者。康爲西域胡姓。然晉人出家，亦從師爲姓。故孝標以爲疑。後文學篇注於康僧淵亦云：「氏族所出未詳。」足證二人皆姓康矣。

53 庾穉恭爲荆州，庾翼別傳曰：「翼字穉恭，潁川鄢陵人也。少有大度，時論以經略許之。兄太尉亮薨，朝議推才，乃以翼都督七州，進征南將軍、荆州刺史。」〔一〕以毛扇上武帝〔二〕。武帝疑是故物。傅咸羽扇賦序曰：「昔吴人直截鳥翼而摇之，風不減方圓二扇，而功無加，然中國莫有生意者。滅吴之後，翕然貴之，無人不用。」按庾懌以白羽扇獻武帝，帝嫌其非新，反之，不聞翼也〔三〕。侍中劉劭曰：文字志曰：「劭字彦祖，彭城叢亭人。祖訥，司隸校尉。父松，成皋令。劭博識好學，多藝能，善草隸。初仕領軍參軍，太傅出東，劭謂京洛必危，乃單馬奔揚州。歷侍中、豫章太守。」「柏梁雲構，工匠先居其下；管弦繁奏，鍾、夔先聽其音。鍾，鍾期也。夔，舜樂正。穉恭上扇，以好不以新。」庾後聞之曰：「此人宜在帝左右。」〔四〕

【箋疏】

〔一〕嘉錫案：文館詞林四百五十七：張望江州都督庾翼碑銘云：「建元二年，康帝晏駕。俄而季兄司空薨逝，乃授都督江荆司冀雍梁益七州諸軍事、征西將軍，領護南蠻校尉，刺史如故。」據碑，亮薨後翼先督三州，進督六州，又連轉督三州五州，冰薨後乃督七州。注所引別傳有删節，又碑及晉書穆帝紀、翼本傳均作征西將軍。此作征南誤。

〔二〕李慈銘云：「案武帝當作成帝。晉書庾懌傳言是懌上成帝。成與武字形相似也。各本皆誤。」

〔三〕嘉錫案：類聚卷六十九引語林，正作成帝。御覽卷七百二誤作城帝。書鈔一百三十四引嵇含羽扇賦序曰：「吳楚之士，多執鶴翼以爲扇。雖曰出自南鄙，而可以遏陽隔暑。大晉附吳，遷其羽扇，御於上國。」與傅咸序可以互證。演繁露曰：「諸葛武侯揮白羽扇，指麾三軍。顧榮征陳敏，自以羽扇揮之。敏衆大潰。晉中興徵説曰：『舊羽扇翮用十毛，王敦始省改止用八毛。其羽翮損少，飛翥不終，此其兆也。』據此語以求其制度，則是取鳥羽之白者，插扇柄中，全而用之，不細析也。」嘉錫又案：傅咸言直截鳥翼而摇之，正謂用全翮。今之羽扇猶如此。知其制古今不異，想南宋時不甚行用，故程泰之重費考證耳。

〔四〕嘉錫案：「此人宜在帝左右」，此出語林，見御覽卷七百二引。

54 何驃騎亡後，何充別見〔一〕。徵褚公入。既至石頭，王長史、劉尹同詣褚。褚曰：「真長何以處我？」真長顧王曰：「此子能言。」褚因視王，王曰：「國自有周公。」晉陽秋曰：「充之卒，議者謂太后父裒宜秉朝政，裒自丹徒入朝。吏部尚書劉遐勸裒曰：『會稽王令德，國之周公也，足下宜以大政付之。』裒長史王胡之亦勸歸藩，於是固辭歸京。」〔二〕

【箋　疏】

〔一〕程炎震云：「永和二年何充卒。」

〔二〕李慈銘云：「案褚裒先以都督徐、兖二州刺史，假節鎮京口。此處京下脱一『口』字，各本皆脱。」

55 桓公北征經金城，見前爲琅邪時種柳，皆已十圍，慨然曰：「木猶如此，人何以堪！」攀枝執條，泫然流淚〔一〕。桓温别傳曰：「温字元子，譙國龍亢人，漢五更桓榮後也。父彝，有識鑒。温少有豪邁風氣，爲温嶠所知，累遷琅邪内史，進征西大將軍，鎮西夏。時逆胡未誅，餘燼假息，温親勒郡卒，建旗致討，清蕩伊、洛，展敬園陵。薨，謚宣武侯。」

【箋　疏】

〔一〕李詳云：「晉書桓温傳作『自江陵北伐』，即採此條。錢少詹大昕晉書考異云：『宋書州郡志：「晉亂，琅邪國人隨元帝過江千餘户。太興三年立懷德縣。成帝咸康元年，桓温領郡，鎮江乘之蒲洲上，求割丹陽之江乘縣立郡。」則温所治之琅玡在江南之江乘，金城亦在江乘。今上元縣北境也。温自江陵北伐，何容取道江南邪？』又案郝懿行晉宋書故：『金城是琅邪郡下小地名，控鎮南北。而晉書地理志無之。宋書州郡志亦無此縣，唯南琅邪郡下云「成帝咸康元年，桓温領郡」云云。而世説言語篇「桓公北征」云云，温北征乃自江陵，何由至琅邪之金城？此世説誤耳。』」劉盼遂曰：「案通鑑晉紀：穆帝永和十二年，温自江陵北伐。海西公太和四年，温發姑孰伐燕。金城泣柳事，當在太和四年之行。由姑孰赴廣陵，金城爲所必經。攀枝流涕，當此時矣。唐修晉書誤繫此事於永和十二年北伐之役，可謂大誤。温於永和十二年之役，北伐姚襄，由江陵赴洛陽，浮漢北上。寧容迂道丹陽？此一不合也。太初四年枋頭之役，温時已成六十之叟，覽此樹之葱蘢，傷大命之未集，故撫今追昔，悲不自勝。若洛陽之役，在玆十年前，正温强武之時，寧肯頹唐若是？此二不合也。緣晉書致誤，由於採擄世説及庾信枯樹賦而未加以覈校，故有此失。錢氏考異亦止考其不合，而未能求其合也。」嘉錫案：建康實録九引圖經云：「金城，吴築，在今縣城東北五十里。中宗於此立瑯琊郡也。」通鑑九十七：康帝建元二年，以褚裒爲左將軍，都督兗州、徐州之琅玡諸軍事，兗州刺史，鎮金城。注云：「金城在江乘之蒲洲。琅玡僑郡，亦以爲治所。」景定建康志十五云：「晉元帝於江乘之金城立琅邪郡，在舊江寧縣東北五十里。」又卷二十引舊志：「金城在城東二十五里，吴築。今上元縣金城鄉地名金城戍，即其地。」並附考證云「吴後主寳鼎二年，以靈輿法駕迎神於明陵。後主於金城門外露宿。晉大興中，王氏舉兵反，將軍劉隗軍於金城。咸康中，桓温出鎮江東之金城。後温北伐，經金城，見爲琅邪時所種柳」云云。然則金城即南琅邪郡治，先有金城，而後有琅邪。錢氏謂琅邪、金城皆在江乘，郝氏以金城爲琅邪郡下小地名，皆非也。錢氏又云：「晉書桓温傳：『温自江陵北伐，行經金城，見少爲琅邪時所種柳皆已千圍。』乃因庾信枯樹賦有『昔年移柳，依依漢南』之語，遂疑金城爲漢南地耳。不知賦家寓言，多非其實。即以此賦言之，殷仲文爲東陽太守，在桓玄事敗之後。而篇末乃言『桓大司馬聞而歎曰』，豈非子虚亡是之談乎？此事出世説言語篇，但云北征，本無江陵字。」嘉錫以爲：此非獨唐修晉書之誤，其先蓋亦有所承也。何以言之？建康實録自卷五至卷十，皆叙東晉之事，與今晉書異同極夥，不知本之何家。其卷九桓温附傳「尋又北伐，經金城」云云，雖不言自江陵北伐，然叙在大破姚襄於伊水之前，與今晉書合。此必臧榮緒諸家有採用世説，而誤以金城爲在漢南者。故庾信摭以入賦。唐修晉書又因襲之耳。賦家固多寓言，亦何必悠謬其詞，移之千里哉！至於世説所叙，本無可疑。而郝氏不加詳考，强指爲誤，則其史學不精之過也。

56 簡文作撫軍時，嘗與桓宣武俱入朝，更相讓在前。宣武不得已而先之，因曰：「伯也執殳，爲王前驅。」〔一〕衛詩也。殳，長一丈二尺，無刃。簡文曰：「所謂『無小無大，從公于邁』。」〔二〕

【箋　疏】

〔一〕伯也執殳二句，見詩伯兮篇。

〔二〕無小無大二句，見詩魯頌泮宮篇。

57 顧悦與簡文同年〔一〕，而髮蚤白。中興書曰：「悦字君叔，晉陵人。初爲殷浩揚州别駕。浩卒，上疏理浩。或諫以浩爲太宗所廢，必不依許，悦固争之，浩果得申，物論稱之。後至尚書左丞。」簡文曰：「卿何以先白？」對曰：「蒲柳之姿，望秋而落；松柏之質，經霜彌茂。」〔二〕顧凱之爲父傳曰：「君以直道陵遲於世。入見王，王髮無二毛，而君已斑白。問君年，乃曰：『卿何偏蚤白？』君曰：『松柏之姿，經霜猶茂；臣蒲柳之質，望秋先零。受命之異也。』王稱善久之。」

【箋　疏】

〔一〕李慈銘云：「案晉書作顧悦之。」程炎震云：「簡文崩時年五十三。」

〔二〕學林五云：「爾雅曰：『檉，河柳。楊，蒲柳。』所謂蒲柳者，乃柳之一種，其名爲蒲柳，是一物也。春秋左氏傳曰：『董澤之蒲，可勝既乎？』杜預注曰：『蒲柳可以爲箭。』崔豹古今注曰：『蒲柳，水邊生，葉似青楊，亦名蒲楊。』馬融廣成頌曰：『樹以蒲柳，被以緑莎。』用蒲柳對緑莎，不誤也。晉書：

『顧悦之與簡文帝同年，而髮早白。帝問其故，對曰：「松柏之姿，經霜猶茂；蒲柳之質，望秋先零。」』以松柏對蒲柳，意謂蒲草與柳爲二物也，誤矣。杜子美重過何氏詩曰：『手自移蒲柳，家纔足稻粱。』亦以蒲柳爲二物，蓋循悦之誤也。」嘉錫案：晉書及世説皆用顧凱之所撰家傳，非史臣所自記。晉、唐詩文，雖尚駢偶，然只須字面相對。非如宋人四六必求，銖兩悉稱也。如觀國説，顧悦之既不知蒲柳之爲一物，而杜詩又沿其誤，則試問如學林卷八所舉杜詩「天上鳴鴻雁，池中足鯉魚。浪傳烏鵲喜，深得鶺鴒詩」皆以二物對一物，又沿誰之誤乎？如其必不可對也，豈其詩律極細之老杜，尚不之知？必待一素無詩名之王觀國吹毛而求疵乎？然則顧悦之與杜子美皆未嘗誤也。觀國能考證而不知文義，遽妄議古人，殊爲可哂！以其説蒲柳尚詳，故仍録之，備參考焉。

58 桓公入峽，絶壁天懸，騰波迅急。晉陽秋曰：「温以永和二年，率所領七千餘人伐蜀，拜表輒行。」迺歎曰：「既爲忠臣，不得爲孝子，如何？」漢書曰：「王陽爲益州刺史，行部至邛郲九折坂，歎曰：『奉先人遺體，奈何數乘此險！』以病去官。後王尊爲刺史，至其坂，問吏曰：『非王陽所畏之道邪？』吏曰：『是。』叱其馭曰：『驅之！王陽爲孝子，王尊爲忠臣。』」

59 初，熒惑入太微，尋廢海西。晉陽秋曰：「泰和六年閏十月，熒惑守太微端門。十一月，大司馬桓温廢帝爲海西公。」晉安帝紀曰：「桓温於枋頭奔敗，知民望之去也，乃屠袁真於壽陽。既而謂郗超曰：『足以雪枋頭之恥乎？』超曰：『未厭有識之情也。公六十之年，敗於大舉，不建高世之勳，未足以鎮厭民望。』因説温以廢立之事。時温夙有此謀，深納超言，遂廢海西。」〔一〕簡文登阼，復入太微，帝惡之。徐廣晉紀曰：「咸安元年十二月，熒惑逆行入太微，至二年七月，猶在焉。帝懲海西之事，心甚憂之。」時郗超爲中書在直。中興書曰：「超字景興，高平人，司空愔之子也。少而卓犖不羈，有曠世之度。累遷中書郎、司徒左長史。」引超入曰：「天命脩短，故非所計，政當無復近日事不？」超曰：「大司馬方將外固封疆，内鎮社稷，必無若此之慮。臣爲陛下以百口保之。」帝因誦庾仲初詩庾闡從征詩也。曰：「志士痛朝危，忠臣哀主辱。」聲甚悽厲。郗受假還東，帝曰：「致意尊公，家國之事，遂至於此！由是身不能以道匡衛，思患預防，愧歎之深，言何能喻！」因泣下流襟。續晉陽秋曰：「帝外壓彊臣，憂憤不得志，在位二年而崩。」〔二〕

【校文】

注「枋頭之恥乎」　「乎」，景宋本作「耳」。

注「外壓彊臣」　「壓」，景宋本作「厭」。

【箋　疏】

〔一〕李慈銘云：「案安帝紀，安字誤。考隋書經籍志，不載有晉諸帝之紀。此注所引，亦止有安帝。蓋其書唐初已亡。然海西被廢之事，不應載於安帝之紀，所未喻也。隋志載陸機、干寶、曹嘉之、鄧粲、劉謙之、王韶之、徐廣、郭季産八家晉紀。舊唐志陸機晉紀作晉帝紀要。皆荀悦漢紀之類，非以一帝爲一紀也。此注所引有鄧粲紀。」嘉錫案：李説誤甚。隋志有晉紀十卷，宋吴興太守王韶之撰。章宗源考證二曰：「宋書王韶之傳：父偉之，少有志尚，當世詔命表奏，輒自書寫。泰元隆安時事，小大悉撰録之。韶之因此私撰晉安帝陽秋。既成，時人謂宜居史職。即除著作佐郎，使續後事，迄義熙九年。善叙事，辭論可觀，爲後代嘉史。」南史蕭韶傳曰：「昔王韶之爲隆安紀十卷。説晉末之亂。」史通雜述篇曰：「若王韶之晉安陸記，此之謂偏記者也。」世説注、初學記所引，並題韶之晉安帝紀。新、舊唐志則稱韶之崇安記。

〔二〕程炎震云：「文選三十八任昉爲齊明帝讓宣城公第一表注引孫盛晉陽春秋曰：『郗超假還東，簡文帝謂之曰：「致意尊公，家國之事，遂至於此。」』是此文出於孫盛，而孝標不引。吾疑安國著書於枋頭敗後，未必及禪代事，或選注誤耶？御覽四百六十九引此文，則云郭子。」嘉錫案：隋志於晉陽秋下明注云「訖哀帝」，則其書不得有簡文時事，無待繁言。選注「孫盛晉陽春秋」六字，乃檀道鸞續晉陽秋之誤標，本條注可證。其所以不引此數語者，以其文與世説同，不須複引耳。通鑑一百三注曰：「此亦清談，但情溢於言外耳。」

60 簡文在暗室中坐，召宣武。宣武至，問：「上何在？」簡文曰：「某在斯。」時人以爲能〔一〕。論語曰：「師冕見，及階，子曰：『階也。』及席，子曰：『席也。』皆坐，子告之曰：『某在斯，某在斯。』」注：「歷告坐中人也。」

【箋　疏】

〔一〕李慈銘云：「案『能』下當有『言』字，各本皆脱。」

61 簡文入華林園，顧謂左右曰：「會心處不必在遠。翳然林水，便自有濠、濮間想也。濠、濮，二水名也。莊子曰：「莊子與惠子游濠梁水上，莊子曰：『儵魚出游從容，是魚樂也。』惠子曰：『子非魚，安知魚之樂邪？』莊子曰：『子非我，安知我之不知魚之樂也？』」「莊周釣在濮水，楚王使二大夫造焉，曰：『願以境内累莊子。』莊子持竿不顧，曰：『吾聞楚有神龜者，死已三千年矣，巾笥而藏於廟。此寧曳尾於塗中，寧留骨而貴乎？』二大夫曰：『寧曳尾於塗中。』莊子曰：『往矣！吾亦寧曳尾於塗中。』」覺鳥獸禽魚，自來親人。」

【校　文】

注「釣在濮水」　「在」，沈本作「於」。

注「吾亦寧曳尾於塗中」　景宋本及沈本皆無「於」字。

「覺鳥獸」　「覺」上景宋本及沈本俱有「不」字。

62 謝太傅語王右軍曰：「中年傷於哀樂，與親友別，輒作數日惡。」王曰：文字志曰：「王羲之字逸少，琅邪臨沂人。父曠〔一〕，淮南太守。羲之少朗拔，爲叔父廙所賞。善草隸。累遷江州刺史、右軍將軍、會稽内史。」「年在桑榆〔二〕，自然至此，正賴絲竹陶寫。恒恐兒輩覺，損欣樂之趣。」〔三〕

【校　文】

注「父曠」　「曠」，景宋本作「曠」，是。

【箋　疏】

〔一〕李慈銘云：「案曠當作曠。晉書作曠，各本皆誤。」

〔二〕初學記一引淮南子曰：「日西垂景在樹端，謂之桑榆。」注云：「言其光在桑榆樹上。」嘉錫案：當是天文訓之文，今本脱去。後漢書馮異傳：「璽書勞異曰：『始雖垂翅回谿，終能奮翼黽池。可謂失之東隅，收之桑榆。』」李賢注：「淮南子曰：『至於衡陽，是謂隅中。』」又前書谷子雲曰：「太白出西方六十日，法當參天。今已過期，尚在桑榆間。」桑榆，謂晚也。

〔三〕文選二十四張茂先答何劭詩曰：「自昔同寮寀，於今比園廬。衰夕近辱殆，庶幾並懸輿。散髮重陰下，抱杖臨清渠。屬耳聽鶯鳴，流目翫儵魚。從容養餘日，取樂於桑榆。」右軍之言，似出於此。散髮巖阿與陶情絲竹，雖風趣不同，而所以欣然自樂，以遣餘年，其致一也。謝安晚歲，雖期功之慘，不廢妓樂。蓋藉以寄興消愁。王坦之苦相諫阻，而安不從。至謂「安北出户，不復使人思」，正憤其不能相諒耳。惟右軍深解其意，故其言莫逆於心。案右軍嘗諫安浮文妨要，豈於此忽相阿諛？蓋右軍亦深於情者。讀蘭亭序，足以知其懷抱。本傳言其誓墓之後，偏游名山，自言當以樂死。是其所好不在聲色，「絲竹陶寫」之言，殆專爲安石發也。然持論之正，終不及坦之。讀者賞其名雋可耳。

63 支道林常養數匹馬〔一〕。或言「道人畜馬不韻」。支曰：「貧道重其神駿。」〔二〕高逸沙門傳曰：「支遁字道林，河内林慮人，或曰陳留人，本姓關氏。少而任心獨往，風期高亮，家世奉法。嘗於餘杭山沈思道行，泠然獨暢。年二十五始釋形入道。年五十三終於洛陽。」〔三〕

【箋　疏】

〔一〕吴郡志九云：支遁菴在南峰，古號支硎山，晉高僧支遁嘗居此。硎山爲龕，甚寬敞。道林喜養駿馬，今有白馬磵，云飲馬處也。菴旁石上有馬足四，云是道林飛步馬跡也。

〔二〕建康實録八引許玄度集曰：「遁字道林，常隱剡東山，不遊人事，好養鷹馬，而不乘放，人或譏之，遁曰：『貧道愛其神駿。』」

〔三〕程炎震云：「道林安得終於洛陽！下卷傷逝門引支遁傳云：『太和元年終於剡之石城山。』高僧傳則云：『先經餘姚塢山中住，晉太和元年閏四月四日，終於所住，因葬焉。』」

64 劉尹與桓宣武共聽講禮記。桓云：「時有入心處，便覺咫尺玄門。」劉曰：「此未關至極，自是金華殿之語。」〔一〕漢書叙傳曰：「班伯少受詩於師丹。大將軍王鳳薦伯於成帝，宜勸學，召見宴暱〔二〕，拜爲中常侍。時上方向學，鄭寬中、張禹朝夕入説尚書、論語於金華殿，詔伯受之。」

【校　文】

注「宴暱」　景宋本作「宴昵」。

【箋　疏】

〔一〕李慈銘云：「案之字誤。」嘉錫案：劉尹意謂所聽者，不過儒生爲帝王説書之常談，非其至也。「之」

字不誤。

〔二〕李慈銘云：「案漢書作『召見宴昵殿』。張注：『親戚宴飲會同之殿也。』」

65 羊秉爲撫軍參軍，少亡，有令譽。夏侯孝若爲之叙，極相讚悼。羊秉叙曰：「秉字長達，太山平陽人。漢南陽太守續曾孫。大父魏郡府君，即車騎掾元子也〔一〕。府君夫人鄭氏無子，乃養秉。齠齔而佳，小心敬慎。十歲而鄭夫人薨，秉思容盡哀，俄而公府掾及夫人竝卒，秉群從父率禮相承，人不閒其親，雍雍如也。仕參撫軍將軍事，將奮千里之足，揮沖天之翼，惜乎春秋三十有二而卒。昔罕虎死，子産以爲無與爲善，自夫子之没，有子産之歎矣！亡後有子男又不育，是何行善而禍繁也？豈非司馬生之所惑歟？」羊權爲黄門侍郎，侍簡文坐。帝問曰：「夏侯湛别見。作羊秉叙，絶可想〔二〕。是卿何物？有後不？」羊氏譜曰：「權字道輿，徐州刺史悦之子也。仕至尚書左丞。」〔三〕權潸然對曰：「亡伯令問夙彰，而無有繼嗣。雖名播天聽，然胤絶聖世。」帝嗟慨久之。

【箋　疏】

〔一〕李慈銘云：「案魏郡府君，羊祉也。車騎掾者，羊繇也。但晉書羊祜傳，言魏郡太守祉爲京兆太守祕之子。據此叙稱大父，是祉與祕皆續之子。則祉爲祕弟，疑晉書誤也。」

〔二〕嘉錫案：湛事見文學篇「夏侯湛作周詩」條注。

〔三〕李慈銘云：「案悦當作忱。卷中方正篇兩見，皆作忱。宋書羊欣傳亦言『曾祖忱，晉徐州刺史』。」

66 王長史與劉真長別後相見〔一〕，王長史別傳曰：「濛字仲祖，太原晉陽人。其先出自周室，經漢、魏，世爲大族。祖父佐，北軍中候。父訥〔二〕，葉令。濛神氣清韶，年十餘歲，放邁不群。弱冠檢尚，風流雅正，外絶榮競，内寡私欲。辟司徒掾、中書郎，以后父贈光禄大夫。」王謂劉曰：「卿更長進。」答曰：「此若天之自高耳。」〔三〕語林曰：「仲祖語真長曰：『卿近大進。』劉曰：『卿仰看邪？』王問何意，劉曰：『不爾，何由測天之高也。』」

【箋疏】

〔一〕歷代名畫記五曰：「王濛字仲祖，晉陽人。放誕不羈，書比庾翼。丹青特妙，頗希高達。常往驢肆家畫轜車，自云：『我嗜酒、好肉、善畫，但人有飲食、美酒、精絹，我何不往也？』特善清言，爲時所重。卒時年三十九。官至司徒左長史。」原注云：「事見中興書。」

〔二〕嘉錫案：容止篇注引王氏譜云：「訥父祐，散騎常侍。」晉書王湛傳云：「嶠字開山（湛族孫），父佑，以才智稱，爲楊駿腹心。駿之排汝南王亮，退衛瓘，皆佑之謀也。位至北軍中候。」王濛傳亦云：「佑，北軍中候。」楊駿傳云：「濟（駿弟）與兄珧，深慮盛滿，乃共切諫。駿斥出王佑爲河東太守。」

隋志有晉散騎常侍王佑集三卷，録一卷。兩唐志均作王祜。其人名及官職，互有不同如此。吴士鑑作王濛傳注，謂祐爲佑之譌。又誤作祜。官名則各舉其一，其説是也。訥事見容止篇「周侯説王長史父」條。

〔三〕李慈銘云：「案：人雖妄甚，無敢以天自比者。晉人狂誕，習爲大言。所詡精理玄辭，大率撫襲佛老。浮文支語，眩惑愚蒙。盛自矜標，相爲欺蔽。王、劉清談宗主，風流所歸。真長識元子之野心，戒車牛之禱疾。在於儕輩，最爲可稱。而有此譫言，至爲愚妄。臨川載之，無識甚矣。」程炎震云：「天之自高，用莊子田子方篇語，劉氏失注。」莊子：「老聃曰：『至人之於德也，不修而物不能離焉。若天之至高，地之至厚，日月之自明，夫何脩焉？』」

67 劉尹云：「人想王荆産佳，此想長松下當有清風耳。」荆産，王微小字也。王氏譜曰：「微字幼仁，琅邪人。祖乂，平北將軍。父澄，荆州刺史。微歷尚書郎、右軍司馬。」

【校　文】

注諸「微」字　沈本俱作「徽」。晉書澄傳云：「次子徽，右軍司馬。」則作徽者是。

68 王仲祖聞蠻語不解，茫然曰：「若使介葛盧來朝，故當不昧此語。」春秋傳曰：「介葛盧來朝魯，聞牛鳴，曰：『是生三犧，皆用之矣。其音云。』問之而信。」杜預注曰：「介，東夷國。葛盧，其君名也。」

69 劉真長爲丹陽尹〔一〕，許玄度出都就劉宿〔二〕。續晉陽秋曰：「許詢字玄度，高陽人，魏中領軍允玄孫。總角秀惠，衆稱神童，長而風情簡素。司徒掾辟〔三〕，不就，蚤卒。」牀帷新麗，飲食豐甘。許曰：「若保全此處，殊勝東山。」劉曰：「卿若知吉凶由人，吾安得不保此！」春秋傳曰：「吉凶無門，惟人所召。」王逸少在坐曰：「令巢、許遇稷、契，當無此言。」二人並有愧色。

【校文】

「就劉宿」　景宋本及沈本俱無「劉」字。

【箋疏】

〔一〕程炎震云：「劉惔爲尹，晉書不著何年。德行篇云：『劉尹在郡，臨終綿惙。』惔傳亦云『卒官』。傳又記孫綽誄褚裒，言及惔流涕事。按裒以永和五年卒，則惔之死，必先於裒。而簡文輔政在永和二年，知惔之爲尹，亦在二年以後，五年以前矣。晉書王羲之傳叙此於永和十一年去官之後，殊謬。」

嘉錫案：惔傳云：「簡文帝初作相，與王濛並爲談客，累遷丹陽尹。」故程氏以爲惔爲尹必在簡文輔政之後，然不引本傳語，意殊不明。建康實録八云：「永和三年十二月，以侍中劉惔爲丹陽尹。」然則無煩考證矣。

〔二〕李慈銘云：「案許詢晉書無傳。宋高似孫剡録引晉中興書云：『父旼，元帝渡江，遷會稽内史，因居焉。』又引許氏譜云：『玄度母華軼女。』」玄度至建業，劉尹爲於郡立齋以處之。詳見後「劉尹云」條。又案：越縵堂日記第二十一册五十六葉云：「晉書無許詢支遁等傳。名言佳事，刊落甚多。蓋以鳩摩羅什、佛圖澄皆有道術，故入之藝術傳。遁既緇流，而以風尚著稱，無類可歸，遂從闕略。然不列詢於隱逸，又何説乎？若收許詢，便可附入道林。因及釋道安、竺法深、慧遠諸人，標舉勝會，亦自可觀，作史者所不當遺也。許詢，剡録有傳，集晉書、世説及晉陽秋、中興書而成者。」嘉錫案：剡録傳末有「入剡山，莫知所止。或以爲昇仙」數語，乃御覽五百三所引中興書，其文本兼叙高陽許詢、丹陽許玄二人之事。此數語乃玄事也。而高似孫誤屬之詢。知其所輯，不可盡據矣。文選三十一江文通擬許徵君自序詩，李善注引晉中興書曰：「高陽許詢，字玄度。寓居會稽，司徒蔡謨辟不起。詢有才藻，善屬文，時人士皆欽愛之。」唐無名氏文選集注六十二引公孫羅文選抄曰：「徵爲司徒掾，不就。故號徵君，好神遊，樂隱遁之事。祖式，濮陽太守。父助，山陰令。」隱録云：「詢總角奇秀，衆謂神童。隱在會稽幽究山，與謝安、支遁遊處，以弋釣嘯詠爲事。」建康實録八曰：「詢字玄度，高陽人。父歸，以琅琊太守隨中宗過江，遷會稽内史，因家於山陰。詢幼沖靈，好泉石，清風朗月，舉酒永懷。中宗聞而徵爲議郎，辭不受職。遂託跡，居永興。肅宗連徵司徒掾，不就。乃策杖披裘，隱於永興西山。憑樹構堂，蕭然自致。至今此地，名爲蕭山。遂舍永興、山陰二宅爲寺。家財珍異，悉皆是給。既成，啟奏。孝宗詔曰：『山陰舊宅，爲祇洹寺。永興新居，爲崇化寺。』既而移皋屯之巖，常與沙門支遁及謝安石、王羲之往來。至今皋屯呼爲許玄度巖也。」嘉錫案：合此三書，玄度生平可以見矣。劉注引續晉陽秋，惟云允玄孫，不及其祖父。唐書宰相世系表云：「許允，魏中領軍、鎮北將軍。三子：殷、動、猛。允孫式。式子販，字仲仁，晉司徒掾。子詢，字玄度。」與續晉陽秋言允玄孫者合。考魏志夏侯尚傳附許允事，裴注引世語曰：「允二子：奇、猛。猛幽州刺史。」則唐表謂允三子者誤。又引晉諸公贊曰：「猛子式，字儀祖，有才幹。至濮陽内史、平原太守。」則玄度之祖式，乃猛之子。可以補唐表之闕。惟其父之名乃有旼、助、歸、販四字之不同。考元和姓纂六、古今姓氏書辯證二十三上聲八語，均作「式子皈」，即歸字。與建康實録合。其作旼、作助、作販者，皆以形近致誤也。其官亦當以實録言會稽内史者爲是。唐表言司徒掾，乃誤以玄度之官，加之其父耳。

〔三〕嘉錫案：注「司徒掾辟」當作「辟司徒掾」，各本皆誤倒。

70 王右軍與謝太傅共登冶城。揚州記曰：「冶城，吳時鼓鑄之所。吳平，猶不廢。王茂弘所治也。」謝悠然遠想，有高世之志。王謂謝曰：「夏禹勤王，手足胼胝；帝王世紀曰：「禹治洪水，手足胼胝。

世傳禹病偏枯，足不相過，今稱禹步是也。」文王旰食，日不暇給。尚書曰：「文王自朝至于日昃，不遑暇食。」今四郊多壘，禮記曰：「四郊多壘，卿大夫之辱也。」宜人人自效。而虛談廢務，浮文妨要，恐非當今所宜。」〔一〕謝答曰：「秦任商鞅，二世而亡，戰國策曰：「衛商鞅，諸庶孽子，名鞅，姓公孫氏〔二〕。少好刑名學，爲秦孝公相，封於商。」豈清言致患邪？」〔三〕

【校文】

注「衛商鞅諸庶孽子」　景宋本及沈本作「衛鞅衛諸庶孽子也」。

【箋疏】

〔一〕程炎震云：「王、謝冶城之語，晉書載於安石執政時，誠誤。晉略列傳二十七謝安傳，作『咸康中，庾冰强致之。會羲之亦爲庾亮長史，入都，共登冶城』云云。其自注曰：『安執政，羲之已歿。』遞推上年，惟是時二人共在京師。考庾冰爲揚州，傳不記其年。據本紀，當是咸康五年，王導薨後。其明年正月一日，庾亮亦薨。如周說，則王、謝相遇必於是年矣。然是年安石方二十歲，傳云弱冠詣王濛，爲所賞。中經司徒府辟，又除佐著作郎。恐庾冰强致，非當年事。右軍長安石十七歲，方佐劇府，鞅掌不遑。下都游憩，事或有之，無緣對未經事任之少年，而責以自效也。吾意是永和二三年間右軍爲護軍時事。安石雖累避徵辟，而其兄仁祖方鎮歷陽，容有下都之事，且年事既長，不能無意於當世，故右軍有此言耳。過此以往，則右軍入東，不至京師矣。」

〔二〕李慈銘云：「案史記商君傳：『商君者，衞之諸庶孽公子也。名鞅，姓公孫氏。』若戰國策，無此語。魏策但載公孫痤曰：『痤御庶子公孫鞅。』又秦策魏鞅下高誘注云：『衞公子叔痤之子也。』」嘉錫案：疑劉子誤史記爲戰國策耳。此處「衞」與「商鞅」字又誤倒，各本皆同。

〔三〕姚鼐惜抱軒筆記五云：「晉書謝安傳載安登石頭遠想，羲之規之。按逸少誓墓之後，未嘗更入都，而安之仕進，在逸少去官後。安在官而有遠想遺事之過，逸少安得規之？此事出於世説，則世説之妄也。唐時執筆者蓋乏學識，故其取舍皆謬。」

71 謝太傅寒雪日內集，與兒女講論文義。俄而雪驟，公欣然曰：「白雪紛紛何所似？」兄子胡兒曰：胡兒，謝朗小字也。續晉陽秋曰：「朗字長度，安次兄據之長子。安蚤知之。文義豔發，名亞於玄，仕至東陽太守。」「撒鹽空中差可擬。」兄女曰：「未若柳絮因風起。」〔一〕公大笑樂。即公大兄無奕女，左將軍王凝之妻也。王氏譜曰：「凝之字叔平，右將軍羲之第二子也。歷江州刺史、左將軍、會稽內史。」晉安帝紀曰：「凝之事五斗米道。孫恩之攻會稽，凝之謂民吏曰：『不須備防，吾已請大道，許遣鬼兵相助，賊自破矣。』既不設備，遂爲恩所害。」婦人集曰：「謝夫人名道蘊，有文才。所著詩、賦、誄、頌傳於世。」〔二〕

【箋　疏】

〔一〕宋陳善捫蝨新話三云：「撒鹽空中，此米雪也。柳絮因風起，此鵝毛雪也。然當時但以道韞之語爲工。予謂詩云：『相彼雨雪，先集維霰。』霰即今所謂米雪耳。乃知謝氏二句，當各有謂，固未可優劣論也。」嘉錫案：二句雖各有謂，而風調自以道韞爲優。

〔二〕丁國鈞晉書校文四曰：「道韞名韜元，見唐陳子良辯正論注。」嘉錫案：唐釋法琳辨正論七云：「謝氏通魂，見亡子而祈福。」子良注引晉録曰：「瑯玡王凝之夫人，陳郡謝氏，名韜元，奕女也。清心玄旨，姿才秀遠。喪二男，痛甚，六年不開帷幕。忽見二兒還，鉗鎖大械，勸母自寬，云：『罪無得脱，惟福德可免耳。』具叙諸苦，母爲祈福，冀獲福祐也。」廣記三百二十引幽冥録、法苑珠林四十五興福篇引冥祥記，均有王凝之夫人謝氏見二亡兒事。但無「夫人名韜元」及「清心」以下二語。此所引晉録不知何書，疑是何法盛晉中興書鬼神録也，所叙荒誕不足據。而道韞之名，則諸書所未聞。故從丁氏説，録之於此，以補孝標注所未備焉。晉書安帝紀：「隆安三年十一月甲寅，妖賊孫恩陷會稽，内史王凝之死之。」嘉錫案：羲之七子，晉書附傳者五人，均不言年若干。考其次第，凝之第二，見此注。獻之第七，見品藻篇「桓玄爲太傅」條。傷逝篇注曰：「獻之以泰元十二年卒，年四十五。」凝之之年，當較獻之十年以長。其死難時，獻之卒已十二年，則凝之壽當六十有餘，且七十矣。道韞之年，蓋與相若，故晉書列女傳言其爲獻之解圍時，施青綾步障自蔽。及嫠居會稽，見太守劉柳，乃簪髻素褥，坐於帳中。柳束脩整帶，造於別榻。則因年事已老，無嫌於後生也。

72 王中郎令伏玄度、習鑿齒王中郎傳曰：「坦之字文度，太原晉陽人。祖東海太守承，清淡平遠。父述，貞貴簡正。坦之器度淳深，孝友天至，譽輯朝野，標的當時。累遷侍中、中書令，領北中郎將，徐、兗二州刺史。」中興書曰：「伏滔，字玄度，平昌安丘人。少有才學，舉秀才。大司馬桓温參軍，領大著作，掌國史，遊擊將軍，卒。習鑿齒字彥威，襄陽人。少以文稱，善尺牘。桓温在荆州，辟爲從事。歷治中、别駕，遷滎陽太守。」論青、楚人物。滔集載其論，略曰〔一〕：滔以春秋時鮑叔、管仲、隰朋、召忽、輪扁、甯戚、麥丘人、逢丑父、晏嬰、涓子〔二〕；戰國時公羊高、孟軻、鄒衍、田單、荀卿、鄒奭、莒大夫、田子方、檀子、魯連、淳于髡、盼子、田光、顔歜、黔子、於陵仲子、王叔〔三〕、即墨大夫；前漢時伏徵君、終軍、東郭先生〔四〕、叔孫通、萬石君、東方朔、安期先生；後漢時大司徒、伏三老、江革、逢萌、禽慶、承幼子、徐防、薛方、鄭康成、周孟玉、劉祖榮、臨孝存、侍其元矩、孫賓碩、劉仲謀、劉公山、王儀伯、郎宗、禰正平、劉成國〔五〕；魏時管幼安、邴根矩、華子魚、徐偉長、任昭先、伏高陽。此皆青士有才德者也。鑿齒以神農生於黔中，邵南詠其美化，春秋稱其多才，漢廣之風，不同雞鳴之篇，子文、叔敖，羞與管仲比德。接輿之歌鳳兮，漁父之詠滄浪，漢陰丈人之折子貢，市南宜僚、屠羊説之不爲利回，魯仲連不及老萊夫妻，田光之於屈原，鄧禹、卓茂無敵於天下，管幼安不勝龐公〔六〕，龐士元不推華子魚，何、鄧二尚書獨步於魏朝，樂令無對於晉世。昔伏羲葬南郡，少昊葬長沙，舜葬零陵。比其人，則準的如此；論其土，則群聖之所葬；考其風，則詩人之所歌；尋其事，則未有赤眉黄巾之賊。此何如青州邪？滔與相往反，鑿齒無以對也。臨成，以示韓康伯。康伯都無言，王曰：「何故不言？」韓曰：「無可無不可。」馬融注論語曰：「惟義所在。」

【校　文】

注「於陵仲子」　「仲子」，景宋本及沈本俱作「子仲」。

【箋　疏】

〔一〕隋志有晉伏滔集十一卷并目録，注云：「梁五卷，録一卷。」

〔二〕輪扁，見莊子天道篇。甯戚，見齊語。麥丘人，見韓詩外傳十，新序四。涓子，漢書藝文志道家有蜎子十三篇。注云：「名淵，楚人。」史記孟荀傳有環淵，亦云楚人。而列仙傳云：「涓子者，齊人也。釣於荷澤，隱於宕山。」此以爲青州人物，蓋從列仙傳。

〔三〕顔歜，見齊策。黔子，渚宫舊事五作慎子。王叔，舊事作王斗，見齊策。

〔四〕東郭先生，見漢書蒯通傳。

〔五〕李慈銘云：「案後漢書：伏湛官大司徒，其兄子恭官司空，肅宗以爲三老。案後漢書：承宫字少子，琅玡人。案王應麟姓氏急就章注引七録：漢有博士侍其生。」嘉錫案：承幼子，後漢書有承宫，字少子，琅邪姑幕人。疑即此人。薛方，字子容，齊人，見漢書鮑宣傳。孟玉名璆，臨濟人，見後漢書陳蕃傳。劉祖榮名寵，東萊牟平人，見後漢書循吏傳。臨孝存，北海人，見後漢書鄭玄及孔融傳。孫賓碩名嵩，北海安丘人，見後漢書鄭玄及趙岐傳，作賓石。蓋古字通用。劉公山名岱，附見後漢書劉寵傳。王儀伯當作伯儀，黨錮傳序有王章，在八廚之列。又云：「王璋字伯儀，東萊曲城人，少府卿。」章與璋蓋即一人。郎宗字仲綏，北海安丘人，附子顗傳。明繙宋本釋名有陳道人題記，引館閣書目云：「漢徵士北海劉熙字成國撰。」熙見蜀志許慈傳、吴志程秉及薛綜韋曜傳，均不載爵里及字。隋志梁有謚法三卷，後漢安南太守劉熙注，未知即一人否。

〔六〕任昭先名嘏，樂安人。見後漢書鄭玄傳及魏志王昶傳。「青士」，士舊事作土。「邵南」，邵舊事作召。「管仲」，仲舊事作晏。「漢陰丈人之折子貢」，折舊事作見與。市南宜僚，見左氏哀十六年傳及莊子徐无鬼。屠羊説，見莊子讓王及韓詩外傳八。老萊夫妻，見列女傳。「之於屈原」，之於舊事作不及。龐公，舊事作司馬德操。

73 劉尹云：「清風朗月，輒思玄度。」〔一〕晉中興士人書曰：「許詢能清言，于時士人皆欽慕仰愛之。」

【箋疏】

〔一〕唐釋道宣三寶感通録一引地誌曰：「晉時高陽許詢詣建業，見者傾都。劉恢爲丹陽尹，有名當世。日數造之，歎曰：『今見許公，使我遂爲輕薄京尹。』於郡立齋以處之。至於梁代，此屋猶在。許掾既反，劉尹嘗至其齋曰：『清風朗月，何嘗不恒思玄度矣。』」嘉錫案：劉恢，即劉惔也。真長之名，惔恢互出。説見賞譽篇「庾穉恭與桓温書」條下。

74 荀中郎在京口，晉陽秋曰：「荀羨字令則，潁川人，光禄大夫崧之子也。清和有識裁，少以主壻爲駙馬都尉。是時殷浩參謀百揆，引羨爲援，頻莅義興、吴郡，超授北中郎將、徐州刺史，以蕃屏焉。」中興書曰：「羨年二十八，出爲徐、兖二州。中興方伯之少，未有若羨者也。」登北固望海云〔一〕：南徐州記曰：「城西北有別嶺入江，三面臨水，高數十丈，號曰北固。」「雖未覩三山，便自使人有凌雲意。若秦、漢之君，必當褰裳濡足。」史記封禪書曰：「蓬萊、方文、瀛洲此三山，世傳在海中，去人不遠。嘗有至者，言諸仙人不死藥在焉。黄金白銀爲宫闕，草物禽獸盡白，望之如雲。及至，反居水下。欲到，即風引船而去，終莫能至。秦始皇登會稽，並海上，冀遇三神山之奇藥。漢武帝既封泰山，無風雨變至，方士更言蓬萊諸藥可得，於是上欣然東至海，冀獲蓬萊者。」

【箋　疏】

〔一〕嘉定鎮江志六云：「北固山即今府治。」

75 謝公云：「賢聖去人，其間亦邇。」子姪未之許。公歎曰：「若郗超聞此語，必不至河漢。」超別傳曰：「超精於理義，沙門支道林以爲一時之俊。」莊子曰：「肩吾問於連叔曰：『吾聞言於接輿，大而無當，往而不反。怪怖其言，猶河漢而無極也。』」

【校 文】

注「怪怖」「怪」，沈本作「驚」。

76 支公好鶴，住剡東岇山。支公書曰：「山去會稽二百里。」有人遺其雙鶴，少時翅長欲飛。支意惜之，乃鎩其翮。鶴軒翥不復能飛，乃反顧翅，垂頭。視之，如有懊喪意。林曰：「既有凌霄之姿，何肯爲人作耳目近玩？」養令翮成，置使飛去〔一〕。

【箋 疏】

〔一〕吴郡志九云：「支遁菴在南峰，古號支硎山。晉高僧支遁嘗居此，剜山爲龕，甚寬敞。道林又嘗放鶴於此。今有亭基。」

77 謝中郎經曲阿後湖，問左右：「此是何水？」中興書曰：「謝萬字萬石，太傅安弟也。才氣高俊，蚤知名。歷吏部郎、西中郎將、豫州刺史、散騎常侍。」答曰：「曲阿湖。」太康地記曰：「曲阿本名雲陽，秦始皇以有王氣，鑿北阬山以敗其勢，截其直道，使其阿曲，故曰曲阿也。吴還爲雲陽，今復名曲阿。」謝曰：「故當淵注渟著，納而不流。」

【校　文】

注「北阬山」「北」，沈本作「地」。

78 晉武帝每餉山濤恒少。謝太傅安也。以問子弟，車騎玄也。答曰：「當由欲者不多，而使與者忘少。」謝車騎家傳曰：「玄字幼度，鎮西奕第三子也。神理明俊，善微言。叔父太傅嘗與子姪燕集，問：『武帝任山公以三事，任以官人，至於賜予，不過斤合，當有旨不？』玄答有辭致也。」

79 謝胡兒語庾道季：道季，庾龢小字。徐廣晉紀曰：「龢字道季，太尉亮子也。風情率悟，以文談致稱於時。歷仕至丹陽尹，兼中領軍。」「諸人莫當就卿談〔一〕，可堅城壘。」庾曰：「若文度來，我以偏師待之；康伯來，濟河焚舟。」春秋傳曰：「秦伯伐晉，濟河焚舟。」杜預曰：「示必死。」

【箋　疏】

〔一〕文廷式純常子枝語卷十四云：「莫字揣摩之詞，意與或近。秦檜言『莫須有』之莫字，正與此同。俗語約莫，亦揣度之詞。」

80　李弘度常歎不被遇。中興書曰：「李充字弘度，江夏鄍人也。祖康〔一〕，父矩，皆有美名。充初辟丞相掾、記室參軍，以貧，求剡縣，遷大著作、中書郎。」殷揚州殷浩，别見。知其家貧〔二〕，問：「君能屈志百里不？」李答曰：「北門之歎，久已上聞。衛詩北門，刺仕不得志也。窮猿奔林，豈暇擇木！」〔三〕遂授剡縣〔四〕。

【箋　疏】

〔一〕程炎震云：「康字誤，當作秉。」全晉文五十三李秉家誡下嚴可均注曰：「世説言語篇注引晉中興書：李充祖康。彼康字，亦秉之誤。」嘉錫案：嚴氏説詳見德行篇「司馬文王」條。

〔二〕李詳云：「晉書李充傳事屬褚裒，非殷也。」嘉錫案：晉書所據，自與世説不同，未可以彼非此。

〔三〕左氏哀十一年傳曰：「孔文子之將攻大叔也，訪於仲尼。仲尼曰：『胡簋之食，則嘗學之矣；甲兵之事，未之聞也。』退，命駕而行，曰：『鳥則擇木，木豈能擇鳥？』」

〔四〕程炎震云：「剡，御覽四百八十五作鄮。」

81 王司州至吴興印渚中看。王胡之别傳曰：「胡之字脩齡，琅邪臨沂人，王廙之子也〔一〕。歷吴興太守，徵侍中、丹陽尹、祕書監，並不就。拜使持節、都督司州諸軍事、西中郎將、司州刺史。」吴興記曰：「於潛縣東七十里，有印渚，渚傍有白石山，峻壁四十丈。印渚蓋衆溪之下流也。印渚已上至縣，悉石瀨惡道，不可行船；印渚已下，水道無險，故行旅集焉。」〔二〕歎曰：「非惟使人情開滌〔三〕，亦覺日月清朗。」

【箋疏】

〔一〕法書要録十，王羲之致司空高平郗公書：「尊叔廙，平南將軍、荆州刺史、侍中、驃騎將軍、武陵康侯，夫人雍州刺史濟陰郗詵女。誕頤之、胡之、耆之、美之。」

〔二〕御覽引吴興記與此詳略互異。有云：「印渚山上承浮溪水。」

〔三〕程炎震云：御覽四十六引吴興記「情」上有「心」字，當據補。

82 謝萬作豫州都督〔一〕，新拜，當西之都邑，相送累日，謝疲頓。於是高侍中往，中興書曰：「高崧字茂琰，廣陵人。父悝，光禄大夫。崧少好學，善史傳。累遷吏部郎、侍中，以公累免官。」徑就謝坐，因問：「卿今仗節方州，當疆理西蕃，何以爲政？」謝粗道其意。高便爲謝道形勢，作數百語。謝遂起坐。高去後，謝追曰：「阿酃故粗有才具。」阿酃，崧小字也。謝因此得終坐。

【箋　疏】

〔一〕程炎震云：「謝萬爲豫州，在升平二年。」

83　袁彦伯爲謝安南司馬，安南，謝奉，别見〔一〕。都下諸人送至瀨鄉。將别，既自悽惘，歎曰：「江山遼落，居然有萬里之勢。」續晉陽秋曰：「袁宏字彦伯，陳郡人，魏郎中令焕六世孫也。祖猷，侍中。父勖，臨汝令。宏起家建威參軍，安南司馬記室〔二〕。太傅謝安賞宏機捷辯速，自吏部郎出爲東陽郡，乃祖之於治亭，時賢皆集。安欲卒迫試之，執手將别，顧左右取一扇而贈之。宏應聲答曰：『輒當奉揚仁風，慰彼黎庶。』合坐歎其要捷。性直亮，故位不顯也。在郡卒。」〔三〕

【校　文】

注「魏郎中令焕六世孫也」　「焕」，沈本作「涣」。

【箋　疏】

〔一〕嘉錫案：奉見雅量篇「謝安南免吏部尚書」條。

〔二〕程炎震云：「今晉書宏傳云『累遷大司馬桓温府記室』。此有脱文。」

〔三〕李詳云：「晉書宏傳：『太元初，卒於東陽，年四十九。』」

84 孫綽賦遂初，築室畎川，自言見止足之分〔一〕。中興書曰：「綽字興公，太原中都人。少以文稱，歷太學博士、大著作、散騎常侍。」遂初賦叙曰：「余少慕老莊之道，仰其風流久矣。卻感於陵賢妻之言，悵然悟之。乃經始東山，建五畝之宅，帶長阜，倚茂林，孰與坐華幕、擊鍾鼓者同年而語其樂哉！」齋前種一株松，恒自手壅治之。高世遠時亦鄰居〔二〕，世遠，高柔字也。别見。語孫曰：「松樹子非不楚楚可憐，但永無棟梁用耳！」孫曰：「楓柳雖合抱，亦何所施？」〔三〕

【箋　疏】

〔一〕文選集注六十二公孫羅文選鈔引文録云：「于時才華之士，有伏滔、庾闡、曹毗、李充，皆名顯當世。綽冠其道焉。故温、郄、王、庾諸公之薨，非興公爲文，則不刻石也。」

〔二〕嘉錫案：輕詆篇注曰「高柔字世遠」，宋本作崇者，非。又案：彼注引孫統爲柔集叙曰：「柔營宅於伏川。」「伏川」蓋「畎川」之誤。則柔與綽正是鄰居。統乃綽兄，故爲柔集作叙。李慈銘云：「案晉書但作鄰人。」

〔三〕嘉錫案：興公爲孫子荆之孫。高柔之言，乃斥其祖之名以戲之。孫答語中當亦還斥高柔祖父之名，但不可考耳。

85 桓征西治江陵城甚麗〔一〕，盛弘之荆州記曰：「荆州城臨漢江，臨江王所治。王被徵，出城北門而車軸折，父老泣曰：『吾王去不還矣！』從此不開北門。」〔二〕會賓僚出江津望之，云：「若能目此城者有賞。」顧長康時爲客，在坐，目曰：「遥望層城，丹樓如霞。」桓即賞以二婢。

【校文】

「目曰」　「目」，景宋本及沈本俱作「因」。

【箋疏】

〔一〕程炎震云：「案愷之傳：愷之雖嘗入温府，而始出即爲大司馬參軍，是不及温爲征西時矣。此征西當是桓豁。温既内鎮，豁爲荆州。寧康元年温死，豁進號征西將軍，太元二年卒。桓沖代之，則移鎮上，明不治江陵。」嘉錫案：渚宫舊事五云：「温治江陵城，甚麗。」則唐人不以爲桓豁。輿地紀勝六十四云：「自桓温於江陵營城府，此後嘗以江陵爲荆州理所。」自注云：「此據元和郡縣志。」又云：「今治所，桓温所築城也。」輿地廣記二十七江陵府云：「今郡城晉桓温所築，有龍山漢江。」是自宋以前，地理書皆以此城爲温所築，相承無異説。考晉書哀帝紀云：「興寧元年五月，加征西大將軍桓温侍中、大司馬、都督中外諸軍事、録尚書事。」則温雖爲大司馬，未嘗去征西之號也。程氏之言，似是而非矣。

〔二〕李慈銘云：「案注引荆州記王被徵云云，亦見漢書臨江閔王傳。王即景帝栗太子也。」渚宫舊事四云：「至今江陵北門塞而不開，蓋傷王之不令終也。」

86 王子敬語王孝伯曰：「羊叔子自復佳耳，然亦何與人事？晉諸公贊曰：「羊祜字叔子，太山平陽人也。世長吏二千石，至祜九世，以清德稱。爲兒時，游汶濱，有行父止而觀焉，歎息曰：『處士大好相，善爲之，未六十，當有重功於天下。即富貴，無相忘。』遂去，莫知所在。累遷都督荆州諸軍事。自在南夏，吴人説服，稱曰羊公，莫敢名者。南州人聞公喪，號哭罷市。」故不如銅雀臺上妓。」〔一〕魏武遺令曰：「以吾妾與妓人皆著銅雀臺上，施六尺牀繐帷，月朝十五日，輒使向帳作伎。」

【箋　疏】

〔一〕嘉錫案：子敬吉人辭寡，亦復有此放誕之言，有愧其父多矣。

87 林公見東陽長山曰〔一〕：「何其坦迤！」會稽土地志曰：「山靡迤而長，縣因山得名。」

【箋　疏】

〔一〕程炎震云：「晉書地理志：揚州東陽郡有長山縣。李申耆曰：『今金華縣。』續漢志會稽郡烏傷縣注：越絶書曰：『有常山，古聖所採藥，高且神。』英雄交争記曰：『初平三年分縣南鄉爲長山縣。』御覽四十七引郡國志曰：『長山相連三百餘里，一名金華山。』又引吴録地理志曰：『常山，仙人採藥處，謂之長山。』」

88 顧長康從會稽還〔一〕，人問山川之美，顧云：「千巖競秀，萬壑争流，草木蒙籠其上，若雲興霞蔚。」丘淵之文章録曰：「顧愷之字長康，晉陵人。父説，尚書左丞。愷之，義熙初爲散騎常侍。」

【校　文】

注「父説」　景宋本「説」作「悦」。

【箋疏】

〔一〕寰宇記九十六引此作劉義慶俗説，蓋誤。任淵山谷内集注四曰：「按藝文類聚引世説，顧愷之爲虎頭將軍。然今世説不載。而歷代名畫記云『愷之小字虎頭』，未知孰是。」嘉錫案：古時將軍，不聞有虎頭之號。南齊書曹虎傳云：「本名虎頭，世祖以虎頭名鄙，敕改之。」是六朝人固有以虎頭爲名字者，疑名畫記之説是也。

89 簡文崩，孝武年十餘歲立，至暝不臨。宋明帝文章志曰：「孝武皇帝諱昌明，簡文第三子也。初，簡文觀讖書曰：『晉氏阼盡昌明。』及帝誕育，東方始明，故因生時以爲諱，而相與忘告簡文。問之，乃以諱對。簡文流涕曰：『不意我家昌明便出。』帝聰惠，推賢任才，年三十五崩。」左右啟「依常應臨」。帝曰：「哀至則哭，何常之有！」

90 孝武將講孝經，謝公兄弟與諸人私庭講習。續晉陽秋曰：「寧康三年九月九日，帝講孝經。僕射謝安侍坐，吏部尚書陸納、兼侍中卞眈讀，黄門侍郎謝石、吏部袁宏兼執經，中書郎車胤、丹陽尹王混摘句。」車武子難苦問謝，車胤，別見。謂袁羊曰：「不問則德音有遺，多問則重勞二謝。」袁羊，喬小字也。袁氏家傳曰：「喬字彦升，陳郡人。父瓌，光禄大夫。喬歷尚書郎、江夏相。從桓温平蜀，封湘西伯、益州刺史。」袁曰：「必

無此嫌。」車曰：「何以知爾？」袁曰：「何嘗見明鏡疲於屢照，清流憚於惠風！」〔一〕

【校　文】

注「王混」　景宋本及沈本俱作「王温」。

【箋　疏】

〔一〕程炎震云：「袁喬從桓温平蜀，尋卒。在永和中，安得至孝武寧康時乎？此必袁虎之誤。上注明引袁宏，此注乃指爲袁喬。數行之中，便不契勘，劉注似此，非小失也。彥升，晉書作彥叔，名字相應，則升爲是。」嘉錫案：晉書喬附其父瓌傳，云「喬卒，温甚悼惜之」。考桓温以寧康元年卒，喬卒又在其前。自不得與於寧康三年講經之會，程説是也。

91 王子敬曰：「從山陰道上行，會稽土地志曰：「邑在山陰，故以名焉。」山川自相映發，使人應接不暇。若秋冬之際，尤難爲懷。」會稽郡記曰：「會稽境特多名山水，峰崿隆峻，吐納雲霧。松栝楓柏，擢榦竦條，潭壑鏡徹，清流瀉注。王子敬見之曰：『山水之美，使人應接不暇。』」〔一〕

【箋疏】

〔一〕劉盼遂曰：「戲鴻堂帖載子敬雜帖云：『鏡湖澄澈，清流寫注，山川之美，使人應接不暇。』較世説爲詳備。注引會稽郡記文，與雜帖相合。殆取子敬文所綴歟？」

92 謝太傅問諸子姪：「子弟亦何預人事，而正欲使其佳？」諸人莫有言者，車騎答曰：謝玄。「譬如芝蘭玉樹，欲使其生於階庭耳。」〔一〕

【箋疏】

〔一〕嘉錫案：此出語林，見類聚八十一引。

93 道壹道人好整飾音辭〔一〕，王珣遊嚴陵瀨詩叙曰：「道壹姓竺氏，名德。」沙門題目曰：「道壹文鋒富贍。」孫綽爲之贊曰：『馳騁遊説，言固不虚。惟兹壹公，綽然有餘。譬若春圃，載芬載敷。條柯猗蔚，枝榦扶疏。』」〔二〕從都下還東山，經吴中。已而會雪下，未甚寒。諸道人問在道所經。壹公曰：「風霜固所不論，乃先集其慘澹。郊邑正自飄瞥，林岫便已皓然。」

【箋疏】

〔一〕高僧傳五曰：「竺道壹姓陸，吴人也。少出家，貞正有學業。瑯琊王珣兄弟深加敬事。晉太和中，出都，止瓦官寺，從汰公受學。數年之中，思徹淵深，講傾都邑，爲時論所宗，晉簡文皇帝深所知重。及帝崩，汰死，壹乃還東，止虎丘山。郡守瑯玡王薈於邑西起嘉祥寺，請居僧首。後暫往吴之虎丘山。以晉隆安中遇疾而卒，春秋七十有一矣。」

〔二〕程炎震云：「高僧傳五作『馳辭説，言因緣不虚』，是也。」嘉錫案：本注文義爲長，高僧傳妄有改竄，不可從。

94 張天錫爲涼州刺史，稱制西隅。既爲苻堅所禽，用爲侍中。後於壽陽俱敗，至都，張資涼州記曰：「天錫字純嘏，安定烏氏人，張耳後也。曾祖軌，永嘉中爲涼州刺史，值京師大亂，遂據涼土。天錫纂位，自立爲涼州牧。苻堅使將姚萇攻没涼州，天錫歸長安，堅以爲侍中、比部尚書、歸義侯。從堅至壽陽，堅軍敗，遂南歸。拜散騎常侍、西平公。」中興書曰：「天錫後以貧拜廬江太守。薨，贈侍中。」爲孝武所器。每入言論，無不竟日。頗有嫉己者，於坐問張：「北方何物可貴？」張曰：「桑椹甘香，鴟鴞革響。詩魯頌曰：「翩彼飛鴞，集于泮林。食我桑椹，懷我好音。」淳酪養性，人無嫉心。」〔一〕西河舊事曰：「河西牛羊肥，酪過精好，但寫酪置革上，都不解散也。」

【箋　疏】

〔一〕書鈔五十八引臧榮緒晉書曰：「張天錫字純嘏，爲苻融征南司馬。謝安等大破苻堅於淮肥，天錫於陣歸國，詔以爲散騎常侍、左員外。」

95　顧長康拜桓宣武墓〔一〕，作詩云：「山崩溟海竭，魚鳥將何依。」〔二〕宋明帝文章志曰：「愷之爲桓溫參軍，甚被親暱。」人問之曰：「卿憑重桓乃爾，哭之狀其可見乎？」顧曰：「鼻如廣莫長風，眼如懸河決溜。」春秋考異郵曰：「距不周風四十五日，廣莫風至。廣莫者，精大備也。蓋北風也，一曰寒風。」或曰：「聲如震雷破山，淚如傾河注海。」〔三〕

【校　文】

注「親暱」　景宋本作「親昵」。

【箋　疏】

〔一〕嘉錫案：陸游入蜀記云：「太平州正據姑熟溪北，桓温墓亦在近郊。有石獸石馬，製作精妙。又有碑，悉刻當時車馬衣冠之類。極可觀，恨不一到也。」南齊書周山圖傳云：「永徽三年，遷淮南太守。

盜發桓温塚，大獲寶物。客竊取以遺山圖。山圖不受，簿以還官。」則雖當時故謬其處，後終不免被發矣。是亦姦雄之報也。

〔二〕程炎震云：「文選二十三謝靈運廬陵王墓下作注引顧愷之拜桓宣王墓詩曰：『遠念羨昔存，撫墳哀今亡。』蓋別一首。御覽五百五十六引謝綽宋拾遺記曰：『桓温葬姑孰之青山，平墳不爲封域。於墓傍開隧立碑，故謬其處，令後代不知所在。』」

〔三〕嘉錫案：愷之父悦嘗上疏理殷浩，爲時所稱。見本篇注引晉中興書及晉書殷浩傳。浩乃温之所廢，而悦爲之訟寃，則與温異矣。愷之身爲悦子，懷温入幙之遇，忘其問鼎之姦。感激傷慟，至於如此。此固可見温之能牢籠才俊，而當時士大夫之不識名義，亦已甚矣！愷之癡人，無足深責爾。

96 毛伯成既負其才氣，常稱：「寧爲蘭摧玉折，不作蕭敷艾榮。」〔一〕征西寮屬名曰：「毛玄字伯成，潁川人。仕至征西行軍參軍。」

【箋疏】

〔一〕離騷曰：「人好惡其不同兮，惟此黨人其獨異。户服艾以盈要兮，謂幽蘭其不可佩。」又曰：「何昔日之芳草兮，今直爲此蕭艾也。」

97 范甯作豫章〔一〕，中興書曰：「甯字武子，慎陽縣人。博學通覽，累遷中書郎、豫章太守。」八日請佛有板〔二〕。衆僧疑，或欲作答。有小沙彌在坐末曰：「世尊默然，則爲許可。」衆從其義〔三〕。

【箋疏】

〔一〕程炎震云：「高僧傳六慧持傳曰：『豫章太守范甯，請講法華毗曇。』王珣與范甯書云：『遠公持公孰愈？』范答書云：『誠爲難兄難弟也。』」嘉錫案：范武子湛深經術，粹然儒者。嘗深疾浮虛，謂王弼、何晏之罪，深於桀、紂。其識高矣。而亦拜佛講經，皈依彼法。蓋南北朝人，風氣如此。韓昌黎所謂不入於老，則入於佛也。辯正論七信毁交報篇、陳子良注引孔瓊别傳云「吏部尚書孔瓊，字彦寶，素不信佛。因與范泰四月八日至瓦官寺共放生懺悔。死後數旬，託夢與兄子云『吾本不信佛，因與范泰放生，乘一善力，今得脱苦』」云云。泰即甯之子，宋書本傳言其暮年事佛甚精。今觀此事，始知范氏不惟世奉三寶；乃至八日請佛，亦復傳爲家風。其行持之篤如此。然則彼之著論詆毁王、何，殆猶不免入主出奴之見也乎。

〔二〕八日，蓋四月八日也。歲華紀麗二引荆楚歲時記云：「荆楚以四月八日，諸寺各設會，香湯浴佛，共作龍華會，以爲彌勒下生之徵也。」又云：「荆楚人相承此日迎八字之佛於金城。設榻幢，歌鼓，以爲法華會。」玉燭寶典四云：「後人每二月八日巡城圍繞，四月八日行像供養。」王國維簡牘檢署考云：「至漢中葉，而簡策之用尚盛。至言事通問之文，則全用版奏。雖蔡倫造紙後猶然。晉人承制拜官，則曰版授，抗章言事，則曰露版。」嘉錫案：請佛而用板者，蓋亦露版之類。所以表至敬，猶之禮佛之文，亦稱爲疏也。

〔三〕程炎震云：「高僧傳十一杯度傳云：『時湖溝有朱文殊者，謂度曰：「弟子脱舍身没苦，願見救度。脱在好處，願爲法侶。」度不答。文殊喜曰：「佛法默然，已爲許矣。」』」

98 司馬太傅齋中夜坐，孝文王傳曰：「王諱道子，簡文皇帝第五子也。封會稽王，領司徒、揚州刺史，進太傅。爲桓玄所害，贈丞相。」于時天月明净，都無纖翳。太傅歎以爲佳。謝景重在坐，續晉陽秋曰：「謝重字景重，陳郡人。父朗，東陽太守。重明秀有才會，終驃騎長史。」答曰：「意謂乃不如微雲點綴。」太傅因戲謝曰：「卿居心不净，乃復强欲滓穢太清邪？」

99 王中郎甚愛張天錫〔一〕，問之曰：「卿觀過江諸人，經緯江左，軌轍有何偉異？後來之彦，復何如中原？」張曰：「研求幽邃，自王、何以還；因時脩制，荀、樂之風。」荀顗、荀勖脩定法制，樂則未聞〔二〕。王曰：「卿知見有餘，何故爲苻堅所制？」張資涼州記曰：「天錫明鑒穎發，英聲少著。」答曰：「陽消陰息，故天步屯蹇；否剥成象，豈足多譏？」

【箋疏】

〔一〕程炎震云：「坦之卒於寧康三年，天錫以淝水敗來降，不及見矣。此王中郎，蓋別是一人。」

〔二〕嘉錫案：樂謂樂廣也。廣未嘗脩定法制，故云「未聞」。

100 謝景重女適王孝伯兒，二門公甚相愛美。謝女譜曰：「重女月鏡，適王恭子愔之。」謝爲太傅長史，被彈；王即取作長史，帶晉陵郡。太傅已構嫌孝伯，不欲使其得謝，還取作咨議。外示縶維，而實以乖間之。及孝伯敗後，太傅繞東府城行散，丹陽記曰：「東府城西，有簡文爲會稽王時第，東則孝文王道子府。道子領揚州，仍住先舍，故俗稱東府。」僚屬悉在南門要望候拜，時謂謝曰：「王甯異謀，阿甯，王恭小字也。云是卿爲其計。」謝曾無懼色，斂笏對曰：「樂彥輔有言：『豈以五男易一女？』」太傅善其對，因舉酒勸之曰：「故自佳！故自佳！」

【校文】

注「謝女譜」　當是「謝氏譜」之誤。

101 桓玄義興還後，見司馬太傅，太傅已醉，坐上多客，問人云：「桓温來欲作賊，如何？」〔一〕晉安帝紀曰：「温在姑孰，諷朝廷，求九錫。謝安使吏部郎袁宏具其草，以示僕射王彪之。彪之作色曰：『丈夫豈可以此事語人邪？』安徐問其計。彪之曰：『聞其疾已篤，且可緩其事。』安從之，故不行。」桓玄伏不得起。謝景重時爲長史，舉板答曰：「故宣武公黜昏暗，登聖明，功超伊、霍。紛紜之議，裁之聖鑒。」太傅曰：「我知！我知！」即舉酒云：「桓義興，勸卿酒！」桓出謝過。檀道鸞論之曰：「道子可謂易於由言，謝重能解紛紜矣。」〔二〕

【箋疏】

〔一〕李慈銘云：「案桓温下當有一『晚』字。晉書作『桓温晚塗欲作賊』可證。各本皆脱。」

〔二〕李慈銘云：「案桓温桀逆，罪不容誅。當日王珣既被偏知，感恩短簿。謝公名德，亦以温府司馬進身，故新亭之迎，九錫之議，當時懔懔，亦以不速斃爲憂。乃至告終，哀榮備盡，蓋王、謝二族，世執晉柄，終懷顧己之私，莫發不臣之迹。據晉書范宏之傳，宏之申雪殷浩，因列桓温移鼎之迹，一疏甫上，遂爲王珣所仇，終身淪謫。蓋諸臣既各持其門户，孝武亦私感其援立簡文，隱忍相安，終成靈寶之篡。觀此景重之答，動以廢昏立明，藉口歸功，道子即舉酒相勸。其君臣幽隱，已喻之深。道鸞尚稱謝重能解紛紜，何其無識！終晉之世，昌言温罪者，惟宏之上會稽王書、與王珣書，辭氣伉直，不畏强禦，一人而已。」御覽四百九十七引檀道鸞晉書（按當作晉陽秋）曰：「桓玄詣會稽王道子。道子已醉，對玄張目矚四座云：『桓温作賊！』玄見此醉勢難測，伏地流汗。」嘉錫案：據此，則玄之伏不能起，不徒以道子直斥温名，加以大逆，使之無地自容而已，直恐其醉中暴怒，於座上收縛，或牽出就刑，故懼而流汗耳。嘉錫又案：桓玄飛揚跋扈，包藏禍心，蜷伏爪牙，觀釁而動，能早除之固善。然道子昏庸，見不及此。本無殺之之意，而乘醉肆詈，辱及所生，使之羞憤難堪。是時四坐動容，主賓交窘，景重出而轉圜，實足息一時之紛糾。其言宣武廢昏立明，不過權詞解圍耳。使道子果欲正温不臣之罪，固當奏之孝武，明發詔令，豈容失色於杯酒間乎？道鸞就事立論，未爲大失；尊客之評，藉端牽涉，竊所不取。至於謝傅處置桓氏，實具苦心。若於温身後便削奪官爵，除其邮典，不知何以處桓沖。設竟激之生變，如庾亮之於蘇峻，小朝廷何堪再擾乎？尊客云云，又不審時勢之言也。惟其論王珣、范宏之處，頗有可採，故仍存之。晉書儒林傳云：「范弘之字長文，安北將軍汪之孫。爲太學博士。時衛將軍謝石薨，請謚。弘之議宜謚曰襄墨公。又論殷浩宜加贈謚，不得因桓温之黜，以爲國典，仍多叙温移鼎之迹。時謝族方顯，桓宗猶盛。尚書僕射王珣，温故吏也，素爲温所寵。三怨交集，乃出弘之爲餘杭令。將行，與會稽王道子牋曰：『桓温事迹，布在天朝。逆順之情，暴之四海。舉朝嘿嘿，未有唱言者。是以頓筆按氣，不敢多云。王珣以下官議殷浩謚不宜暴揚桓温之惡。珣感其提拔之恩，懷其入幙之遇。託以廢黜昏闇，建立聖明，自謂此事足以明其忠貞之節。明公試復以一事觀之，若温忠爲社稷，誠存本朝，何不奉還萬機，退守屏藩？方提勒公王，匡總朝廷，又逼脅袁宏，使作九錫。備物光赫，其文具存。朝廷畏怖，莫不景從。惟謝安、王坦之以死守之，故得稽留耳。今主上親覽萬機，明公光讚百揆，復不於今大明國典，作制百代。不審復欲待誰？願明公遠覽殷周，近察漢魏。慮其所以危，求其所以安。如此而已。』」嘉錫案：謝石薨於太元十三年十二月。弘之謚議，當上於十四年。至其爲殷浩請謚，不知何時。本傳言其爲王珣及謝氏所怨，出爲餘杭令。故通鑑一百七叙於十六年九月，以王珣爲左僕射、謝琰爲右僕射之時。蓋是也。越一年，而桓玄出守義興，其或者廟堂之上，頗爲弘之説所動歟？余嘗推勘紀傳，察玄之出處，則孝武太元之間，政府用人之得失，亦有可言者。自寧康元年，録尚書、大司馬桓温薨，其二年，僅命僕射謝安總關中書事。尚書無録公者凡三年。太元元年，始進安中書監、録尚書事。八年，命琅邪王道子録尚書六條事，以謝石爲尚書令。然政柄猶在於安。至十年八月，安薨，道子加領揚州刺史、録尚書。自是始專政，而謝石爲尚書令如故。十三年十二月，石卒。十四年九月，以左僕射陸納爲令。桓玄至是二十二歲矣，尚未出仕。蓋十五年九月以吴郡太守王珣爲尚書僕射（珣傳作右僕射），領吏部。謝安夙疑之而不用。安死，而政府猶沿其雅意也。十六年始拜太子洗馬。其爲珣所援引，較然甚明。觀范弘之傳言珣之護持桓氏，及珣本傳言珣卒後，玄與道子書悼歎之深（此書見御覽二百十一引晉中興書及三百八十引謝安别傳），可見二人互相交結。則玄之出仕，必珣所引用，其故可知也。及十七年出玄補外，珣仍握選政而不能救，是必出於謝琰之意，而道子從之。珣迫於録公，故不能抗耳。玄自義興還後，上疏自辯曰：「自頃權門日盛，醜政實繁。咸稱述時旨，互相扇附。以臣之兄弟，皆晉之罪人，臣等復何理苟存聖世？」（玄傳）玄此時羽毛未豐，憂危方盛，必不敢指斥相王。當代大臣，家世足當權門之目者，非謝氏而誰？稱述時旨者，言石、琰等祖述安之意旨也。則玄之不得志，始終爲安兄弟父子所扼，又可知矣。琰雖惡范弘之，而於其暴揚桓温之惡，未必不採納其言。道子於衆中辱玄，言桓温晚來欲作賊，殆亦有弘之所上之書存於胸中，故乘酒興，不覺傾吐而出也。然春秋傳不云乎，當其時，不能治也。後之人何罪？東晉君臣，畏桓氏之强，於温之死，方寵以殊禮，稱爲伊、霍。道子身爲輔相，朝野具瞻，既不能用弘之之言，大明國典；復不能慎其嚬笑，知玄之雄豪可疑，而無術以制之，加以挫辱，使之愧恥，無以自容。徒一旦得志，肆其憤毒，遂致父子俱死人手，爲天下笑，非不幸也。晉書桓玄傳云：「玄常負其才地，以雄豪自處。朝廷疑而未用。年二十三，始拜太子洗馬。時議謂温有不臣之跡，故折玄兄弟而爲素官。太元末，出爲義興太守，鬱鬱不得志。嘗登高望震澤歎曰：『父爲九州伯，兒爲五湖長。』棄官歸國。」嘉錫案：玄死於元興三年，年三十六（見本傳）。其二十三時，乃晉孝武太元十六年也。建康實録九云：「太元十七年九月，除南郡公桓玄義興太守。」太元凡二十一年，則十七年不得謂之末。晉書誤也。玄其時年二十四，其自義興還，不知何時。魏書島夷桓玄傳云：「玄出爲義興太守，不得志，少時去職。」考釋寶唱比丘尼傳一云：「荆州刺史王忱死，烈宗意欲以王恭代之。時桓玄在江陵，知殷仲堪弱才，乃遣使憑妙音尼爲堪圖州。」檢孝武紀，太元十七年十月，王忱卒。十一月以殷仲堪爲荆州刺史。玄以九月出爲太守，旋去職，還都，見道子。而十月已在江陵，則其到義興任，不過十許日耳。玄擅自去官，而道子不問，亦不復用，又從而挫辱之，宜玄之益不自安，切齒於道子矣

（見道子傳）。通鑑一百八以爲玄先詣道子，後出補義興太守，亦誤也。嘉錫又案：御覽三百八十七引續晉陽秋曰：「桓玄嘗詣會稽王道子。道子已醉，對玄張眼屬四坐云：『桓温作賊！』玄見此辭勢難測，伏席流汗。長史謝重斂板正色曰：『故大司馬公廢昏立明，功全社稷。風塵之論，宜絶聖聽。』」孝標以其與世説無大異，故但存其論説。然其言仍可供參考，爰復録之於此。

102　宣武移鎮南州〔一〕，制街衢平直。人謂王東亭曰：王司徒傳曰：「王珣字元琳，丞相導之孫，領軍洽之子也。少以清秀稱。大司馬桓温辟爲主簿，從討袁真，封交阯望海縣東亭侯，累遷尚書左僕射，領選，進尚書令。」「丞相初營建康，無所因承，而制置紆曲，方此爲劣。」晉陽秋曰：「蘇峻既誅，大事克平之後，都邑殘荒。温嶠議徙都豫章，以即豐全。朝士及三吴豪傑，謂可遷都會稽，王導獨謂：『不宜遷都。建業，往之秣陵，古者既有帝王所治之表，又孫仲謀、劉玄德俱謂是王者之宅。今雖凋殘，宜修勞來旋定之道，鎮静群情。且百堵皆作，何患不克復乎！』終至康寧，導之策也。」東亭曰：「此丞相乃所以爲巧。江左地促，不如中國；若使阡陌條暢，則一覽而盡。故紆餘委曲，若不可測。」〔二〕

【箋疏】

〔一〕程炎震云：「文選二十二殷仲文南州桓公九井作一首注引水經注曰：『淮南郡之于湖縣南，所謂姑孰，即所謂南州矣。』案趙一清曰：『今本水經注沔水篇無此文。』」程氏又云：「晉書哀帝紀：『興寧二年五月，以桓温爲揚州牧，録尚書事。八月，温至赭圻，遂城而居之。』通鑑：『興寧三年，移鎮姑孰。』蓋遥領揚州牧，州府即隨之而移。以姑孰在建康南，故得南州之名，如西州之比矣。」

〔二〕嘉錫案：景定建康志十六云：「今臺城在府城東北，而御街迤邐向南，屬之朱雀門。」則其勢誠紆迴深遠不可測矣。

103 桓玄詣殷荆州，殷在妾房晝眠，左右辭不之通。桓後言及此事，殷云：「初不眠，縱有此，豈不以『賢賢易色』也。」孔安國注論語曰：「言以好色之心好賢人則善。」

104 桓玄問羊孚：羊氏譜曰：「孚字子道，泰山人。祖楷，尚書郎。父綏，中書郎。孚歷太學博士、州別駕、太尉參軍。年四十六卒。」「何以共重吴聲？」羊曰：「當以其妖而浮。」

105 謝混問羊孚：「何以器舉瑚璉？」晉安帝紀曰：「混字叔源，陳郡人，司空琰少子也。文學砥礪立名。累遷中書令、尚書左僕射。坐黨劉毅伏誅。」論語：「子貢問曰：『賜也何如？』子曰：『汝器也。』曰：『何器也？』曰：『瑚璉也。』」鄭玄注曰：「黍稷器。夏曰瑚，殷曰璉。」羊曰：「故當以爲接神之器。」

106 桓玄既篡位〔一〕，後御牀微陷，群臣失色。侍中殷仲文進曰：續晉陽秋曰：「仲文字仲文，陳郡人。祖融，太常。父康，吴興太守。仲文聞玄平京邑，棄郡投焉〔二〕。玄甚説之，引爲咨議參軍〔三〕。時王謐見禮而不親，卞範之被親而少禮。其寵遇隆重，兼於王、卞矣。及玄篡位，以佐命親貴，厚自封崇。輿馬器服，窮極綺麗，後房妓妾數十，絲竹不絶音。性甚貪吝，多納賄賂，家累千金，常若不足。玄既敗，先投義軍。累遷侍中、尚書。以罪伏誅。」「當由聖德淵重，厚地所以不能載。」時人善之〔四〕。

【校　文】

注「咨議」　景宋本作「諮議」。

【箋　疏】

〔一〕程炎震云：「元興二年，桓玄篡位。」

〔二〕程炎震云：「晉書云：『仲文爲新安太守，棄衆投玄。』此處蓋有脱文。」

〔三〕文選集注六十二江文通擬殷東陽興矚詩注引王韶晉紀云：「仲文少有才，美容貌，桓玄姊夫。玄甚悦之，引爲諮議參軍。」

〔四〕李慈銘云：「案此學裴楷『天得一以清』之言，而取媚無稽，流爲狂悖。晉武帝受禪，至惠而衰，得一之徵，實爲顯著。靈寶篡逆，覆載不容，仲文晉臣，謬稱名士。而既棄朝廷所授之郡，復忘其兄仲堪之仇。蒙面喪心，敢誣厚地。犬彘不食，無忌小人。臨川之簡編，誇其言語，無識甚矣！」

107 桓玄既篡位，將改置直館，問左右：「虎賁中郎省，應在何處？」有人答曰：「無省。」當時殊忤旨。問：「何以知無？」答曰：「潘岳秋興賦叙曰：『余兼虎賁中郎將，寓直散騎之省。』」岳別見。其賦叙曰：「晉十有四年，余年三十二，始見二毛，以太尉掾兼虎賁中郎將，寓直散騎之省。高閣連雲，陽景罕曜。僕野人也，猥廁朝列，譬猶池魚籠鳥，有江湖山藪之思。於是染翰操紙，慨然而賦。于時秋至，故以秋興命篇。」玄咨嗟稱善。劉謙之晉紀曰：「玄欲復虎賁中郎將，疑應直與不，訪之僚佐，咸莫能定。參軍劉簡之對曰〔一〕：『昔潘岳秋興賦叙云：「余兼虎賁中郎將，寓直於散騎之省。」以此言之，是應直也。』玄懽然從之。」此語微異，又答者未知姓名，故詳載之。

【校文】

「殊忤旨」　「殊」，景宋本及沈本俱作「絶」。

【箋　疏】

〔一〕程炎震云：「劉簡之文選十三秋興賦注引作劉荀之，御覽二百四十一引作劉蘭之，皆誤也。簡之者，謙之之兄，彭城呂人，見宋書劉康祖傳。」嘉錫案：姚振宗隋志考證三十九以簡之爲即本書方正篇之劉簡，誤也。簡之弟名謙之、虔之，簡弟名耽，非一人明矣。隋志：梁有晉太尉咨議劉簡之集十卷，亡。

108 謝靈運好戴曲柄笠，丘淵之新集錄曰：「靈運，陳郡陽夏人。祖玄，車騎將軍。父渙，秘書郎。靈運歷秘書監、侍中、臨川内史。以罪伏誅。」〔一〕孔隱士謂曰：「卿欲希心高遠，何不能遺曲蓋之貌？」〔二〕宋書曰：「孔淳之字彥深，魯國人。少以辭榮就約，徵聘無所就。元嘉初，散騎郎徵，不到，隱上虞山。」謝答曰：「將不畏影者未能忘懷。」〔三〕莊子云：「漁父謂孔子曰：『人有畏影惡跡而去之走者，舉足逾數而跡逾多，走逾疾而影不離，自以尚遲，疾走不休，絶力而死。不知處陰以休影，處静以息跡，愚亦甚矣！子脩心守真，還以物與人，則無異矣。不脩身而求之人，不亦外事者乎？』」

【校　文】

注「以罪伏誅」　景宋本及沈本俱無「以罪」二字。

【箋　疏】

〔一〕晉書謝玄傳曰：「子瑍嗣，祕書郎，早卒。子靈運嗣。瑍少不惠，而靈運文藻豔逸。玄嘗稱曰：『我尚生瑍，瑍那得不生靈運？』」嘉錫案：玄以晉孝武帝太元十三年卒，年四十六，而據宋書謝靈運傳靈運以宋文帝元嘉十年於廣州棄市，年四十九。以此推之，當生於太元十年。玄卒之時，靈運尚不滿四歲，甫能牙牙學語，何從知其文藻豔逸乎？宋書作「瑍生而不慧，靈運幼便穎悟，玄甚異之，謂親知曰：『我乃生瑍，瑍那得生靈運』」，是也。晉書妄加改竄，遂成語病耳。詩品上云：「靈運生於會稽，旬日而謝玄亡。」此又傳聞之謬，與晉書所言兩失之矣。

〔二〕程炎震云：「晉書藝術陳訓傳云：『周亢問訓以官位，訓曰：「酉年當有曲蓋。」後亢果爲金紫將軍。』蜀志諸葛亮傳注：『亮南征，賜曲蓋一。』吴志孫峻傳注：『留贊解曲蓋印綬付子弟以歸。』」程氏又云：「古今注：『曲蓋，太公所作也。武王伐紂，大風折蓋。太公因折蓋之形而制曲蓋焉。戰國常以賜將帥，自漢朝乘輿用四，謂爲䡴輗蓋。有軍號者賜其一也。』」俞樾春在堂隨筆八云：「古今注：太公因折蓋之形而制曲蓋焉。曲蓋之制，於古無徵。余觀馮氏金石索載嘉祥劉村洪福院漢畫像石，有周公輔成王像。成王居中，旁一人執蓋，其蓋折而下垂。此正古曲蓋之制。蓋太公因折蓋而制曲蓋，自當曲而下垂。若曲而上，則失其義矣。世人罕知此制，故特表出之。」嘉錫案：崔豹之書名古今注，其輿服注一篇，皆考當時之制，而證之於古。然則有軍號者方得賜曲蓋，晉制蓋與漢同。笠者，野人高士之服，而曲柄笠，笠上有柄，曲而後垂，絶似曲蓋之形。靈運好戴之，故淳之譏其雖希心高遠，而不能忘情於軒冕也。靈運以爲惟畏影者乃始惡跡，心苟漠然不以爲意，何跡之足畏？如淳之言，將無猶有貴賤之形跡存於胸中，未能盡忘乎？

〔三〕李慈銘云：「案『將不』者猶言『將毋』也，即今所謂『得無』。」

世說新語卷上之下

政事第三

1 陳仲弓爲太丘長，時吏有詐稱母病求假。事覺收之，令吏殺焉。主簿請付獄，考衆姦。仲弓曰：「欺君不忠，病母不孝。不忠不孝，其罪莫大。考求衆姦，豈復過此？」〔一〕陳寔已别見。

【箋疏】

〔一〕晉書熊遠傳，遠上疏曰：「選官用人，不料實德；稱職以違俗見譏，虚資以從容見貴。當官者以理事爲俗吏，奉法爲苛刻，盡禮爲諂諛，從容爲高妙，放蕩爲達士，驕蹇爲簡雅。」

2 陳仲弓爲太丘長，有劫賊殺財主〔一〕，主者捕之。未至發所，道聞民有在草不起子者〔二〕，回車往治之。主簿曰：「賊大，宜先按討。」仲弓曰：「盜殺財主，何如骨肉相殘？」〔三〕按後漢時賈彪有此事，不聞寔也〔四〕。

【箋疏】

〔一〕李慈銘云：「案下主字疑衍，當云『有劫賊殺財主者』爲一句。」

〔二〕李詳云：「淮南子本經訓『刳孕婦』，高誘注：『孕婦，妊身將就草之婦。』高誘去太丘時不遠，在草、就草，皆謂漢季坐蓐俗稱。」劉盼遂曰：「按草爲婦人分娩時藉薦之具。晉書惠賈皇后傳：『后詐有身，内稾物爲産具，遂取妹夫韓壽子養之。』元帝紀：『生於洛陽，所籍稾如始刈。』稾亦草也。高僧傳四：『于法開嘗投人家，值婦人在草甚急。開針之，須臾，羊膜裹兒而出。』今沇沂之間謂小兒始生曰落草。」嘉錫案：金匱要略卷下附方云：「千金三物黄芩湯，治婦人在草蓐自發露得風。」世説所云「在草」，即謂在草蓐也。今千金方三只云「在蓐」，無草字。然由此可知凡醫書言在蓐即在草矣。

〔三〕翟灝通俗編二十三曰：「周禮：『朝士凡民同貨財者。』疏云：『同貨財，謂財主出債，與生利還主，則同有貨財。』又『凡屬責者』，疏云：『謂有人取他責乃别轉與人，使子本依契而還財主。』世説『盜殺財主，何如骨肉相殘』。按古云財主，俱對債者而言，非若今之泛稱富室。」嘉錫案：左傳云「盜憎主人」，主即對盜而言。以其富有貲財，致爲盜所劫，故謂之財主。雖非泛指富室，然與周禮疏所言出債生利之財主不同。翟説微誤。

〔四〕後漢書黨錮傳云：「賈彪字偉節，補新息長。小民貧困，多不養子。彪嚴爲其制，與殺人同罪。城南有盜劫害人者，北有婦人殺子者。彪出，案發，而掾吏欲引南。彪怒曰：『賊寇害人，此則常理；母子相殘，逆天違道。』遂驅車北行，案驗其罪。城南賊聞之，亦面縛自首。」嘉錫案：仲弓、偉節，同時並有此事，何其相類之甚也？疑爲陳氏子孫剽取舊聞，以爲美談，而臨川誤以爲實。然觀孝標之注，固已疑之矣。

3 陳元方年十一時，陳紀，已見。候袁公。袁公問曰：「賢家君在太丘，遠近稱之，何所履行？」元方曰：「老父在太丘，彊者綏之以德，弱者撫之以仁，恣其所安，久而益敬。」袁宏漢紀曰：「寔爲太丘，其政不嚴而治，百姓敬之。」袁公曰：「孤往者嘗爲鄴令，正行此事。不知卿家君法孤？孤法卿父？」檢衆漢書，袁氏諸公，未知誰爲鄴令。故闕其文以待通識者。元方曰：「周公、孔子，異世而出，周旋動靜，萬里如一。周公不師孔子，孔子亦不師周公。」〔一〕

【箋疏】

〔一〕嘉錫案：古文苑十九邯鄲淳後漢鴻臚陳君碑云：「年七十有一，建安四年六月卒。」以此推之，當生於漢順帝永建四年。其十一歲，則永和四年也。後漢書陳紀傳雖不言卒於何年，然云「建安初，袁紹爲太尉，讓於紀，紀不受。年七十一卒」，與碑未嘗不合。陳寔傳云：「司空黃瓊辟選理劇，補聞喜長。旬月，以期喪去官。復再遷，除太丘長。」考桓帝紀元嘉元年冬閏月（閏十一月），太常黃瓊爲司空。二年十一月免。上距永和四年，十二三年矣。又延熹四年五月前太尉黃瓊所選舉，要不出元嘉、延熹之間，其除太丘長，又當在其後一二年。元方若於年十一時見袁公，安得問其家君太丘之政乎？此必魏、晉間好事者之所爲，以資談助，非實事也。

4 賀太傅作吴郡，初不出門。吴中諸强族輕之，乃題府門云：「會稽雞，不能啼。」環濟吴紀曰：「賀邵字興伯，會稽山陰人。祖齊，父景，並歷美官〔一〕。邵歷散騎常侍，出爲吴郡太守。後遷太子太傅。」賀聞故出行，至門反顧，索筆足之曰：「不可啼，殺吴兒！」於是至諸屯邸〔二〕，檢校諸顧、陸役使官兵及藏逋亡〔三〕，悉以事言上，罪者甚衆。陸抗時爲江陵都督，吴録曰：「抗字幼節，吴郡人，丞相遜子，孫策外孫也。爲江陵都督，累遷大司馬、荆州牧。」故下請孫皓，然後得釋。

【校文】

注「並歷美官」　「美」，景宋本及沈本俱作「吴」。

【箋疏】

〔一〕吳志賀齊傳云：「齊字公苗，封山陰侯，遷後將軍，假節領徐州牧。子達及弟景，皆有令名，爲佳將。」注引會稽典録曰：「景爲滅賊校尉，早卒。」

〔二〕嘉錫案：說文云：「邸，屬國舍。」慧琳一切經音義三十九引倉頡篇云：「邸，市中舍也。」漢書文帝紀注云：「郡國朝宿之舍在京師者，率名邸。」屯邸者，於時顧、陸諸子弟多將兵屯戍於外，而其居舍在吳郡，故謂之屯邸，如吳志顧承傳「承爲吳郡西部都尉，屯軍章阬」是也。

〔三〕嘉錫案：藏逋亡者，喪亂之時，賦繁役重，人多離其本土，逃亡在外，輒爲勢家所藏匿，官不敢問。觀本篇「謝公時，兵廝逋亡」條注所引續晉陽秋，便可知矣。

5 山公以器重朝望，年踰七十，猶知管時任。虞預晉書曰：「山濤字巨源，河內懷人。祖本，郡孝廉。父曜，宛句令〔一〕。濤蚤孤而貧，少有器量，宿士猶不慢之。年十七〔二〕，宗人謂宣帝曰：『濤當與景、文共綱紀天下者也。』〔三〕帝戲曰：『卿小族，那得此快人邪？』好莊、老，與嵇康善。爲河內從事，與石鑒共傳宿，濤夜起蹋鑒曰：『今何等時而眠也！知太傅卧何意？』鑒曰：『宰相三日不朝，與尺一令歸第，君何慮焉？』濤曰：『咄！石生，無事馬蹄間也。』投傳而去，果有曹爽事，遂隱身不交世務。累遷吏部尚書、僕射、太子少傅、司徒。年七十九薨，謚康侯。」貴勝年少，若和、裴、王之徒，並共言詠。有署閣柱曰：「閣東有大牛〔四〕，和嶠鞅，裴楷鞦，王濟剔嬲不得休。」王隱晉書曰：「初，濤領吏部，潘岳内非之，密爲作謡曰：『閣東有大牛，王濟鞅，裴楷鞦，和嶠刺促不得休。』」〔五〕竹林七賢論曰：「濤之處選，非望路絶，故貽是言。」或云潘尼作之〔六〕。文士傳曰：「尼字正叔，滎陽人。祖最，尚書左丞。父滿，平原太守。並以文學稱。尼少有清才，文詞温雅。初應州辟，終太常卿。」

【校　文】

注「寃句」「寃」，沈本作「宛」。

「並共言詠」「言」，景宋本作「宗」。

注「祖最」「最」，景宋本作「勖」。

【箋　疏】

〔一〕嘉錫案：寃句，晉書本傳作宛句。元和姓纂卷四亦云「山輝宛句令」，然考諸史地志，濟陰郡有寃句縣，作「宛」者非。

〔二〕吴承仕曰：「濤年十七爲黄初二年。」嘉錫案：山濤之年，吴氏以晉書本傳言「太康四年薨，年七十九」推知之也。

〔三〕李慈銘云：「案宗人下當有脱字。晉書言濤與宣穆后有中表親。宣穆后者，司馬懿夫人張氏也。

此云景、文者，指懿子師、昭，乃後人追述之辭。然對父而生稱其子之謚，有以見預書之無法。」嘉錫案：景、文謂懿子景帝師、文帝昭也。按晉書本紀：師以魏正元二年卒，年四十八，當生於漢建安十三年。昭以咸熙二年卒，年五十五，當生於建安十六年。下數至魏文帝黄初二年，師才十四歲，昭十一歲耳。縱令早慧夙成，亦安知其他日必能綱紀天下？且懿是年始爲侍中尚書右僕射，柄用方新，勛名尚淺，雖有不臣之心，而反形未具，外人惡能測其心腹，知其必能父子相繼，盗弄天下之柄耶？虞預之言，明出傅會，理不可信。唐修晉書棄而不取，當矣。

〔四〕程炎震云：「晉書潘岳傳云『閣道東』，此及注文並當有道字。晉書五行志：『永興二年七月甲午，尚書諸曹火起，延崇禮闥及閣道。』蓋閣道與尚書省相近，故岳得題其柱耳。」文選陸士衡答賈謐詩注引謝承後漢書曰：「承父嬰，爲尚書侍郎，每讀高祖及光武之後將相名臣策文通訓，條在南宮，祕於省閣。唯臺郎升複道取急，因得開覽。」嘉錫案：漢、晉臺閣之制殆相似。

〔五〕考工記輈人云：「故登阤者，倍任者也。猶能以登及其下阤也。不援其邸，必緧其牛後。」鄭注：「阤，阪也。倍任，用力倍也。」惠士奇禮説十四曰：「説文『馬尾䩞，今之般緧』，則般緧在馬尾，故曰緧其後。緧一作鞦。釋名曰：『鞦，遒也。在後遒追，使不得卻縮也。』潘岳疾王濟、裴楷，乃題閣道爲謡曰：『閣道東，有大牛，王濟鞅，裴楷鞧。』夾頸爲鞅，後遒爲鞧。言濟在前，楷在後也。」嘉錫案：惠氏所用乃今晉書潘岳傳，故與孝標所引王隱書不盡同。岳意以大牛比山濤，言其爲人所牽制，不能自主也。黄生義府下曰：「世説『踢嬲不得休』，方言云：『妯，擾也。』嵇康絶交書：『嬲之不置。』

注：『擿嬈也。』蹋嬲即妯擾，即擿嬈。」李詳云：「黄生義府引作蹋嬲，方言：『妯，嬈也。』嵇康絶交書『嬲之不置』，注，擿嬈也。蹋嬲即擿嬈。又按胡氏紹煐文選箋證：説文：嬈，苛也。段注：謂嬲乃嬈之俗。衆經音義引三倉：嬲、嬈同乃了切。嬲、嬈一字。孫氏星衍以爲嬲即嫋字，蓋嬈爲本字，别作嫋。草書作嫋，遂誤而爲嬲。」嘉錫案：宋、明本俱作剔嬲，黄生清初人，未必别見古本，不足據也。

〔六〕程炎震云：「山濤以太康四年卒。此事當在咸寧太康間。濤傳曰：『太康初，自尚書僕射遷右僕射，掌選如故。』時和嶠爲中書令，裴楷、王濟並爲侍中也。潘岳嘗爲尚書郎，蓋在其時。岳傳載於河陽懷令之間，或有别本。潘尼則於太康中始舉秀才，爲太常博士，疑不及濤時矣。」

6 賈充初定律令，晉諸公贊曰：「充字公閭，襄陵人。父逵，魏豫州刺史。充起家爲尚書，遷廷尉，聽訟稱平。晉受禪，封魯郡公。充有才識，明達治體，加善刑法，由此與散騎常侍裴楷共定科令，蠲除密網，以爲晉律。薨，贈太宰。」與羊祜共咨太傅鄭沖。王隱晉書曰：「沖字文和，滎陽開封人。有核練才，清虚寡欲，喜論經史，草衣緼袍，不以爲憂。累遷司徒、太保。晉受禪，進太傅。」沖曰：「皋陶嚴明之旨，非僕闇懦所探。」羊曰：「上意欲令小加弘潤。」沖乃粗下意。續晉陽秋曰：「初，文帝命荀勖、賈充、裴秀等分定禮儀律令，皆先咨鄭沖，然後施行也。」

【校　文】

注「充起家爲尚書」　沈本「充」下有「早知名」三字；「書」下有「郎」字。案晉書本傳作「尚書郎」。

7 山司徒前後選〔一〕，殆周遍百官，舉無失才。凡所題目，皆如其言。惟用陸亮，是詔所用，與公意異，爭之不從。亮亦尋爲賄敗〔二〕。晉諸公贊曰：「亮字長興，河內野王人，太常陸乂兄也。性高明而率至，爲賈充所親待。山濤爲左僕射，領選。濤行業即與充異，自以爲世祖所敬，選用之事，與充咨論，充每不得其所欲。好事者説充：『宜授心腹人爲吏部尚書，參同選舉。若意不齊，事不得諧，可不召公與選，而實得敘所懷。』充以爲然。乃啟亮公忠無私。濤以亮將與己異，又恐其協情不允，累啟亮可爲左丞相，非選官才〔三〕。世祖不許，濤乃辭疾還家。亮在職果不能允，坐事免官。」

【校　文】

注「左丞相」　「相」，沈本作「初」。

【箋　疏】

〔一〕李慈銘云：「案選上當脱一領字。晉書作『前後選舉，周徧內外，而並得其才』。」

〔二〕嘉錫案：賞譽篇注引山濤啓事曰「吏部郎史曜出處缺當選。濤薦阮咸，詔用陸亮」，可與此條互證。此出王隱晉書，見書鈔六十。

〔三〕嘉錫案：晉無左丞相，且安有不可爲吏部尚書而可爲丞相者？「相」字明是誤字，作「初」是也。

8 嵇康被誅後，山公舉康子紹爲秘書丞〔一〕。山公啓事曰：「詔選秘書丞。濤薦曰：『紹平簡温敏，有文思，又曉音，當成濟也。猶宜先作秘書郎。』詔曰：『紹如此，便可爲丞，不足復爲郎也。』」晉諸公贊曰：「康遇事後二十年，紹乃爲濤所拔。」王隱晉書曰：「時以紹父康被法，選官不敢舉。年二十八，山濤啓用之，世祖發詔，以爲秘書丞。」紹咨公出處，竹林七賢論曰：「紹懼不自容，將解褐，故咨之於濤。」公曰：「爲君思之久矣！天地四時，猶有消息，而況人乎？」〔二〕王隱晉書曰：「紹字延祖，雅有文才，山濤啓武帝云云。」

【箋疏】

〔一〕程炎震云：「紹十歲而孤。康死於魏景元四年，則紹年二十八，是晉武太康元年。」

〔二〕嘉錫案：紹自爲山濤所薦，後遂死於蕩陰之難。夫食焉不避其難。既食其禄，自不得臨難苟免。紹之死無可議，其失在不當出仕耳。御覽四百四十五引王隱晉書曰：「河南郭象著文，稱嵇紹父死非罪，曾無耿介，貪位死闇主，義不足多。曾以問郗公曰：『王裒（原誤褒，下同）之父，亦非罪死，裒猶辭徵，紹不辭用，誰爲多少？』郄公曰：『王勝於嵇。』或曰：『魏、晉所殺，子皆仕宦，何以無非也？』答曰：『殛鯀興禹。禹不辭興者，以鯀犯罪也。若以時君所殺爲當耶，則同於禹。以不當耶，則同於嵇。』又曰：『世皆以嵇見危授命。』答曰：『紀信代漢高之死，可謂見危授命。如嵇偏善其一可也。以備體論之，則未得也。』」郭象之言甚善，不可以人廢言。郄鑒、王隱之論，尤爲詞嚴義正。由斯以談，紹固不免於罪矣。勸之出者豈非陷人於不義乎！所謂「天地四時，猶有消息」，尤辯而無理。大抵清談諸人，多不明出處之義。日知録十三曰：「有亡國，有亡天下，亡國與亡天下奚辨？曰：易姓改號，謂之亡國。仁義充塞，而至於率獸食人，人將相食，謂之亡天下。魏、晉人之清談，何以亡天下？是孟子所謂楊、墨之言使天下無父無君而入於禽獸者也。昔者嵇紹之父康被殺於晉文王，至武帝革命之時，而山濤薦之入仕。紹時屏居私門，欲辭不就。濤謂之曰：『爲君思之久矣！天地四時，猶有消息，而况於人乎？』一時傳誦以爲名言，而不知其敗義傷教，至於率天下而無父也。夫紹之於晉，非其君也。忘其父而事其非君，當其未死，三十餘年之間，爲無父之人，亦已久矣。而蕩陰之死，何足以贖其罪乎？且其入仕之初，豈知必有乘輿敗績之事，而可樹其忠名，以蓋於晚也。自正始以來，而大義之不明，偏於天下。如山濤者，既爲邪説之魁，遂使嵇紹之賢，且犯天下之不韙而不顧。夫邪正之説，不容兩立。使謂紹爲忠，則必謂王裒爲不忠，然後可也。何怪其相率臣於劉聰、石勒，觀其故主青衣行酒，而不以動其心者乎？是故知保天下然後知保其國。保國者，其君其臣，肉食者謀之。保天下者，匹夫之賤，與有責焉耳矣。」嘉錫案：顧氏之言，可謂痛切。使在今日有風教之責者，得其説而講明之，尤救時之良藥也。明詩紀事辛籤卷五轉引明李延是南吴舊話云：「夏存古十餘歲，陳卧子適訪其父。存古案頭有世説，卧子問曰：『諸葛靚逃於廁中，終不見晉世祖，而嵇紹竟死蕩陰之役，何以忠孝殊途？』存古拱手對曰：『此時當計出處。苟憶顧日影而彈琴，自當與諸葛爲侶。』卧子歎曰：『君言先得吾心者。』」易豐卦彖曰：「日中則昃，月盈則食。天地盈虚，與時消息。而況於人乎！況於鬼神乎！」嘉錫案：山濤之言，義取諸此，以喻人之出處進退，當與時屈信，不可執一也。然紹父康無罪而死於司馬昭之手。禮曰：「父之讎，弗與共戴天。」此而可以消息，忘父之讎，而北面於其子之朝，以邀富貴，是猶禽獸不知有父也。濤乃傅會周易，以爲之勸，真可謂飾六藝以文姦言，此魏、晉人老、易之學，所以率天下而禍仁義也。

9 王安期爲東海郡，名士傳曰：「王承字安期，太原晉陽人。父湛，汝南太守。承沖淡寡欲，無所循尚。累遷東海内史，爲政清静，吏民懷之。避亂渡江，是時道路寇盜，人懷憂懼，承每遇艱險，處之怡然。元皇爲鎮東，引爲從事中郎。」小吏盜池中魚，綱紀推之(一)。王曰：「文王之囿，與衆共之。孟子曰：「齊宣王問：『文王之囿，方七十里，有諸？若是其大乎？』對曰：『民猶以爲小也。』王曰：『寡人之囿，方四十里，民猶以爲大，何邪？』孟子曰：『文王之囿，芻蕘者往焉，與民同之，民以爲小，不亦宜乎？今王之囿，殺麋鹿者如殺人罪，是以四十里爲穽於國中也，民以爲大，不亦宜乎？』」池魚復何足惜！」

【箋疏】

〔一〕程炎震曰：「文選三十六傅季友爲宋公修張良廟教注曰：『綱紀，謂主簿也。教主簿宣之，故曰綱紀，猶今詔書稱門下也。』虞預晉書：『東平主簿王豹白事，齊王曰：「況豹雖陋，故大州之綱紀也。」』」

10 王安期作東海郡，吏録一犯夜人來。王問：「何處來？」云：「從師家受書還，不覺日晚。」王曰：「鞭撻甯越以立威名，恐非致理之本。」〔一〕呂氏春秋曰：「甯越者，中牟鄙人也。苦耕稼之勞，謂其友曰：『何爲可以免此苦也？』其友曰：『莫如學也。學，三十歲則可以達矣。』甯越曰：『請以十五歲。人將休，吾不敢休；人將卧，吾不敢卧。』學十五歲而爲周威公之師也。」使吏送令歸家。

【箋疏】

〔一〕嘉錫案：致理當作致治，唐人避諱改之耳。

11 成帝在石頭，晉世譜曰：「帝諱衍，字世根，明帝太子。年二十二崩。」任讓在帝前戮侍中鍾雅、晉陽秋曰：「讓，樂安人，諸任之後。隨蘇峻作亂。」雅别傳曰：「雅字彦冑，潁川長社人，魏太傅鍾繇弟仲常曾孫也。少有才志，累遷至侍中。」右衛將軍劉超。晉陽秋曰：「超字世踰，琅邪人，漢成陽景王六世孫封臨沂慈鄉侯，遂家焉。父徵，爲琅邪國上將軍。超爲縣小吏，稍遷記室掾、安東舍人。忠清慎密，爲中宗所拔。自以職在中書，絶不與人交關書疏，閉門不通賓客，家無儋石之儲。討王敦有功，封零陽伯，爲義興太守，而受拜及往還朝，莫有知者，其慎默如此。遷右衛大將軍。」帝泣曰：「還我侍中！」〔一〕讓不奉詔，遂斬超、雅。雅別傳曰：「蘇峻逼主上幸石頭，雅與劉超並侍帝側匡衛，與石頭中人密期拔至尊出，事覺被害。」事平之後，陶公與讓有舊，欲宥之。許柳許氏譜曰：「柳字季祖，高陽人。祖允，魏中領軍。父猛，吏部郎。」劉謙之晉紀曰：「柳妻，祖逖子渙女。蘇峻招祖約爲逆，約遣柳以衆會。峻既克京師，拜丹陽尹。後以罪誅。」兒思妣者至佳，諸公欲全之。許氏譜曰：「永字思妣。」若全思妣，則不得不爲陶全讓，於是欲並宥之。事奏，帝曰：「讓是殺我侍中者，不可宥！」諸公以少主不可違，並斬二人。

【校　文】

注「父徵」　「徵」，景宋本作「微」。

【箋　疏】

〔一〕程炎震云：「據文侍中下當脱右衛二字。晉書劉超傳亦有，下同。」

12 王丞相拜揚州〔一〕，賓客數百人並加霑接，人人有説色。惟有臨海一客姓任語林曰：「任名顒，時官在都，預王公坐。」及數胡人爲未洽，公因便還到，過任邊，云：「君出，臨海便無復人。」任大喜説。因過胡人前彈指云：「蘭闍，蘭闍。」群胡同笑〔二〕，四坐並懽。晉陽秋曰：「王導接誘應會，少有牾者。雖疎交常賓，一見多輸寫款誠，自謂爲導所遇，同之舊暱。」

【校　文】

注「時官在都」「官」，景宋本作「宦」。

注「少有牾者」「牾」，景宋本作「迕」。

注「舊暱」「暱」，景宋本作「昵」。

【箋　疏】

〔一〕程炎震云：「王導拜揚州，一在建興三年王敦拜江州之後；一在明帝太寧二年六月丁卯。此似是初拜時。」

〔二〕朱子語類百三十六曰：「王導爲相，只周旋人過一生。謂胡僧曰：『蘭奢，蘭奢。』乃胡語之褒譽者也。」嘉錫案：蘭奢當作蘭闍，蓋記者之誤。然朱子不言所以爲褒譽之義。王伯厚又以爲即蘭若。

考釋慧琳一切經音義五云：「阿練若，或云阿蘭若，或但云蘭若，此土義譯云寂静處，或云無諍地。所居不一，皆出聚落，一俱盧舍之外，遠離喧噪，牛畜雞犬之聲寂静，安心修習禪定。」又二十一云：「阿蘭若者，此翻爲無諍聲。謂説諸法本來湛寂無作義，因名其處爲法阿蘭若處，此中處者，即菩提場中是也。」釋法雲翻譯名義集七云：「阿蘭若大論翻遠離處。薩婆多論翻閑静處。天台云：不作衆事，名之爲閑。無憒閙，故名之爲静。或翻無諍，謂所居不與世諍。」慧琳、法雲釋蘭若之義甚詳，而不言及蘭闍。伯厚謂蘭闍即蘭若，當别有所本。譯音本無定字也。茂宏之意，蓋讚美諸胡僧於賓客喧噪之地，而能寂静安心，如處菩提場中。然則己之未加霑接者，正恐擾其禪定耳。群胡意外得此褒譽，故皆大懽喜也。程炎震云：「困學紀聞二十云：『蘭闍，即蘭若也。』」

13 陸太尉詣王丞相咨事，過後輒翻異。王公怪其如此，後以問陸。陸玩别傳曰：「玩字士瑶，吴郡吴人。祖瑁，父英，仕郡有譽。玩器量淹雅，累遷侍中、尚書左僕射、尚書令，贈太尉。」陸曰：「公長民短，臨時不知所言，既後覺其不可耳。」〔一〕

【箋疏】

〔一〕程炎震云：「此蓋咸和中玩爲尚書左僕射時，導以司徒録尚書事，故得咨事也。導猶領揚州刺史，故玩自稱民。」嘉錫案：方正篇載導請婚於玩，而玩拒以義，不爲亂倫之始，可見其意頗輕導。此答以「公長民短」，謙詞耳。亦可謂居下不諂矣。

14 丞相嘗夏月至石頭看庾公。庾公正料事，丞相云：「暑可小簡之。」庾公曰：「公之遺事，天下亦未以爲允。」〔一〕殷羨言行曰：「王公薨後，庾冰代相，網密刑峻。羨時行，遇收捕者於途，慨然歎曰：『丙吉問牛喘，似不爾！』嘗從容謂冰曰：『卿輩自是網目不失，皆是小道小善耳。至如王公，故能行無理事。』謝安石每歎詠此唱。庾赤玉曾問羨：『王公治何似？詎是所長？』羨曰：『其餘令績，不復稱論。然三捉三治，三休三敗。』」

【校文】

注「網密刑峻」「密」，沈本作「繁」。

注「詎是所長」「詎」，景宋本作「誰」。

注「三捉三治」「捉」，沈本作「投」。

【箋疏】

〔一〕程炎震云：「此事當在成帝初，王導、庾亮參輔朝政時。陶侃所謂『君修石頭以擬老子』者也。蘇峻亂後，亮卒於外任矣。」

15 丞相末年，略不復省事，正封籙諾之〔一〕。自歎曰：「人言我憒憒，後人當思此憒憒。」〔二〕徐廣歷紀曰：「導阿衡三世，經綸夷險，政務寬恕，事從簡易，故垂遺愛之譽也。」

【箋疏】

〔一〕嘉錫案：文選晉紀總論注引劉謙晉紀應詹表曰：「元康以來，望白署空，顯以台衡之量；尋文謹案，目以蘭薰之器。」導阿衡三世，而但封籙畫諾，真所謂「望白署空」也。

〔二〕翟灝通俗篇十五曰：「太玄經：『曉天下之憒憒，瑩天下之晦晦。』」三國志蔣琬傳：「楊敏毁琬作事憒憒。」孫琳傳：「罵其妻曰：『汝父憒憒，敗我大事。』」廣雅釋訓曰：「憒憒，亂也。」王念孫疏證曰：「前卷三云：憒，亂也。重言之則曰憒憒。大雅召旻篇：『潰潰回遹。』傳云：『潰潰，亂也。』莊子大宗師篇云：『憒憒然爲世俗之禮。』潰與憒通。」

16 陶公性檢厲〔一〕，勤於事。晉陽秋曰：「侃練核庶事，勤務稼穡，雖戎陳武士，皆勸厲之。有奉饋者，皆問其所由。若力役所致，懽喜慰賜；若他所得，則呵辱還之。是以軍民勤於農稼，家給人足。性纖密好問，頗類趙廣漢。

嘗課營種柳，都尉夏施盜拔武昌郡西門所種。侃後自出，駐車施門，問：『此是武昌西門柳，何以盜之？』施惶怖首伏，三軍稱其明察。侃勤而整，自强不息。又好督勸於人，常云：『民生在勤，大禹聖人，猶惜寸陰，至於凡俗，當惜分陰。豈可遊逸，生無益於時，死無聞於後，是自棄也。』又：『老莊浮華，非先王之法言而不敢行。君子當正其衣冠，攝以威儀，何有亂頭養望，自謂宏達邪？』」中興書曰：「侃嘗檢校佐吏，若得樗蒲博弈之具，投之曰：『樗蒲，老子入胡所作，外國戲耳。圍棊，堯、舜以教愚子。博弈，紂所造。諸君國器，何以爲此？若王事之暇，患邑邑者，文士何不讀書？武士何不射弓？』談者無以易也。」

作荆州時〔二〕，敕船官悉録鋸木屑，不限多少，咸不解此意。後正會，值積雪始晴，聽事前除雪後猶濕，於是悉用木屑覆之，都無所妨。官用竹皆令録厚頭，積之如山。後桓宣武伐蜀，裝船，悉以作釘。又云：嘗發所在竹篙，有一官長連根取之，仍當足，乃超兩階用之。

【校　文】

注「督勸於人」「於」，沈本作「他」。

【箋　疏】

〔二〕李慈銘云：「案檢疑當作儉。」嘉錫案：檢屬蓋綜覈之意，檢字不誤。

〔三〕類聚五十引王隱晉書曰：「陶侃爲都督荆、雍、益、梁四州諸軍事，是時荆州大饑，百姓多餓死。侃至秋熟，輒糴。至饑，復價糶之。士庶歡悦，咸蒙濟賴。」

17 何驃騎作會稽〔一〕，晉陽秋曰：「何充字次道，廬江人。思韻淹通，有文義才情。累遷會稽内史、侍中、驃騎將軍、揚州刺史，贈司徒。」虞存弟謇作郡主簿〔二〕，孫統存誄叙曰：「存字道長，會稽山陰人也。祖陽，散騎常侍。父偉，州西曹。存幼而卓拔，風情高逸，歷衛軍長史、尚書吏部郎。」范汪棊品曰：「謇字道真，仕至郡功曹。」以何見客勞損，欲白斷常客，使家人節量，擇可通者，作白事成以見存。存時爲何上佐〔三〕，正與謇共食，語云：「白事甚好，待我食畢作教。」食竟，取筆題白事後云〔四〕：「若得門庭長如郭林宗者〔五〕，當如所白。泰別傳曰：「泰字林宗，有人倫鑒識。題品海内之士，或在幼童，或在里肆，後皆成英彦，六十餘人。自著書一卷，論取士之本，未行，遭亂亡失。」汝何處得此人？」謇於是止〔六〕。

【校　文】

注「道真」　沈本作「道直」。

「欲白斷常客」　景宋本及沈本俱無「白」字。

【箋疏】

〔一〕程炎震云：「晉職官志，郡屬主簿爲首，存猶爲上佐，必是丞矣。通典三十三，晉成帝咸康七年，省諸郡丞，惟丹陽丞不省。知充作會稽在咸康七年以前也，證之充傳亦合。」

〔二〕書鈔卷七十三引韋昭辨釋名云：「主簿者，主諸簿書，簿，普也，普聞諸事也。」通典卷三十二云：「主簿一人，録門下衆事，省署文書。」强汝詢漢州郡縣吏制考上云：「謝承書：『劉祐仕郡爲主簿，郡守子常出錢付令買果，祐悉買筆、墨、書具與之。』吴録：『包咸爲吴郡主簿，太守黄君行春，咸留守其郡。郎君緣樓探雀卵，咸杖之三十。』案此可見主簿爲親近吏，郡守家事亦關之也。」嘉錫案：虞謇欲爲何充斷常客，並使其家人節量者，正以主簿得普聞衆事，且治郡守家政故也。强氏所引謝承書見劉祐本傳注，吴録亦見書鈔七十三。

〔三〕嘉錫案：上佐蓋謂治中也。治中與别駕並爲州府要職，故稱上佐。書鈔卷三十八引語林曰「何公爲揚州，虞存爲治中」，是其證也。

〔四〕嘉錫案：通典卷三十二云：「治中從事史一人，居中治事，主衆曹文書。」然則治中之職主治文書，得爲刺史作答教。故謇之白事，先以見存，而存遂取筆題其後也。

〔五〕程炎震云：「庭當作亭。續漢志司隸校尉所屬假佐二十五人，本注有門亭長。又每郡所屬正門，有亭長一人。晉多仍漢制。職官志：州有主簿、門亭長等。郡有主簿，不言門亭長，而别有門下及門下吏。袁宏後漢紀延熹七年，史弼爲河東太守。初至，勑門下：有請，一無所通。常侍侯覽遣諸生齎書求假鹽税及有所屬，門長不爲通。此門長即門亭長之省文。知郡屬之門下，即門亭長也。」嘉錫案：晉書李含傳云：「安定皇甫商欲與結交，含拒而不納，商恨焉。遂諷州以短檄召含爲門亭長。」此州門亭長之見於列傳者。又光逸傳曰：「初爲博昌小吏，後爲門亭長，迎新令至京師。」此縣之門亭長也。州縣皆有此職，則郡亦宜有之，程氏之言是也。

〔六〕嘉錫案：品藻篇曰：「何次道爲宰相，人有譏其信任不得其人。」注引晉陽秋曰：「充所暱庸雜，以此損名。」然則充之爲人，乃不擇交友者。其作會稽時，必已如此。虞謇蓋嫌其賓客繁猥，故欲加以節量，不獨慮其勞損而已。

18 王、劉與林公共看何驃騎，驃騎看文書不顧之。晉陽秋曰：「何充與王濛、劉惔好尚不同，由此見譏於當世。」王謂何曰：「我今故與林公來相看〔一〕，望卿擺撥常務，應對玄言，那得方低頭看此邪？」何曰：「我不看此，卿等何以得存？」諸人以爲佳。

【校文】

「玄言」　景宋本及沈本俱作「共言」。

【箋疏】

〔一〕程炎震云：「康帝初，充以驃騎輔政，時支遁未嘗至都。此林公字必是深公之誤。高僧傳四云『竺道潛字法深，司空何次道尊以師資之敬』，是其證也。淺人見林公，罕見深公，故輒改耳。」

19 桓公在荆州，全欲以德被江、漢，恥以威刑肅物。温别傳曰：「温以永和元年自徐州遷荆州刺史，在州寬和，百姓安之。」令史受杖，正從朱衣上過。桓式年少，從外來，式，桓歆小字也。桓氏譜曰：「歆字叔道，温第三子，仕至尚書。」云：「向從閣下過，見令史受杖，上捎雲根，下拂地足。」〔一〕意譏不著。桓公云：「我猶患其重。」〔二〕

【校文】

「桓式年少」 「式」，北堂書鈔引作「武」，非。

【箋疏】

〔一〕程炎震云：「金樓子立言下云：『桓元子在荆州，恥以威刑爲政。與令史杖，上捎雲根，下拂地足，余比庶幾焉。』蓋用此文。然雲根云云乃桓式語。梁元帝認爲實事，毋亦如顔介所譏吴臺之鵲耶？」

〔三〕嘉錫案：桓公，渚宮舊事五作桓沖，下文桓公云作沖云，與孝標注作桓温者不同。桓温自徐州遷荆州，在永和元年。桓沖亦自徐州遷荆州，則在太元二年。温與沖俱有别傳。世説於温例稱桓公，於沖只稱車騎。以此考之，舊事爲誤。然云恥以威刑肅物，在州寬和，殊不類温之爲人。桓式語含譏諷，亦不類以子對父，似此事本屬桓沖，舊事别有所本。世説屬之桓温，乃傳聞異辭，疑不能明，俟更詳考。

20 簡文爲相，事動經年，然後得過。桓公甚患其遲，常加勸勉。太宗曰〔一〕：「一日萬機，那得速！」尚書皋陶謨：「一日萬機。」孔安國曰：「幾，微也。言當戒懼萬事之微。」

【箋　疏】

〔一〕嘉錫案：上稱「簡文」，下云「太宗」，一簡之内，稱謂互見，此左氏之舊法，世説亦往往有之。如言語篇「元帝始過江」條，上稱顧驃騎，下稱榮是也。

21 山遐去東陽〔一〕，王長史就簡文索東陽云〔二〕：「承藉猛政，故可以和静致治。」東陽記云：「遐字彦林，河内人。祖濤，司徒。父簡，儀同三司。遐歷武陵王友、東陽太守。」江惇傳曰：「山遐爲東陽，風政嚴苛，多任刑殺，郡内苦之。惇隱東陽，以仁恕懷物，遐感其德，爲微損威猛。」

【校　文】

注「山遐去東陽」　景宋本「遐」下有「之」字。

【箋　疏】

〔一〕程炎震云：「晉書遐傳云『郡境肅然，卒於官』，與此不同。又云『康帝下詔』云云，然簡文於穆帝時始輔政，遐或於永和初年去郡，旋卒耳。」

〔二〕嘉錫案：方正篇云：「長史求東陽，撫軍不用。後疾篤，臨終命用之。」然則濛雖有此求，而簡文未之許也。

22 殷浩始作揚州〔一〕，浩別傳曰：「浩字淵源，陳郡長平人。祖識，濮陽相。父羨，光禄勳。浩少有重名，仕至揚州刺史、中軍將軍。」中興書曰：「建元初，庾亮兄弟、何充等相尋薨，太宗以撫軍輔政，徵浩爲揚州，從民譽也。」劉尹行，日小欲晚，便使左右取襆〔二〕，人問其故，答曰：「刺史嚴，不敢夜行。」

【箋疏】

〔一〕嘉錫案：晉書穆帝紀永和二年三月，以殷浩爲揚州刺史。浩傳云：「浩頻陳讓，自三月至七月，乃受拜焉。」據建康實録八，永和三年十二月始以劉惔爲丹陽尹，距浩受拜時已一年有半。而謂之始作者，蓋浩嘗以父憂去職，服闋復爲揚州刺史。以其前後兩任，至永和九年始被廢去職，治揚頗久，故以初任爲始作也。

〔二〕程炎震云：「爾雅曰：『裳削幅謂之纀。』玉篇：『纀，布木切，裳削幅也。』廣韻一屋：『纀，博木切。同襆。』晉書魏舒傳：『襆被而出。』音義曰：『房玉反。』陸納傳：『爲吴興太守，臨發，纀被而已。』」御覽卷七百四引通俗文曰：「帛三幅曰帊，帊衣曰幞。」通鑑一百十七注曰：「襆，防玉翻，帊也，以裹衣物。」魏舒「襆被而出」，韓文「襆被入直」，皆此義也。

23 謝公時，兵厮逋亡，多近竄南塘下諸舫中〔一〕。或欲求一時搜索，謝公不許，云：「若不容置此輩，何以爲京都？」〔二〕續晉陽秋曰：「自中原喪亂，民離本域，江左造創，豪族并兼，或客寓流離，名籍不立。太元中，外禦强氐，蒐簡民實，三吴頗加澄檢，正其里伍。其中時有山湖遁逸，往來都邑者。後將軍安方接客，時人有於坐言宜糺舍藏之失者。安每以厚德化物，去其煩細。又以强寇入境，不宜加動人情。乃答之云：『卿所憂，在於客耳！然不爾，何以爲京都？』言者有慚色。」

【箋疏】

〔一〕程炎震云：「晉書明帝紀：『太寧二年，破王敦軍於南塘。』通鑑一百十五：『劉裕拒盧循，自石頭出，屯南塘。』本書任誕篇祖逖曰：『昨夜復南塘一出。』」

〔二〕嘉錫案：「京都」，御覽一百五十五引作「京師」。按公羊桓九年傳云：「京師者何？天子之居也。京者何？大也。師者何？衆也。天子之居，必以衆大之辭言之。」獨斷上云：「天子所居曰京師。京，水也。地下之衆者，莫過於水；地上之衆者，莫過於人。京，大；師，衆也。故曰京師也。」據此二義，京師之所以爲京師，正以其爲衆所聚，故謝公云爾。

24 王大爲吏部郎，王忱，已見。嘗作選草，臨當奏，王僧彌來，聊出示之。僧彌，王珉小字也。珉別傳曰：「珉字季琰，琅邪人，丞相導孫，中領軍洽少子。有才蓺，善行書，名出兄珣右，累遷侍中、中書令，贈太常。」僧彌得便以己意改易所選者近半，王大甚以爲佳，更寫即奏〔一〕。

【校文】

「王大甚以爲佳」　「王大」，景宋本及沈本俱作「主人」。

【箋　疏】

〔一〕嘉錫案：此見王珉意在獎拔賢能，不以侵官爲慮。而王忱亦能服善，惟以人才爲急，不以侵己之權爲嫌。爲王珉易，爲王忱難。

25 王東亭與張冠軍善。張玄，已見。王既作吴郡，人問小令曰：續晉陽秋曰：「王獻之爲中書令，王珉代之，時人曰『大、小王令』。」「東亭作郡，風政何似？」答曰：「不知治化何如，惟與張祖希情好日隆耳。」〔一〕

【箋　疏】

〔一〕嘉錫案：本書言語篇注引續晉陽秋，稱玄之少以學顯，論者以爲與謝玄同爲南北之望，名亞謝玄。可見玄之甚爲時人所推服。小令爲東亭之弟，不便直譽其兄，故舉此以見意耳。

26 殷仲堪當之荆州，王東亭問曰：「德以居全爲稱，仁以不害物爲名。方今宰牧華夏，處殺戮之職，與本操將不乖乎？」殷答曰：「皋陶造刑辟之制，不爲不賢；古史考曰：「庭堅號曰皋陶，舜謀臣也。舜舉之於堯，堯令作士，主刑。」孔丘居司寇之任，未爲不仁。」家語曰：「孔子自魯司空爲大司寇，三日而誅亂法大夫少正卯。」

【校　文】

「王東亭問曰」　「問」，沈本作「謂」。

注「三日」　景宋本作「七日」。

文學第四

1 鄭玄在馬融門下，融自叙曰：「融字季長，右扶風茂陵人。少而好問，學無常師。大將軍鄧騭召爲舍人，棄，遊武都。會羌虜起，自關以西道斷。融以謂古人有言：『左手據天下之圖，而右手刎其喉，愚夫不爲。』何則？生貴於天下也。豈以曲俗咫尺爲羞，滅無限之身哉？因往應之，爲校書郎，出爲南郡太守。」三年不得相見，高足弟子傳授而已。嘗算渾天不合〔一〕，諸弟子莫能解。或言玄能者，融召令算，一轉便決，衆咸駭服。及玄業成辭歸，既而融有「禮樂皆東」之歎。高士傳曰：「玄字康成，北海高密人。八世祖崇，漢尚書。」玄别傳曰：「玄少好學書數，十三誦五經，好天文、占候、風角、隱術。年十七〔二〕，見大風起，詣縣曰：『某時當有火災。』至時果然，智者異之。年二十一，博極群書，精曆數圖緯之言，兼精算術。遂去吏，師故兗州刺史第五元先。就東郡張恭祖受周禮、禮記、春秋傳。周流博觀，每經歷山川，及接顔一見，皆終身不忘。扶風馬季長以英儒著名，玄往從之，參考同異。季長后戚，嫚於待士，玄不得見，住左右，自起精廬，既因紹介得通。時涿郡盧子幹爲門人冠首〔三〕，季長又不解剖裂七事，玄思得五，子幹得三。季長謂子幹曰：『吾與汝皆弗如也。』季長臨別，執玄手曰：『大道東矣，子勉之！』後遇黨錮，隱居著述，凡百餘萬言。大將軍何進辟玄，乃縫掖相見。玄長八尺餘，鬚眉美秀，姿容甚偉。進待以賓禮，授以几杖。玄多所匡正，不用而退。袁紹辟玄，及去，餞之城東，欲玄必醉。會者三百餘人，皆離席奉觴，自旦及莫，度玄飲三百餘桮，而溫克之容，終日無怠。獻帝在許都，徵爲大司農，行至元城卒。」〔四〕恐玄擅名而心忌焉。玄亦疑有追，乃坐橋下，在水上據屐。融果轉式逐之〔五〕，告左右曰：「玄在土下水上而據木，此必死矣。」遂罷追，玄竟以得免。馬融海内大儒，被服仁義。鄭玄名列門人，親傳其業，何猜忌而行鴆毒乎？委巷之言，賊夫人之子〔六〕。

【校文】

注「自旦及莫」　「莫」，景宋本作「暮」。

【箋疏】

〔一〕李慈銘云：「案說文『筭長六寸。計數者，算數也』。是筭爲籌筭實字，算爲算數虛字，然古書多不分別。此處李本作算是也。」程炎震云：「『算渾天不合』以下，御覽三百九十三引作語林。」

〔二〕王鳴盛蛾術編卷五十八云：「十三歲爲永和四年己卯，十七歲爲漢安二年癸未。」

〔三〕説郛六十六宋竇苹酒譜引鄭玄別傳曰：「與盧子幹相善，在門下七年，以母老歸養。」

〔四〕王鳴盛蛾術編卷五十八云：「世説注『獻帝在許都，徵爲大司農。行至元城卒』。案本傳此事無年，而袁宏紀云建安三年，時康成年七十二。合之劉孝標所引別傳獻帝云云，則袁紀以爲三年者是。若孝標所云『行至元城卒』，則大謬。本傳於徵爲大司農乞還家下書五年，方叙袁紹逼康成隨軍，至元城疾篤不進，卒於元城。此五年事，何得以爲三年徵大司農事乎？」嘉錫案：此事誠謬，然是別傳之謬，不應歸過孝標。且別傳爲魏、晉人作，亦不當謬誤至此。蓋今本世説注爲宋人所删改，非其舊也。

〔五〕李慈銘云：「案史記日者傳：『旋式正棊。』索隱曰：『式，即栻也。旋，轉也。栻之形上圓象天，下方法地，用之則轉天綱加地之辰，故云旋栻。』周禮：『抱天時與太師同車。』鄭司農注云：『抱式以知天時。』漢書藝文志有羡門式法二十卷。王莽傳云：『天文郎按栻於前。』師古曰：『栻所以占時日天文，即今之用栻者也。音式。』」嘉錫案：李氏所引書，桂馥札樸三栻字條均已引之，但未引索隱及鄭司農顔師古注耳。桂氏又云：「庾開府詩：『楓子留爲式，桐孫待作琴。』廣韻：『楓，木名，子可爲式。』廣雅：『曲道，栻梮也。梮有天地，所以推陰陽，占吉凶，以楓子棗心木爲之。』唐六典十四曰：「周禮：太史抱天時與太師同車。」鄭司農云：「抱式以知天時也。今其局以楓木爲天，棗心爲地。刻十二辰，下布十二辰，以加占爲常，以月將加卜時，視日辰陰陽，以立四課。」

〔六〕蛾術編卷五十八云：「融欲害鄭，未必有其事，而鄭鄙融卻有之。蓋融以侈汰爲貞士所輕，載趙岐傳注。鄭雖師融，著述中從未引融語。獨於月令注云：『俗人云：周公作月令，未通於古。』疏云：『俗人，馬融之徒。』」程炎震云：「季長以章帝建初四年己卯生，年八十八。桓帝延熹九年丙午卒。康成以順帝永建二年丁卯生，少季長四十八歲。季長卒時，康成年四十。」晉書儒林傳序曰：「有晉始自中朝，迄於江左，莫不崇飾華競，祖述玄虛。擯闕里之典經，習正始之餘論。指禮法爲流俗，目縱誕以清高。遂使憲章弛廢，名教頹毁。五胡乘間而競逐，二京繼踵以淪胥。運極道消，可爲長嘆息者矣。」南史儒林傳序亦曰：「兩漢登賢，咸資經術，洎魏正始以後更尚玄虛。公卿士庶，罕通經業。時荀顗、摯虞之徒，雖議創制，未有能易俗移風者也。自是中原横潰，衣冠道盡。」嘉錫案：此節蓋採自語林，見御覽三百九十三，非義慶之所杜撰也。廣記二百十五引異苑，載有兩説。前一説與此同，後一説云：「鄭康成師馬融，三載無聞，融鄙而遣還。玄過樹陰假寐，見一老父，以刀開腹心，謂曰：『子可以學矣。』於是寤而即返，遂精洞典籍。融歎曰：『詩書禮樂，皆已東矣。』潛欲殺玄，玄知而竊去。融推式以筭玄，玄當在土木上，躬騎馬襲之。玄入一橋下，俯伏柱上，融踟蹰橋側云：『土木之間，此則當矣。有水，非也。』從此而歸。玄用免焉。」觀語林異苑之所載，知此説爲晉、宋間人所盛傳。然馬融送別，執手殷勤，有「禮樂皆東」之歎，其愛而贊之如此，何至轉瞬之間，便思殺害！苟非狂易喪心，惡有此事？裴啟既不免矯誣，義慶亦失於輕信。孝標斥爲委巷之言，不亦宜乎！

2 鄭玄欲注春秋傳，尚未成時，行與服子慎遇宿客舍，先未相識，服在外車上與人説己注傳意。漢南紀曰：「服虔字子慎，河南滎陽人。少行清苦，爲諸生，尤明春秋左氏傳，爲作訓解。舉孝廉，爲尚書郎、九江太守。」玄聽之良久，多與己同。玄就車與語曰：「吾久欲注，尚未了。聽君向言，多與吾同。今當盡以所注與君。」遂爲服氏注〔一〕。

【箋　疏】

〔一〕後漢書本傳云：「中平末拜九江太守，免，遭亂，行客病卒。」吴承仕經籍舊音序録曰：「漢書序例云：『尚書郎、高平令、九江太守。』案尚書郎、高平令，皆先時所歷官也。後漢書朱儁傳，陶謙等推儁共討李傕，奏記於儁，稱前九江太守服虔。時爲初平三年，知虔官九江太守，首尾不過五年。隋書經籍志云：『春秋左氏傳解誼三十一卷，漢九江太守服虔注。』惠棟後漢書補注十八云：『棟案：服氏解誼，僖十五年遇歸妹之睽，文十二年在師之臨，皆以互體説易，與鄭氏合，世説所稱爲不謬矣。』鄭珍鄭學録三云：『按六藝論序春秋云：玄又爲之注（自注見劉知幾議）。』是康成實注左傳，自言明甚。其所以世無鄭注者，盡用所注之文與服子慎，而與服比注耳。義慶之言，爲得其實。」嘉錫案：趙坦保甓齋札記言服注雖本鄭氏，然有與鄭違異者。曾樸補後漢書藝文志考二既歷舉服、鄭之異義，又臚列其所以同，具詳彼書，文繁不録。

3　鄭玄家奴婢皆讀書。嘗使一婢，不稱旨，將撻之。方自陳説，玄怒，使人曳著泥中。須臾，復有一婢來，問曰：「胡爲乎泥中？」衛式微詩也。毛公曰：「泥中，衛邑名也。」答曰：「薄言往愬，逢彼之怒。」〔一〕衛、邶柏舟之詩。

【箋疏】

〔一〕迮鶴壽校蛾術編五十八注云：「『胡爲乎泥中』云云，似晉人氣習。且鄭公厚德，安有曳婢泥中之事？小説家欲以矜鄭，適以誣鄭耳。」嘉錫案：此事别無證據，難以斷其有無。特世説雜採群書，不皆實録，迮氏之言，意有可取，存以備考。丁晏鄭君年譜云：「若夫義慶之説，婢曳泥而知書；樂天之詩，牛觸牆而成字。小説傅會，亦無取焉。」馬元調本白氏長慶集二十六雙鸚鵡詩云：「『鄭牛識字吾常歎，丁鶴能歌爾亦知』。自注引諺云：『鄭玄家牛觸牆成八字。』」嘉錫案：康成蓋代大儒，盛名遠播，流傳逸事，遂近街談。不惟婢解讀書，乃至牛亦識字。然白傅之引鄙諺，雖有類於齊諧；而臨川之著新書，實不同於燕説。且子政童奴，皆吟左氏（見論衡案書篇）；劉琰侍婢，悉誦靈光（見蜀志）。斯固古人所常有，安見鄭氏之必無？既不能懸斷其子虚，亦何妨姑留爲佳話。丁氏必斥其傳會，所謂「固哉高叟之爲詩也」！

4 服虔既善春秋，將爲注，欲參考同異；聞崔烈集門生講傳，摯虞文章志曰：「烈字威考，高陽安平人，駰之孫，瑗之兄子也。靈帝時，官至司徒、太尉，封陽平亭侯。」遂匿姓名，爲烈門人賃作食。每當至講時，輒竊聽户壁間。既知不能踰己，稍共諸生叙其短長。烈聞，不測何人，然素聞虔名，意疑之。明蚤往，及未寤，便呼：「子慎！子慎！」虔不覺驚應，遂相與友善〔一〕。

【箋疏】

〔一〕嘉錫案：崔烈見後漢書崔駰傳。史但言其有重名於北州，入錢五百萬爲司徒，致有銅臭之譏，而不言其經學。然崔駰傳言駰年十三，能通詩、易、春秋，博學有偉才。孔僖傳亦稱僖與崔駰同遊太學，習春秋。崔瑗傳言其好學，盡能傳父之業。年十八，從侍中賈逵質正大義，逵善待之。逵固以左氏傳名家者，然則崔氏蓋世傳左氏者也。烈承其家學，故亦以左傳講授，與服子慎共術同方，則其於春秋爲不淺，得此可補史闕。知冀州名士，固非浪得虚聲者矣。其後烈卒死李傕之難。烈子鈞身討董卓，旋欲因報父讎不得而卒。鈞弟州平，從諸葛孔明游。奕世忠貞，無負於經學，所宜表而出之者也。

5 鍾會撰四本論始畢，甚欲使嵇公一見。置懷中，既定，畏其難，懷不敢出，於户外遥擲，便回急走〔一〕。魏志曰：「會論才性同異，傳於世。四本者，言才性同，才性異，才性合，才性離也。尚書傅嘏論同，中書令李豐論異，侍郎鍾會論合，屯騎校尉王廣論離。文多不載。」〔二〕

【校　文】

「既定」　「定」，沈本作「見」。

「便回急走」　「回」，景宋本及沈本俱作「面」。

【箋　疏】

〔一〕程炎震云：「『便回』，御覽三百六十五面門，又三百九十四走門均引作『面』字，是也。」

〔二〕嘉錫案：南齊書王僧虔傳載僧虔誡子書云：「才性四本，聲無哀樂，皆言家口實。如客至之有設也，汝皆未經拂耳瞥目，豈有庖廚不脩，而欲延大賓者哉？」清談之重四本論如此，殆如儒佛之經典矣。

6 何晏爲吏部尚書〔一〕，有位望，時談客盈坐，文章叙録曰：「晏能清言，而當時權勢，天下談士，多宗尚之。」魏氏春秋曰：「晏少有異才，善談易、老。」王弼未弱冠往見之〔二〕。晏聞弼名，弼別傳曰：「弼字輔嗣，山陽高平人。少而察惠，十餘歲便好莊、老。通辯能言，爲傅嘏所知。吏部尚書何晏甚奇之，題之曰：『後生可畏。若斯人者，可與言天人之際矣！』以弼補臺郎。弼事功雅非所長，益不留意，頗以所長笑人，故爲時士所嫉。又爲人淺而不識物情。初與王黎、荀融善，黎奪其黄門郎，於是恨黎，與融亦不終好。正始中以公事免。其秋遇癘疾亡〔三〕，時年二十四。弼之卒也，晉景帝嗟歎之累日，曰：『天喪予！』其爲高識悼惜如此。」〔四〕因條向者勝理語弼曰：「此理僕以爲極，可得復難不？」弼便作難，一坐人便以爲屈，於是弼自爲客主數番，皆一坐所不及。

【校　文】

「僕以爲極」　「爲」下景宋本有「理」字。

【箋　疏】

〔一〕魏志管輅傳注引輅別傳曰：「舉爲秀才，輅辭裴使君，使君言『何尚書神明精微，言皆巧妙，巧妙之志，殆破秋豪，君當慎之』。」又曰：「裴使君問：『何平叔一代才名，其實何如？』輅曰：『其才若盆盎之水，所見者清；所不見者濁。神在廣博，志不務學，弗能成才。欲以盆盎之水，求一山之形，形不可得，則知由此惑。故説老、莊則巧而多華，説易生義則美而多僞。華則道浮，僞則神虚。得上才則淺而流絶，得中才則游精而獨出。輅以爲少功之才也。』裴使君曰：『誠如來論。吾數與平叔共説老、莊及易，常覺其辭妙於理，不能折之。又時人吸習，皆歸服之焉，益令不了。相見得清言，然後灼灼耳。』」嘉錫案：傳所謂裴使君者，裴徽也。輅與徽問答，在晏敗之後，或不免詆之過當。然别傳又曰：「裴冀州、何、鄧二尚書及鄉里劉太常潁川兄弟，輅自言與此五君共語，使人精神清發，昬不暇寐。自此以下，殆白日欲寢矣。」是輅亦甚推服晏也。合裴徽與輅之言觀之，蓋晏之爲人，妙於言而不足於理，宜其非王弼之敵矣。

〔二〕經典釋文序録曰：「其後談論者，莫不宗尚玄言，唯王輔嗣妙得虚無之旨。」魏志鍾會傳注引弼傳曰：「弼注易，潁川人荀融難弼大衍義。」

〔三〕魏志荀彧傳注引荀氏家傳曰：「衍，彧第三兄。衍子紹。紹子融，字伯雅，與王弼、鍾會俱知名，爲洛陽令，參大將軍軍事。與弼、會論易、老義，傳於世。」程炎震云：「御覽二百二十一引傅子曰：『王黎爲黄門郎，軒軒然得志，煦煦然自樂。』魏書鍾會傳注引作『正始十年，曹爽廢，以事免』。於文爲備。此注蓋經删節，故『其秋』字無着落。且正始止於十年，不得云中也。」

〔四〕李詳云：「傳爲何劭撰，見魏志鍾會傳裴注引。今取較此注『十餘歲便好莊、老』，彼作『年十餘好老氏』。『題之曰後生可畏』，彼作『歎之曰仲尼稱後生可畏』。『故爲時士所嫉』，彼作『故時爲士君子所忌』。『正始中以公事免』，彼作『正始十年曹爽廢，以公事免』。『高識悼惜』，彼作『所惜』。弼傳甚長，劉注纔得二三耳。」焦循易餘籥録一曰：「劉表以女妻王凱，生業。業生二子，長宏，次弼。凱爲王粲族兄，粲二子被誅，業爲粲嗣。然則王輔嗣爲劉表外曾孫，而王粲之嗣孫也。劉表爲荆州牧，開立學官，博求儒士，使宋衷等撰定五經章句。表撰易章句五卷、衷注易九卷，弼兄宏字正宗亦撰易義（原注見釋文）。王氏之於易，蓋淵源於劉表，而表則受學於王暢，暢爲粲之祖父。劉表、王業皆山陽高平人。」

7 何平叔注老子，始成，詣王輔嗣。見王注精奇，迺神伏曰：「若斯人，可與論天人之際矣！」因以所注爲道德二論〔一〕。魏氏春秋曰：「弼論道約美不如晏，自然出拔過之。」

【校　文】

注「自然出拔過之」　「自」上景宋本及沈本俱有「然」字。

【箋　疏】

〔一〕魏志鍾會傳注引弼別傳曰：「其論道附會文辭不如何晏，自然有所拔得多晏也。」嘉錫案：河上公及王弼老子注，皆以上卷爲道經，下卷爲德經，蓋漢、魏舊本如此。平叔此論亦上篇言道，下篇言德，故爲二論。隋志云：「梁有老子道德論二卷，何晏撰，亡。」舊唐志仍著録。新唐志於道家老子下有何晏講疏四卷，又道德問二卷。疑道德問即道德論也。其書今亡。嘉錫又案：列子天瑞篇張湛注引何晏道論曰：「有之爲有，恃無以生；事而爲事，由無以成。夫道之而無語，名之而無名，視之而無形，聽之而無聲，則道之全焉。故能昭音響而出氣物，包形神而章光影。玄以之黑，素以之白，矩以之方，規以之員。員方得形，而此無形，白黑得名，而此無名也。」此其論之僅存者。嚴可均全三國文三十九何晏集内未收，故具録之。觀其持論，理甚膚淺，不及王注遠矣。文心雕龍論説篇曰：「魏之初霸，術兼名法。傅嘏、王粲校練名理。迄至正始，務欲守文。何晏之徒，始盛玄論。于是聃、周當路，與尼父争塗矣。詳觀蘭石之才性，仲宣之去代，輔嗣之兩例，平叔之二論，並師心獨見，鋒穎精密，蓋人倫之英也。」姚振宗隋志考證六曰：「王弼兩例即易老略例。平叔二論即道德論也。」孫詒讓札迻十二曰：「考晏有無爲論，見晉書王衍傳。又有無名論，見列子仲尼篇注。無爲、無名皆道德經語，殆即二論之細目與？」

8 王輔嗣弱冠詣裴徽〔一〕，永嘉流人名曰：「徽字文季，河東聞喜人，太常潛少弟也。仕至冀州刺史。」徽問曰：「夫無者，誠萬物之所資，聖人莫肯致言，而老子申之無已，何邪？」弼别傳曰：「弼父爲尚書郎，裴徽爲吏部郎，徽見異之，故問。」弼曰：「聖人體無，無又不可以訓，故言必及有；老、莊未免於有，恒訓其所不足。」〔二〕

【箋疏】

〔一〕魏志管輅傳注引輅别傳曰：「冀州裴使君才理清明，能釋玄虚。每論易及老、莊之道，未嘗不注精於嚴、瞿之徒也。」

〔二〕陳澧東塾讀書記十六曰：「輔嗣談老、莊，而以聖人加於老、莊之上。然其所言聖人體無，則仍是老、莊之學也。猶後儒談禪學而以聖人加於佛之上，然其所言聖學，則仍是禪學也。」嘉錫案：此出何劭爲弼别傳，見魏志鍾會傳注。

9 傅嘏善言虚勝，魏志曰：「嘏字蘭碩，北地泥陽人，傅介子之後也。累遷河南尹、尚書。嘏嘗論才性同異，鍾會集而論之。」傅子曰：「嘏既達治好正，而有清理識要，如論才性，原本精微，鮮能及之。司隸鍾會年甚少，嘏以明知交會。」荀粲談尚玄遠〔一〕。粲别傳曰：「粲字奉倩，潁川潁陰人，太尉彧少子也。粲諸兄儒術論議各知名。粲能言玄遠，常以子貢稱『夫子之言性與天道，不可得而聞也』，然則六籍雖存，固聖人之糠粃。能言者不能屈。」每至共語，有爭而不相喻。裴冀州釋二家之義，通彼我之懷，常使兩情皆得，彼此俱暢。粲别傳曰：「粲太和初到京邑，與傅嘏談，嘏善名理，而粲尚玄遠，宗致雖同，倉卒時或格而不相得意。裴徽通彼我之懷，爲二家釋。頃之，粲與嘏善。」管輅傳曰：「裴使君有高才逸度，善言玄妙也。」〔二〕

【箋疏】

〔一〕程炎震云：「列子仲尼篇張湛注：荀粲謂傅嘏、夏侯玄曰：『子等在世，榮問功名勝我，識減我耳。』嘏、玄曰：『夫能成功名者，識也。天下孰有本不足而有餘於末者耶？』答曰：『成功名者，志也，局之所弊也。然則志局自一物也，固非識之所獨濟。我以能使子等爲貴，而未必能濟子之所爲也。』」

〔二〕嘉錫案：此魏志管輅傳注裴松之語也。古人引書往往以注爲正文。

10 何晏注老子未畢，見王弼自説注老子旨。何意多所短，不復得作聲，但應諾諾，遂不復注，因作道德論〔一〕。文章叙録曰：「自儒者論以老子非聖人，絶禮棄學。晏説與聖人同，著論行於世也。」

【校文】

「但應諾諾」 「諾諾」，景宋本及沈本俱作「之」。

【箋疏】

〔一〕嘉錫案：此與上文「何平叔注老子」條，一事兩見。而一云始成，一云未畢，餘亦小異。蓋本出兩書，臨川不能定其是非，故並存之也。

11 中朝時，有懷道之流，有詣王夷甫咨疑者。值王昨已語多，小極，不復相酬答，乃謂客曰：「身今少惡〔一〕，裴逸民亦近在此，君可往問。」晉諸公贊曰：「裴頠談理，與王夷甫不相推下。」

【箋疏】

〔一〕焦循易餘籥録十八曰：「爾雅云：『余，身也。』舍人云：『余，卑謙之身也。』郭璞云：『今人亦自呼爲身。』按三國志張飛曰：『身是張益德也。』」

12 裴成公作崇有論〔一〕，時人攻難之，莫能折。唯王夷甫來，如小屈〔二〕。時人即以王理難裴，理還復申。晉諸公贊曰：「自魏太常夏侯玄、步兵校尉阮籍等，皆著道德論。于時侍中樂廣、吏部郎劉漢亦體道而言約〔三〕，尚書令王夷甫講理而才虛，散騎常侍戴奧以學道爲業，後進庾敳之徒皆希慕簡曠。頠疾世俗尚虛無之理，故著崇有二論以折之。才博喻廣，學者不能究。後樂廣與頠清閒欲説理，而頠辭喻豐博，廣自以體虚無，笑而不復言。」惠帝起居注曰：「頠著二論以規虚誕之弊。文詞精富，爲世名論。」〔四〕

【箋　疏】

〔一〕嘉錫案：成公，裴頠謚也。其論全載晉書本傳。群書治要三十引晉書曰：「頠深患時俗放蕩，不尊儒術，魏末以來，轉更增甚。何晏、阮籍素有高名於世，口談浮虚，不遵禮法。尸禄耽寵，仕不事事。至王衍之徒，聲譽太甚，位高勢重，不以物務自嬰，遂相放效，風教陵遲。頠著崇有之論，以釋其蔽。世雖知其言之益治，而莫能革也。朝廷之士，皆以遺事爲高，四海尚寧，而有識者知其將亂矣。而夷狄遂淪中州者，其禮久亡故也。」嘉錫案：治要所引者，臧榮緒書也。其言痛切有識，足爲成公張目。唐修晉書用之而删去「世雖知其言之益治」以下，不如原書遠矣。

〔二〕李詳云：「如，似也。爲句中助詞。漢書袁盎傳：『丞相如有驕主色。』顔注：『如，似也。』」

〔三〕程炎震云：「劉漢當作劉漠，辨見賞譽第二十二條。」

〔四〕魏志裴潛傳注引陸機惠帝起居注云：「頠理具淵博，贍於論難。著崇有、貴無二論，以矯虚誕之弊。」嘉錫案：頠貴無論即附崇有論後。此引無「貴無」二字，蓋宋人不考晉書，以爲頠既「崇有」不應復「貴無」，遂妄行删去。不知崇有祇一篇，安得謂之二論乎？

13 諸葛厷年少不肯學問〔一〕。始與王夷甫談，便已超詣。王歎曰：「卿天才卓出，若復小加研尋，一無所愧。」厷後看莊、老，更與王語，便足相抗衡。王隱晉書曰：「厷字茂遠，琅邪人，魏雍州刺史緒之子〔二〕。有逸才，仕至司空主簿。」

【箋疏】

〔一〕倭名類聚鈔卷一引本書黜免篇作「諸葛宏」，狩谷望之注曰：「王隱晉書：『厷字茂遠。』按厷，臂上也。或作肱。宏，屋深響也，轉訓大也。依茂遠之義，作宏似是。」

〔二〕嘉錫案：緒仕魏，初爲泰山太守，見魏志鄧艾傳。遷雍州刺史，受詔與鄧艾、鍾會同伐蜀，見陳留王紀及艾傳。入晉爲太常、崇禮衛尉，見鍾會傳注引百官名，注又引荀綽兗州記，但言緒子沖，沖子銓、玫，殊不及厷。蓋綽著書時厷尚未知名耳。緒係出琅邪諸葛氏，當是龍、虎、狗三君之同族，但不知其親屬何如也。

14 衛玠總角時問樂令「夢」，樂云「是想」。衛曰：「形神所不接而夢，豈是想邪？」樂云：「因也。未嘗夢乘車入鼠穴，擣韲噉鐵杵，皆無想無因故也。」〔一〕周禮有六夢：一曰正夢，謂無所感動，平安而夢也。二曰噩夢，謂驚愕而夢也。三曰思夢，謂覺時所思念也。四曰寤夢，謂覺時道之而夢也。

五曰喜夢，謂喜說而夢也。六曰懼夢，謂恐懼而夢也。按樂所言「想」者，蓋思夢也。「因」者，蓋正夢也〔二〕。衛思「因」，經日不得，遂成病。樂聞，故命駕爲剖析之。衛既小差。樂歎曰：「此兒胸中當必無膏肓之疾！」春秋傳曰：「晉景公有疾，求醫於秦，秦伯使醫緩爲之。未至，公夢疾爲二豎子。曰：『彼，良醫也。懼傷我焉！』其一曰：『居肓之上，膏之下，若我何？』醫至，曰：『疾不可爲也！在肓之上，膏之下，攻之不可達，刺之不可及，藥不至焉。』公曰：『良醫也。』」注：「肓，鬲也。心下爲膏。」

【箋疏】

〔一〕酉陽雜俎八曰：「夫瞽者無夢，則知夢者習也。愚者少夢，不獨至人。問之騶皁，百夕無一夢也。」嘉錫案：瞽者目不見物，則無可想像；愚者不知用心，則不解想。可與樂令語相證明。

〔二〕注文周禮六夢云云，乃以周禮春官占夢經注合引，凡謂字以下，皆注也。潛夫論夢列篇曰：「凡夢有直，有象，有精，有想，有人，有感，有時，有反，有病，有性。昔武王邑姜方震太叔，夢帝謂己：『命爾子虞而與之唐。』及生，手掌曰虞，因以爲名。成王滅唐，遂以封之。此謂直應之夢也。人有所思，即夢其到；有憂，即夢其事。此謂記想之夢也。」嘉錫案：潛夫所謂直夢，蓋即周禮之正夢。想夢即思夢也。

15 庾子嵩讀莊子，開卷一尺許便放去，曰：「了不異人意。」晉陽秋曰：「庾敳字子嵩，潁川人，侍中峻第三子。恢廓有度量，自謂是老、莊之徒。曰：『昔未讀此書，意嘗謂至理如此。今見之，正與人意暗同。』仕至豫州長史。」〔一〕

【箋疏】

〔一〕嘉錫案：今晉書敳傳叙其仕履，祇云「遷吏部郎，參東海王越太傅軍諮祭酒」，而其下乃有「豫州牧長史河南郭象善老、莊」云云。似以豫州長史屬之郭象。然本篇注引文士傳及今晉書郭象傳，均云象辟司空掾、太傅主簿，不言爲此官。則仕至豫州長史者，自是庾敳。晉書有脱誤耳。且長史上不當稱某州牧，牧字亦衍文也。

16 客問樂令「旨不至」者，樂亦不復剖析文句，直以麈尾柄确几曰：「至不？」客曰：「至！」樂因又舉麈尾曰：「若至者，那得去？」夫藏舟潛往，交臂恒謝，一息不留，忽焉生滅。故飛鳥之影，莫見其移；馳車之輪，曾不掩地。是以去不去矣，庸有至乎？至不至矣，庸有去乎？然則前至不異後至，至名所以生；前去不異後去，去名所以立。今天下無去矣，而去者非假哉？既爲假矣，而至者豈實哉？於是客乃悟服。樂辭約而旨達，皆此類〔一〕。

【箋　疏】

〔一〕嘉錫案：公孫龍子有指物論，謂物莫非指，而指非指。莊子天下篇載惠施之説曰「指不至，至不絶」，此客蓋舉莊子以問樂令也。陸德明釋文引司馬云：「夫指之取物，不能自至，要假物，故至也。然假物由指不絶也。一云指之取火以鉗，刺鼠以錐。故假於物，指是不至也。」夫理涉玄門，貴乎妙悟，稍參跡象，便落言詮。司馬所注，誠不如樂令之超脱。今姑録之，以存古義。其他家所釋，咸無取焉。嘉錫又案：樂令未聞學佛，又晉時禪學未興，然此與禪家機鋒，抑何神似？蓋老、佛同源，其頓悟固有相類者也。

17 初，注莊子者數十家，莫能究其旨要。向秀於舊注外爲解義，妙析奇致，大暢玄風。秀別傳曰：「秀與嵇康、吕安爲友，趣舍不同。嵇康傲世不羈，安放逸邁俗，而秀雅好讀書。二子頗以此嗤之。後秀將注莊子，先以告康、安，康、安咸曰：『此書詎復須注〔一〕？徒棄人作樂事耳！』及成，以示二子。康曰：『爾故復勝不？』安乃驚曰：『莊周不死矣！』後注周易〔二〕，大義可觀，而與漢世諸儒互有彼此，未若隱莊之絶倫也。」秀本傳或言，秀遊託數賢，蕭屑卒歲，都無注述。惟好莊子，聊應崔譔所注，以備遺忘云。竹林七賢論云：「秀爲此義，讀之者無不超然，若已出塵埃而窺絶冥，始了視聽之表。有神德玄哲，能遺天下，外萬物。雖復使動競之人顧觀所徇，皆悵然自有振拔之情矣。」惟秋水、至樂二篇未竟而秀卒。秀子幼，義遂零落，然猶有別本。郭象者，爲人薄行，有儁才。文士傳曰：「象字子玄，河南人。少有才理，慕道好學，託志老、莊。時人咸以爲王弼之亞，辟司空掾、太傅主簿。」見秀義不傳於世，遂竊以爲己注。乃自注秋水、至樂二篇，又易馬蹄一篇，其餘衆篇，或定點文句而已。文士傳曰：「象作莊子注，最有清辭遒旨。」後秀義別本出，故今有向、郭二莊，其義一也〔三〕。

【校文】

注「此書詎復須注」 景宋本及沈本俱無「此」字。

注「太傅主簿」 景宋本及沈本俱作「太學博士」。

【箋疏】

〔一〕嘉錫案：書不須注，亦與禪宗意思相類。其實即莊生忘筌之旨，不當有「此」字。蓋康、安之意，凡書皆不須注，不僅莊子也。陸象山所謂「六經注我」，亦是此意。

〔二〕嘉錫案：秀周易注，隋志不著録。經典釋文序録載張璠集解十二卷，集二十二家解。序云：依向秀本。並載二十二家名氏云：「向秀字子期，河内人，晉散騎常侍，爲易義。」

〔三〕嘉錫案：向秀莊子注今已不傳，無以考見向、郭異同。四庫總目一百四十六莊子提要嘗就列子張湛注、陸氏釋文所引秀義，以校郭注。有向有郭無者，有絶不相同者，有互相出入者，有郭與向全同者，有郭增減字句大同小異者。知郭點定文句，殆非無證。

18 阮宣子有令聞，太尉王夷甫見而問曰：「老、莊與聖教同異？」對曰：「將無同？」〔一〕太尉善其言，辟之爲掾。世謂「三語掾」。衛玠嘲之曰：「一言可辟，何假於三？」宣子曰：「苟是天下人望，亦可無言而辟，復何假一？」遂相與爲友〔二〕。名士傳曰：「阮脩字宣子，陳留尉氏人。好老、易，能言理。不喜見俗人，時誤相逢，即舍去。傲然無營，家無儋石之儲，晏如也。琅邪王處仲爲鴻臚卿，謂曰：『鴻臚丞差有禄，卿常無食，能作不？』脩曰：『爲復可耳。』遂爲鴻臚丞、太子洗馬。」

【校　文】

注「鴻臚丞差有禄，卿常無食」　沈本作「卿常無食，鴻臚丞差有禄」。

【箋　疏】

〔一〕黄生義府下云：「將無者，然而未遽然之辭。謝太傅云『將無歸』，晉人語度舒緩，類如此。後人妄意生解，總由不悉當時口語耳。」嘉錫案：此與演繁露之説合。演繁露續集卷五云：「不直云同而云將毋同者，晉人語度自爾也。庾亮辟孟嘉爲從事，正旦大會，褚裒問嘉何在，亮曰：『但自覓之。』

哀歷觀指嘉曰：『將毋是乎？』將毋者，猶言殆是此人也。意以爲是而未敢自主也。其指孔、老爲同，亦此義也。」王若虚滹南遺老集亦曰：「瞻意蓋言同耳。將無云者，猶無乃、得無之類。荀晞從母子求爲將，晞拒之曰：『吾不以王法貸人，將無後悔耶。』劉裕受禪，徐廣攀晉帝車泣涕，謝晦謂之曰：『徐公得無小過？』皆是類也。」嘉錫案：雅量篇：「謝太傅汎海戲，風急浪猛。公徐云：『如此，將毋歸？』」任誕篇：「謝安戲失車牛，便杖策步歸，道逢劉尹曰：『安石將無傷？』」並可與此互證。蓋「將毋」者，自以爲如此，而不欲直言之，委婉其辭，與人商榷之語也。王若虚曰：「蓋欲直言其同，而不必疑也。」方以智通雅卷五曰：「將毋、得亡、毋乃稱，皆發問之聲也。韓詩外傳：客見周公，周公曰：『何以道旦？』曰：『入乎將毋？』曰：『請入。』曰：『坐乎將毋？』曰：『請坐。』曰：『疾言則翕翕，徐言則不聞，言乎將毋？』方言：『無寫，謂相見驩喜，有得亡之意也。』莊子：子產曰：『子毋乃稱。』左氏用以轉語，莊、韓用以結句。古人善摹人之聲音神狀如此。阮千里曰：『將毋同？』本謂『得毋乃同乎』，猶言『能毋同也』。葉夢得爲之解曰：『本自無同，何因有異。』此是東坡所謂『設械匿形，推墮滉漾』之伎倆耳。」

〔二〕程炎震云：「御覽二百九太尉掾門及三百九十言語門引衛玠別傳載此事，均作阮千里。則是瞻，非修也。」嘉錫案：今晉書阮瞻傳亦作「瞻見司徒王戎，戎問曰：『聖人貴名教，老、莊明自然，其旨同異？』瞻曰：『將無同？』」唐修晉書喜用世說，此獨與世說不同，知其必有所考矣。御覽二百九所引，先見類聚十九。

19 裴散騎娶王太尉女。婚後三日，諸壻大會，晉諸公贊曰：「裴遐字叔道，河東人。父綽〔一〕，長水校尉。遐少有理稱，辟司空掾、散騎郎。」永嘉流人名：「衍字夷甫，第四女適遐也。」當時名士，王、裴子弟悉集。郭子玄在坐，挑與裴談。子玄才甚豐贍，始數交未快。郭陳張甚盛，裴徐理前語，理致甚微，四坐咨嗟稱快。鄧粲晉紀曰：「遐以辯論爲業，善叙名理，辭氣清暢，泠然若琴瑟〔二〕。聞其言者，知與不知，無不歎服。」王亦以爲奇，謂諸人曰：「君輩勿爲爾，將受困寡人女壻！」〔三〕

【校　文】

「王裴子弟悉集」　景宋本及沈本「弟」下俱有「皆」字。

注「泠然若琴瑟」　景宋本無「瑟」字。

【箋　疏】

〔一〕嘉錫案：「綽」當作「綽」，見品藻篇第六條及晉書附裴楷傳，又見后妃傳下。

〔二〕嘉錫案：晉、宋人清談，不惟善言名理，其音響輕重疾徐，皆自有一種風韻。宋書張敷傳云：「善持音儀，盡詳緩之致。與人别，執手曰：『念相聞。』餘響久之不絶。」裴遐之「泠然若琴瑟」，亦若此而已。

〔三〕李詳云：「案晉世，寡人上下通稱，不以爲僭。孫過庭書譜述王羲之語：『假令寡人耽之若此，未必謝之。』可爲此條確證。張彥遠法書要録引作『若吾耽之若此，未必謝之』。彥遠與虔禮皆唐人，虔禮審晉世言語，故仍其舊；彥遠改同俗稱，便覺其陋。」

20 衛玠始度江，見王大將軍。敦别傳曰：「敦字處仲，琅邪臨沂人。少有名理，累遷青州刺史。避地江左，歷侍中、丞相、大將軍、揚州牧。以罪伏誅。」因夜坐，大將軍命謝幼輿。晉陽秋曰：「謝鯤字幼輿，陳郡人。父衡，晉碩儒。鯤性通簡，好老、易，善音樂，以琴書爲業。避亂江東，爲豫章太守，王敦引爲長史。」鯤别傳曰：「鯤四十三卒，贈太常。」玠見謝，甚説之，都不復顧王，遂達旦微言。王永夕不得豫。玠體素羸，恒爲母所禁。爾夕忽極，於此病篤，遂不起。玠别傳曰：「玠少有名理，善易、老，自抱羸疾，初不於外擅相酬對。時友歎曰：『衛君不言，言必入真。』〔一〕武昌見大將軍王敦，敦與談論，咨嗟不能自已。」

【校　文】

注「言必入真」　「真」，景宋本及沈本俱作「冥」。

【箋　疏】

〔一〕程炎震云：「真，宋本作冥。疑本是玄字，與言爲韻，宋人避諱作真，或作冥耳。本篇『司馬太傅問謝車騎』條，亦有入玄字。」

21 舊云：王丞相過江左，止道聲無哀樂、嵇康聲無哀樂論略曰〔一〕：「夫殊方異俗，歌笑不同。使錯而用之，或聞哭而懽，或聽歌而戚，然哀樂之情均也。今用均同之情，發萬殊之聲，斯非音聲之無常乎？」養生、嵇叔夜養生論曰〔二〕：「夫蝨著頭而黑，麝食柏而香，頸處險而癭，齒居晉而黄。豈唯蒸之使重無使輕，芬之使香無使延哉？誠能蒸以靈芝，潤以醴泉，無爲自得，體妙心玄。庶與羨門比壽，王喬争年。何爲不可養生哉？」言盡意，歐陽堅石言盡意論略曰：「夫理得於心，非言不暢。物定於彼，非名不辨。名逐物而遷，言因理而變，不得相與爲二矣。苟無其二，言無不盡矣。」〔三〕三理而已。然宛轉關生，無所不入。

【校　文】

注「殊方」　景宋本作「他方」。

注「麝食柏」　「食」，景宋本及沈本俱作「得」。

注「無使延哉」　「無」，景宋本作「勿」。

【箋　疏】

〔一〕嘉錫案：此論全篇見嵇中散集五。

〔二〕嘉錫案：論載文選五十三，嵇中散集四又有答向子期難養生論一首。

〔三〕嘉錫案：藝文類聚十九引晉歐陽建言盡意論，較此注爲詳，文長不録。

22 殷中軍爲庾公長史，按庾亮僚屬名及中興書，浩爲亮司馬，非爲長史也。下都，王丞相爲之集，桓公、王長史、王藍田、王述别傳曰：「述字懷祖，太原晉陽人。祖湛，父承，並有高名。述蚤孤，事親孝謹，簞瓢陋巷，宴安永日。由是爲有識所知，襲爵藍田侯。」謝鎮西並在。丞相自起解帳帶麈尾〔一〕，語殷曰：「身今日當與君共談析理。」既共清言，遂達三更。丞相與殷共相往反，其餘諸賢，略無所關。既彼我相盡，丞相乃歎曰：「向來語，乃竟未知理源所歸，至於辭喻不相負。正始之音〔二〕，正當爾耳！」明旦，桓宣武語人曰：「昨夜聽殷、王清言甚佳，仁祖亦不寂寞，我亦時復造心，顧看兩王掾，王濛、王述，並爲王導所辟。輒翣如生母狗馨。」〔三〕

【箋疏】

〔一〕嘉錫案：麈尾懸於帳帶，故自起解之。御覽七百三引世説曰：「王丞相常懸一麈尾，著帳中。及殷中軍來，乃取之曰：『今以遺汝。』」今本無之，當是此處注文。惟不知所引何書耳。

〔二〕嘉錫案：「正始之音」，日知録十三論之甚詳，見賞譽下「王敦爲大將軍」條。

〔三〕盧浦筆記一云：「予讀世説，見晉人言多帶馨字，只如今人説怎地。」嘉錫案：宋書前廢帝紀：「太后怒曰：『將刀來剖我腹，那得生如此寧馨兒。』」建康實録十三引裴子野宋略作「那得生如此兒」，金樓子箴戒篇同。南史宋本紀中則作「那得生寧馨兒」，是「寧馨」之爲「如此」，證之六朝、唐人之書而已足，無煩曲解矣。養新録四云：「寧馨之馨，可讀仄聲。方回聽航船歌『五千斤蠟三千漆，寧馨時年欲夜行』是也。劉禹錫詩『幾人雄猛得寧馨』，二字俱讀平聲。張謂詩『家無阿堵物，門有寧馨兒』，寧讀去聲，馨讀平聲。」嘉錫又案：馨語助詞，猶寧馨也。宋以後筆記解寧馨者甚多，皆不能明備；惟郝懿行晉宋書故云：「晉書王衍傳：『何物老嫗，生寧馨兒。』宋書前廢帝紀：『太后怒，語侍者：「將刀來剖我腹，那得生如此寧馨兒！」』今按寧馨，晉、宋方言即爲如此之意。沈休文著書不得其解，妄有增加，翻爲重複。後世詞人喜用寧馨，有平去二音。而方以智通雅以寧馨爲呼語詞，謂今云能亨，此蓋明季方音。證以今時語，或云那杭，或云籋杭，皆寧馨二字之音轉字變耳。又晉、宋人或言爾馨、如馨，或單言馨，此並語詞及語餘聲也。世説文學篇：桓宣武語人曰：『顧看兩王掾，輒翣如生母狗馨。』忿狷篇：王胡之雪中詣王螭，持其臂，螭撥其手曰：『冷如鬼手馨，强來捉人臂！』此皆單言馨者也。方正篇：劉尹語桓大司馬曰：『使君如馨地，寧可戰鬬求勝？』容止篇注：王仲祖每攬鏡自照曰：『王文開那生如馨兒！』此皆以如馨代寧馨。如讀若女，即寧之轉音也。文學篇劉尹目殷中軍云：『田舍兒强學人作爾馨語。』品藻篇王丞相云：『與何次道語，惟舉手指地曰：「正自爾馨！」』此又以爾馨代寧馨。爾讀若你，亦寧之轉音矣。」

23 殷中軍見佛經云：「理亦應阿堵上。」〔一〕佛經之行中國尚矣，莫詳其始。牟子曰〔二〕：「漢明帝夜夢神人，身有日光，明日，博問群臣。通人傅毅對曰：『臣聞天竺有道者號曰佛，輕舉能飛，身有日光，殆將其神也。』於是遣羽林將軍秦景、博士弟子王遵等十二人之大月氏國，寫取佛經四十二部，在蘭臺石室。」劉子政列仙傳曰：「歷觀百家之中，以相檢驗，得仙者百四十六人，其七十四人已在佛經，故撰得七十。可以多聞博識者遐觀焉。」如此，即漢成、哀之間，已有經矣。與牟子傳記便爲不同。魏略西戎傳曰：「天竺城中有臨兒國。浮屠經云：其國王生浮圖。浮圖者，太子也。父曰屑頭邪，母曰莫邪。浮屠者，身服色黄，髮如青絲，爪如銅。其母夢白象而孕。及生，從右脅出，而有髻，墜地能行七步。天竺又有神人曰沙津。昔漢哀帝元壽元年，博士弟子景慮，受大月氏王使伊存口傳浮屠經。曰復豆者，其人也。」漢武故事曰：「昆邪王殺休屠王，以其衆來降，得其金人之神，置之甘泉宫。金人皆長丈餘，其祭不用牛羊，惟燒香禮拜。上使依其國俗祀之。」此神全類於佛，豈當漢武之時，其經未行於中土，而但神明事之邪？故驗劉向、魚豢之説，佛至自哀、成之世明矣。然則牟傳所言四十二者，其文今存非妄。蓋明帝遣使廣求異聞，非是時無經也〔三〕。

【校　文】

注「故撰得七十」　景宋本無「故」字。

注「浮屠者」　「屠」，景宋本及沈本俱作「圖」。

注「而但神明事之邪」　「邪」，景宋本作「耳」。

【箋疏】

〔一〕劉盼遂曰：「阿堵二字，自來多昧其解。俞理初癸巳類稿卷七『等還音義』條引此事，謂等義爲何等，又爲此等，故通底又通堵。所謂阿堵、寧底，皆言此等也云云，其説迂曲。按阿爲發聲之詞，堵即者字，同音互用。史記張釋之傳：『堵陽人也。』韋昭注：『堵音赭。』漢書張釋之傳師古注『堵音者』，是六朝舊音，堵讀爲者，故可互用。説文：『者，別事詞也。』今人尚謂此爲者，如者里、者回是也。俗書作這，無以下筆。古人語緩，故堵字上加阿，以足語氣。猶名蒙者，自稱阿蒙；言誰者，語作阿誰耳。阿字本自無意義也。知乎此，則殷中軍之言『理亦應在阿堵上』，以宋、元語録例之，乃『名理應在者上』也。由此説推之，巧藝篇『顧長康畫人』條『傳神寫照，正在阿堵』，即『傳神寫照，應在者里』也。規箴篇『王夷甫雅尚玄遠』條『呼婢舉阿堵物卻』（從唐本改），即『呼婢舉者物出去』也。雅量篇『桓公伏甲設饌』條注『明公何有壁間置阿堵輩』，即『壁間置者輩』也。如此乃至爲明鬯易讀，何勞俞氏以浙西方音證之耶？況王夷甫、殷淵源諸人，本非吴士乎。」嘉錫案：「阿堵」猶言「者箇」也。解在規箴篇。「寧馨」、「阿堵」，葉大慶考古質疑六考之已詳。

〔二〕嘉錫案：牟子即牟子理惑論，原在釋僧祐弘明集内，詳見余所作理惑論檢討。

〔三〕嘉錫案：今本列仙傳無此語，廣弘明集辨惑篇七引列仙傳云：「吾搜檢藏書，□尋太史創撰列仙圖，自黄帝以下六代，迄到於今，得道者七百餘人，向檢虚實，定得一百四十六人。」又云：「其七十四人，已見佛經矣。」與孝標所引詳略互有不同。今本無之，蓋爲後人所删節耳。詳見余所著四庫提要辯證道家類。牟子傳記即謂理惑論，蓋古人於五經之外，皆謂之傳記。趙岐孟子題辭所謂「後罷傳記博士，獨立五經而已」，謂論語、孝經、孟子、爾雅也。牟子亦孟子之類，故稱傳記，說詳檢討。

24 謝安年少時，請阮光禄道白馬論。孔叢子曰：「趙人公孫龍云：『白馬非馬。馬者所以命形，白者所以命色。夫命色者非命形，故曰白馬非馬也。』」爲論以示謝，于時謝不即解阮語，重相咨盡。阮乃歎曰：「非但能言人不可得，正索解人亦不可得！」中興書曰：「裕甚精論難。」

25 褚季野語孫安國褚裒、孫盛並已見。云：「北人學問，淵綜廣博。」孫答曰：「南人學問，清通簡要。」支道林聞之曰：「聖賢固所忘言。自中人以還，北人看書，如顯處視月；南人學問，如牖中窺日。」〔一〕支所言，但譬成孫、褚之理也。然則學廣則難周，難周則識闇，故如顯處視月；學寡則易覈，易覈，則智明，故如牖中窺日也。

【箋疏】

〔一〕嘉錫案：北史儒林傳序曰：「南人約簡，得其英華；北學深蕪，窮其枝葉。」語即本此。實則道林之言，特爲清談名理而發。延壽亦不過謂南人文學勝於北人耳。夫樸學浮文，本難一致。春華秋實，烏可並言？北人著述存於今者，如水經注、齊民要術之類，淵綜廣博，自有千古，非南人所敢望也。嘉錫又案：此言北人博而不精，南人精而不博。

26 劉真長與殷淵源談，劉理如小屈，殷曰：「惡卿不欲作將善雲梯仰攻？」〔一〕墨子曰：「公輸般爲高雲梯，欲以攻宋。墨子聞之，自魯往。裂裳裹足，日夜不休，十日十夜而至於郢。見楚王曰：『聞大王將攻宋，有之乎？』王曰：『然！』墨子曰：『請令公輸般設攻宋之具，臣請試守之。』於是公輸般設攻宋之計，墨子縈帶守之。輸九攻之，而墨子九卻之。不能入，遂輟兵。」

【校　文】

注「爲高雲梯」　沈本無「雲」字。

【箋　疏】

〔一〕李慈銘云：「案惡卿句有誤。」

27 殷中軍云：「康伯未得我牙後慧。」浩別傳曰：「浩善老、易，能清言。康伯，浩甥也，甚愛之。」

28 謝鎮西少時，聞殷浩能清言，故往造之。殷未過有所通，爲謝標榜諸義，作數百語。既有佳致，兼辭條豐蔚，甚足以動心駭聽。謝注神傾意，不覺流汗交面。殷徐語左右：「取手巾與謝郎拭面。」按殷浩大謝尚三歲，便是時流。或當貴其勝致，故爲之揮汗。

29 宣武集諸名勝講易，易乾鑿度曰：「孔子曰：『易者，易也，變易也，不易也。三成德，爲道包籥者，易也。其德也，光明四通，日月星辰布，八卦序，四時和也。變也者〔一〕，天地不變，不能成朝；夫婦不變，不能成家。不易者，其位也。天在上，地在下；君南面，臣北面；父坐，子伏。此其不易也。故易者，天地人道也。』」鄭玄序易曰：「易之爲名也，一言而函三義：簡易一也，變易二也，不易三也。」繫辭曰：「乾坤，易之蘊也，易之門户也。」又曰：「乾確然示人易矣，坤隤然示人簡矣。易則易知，簡則易從。」此言其簡易法則也。又曰：「其爲道也屢遷，變動不居，周流六虛，上下無常，剛柔相易，不可以爲典要，惟變所適。」此則言其從時出入移動也。又曰：「天尊地卑，乾坤定矣；卑高以陳，貴賤位矣；動静有常，剛柔斷矣。」此則言其張設布列不易也。據此三義而說易之道，廣矣，大矣。日說一卦。簡文欲聽，聞此便還。曰：「義自當有難易，其以一卦爲限邪？」

【箋　疏】

〔一〕李慈銘云：「案今本乾鑿度作『管三成德，爲道苞籥。（殿本作「管三成爲道德苞籥」，蓋誤。）易者以言其德也。』以下文句，較此甚繇。古人引書多從節省。惟此處三上脱管字，籥下衍者字，易也當作易者。皆傳寫之誤。『變也者』本作『變易也者，其氣也』。此處亦脱誤。」

30 有北來道人好才理，與林公相遇於瓦官寺，講小品。于時竺法深、孫興公悉共聽。此道人語，屢設疑難，林公辯答清析，辭氣俱爽。此道人每輒摧屈。孫問深公：「上人當是逆風家〔一〕，向來何以都不言？」庾法暢人物論曰〔二〕：「法深學義淵博，名聲蚤著，弘道法師也。」深公笑而不答。林公曰：「白旃檀非不馥〔三〕，焉能逆風？」〔四〕成實論曰：「波利質多天樹，其香則逆風而聞。」深公得此義，夷然不屑。

【箋　疏】

〔一〕嘉錫案：言法深學義不在道林之下，當不至從風而靡，故謂之逆風家。

〔二〕全晉文百五十七自注曰：「高僧傳四康僧淵傳云『康法暢著人物始義論等』，世説注作『庾法暢』，字之誤也。」

〔三〕慧琳一切經音義二十九云：「旃檀，梵語香木名也。唐無正譯，即白檀香是也。微赤色者爲上。」嘉錫案：道林以爲雖法深亦不能抗己。

〔四〕翻譯名義集三衆香篇曰：「阿難白佛，世有三種香：一曰根香，二曰枝香，三曰華香。此三品香，唯能隨風，不能逆風。」

31 孫安國往殷中軍許共論，往反精苦，客主無間。左右進食，冷而復煗者數四。彼我奮擲麈尾，悉脱落，滿餐飯中。賓主遂至莫忘食。殷乃語孫曰：「卿莫作强口馬，我當穿卿鼻。」〔一〕孫曰：「卿不見決鼻牛，人當穿卿頰。」〔二〕續晉陽秋曰：「孫盛善理義。時中軍將軍殷浩擅名一時，能與劇談相抗者，惟盛而已。」

【箋疏】

〔一〕「我當穿卿鼻」，郭子作「我當併卿控」。

〔二〕嘉錫案：牛鼻乃爲人所穿，馬不穿鼻也。然穿鼻者常決鼻逃去，穿頰則莫能遁矣。此出郭子，見御覽三百八十。

32 莊子逍遥篇，舊是難處，諸名賢所可鑽味〔一〕，而不能拔理於郭、向之外。支道林在白馬寺中〔二〕，將馮太常共語，馮氏譜曰：「馮懷字祖思，長樂人。歷太常、護國將軍。」〔三〕因及逍遥。支卓然標新理於二家之表，立異義於衆賢之外，皆是諸名賢尋味之所不得。後遂用支理〔四〕。向子期、郭子玄逍遥義曰：「夫大鵬之上九萬，尺鷃之起榆枋，小大雖差，各任其性。苟當其分，逍遥一也。然物之芸芸，同資有待，得其所待，然後逍遥耳。惟聖人與物冥而循大變，爲能無待而常通，豈獨自通而已。又從有待者不失其所待，不失，則同於大通矣。」支氏逍遥論曰：「夫逍遥者，明至人之心也。莊生建言大道，而寄指鵬、鷃。鵬以營生之路曠，故失適於體外；鷃以在近而笑遠，有矜伐於心内。至人乘天正而高興，遊無窮於放浪，物物而不物於物，則遥然不我得，玄感不爲，不疾而速，則逍然靡不適。此所以爲逍遥也。若夫有欲當其所足，足於所足，快然有似天真。猶饑者一飽，渴者一盈，豈忘烝嘗於糗糧，絶觴爵於醪醴哉？苟非至足，豈所以逍遥乎？」此向、郭之注所未盡〔五〕。

【校　文】

注「護國將軍」　「國」，景宋本及沈本俱作「軍」。

注「尺鷃」　沈本作「斥鷃」。

注「猶饑者」　「饑」，景宋本作「飢」。

【箋疏】

〔一〕李慈銘云：「案可字誤，通行刪節本作共。」

〔二〕程炎震云：「據高僧傳遁傳叙次，則此白馬寺在餘杭。」

〔三〕李慈銘云：「案護國當是護軍，或是輔國。晉有護軍將軍、輔國將軍，無護國將軍也。」

〔四〕李慈銘云：「案太平廣記卷八十七引高僧傳：『遁嘗在白馬寺與劉系之等談莊子逍遥，遁曰：「不然，夫桀、紂以殘害爲性，若適性爲得者，彼亦逍遥矣。」爲是退而注逍遥篇，群儒舊學，莫不歎服。』」嘉錫案：此出慧皎高僧傳四支遁傳云：「遁常在白馬寺與劉系之等談莊子逍遥篇，云：『各適性以爲逍遥。』遁曰：『不然。』云云。」

〔五〕嘉錫案：今郭象逍遥遊注，惟無首二句，其餘與此全同。但原係兩段，分屬篇題及「彼且惡乎待哉」之下耳。四庫提要一百四十六以爲孝標所引，今本無之者，非也。嘉錫又案：經典釋文逍遥遊篇音義引支遁凡五條：如坳堂，支遁云：「謂有坳垤形也。」搶，支遁云：「搶，突也。」莽蒼，支遁云：「家間也。」朝菌，支遁云：「一名舜英，朝生暮落。」敖者，支云：「伺彼怠敖，謂承夫閒殆也。」皆篇中之注，與高僧傳退而注逍遥篇之説合。然則支並詳釋名物訓詁，如注經之體。不獨作論標新立異而已。或者此論即在注中，如上引逍遥篇義，亦正是向、郭之注耳。

33 殷中軍浩也。嘗至劉尹所清言。良久，殷理小屈，遊辭不已，劉亦不復答。殷去後，乃云：「田舍兒，强學人作爾馨語。」〔一〕劉惔，已見。

【校　文】

注「浩也」　沈本「浩」作大字，歸正文，無「也」字。

【箋　疏】

〔一〕文廷式純常子枝語卷十曰：「俗語呼爾爲你。按爾字本有你音。世說：『田舍兒，强學人作爾馨語。』晉書王衍傳：『何物老嫗，生寧馨兒。』爾馨即寧馨，蓋讀爾爲你，故與寧字雙聲通轉。」

34 殷中軍雖思慮通長，然於才性偏精。忽言及四本，便苦湯池鐵城，無可攻之勢。神農書曰：「夫有石城七仞，湯池百步，帶甲百萬而無粟者，不能自固也。」

【校　文】

「苦」　景宋本作「若」。

35 支道林造即色論〔一〕，支道林集妙觀章云：「夫色之性也，不自有色。色不自有，雖色而空。故曰色即爲空，色復異空。」論成，示王中郎，王坦之，已見。中郎都無言。支曰：「默而識之乎？」論語曰：「默而識之，誨人不倦，何有於我哉？」王曰：「既無文殊，誰能見賞？」維摩詰經曰：「文殊師利問維摩詰云：『何者是菩薩入不二法門？』時維摩詰默然無言。文殊師利歎曰：『是真入不二法門也。』」

【校　文】

正文及注「默」字　景宋本俱作「嘿」。

注「不二法門也」　景宋本於「也」上有「者」字。

【箋　疏】

〔一〕程炎震云：「高僧傳四支遁傳云：『乃注安般、四禪諸經及即色遊玄論、聖不辯知論、道行旨歸、學道誡等。』」

36 王逸少作會稽，初至，支道林在焉。孫興公謂王曰：「支道林拔新領異，胸懷所及乃自佳，卿欲見不？」王本自有一往雋氣，殊自輕之。後孫與支共載往王許，王都領域，不與交言。須臾支退，後正值王當行，車已在門。支語王曰：「君未可去，貧道與君小語。」因論莊子逍遥遊。支作數千言，才藻新奇，花爛映發。王遂披襟解帶，留連不能已〔一〕。支法師傳曰：「法師研十地，則知頓悟於七住；尋莊周，則辯聖人之逍遥。當時名勝，咸味其音旨。」道賢論以七沙門比竹林七賢。遁比向秀，雅尚莊、老。二子異時，風尚玄同也。

【校　文】

「卿欲見不」　「欲」，景宋本及沈本俱作「欣」。

「留連」　景宋本作「流連」。

【箋　疏】

〔一〕程炎震云：「高僧傳云：『王羲之時在會稽，素聞遁名，未之信，謂人曰：「一往之氣，何足可言？」後遁既還剡，經由於郡，王故詣遁，觀其風力。既至，王謂遁曰：「逍遥篇可得聞乎？」遁乃作數千字，標揭新理，才藻驚絶。王遂披襟解帶，留連不能已。仍請住靈嘉寺，意存相近。』」

37　三乘佛家滯義，支道林分判，使三乘炳然〔一〕。諸人在下坐聽，皆云可通。支下坐，自共説，正當得兩，入三便亂。今義弟子雖傳，猶不盡得。法華經曰：「三乘者：一曰聲聞乘，二曰緣覺乘，三曰菩薩乘。聲聞者，悟四諦而得道也。緣覺者，悟因緣而得道也。菩薩者，行六度而得道也。然則羅漢得道，全由佛教，故以聲聞爲名也。辟支佛得道，或聞因緣而解，或聽環珮而得悟。神能獨達，故以緣覺爲名也。菩薩者，大道之人也。方便則止行六度，真教則通修萬善，功不爲己，志存廣濟，故以大道爲名也。」

【校　文】

注「志存廣濟」　「志存」，景宋本作「悉皆」。

【箋　疏】

〔一〕嘉錫案：釋僧祐出三藏記集十二，宋明帝敕中書侍郎陸澄撰法論目録及釋道宣大唐内典録三、釋道世法苑珠林一百傳記篇并有支道林辯三乘論。然則道林之分判三乘，不惟升座宣講，且已撰述成書矣。

38 許掾詢也。年少時，人以比王苟子〔一〕，苟子，王脩小字也。文字志曰：「脩字敬仁，太原晉陽人。父濛，司徒左長史。脩明秀有美稱，善隸行書，號曰『流奕清舉』。起家著作佐郎，琅邪王文學，轉中軍司馬，未拜而卒，時年二十四。昔王弼之没，與脩同年，故脩弟熙乃歎曰：『無愧於古人，而年與之齊也。』」〔二〕許大不平。時諸人士及於法師竝在會稽西寺講〔三〕，王亦在焉。許意甚忿，便往西寺與王論理，共決優劣。苦相折挫，王遂大屈。許復執王理，王執許理，更相覆疏，王復屈。許謂支法師曰：「弟子向語何似？」支從容曰：「君語佳則佳矣，何至相苦邪？豈是求理中之談哉！」

【校　文】

注「詢也」　景宋本及沈本「詢」字均大字居中，無「也」字。

注「王脩」　景宋本俱作「王循」。又「王脩小字也」，「小」字上景宋本及沈本俱有「之」字。

注「脩弟熙乃歎曰」　景宋本及沈本俱無「乃」字。

「及於法師」　「於」，景宋本及沈本俱作「林」。

【箋　疏】

〔一〕程炎震云：「法書要録載張懷瓘書斷云：『王脩以升平元年卒，年二十四。』則生於咸和九年甲午，許詢或年相若耶？王脩小字，諸書皆作苟。惟顏氏家訓風操篇作狗，且以與長卿犬子並舉。黄門博雅，必有所據，蓋亦如張敬兒之比。後乃恥其鄙俚，文飾之耳。」

〔二〕劉盼遂曰：「按本書雅量篇注引中興書云：『熙爲脩弟蘊之子。』晉書外戚傳亦言曰：『濛有脩、蘊二子。』此注脩弟下顯敚『子』字。」嘉錫案：雅量篇注引中興書，但云「熙，恭次弟」，不云脩弟蘊之子。盼遂殊誤。然考德行篇注引隆安記曰：「恭祖父濛，父蘊。」晉書外戚傳云：「蘊子華、次恭。」恭傳亦云：「光禄大夫蘊子。」熙既爲恭弟，則自是脩之弟子矣。此注之脱誤，無可疑者。盼遂曰：「無愧古人二句，用曹子桓與吳質書中語。晉書作『脩臨終自歎』，較世説爲勝。」嘉錫案：曹與吳書曰：「光武言：年三十餘，在兵中十歲，所更非一。吾德不及之，年與之齊矣。」劉箋言較世説爲勝，當作較文字志爲勝。然吾謂從文字志作熙追贊之語自得，晉書不知所本，未見其所以勝也。

〔三〕李慈銘云：「案今晉書王脩傳云『年二十四，臨終歎曰：「無愧古人，年與之齊矣。」』先既不載王弼之没與脩同年，則『古人』二字無着，又以其弟語爲脩語，皆非也。案『於』當作『林』，李本亦誤。劉辰翁評本及坊間所行王世貞删節本皆作『林』，不誤。又案：西寺即光相寺，在西郭西光坊下岸光相橋之北，去予家僅數十武。光相寺者，傳是晉義熙中寺發瑞光，安帝因賜此額。西光坊本名西光相坊，其東曰東光相坊，坊與橋皆因寺得名者。」

39 林道人詣謝公，東陽時始總角，新病起，體未堪勞。與林公講論，遂至相苦。東陽，謝朗也，已見。中興書曰：「朗博涉有逸才，善言玄理。」母王夫人在壁後聽之，再遣信令還，而太傅留之。王夫人因自出云：「新婦少遭家難〔一〕，一生所寄，惟在此兒。」因流涕抱兒以歸。謝公語同坐曰：「家嫂辭情忼慨，致可傳述，恨不使朝士見。」謝氏譜曰：「朗父據，取太康王韜女，名綏。」

【箋　疏】

〔一〕嘉錫案：「新婦」解在排調篇「王渾與婦鍾氏共坐」條。

40 支道林、許掾諸人共在會稽王齋頭〔一〕。簡文。支爲法師，許爲都講。高逸沙門傳曰：「道林時講維摩詰經。」支通一義，四坐莫不厭心。許送一難，衆人莫不抃舞。但共嗟詠二家之美，不辯其理之所在〔二〕。

【箋　疏】

〔一〕吳承仕曰：「按齋字又見本書豪爽篇云：『桓石虔嘗住宣武齋頭。』紕漏篇云：『胡兒懊熱，一月日閉齋不出。』仇隟篇云：『劉璵兄弟就王愷宿，在後齋中眠。』并此凡四見。疑静室可以齋心，故因名齋，當與精舍同意。周語：『王即齋宮。』韋昭解曰：『所齋之宮也。』齋之名其昉於此乎？」程炎震云：「高僧傳四云：『遁晚出山陰，講維摩經，遁爲法師，許詢爲都講。』則非在會稽王齋頭也。」

〔二〕高僧傳曰：「遁通一義，衆人咸謂詢無以厝難。詢每設一難，亦謂遁不復能通。如此至竟，兩家不竭。」程炎震云：「高僧傳云：『凡在聽者，或謂審得遁旨，迴令自説，得兩三反便亂。』於義爲長。」嘉錫案：世説及高僧傳所據之書本自不同，即其詞意，亦復小異。程氏獨以傳義爲長，非也。

41 謝車騎在安西艱中〔一〕，安西，謝奕。已見。林道人往就語，將夕乃退。有人道上見者，問云：「公何處來？」答云：「今日與謝孝劇談一出來。」玄別傳曰：「玄能清言，善名理。」

【箋疏】

〔一〕程炎震云：「晉書穆帝紀：升平二年秋八月，征西將軍謝奕卒。」

42 支道林初從東出，住東安寺中。高逸沙門傳曰：「遁居會稽，晉哀帝欽其風味，遣中使至東迎之。遁遂辭丘壑，高步天邑。」王長史宿構精理，並撰其才藻，往與支語，不大當對。王叙致作數百語，自謂是名理奇藻。支徐徐謂曰：「身與君別多年，君義言了不長進。」王大慚而退〔一〕。

【箋疏】

〔一〕程炎震云：「王濛卒於永和三年，支道林以哀帝時至都，濛死久矣。高僧傳亦同，並是傳聞之誤。下文有『道林、許、謝共集王家』之語，蓋王濛爲長山令，嘗至東耳。」

43 殷中軍讀小品，釋氏辨空經，有詳者焉，有略者焉。詳者爲大品，略者爲小品。下二百籤，皆是精微，世之幽滯。嘗欲與支道林辯之，竟不得。今小品猶存。高逸沙門傳曰：「殷浩能言名理，自以有所不達，欲訪之於遁。遂邂逅不遇，深以爲恨。其爲名識賞重，如此之至焉。」語林曰：「浩於佛經有所不了，故遣人迎林公，林乃虛懷欲往。王右軍駐之曰：『淵源思致淵富，既未易爲敵，且己所不解，上人未必能通。縱復服從，亦名不益高。若佻脱不合，便喪十年所保。可不須往！』林公亦以爲然，遂止。」

44 佛經以爲祛練神明，則聖人可致。釋氏經曰：「一切衆生，皆有佛性。但能修智慧，斷煩惱，萬行具足，便成佛也。」簡文云：「不知便可登峰造極不？然陶練之功，尚不可誣。」

45 于法開始與支公爭名，後精漸歸支，意甚不忿〔一〕，遂遁跡剡下。遣弟子出都〔二〕，語使過會稽。于時支公正講小品。開戒弟子：「道林講，比汝至，當在某品中。」因示語攻難數十番，云：「舊此中不可復通。」弟子如言詣支公。正值講，因謹述開意。往反多時，林公遂屈。厲聲曰：「君何足復受人寄載！」〔三〕名德沙門題目曰：「于法開才辨從横，以數術弘教。」高逸沙門傳曰：「法開初以義學著名，後與支遁有競，故遁居剡縣，更學醫術。」〔四〕

【校　文】

「受人寄載」　景宋本「載」下有「來」字。袁本亦有。

【箋　疏】

〔一〕李慈銘云：「案精當是稱之誤，忿當是伏或是平之誤。然各本皆同，萬曆紹興志引世説亦如是。」

〔二〕李慈銘云：「案施宿嘉泰會稽志稱：『弟子名法威，最知名。』」

〔三〕高僧傳四曰：「于法開不知何許人，事蘭公爲弟子。深思孤發，獨見言表。妙通醫法。還剡石城，續修元華寺，移白山靈鷲寺。每與支道林争即色空義。廬江何默申明開難，高平郗超宣述林解，並傳於世。開有弟子法威，清悟有樞辯。開嘗使威出都，經過山陰，支遁正講小品。開語威言：『道林講，比汝至，當至某品中。』示語攻難數十番云：『此中舊難通。』威既至郡，正值遁講，果如開言。往復多番，遁遂屈，因厲聲曰：『君何足復受人寄載來耶？』故東山諺云：『深量開思，林談識記。』年六十卒於山寺。孫綽爲之目曰：『才辯縱横，以數術弘教，其在開公乎！』」嘉錫案：本篇云支公講小品，于法開戒弟子示語攻難數十番，云「舊此中不可復通」，弟子如言，往反多時，林公遂屈。淵源所籤世之幽滯，必有即法開所謂「舊不可通」者。然則淵源之所不解者，道林亦未必盡解也。右軍懼其敗名，可謂「愛人以德」，林公遂不復往，亦庶乎知難而退者矣。

〔四〕嘉錫案：法開醫術之妙，見本書術解篇「郗愔信道」條及注。隋志醫方類有議論備豫方一卷，于法開撰。

46 殷中軍問：「自然無心於禀受，何以正善人少，惡人多？」諸人莫有言者。劉尹答曰：「譬如寫水著地，正自縱横流漫，略無正方圓者。」一時絶歎，以爲名通〔一〕。莊子曰：「天籟者，吹萬不同，而使其自已也。」郭子玄注曰：「無既無矣，則不能生有。有之未生，又不能爲生。然則生生者誰哉？塊然而自生耳，非我生也。我不生物，物不生我，則自然而已，然謂之天然。天然非爲也，故以天言之，所以明其自然故也。」

【箋疏】

〔一〕嘉錫案：「通」謂解説其義理，使之通暢也。晉、宋人於講經談理了無滯義者，並謂之通。本篇云

「殷浩能清言，未過有所通」，「支爲法師，許爲都講，支通一義，四座莫不厭心」，「長史諸賢來清言，客主有不通處」，「許詢得漁父一篇，謝安看題，便各使四坐通」，「支道林先通，作七百許語」，「羊孚與仲堪道齊物，乃至四番後一通」云云，皆是也。「名通」之爲言，猶之「名言」、「名論」云爾。後人用此，誤以爲名貴通達，失其義矣。

47 康僧淵初過江〔一〕，未有知者，恒周旋市肆，乞索以自營。忽往殷淵源許，值盛有賓客，殷使坐，粗與寒温，遂及義理。語言辭旨，曾無愧色。領略粗舉，一往參詣。由是知之〔二〕。僧淵氏族，所出未詳。疑是胡人。尚書令沈約撰晉書，亦稱其有義學〔三〕。

【箋疏】

〔一〕李詳云：「案高僧傳：康僧淵本西域人，生於長安。又有康僧會傳，在淵之前，云：『其先康居人，世居天竺。』僧淵蓋亦僧會之族，義已見上，故但云西域人。世説所引僧淵三條，皆見傳内。」

〔二〕高僧傳四又曰：「康僧淵本西域人，生於長安。貌雖梵人，語實中國。容止詳正，志業弘深。晉成之世，與康法暢、支敏度等俱過江，淵雖德愈暢、度，而别以清約自處。常乞匃自資，人未之識。後因分衛之次，遇陳郡殷浩。浩始問佛經深遠之理，卻辯俗書性情之義。自晝至曛，浩不能屈，由是改觀。後於豫章山立寺，去邑數十里，帶江傍嶺，松竹鬱茂。名僧勝達，響附成群。常以持心梵天經空理幽遠，故偏加講説。尚學之徒，往還填委。後卒於寺焉。」

〔三〕嘉錫案：梁書武帝紀二：「天監六年冬閏月（閏十月），以尚書左僕射沈約爲尚書令，行太子少傅。九年春正月，以尚書令行太子少傅沈約爲左光禄大夫，行少傅如故。」計約之爲令，不過二年餘耳。劉峻傳云：「天監初召入西省，與學士賀蹤典校祕書，爲有司所奏，免官。安成王秀好峻學，及遷荆州，引爲户曹參軍。」考廣弘明集三引阮孝緒七録序云：「有梁之初，於文德殿内別藏衆書，使學士劉孝標重加校進。」與本傳所云「典校祕書」者合。雖不知爲何年之事，然孝緒序後所附古今書最有梁天監四年文德正御四部及術數書目録，足見孝標於此年已入西省。武帝紀云：「天監七年五月，以安成王秀爲平西將軍、荆州刺史。」孝標之爲秀所引，當在此時。又可以推知孝標免官之年矣。世説注中孝標自叙所見，言必稱臣，蓋奉梁武敕旨所撰。當沈約遷尚書令之時，孝標正在西省，此處特書其現居之官，亦因奏御之體，固當如此。然則孝標此注，蓋作於天監六七年之間也。

48 殷、謝諸人共集。殷浩、謝安。謝因問殷：「眼往屬萬形，萬形來入眼不？」成實論曰：「眼識不待到而知，虚塵假空與明，故得見色。若眼到色到，色閒則無空明。如眼觸目，則不能見彼。當知眼識不到而知。」依如此説，則眼不往，形不入，遥屬而見也。謝有問，殷無答，疑闕文。

【校　文】

「萬形來入眼不」　景宋本無「來」字。

注「色閒」「閒」，景宋本及沈本作「聞」。

注「不能見彼」「彼」，景宋本及沈本作「色」。

注「殷無答」　景宋本及沈本「殷」上有「而」字。

49　人有問殷中軍：「何以將得位而夢棺器〔一〕，將得財而夢矢穢？」殷曰：「官本是臭腐，所以將得而夢棺屍；財本是糞土，所以將得而夢穢汙。」時人以爲名通。

【箋　疏】

〔一〕嘉錫案：晉書藝術索紞傳云：「索充初夢天上有二棺落充前。紞曰：『棺者，職也。當有京師貴人舉君，二官者，頻再遷。』俄而司徒王戎書屬太守，使舉充。太守先署充功曹，而舉孝廉。」此即所謂將得位而夢棺器也。

50　殷中軍被廢東陽，浩黜廢事，別見。始看佛經。初視維摩詰，僧肇注維摩經曰：「維摩詰者，秦言浄名，蓋法身之大士，見居此土，以弘道也。」疑「般若波羅密」太多，後見小品，恨此語少。波羅密，此言到彼岸也。經云：「到者有六焉：一曰檀；檀者，施也。二曰毗黎；毗黎者，持戒也。三曰羼提；羼提者，忍辱也。四曰尸羅；尸羅者，精進也。五曰禪；禪者，定也。六曰般若；般若者，智慧也。然則五者爲舟，般若爲導，導則俱絶有相之流，升無相之彼岸也。故曰波羅密也。」淵源未暢其致，少而疑其多；已而究其宗，多而患其少也。

【校　文】

注「導則俱絶」　「俱」，景宋本及沈本作「爲」。

51　支道林、殷淵源俱在相王許。簡文。相王謂二人：「可試一交言。而才性殆是淵源崤、函之固〔一〕，崤，謂二陵之地，函，函谷關也。並秦之險塞，王者之居。左思魏都賦曰：「崤、函帝王之宅。」君其愼焉！」支初作，改轍遠之，數四交，不覺入其玄中。相王撫肩笑曰：「此自是其勝場，安可争鋒！」〔二〕

【箋　疏】

〔一〕李慈銘云：「案此謂殷之言才性無人可攻，如崤、函之固。即前所云殷中軍於才性偏精也。」

〔二〕程炎震云：「道林何得與殷浩共集簡文許？前注引高逸沙門傳，殆隱以駁此條也。證之高僧傳，其誤顯然。」

52 謝公因子弟集聚，問毛詩何句最佳？遏稱曰：謝玄小字。已見。「昔我往矣，楊柳依依；今我來思，雨雪霏霏。」公曰：「訏謨定命，遠猷辰告。」大雅詩也。毛萇注曰：「訏，大也。謨，謀也。辰，時也。」鄭玄注曰：「猷，圖也。大謀定命，謂正月始和，布政於邦國都鄙。」謂此句偏有雅人深致〔一〕。

【箋疏】

〔一〕宋祁宋景文筆記卷中云：「詩云『蕭蕭馬鳴，悠悠旆旌』，見整而静也，顔之推愛之。『楊柳依依，雨雪霏霏』，寫物態，慰人情也，謝玄愛之。『遠猷辰告』，謝安以爲佳語。」王士禎古夫于亭雜録二云：「愚按玄與之推所云是矣。太傅所謂『雅人深致』，終不能喻其指。」

53 張憑舉孝廉出都，負其才氣，謂必參時彦。欲詣劉尹，鄉里及同舉者共笑之。張遂詣劉。劉洗濯料事，處之下坐，唯通寒暑，神意不接。張欲自發無端。頃之，長史諸賢來清言。客主有不通處，張乃遥於末坐判之，言約旨遠，足暢彼我之懷，一坐皆驚。真長延之上坐，清言彌日，因留宿至曉。張退，劉曰：「卿且去，正當取卿共詣撫軍。」張還船，同侶問何處宿？張笑而不答。須臾，真長遣傳教覓張孝廉船，同侶惋愕。即同載詣撫軍。至門，劉前進謂撫軍曰：「下官今日爲公得一太常博士妙選！」既前，撫軍與之話言，咨嗟稱善曰：「張憑勃窣爲理窟。」〔一〕即用爲太常博士〔二〕。宋明帝文章志曰：「憑字長宗，吴郡人。有意氣，爲鄉閭所稱。學尚所得，敏而有文。太守以才選舉孝廉，試策高第。爲惔所舉，補太常博士。累遷吏部郎、御史中丞。」

【校　文】

「共笑之」　沈本無「共」字。

【箋　疏】

〔一〕程炎震云：「漢書司馬相如傳：『媻姍勃窣。』師古曰：『謂行於叢薄之間也。』文選子虚賦作『教窣』。注引韋昭曰：『媻姍教窣，匍匐上也。』史記索隱引作『匍匐上下』。沈欽韓曰：『楚詞：蔓母勃屑而日侍。注：勃屑，猶媻姍，膝行貌。世説：張憑勃窣爲理窟，則勃窣亦蹩躠之狀也。』王先謙曰：『勃、教同字。』」

〔二〕嘉錫案：此出郭子，見御覽二百二十九。

54 汰法師云：「六通、三明同歸，正異名耳。」安法師傳曰：「竺法汰者，體器弘簡，道情冥到，法師友而善焉。」一説法汰即安公弟子也〔一〕。經云：「六通者，三乘之功德也。一曰天眼通，見遠方之色；二曰天耳通，聞障外之聲；三曰身通，飛行隱顯；四曰它心通，水鏡萬慮；五曰宿命通，神知已往；六曰漏盡通，慧解累世。三明者：解脱在心，朗照三世者也。」然則天眼、天耳、身通、它心、漏盡此五者，皆見在心之明也。宿命，則過去心之明也。因天眼發未來之智，則未來心之明也。同歸異名，義在斯矣。

【箋疏】

〔一〕高僧傳卷五云：「竺法汰東莞人。少與道安同學。雖才辯不逮，而姿過之。或有言曰『汰是安公弟子』者，非也。」嘉錫案：道安本隨師姓竺，後乃以釋爲氏。由是其弟子皆姓釋。今法汰以竺爲姓，知是同門，非弟子也。

55 支道林、許、謝盛德，共集王家。許詢、謝安、王濛。謝顧謂諸人：「今日可謂彦會，時既不可留，此集固亦難常。當共言詠，以寫其懷。」許便問主人有莊子不？正得漁父一篇。莊子曰：「孔子遊乎緇帷之林，休坐乎杏壇之上。孔子弦歌鼓琴，奏曲未半，有漁者下船而來，鬚眉交白，被髮揄袂，行原以上，距陸而止，左手據膝，右手持頤以聽。曲終而招子貢、子路語曰：『彼何爲者也？』曰：『孔氏。』曰：『孔氏何治？』子貢曰：『服忠信，行仁義，飾禮樂，選人倫，孔氏之所治也。』曰：『有土之君歟？』曰：『非也。』漁父曰：『仁則仁矣，恐不免其身。』孔子聞而求問之，遂言八疵、四病，以誡孔子。」謝看題，便各使四坐通。支道林先通，作七百許語，叙致精麗，才藻奇拔，衆咸稱善。於是四坐各言懷畢。謝問曰：「卿等盡不？」皆曰：「今日之言，少不自竭。」謝後粗難，因自叙其意，作萬餘語，才峰秀逸。文字志曰：「安神情秀悟，善談玄速。」既自難干，加意氣擬託，蕭然自得，四坐莫不厭心。支謂謝曰：「君一往奔詣，故復自佳耳。」

56 殷中軍、孫安國、王、謝能言諸賢，悉在會稽王許。殷與孫共論易象，妙於見形。其論略曰：「聖人知觀器不足以達變，故表圓應於蓍龜。圓應不可爲典要，故寄妙迹於六爻。六爻周流，唯化所適。故雖一畫，而吉凶並彰，微一則失之矣。擬器託象，而慶咎交著，繫器則失之矣。故設八卦者，蓋緣化之影迹也。天下者，寄見之一形也。圓影備未備之象，一形兼未形之形。故盡二儀之道，不與乾坤齊妙。風雨之變，不與巽坎同體矣。」孫語道合，意氣干雲。一坐咸不安孫理，而辭不能屈。會稽王慨然歎曰：「使真長來，故應有以制彼。」既迎真長，孫意己不如。真長既至，先令孫自叙本理。孫粗説己語，亦覺殊不及向。劉便作二百許語，辭難簡切，孫理遂屈。一坐同時拊掌而笑，稱美良久〔一〕。

【箋疏】

〔一〕程炎震云：「此王、謝是王濛、謝尚，非逸少、安石也。知者以此稱會稽，不稱撫軍與相王，知是成帝咸康六年事。當深源屏居墓所之時，濛、尚同爲會稽談客。安國雖歷佐陶侃、庾翼，容亦奉使下都。若安石、逸少，永和中始會於都下，安國方從桓溫征伐蜀、洛矣。注不斥言王、謝何人，殆闕疑之意。晉書惔傳取此，并没王、謝不言。」

57 僧意在瓦官寺中，未詳僧意氏族所出。王苟子來，苟子，王脩小字。與共語，便使其唱理。意謂王曰：「聖人有情不？」王曰：「無。」重問曰：「聖人如柱邪？」王曰：「如籌算，雖無情，運之者有情。」僧意云：「誰運聖人邪？」苟子不得答而去。諸本無僧意最後一句，意疑其闕，慶校衆本皆然〔一〕。惟一書有之，故取以成其義。然王脩善言理，如此論，特不近人情，猶疑斯文爲謬也。

【校文】

注「王脩」　景宋本作「王循」。

注「慶校衆本」　「慶」，景宋本作「廣」。

【箋　疏】

〔一〕李慈銘云：「案『慶校衆本』，慶字當作峻。劉孝標本名峻，梁書、南史皆同。傳寫者因此書止題劉孝標注，不知其本名峻，遂妄改爲慶。以爲臨川自注語耳。史言孝標以字行，據此，則其自稱固仍本名也。各本皆誤。」嘉錫案：作「慶」固非，作「峻」亦未安。惟宋本作「廣」，妙合語氣。慶與廣字形相近，因而致誤耳。又案：卷下賢媛篇注曰：「臣謂王廣名士，豈以妻父爲戲。」汰侈篇注曰「臣按其相經」云云，然則孝標此注爲奉勅而作，故自稱臣。以此例之，則此條必不自名曰峻亦明矣。尊客先生未之思耳。又案：惑溺篇注：「臣按傅暢所言，則郭氏賢明婦人也。」

58 司馬太傅問謝車騎：「惠子其書五車，何以無一言入玄？」謝曰：「故當是其妙處不傳。」莊子曰：「惠施多方，其書五車，其道舛駁，其言不中。謂卵有毛，雞三足，馬有卵，犬可爲羊，火不熱，目不見，龜長於蛇，丁子有尾，白狗黑，連環可解。能勝人之口，不能服人之心。蓋辯者之囿也。」

59 殷中軍被廢，徙東陽，大讀佛經，皆精解。惟至「事數」處不解。事數，謂若五陰、十二入、四諦、十二因緣，五根、五九、七覺之聲。遇見一道人，問所籤，便釋然。

【校　文】

注「五九七覺之聲」　「九」，景宋本作「力」。「聲」，景宋本及沈本作「屬」。

60 殷仲堪精覈玄論，人謂莫不研究。殷乃歎曰：「使我解四本，談不翅爾。」周祗隆安記曰：「仲堪好學而有理思也。」

61 殷荆州曾問遠公：張野遠法師銘曰：「沙門釋惠遠，雁門樓煩人。本姓賈氏，世爲冠族。年十二，隨舅令狐氏遊學許、洛。年二十一，欲南渡，就范宣子學，道阻不通，遇釋道安以爲師。抽簪落髮，研求法藏。釋曇翼每資以燈燭之費。誦鑒淹遠，高悟冥賾。安常歎曰：『道流東國，其在遠乎？』襄陽既沒，振錫南遊，結宇靈嶽。自年六十，不復出山。名被流沙，彼國僧衆，皆稱漢地有大乘沙門。每至然香禮拜，輒東向致敬。年八十三而終。」「易以何爲體？」答曰：「易以感爲體。」殷曰：「銅山西崩，靈鐘東應，便是易耶？」東方朔傳曰：「孝武皇帝時，未央宮前殿鐘無故自鳴，三日三夜不止。詔問太史待詔王朔，朔言恐有兵氣。更問東方朔，朔曰：『臣聞銅者山之子，山者銅之母，以陰陽氣類言之，子母相感，山恐有崩弛者，故鐘先鳴。易曰：「鳴鶴在陰，其子和之。」精之至也。

其應在後五日内。』居三日，南郡太守上書言山崩，延袤二十餘里。」樊英別傳曰：「漢順帝時，殿下鐘鳴，問英。對曰：『蜀崏山崩。山於銅爲母，母崩子鳴，非聖朝災。』後蜀果上山崩，日月相應。」二説微異，故並載之。遠公笑而不答〔一〕。

【校　文】

注「誦鑒淹遠」　「誦」，景宋本及沈本作「識」。

【箋　疏】

〔一〕程炎震云：「高僧傳六慧遠傳曰：『義熙十二年八月六日終，年八十三。』」

62 羊孚弟娶王永言女。孚弟，輔也。羊氏譜曰：「輔字幼仁，泰山人。祖楷，尚書郎。父綏，中書郎。輔仕至衛軍功曹。娶琅邪王訥之女，字僧首。」及王家見壻，孚送弟俱往。時永言父東陽尚在，王氏譜曰：「訥之字永言，琅邪人。祖彪之，光禄大夫。父臨之，東陽太守。訥之歷尚書左丞、御史中丞。」殷仲堪是東陽女壻，亦在坐。殷氏譜曰：「仲堪娶琅邪王臨之女，字英彦。」孚雅善理義，乃與仲堪道齊物。莊子篇也。殷難之，羊云：「君四番後，當得見同。」殷笑曰：「乃可得盡，何必相同？」乃至四番後一通。殷咨嗟曰：「僕便無以相異。」歎爲新拔者久之。

63 殷仲堪云：「三日不讀道德經，便覺舌本間强。」晉安帝紀曰：「仲堪有思理，能清言。」

64 提婆初至，爲東亭第講阿毗曇〔一〕。出經叙曰：「僧伽提婆，罽賓人，姓瞿曇氏。儁朗有深鑒，符堅至長安〔二〕，出諸經。後渡江，遠法師請譯阿毗曇。」遠法師阿毗曇叙曰：「阿毗曇心者，三藏之要領，詠歌之微言。源流廣大，管綜衆經，領其宗會，故作者以心爲名焉。有出家開士字法勝，以阿毗曇源流廣大，卒難尋究，別撰斯部，凡二百五十偈，以爲要解，號之曰『心』。罽賓沙門僧伽提婆，少玩斯文，因請令譯焉。」「阿毗曇」者，晉言大法也。道標法師曰：「『阿毗曇』者，秦言無比法也。」始發講，坐裁半，僧彌便云：「都已曉。」即於坐分數四有意道人，更就餘屋自講。提婆講竟，東亭問法岡道人曰：法岡，未詳氏族。「弟子都未解，阿彌那得已解？所得云何？」曰：「大略全是，故當小未精覈耳。」〔三〕出經叙曰：「提婆以隆安初遊京師，東亭侯王珣迎至舍講阿毗曇。提婆宗致既明，振發義奧，王僧彌一聽便自講，其明義易啟人心如此。未詳年卒。」

【校文】

注「符堅」　「符」，沈本作「苻」，是。

【箋疏】

〔一〕嘉錫案：吴地記云：「虎邱山本晉司徒王珣與司空王珉之別墅。咸和二年，舍山宅爲東西二寺。」吴郡圖經續記中略同，惟「別墅」作「宅」。按注引出經敍云：「提婆以隆安初至京師，王珣迎至舍。」則此所云東亭第，當在建康，非虎丘之宅也。景定建康志四十二第宅類無王珣宅，疑當仍在烏衣巷耳。程炎震云：「高僧傳一僧伽提婆傳曰：『隆安元年來遊京師，時衛軍東亭侯王珣建立精舍，廣招學衆。提婆既至，珣即延請，仍於其舍講阿毗曇。』」

〔二〕開元釋教録卷三曰：「沙門瞿曇僧伽提婆，晉言衆天，罽賓國人。苻秦建元中來入長安，宣流法化，譯論二部。後以晉孝武帝世太元十六年辛卯遊化江左廬岳，即以其年請出阿毗曇心及三法度等。提婆乃於般若臺手執梵文，口宣晉語，去華存實，務盡義本。今之所傳，蓋其文也。至安帝隆安元年丁酉，來遊建康。晉朝王公及風流名士，莫不造席致敬。」程炎震云：「苻堅下當有脱文。高僧傳一云：『苻氏建元中，來入長安。』苻堅下疑脱時字。」

〔三〕程炎震云：「僧彌，王珉小字也。晉書珉傳亦取此事。然珉卒於太元十三年。至隆安之元，首尾十年矣。高僧傳作王僧珍，蓋别是一人。因珍（玠）彌（弥）二字，草書相亂，故誤仞爲王珉耳，法岡，高僧傳作法綱。」

65 桓南郡與殷荆州共談，每相攻難。年餘後，但一兩番。桓自歎才思轉退。殷云：

「此乃是君轉解。」〔一〕周祗隆安記曰：「玄善言理，棄郡還國，常與殷荆州仲堪終日談論不輟。」

【箋疏】

〔一〕嘉錫案：言彼此共談既久，玄於己所言轉能了解，故攻難漸少，非才退也。

66 文帝嘗令東阿王七步中作詩，不成者行大法。應聲便爲詩曰：「煮豆持作羹，漉菽以爲汁。萁在釜下然，豆在釜中泣。本自同根生，相煎何太急？」帝深有慚色〔一〕。魏志曰：「陳思王植字子建，文帝同母弟也。年十餘歲誦詩論及辭賦數萬言。善屬文，太祖嘗視其文曰：『汝倩人邪？』植跪曰：『出言爲論，下筆成章，顧當面試，奈何倩人？』時鄴銅雀臺新成，太祖悉將諸子登之，使各爲賦。植援筆立成，可觀。性簡易，不治威儀，輿馬服飾，不尚華麗。每見難問，應聲而答，太祖寵愛之，幾爲太子者數矣。文帝即位，封鄄城侯，後徙雍丘，復封東阿〔二〕。植每求試不得，而國亟遷易，汲汲無懽。年四十一薨。」

【校文】

「漉菽以爲汁」「菽」，景宋本及沈本作「豉」。

注「后徙雍丘」「后」，景宋本作「後」。

【箋　疏】

〔一〕李慈銘云：「案臨川之意分此以上爲學，此以下爲文。然其所謂學者，清言、釋、老而已。」

〔二〕李慈銘云：「案魏志植由鄄城侯立爲鄄城王，徙封雍邱王，又徙浚儀王，復爲雍邱王，旋封東阿王，後進封陳王。」

67 魏朝封晉文王爲公，備禮九錫，文王固讓不受。公卿將校當詣府敦喻。司空鄭沖馳遣信就阮籍求文。籍時在袁孝尼家，袁氏世紀曰：「準字孝尼，陳郡陽夏人。父渙，魏郎中令。準忠信居正，不恥下問，唯恐人不勝己也。世事多險，故治退不敢求進。著書十萬餘言。」荀綽兗州記曰：「準有儁才，泰始中位給事中。」宿醉扶起，書札爲之，無所點定，乃寫付使。時人以爲神筆〔一〕。顧愷之晉文章記曰：「阮籍勸進，落落有宏致，至轉説徐而攝之也。」一本注阮籍勸進文略曰：「竊聞明公固讓，沖等眷眷，實懷愚心。以爲聖王作制，百代同風，褒德賞功，其來久矣。周公藉已成之業，據既安之勢，光宅曲阜，奄有龜蒙。明公宜奉聖旨，受兹介福也。」

【校　文】

注「故治退不敢求進」。「治」，沈本作「恬」。

【箋疏】

〔一〕程炎震云：「晉書阮籍傳取此，但云醉後，不言袁孝尼家，亦不云鄭沖求文。文帝紀載阮文於魏景元四年，而云帝乃受命。文選注引臧榮緒曰：『魏帝封太祖爲晉公，太原等十郡爲邑。太祖讓不受命，公卿將校皆詣府勸進。阮籍爲之詞。』又曰：『魏帝，高貴鄉公也。太祖，晉文帝也。』則李善之意不以爲景元時。以魏志、晉書考之，是甘露三年五月，以太原等八郡封晉公。時昭始終讓不受也。詳阮文云『西征靈州，東誅叛逆』。李注引王隱晉書，以姜維寇隴右及斬諸葛誕事證之，於甘露三年情事爲得。若景元四年之十月，則已大舉伐蜀，獻捷文至。魏帝策文且云『巴、漢震疊，江、漢雲徹』，而勸進之箋，不一及之，寧得稱神筆乎？故知李氏親見臧書，乃下確證。惟所引『十郡』字，或傳寫之誤，當爲『八郡』耳。張熷讀史舉正三曰：文帝紀：司空鄭沖勸進。案魏志沖時已爲司徒，今考魏志：齊王嘉平三年，鄭沖爲司空。高貴鄉公甘露元年十月，遷司徒，盧毓代之。二年三月，毓薨。四月，諸葛誕爲司空，不就徵。自是司空不除人。三年二月誕平，至八月，乃以王昶爲司空。則三年五月時，司空虛位，沖或以故官兼之。而其時太尉高柔已篤老，故三司中惟沖遣信求阮文也。若景元四年之策文，明有兼司徒武陔，必別有故，而史闕不具矣。晉書云『帝乃受命』，蓋欲盛誇阮文，故移其繫年以遷就之。文選但云鄭沖，不具其官，或本阮集，或昭明删之，斯其慎矣。然選云『晉王』，則又誤『公』爲『王』也。」嘉錫案：晉書與世說本自不同，當別有所據。程氏以爲取諸世說，非也。嘉錫又案：此出竹林七賢論，見書鈔百三十三，御覽七百一十引。

68 左太沖作三都賦初成〔一〕，思別傳曰：「思字太沖，齊國臨淄人。父雍起於筆札，多所掌練，爲殿中御史〔二〕。思蚤喪母，雍憐之，不甚教其書學〔三〕。及長，博覽名文，遍閲百家。司空張華辟爲祭酒，賈謐舉爲秘書郎。謐誅，歸鄉里，專思著述。齊王冏請爲記室參軍，不起。時爲三都賦未成也。後數年疾終。其三都賦改定，至終乃上。初，作蜀都賦云：『金馬電發於高岡，碧雞振翼而雲披。鬼彈飛丸以礌礉〔四〕，火井騰光以赫曦。』今無『鬼彈』，故其賦往往不同。思爲人无吏幹而有文才，又頗以椒房自矜，故齊人不重也。」時人互有譏訾，思意不愜。後示張公。張華，已見。張曰：「此『二京』可三，然君文未重於世，宜以經高名之士。」思乃詢求於皇甫謐。王隱晉書曰：「謐字士安，安定朝那人，漢太尉嵩曾孫也。祖叔獻，灞陵令。父叔侯，舉孝廉。謐族從皆累世富貴，獨守寒素。所養叔母歎曰：『昔孟母以三徙成子，曾父以亨家存教〔五〕，豈我居不卜鄰，何爾魯之甚乎？修身篤學，自汝得之，於我何有？』因對之流涕，謐乃感激。年二十餘，就鄉里席坦受書，遭人而問，少有寧日。武帝借其書二車，遂博覽。太子中庶子、議郎徵，並不就，終於家。」謐見之嗟歎，遂爲作敘。於是先相非貳者，莫不斂衽讚述焉〔六〕。思別傳曰：「思造張載，問岷、蜀事，交接亦疎。皇甫謐西州高士，摯仲治宿儒知名，非思倫匹。劉淵林、衛伯輿並蚤終，皆不爲思賦序注也〔七〕。凡諸注解，皆思自爲，欲重其文，故假時人名姓也。」〔八〕

【校文】

注「蚤喪母雍憐之」　景宋本作「少孤」，非。

注「后數年」 「后」，景宋本作「後」。

注「亨家存教」 「亨家」，景宋本作「烹家」。

注「武帝借其書二車」 「其」，沈本作「與」，「二」作「一」。

【箋疏】

〔一〕文選三都賦李善序注引臧榮緒晉書曰：「左思字太沖，齊國人。少博覽文史，欲作三都賦。乃詣著作郎張載，訪岷、卭之事。遂構思十稔，門庭藩溷，皆著紙筆，遇得一句即疏之。徵爲秘書。賦成，張華見而咨嗟，都邑豪貴，競相傳寫。」文選集注八引王隱晉書曰：「左思少好經術，嘗習鍾、胡書不成。學琴又不成。貌醜口訥，甚有大才。博覽諸經，遍通子史。于時天下三分，各相誇競。當思之時，吴國爲晉所平，思乃賦此三都，以極眩曜。其蜀事訪於張載，吴事訪於陸機，後乃成之。」嘉錫案：今晉書思本傳，但言詣著作郎張載訪岷、卭之事，而不言訪吴事於機。蓋唐史臣專以臧書爲本，不及參取王隱書也。思生於魏、晉，平生足跡不及江南。既訪蜀事於張載，則吴事必有所訪矣。本傳載機聞思作此賦而笑之，有覆酒甕之誚。蓋即因其訪問吴事，故先知之耳。又案：唐六典十引晉書云：「左太沖爲三都賦，自以所見不博，求爲祕書郎中。」與今晉書不同，蓋臧榮緒書。

〔二〕御覽二百二十六引曹氏傳曰：「左擁起於碎吏，武帝以爲能，擢爲殿中侍御史。」嘉錫案：書鈔一百二引王隱晉書作「父雍起卑吏」。御覽作擁者，傳寫誤耳。

〔三〕嘉錫案：宋本作「思少孤」。據晉書文苑傳云：「思少學鍾、胡書及鼓琴並不成。雍謂友人曰：『思所曉解，不及我少時。』思遂感激勤學。」則思未嘗少孤也。且既云少孤，又云不甚教其書學，文義殆不相屬。其誤明甚。嘉錫又案：文館詞林一百五十二有左思悼離贈妹詩二首略云：「惟我惟妹，寔惟同生。早喪先妣，恩百常情。女子有行，實遠父兄。」又云：「永去骨肉，内充紫庭。至情至念，惟父惟兄。悲其生離，泣下交頸。」然則思實蚤喪母，至左貴嬪選入内庭時，其父尚在也。

〔四〕程炎震云：「御覽十五引南中八郡曰：『永昌郡有禁水，有惡毒氣。中物則有聲，中樹木則折，名曰鬼彈。中人則奄然青爛。』」羅振玉校本引蔣子遵校云：「鬼彈見水經注：『禁水出永昌縣。此水傍瘴氣特惡，氣中有物，不見其形。其作有聲，中木則折，中人則害，名曰鬼彈。惟十一月十二月差可渡。正月至十月逕之，無不害人。故郡有罪人，徙之禁傍，不過十日皆死也。』」

〔五〕李詳云：「案亨古烹，家當作豕。韓非子外儲説：『曾子之妻之市，其子隨之而泣，其母曰：「女還，顧反，爲女殺彘。」適市來，曾子欲捕彘殺之，妻止之曰：「特與嬰兒戲耳！」曾子曰：「嬰兒非與戲也，聽父母之教。今子欺之，是教子欺也。」遂烹彘。』」嘉錫案：今景宋本正作「烹豕」。

〔六〕程炎震云：「御覽五百八十七引世説曰『左思字太沖，齊國臨沂人也。作三都賦，十年乃成。門庭户席，皆置筆硯，得一句即便疏之。賦成，時人皆有譏訾』云云，與今本不同。蓋雜有注語。又『斂袵讚述焉』以下有『陸機入洛，欲爲此賦。聞思作之，撫掌而笑。與弟雲書：「此聞有傖父，欲作三都賦。須其成，當以覆酒甕耳。」及思賦出，機絶歎服，以爲不能加也』五十三字。」

〔七〕文選集注八引陸善經曰：「臧榮緒晉書云：劉逵注吴、蜀。張載注魏都。綦毋邃序注本及集題云：張載注蜀都。劉逵注吴、魏。今雖列其異同，且依臧爲定。」嘉錫案：隋志云梁有張載及晉侍中劉逵、晉懷令衛瓘注左思三都賦三卷。綦毋邃注三都賦三卷亡。今皇甫謐序録入文選。劉逵、張載注在李善注中。而文選集注於左思序亦引有綦毋邃注。衛瓘作吴都賦序及注，見魏志衛臻傳注。惟摯虞所注不知何篇。晉書左思傳謂陳留衛瓘爲思賦作略解。全晉文一百五以爲瓘即權之誤。然據思傳所載瓘序，乃是並注三都，與魏志注言權但注吴都者不同。未詳孰是。程炎震云：「魏志衛臻傳：『子烈。』裴注云：『烈二弟京、楷，皆二千石。楷子權，字伯輿。晉大司馬汝南王亮輔政，以權爲尚書郎。作左思吴都賦序及注。序粗有文辭，注了無發明。不合傳寫。』」

〔八〕王士禎古夫于亭雜録三云：「按太沖三都賦，自足接迹揚、馬，乃云假諸人爲重，何其陋耶！且西晉詩氣體高妙，自劉越石而外，豈復有太沖之比？別傳不知何人所作，定出怨謗之口，不足信也。」嘉錫案：別傳之説雖未必可信，然彼自論三都賦序注耳，初不評詩也。太沖詩雖高，與賦之序注何與耶？王氏此言未免節外生枝。

69 劉伶著酒德頌，意氣所寄〔一〕。名士傳曰：「伶字伯倫，沛郡人。肆意放蕩，以宇宙爲狹。常乘鹿車，攜一壺酒，使人荷鍤隨之，云：『死便掘地以埋。』土木形骸，遨游一世。」〔二〕竹林七賢論曰：「伶處天地間，悠悠蕩蕩，無所用心。嘗與俗士相牾，其人攘袂而起，欲必築之。伶和其色曰：『雞肋豈足以當尊拳！』其人不覺廢然而返。未嘗措意文章，終其世，凡著酒德頌一篇而已〔三〕。其辭曰：『有大人先生者，以天地爲一朝，萬朞爲須臾，日月爲扃牖，八荒爲庭衢。行无轍迹，居無室廬，幕天席地，縱意所如。行則操卮執瓢，動則挈榼提壺，唯酒是務，焉知其餘？有貴介公子，縉紳處士，聞吾風聲，議其所以。乃奮袂攘襟，怒目切齒，陳説禮法，是非鋒起。先生於是方捧罌承槽，銜杯漱醪，奮髯箕踞，枕麴藉糟。無思無慮，其樂陶陶。兀然而醉，慌爾而醒，静聽不聞雷霆之聲，熟視不見太山之形，不覺寒暑之切肌，利欲之感情。俯觀萬物之擾擾，如江、漢之載浮萍。二豪侍側焉，如蜾蠃之與螟蛉。』」

【校　文】

注「以宇宙爲狹」　「狹」，沈本作「細」。

注「與俗士相牾」　「牾」，景宋本及沈本俱作「迕」。

注「行无轍迹」　「无」，景宋本作「無」。「轍」，景宋本及沈本俱作「軌」。

注「操卮執瓢」　「瓢」，景宋本及沈本作「觚」。

注「箕踞」　「箕」，景宋本作「踑」。

注「承糟」　「糟」，景宋本作「槽」。

【箋　疏】

〔一〕李慈銘云：「案『意氣所寄』語不完，下有脱文。」伶當作靈。沈濤交翠軒筆記四云：「濤案：文選酒德頌五臣注引臧榮緒晉書：『劉靈字伯倫。』文苑英華卷十三皇甫湜醉賦：『昔劉靈作酒德頌。』彭叔夏辨證云：『顔延之五君詠：『劉靈善閉關。』文中子：『劉靈古之閉關人也。』語林：『天生劉靈，以酒爲名。』並作靈。而唐太宗晉書本傳作伶，故他書通用伶云云。又陸龜蒙中酒賦有『醎卓擒靈之伍，我願先登』。卓謂畢卓，靈謂劉靈。李商隱暇日詩『誰向劉靈天幕内』，亦作靈，不作伶。蓋伶從令聲，令、靈古字通用。荀子彊國篇：『其在趙者，剡然有苓，而據松柏之塞。』注『苓與靈同』。說文雨部引詩『霝雨其濛』，今詩作『零』。虫部引詩『螟蠕有子』，今詩作『蛉』。漢吴仲山碑：『神零有知。』隸釋云：『以零爲靈。』劉字伯倫，本取伶倫之義，而字假借作靈。後人習見今本晉書作伶，遂以作靈爲誤，是以不狂爲狂耳。御覽飲食部引世說：『劉靈縱酒放達。』今本世說作伶。蓋淺人據晉書所改。」嘉錫案：胡氏刻仿宋本文選李善注於思舊賦注引臧榮緒晉書，五君詠注引竹林名士傳及臧書，均作靈。惟酒德頌注引臧書，誤作伶。然文選集注九十三酒德頌下引李善注仍作靈，不誤也。御覽所引世說，是任誕篇。以此推之，則凡本書作劉伶者，皆出宋人所改無疑。

〔二〕文選集注九十三公孫羅文選鈔引臧榮緒晉書曰：「劉靈父爲太祖大將軍掾，有寵，早亡。靈長六尺，貌甚醜悴，而志氣曠放，以宇宙爲狹也。與阮籍、嵇康爲友，相遇欣然，怡神解裳。乘鹿車，攜一壺酒，使荷鍤自隨，以爲死便埋之。留連於酒中之德，乃著酒德頌。」嘉錫案：此叙事與名士傳略同而加詳，録之以廣佚聞。至元嘉禾志十三：「劉伶墓在嘉興縣西北二十七里。錢氏諱鏐，改呼劉爲金。俗因呼爲金伶墓。」

〔三〕宋朱弁風月堂詩話上曰：「東坡云『詩文豈在多，一頌了伯倫』，是伯倫他文字不見於世矣。予嘗閲唐史藝文志劉伶有文集三卷，則伯倫非無他文章也。但酒德頌幸而傳耳。坡之論豈偶然得於落筆之時乎？抑别有所聞乎？」嘉錫案：東坡即本之世説注耳。考新唐志並無劉伶集，隋志舊唐志亦未著録，朱氏之説蓋誤。然藝文類聚七引有魏劉伶北邙客舍詩，則伶之文章不止一篇。蓋伶平生不措意於文，故無文集行世。而酒德頌則盛傳，談者因以爲祇此一篇，實不然也。

70 樂令善於清言，而不長於手筆。將讓河南尹，請潘岳爲表。晉陽秋曰：「岳字安仁，滎陽人。夙以才穎發名。善屬文，清綺絶世，蔡邕未能過也。仕至黄門侍郎，爲孫秀所害。」潘云：「可作耳。要當得君意。」樂爲述己所以爲讓，標位二百許語〔一〕。潘直取錯綜，便成名筆。時人咸云：「若樂不假潘之文，潘不取樂之旨，則無以成斯矣。」

【箋疏】

〔一〕嘉錫案：「標位二百許語」，「位」景宋本作「伭」，伭蓋作之誤，後人不識，因妄改爲位。

71 夏侯湛作周詩成〔一〕，文士傳曰：「湛字孝若，譙國人，魏征西將軍夏侯淵曾孫也。有盛才，文章巧思，善補雅詞，名亞潘岳。歷中書侍郎。」湛集載其叙曰：「周詩者，南陔、白華、華黍、由庚、崇丘、由儀六篇，有其義而亡其辭。湛續其亡，故云周詩也。」示潘安仁。安仁曰：「此非徒温雅，乃別見孝悌之性。」其詩曰：「既殷斯虔，仰説洪恩。夕定辰省，奉朝侍昏。宵中告退，雞鳴在門。孳孳恭誨，夙夜是敦。」潘因此遂作家風詩。岳家風詩載其宗祖之德及自戒也。

【箋疏】

〔一〕文選五十七潘安仁夏侯常侍誄曰：「顯祖曜德，牧兗及荆。父守淮、岱，治亦有聲。」李善注引王隱晉書曰：「夏侯威字季權，荆、兗二州刺史。威次子莊，淮南太守。」文選集注百十三引文選鈔曰：「魏志云：『夏侯瓚字子威，至兗州刺史。』王隱晉書：『威次子莊，爲淮南太守。』然岱郡書傳無文，而此誄言守海岱也。」嘉錫案：今魏志夏侯淵傳，淵中子霸之弟威，無「名瓚字子威」語。集注殆有譌誤。裴注引世語與王隱晉書同。藝文類聚二十三載其詩曰：「綰髮綰髮，髮亦鬢止。日祇日祇，敬亦慎止。靡專靡有，受之父母。鳴鶴匪和，析薪弗荷。隱憂孔疚，我堂靡搆。義方既訓，家道穎穎。豈敢荒寧，一日三省。」又文選五十八褚淵碑文注引其詩曰：「經始復圖終，葺宇營丘園。」

72 孫子荆除婦服，作詩以示王武子〔一〕。孫楚集云：「婦，胡毋氏也。」其詩曰：「時邁不停，日月電流。神爽登遐，忽已一周。禮制有叙，告除靈丘。臨祠感痛，中心若抽。」王曰：「未知文生於情，情生於文。一作「文於情生，情於文生」。覽之悽然，增伉儷之重。」〔二〕

【箋　疏】

〔一〕嘉錫案：文館詞林一百五十二有西晉孫楚贈婦胡毋夫人別一首，惜有目無詩。

〔二〕文心雕龍情采篇曰：「夫情者文之經，辭者理之緯。經正而後緯成，理定而後辭暢，此立文之本源也。昔詩人什篇，爲情而造文；辭人賦頌，爲文而造情。何以明其然？蓋風雅之興，志思蓄憤，而吟詠情性，以諷其上，此爲情而造文也。諸子之徒，心非鬱陶，苟馳夸飾，鬻聲釣世，此爲文而造情也。故爲情者要約而寫真，爲文者淫麗而煩濫。而後之作者，採濫忽真，遠棄風雅，近師辭賦。故體情之製日疎，逐文之篇愈盛。故有志深軒冕，而汎詠皋壤；心纏幾務，而虚述人外。真宰弗存，翩其反矣。」嘉錫案：彦和此論，似即從武子之言悟出。

73　太叔廣甚辯給，而摯仲治長於翰墨，俱爲列卿。每至公坐，廣談，仲治不能對。退著筆難廣，廣又不能答〔一〕。王隱晉書曰：「廣字季思，東平人。拜成都王爲太弟〔二〕。欲使詣洛，廣子孫多在洛，慮害，乃自殺。摯虞字仲治，京兆長安人。祖茂，秀才。父模，太僕卿。虞少好學，師事皇甫謐，善校練文義，多所著述。歷秘書監、太常卿。從惠帝至長安，遂流離鄠、杜間。性好博古，而文籍蕩盡。永嘉五年，洛中大饑，遂餓而死。」虞與廣名位略同，廣長口才，虞長筆才，俱少政事。衆坐廣談，虞不能對；虞退筆難廣，廣不能答。於是更相嗤笑，紛然於世。廣無可記，虞多所録，於斯爲勝也。

【箋　疏】

〔一〕北史常景傳云：「友人刁整每謂曰：『卿清德自居，不事家業，吾恐摯太常方餧於栢谷耳。』」

〔二〕李慈銘云：「案拜下有脱文。」

74 江左殷太常父子並能言理〔一〕，亦有辯訥之異。揚州口談至劇，太常輒云：「汝更思吾論。」中興書曰：「殷融字洪遠，陳郡人。桓彝有人倫鑒，見融甚歎美之。著象不盡意、大賢須易論〔二〕，理義精微，談者稱焉。兄子浩亦能清言，每與浩談，有時而屈，退而著論，融更居長。爲司徒左西屬〔三〕。飲酒善舞，終日嘯詠，未嘗以世務自嬰。累遷吏部尚書、太常卿，卒。」

【箋　疏】

〔一〕孫志祖讀書脞録六云：「古人稱叔姪亦曰父子。漢書疏廣傳：『父子並爲師傅。』謂廣爲太子太傅，其兄子受爲少傅也。後漢蔡邕傳：『陽球飛章言邕及質。邕上書自陳：「如臣父子，欲相傷陷。」』晉書謝安傳：『朝議欲以謝玄爲荆州刺史，謝安自以父子名位太重。』質乃邕之叔父，玄亦安之兄子也。世説文學篇：『江左殷太常父子並能言理。』謂殷融及兄子浩。又通鑑卷一百十慕輿護曰：『以子拒父猶可，況以父拒子乎？』慕容德於寶爲叔父，亦稱父子，晉以後則罕見矣。」

〔二〕嘉錫案：隋志有晉太常卿殷融集十卷。

〔三〕御覽二百九引晉中興書曰：「殷融字洪遠，司徒王導以爲左西屬。」

75 庾子嵩作意賦成，晉陽秋曰：「敳永嘉中爲石勒所害。先是敳見王室多難，知終嬰其禍，乃作意賦以寄懷。」從子文康見，問曰：「若有意邪，非賦之所盡；若無意邪，復何所賦？」答曰：「正在有意無意之間。」

76 郭景純詩云：「林無静樹，川無停流。」王隱晉書曰：「郭璞字景純，河東聞喜人。父瑗，建平太守。」璞别傳曰：「璞奇博多通，文藻粲麗，才學賞豫，足參上流。其詩賦誄頌，並傳於世，而訥於言。造次詠語，常人無異。又不持儀檢，形質頹索，縱情嫚惰，時有醉飽之失。友人干令升戒之曰：『此伐性之斧也。』璞曰：『吾所受有分，恒恐用之不盡，豈酒色之能害！』王敦取爲參軍。敦縱兵都輦，乃咨以大事，璞極言成敗，不爲回屈。敦忌而害之。」詩，璞幽思篇者。阮孚云：阮孚别見。「泓崢蕭瑟，實不可言。每讀此文，輒覺神超形越。」

77 庾闡始作揚都賦〔一〕，道温、庾云：「温挺義之標，庾作民之望。方響則金聲，比德則玉亮。」庾公聞賦成，求看，兼贈貺之。闡更改「望」爲「儁」，以「亮」爲「潤」云〔二〕。中興書曰：「闡字仲初，潁川人，太尉亮之族也。少孤，九歲便能屬文。遷散騎侍郎，領大著作。爲揚都賦，邈絶當時。五十四卒。」

【箋疏】

〔一〕嘉錫案：揚都賦見藝文類聚六十一，删節非全篇。嚴可均據世説、書鈔、初學記、文選注、三國志注、水經注、御覽諸書，搜集其佚文，載入全晉文三十八。但真誥握真輔第一引有兩節二百餘字，竟漏未輯入，以此知博聞强記之難也。類林雜説七文章篇曰：「庾闡作揚都賦未成，出妻。後更娶謝氏，使於午夜以燃鐙於甕中。仲初思至，速火來，即爲出鐙。因此賦成，流於後世。」亦見敦煌寫本殘類書棄妻篇，均不言出於何書。

〔二〕嘉錫案：以亮字犯庾名，故改之也。

78 孫興公作庾公誄。袁羊曰：「見此張緩。」于時以爲名賞。袁氏家傳曰：「喬有文才。」

79 庾仲初作揚都賦成，以呈庾亮。亮以親族之懷，大爲其名價云：「可三二京，四三都。」於此人人競寫，都下紙爲之貴。謝太傅云：「不得爾。此是屋下架屋耳，事事擬學，而不免儉狹。」王隱論揚雄太玄經曰：「玄經雖妙，非益也。是以古人謂其屋下架屋。」

80 習鑿齒史才不常，宣武甚器之，未三十，便用爲荊州治中〔一〕。鑿齒謝牋亦云：「不遇明公，荊州老從事耳！」後至都見簡文，返命，宣武問：「見相王何如？」答云：「一生不曾見此人！」從此忤旨，出爲衡陽郡〔二〕，性理遂錯。於病中猶作漢晉春秋，品評卓逸〔三〕。續晉陽秋曰：「鑿齒少而博學，才情秀逸，温甚奇之。自州從事歲中三轉至治中。後以忤旨，左遷户曹參軍、衡陽太守。在郡著漢晉春秋，斥温覬覦之心也。」鑿齒集載其論，略曰：「静漢末累世之交争，廓九域之蒙晦，大定千載之盛功者，皆司馬氏也。若以魏有代王之德，則不足；有静亂之功，則孫、劉鼎立。共王〔四〕、秦政，猶不見叙於帝王，況暫制數州之衆哉！且漢有係周之業，則晉無所承魏之迹矣〔五〕。春秋之時，吳、楚稱王。若推有德，彼必自係於周，不推吳、楚也。況長轡廟堂，吳、蜀兩定，天下之功也。」

【校　文】

「衡陽」　景宋本作「榮陽」，沈本作「滎陽」。

注「不推吴楚也」　景宋本及沈本「楚」下俱有「者」字。

【箋　疏】

〔一〕渚宮舊事五曰：「温在鎮三十年。參佐習鑿齒、袁宏、謝安、王坦之、孫盛、孟嘉、王珣、羅友、郗超、伏滔、謝奕、顧愷之、王子猷、謝玄、羅含、范汪、郝隆、車胤、韓康等，皆海内奇士，伏其知人。」

〔二〕程炎震云：「宋本衡作榮。晉書習鑿齒傳亦作滎。與宋本同。然滎陽屬司州，自穆帝末已陷没，至太元間始復。温時不得置守，亦別無僑郡，當作衡陽爲是。」晉書本傳作「滎陽太守」，吴士鑑注曰：「元和姓纂十作衡陽。是時司州非晉所有，滎陽當是衡陽之誤。」隋志有晉滎陽太守習鑿齒集五卷。

〔三〕晉書本傳云：「鑿齒臨終上疏曰：『謹力疾著論一篇，寫上如左。』」

〔四〕李慈銘云：「案共王當作共工。」嘉錫案：本傳載其文曰：「昔共工伯有九州，秦政奄平區夏，鞭撻華戎，專總六合，猶不見序於帝王。」則共王爲共工之誤明矣。

〔五〕程炎震云：「『且漢有係周之業，則晉無所承魏之迹矣。』二句當有誤字。晉書無此語，蓋隱括其文，故無可校。」嘉錫案：鑿齒上疏謂晉宜越魏繼漢，故比之於越秦係周。其論有云：「夫成業者，係於所爲，不係所藉；立功者，言其所濟，不言所起。是故漢高禀命於懷王，劉氏垂斃於亡秦。超二僞以遠嗣，不論近而計功。季無承楚之號，漢有繼周之業。取之既美，而己德亦重故也。」又曰：「以晉承漢，功實顯然。正名當事，情體亦厭。又何爲虚尊不正之魏，而虧我道於大通哉？」鑿齒之意謂魏躬爲篡逆，晉之代魏，本非禪讓，實滅其國，猶漢之滅秦。司馬氏雖世爲魏臣，不過如漢高之禀命懷王。秦政、楚懷，皆是僭僞，漢高遂繼周而王。例之有晉，自當越魏而承漢矣。故曰漢有係周之業，則晉無承魏之迹。文義甚明，並無誤字。程氏此語，本不足論，恐後之讀者亦有此疑，故舉而辨之耳。

81 孫興公云：「三都、二京，五經鼓吹。」言此五賦是經典之羽翼。

82 謝太傅問主簿陸退：陸氏譜曰：「退字黎民，吴郡人。高祖凱，吴丞相。祖仰，吏部郎。父伊，州主簿。退仕至光禄大夫。」「張憑何以作母誄，而不作父誄？」退答曰：「故當是丈夫之德，表於事行；婦人之美，非誄不顯。」陸氏譜曰：「退，憑壻也。」

83 王敬仁年十三，作賢人論〔一〕。長史送示真長，真長答云：「見敬仁所作論，便足參微言。」脩集載其論曰：「或問：『易稱賢人，黄裳元吉，苟未能闇與理會，何得不求通？求通則有損，有損則元吉之稱將虚設乎？』答曰：『賢人誠未能闇與理會，當居然人從，比之理盡，猶一豪之領一梁。一豪之領一梁，雖於理有損，不足以撓梁。賢有情之至寡，豪有形之至小，豪不至撓梁，於賢人何有損之者哉！』」〔二〕

【校　文】

注「居然人從」　「人」，景宋本作「體」。

【箋　疏】

〔一〕隋志云：「梁有驃騎司馬王脩集二卷，録一卷，亡。」

〔二〕嘉錫案：此論所言，淺薄無取。「一豪之領一梁」云云，尤晦澀難通。晉人之所謂微言，如此而已。

84 孫興公云：「潘文爛若披錦，無處不善；續文章志曰：「岳爲文，選言簡章，清綺絶倫。」陸文若排沙簡金，往往見寶。」〔一〕文章傳曰：「機善屬文，司空張華見其文章，篇篇稱善，猶譏其作文大治〔二〕。謂曰：『人之作文，患於不才；至子爲文，乃患太多也。』」

【校　文】

注「作文大治」「治」，沈本作「冶」。

【箋　疏】

〔一〕李詳云：「詳案：鍾嶸詩品，謝混云：『潘詩爛若舒錦。陸文如披沙簡金，往往見寶。』如鍾所引潘、陸，各就詩文言之。柳子厚披沙揀金賦前有小引，云出劉義慶世説『陸士衡文如披沙揀金』，亦作『披』字。今世説諸本皆作『排』，非也。」程炎震云：「鍾嶸詩品以此爲謝混語，蓋益壽述興公耳。」

〔二〕李詳云：「案大冶謂推闡盡致。顔氏家訓名實篇『冶點文章，以爲聲價』，可證冶字之義。晉書機傳無此句，別本世説或改『冶』爲『治』，亦非。」

85 簡文稱許掾云：「玄度五言詩，可謂妙絶時人。」〔一〕續晉陽秋曰：「詢有才藻，善屬文。自司馬相如、王褒、揚雄諸賢，世尚賦頌，皆體則詩、騷，傍綜百家之言。及至建安，而詩章大盛。逮乎西朝之末，潘、陸之徒雖時有質文，而宗歸不異也。正始中，王弼、何晏好莊、老玄勝之談，而世遂貴焉。至江左李充尤盛〔二〕。故郭璞五言始會合道家之言而韻之。詢及太原孫綽轉相祖尚，又加以三世之辭〔三〕，而詩、騷之體盡矣。詢、綽並爲一時文宗，自此作者悉體之〔四〕。至義熙中，謝混始改〔五〕。」

【箋疏】

〔一〕李詳云：「案魏文帝與吴質書：『孔融其五言詩之善者，妙絶時人。』簡文用曹語。」嘉錫案：鍾嶸詩品自序曰：「永嘉時，貴黄、老，稍尚虚談。于時篇什理過其辭，淡乎寡味。爰及江表，微波尚傳。孫綽、許詢、桓、庾諸公詩皆平典，似道德論。建安風力盡矣。」又其詩品卷下評晉驃騎王濟、征南將軍杜預、廷尉孫綽、徵士許詢詩曰：「永嘉以來，清虚在俗。王武子輩詩貴道家之言。爰及江表，玄風尚備。真長、仲祖、桓、庾諸公猶相襲。世稱孫、許，彌善恬淡之詞。」觀嶸之言，知在晉末玄風大暢之時，玄度與興公之詩固一時之眉目也。今其詩存者，古詩紀四十二僅録竹扇一首，蓋自藝文類聚六十九扇部採入者。其詞曰：「良工眇方林，妙思觸物騁。篾疑秋蟬翼，團取望舒景。」如是而已，未見所以爲妙絶者。此外則類聚八十八、初學記二十八松部均引詢詩曰：「青松凝素髓，秋菊落芳英。」雖頗雕琢字句，猶有潘、陸之遺，亦未便冠絶當代。文選三十一江文通擬張綽（張應從文選集注六十二作孫）雜述詩注引詢農里詩曰：「亹亹玄思得，濯濯情累除。」惟此二句稍有清虚之致，可以窺見其作風。然亦不過孫子荆之流亞耳。觀江文通所擬自序之篇，知其好用莊、老矣。簡文之所以盛稱之者，蓋簡文雅尚清談，詢與劉惔、王濛輩並蒙歎賞，以詢詩與真長之徒較，固當高出一頭，遂爾咨嗟，以爲妙絶也。尋鍾嶸之所品評，可以知其故矣。夫詩人什篇，爲情而造文。晉代諸公，乃談玄以製詩。既欲張皇幽渺，自不免墮入理障。雖一時蔚成風尚，而沿襲日久，便無異土飯塵羹。及夫義熙之末，爰逮元嘉之間，莊、老告退，而山水方滋，虚無之説，忘機之言，遂爲談藝者所不道。鍾嶸評詩，雖録及孫、許，然特置之下品。昭明文選於談玄諸家，惟取子荆零雨之章，蓋賞其音調。（沈約云：零雨之章，正以音律調韻，取高前式。）因以見一朝之風氣，故不以談理廢也。其於興公、玄度之詩，鄙其浮淺，遂不登一字。由是日遠日微，以至於亡。七録猶有晉徵士許詢集八卷、録一卷，隋、唐志僅存三卷；宋以後遂不著録。良由依人作計，其精神不足以自傳，可無庸爲之歎惜矣。嘉錫又案：詩品謂王武子輩，詩貴道家之言，與此所謂道家，名同而實異。武子所貴，即是老、莊。以其屬於諸子九流中之道家，故詩品之言云爾。此之所指，則東漢以後之神仙家言，託於道家者也。會合云者，取莊、老玄勝之談，合之於神仙輕舉之説耳。劉勰、鍾嶸之徒，論詩及於景純，必舉游仙之篇。檀氏此言，固當不異。景純游仙詩，今存者十四首。除昭明所選外，見於類聚七十八、初學記二十三者，凡七首。古詩紀四十一彙而録之。觀其所詠，漆園傲吏，高蹈風塵；潁陽高人，臨河洗耳。因微禽之變，而哀吾生之不化；覩雜縣之至，而懼風煖之爲災。言或出於南華，義實取之柱下。至於徵文數典，驅策群言，若赤松、容成之倫，浮丘、洪崖之輩，非本劉向之傳，即采葛洪之書，此其合莊、老與神仙爲一家之證也。劉勰嘗言：正始明道，詩雜仙心。則景純此體，亦濫觴於王、何，而加以變化。與王濟、孫楚輩，同源而異流。特其文采獨高，彪炳可翫，不似平叔之浮淺，永嘉之平淡耳。若謂景純之詩，爲合佛理與道家而韻之，則不獨游仙諸篇，無一字出於梵典，即贈温嶠、潘尼諸詩（亦見類聚及古詩紀），亦無片語涉及金仙也。悠謬之言，吾所不取。隋志有魏尚書何晏集十一卷。又言梁有王弼集五卷、録一卷。按王、何祖尚浮虚，人所習知，然不聞有稱輔嗣能詩者。其詩亦無隻字之傳，殆本非所長也。文心雕龍明詩篇曰：「正始明道，詩雜仙心。何晏之徒，率多浮淺。」鍾嶸詩品以晏與晉孫楚、王贊、張翰、潘尼同入中品，而評之曰：「平叔鴻雁之篇，風規見矣。」蓋嶸之所取者，僅此而已。鴻雁篇者，即本書規箴篇注所引也。古詩紀二十七據以録入，而以類聚九十所引校其字句，又從初學記二十七録「轉蓬去其根」一首。晏詩之存者，止此兩篇，餘惟書鈔百五十引有「浮雲翳白日，微風輕塵起」二句。相其所作，尚不失魏、晉人本色，與建安、太康諸人，亦未至大相逕庭。蓋其以莊、老玄勝之談，寓之於詩者，久已散佚無餘矣。

〔二〕嘉錫案：各本「至過江，佛理尤盛」。文選集注六十二公孫羅引檀氏論文章作「至江左李充尤盛」。又案：宋書謝靈運傳論曰：「在晉中興，玄風獨扇。」文心雕龍明詩篇曰：「江左篇製，溺乎玄風。」詩品序曰：「永嘉貴黄、老，尚虚談，爰及江左，微波尚傳。」三家之言皆源於檀氏。重規疊矩，并爲一談，不聞有佛理之説。檢尋廣弘明集，支遁始有讚佛詠懷諸詩，慧遠遂撰念佛三昧之集。雖在典午之世，卻非過江之初。且係釋家之外篇，無與詩人之比興。檀氏安得援此一端，概之當世乎？況下文云郭璞始合道家之言而韻之，若必如今本，是謂景純合佛理於道家也。郭氏之詩以游仙爲最著，今存者十餘首。道家之言固有之，未嘗一字及於佛理也。檀氏安得發此虚言，無的放矢乎？此必原本殘闕，宋人肆臆妄填，乖謬不通，所宜亟爲改正者矣。李充者，元帝時人，正當渡江之始。晉書本傳言其詩賦表頌等雜文二百四十首，隋志有集二十二卷，是其著作甚富。傳又言有釋莊論上下二篇。御覽五百九十七引充起居誡，自言家奉道法，知其好道家之言。其詩存者，玉臺新詠三有嘲友人一首，叙其夫婦離别之情，頗類陸士衡代顧彦先贈婦。文選注二十一及五十九各引武功歌二句，皆頌揚功德之泛語。類聚四及書鈔百五十五俱引七月七日詩，亦不過牛女之常談，皆不足以見其風致。惟初學記十八引充送許從詩曰：「來若迅風歡，逝如歸雲征。離合理之常，聚散安足驚。」頗得老、莊之旨。選注二十八引充九曲歌曰「肥骨銷滅隨塵去」，亦似有芻狗萬物之意。然存詩過少，此特一鱗片甲耳。至其所以祖述王、何，較西晉諸家爲尤甚者，吾不得而見之矣。

〔三〕嘉錫案：文選抄引「三世」上有「釋氏」二字。「三世」之辭，蓋用佛家輪迴之説，以明報應因果也。詩體至此，風斯下矣。若上文果作「佛理尤盛」，則自過江以來，談此者當已多矣，何必待之孫、許哉？

〔四〕嘉錫案：許詢詩已具見於前。隋志有晉衛尉卿孫綽集十五卷，注云：梁二十五卷。則綽之詩文，較詢爲多。古詩紀四十二録綽詩五首：表哀詩（出類聚二十）、三月三日（出類聚四）皆四言。秋日（出類聚三）、情人碧玉歌（二首出玉臺十）皆五言。又詩紀四十三蘭亭集詩有孫綽二首，四言、五言各一。觀其句法，蓋在玄度伯仲之間。然不見所謂玄勝之談，與三世之辭者。惟秋日詩末句云「淡然懷古心，濠上豈伊遥」，爲用莊子之語。文選注二十二引綽答許詢詩曰「倒景淪東溟」，似敩郭璞體耳。蓋其詩亡佚已多，故不得復考。然江文通擬綽雜述詩，通首皆談玄理，無一語不出於蒙莊，雖非綽所自作，譬之唐臨晉帖，可以窺其筆意矣。

〔五〕嘉錫案：宋書謝靈運傳論曰：「自建武暨於義熙，歷載將百……遒麗之辭，無聞焉耳。仲文始革孫、許之風，叔源大變太元之氣。爰逮宋氏，顔、謝騰聲……並方軌前秀，垂範後昆。」詩品序曰「永嘉時貴黄、老，江表微波尚傳，孫綽、許詢平典似道德論。先是郭景純用儁上之才，變創其體。劉越石仗清剛之氣，贊成厥美。然彼衆我寡，未能動俗。逮義熙中，謝益壽（混小字）斐然繼作。元嘉中有謝靈運，才高詞盛，富豔難蹤」云云。二家之言，並導源於檀氏。然沈約以仲文、叔源並舉，而鍾嶸論詩之正變，殊不及殷氏，與道鸞之論若合符契。固知晉、宋之際，於詩道起衰救敝，上摧孫、許，下開顔、謝，叔源爲首功。但明而未融，及風雅中興，玄談漸替，昭明文選一舉而廓清之，玄度、興公之詩，遂皆不入録。其間源流因革，檀氏此論實首發其藴矣。詩品卷中評宋豫章太守謝瞻、僕射謝混、太尉袁淑、徵君王微、征虜將軍王僧達詩曰：「其源出於張華，才力苦弱，故務其清談，殊得風流媚趣。課其實録，則豫章、僕射，宜分庭抗禮；徵君、太尉，可託乘後車。征虜卓卓，殆欲度驊騮前。」又其卷下評晉徵士戴逵、東陽太守殷仲文詩曰：「晉、宋之際，殆無詩乎？義熙中以謝益壽、殷仲文爲華綺之冠，殷不競矣。」然則當晉末詩體初變，殷、謝本自齊名。而衡其高下，殷不及謝，故檀論鍾序，並略而不數也。由是觀之：益壽之在南朝，率然高蹈，邈焉寡儔。革歷朝之積弊，開數百年之先河，其猶唐初之陳子昂乎？謝瞻乃其族子，袁淑等年輩在後，並非其倫也。學者誠欲揚榷千古，尚論六朝，試取道鸞此篇，與休文、彦和、仲偉（嶸字）之書合而觀之，則於魏、晉以下詩歌一門，興衰得失，瞭如指掌矣。隋志有晉左僕射謝混集三卷，梁五卷，文選二十二録其游西池一首。古詩紀四十六又從初學記十八補送二王在領軍府集一首，從南史謝弘微傳補誡族子一首。存詩雖少，然風規可見，嘗鼎一臠，足知至味矣。

86 孫興公作天台賦成，以示范榮期，中興書曰：「范啟字榮期，慎陽人。父堅，護軍。啟以才義顯於世，仕至黄門郎。」云：「卿試擲地，要作金石聲。」范曰：「恐子之金石，非宫商中聲！」然每至佳句，「赤城霞起而建標，瀑布飛流而界道」。此賦之佳處。輒云：「應是我輩語。」

87 桓公見謝安石作簡文謚議，看竟，擲與坐上諸客曰：「此是安石碎金。」劉謙之晉紀載安議曰：「謹按謚法：『一德不懈曰簡，道德博聞曰文。』易簡而天下之理得，觀乎人文，化成天下，儀之景行，猶有彷彿。宜尊號曰太宗，謚曰簡文。」

88 袁虎少貧，虎，袁宏小字也。嘗爲人傭載運租。謝鎮西經船行，其夜清風朗月，聞江渚間估客船上有詠詩聲，甚有情致。所誦五言，又其所未嘗聞，歎美不能已。即遣委曲訊問，乃是袁自詠其所作詠史詩。因此相要，大相賞得〔一〕。續晉陽秋曰：「虎少有逸才，文章絶麗，曾爲詠史詩，是其風情所寄。少孤而貧，以運租爲業。鎮西謝尚，時鎮牛渚〔二〕，乘秋佳風月，率爾與左右微服泛江。會虎在運租船中諷詠，聲既清會，辭文藻拔。非尚所曾聞，遂住聽之，乃遣問訊。答曰：『是袁臨汝郎誦詩，即其詠史之作也。』尚佳其率有勝致，即遣要迎，談話申旦。自此名譽日茂。」

【校　文】

注「辭文藻拔」　「文」，景宋本及沈本俱作「又」。

【箋　疏】

〔一〕嘉錫案：藝文類聚五十五雜文部史傳門引晉袁宏詩曰：「周昌梗槩臣，辭達不爲訥。汲黯社稷器，棟梁表天骨。陸賈厭解紛，時與酒檮杌。婉轉將相門，一言和平、勃。趨舍各有之，俱令道不没。」又曰：「無名困螻蟻，有名世所疑。中庸難爲體，狂狷不及時。楊惲非忌貴，智及有餘辭。躬耕南山下，蕪穢不遑治。趙瑟奏哀音，秦聲歌新詩。吐音非凡唱，負此欲何之？」蓋即其租船所詠之詩，古詩紀四十二題爲「詠史」是也。

〔二〕御覽四十六引輿地志云：「牛渚山首有人潛行，云此處連洞庭，傍達無底。見有金牛狀異，乃驚怪而出。牛渚山北，謂之採石。按今對採石渡口，上有謝將軍祠。吴初周瑜屯牛渚。鎮西將軍謝尚亦鎮此城。」

89 孫興公云：「潘文淺而淨，陸文深而蕪。」〔一〕

【箋疏】

〔一〕嘉錫案：陸文固深於潘，然未見潘之果較陸爲淨也。此自興公性分有限，故喜潘之淺耳。

90 裴郎作語林，始出，大爲遠近所傳。時流年少，無不傳寫，各有一通。載王東亭作經王公酒壚下賦〔一〕，甚有才情。裴氏家傳曰：「裴榮字榮期，河東人。父稺，豐城令。榮期少有風姿才氣，好論古今人物。撰語林數卷，號曰裴子。」檀道鸞謂裴松之，以爲啟作語林，榮儻别名啟乎？

【箋疏】

〔一〕劉盼遂曰：「王公疑作黄公，聲之誤也。黄公酒壚或即謂王濬沖所過處也（見傷逝篇）。本書輕詆篇注引續晉陽秋，正作黄公酒壚賦。」嘉錫案：以傷逝、輕詆二條互證，東亭所賦即王戎事，無可疑也。又案：「王公」當作「黄公」，本書輕詆篇注引續晉陽秋曰：「河東裴啟撰語林。有人於謝坐叙其黄公酒壚，司徒王珣爲之賦。」是其證。又傷逝篇曰：「王濬沖爲尚書令，經黄公酒壚下過。顧謂後車客：『吾昔與嵇叔夜、阮嗣宗共酣飲於此壚。今日視此雖近，邈若山河。』」是也。東亭正賦此事耳。晉書王戎傳亦作「黄」，其賦今不傳。

91 謝萬作八賢論〔一〕，與孫興公往反，小有利鈍。中興書曰：「萬善屬文，能談論。」萬集載其叙四隱四顯，爲八賢之論，謂漁父、屈原、季主、賈誼、楚老、龔勝、孫登、嵇康也。其旨以處者爲優，出者爲劣。孫綽難之，以謂體玄識遠者，出處同歸。文多不載。謝後出以示顧君齊，顧氏譜曰：「夷字君齊，吴郡人。祖歒，孝廉。父霸，少府卿。夷辟州主簿，不就。」顧曰：「我亦作，知卿當無所名。」

【箋疏】

〔一〕嘉錫案：初學記十七引有謝萬八賢楚老頌。東晉謝萬七賢嵇中散讚又引謝萬八賢頌「皎皎屈原」云云。當是論後繼之以頌。然嵇中散讚獨稱七賢，所未喻也。

92 桓宣武命袁彦伯作北征賦，續晉陽秋曰：「宏從温征鮮卑〔一〕，故作北征賦，宏文之高者。」既成，公與時賢共看，咸嗟歎之。時王珣在坐云：「恨少一句，得『寫』字足韻，當佳。」袁即於坐攬筆益云：「感不絶於余心，泝流風而獨寫。」公謂王曰：「當今不得不以此事推袁。」宏集載其賦云：「聞所聞於相傳，云獲麟於此野。誕靈物以瑞德，奚授體於虞者。悲尼父之慟泣，似實慟而非假。豈一物之足傷，實致傷於天下。感不絶於余心，遡流風而獨寫。」晉陽秋曰：「宏嘗與王珣、伏滔同侍温坐，温令滔讀其賦，至『致傷於天下』，於此改韻。云：『此韻所詠，慨深千載。今於「天下」之後便移韻〔二〕，於寫送之致，如爲未盡。』滔乃云：『得益「寫」一句，或當小勝。』桓公語宏：『卿試思益之。』宏應聲而益，王、伏稱善。」〔三〕

【箋疏】

〔一〕程炎震云：「慕容恪死，温乃伐燕，在太和四年。」

〔二〕李詳云：「案晉書九十二袁宏傳『移韻』下有『徙事』二字，此言最佳。蓋移韻便別詠古人一事，故云徙事。班彪北征、潘岳西征，皆如此。」

〔三〕隋志有東陽太守袁宏集十五卷，注云：「梁二十卷，録一卷。」

93 孫興公道曹輔佐才如白地明光錦〔一〕，中興書曰：「曹毗字輔佐，譙國人，魏大司馬休曾孫也。好文籍，能屬詞，累遷太學博士、尚書郎、光禄勳。」裁爲負版絝，論語曰：「孔子式負版者。」〔二〕鄭氏注曰：「版，謂邦國籍也。負之者，賤隸人也。」非無文采，酷無裁製〔三〕。

【箋疏】

〔一〕李詳云：「案錦有地，即俗所謂底子也。魏志倭國傳，載魏賜倭有絳地交龍錦，紺地勾文錦。陸翽鄴中記有黄地博山文錦。御覽引異物志有丹地錦。與此俱以色名。裴松之魏志注謂地當爲綈，謂此字不體，非魏朝之失，則傳寫之誤。此自裴誤，非魏失也。」嘉錫案：爾雅釋天云「素錦綢杠」，注云：「以白地錦，韜旗之竿。」御覽八百十五引鄴中記載石虎時織錦署諸錦名，有大明光、小明光，均可爲世説此句作證。又考御覽引鄴中記，「黄地博山文錦」句，秘府略殘卷八百六十八引作「或用清綈大明光錦，或用绯綈登高文錦，或用黄綈博山文錦」。其引織錦署一條，於諸錦名下，較御覽多「或青綈，或白綈，或黄綈，或緑綈，或紫綈，或蜀綈」等句，然則綈即地也。地本俗稱，故或借用綈字爲之。裴松之必謂當作綈，蓋失之拘。沈濤銅熨斗齋隨筆五云：「地猶言質，今人猶以錦繡之本質爲地。其語蓋古，裴世期以爲地應作綈者，非也。」

〔二〕羅振玉鳴沙石室古佚書論語鄭氏注跋曰：「世説新語注引『式負版者』，鄭注此卷無是語。集解及文選華子岡詩注並引孔注：『負版，持邦國之圖籍者也。』是誤以孔注爲鄭也。」

〔三〕晉書文苑本傳云：「凡所著文筆十五卷，傳於世。」隋志有光禄勳曹毗集十卷。注云：「梁十五卷、録一卷。」嘉錫案：毗文傳於今者，本傳有對儒一首，文館詞林三百四十七有伐蜀頌一首，其餘零篇斷句，見全晉文一百七。其詩則梅鼎祚古詩紀四十一録其五首，又四十九録毗江左宗廟歌十首。

94 袁彦伯作名士傳成，宏以夏侯太初、何平叔、王輔嗣爲正始名士，阮嗣宗、嵇叔夜、山巨源、向子期、劉伯倫、阮仲容、王濬仲爲竹林名士，裴叔則、樂彦輔、王夷甫、庾子嵩、王安期、阮千里、衛叔寶、謝幼輿爲中朝名士。見謝公。公笑曰：「我嘗與諸人道江北事，特作狡獪耳！」彦伯遂以著書。」

95 王東亭到桓公吏，既伏閣下〔一〕，桓令人竊取其白事。東亭即於閣下更作，無復向一字。續晉陽秋曰：「珣學涉通敏，文高當世。」

【校文】

「無復向一字」　「向」，北堂書鈔六十九引作「同」。

【箋疏】

〔一〕程炎震云：「宋書五十一宗室傳：『劉襲在郢州，暑月露褌上聽事。綱紀正伏閣，怪之，訪問乃知。』」

96 桓宣武北征，温別傳曰：「温以太和四年上疏自征鮮卑。」袁虎時從，被責免官〔一〕。會須露布文，唤袁倚馬前令作。手不輟筆，俄得七紙，殊可觀。東亭在側，極歎其才。袁虎云：「當令齒舌間得利。」〔二〕

【箋疏】

〔一〕嘉錫案：宏蓋以對王衍事失温意，遂致被責。詳見輕詆篇。

〔二〕文選集注四十九三國名臣序贊注引臧榮緒晉書云：「袁宏好學，善屬文，謝尚以爲豫州别駕。桓温命爲安西參軍。温北討，須露布文，呼宏使製。宏傍馬前，手不輟，俄頃而就。」

97 袁宏始作東征賦，都不道陶公。胡奴誘之狹室中，臨以白刃，胡奴，陶範。别見。曰：「先公勳業如是！君作東征賦，云何相忽略？」宏窘蹙無計，便答：「我大道公，何以云無？」因誦曰：「精金百鍊〔一〕，在割能斷。功則治人，職思靖亂。長沙之勳，爲史所讚。」

續晉陽秋曰：「宏爲大司馬記室參軍，後爲東征賦，悉稱過江諸名望。時桓温在南州，宏語衆云：『我決不及桓宣城。』時伏滔在温府，與宏善，苦諫之，宏笑而不答。滔密以啟温，温甚忿，以宏一時文宗，又聞此賦有聲，不欲令人顯聞之。後遊青山飲酌，既歸，公命宏同載，衆爲危懼。行數里，問宏曰：『聞君作東征賦，多稱先賢，何故不及家君？』宏答曰：『尊公稱謂，自非下官所敢專，故未呈啟，不敢顯之耳。』温乃云：『君欲爲何辭？』宏即答云：『風鑒散朗，或搜或引。身雖可亡，道不可隕。則宣城之節，信爲允也。』〔二〕温泫然而止。」二説不同，故詳載焉〔三〕。

【箋疏】

〔一〕李詳云：「案晉書宏傳『鍊』作『汰』。」

〔二〕李詳云：「案晉書宏傳作『信義爲允也』。考宏此效左思魏都賦『軍容弗犯』以下四段句法。左賦每段末語『自解紛，若蘭芬，有令聞』句，皆三字，與上合韻。加也字爲助詞。唐修晉書不知其模擬所出，誤添義字，非是。」

〔三〕程炎震云：「御覽五百八十七賦門引並及二事，皆作世説，蓋雜以注文。」嘉錫案：孝標之意，蓋疑不道陶公與不及桓彝爲即一事，而傳聞異辭。今晉書文苑宏傳則兩事並載。嘉錫以爲二者宜皆有之。陶侃爲庾亮所忌，於其身後奏廢其子夏，又殺其子稱，由是陶氏不顯於晉。當宏作賦時，陶氏式微已甚。其孫雖嗣爵，而名宦不達。陶範雖存，復不爲名氏所與。觀方正篇載王脩齡卻陶胡奴送米，厭惡之情可見。非必胡奴之爲人果得罪於清議也，直以其家出自寒門，擯之不以爲氣類，以示流品之嚴而已。宏之不道陶公，亦猶是耳。至於桓温，固是老兵，然生殺在手，宏安敢違忤取禍？其初所以宣言不及桓宣城者，蓋腹稿已成，欲激温發問，因而獻諛，以感動之耳。

98　或問顧長康：「君箏賦何如嵇康琴賦？」顧曰：「不賞者，作後出相遺。深識者，亦以高奇見貴。」中興書曰：「愷之博學有才氣，爲人遲鈍而自矜尚，爲時所笑。」宋明帝文章志曰：「桓温云：『顧長康體中癡黠各半，合而論之，正平平耳。』世云有三絶，畫絶、文絶、癡絶。」續晉陽秋曰：「愷之矜伐過實，諸年少因相稱譽，以爲戲弄。爲散騎常侍，與謝瞻連省，夜於月下長詠，自云得先賢風制，瞻每遥贊之。愷之得此，彌自力忘倦。瞻將眠，語搥腳人令代，愷之不覺有異，遂幾申旦而後止。」

99 殷仲文天才宏贍，續晉陽秋曰：「仲文雅有才藻，著文數十篇。」而讀書不甚廣，博亮歎曰〔一〕：亮，別見。「若使殷仲文讀書半袁豹〔二〕，丘淵之文章叙曰：「豹字士蔚，陳郡人。祖耽，歷陽太守。父質，琅邪内史。豹隆安中著作佐郎，累遷太尉長史、丹陽尹。義熙九年卒。」才不減班固。」〔三〕續漢書曰：「固字孟堅，右扶風人。幼有儁才，學無常師，善屬文，經傳無不究覽。」

【箋疏】

〔一〕李慈銘云：「案晉書殷仲文傳作謝靈運語。此稱亮者，不知何人。據注『亮別見』之文，疑上文博字當作傅字。謂傅亮也。此上當以廣字讀句。傅亮見卷中識鑒篇注。各本皆誤。」嘉錫案：宋本亮上一字殘缺，然似是傅字。程炎震云：「傅亮見識鑒篇『郗超與傅瑗周旋』條。」

〔二〕隋志有晉東陽太守殷仲文集七卷，注云：「梁五卷。」隋志有晉丹陽太守袁豹集八卷，注云：「梁十卷，録一卷。」

〔三〕嘉錫案：晉書仲文傳作謝靈運語，且云「言其文多而見書少也」，與此不同。又案文選集注六十二江文通擬殷東陽興矚詩注引雜説云：「謝靈運謂仲文曰：『若讀書半袁豹，則文史不減班固。』」考隋志雜家有雜説二卷，沈約撰。則本傳自有所本，故與世説不同。

100 羊孚作雪贊云：「資清以化，乘氣以霏。遇象能鮮，即潔成輝。」桓胤遂以書扇。中興書曰：「胤字茂祖，譙國人。祖沖，太尉。父嗣，江州刺史。胤少有清操，以恬退見稱，仕至中書令。玄敗，徙安成郡，後見誅。」

101 王孝伯在京行散，至其弟王睹户前，睹，王爽小字也。中興書曰：「爽字季明，恭第四弟也。仕至侍中，恭事敗，贈太常。」〔一〕問：「古詩中何句爲最？」睹思未答。孝伯詠「『所遇無故物，焉得不速老！』此句爲佳。」

【箋疏】

〔一〕李慈銘云：「案事敗下當有被誅二字。」程炎震云：「晉書爽傳云：『恭敗，被誅。』王恭傳云：『及玄執政，爽贈太常。』此注有脱文。」

102 桓玄嘗登江陵城南樓云：「我今欲爲王孝伯作誄。」因吟嘯良久，隨而下筆。一坐之間，誄以之成。晉安帝紀曰：「玄文翰之美，高於一世。」玄集載其誄叙曰：「隆安二年九月十七日，前將軍青兖二州刺史太原王孝伯薨。川岳降神，哲人是育。既爽其靈，不貽其福。天道茫昧，孰測倚伏？犬馬反噬，豺狼翹陸。嶺摧高梧，林殘故竹。人之云亡，邦國喪牧。于以誄之，爰旌芳郁。」文多，不盡載。

103 桓玄初并西夏，領荆、江二州，二府一國。玄別傳曰：「玄既克殷仲堪，後楊佺期〔一〕，遣使諷朝廷，朝廷以玄都督八州，領江州、荆州二刺史。」于時始雪，五處俱賀〔二〕，五版並入。玄在聽事上，版至即答版後，皆粲然成章，不相揉雜。

【箋疏】

〔一〕程炎震云：「後字誤，或是殺字。」李慈銘云：「案後字誤。當作破，或作獲。」

〔二〕程炎震云：「隆安三年十二月，桓玄襲江陵，荆州刺史殷仲堪、南蠻校尉楊佺期並遇害。蓋玄以南郡公爲廣州，并殷得荆州，并楊得雍州，又争得桓脩之江州，故有五處俱賀之事。此注未晰。」

104 桓玄下都〔一〕，羊孚時爲兗州別駕，從京來詣門，牋云：「自頃世故睽離，心事淪藴。明公啟晨光於積晦，澄百流以一源。」桓見牋，馳喚前，云：「子道，子道，來何遲？」即用爲記室參軍〔二〕。孟昶別見。爲劉牢之主簿，續晉陽秋曰：「牢之字道堅，彭城人，世以將顯。父遁〔三〕，征虜將軍。牢之沈毅多計數，爲謝玄參軍。苻堅之役，以驍猛成功。及平王恭，轉徐州刺史。桓玄下都，以牢之爲前鋒，行征西將軍。玄至歸降，用爲會稽内史。欲解其兵，奔而縊死。」詣門謝，見云：「羊侯，羊侯，百口賴卿！」

【箋　疏】

〔一〕程炎震云：「元興元年三月，桓玄入京師。」

〔二〕程炎震云：「玄自稱太尉，此是太尉記室參軍。」

〔三〕李慈銘云：「案遁當作建，晉書作建。」

世説新語卷中之上

方正第五

1 陳太丘與友期行，期日中。過中不至，太丘舍去，去後乃至。元方時年七歲〔一〕，門外戲。陳寔及紀，並已見。客問元方：「尊君在不？」答曰：「待君久不至，已去。」友人便怒曰：「非人哉！與人期行，相委而去。」元方曰：「君與家君期日中。日中不至，則是無信；對子駡父，則是無禮。」友人慙，下車引之。元方入門不顧。

【箋疏】

〔一〕程炎震云：「古文苑邯鄲淳撰陳紀碑云：『年七十一，建安四年卒。』則七歲是順帝陽嘉四年乙亥，太丘年三十四。」嘉錫案：據後漢書陳寔傳：寔爲司空，黄瓊所辟。始補聞喜長，當在桓帝元嘉以後（詳見政事篇「陳元方年十一」條下），寔年已四十餘矣。除太丘長，又在其後。元方七歲時，寔尚未出仕，此稱太丘，蓋追叙之辭。

2 南陽宗世林〔一〕，魏武同時，而甚薄其爲人，不與之交。及魏武作司空，總朝政，從容問宗曰：「可以交未？」答曰：「松柏之志猶存。」世林既以忤旨見疏，位不配德。文帝兄弟每造其門，皆獨拜牀下，其見禮如此〔二〕。楚國先賢傳曰：「宗承字世林，南陽安衆人。父資〔三〕，有美譽。承少而修德雅正，確然不群，徵聘不就，聞德而至者如林。魏武弱冠，屢造其門，值賓客猥積，不能得言。乃伺承起，往要之，捉手請交，承拒而不納。帝後爲司空，輔漢朝，乃謂承曰：『卿昔不顧吾，今可爲交未？』承曰：『松柏之志猶存。』帝不説，以其名賢，猶敬禮之。勑文帝修子弟禮，就家拜漢中太守。武帝平冀州，從至鄴，陳群等皆爲之拜。帝猶以舊情介意，薄其位而優其禮，就家訪以朝政，居賓客之右。文帝徵爲直諫大夫。明帝欲引以爲相，以老固辭。」

【箋疏】

〔一〕程炎震云：「御覽三十七引宋躬孝子傳曰：『宗承字世林，父資喪，葬舊塋，負土作墳，不役僮僕。一夕間土壤高五尺，松竹生焉。』魏志十荀攸傳注引漢末名士録曰：『袁術與南陽宗承會於闕下，術發怒曰：「何伯求凶德也，吾當殺之！」承曰：「何生英俊之士，足下善遇之，使延令名於天下。」術乃止。』」李詳云：「詳案：晉書七十五王述傳稱其『曾祖魏司空昶白箋於文帝曰：昔與南陽宗世林共爲東宮官屬。世林少得好名，州里瞻敬，及其年老，汲汲自厲，時人咸共笑之。』此疑是昶愛憎之言。」程炎震箋亦引此節，惟末云「當即此人」。

〔二〕嘉錫案：宗承少而薄操之爲人，老乃食丕之禄，不願爲漢司空之友，顧甘爲魏皇帝之臣。魏、晉人所謂方正者，大抵如此。東漢節義之風，其存焉者蓋寡矣。

〔三〕後漢書黨錮傳序云：「汝南太守宗資任功曹范滂，郡爲謡曰：『汝南太守范孟博，南陽宗資主畫諾。』」注引謝承書曰：「宗資字叔都，南陽安衆人也。御史中丞、汝南太守，署范滂爲功曹，委任政事，推功於滂，不伐其美。任善之名，聞於海内也。」

3　魏文帝受禪，陳群有慼容〔一〕。帝問曰：「朕應天受命，卿何以不樂？」群曰：「臣與華歆，服膺先朝，今雖欣聖化，猶義形於色。」〔二〕華嶠譜叙曰：「魏受禪，朝臣三公以下，並受爵位。華歆以形色忤時，徙爲司空〔三〕，不進爵。文帝久不懌，以問尚書令陳群曰：『我應天受命，百辟莫不説喜，形於聲色；而相國及公獨有不怡者，何邪？』群起離席長跪曰：『臣與相國曾事漢朝，心雖説喜，義干其色〔四〕，亦懼陛下，實應見憎。』帝大説，歎息良久，遂重異之。」

【箋　疏】

〔一〕李慈銘云：「案陳群自比孔父，義形於色。可謂不識羞恥，顔孔厚矣！疑群爾時尚未能爲此語。

與其子泰對司馬昭『但見其上』之言，皆出其子弟門生妄相附會。如華嶠譜敘稱其祖『歆以形色忤時』，狗面人言，何足取信！」容齋隨筆卷十曰：「夫曹氏篡漢，忠臣義士之所宜痛心疾首，縱力不能討，忍復仕其朝爲公卿乎？歆、群爲一世之賢，所立不過如是。蓋自黨錮禍起，天下賢士大夫如李膺、范滂之徒，屠戮殆盡，故所存者，如是而已！士風不競，悲夫！」嘉錫案：華歆爲曹操勒兵入宫收伏后，壞户發壁牽后出，躬行弒逆。是亦魏之賈充，何至「以形色忤時」！歆、群累表勸進，安得復有戚容？蓴客以爲出於其子孫所附會，當矣。容齋以二人爲一世之賢，猶未免流俗之見也。

〔二〕公羊桓二年傳云：「宋督弒其君與夷及其大夫孔父。此何以書？賢也。何賢乎孔父？孔父可謂義形於色矣。其義形於色奈何？督將弒殤公，孔父生而存，則殤公不可得而弒也，故於是攻孔父之家。殤公知孔父死，己必死，趨而救之，皆死焉。孔父正色而立於朝，則人莫敢過而致難於其君者，孔父可謂義形於色矣。」

〔三〕程炎震云：「魏志十三華歆傳注司空作司徒。」

〔四〕程炎震云：「魏志注干作形。」

4　郭淮作關中都督，甚得民情，亦屢有戰庸。魏志曰：「淮字伯濟，太原陽曲人。建安中，除平原府丞。黄初元年，奉使賀文帝踐阼，而稽留不及。群臣歡會，帝正色責之曰：『昔禹會諸侯於塗山，防風氏後至，便行大戮。今溥天同慶，而卿最留遲，何也？』淮曰：『臣聞五帝先教，導民以德，夏后政衰，始用刑辟。今臣遭唐、虞之世，是以知免防風氏之誅。』帝説之，擢爲雍州刺史，遷征西將軍。淮在關中三十餘年，功績顯著，遷儀同三司，贈大將軍。」淮妻，太尉王淩之妹，坐淩事當並誅。魏略曰：「淩字彦雲，太原祁人。歷司空、太尉、征東將軍。密欲立楚王彪，司馬宣王自討之。淩自縛歸罪，遥謂太傅曰：『卿直以折簡召我，我當不至邪？』太傅曰：『以卿非肯逐折簡者也。』遂使人送至西。淩自知罪重，試索棺釘，以觀太傅意，太傅給之。淩行至項城，夜呼掾屬與決曰：『行年八十，身名俱滅。命邪！』遂自殺。」使者徵攝甚急，淮使戒裝，克日當發。州府文武及百姓勸淮舉兵，淮不許。至期，遣妻，百姓號泣追呼者數萬人。行數十里，淮乃命左右追夫人還，於是文武奔馳，如徇身首之急。既至，淮與宣帝書曰：「五子哀戀，思念其母，其母既亡，則無五子。五子若殞，亦復無淮。」宣帝乃表，特原淮妻。世語曰：「淮妻當從坐，侍御史往收。督將及羌胡渠帥數千人叩頭，請淮上表留妻，淮不從。妻上道，莫不流涕，人人扼腕，欲劫留之。淮五子叩頭流血請淮，淮不忍視，乃命追之，於是數千騎往追還。淮以書白司馬宣王曰：『五子哀母，不惜其身。若無其母，是無五子，五子若亡，亦無淮也。今輒追還，若於法未通，當受罪於主者。』書至，宣王乃表原之。」

【校　文】

注「三十餘年」　「三」，景宋本及沈本作「二」。

5 諸葛亮之次渭濱，關中震動。蜀志曰：「亮字孔明，琅邪陽都人。客於荆州，躬耕隴畝，好爲梁甫吟。長八尺，每自比管仲、樂毅，時人莫之許也。惟博陵崔州平、潁川徐元直謂爲信然。先主屯新野，徐庶見先主曰：『諸葛孔明，卧龍也。將軍豈願見之乎？』先主曰：『君與俱來。』庶曰：『此人可就見，不可屈致也。』先主遂詣亮，謂關羽、張飛曰：『孤之有孔明，猶魚之有水也。』累遷丞相、益州牧。率衆北征，卒於渭南。」魏明帝深懼晉宣王戰，乃遣辛毗爲軍司馬。魏志曰：「毗字佐治，潁川陽翟人。累遷衛尉。」宣王既與亮對渭而陳，亮設誘譎萬方。宣王果大忿，將欲應之以重兵。亮遣間諜覘之，還曰：「有一老夫，毅然仗黄鉞，當軍門立，軍不得出。」亮曰：「此必辛佐治也。」〔一〕晉陽秋曰：「諸葛亮寇於郿，據渭水南原，詔使高祖拒之。亮善撫御，又戎政嚴明，且僑軍遠征，糧運艱澀，利在野戰。朝廷每聞其出，欲以不戰屈之，高祖亦以爲然。而擁大軍禦侮於外，不宜遠露怯弱之形以虧大勢，故秣馬坐甲，每見吞併之威。亮雖挑戰，或遺高祖巾幗。巾幗，婦女之飾，欲以激怒，冀獲曹咎之利。朝廷慮高祖不勝忿憤，而衛尉辛毗骨鯁之臣，帝乃使毗仗節爲高祖軍司馬。亮果復挑戰，高祖乃奮怒，將出應之，毗仗節中門而立，高祖乃止。將士聞見者益加勇鋭。識者以人臣雖擁衆千萬而屈於王人，大略深長，皆如此之類也。」

【箋疏】

〔一〕嘉錫案：蜀志亮傳注引漢晉春秋曰：「亮自至，數挑戰，宣王亦表固請戰，使衛尉辛毗持節以制之。

姜維謂亮曰：『辛佐治仗節而到，賊不復出矣。』亮曰：『彼本無戰情，所以固請戰者，以示武於其衆耳。將在軍，君命有所不受，苟能制吾，豈千里而請戰耶？』」亮之此言，深得老賊之情。故唐修晉書亦載之宣紀。朱子語類一百三十六曰：「司馬懿甚畏孔明，便使得辛毗來，遏令不出兵，其實是不敢出也。」斯言當矣。蓋懿自審戰則必敗，畏蜀如虎，故惟深溝高壘以自保。然以坐擁大軍而顯露怯弱之形，群情憤激，怨謗紛然，乃不得不累表請戰以弭謗。叡心知其然，遂使辛毗至軍，假君命以威衆。君臣上下，相與爲僞，設爲此謀，以老蜀師。佐治之仗節當門，裝模作樣，不過傀儡登場，聽人提掇耳。唐太宗御撰宣帝論曰：「既而擁衆西舉，與諸葛相持。抑其甲兵，本無鬭志。遺其巾幗，方發憤心。杖節當門，雄圖頓屈。請戰千里，詐欲示威。」程炎震云：「魏志毗傳云：『青龍二年，諸葛亮率衆出渭南。先是，大將軍司馬宣王數請與亮戰，明帝終不聽。是歲，恐不能禁，乃以毗爲大將軍軍師，使持節。』晉書宣紀亦云：『辛毗仗節爲軍師。』通典二十九曰：『初隗囂軍中嘗置軍師，至魏武帝又置師官四人。晉避景帝諱，改爲軍司，凡諸軍皆置之。』炎震案：此及注文軍司馬並衍馬字。蓋毗在魏世，自是軍師。臨川或沿襲晉人習用語以爲司，淺人不知，妄添馬字。魏、晉以後，雖以司馬爲軍府之官，然不名軍司馬也。」

6 夏侯玄既被桎梏，魏氏春秋曰：「玄字太初，譙國人，夏侯尚之子，大將軍前妻兄也。風格高朗，弘辯博暢。正始中，護軍〔一〕。曹爽誅，徵爲太常。內知不免，不交人事，不畜筆研。及太傅薨，許允謂玄曰：『子無復憂矣！』

玄歎曰：『士宗，卿何不見事乎？此人尤能以通家年少遇我，子元、子上不吾容也。』後中書令李豐惡大將軍執政，遂謀以玄代之。大將軍聞其謀，誅豐，收玄送廷尉。」干寶晉紀曰：「初，豐之謀也，使告玄，玄答曰：『宜詳之爾！』不以聞也，故及於難。」時鍾毓爲廷尉，鍾會先不與玄相知，因便狎之。玄曰：「雖復刑餘之人，未敢聞命！」世語曰：「玄至廷尉，不肯下辭，廷尉鍾毓自臨履玄。玄正色曰：『吾當何辭？爲令史責人邪？卿便爲吾作。』〔二〕毓以玄名士，節高不可屈，而獄當竟，夜爲作辭，令與事相附。流涕以示玄，玄視之曰：『不當若是邪？』鍾會年少於玄，玄不與交，是日於毓坐狎玄，玄正色曰：『鍾君，何得如是！』」名士傳曰：「初，玄以鍾毓志趣不同，不與之交。玄被收時，毓爲廷尉，執玄手曰：『太初何至於此？』玄正色曰：『雖復刑餘之人，不可得交。』」按：郭頒西晉人，時世相近，爲晉魏世語，事多詳覈。孫盛之徒皆採以著書，並云玄距鍾會。而袁宏名士傳最後出，不依前史，以爲鍾毓，可謂謬矣。考掠初無一言，臨刑東市，顏色不異。魏志曰：「玄格量弘濟，臨斬，顏色不異，舉止自若。」

【校　文】

注「此人尤能以通家年少遇我」　「尤」，景宋本及沈本作「猶」。

【箋　疏】

〔一〕李慈銘云：「案魏志夏侯玄傳：玄正始中爲護軍，出爲征西將軍，都督雍、涼州諸軍事。曹爽誅，徵爲大鴻臚。數年徙太常。此處『護軍』上有脱字。曹爽以大將軍輔政，玄爲爽之姑子也。」

〔二〕李慈銘云：「案玄傳注引世語作『鍾毓自臨治玄，玄正色責毓曰：「吾當何辭？卿爲令史責人也，卿便爲吾作。」』此處治作履，爲令史上脱卿字，皆誤。」程炎震云：「通鑑七十六胡注曰：『自漢以來，公府有令史，廷尉則有獄史耳。』玄蓋責毓以身爲九卿，乃承公府指，自臨治我，是爲公府令史而責人也。」

7 夏侯泰初與廣陵陳本善。本與玄在本母前宴飲，世語曰：「本字休元，臨淮東陽人。」魏志曰：「本，廣陵東陽人。父矯，司徒。本歷郡守、廷尉。所在操綱領，舉大體，能使群下自盡，有率御之才。不親小事，不讀法律，而得廷尉之稱。遷鎮北將軍。」本弟騫晉陽秋曰：「騫字休淵，司徒第二子，無謇諤風，滑稽而多智謀。仕至大司馬。」行還，徑入，至堂户。泰初因起曰：「可得同，不可得而雜。」〔一〕名士傳曰：「玄以鄉黨貴齒，本不論德位，年長者必爲拜。與陳本母前飲，騫來而出，其可得同，不可得而雜者也。」

【箋疏】

〔一〕御覽四百九十八引習鑿齒漢晉春秋曰：「陳騫兄丕，有名於世，與夏侯玄親交。玄拜其母，騫時爲中領軍，聞玄會於其家，悦而歸，既入户，玄曰：『相與未至於此。』騫當户立良久，曰：『如君言。』乃趨而出，意氣自若。玄大以此知之。」嘉錫案：蹇者騫之誤，丕者本之誤也。以騫之爲人，太初視之，蓋不啻糞土，而習氏翻謂大爲太初所知，其言附會，不足信。

8 高貴鄉公薨，内外諠譁。魏志曰：「高貴鄉公諱髦，字彦士，文帝孫，東海定王霖之子也。初封郯縣高貴鄉公。好學夙成。齊王廢，群臣迎之，即皇帝位。」漢晉春秋曰：「自曹芳事後，魏人省徹宿衛，無復鎧甲，諸門戎兵，老弱而已。曹髦見威權日去，不勝其忿，召侍中王沈、尚書王經、散騎常侍王業謂曰：『司馬昭之心，路人所知也。吾不能坐受廢辱，今日當與卿自出討之。』王經諫不聽，乃出懷中板令投地曰：『行之決矣！正使死，何所恨！況不必死邪！』於是入白太后。沈、業奔走告昭，昭爲之備。髦遂率僮僕數百，鼓譟而出。昭弟屯騎校尉伷入，遇髦於東止車門，左右訶之，伷衆奔走。中護軍賈充又逆髦，戰於南闕下。髦自用劍，衆欲退。太子舍人成濟問充曰：『事急矣！當云何？』充曰：『公畜汝等，正爲今日。今日之事，無所問也。』濟即前刺髦，刃出於背。」魏氏春秋曰：「帝將誅大將軍，詔有司復進位相國，加九錫。帝夜自將宂從僕射李昭、黄門從官焦伯等下陵雲臺，鎧仗授兵，欲因際會，遣使自出致討〔一〕，會雨而卻。明日，遂見王經等，出黄素詔於懷曰：『是可忍也，孰不可忍？今當決行此事。』帝遂拔劍升輦，率殿中宿衛蒼頭官僮，擊戰鼓，出雲龍門。賈充自外而入，帝師潰散，帝猶稱天子，手劍奮擊，衆莫敢逼。充率厲將士，騎督成倅、弟濟以矛進，帝崩於師。時暴雨，雷電晦冥。」司馬文王問侍中陳泰曰〔二〕：魏志曰：「泰字玄伯，司空群之子也。」「何以靜之？」泰云：「唯殺賈充以謝天下。」文王曰：「可復下此不？」對曰：「但見其上，未見其下。」干寶晉紀曰：「高貴鄉公之殺，司馬文王召朝臣謀其故，太常陳泰不至〔三〕，使其舅荀顗召之，告以可不。泰曰：『世之論者，以泰方於舅，今舅不如泰也。』子弟內外咸共逼之，垂涕而入。文王待之曲室，謂曰：『玄伯，卿何以處我？』對曰：『可誅賈充以謝天下。』文王曰：『爲吾更思其次。』泰曰：『惟有進於此，不知其次。』文王乃止。」漢晉春秋曰：「曹髦之薨，司馬昭聞之，自投於地曰：『天下謂我何？』於是召百官議其事。昭垂涕問陳泰曰：『何以居我？』泰曰：『公光輔數世，功蓋天下，謂當並迹古人，垂美於後，一旦有殺君之事，不亦惜乎！速斬賈充，猶可以自明也。』昭曰：『公閭不可得殺也，卿更思餘計。』泰厲聲曰：『意惟有進於此耳，餘無足委者也。』歸而自殺。」魏氏春秋曰：「泰勸大將軍誅賈充，大將軍曰：『卿更思其他。』泰曰：『豈可使泰復發後言。』遂嘔血死。」

【箋疏】

〔一〕程炎震云：「魏志高貴鄉公傳注無遺使二字。」

〔二〕程炎震云：「據泰傳時爲尚書左僕射，不云加侍中。」

〔三〕程炎震云：「魏志陳泰傳裴注曰：『案本傳，泰不爲太常，未詳干寶所由知之。』」

9 和嶠爲武帝所親重，語嶠曰：「東宮頃似更成進，卿試往看。」還問：「何如？」答云：「皇太子聖質如初。」晉諸公贊曰：「嶠字長輿，汝南西平人。父逌，太常，知名。嶠少以雅量稱，深爲賈充所知，每向世祖稱之。歷尚書、太子少傅。」干寶晉紀曰：「皇太子有醇古之風，美於信受。侍中和嶠數言於上曰：『季世多僞，而太子尚信，非四海之主。憂太子不了陛下家事，願追思文、武之阼。』上既重長適，又懷齊王，朋黨之論弗入也。

後上謂嶠曰：『太子近入朝，吾謂差進，卿可與荀侍中共往言。』及顗奉詔還，對上曰：『太子明識弘新，有如明詔。』問嶠，嶠對曰：『聖質如初。』上默然。」晉陽秋曰：「世祖疑惠帝不可承繼大業，遣和嶠、荀勖往觀察之。既見，勖稱歎曰：『太子德更進茂，不同於故。』嶠曰：『皇太子聖質如初。此陛下家事，非臣所盡。』天下聞之，莫不稱嶠爲忠，而欲灰滅勖也。」按：荀顗清雅，性不阿諛。校之二説，則孫盛爲得也〔一〕。

【校 文】

注「文武之阼」 「阼」，景宋本及沈本作「祚」。

【箋 疏】

〔一〕程炎震云：「與和嶠同往觀太子者，干寶以爲荀顗，孫盛以爲荀勖，王隱亦以爲荀勖。晉書勖傳與王隱、孫盛同。蓋取劉氏此注也。嶠傳則並舉顗、勖二人，殊罕裁斷。惟裴松之注三國志荀彧傳云『和嶠爲侍中，荀顗亡没久矣。荀勖位亞台司，不與嶠同班，無緣方稱侍中。二書所云皆非也。考其時位，愷實當之，愷位至征西大將軍。』其辨確矣。劉氏於孔融二兒事引世語説，以惑孫盛之傷理。而此未及引，或亦偶有不照歟？王隱説見御覽一百四十八太子門。」嘉錫案：愷，荀彧之曾孫，魏志附見彧傳。裴注先引荀氏家傳曰：「愷，晉武帝時爲侍中」，然後引干寶、孫盛之説，而辨其不然。蓋以據荀氏家傳，惟愷與和嶠同時爲侍中也。程氏不引家傳，則「考其時位，愷實當之」二語，不知所謂，今爲補出。

10 諸葛靚後入晉，除大司馬，召不起〔一〕。以與晉室有讎，常背洛水而坐。與武帝有舊，帝欲見之而無由，乃請諸葛妃呼靚。既來，帝就太妃間相見〔二〕。禮畢，酒酣，帝曰：「卿故復憶竹馬之好不？」靚曰：「臣不能吞炭漆身，今日復覩聖顏。」因涕泗百行。帝於是慚悔而出。晉諸公贊曰：「吳亡，靚入洛，以父誕爲太祖所殺，誓不見世祖。世祖叔母琅邪王妃，靚之姊也。帝後因靚在姊間，往就見焉，靚逃於廁中，於是以至孝發名。時嵇康亦被法，而康子紹死蕩陰之役。談者咸曰：『觀紹、靚二人，然後知忠孝之道，區以別矣。』」〔三〕

【箋疏】

〔一〕程炎震云：「晉書諸葛恢傳云：『父靚奔吳，爲大司馬。吳平，逃竄不出。武帝與靚有舊云云。詔以爲侍中，固辭不拜。』此『除大司馬，召不起』七字有誤。」

〔二〕程炎震云：「平吳之役，瑯玡王伷出涂中，靚歸命於伷。見晉書伷傳。靚姊即伷妃。此云太妃，或於太康四年伷薨後，始與武帝相見耳。」

〔三〕嘉錫案：靚姊爲司馬懿子琅邪王伷妃，伷先封東莞王。晉書伷傳：「伷長子恭王覲，字思祖。」考書鈔六十三、御覽二百四十二引晉武起居注均作「東莞王世子瑾」。則覲本名瑾，乃與諸葛子瑜同名。其字思祖，欲令思其外祖也。三子繇字思玄。諸葛亮傳稱「亮從父玄」，本書品藻篇稱「誕爲瑾、亮之從弟」，則誕蓋玄之子。思玄者，欲令思其外曾祖也。御覽三百七十六引魏末傳曰：「諸葛誕殺文欽。及城陷，欽子鴦、虎先入殺誕，噉其肝。」魏志諸葛誕傳注曰：「鴦一名俶。」又引晉諸公贊曰：「東安公繇，諸葛誕外孫。欲殺俶，因誅楊駿，誣俶謀逆，遂夷三族。」按晉書伷傳：「繇誅俶後，始遭母喪。」則繇之此舉，疑出諸葛妃之意，使其子殺俶，以報父雠。然則不獨靚爲孝子，即其姊亦孝女也。諸葛氏之世澤，可謂遠矣。然傅暢没在胡中，爲石勒之臣，乃著諸公贊，降志辱身，何足以議紹？

11 武帝語和嶠曰：「我欲先痛罵王武子，然後爵之。」嶠曰：「武子儁爽，恐不可屈。」帝遂召武子，苦責之，因曰：「知愧不？」晉諸公贊曰：「齊王當出藩，而王濟諫請無數，又累遣常山主與婦長廣公主共入稽顙〔一〕，陳乞留之。世祖甚恚，謂王戎曰：『我兄弟至親，今出齊王，自朕家計，而甄德、王濟連遣婦入來，生哭人邪？濟等尚爾，況餘者乎？』濟自此被責，左遷國子祭酒。」武子曰：「『尺布斗粟』之謡，常爲陛下恥之！」漢書曰：「淮南厲王長，高祖少子也。有罪，文帝徙之於蜀，不食而死。民作歌曰：『一尺布，尚可縫；一斗粟，尚可舂。兄弟二人，不能相容。』」瓚注曰：『言一尺布帛，可縫而共衣；一斗米粟，可舂而共食。況以天下之廣，而不相容也。』」它人能令疏親，臣不能使親疏〔二〕，以此愧陛下。」

【校　文】

注「以天下之廣」　景宋本及沈本作「以天子之屬」。

【箋　疏】

〔一〕李慈銘云：「案王濟尚常山公主。晉書濟傳稱：『濟既諫請，又累使公主及甄德妻長廣公主俱入稽顙泣請。』此注下亦有甄德、王濟云云，蓋此處常山下脱公字，與下脱甄德二字。」

〔二〕程炎震云：「晉書濟傳作『他人能親疏，臣不能使親親。』」

12 杜預之荊州，頓七里橋〔一〕，朝士悉祖。王隱晉書曰：「預字元凱，京兆杜陵人，漢御史大夫延年十一世孫。祖畿，魏太保。父恕，幽州、荊州刺史。預智謀淵博，明於治亂，常稱立德者非所企及，立功、立言所庶幾也。累遷河南尹，爲鎮南將軍，都督荊州諸軍事，鎮襄陽。以平吴勳封當陽侯。預無伎藝之能，身不跨馬，射不穿札，而每有大事，輒在將帥之限。贈征南將軍、儀同三司。」預少賤〔二〕，好豪俠，不爲物所許。楊濟既名氏〔三〕，雄俊不堪〔四〕，不坐而去。八王故事曰：「濟字文通，弘農人，楊駿弟也。有才識，累遷太子太保，與駿同誅。」須臾，和長輿來，問：「楊右衛何在？」客曰：「向來，不坐而去。」長輿曰：「必大夏門下盤馬。」往大夏門，果大閱騎，長輿抱内車，共載歸，坐如初。

【箋疏】

〔一〕程炎震云：「晉書預傳：『預以羊祜薦，以本官領征南軍師。』武紀：『咸寧四年十一月，杜預都督荆州諸軍事。』武紀：『泰始十年十一月，立城東七里澗石橋。』洛陽伽藍記二曰：「崇義里東有七里橋，以石爲之。中朝時，杜預之荆州，出頓之所也。」案據伽藍記：「洛陽城東面北頭第一門曰建春門。門外御道北名建陽里。建陽里東有綏民里。綏民里東，即崇義里也。」」

〔二〕嘉錫案：預爲杜延年十一世孫，系出名家。祖、父仕魏，亦皆貴顯。而謂之少賤者，據晉書預傳言「其父與宣帝不相能，遂以幽死。預久不得調，故少長貧賤」。魏志杜畿傳不言恕與司馬懿不相能。第謂恕爲征北將軍程喜所劾奏，下廷尉，當死。以父畿勤事水死，免爲庶人，徙章武郡。裴注引杜氏新書，亦只言程喜深文劾恕，不及司馬懿。蓋恕之得罪，實出懿意。杜氏子孫不欲言其祖與司馬氏不協，故諱之耳。預於司馬昭嗣立後，得尚昭妹高陸公主，始起家拜尚書郎，襲祖爵，遂以功名自奮。預卒於太康五年，年六十三，則當生於魏黄初三年。

〔三〕程炎震云：「濟爲右衛將軍，本傳不載，蓋略之。」

〔四〕李慈銘云：「案『雄俊不堪』四字有誤。」

13 杜預拜鎮南將軍，朝士悉至，皆在連榻坐。語林曰：「中朝方鎮還，不與元凱共坐。預征吳還，獨榻，不與賓客共也。」〔一〕時亦有裴叔則。羊稚舒後至，曰：「杜元凱乃復連榻坐客！」不坐便去。晉諸公贊曰：「羊琇字稚舒，泰山人。通濟有才幹，與世祖同年相善，謂世祖曰：『後富貴時，見用作領護軍各十年。』世祖即位，累遷左將軍、特進。」杜請裴追之，羊去數里住馬，既而俱還杜許〔二〕。

【箋疏】

〔一〕程炎震云：「按預傳，拜鎮南在赴荆之後，則朝士無緣悉至也。注引語林云征吳還爲是。晉書羊琇傳悉取此文，自與預傳違伐矣。」

〔二〕嘉錫案：晉書琇爲司馬師妻景獻皇后之從父弟，楊濟亦司馬炎妻武悼皇后之叔父，與杜預並晉室懿親。預功名遠出其上，而二人皆鄙預如此者，蓋以預爲罪人之子，出身貧賤，故不屑與之同坐也。此爲挾貴而驕，不當列於方正之篇。又案：此出郭子，見書鈔一百三十三。

14 晉武帝時，荀勖爲中書監，虞預晉書曰：「勖字公曾，潁川潁陰人，漢司空爽曾孫也。十餘歲能屬文，外祖鍾繇曰：『此兒當及其曾祖。』爲安陽令，民生爲立祠。累遷侍中、中書監。」和嶠爲令。故事，監、令由來共車，嶠性雅正，常疾勖諂諛。王隱晉書曰：「勖性佞媚，譽太子，出齊王。當時私議，損國害民，孫、劉之匹也。後世若有良史，當著佞倖傳。」後公車來，嶠便登，正向前坐〔一〕，不復容勖。勖方更覓車，然後得去。監、令各給車自此始。曹嘉之晉紀曰：「中書監、令常同車入朝。至和嶠爲令，而荀勖爲監，嶠意强抗，專車而坐，乃使監、令異車，自此始也。」

【箋疏】

〔一〕吴承仕曰：「登車正向前坐，此時已不立乘矣。」

15 山公大兒著短帢，車中倚。武帝欲見之，山公不敢辭，問兒，兒不肯行。時論乃云勝山公〔一〕。晉諸公贊曰：「山該字伯倫，司徒濤長子也。雄有器識，仕至左衛將軍。」

【校文】

注「雄有器識」「雄」，景宋本及沈本作「雅」。

【箋疏】

〔一〕李慈銘云：「案晉書山濤傳以爲『濤第三子允，少尪病，形甚短小。武帝欲見之，濤不敢辭，以問允，允自以尪陋不肯行，濤以爲勝己。』與此互異。」嘉錫案：晉書濤傳：「濤五子：該、淳、允、謨、簡。」此稱山公大兒，自是該事。詳其文義，該所以不肯行者，即因著帢之故，別無餘事。御覽三百七十八引臧榮緒晉書曰：「山濤子淳、元尪疾不仕，世祖聞其短小而聰敏，欲見之。濤面答：『淳、元自謂形容宜絶人事，不肯受詔。』論者奇之。」元蓋允之誤。其説與世説不同，或者各爲一事也。而唐修晉書兼採兩説，合爲一事，曰「淳、允並少尪病，形甚短小，而聰敏過人。武帝聞而欲見之。濤不敢辭，以問於允，允自以尪陋不肯行，濤以爲勝己。」其文左右採獲，使兩書所載皆失其真，可謂大誤。程炎震云：「晉書輿服志：『成帝咸和九年制：聽尚書八座丞郎門下三省侍官乘車，白帢低幃，出入掖門。又二宮直官著烏紗帢。』則前此者，王人雖宴居著帢，不得以見天子。故山該不肯行耳。」

16 向雄爲河內主簿，有公事不及雄，而太守劉淮横怒〔一〕，遂與杖遣之。雄後爲黄門郎，劉爲侍中，初不交言。武帝聞之，敕雄復君臣之好，雄不得已，詣劉，再拜曰：「向受詔而來，而君臣之義絶，何如？」〔二〕於是即去。武帝聞尚不和，乃怒問雄曰：「我令卿復君臣之好，何以猶絶？」漢晉春秋曰：「雄字茂伯，河內人。」世語曰：「雄有節槩，仕至黄門郎、護軍將軍。」按：王隱孫盛不與故君相聞議曰：「昔在晉初，河内温縣領校向雄，送御犧牛，不先呈郡，輒隨比送洛。值天大熱，郡送牛多暍死。臺法甚重，太守吴奮召雄與杖〔三〕，雄不受杖，曰：『郡牛者亦死也，呈牛者亦死也。』奮大怒，下雄獄，將大治之。會司隸辟雄都官從事，數年，爲黄門侍郎。奮爲侍中，同省，相避不相見。武帝聞之，給雄酒禮，使詣奮解，雄乃奉詔。」此則非劉淮也。晉諸公贊曰：「淮字君平，沛國杼秋人。少以清正稱。累遷河内太守、侍中、尚書僕射、司徒。」雄曰：「古之君子，進人以禮，退人以禮；今之君子，進人若將加諸膝，退人若將墜諸淵。臣於劉河内，不爲戎首，亦已幸甚，安復爲君臣之好？」武帝從之〔四〕。禮記曰：「穆公問於子思曰：『爲舊君反服，古邪？』子思曰：『古之君子，進人以禮，退人以禮，故有舊君反服之禮；今之君子，進人若將加諸膝，退人若將墜諸淵。無爲戎首，不亦善乎，又何反服之有？』」鄭玄曰：「爲兵主求攻伐，故曰戎首也。」

【校　文】

「加諸膝」　「膝」，景宋本作「膝」。

注「求攻伐」　「求」，景宋本及沈本俱作「來」。

【箋　疏】

〔一〕程炎震云：「淮字君平，則淮當作準，因準省爲淮，故誤爲淮耳。」

〔二〕程炎震云：「何如，晉書雄傳作如何。是也。」

〔三〕程炎震云：「吳奮爲河内太守，亦見晉書孫鑠傳。」

〔四〕程炎震云：通典九十九引王隱議曰：「禮雖云：『君不君，臣不可以不臣。當爲小惡也，三諫不從則去，不見齒於其君，則不敢立其朝。』至於仲子稱『人以國士遇我，我以國士報之；以凡人遇我，我以凡人報之』。此猶輕於戎首，則可逢而避之，至死不往可也。雄無詔敕逢避，未可非也。」嘉錫案：通典於王隱議前叙雄、奮事，與劉注所引同，但較略耳。蓋隱爲此議先具其事之始末，以爲緣起也。其孫盛議叙事同，而議則亡矣。李慈銘云：「案晉書向雄傳言太守劉毅常以非罪笞雄，及吳奮代毅爲太守，又以小譴繫雄於獄。司隸鍾會於獄中辟雄爲都官從事，後爲黄門侍郎。時吳奮、劉毅俱爲侍中，同在門下，雄初不交言。武帝敕雄復君臣之好，雄不得已，乃詣毅再拜云云。與此又異。考劉毅傳，未嘗爲河内太守。蓋唐人修晉書，雜採諸説，既并兩事一之，又誤淮爲毅，前云吳奮、劉毅兩人同爲侍中，後止云詣毅再拜，皆不合也。」

17 齊王冏爲大司馬輔政，虞預晉書曰：「冏字景治，齊王攸子也。少聰惠，及長，謙約好施。趙王倫篡位，冏起義兵誅倫，拜大司馬，加九錫，政皆決之。而恣用群小，不復朝覲，遂爲長沙王所誅。」嵇紹爲侍中，詣冏咨事。冏設宰會〔一〕，召葛旟、齊王官屬名曰：「旟字虚旟，齊王從事中郎。」晉陽秋曰：「齊王起義，轉長史。既克趙王倫，與董艾等專執威權。冏敗，見誅。」董艾等八王故事曰：「艾字叔智，弘農人。祖遇，魏侍中。父緩，祕書監。艾少好功名，不修士檢。齊王起義，艾爲新汲令，赴軍，用艾領右將軍。王敗，見誅。」共論時宜〔二〕。旟等白冏：「嵇侍中善於絲竹，公可令操之。」遂送樂器。紹推卻不受。冏曰：「今日共爲歡，卿何卻邪？」紹曰：「公協輔皇室，令作事可法。紹雖官卑，職備常伯。操絲比竹，蓋樂官之事，不可以先王法服，爲伶人之業。今逼高命，不敢苟辭，當釋冠冕，襲私服，此紹之心也。」旟等不自得而退。

【校文】

注「父緩」　「緩」，景宋本作「綏」。

【箋疏】

〔一〕程炎震云：「宰會字恐誤，晉書紹傳作讌會。」

〔二〕晉書齊王冏傳云：「封葛旟爲牟平公。」嘉錫案：冏傳稱龍驤將軍董艾。又載河間王顒表曰：「董艾放縱，無所畏忌。中丞按奏，而取退免。葛旟小豎，維持國命，操弄王爵，貨賂公行，群姦聚黨，擅斷殺生，密署腹心，實爲貨謀，斥罪忠良，伺闚神器。」

18 盧志於衆坐世語曰：「志字子通，范陽人，尚書珽少子。少知名，起家鄴令，歷成都王長史、衛尉卿、尚書郎。」問陸士衡：「陸遜、陸抗，是君何物？」抗已見。吴書曰：「遜字伯言，吴郡人，世爲冠族。初領海昌令，號神君，累遷丞相。」答曰：「如卿於盧毓、盧珽。」魏志曰：「毓字子家，涿人。父植，有名於世。累遷吏部郎、尚書。選舉，先性行而後言才，進司空。珽，咸熙中爲泰山太守，字子笏，位至尚書。」士龍失色。既出户，謂兄曰：「何至如此，彼容不相知也？」士衡正色曰：「我父祖名播海内，甯有不知，鬼子敢爾！」孔氏志怪曰：「盧充者，范陽人。家西三十里有崔少府墓。充先冬至一日，出家西獵，見一麞，舉弓而射，即中之。麞倒而復起，充逐之，不覺遠。忽見一里門如府舍，門中一鈴下有唱家前〔一〕。充問：『此何府也？』答曰：『少府府也。』充曰：『我衣惡，那得見貴人？』即有人提襆新衣迎之。充著盡可體，便進見少府，展姓名。酒炙數行，崔曰：『近得尊府君書，爲君索小女婚，故相延耳。』即舉書示充。充，父亡時雖小，然已見父手迹，便歔欷無辭。崔即敕内，令女郎莊嚴，使充就東廊。充至，婦已下車，立席頭，共拜。爲三日畢，還見崔。崔曰：『君可歸矣。女有娠相，生男，當以相還；生女，當留自養。』敕外嚴車送客。崔送至門，執手零涕，離别之感，無異生人。復致衣一襲，被褥一副。充便上車，去如電逝，須臾至家。家人相見，悲喜推問，知崔是亡人，而入其墓，追以懊惋。居四年，三月三日臨水戲，忽見一犢車，乍浮乍没。既上岸，充往開車後户，見崔氏女與三歲男兒共載。充見之忻然，欲捉其手。女舉手指後車曰：『府君見人。』即見少府，充往問訊。女抱兒還充，又與金盌，别，并贈詩曰：『煌煌靈芝質，光麗何猗猗！華艷當時顯，嘉異表神奇。含英未及秀，中夏罹霜萎。榮曜長幽滅，世路永無施。不悟陰陽運，哲人忽來儀。會淺離别速，皆由靈與祇。何以贈余親，金盌可頤兒。愛恩從此别，斷絶傷肝脾。』充取兒、盌及詩，忽不見二車處。將兒還，四坐謂是鬼魅，僉遥唾之，形如故。問兒：『誰是汝父？』兒逕就充懷。衆初怪惡，傳省其詩，慨然歎死生之玄通也。充詣市賣盌，高舉其價，不欲速售，冀有識者。欻有一老婢，問充得盌之由。還報其大家，即女姨也。遣視之〔二〕，果是。謂充曰：『我姨姊，崔少府女，未嫁而亡，家親痛之，贈一金盌著棺中。今視卿盌甚似，得盌本末可得聞不？』充以事對〔三〕。即詣充家迎兒。兒有崔氏狀，又似充貌。姨曰：『我甥三月末間産。父曰：「春煖温也，願休强也。」即字温休。「温休」蓋幽婚也。其兆先彰矣。』〔四〕兒遂成爲令器。歷數郡二千石，皆著績。其後生植，爲漢尚書。植子毓，爲魏司空。冠蓋相承至今也。」〔五〕議者疑二陸優劣，謝公以此定之〔六〕。

【校　文】

注諸「盌」字　景宋本及沈本俱作「椀」。

注「謂是鬼魅」　「魅」，景宋本及沈本作「媚」。

注「我舅甥」　「甥」，景宋本及沈本作「生」。

【箋　疏】

〔一〕李慈銘云：「案有唱家前四字有誤。太平廣記卷三百十六引搜神記作唱客前。此處家字蓋客字之誤。」

〔二〕嘉錫案：「遺視之」，搜神記及琱玉集皆作「遺兒視之」。兒者，女姨母所生之兒也，故下文稱女爲姨姊。

〔三〕嘉錫案：「充以事對」，搜神記此下有「此兒亦爲悲咽，齎還白母」二句，於情事爲合。

〔四〕李慈銘云：「案搜神記作『姨曰：我外甥也。即字温休。』案温休、幽婚爲反語。尋此注『姨曰：我舅甥』云云，蓋漢以後俗稱從母曰姨，沿其父之稱也。此姨是崔少府妻之妹，爲女之姨，故呼女曰甥。三月末間産者，即謂女也。父即指崔少府也。温休即女小字，故以爲幽婚之先兆。上姨姊當是姊壻之誤。我舅甥，舅字亦衍文。今本搜神記以温休爲兒之字，蓋由後人誤改。」嘉錫案：尊客所校，與琱玉集暗合。

〔五〕嘉錫案：唐人琱玉集感應篇引有世説一節，即此注中志怪之文也。所引頗有删節，而字句反多溢出今本之外者。蓋今本爲宋人所删，遂失古人小品文字風韻。嘉錫又案：隋唐志均有孔氏志怪四卷，不言時代名字。章宗源隋志考證十三云：「文苑英華顧況戴氏廣異記序（案見英華七百三十七）稱孔慎言神怪志，文廷式補晉志丙部五云，太平廣記二百七十六晉明帝條引孔約志怪，約當是其名。」嘉錫以此參互考之，知其人名約，字慎言。本書排調篇注引其書，有干寶作搜神記事，則其人在干寶之後。隋志著録，序次於祖台之志怪之下，疑其并在台之後矣。台之，晉孝武時人，孔氏至早亦晉末人也。又案：此事亦見搜神記卷十六，與此注所引志怪互有詳略。雖今本搜神記出於後人綴輯，然盧充事廣記三百十六已引之，知實出自干寶書矣。夫同一事而寶與孔氏先後互載，可見當時已盛傳。余謂此乃齊東野人之語，非實録也。無論其事怪誕不經，且范陽盧氏皆只以植爲祖，不聞有所謂盧充者。後漢書盧植傳、魏志盧毓傳、晉書盧欽傳均不載植祖父名字。唐書宰相世系表亦只云盧氏秦有博士敖，裔孫植，字子幹。元和姓纂十一模云：秦有博士盧敖，後漢尚書植（誤作慎），皆不詳植之先代世系。今孔氏志怪獨云植爲盧充之孫，而崔氏女所生之子即植之父，竟不能舉其名。所謂温休者，乃崔氏女之小字，非植父也。六朝人最重譜學，若植父果爲時令器，仕歷數郡二千石，烏有不知其名字者乎？蓋盧氏在漢本自寒微，至植始大。故其子孫雖冠蓋相承，爲時著姓，亦不能退數先代之典矣。流俗相傳，乃有幽婚之説，并爲植祖杜撰名字，疑是魏、晉之間有不快於盧氏者之所爲。干寶、孔約喜其新異，從而筆之於書。孝標因世説有「鬼子敢爾」之語，遂引志怪之説以實之。不知世説此條，採自郭澄之所撰郭子。御覽三百八十八引郭子并無「鬼子敢爾」一句。唐修晉書陸機傳亦無此語，可以爲證。此殆劉義慶著書時之所加。義慶嘗作宣驗記、幽明録，固篤信鬼神之事者。其於干寶輩之書，必讀之甚熟，故於世説特著此語，以形容士衡之怒駡，而不悟其言之失實也。

〔六〕葉夢得避暑録話上曰：「晉史以爲議者以此定二陸優劣，畢竟機優乎？雲優乎？度晉史意，不書於雲傳，而書於機傳，蓋謂機優也。以吾觀之，機不逮雲遠矣。人斥其祖父名固非是，吾能少忍，未必爲不孝。而亦從而斥之，是一言之間，志在報復，而自忘其過，尚能置大恩怨乎？若河橋之敗，使機所怨者當之，亦必殺矣。雲愛士不競，真有過機者，不但此一事。方穎欲殺雲，遲之三日不決。

以趙王倫殺趙浚赦其子驤而復擊倫事勸穎殺雲者，乃盧志也。兄弟之禍，志應有力，哀哉！人惟不争於勝負强弱，而後不役於恩怨愛憎。雲累於機，爲可痛也！」嘉錫案：晉、六朝人極重避諱，盧志面斥士衡祖父之名，是爲無禮。此雖生今之世，亦所不許。揆以當時人情，更不容忍受。故謝安以士衡爲優。此乃古今風俗不同，無足怪也。

19 羊忱性甚貞烈〔一〕。趙王倫爲相國，忱爲太傅長史，乃版以參相國軍事。使者卒至，忱深懼豫禍，不暇被馬，於是帖騎而避。使者追之，忱善射，矢左右發，使者不敢進，遂得免。文字志曰：「忱字長和，一名陶，泰山平陽人。世爲冠族。父繇，車騎掾。忱歷太傅長史、揚州刺史，遷侍中。永嘉五年，遭亂被害，年五十餘。」

【箋疏】

〔一〕李慈銘云：「案忱，晉書羊祜傳作陶，與注引文字志一名陶合。惟卷中賞譽篇注引羊氏譜作悦，而此下『諸葛恢女』一條注引羊氏譜仍作忱，蓋賞譽篇注誤。」程炎震云：「晉書羊祜傳云：陶，徐州刺史。」

20 王太尉不與庾子嵩交，王夷甫、庾敳。庾卿之不置。王曰：「君不得爲爾。」庾曰：「卿自君我，我自卿卿。我自用我法，卿自用卿法。」

21 阮宣子伐社樹，阮修，已見。春秋傳曰：「共工氏有子曰句龍，爲后土，后土爲社。」〔一〕風俗通曰：「孝經稱社者，土也。廣博不可備敬，故封土以爲社而祀之，報功也。」〔二〕然則社自祀句龍，非土之祭也。有人止之。宣子曰：「社而爲樹，伐樹則社亡；樹而爲社，伐樹則社移矣。」〔三〕

【箋疏】

〔一〕左傳昭公二十九年：「共工氏有子曰句龍，爲后土；后土爲社。」

〔二〕孝經諸侯：「在上不驕……然後能保其社稷。」據邢昺疏引韓詩外傳：「天子大社：東方青，南方赤，西方白，北方黑，中央黄土。若封諸侯，各割其方色土，苴以白茅而與之。諸侯以此土封之爲社，明受於天子也。」

〔三〕程炎震云：「晉書亡、移二字兩句互易。御覽五百三十二引世説亦同。」

22 阮宣子論鬼神有無者，或以人死有鬼〔一〕，宣子獨以爲無，曰：「今見鬼者云，著生時衣服，若人死有鬼，衣服復有鬼邪？」論衡曰：「世謂人死爲鬼，非也。人死不爲鬼，無知，不能害人。如審鬼者死人精神，人見之宜從裸袒之形，無爲見衣帶被服也。何則？衣無精神也。由此言之，見衣服象人，則形體亦象人。象人，知非死人之精神也。凡天地之間有鬼，非人死之精神也。」

【箋疏】

〔一〕程炎震云：「晉書作『嘗有論鬼神有無者，皆以人死者有鬼』，於文爲合。句首阮宣子三字當衍。」

23 元皇帝既登阼，以鄭后之寵，欲舍明帝而立簡文。時議者咸謂：「舍長立少，既於理非倫，且明帝以聰亮英斷，益宜爲儲副。」周、王諸公，並苦爭懇切。中興書曰：「鄭太后字阿春，滎陽人。少孤，先嫁田氏，夫亡，依舅吴氏。時中宗敬后虞氏先崩，將納吴氏，后與吴氏女遊後園，有言之於中宗者，納爲夫人，甚寵。生簡文。帝即位，尊之曰文宣太后。」唯刁玄亮獨欲奉少主，以阿帝旨。元帝便欲施行，慮諸公不奉詔。於是先喚周侯、丞相入，然後欲出詔付刁。刁協。周、王既入，始至階頭，帝逆遣傳詔，遏使就東廂。周侯未悟，即卻略下階。丞相披撥傳詔，逕至御牀前曰：「不審陛下何以見臣。」帝默然無言，乃探懷中黄紙詔裂擲之。由此皇儲始定。周侯方慨然愧歎曰：「我常自言勝茂弘，今始知不如也！」中興書曰：「元皇以明帝及琅邪王裒並非敬后所生，而謂裒有大成之度，勝於明帝，因從容問王導曰：『立子以德不以年，今二子孰賢？』導曰：『世子、宣城俱有爽明之德，莫能優劣。如此，故當以年。』於是更封裒爲琅邪王。」而此與世説互異，然法盛採摭典故，以何爲實？且從容調諫，理或可安。豈有登階一言，曾無奇説，便爲之改計乎〔一〕？

【校　文】

注「從容調諫」　「調」，景宋本作「諷」。

【箋　疏】

〔一〕李慈銘云：「案簡文崩時年五十三。當元帝之崩，未三歲耳。是年三月顗即被害。果有此言，又當在前。兒甫墮地，便欲廢立，揆之理勢，斷爲虚誣。」

24　王丞相初在江左，欲結援吴人，請婚陸太尉。對曰：「培塿無松柏，薰蕕不同器〔一〕。玩雖不才，義不爲亂倫之始。」〔二〕玩已見〔三〕。

杜預左傳注曰：「培塿，小阜。松柏，大木也。薰，香草。蕕，臭草。」

【箋　疏】

〔一〕程炎震云：「文選沈約彈王源注引家語：顏回曰：『薰蕕不同器而藏。』」

〔二〕嘉錫案：王、陸先世，各有名臣，而功名之盛，王不如陸。過江之初，王導勛名未著，南人方以北人爲傖父，故玩託詞以拒之。其言雖謙，而意實不屑也。嘉錫又案：排調篇云：「陸太尉詣王丞相，食酪病，與王牋云：『民雖吴人，幾爲傖鬼。』」可見其於王導輕侮不遜，宜其不與之通婚矣。導屢見侮於玩而不怒，亦以其族大宗强，爲吴人之望故也。若蔡謨九錫之戲，導即憤然形於詞色矣。又案：晉書玩傳載此兩事，亦曰「其輕易權貴如此」。

〔三〕玩見政事篇「陸太尉」條。

25 諸葛恢大女適太尉庾亮兒，恢别傳曰：「恢字道明，琅邪陽都人。祖誕，司空。父靚，亦知名。恢少有令問，稱爲明賢。避難江左，中宗召補主簿，累遷尚書令。」庾氏譜曰：「庾亮子會，娶恢女，名文彪。」庾會别見〔一〕。次女適徐州刺史羊忱兒。羊氏譜曰：「羊楷字道茂。祖繇，車騎掾。父忱，侍中。楷仕至尚書郎。娶諸葛恢次女。」亮子被蘇峻害，改適江虨〔二〕。虨别見。恢兒娶鄧攸女〔三〕。諸葛氏譜曰：「恢子衡，字峻文，仕至滎陽太守。娶河南鄧攸女。」〔四〕于時謝尚書求其小女婚。恢乃云：「羊、鄧是世婚，江家我顧伊，庾家伊顧我，不能復與謝裒兒婚。」永嘉流人名曰：「裒字幼儒，陳郡人。父衡，博士。裒歷侍中、吏部尚書、吴國内史。」及恢亡，遂婚〔五〕。謝氏譜曰：「裒子石，娶恢小女，名文熊。」中興書曰：「石字石奴，歷尚書令，聚斂無厭，取譏當世。」於是王右軍往謝家看新婦，猶有恢之遺法，威儀端詳，容服光整。王歎曰：「我在遺女裁得爾耳！」〔六〕

【箋疏】

〔一〕嘉錫案：庾會見雅量篇「庾太尉風儀偉長」條。

〔二〕嘉錫案：彪見本篇「江僕射年少」條，其娶恢女事見假譎篇。

〔三〕魏志諸葛誕傳注引干寶晉紀曰：「恢追贈左光禄大夫、開府。」程炎震云：「晉書穆帝紀：『永和元年五月，諸葛恢卒。』」

〔四〕程炎震云：「此云河南鄧攸，則非平陽之鄧伯道也。」

〔五〕嘉錫案：諸葛三君，功名鼎盛，彪炳人寰，繼以瞻、恪、靚，皆有重名。故渡江之初，猶以王、葛並稱。至於謝氏，雖爲江左高門，而實自萬、安兄弟其名始盛。謝裒（安父）父衡，雖以儒素稱，而官止國子祭酒（見謝鯤傳），功業無聞，非諸葛氏之比，故恢不肯與爲婚。恢死後，謝氏興，而葛氏微，其女遂卒歸謝氏。後來太傅名德，冠絶當時，封、胡、羯、末，争榮競秀。由是王、謝齊名，無復知有王、葛矣。可見寒門士族，相與代興，固自存乎其人。冢中枯骨，未可盡恃。又可見一姓家門之盛，亦非一朝一夕之故也。嘉錫又案：簡傲篇載阮思曠譏謝萬爲「新出門户，篤而無禮」。可見當時人尚不以謝氏爲世家。

〔六〕嘉錫案：全晉文二十六載王羲之雜帖云：「二族舊對，故欲結援諸葛。若以家窮，自當供助昏事。」疑即指諸葛恢女嫁謝石事。二族爲婚，右軍嘗與聞，故往謝家看新婦，於情事亦合。右軍雖有供助之意，而云「我在遺女裁得爾耳」，則諸葛氏固不受其助也。然亦可見恢死後家已中落，其子弟欲結援强宗，遂不能守恢之遺旨矣。俞正燮癸巳存稿卷十一曰：「看新婦，古禮也。後亦有之。世説云：『王右軍往謝家看新婦。』南史齊河東王傳云：『武帝爲納柳世隆女，帝與群臣看新婦。』顧協傳：『晉、宋以來，初昏三日，婦見舅姑，衆賓皆列觀。』」

26 周叔治作晉陵太守，周侯、仲智往别。叔治以將别，涕泗不止。仲智恚之曰：「斯人乃婦女，與人别惟啼泣！」便舍去。鄧粲晉紀曰：「周謨字叔治，顗次弟也。仕至中護軍。嵩字仲智，謨兄也〔一〕。性絞直果俠，每以才氣陵物。顗被害，王敦使人弔焉。嵩曰：『亡兄，天下有義人，爲天下無義人所殺，復何所弔？』敦甚銜之。猶取爲從事中郎，因事誅嵩。」晉陽秋曰：「嵩事佛，臨刑猶誦經。」周侯獨留，與飲酒言話，臨别流涕，撫其背曰：「奴好自愛。」〔二〕阿奴，謨小字〔三〕。

【校　文】

注「才氣陵物」　「陵」，景宋本作「淩」。

「奴好自愛」　「奴」上景宋本及沈本有「阿」字。

【箋　疏】

〔一〕嘉錫案：隋志：梁有大鴻臚周嵩集三卷，録一卷，亡。又今晉書本傳不言嵩爲大鴻臚。嚴氏全晉文八十六以爲敦平後追贈，理或然也。

〔二〕嘉錫案：此出郭子，見御覽四百八十九，「阿奴」作「阿孥」。

〔三〕汪師韓談書録曰：「晉書列女傳，周嵩曰：『阿奴碌碌，當在阿母目下耳。』阿奴，謨小字也。按周顗傳：『嵩嘗因酒瞋目謂顗曰：「兄才不及弟，何乃横得重名？」以所燃蠟燭投之。顗神色無忤，徐曰：「阿奴火攻，固出下策耳！」』夫嵩謂謨爲阿奴。顗謂嵩亦云阿奴，然則阿奴豈是謨之小字哉？蓋兄於弟親愛之詞也。南史齊鬱林王紀：『武帝臨崩執帝手曰：「阿奴若憶翁，當好作。」如此再而崩。』又鬱林王何妃傳：『女巫子楊珉之有美貌，妃尤愛之。與同寢處，如伉儷。明帝與徐孝嗣、王廣之並面請，不聽。又令蕭諶、坦之固請，皇后與帝同席坐，流涕覆面，坦之耳語於帝曰：「此事别是一意，不可令人聞。」帝謂皇后曰：「阿奴暫去。」』隋書麥鐵杖傳：『將度遼，謂其三子曰：「阿奴當備淺色黃衫。吾荷國恩，今是死日。我既被殺，爾當富貴。」』是則阿奴爲尊呼其卑，無論男女，皆有之矣。晉書誤認爲小名耳。」嘉錫案：汪説是也。但晉書皆採之世説，其以阿奴爲周謨小字，亦是承孝標之誤。今即以世説證之。德行篇曰：「謝奕作郯令，有一老翁犯法，謝以醇酒罰之。乃至過醉，而猶未已。太傅時年七八歲，在兄膝邊坐，諫曰：『阿兄！老翁可念，何可作此？』奕於是改容曰：『阿奴欲放去邪？』遂遣之。」此亦兄呼弟爲阿奴也。容止篇曰：「王敬豫有美形，問訊王公，撫其肩曰：『阿奴，恨才不稱！』」此父呼其子爲阿奴也。品藻篇曰：「劉尹撫王長史背曰：『阿奴比丞相，但有都長。』」又曰：「劉尹與王長史同坐。長史酒酣起舞，劉尹曰：『阿奴今日不復減向子期。』」此蓋劉恢放誕自恣，且示親暱於濛，故亦以此呼之。而孝標又謂「阿奴爲王濛小字」，亦非也。孝標生於梁時，不應不解南北朝人語，豈偶誤耶？抑爲唐以後人所妄改，非原本所有耶？

27 周伯仁爲吏部尚書，在省内夜疾危急。時刁玄亮爲尚書令，營救備親好之至，良久小損。虞預晉書曰：「刁協字玄亮，勃海饒安人。少好學，雖不研精，而多所博涉。中興制度，皆稟於協。累遷尚書令，中宗信重之。爲王敦所忌，舉兵討之，奔至江南，敗死。」明旦，報仲智，仲智狼狽來。始入户，刁下牀對之大泣，説伯仁昨危急之狀。仲智手批之，刁爲辟易於户側。既前，都不問病，直云：「君在中朝，與和長輿齊名，那與佞人刁協有情？」逕便出。

【校　文】

注「勃海」　景宋本及沈本作「渤海」。

注「奔至江南」　「奔」，沈本作「敗」。

注「敗死」　景宋本作「爲人所殺」，沈本作「爲人殺死」。

28　王含作廬江郡，貪濁狼籍。王敦護其兄，故於衆坐稱：「家兄在郡定佳，廬江人士咸稱之！」時何充爲敦主簿，在坐，正色曰：「充即廬江人，所聞異於此！」敦默然。旁人爲之反側，充晏然，神意自若。中興書曰：「王敦以震主之威，收羅賢儁，辟充爲主簿。充知敦有異志，逡巡疏外。及敦稱含有惠政，一坐畏敦，擊節而已，充獨抗之。其時衆人爲之失色。由是忤敦，出爲東海王文學。」

29　顧孟著嘗以酒勸周伯仁，伯仁不受。顧因移勸柱，而語柱曰：「詎可便作棟梁自遇。」周得之欣然，遂爲衿契。徐廣晉紀曰：「顧顯字孟著，吴郡人，驃騎榮兄子。少有重名，泰興中爲騎郎。蚤卒，時爲悼惜之。」

30　明帝在西堂〔一〕，會諸公飲酒，未大醉，帝問：「今名臣共集，何如堯、舜時？」周伯仁爲僕射，因厲聲曰：「今雖同人主，復那得等於聖治！」帝大怒，還内，作手詔滿一黄紙，遂付廷尉令收，因欲殺之。按明帝未即位，顗已爲王敦所殺，此説非也〔二〕。後數日，詔出周，群臣往省之。周曰：「近知當不死，罪不足至此。」

【箋疏】

〔一〕程炎震云：「晉書帝紀：成帝、哀帝皆崩於西堂。洪北江曰：即太極殿之東西堂。」

〔二〕程炎震云：「晉書顗傳叙此事於元帝太興初，知唐人所見世説本作元帝，此注或後人所爲，非孝標原文。」嘉錫案：晉書叙事與世説異同者多矣。此事亦或别有所本，不必定出於世説。且安知非唐之史臣因孝標之注加以修正？程氏疑此注是後人所爲，竊恐未然。

31 王大將軍當下，時咸謂無緣爾。伯仁曰：「今主非堯、舜，何能無過？且人臣安得稱兵以向朝廷？處仲狼抗剛愎〔一〕，王平子何在？」顗别傳曰：「王敦討劉隗，時温太真爲東宮庶子，在承華門外，與顗相見，曰：『大將軍此舉有在，義無有濫。』顗曰：『君年少，希更事，未有人臣若此而不作亂，共相推戴數年而爲此者乎！處仲狼抗而强忌，平子何在？』」晉陽秋曰：「王澄爲荆州，群賊並起，乃奔豫章。而恃其宿名，猶陵侮敦，敦使勇士路戎等搤而殺之。」裴子曰：「平子從荆州下，大將軍因欲殺之。而平子左右有二十人，甚健，皆持鐵楯馬鞭，平子恒持玉枕。大將軍乃犒荆州文武，二十人積飲食，皆不能動，乃借平子玉枕，便持下牀。平子手引大將軍帶絶，與力士鬬甚苦，乃得上屋上，久許而死。」

【校　文】

注「因欲殺之」　「因」，景宋本及沈本作「伺」。

【箋　疏】

〔二〕劉盼遂曰：「狼抗，疊韻連綿字，形容貪殘之貌。亦作欴欯。廣韻十一唐『欴欯，貪貌』，本書品藻篇『嵩性狼抗，亦不容於世』，尤爲明據。胡身之注通鑑晉紀云『狼似犬，鋭頭白頰，高前廣後，貪而敢抗，人故以爲喻』，是未達狀字之例也。」嘉錫案：盼遂以狼抗爲疊韻字及駁胡注，皆是也。夫雙聲疊韻之字，因聲以見義，固不拘絞於形體也。所引周嵩語，實見本書識鑒篇，乃嵩對其母自叙之詞。人即能知其過，亦必不肯直認爲貪殘。且以嵩平生觀之：過於婞直則有之，未嘗有貪殘之事。嵩何苦無故自誣？此其必不然者也。晉書列女傳叙嵩語作「嵩性抗直，亦不容於世」。唐人最明於雙聲疊韻，必不望文生義。然則狼抗者，抗直貌也。聯綿之字雖因聲以見義，然往往文變而義與之俱變。以廣韻所收之字言之：欴欯爲貪貌。躴躿爲身長貌。哏吭爲吹貌。蓋皆狼抗之變，而義各不同。狼抗之不可爲貪，猶之欿𣢾之不可爲身長也。果贏之實栝樓，其字從木。轉爲瓠瓤，則從瓜。轉爲蛞螻，則從虫。安得謂因聲見義，必無關於形體哉？晉書周顗傳作「處仲剛愎彊忍，狼抗無上」。狼抗即狀其無上之貌。蓋抗直之極，其弊必至於無上也。

32 王敦既下，住船石頭，欲有廢明帝意〔一〕。賓客盈坐，敦知帝聰明，欲以不孝廢之。每言帝不孝之狀，而皆云「温太真所説。温嘗爲東宮率，後爲吾司馬，甚悉之」〔二〕。須臾，温來，敦便奮其威容，問温曰：「皇太子作人何似？」温曰：「小人無以測君子。」敦聲色並厲，欲以威力使從己，乃重問温：「太子何以稱佳？」温曰：「鉤深致遠，蓋非淺識所測。然以禮侍親，可稱爲孝。」〔三〕劉謙之晉紀曰：「敦欲廢明帝，言於衆曰：『太子子道有虧，温司馬昔在東宮悉其事。』嶠既正言，敦忿而愧焉。」

【箋　疏】

〔一〕嘉錫案：御覽四百十八引晉中興書曰：「王敦欲謗帝以不孝，於衆坐明帝罪云：『温太真在東宮久，最所知悉。』因厲聲問嶠，謂懼威必與己同。嶠正色對曰：『鉤深致遠，小人無以測君子。當今諒闇之際，惟有至性可稱。』敦嘿然不悦。然憚其居正，不敢害之。」觀其稱當今諒闇之際，則此事當在永昌元年閏十一月元帝崩之後，明帝太寧元年四月王敦下屯于湖之前。敦方謀篡逆，故有廢帝之意。注引劉謙之晉紀，雖不言何時，然觀其稱太真爲温司馬，知亦在明帝即位之後。其仍稱帝爲太子者，敦心不以爲君，以其即位未久，故仍呼以舊號。即其答王含語所謂「尚未南郊，何得稱天子」也。世説不知本之何書，以爲敦下住石頭時之事，已不免有誤。通鑑因之，叙入永昌元年三月敦入據石頭之後，則與晉紀及中興書所記皆不合。尚不如晉書載於明帝紀之前，不著年月之爲得也。

〔二〕程炎震云：「案晉書紀傳，嶠爲太子中庶子，不爲左右衛率。考晉志，率與中庶子別官。嶠或兼攝之耶？此永昌元年敦至石頭時事。嶠爲敦左司馬，則在明帝即位之後，不得便以司馬目嶠也。晉書明紀及通鑑九十二均不載『敦云温太真所説』云云，於義爲得。」御覽二百四十五引晉中興書曰：「温嶠拜太子中庶子。嶠在東宫，特見嘉寵，僚屬莫與爲比。嶠與阮放等共勸太子遊談老、莊，不教以經史，太子甚愛之，數規諫諷議。」

〔三〕嘉錫案：此言皇太子是否有鈎深致遠之才，誠非己之淺識所能測度。但觀其以禮事親，固不失爲孝子也。通鑑九十二注以爲言太子既有鈎深致遠之才，而又盡事親之禮，非也。

33 王大將軍既反，至石頭，周伯仁往見之。謂周曰：「卿何以相負？」〔一〕對曰：「公戎車犯正，下官忝率六軍，而王師不振，以此負公。」〔二〕晉陽秋曰：「王敦既下，六軍敗績。顗長史郝嘏及左右文武勸顗避難，顗曰：『吾備位大臣，朝廷傾撓，豈可草間求活，投身胡虜邪？』乃與朝士詣敦，敦曰：『近日戰有餘力不？』對曰：『恨力不足，豈有餘邪？』」

【箋疏】

〔一〕晉書顗傳作「伯仁！卿負我」。通鑑九十二胡注曰：「愍帝建興元年，顗爲杜弢所困，投敦於豫章，故敦以爲德。」

〔二〕嘉錫案：伯仁臨難不屈，義正詞嚴，可謂正色立朝，有孔父之節者矣。世説方正篇之目，惟伯仁、太真及鍾雅數公可以無愧焉。其他諸人之事，雖復播爲美談，皆自好者優爲之耳。晉書孝友顔含傳曰：「或問江左群士優劣，答曰：『周伯仁之正，鄧伯道之清，卞望之之節，餘則吾不知也。』」諒哉言乎！

34 蘇峻既至石頭，百僚奔散，王隱晉書曰：「峻字子高，長廣掖人。少有才學，仕郡主簿，舉孝廉。值中原亂，招合流舊三千餘家，結壘本縣，宣示王化，收葬枯骨，遠近感其恩義，咸共宗焉。討王敦有功，封公，遷歷陽太守〔一〕。峻外營將表曰：『鼓自鳴。』峻自斫鼓曰：『我鄉里時，有此則空城。』有頃，詔書徵峻。峻曰：『臺下云我反，反豈得活邪？我寧山頭望廷尉，不能廷尉望山頭。』乃作亂。」晉陽秋曰：「峻率衆二萬，濟自横江，至於蔣山，王師敗績。」唯侍中鍾雅獨在帝側。或謂鍾曰：「見可而進，知難而退，古之道也。君性亮直，必不容於寇讎，何不用隨時之宜，而坐待其弊邪？」〔二〕鍾曰：「國亂不能匡，君危不能濟，而各遜遁以求免，吾懼董狐將執簡而進矣！」

【校 文】

注「三千餘」「三」，景宋本及沈本作「六」。

【箋 疏】

〔一〕李慈銘云：「案晉書，峻由淮陵内史以南塘破王敦功，進使持節、冠軍將軍、歷陽内史，加散騎常侍，封邵陵公。」

〔二〕程炎震云：「弊，晉書作斃。」

35 庾公臨去，顧語鍾後事，深以相委。鍾曰：「棟折榱崩，誰之責邪？」庾曰：「今日之事，不容復言，卿當期克復之效耳！」鍾曰：「想足下不愧荀林父耳。」春秋傳曰：「楚莊王圍鄭，晉使荀林父率師救鄭，與楚戰於邲，晉師敗績。桓子歸，請死。晉平公將許之，士貞子諫而止。後林父敗赤狄於曲梁，賞桓子狄臣千室，亦賞士伯以瓜衍之田，曰：『吾獲狄田，子之功也。微子，吾喪伯氏矣。』」

36 蘇峻時，孔群在横塘爲匡術所逼。王丞相保存術，會稽後賢記曰：「群字敬休，會稽山陰人。祖竺，吳豫章太守。父奕，全椒令。群有智局，仕至御史中丞。」晉陽秋曰：「匡術爲阜陵令，逃亡無行。庾亮征蘇峻，術勸峻誅亮，遂與峻同反。後以宛城降。」〔一〕因衆坐戲語，令術勸酒，以釋横塘之憾。群答曰：「德非孔子，厄同匡人。家語曰：「孔子之宋，匡簡子以甲士圍之。子路怒，奮戟將戰。孔子止之曰：『夫詩書之不講，禮樂之不習，是丘之過也。若述先王之道而爲咎者，非丘罪也。命也夫！歌，予和汝。』子路彈劍，孔子和之。曲三終，匡人解甲罷。」雖陽和布氣，鷹化爲鳩，至於識者，猶憎其眼。」禮記月令曰：「仲春之月，鷹化爲鳩。」鄭玄曰：「鳩，播穀也。」夏小正曰：「鷹則爲鳩。鷹也者，其殺之時也；鳩也者，非殺之時也。善變而之仁，故具之。」

【箋疏】

〔一〕李慈銘云：「案宛當作苑。苑城者，建康之宮城也。」程炎震云：「宛城當作苑城。晉書蘇峻傳云：『峻遷天子於石頭，逼迫居人，盡聚之後苑，使懷德令匡術守苑城。』成紀：『咸和四年春正月，術以苑城歸順。』」

37 蘇子高事平，靈鬼志謡徵曰：「明帝初，有謡曰：『高山崩，石自破。』高山，峻也。碩，峻弟也。後諸公誅峻，碩猶據石頭，潰散而逃，追斬之。」〔一〕王、庾諸公欲用孔廷尉爲丹陽〔二〕。孔坦。亂離之後，百姓彫弊，孔慨然曰：「昔肅祖臨崩，諸君親升御牀，並蒙眷識，共奉遺詔。孔坦疏賤，不在顧命之列。既有艱難，則以微臣爲先，今猶俎上腐肉，任人膾截耳！」於是拂衣而去，諸公亦止〔三〕。按王隱晉書：「蘇峻事平，陶侃欲將坦上，用爲豫章太守，坦辭母老不行。臺以爲吴郡。吴郡多名族，而坦年少，乃授吴興内史。」不聞尹京。

【箋　疏】

〔一〕李慈銘云：「案晉書蘇峻傳，以碩爲峻子。而五行志亦載此謡，又以爲峻弟石。其謡曰：『惻惻力力，放馬山側。大馬死，小馬餓。高山崩，石自破。』大馬死者，謂明帝崩也。小馬餓者，謂成帝幼，爲峻逼遷於石頭，御膳不足也。」

〔二〕書鈔七十六引語林曰：「蘇峻新平，温、庾諸公以朝廷初復，京尹宜得望實，唯孔君平可以處之也。」

〔三〕嘉錫案：此出語林，見御覽二百五十二。

38 孔車騎與中丞共行，孔愉别傳曰：「愉字敬康，會稽山陰人。初辟中宗參軍，討華軼有功，封餘不亭侯。

愉少時嘗得一龜，放於餘不溪中，龜於路左顧者數過。及後鑄印，而龜左顧，更鑄猶如此。印師以聞，愉悟，取而佩焉。累遷尚書左僕射，贈車騎將軍。」中丞，孔群也〔一〕。在御道逢匡術，賓從甚盛，因往與車騎共語。中丞初不視，直云：「鷹化爲鳩，衆鳥猶惡其眼。」術大怒，便欲刃之。車騎下車，抱術曰：「族弟發狂，卿爲我宥之！」始得全首領〔二〕。

【箋疏】

〔一〕范成大驂鸞録云：「宿德清縣，泊舟左顧亭。左顧亭者，孔愉放龜處。亭前兩大枯木，可千年。孔侯墓廟在焉。廟居墓前，與其夫人像皆盤膝坐，蓋是几席未廢時所作。」

〔二〕嘉錫案：此與上「孔群在横塘」一條，即一事而傳聞異辭。觀其兩條，皆以鷹化爲鳩爲言，則當同在峻敗術降之後。而一則術勸以酒，而群猶不釋憾。一則群僅不視術，而幾被手刃。所言未嘗有異，何所遭之不同耶？晉書不悟世説傳疑之意，乃合兩事爲一，云「蘇峻入石頭時，匡術有寵於峻，賓從甚盛。群與從兄愉同行於横塘，遇之。愉止與語，而群初不視術，術怒欲刃之。後峻平，王導保存術」云云。既妄易「御道」爲「横塘」以傅會其事，又删去「鷹化爲鳩，衆鳥猶惡其眼」二語以泯其跡。蓋晉書好採小説，不欲有所取捨，故爲此彌縫之術也。晉書群附孔愉傳。

39 梅頤嘗有惠於陶公。後爲豫章太守〔一〕，有事，王丞相遣收之。侃曰：「天子富於春秋，萬機自諸侯出，王公既得録，陶公何爲不可放？」乃遣人於江口奪之。晉諸公贊曰：「頤字仲真，汝南西平人。少好學隱退，而求實進止。」永嘉流人名曰：「頤，領軍司馬。頤弟陶，字叔真。」鄧粲晉紀曰：「初，有讃侃於王敦者，乃以從弟廙代侃爲荆州，左遷侃廣州。侃文武距廙而求侃，敦聞大怒。及侃將蒞廣州，過敦，敦陳兵欲害侃。敦咨議參軍梅陶諫敦，乃止，厚禮而遣之。」王隱晉書亦同。按二書所叙，則有惠於陶是梅陶，非頤也〔二〕。頤見陶公，拜，陶公止之。頤曰：「梅仲真厀，明日豈可復屈邪？」

【校　文】

注「少好學隱退，而求實進止」　景宋本「好」作「以」，「求」作「才」。沈本無「好」字，「求」亦作「才」。

注「讃」　景宋本作「譖」。

【箋　疏】

〔一〕程炎震云：「梅頤當作梅賾。尚書舜典孔疏云：『東晉之初，豫章内史梅賾上孔氏傳。』阮元校勘記：『梅賾，元王天與尚書纂傳作梅頤』，是其例矣。隋書經籍志亦作梅賾。虞書孔疏又引晉書：晉太保公鄭沖以古文授扶風蘇愉，愉字休預。預授天水梁柳，字洪季，即皇甫謐外弟也。季授城陽臧曹，字彥始。始授郡守子汝南梅賾，字仲真。真爲豫章内史。知賾之父嘗爲城陽太守也。」嘉錫案：隋書經籍志、尚書虞書孔疏及經典釋文序録均作豫章内史。至其姓名，則孔疏作梅賾，釋文作枚賾。

〔二〕嘉錫案：今晉書陶侃傳曰：「敦將殺侃，諮議參軍梅陶、長史陳頒言於敦曰：『周訪與侃親姻，如左右手。安有斷人左手，而右手不應者乎？』敦意遂解。於是設盛饌以餞之。」與鄧粲、王隱書並合。蓋有惠於陶公者，自是梅叔真。陶公之救仲真，乃感叔真之惠，而藉手其兄以報之耳。世説謂頤有惠於陶公，當屬傳聞之誤。

40 王丞相作女伎，施設牀席。蔡公先在坐，不説而去，王亦不留。蔡司徒別傳曰：「謨字道明，濟陽考城人。博學有識，避地江左，歷左光禄、録尚書事、揚州刺史。薨，贈司空。」

41 何次道、庾季堅二人並爲元輔。晉陽秋曰：「庾冰字季堅，太尉亮之弟也。少有檢操，兄亮常器之，曰：『吾家晏平仲。』累遷車騎將軍、江州刺史。」成帝初崩，於時嗣君未定，何欲立嗣子，庾及朝議以外寇方强，嗣子沖幼，乃立康帝。中興書曰：「帝諱岳，字世同，成帝同母弟也。成帝崩，即位，年二十二。」康帝登阼，會群臣，謂何曰：「朕今所以承大業，爲誰之議？」何答曰：「陛下龍飛，此是庾冰之功，非臣之力。于時用微臣之議，今不覩盛明之世。」〔一〕晉陽秋曰：「初，顯宗臨崩，庾冰議立長君，何充謂宜奉皇子。爭之不得，充不自安，求處外任。及冰出鎮武昌，充自京馳還，言於帝曰：『冰不宜出，昔年陛下龍飛，使晉德再隆者，冰之勳也。臣無與焉。』」帝有慙色。

【校文】

「盛明之世」 「盛」，沈本作「聖」。

【箋疏】

〔一〕嘉錫案：御覽四百二十八引晉中興書曰：「初庾冰兄弟每說顯宗：國有强敵，宜須長君。顯宗晏駕，何充建議曰：『父子相傳，先王舊典。忽妄改易，懼非長計。』冰等不從，遂立康帝。康帝臨軒，冰、充侍坐。帝曰：『朕嗣洪業，二君之力也。』充對曰：『陛下龍飛，臣冰之力。若如臣議，不覩昇平之世。』其强正不撓，率皆如此。」與世說及晉陽秋並小異。

42 江僕射年少，王丞相呼與共棊〔一〕。王手嘗不如兩道許，而欲敵道戲，試以觀之。江不即下。王曰：「君何以不行？」江曰：「恐不得爾。」徐廣晉紀曰：「江虨字思玄，陳留人。博學知名，兼善弈，爲中興之冠。累遷尚書左僕射、護軍將軍。」傍有客曰：「此年少戲迺不惡。」王徐舉首曰：「此年少非惟圍棊見勝。」范汪棊品曰：「彪與王恬等，棊第一品，導第五品。」

【箋　疏】

〔一〕程炎震云：「晉書不載思玄之年。據其弟思悛永和九年卒，年四十九，蓋導年大三十餘歲，然未必是導爲丞相時方共棊也。」

43 孔君平疾篤〔一〕，庾司空爲會稽，省之，庾冰。相問訊甚至，爲之流涕。庾既下牀，孔慨然曰：「大丈夫將終，不問安國寧家之術，迺作兒女子相問！」庾聞，回謝之，請其話言。王隱晉書曰：「坦方直而有雅望。」

【校　文】

「回謝之」　「回」，景宋本及沈本作「迴」。

【箋　疏】

〔一〕程炎震云：「晉書坦傳：年五十一。不云卒於何年。蓋在咸康二年以後，六年以前。」

44　桓大司馬詣劉尹，卧不起。桓彎彈彈劉枕，丸迸碎牀褥間。劉作色而起曰：「使君，如馨地寧可鬬戰求勝？」中興書曰：「温曾爲徐州刺史。」沛國屬徐州，故呼温使君。鬬戰者，以温爲將也。桓甚有恨容。劉尹，真長。已見。

45　後來年少多有道深公者。深公謂曰：「黄吻年少，勿爲評論宿士。昔嘗與元明二帝、王庾二公周旋。」高逸沙門傳曰：「晉元、明二帝，游心玄虚，託情道味，以賓友禮待法師。王公、庾公傾心側席，好同臭味也。」

46　王中郎年少時，坦之，已見。江虨爲僕射，領選〔一〕，欲擬之爲尚書郎。有語王者，王曰：「自過江來，尚書郎正用第二人，何得擬我？」江聞而止〔二〕。按王彪之别傳曰：「彪之從伯導謂彪之曰：『選曹舉汝爲尚書郎，幸可作諸王佐邪？』」此知郎官，寒素之品也〔三〕。

【箋　疏】

〔一〕程炎震云：「晉書彪傳云：代王彪之爲尚書僕射，則在升平三四年間，坦之年已出三十，不爲少矣。晉書坦之傳叙此於爲撫軍掾之前，蓋誤。」

〔二〕晉書王國寶傳曰：「婦父謝安，惡其傾側，每抑而不用。除尚書郎，國寶以中興膏腴之族，惟作吏郎，不爲餘曹郎，甚怨望，固辭不拜。」嘉錫案：國寶即坦之子。正可與此條互證。

〔三〕嘉錫案：後漢尚書郎，多以孝廉或博士高第爲之。名公鉅卿，往往出於其間。至西晉山濤啟事，尚稱尚書郎極清望，號稱大臣之副（見書鈔六十引），其爲要職可知。而過江以後，膏粱子弟遂薄之不爲。以致坦之拒之於前，國寶辭之於後。其故何也？蓋自中朝名士王衍之徒，祖尚浮虛，不以物務自嬰，轉相放效，習成風尚。以遺事爲高，以任職爲俗，江左偏安，此弊未改。尚書諸曹郎，主文書起草（見漢、晉志），無吏部之權勢，而有刀筆之煩，固名士之所不屑。惟出身寒素者爲能黽勉奉公，不以簿書期會爲恥，選曹亦樂得而用焉。相沿日久，積重難返。坦之嘗著廢莊之論，非不欲了公事者，然以世族例不爲此官，亦拂然拒之矣。士大夫之風氣如此，而欲望其鞠躬盡瘁，知無不爲，何可得也！

47 王述轉尚書令〔一〕，事行便拜。文度曰：「故應讓杜許。」〔二〕藍田云：「汝謂我堪此不？」文度曰：「何爲不堪！但克讓自是美事，恐不可闕。」藍田慨然曰：「既云堪，何爲復讓？人言汝勝我，定不如我。」述別傳曰：「述常以爲人之處世，當先量己而後動，義無虛讓，是以應辭便當固執。其貞正不踰皆此類。」

【箋疏】

〔一〕程炎震云：「哀帝興寧二年五月，述自揚州爲尚書令、衛將軍，以桓温牧揚州，徙避之也。」

〔二〕劉盼遂曰：「杜許未詳。晉書王述傳作『坦之諫，以爲故事應讓』。」

48 孫興公作庾公誄〔一〕，文多託寄之辭。綽集載誄文曰：「咨予與公，風流同歸。擬量託情，視公猶師。君子之交，相與無私。虛中納是，吐誠悔非。雖實不敏，敬佩弦韋。永戢話言，口誦心悲。」既成，示庾道恩。庾見，慨然送還之，曰：「先君與君，自不至於此。」道恩，庾羲小字。徐廣晉紀曰：「羲，字叔和，太保亮第三子。拔尚率到。位建威將軍、吳國內史。」

【校文】

注「太保亮」　「太保」，當依景宋本及沈本作「太尉」。袁本作「太和」，亦誤。

【箋疏】

〔一〕程炎震云：「咸康六年，庾亮卒。」

49 王長史求東陽，撫軍不用。簡文。後疾篤，臨終〔一〕，撫軍哀歎曰：「吾將負仲祖於此！」命用之。長史曰：「人言會稽王癡，真癡。」〔二〕王濛，已見。

【箋疏】

〔一〕程炎震云：「法書要録九載張懷瓘書斷云：『濛以永和三年卒，年三十九。』」

〔二〕嘉錫案：事見政事篇「山遐去東陽」條。又案：此出郭子，見御覽四百九十引。

50 劉簡作桓宣武别駕，後爲東曹參軍，劉氏譜曰：「簡字仲約，南陽人。祖喬，豫州刺史。父斑，潁川太守。簡仕至大司馬參軍。」〔一〕頗以剛直見疏。嘗聽記，簡都無言。宣武問：「劉東曹何以不下意？」答曰：「會不能用。」宣武亦無怪色。

【校　文】

注「父珽」「珽」，景宋本及沈本作「挺」。

「嘗聽記」「記」，景宋本及沈本作「訊」。

【箋　疏】

〔一〕唐書宰相世系表：南陽劉氏，出自長沙定王，生安衆康侯丹。裔孫廙，字恭嗣，魏侍中、關内侯，無子，以弟子阜嗣。阜字伯陵，陳留太守。生喬，字仲彦，晉太傅軍咨祭酒。生挺，潁川太守，二子簡、耽。嘉錫案：晉書劉喬傳只云子挺，挺子耽，竟不及簡，此可補其闕。

51 劉真長、王仲祖共行，日旰未食。有相識小人貽其餐，肴案甚盛，真長辭焉。仲祖曰：「聊以充虚，何苦辭？」真長曰：「小人都不可與作緣。」孔子稱：「惟女子與小人爲難養，近之則不遜，遠之則怨。」劉尹之意，蓋從此言也。

52 王脩齡嘗在東山，甚貧乏。司州，已見。陶胡奴爲烏程令，胡奴，陶範小字也。陶侃别傳曰：「範字道則，侃第十子也。侃諸子中最知名。歷尚書、祕書監。」何法盛以爲第九子。送一船米遺之，卻不肯取。

直答語：「王脩齡若飢，自當就謝仁祖索食，不須陶胡奴米。」〔一〕

【箋　疏】

〔一〕嘉錫案：侃別傳及今晉書均言範最知名，不知其人以何事得罪於清議，致脩齡拒之如此其甚。疑因陶氏本出寒門，士行雖立大功，而王、謝家兒不免猶以老兵視之。其子夏、斌復不肖，同室操戈，以取大戮。故脩齡羞與範爲伍。於此固見晉人流品之嚴，而寒士欲立門户爲士大夫亦至不易矣。賞譽篇曰：「謝太傅語真長：『阿齡於此事故欲太厲。』劉曰：『亦名士之高操者。』」觀脩齡之拒胡奴，殆所謂風操太厲者歟？

53　阮光禄阮裕，已見。赴山陵〔一〕，至都，不往殷、劉許，過事便還。諸人相與追之，阮亦知時流必當逐己，乃遄疾而去，至方山不相及。中興書曰：「裕終日頽然，無所錯綜，而物自宗之。」劉尹時爲會稽，乃歎曰：「我入，當泊安石渚下耳，不敢復近思曠傍〔二〕。伊便能捉杖打人，不易。」〔三〕

【校　文】

「時爲會稽」　「爲」，沈本作「索」。

【箋　疏】

〔一〕程炎震云：「晉書裕傳云：『成帝崩，裕赴山陵。』康紀：『咸康八年七月，葬成帝於興平陵。』」

〔二〕嘉錫案：晉書阮裕傳云：「家居會稽剡縣。尋徵侍中，不就。還剡山，有肥遁之志。」其下即叙赴山陵之事。又云：「在東山久之，經年敦逼，並無所就。御史中丞周閔奏裕及謝安違詔累載，並應有罪，禁錮終身。詔書貰之。」謝安傳亦云：「寓居會稽，與王羲之及高陽許詢、桑門支遁游處。出則漁弋山水，入則言詠屬文，無處世意。有司奏安被召歷年不至，禁錮終身。」以此兩傳互證，知阮、謝同時隱居會稽，方思曠赴陵還剡之日，亦正安石高卧東山之時。故真長發爲此歎。其所以言惟當泊安石渚下，不敢近思曠者，蓋安石爲真長妹婿，且其平日攜妓游賞，與人同樂，固自和易近人。而思曠則務遠時流，沈冥獨往故也。後來兩人之出處殊途，亦可於此觀之矣。

〔三〕程炎震云：「文選二十謝靈運鄰里相送方山詩注引丹陽郡圖經曰：『方山在江寧縣東五十里，下有湖水，舊揚州有四津，方山爲東，石頭爲西。』『劉尹時爲會稽』，爲宋本作索，是也。我入云云，是自揣到官後之詞，若已爲會稽，則不作是語矣。康帝之初，何充當國，與惔好尚不同，或求而不得，故晉書惔傳不言爲會稽也。裕傳亦取此事，而删此句，但言劉惔歎曰云云，語妙全失。」

54 王、劉與桓公共至覆舟山看〔一〕。酒酣後，劉牽脚加桓公頸。桓公甚不堪，舉手撥去。既還，王長史語劉曰：「伊詎可以形色加人不？」温別傳曰：「温有豪邁風氣也。」

【箋　疏】

〔一〕程炎震云：「晉書蘇峻傳『據蔣陵覆舟山』，成紀作『蔣山』。禮志『咸和五年，於覆舟山南立北郊』。」

55 桓公問桓子野：「謝安石料萬石必敗，何以不諫？」〔一〕子野，桓伊小字也。續晉陽秋曰：「伊字叔夏，譙國銍人。父景，護軍將軍。伊少有才藝，又善聲律，加以標悟省率，爲王濛、劉惔所知。累遷豫州刺史，贈右將軍。」子野答曰：「故當出於難犯耳！」桓作色曰：「萬石撓弱凡才，有何嚴顔難犯？」

【箋　疏】

〔一〕嘉錫案：本書簡傲篇：「謝公甚器愛萬，而審其必敗，乃俱行。從容謂萬曰：『汝爲元帥，宜數喚諸將宴會，以説衆心。』」推此而言，非不諫也。意者友于義重，務在掩覆，不令彰著，故無聞焉耳。御覽七百一引俗説曰：「謝萬作吴興郡，其兄安時隨至郡中。萬眠常晏起，安清朝便往牀前，叩屏風呼萬起。」其於萬之寢興尚約束之如此，豈有知其必敗而不諫者乎？

56 羅君章曾在人家〔一〕，主人令與坐上客共語。答曰：「相識已多，不煩復爾。」羅府君別傳曰：「含字君章，桂陽棗陽人。蓋楚熊姓之後，啟土羅國，遂氏族焉。後寓湘境，故爲桂陽人。含，臨海太守彦曾孫，滎陽太守綏少子也。桓宣武辟爲別駕，以官廨諠擾，於城西池小洲上立茅茨，伐木爲牀，織葦爲席，布衣蔬食，晏若有餘。桓公嘗謂衆坐曰：『此自江左之清秀，豈惟荆楚而已！』累遷散騎常侍、廷尉、長沙相，致仕中散大夫〔二〕，門施行馬〔三〕。含自在官舍，有一白雀棲集堂宇，及致仕還家，階庭忽蘭菊挺生。豈非至行之徵邪？」

【校文】

注「棗陽人」　「棗」，沈本作「耒」。

注「綏少子」　「綏」，景宋本作「緌」。

【箋疏】

〔一〕程炎震云：「御覽四百九十八引語林云：『在宣武坐。』」

〔二〕程炎震云：「晉書含傳中散上有加字，當據補。」

〔三〕演繁露一云：「晉、魏以後，官至貴品，其門得施行馬。行馬者，一木横中，兩木互穿，以成四角，施之於門，以爲約禁。周禮謂之陛枑，今官府前叉子是也。」

57 韓康伯病，拄杖前庭消搖〔一〕。韓伯，已見。見諸謝皆富貴，轟隱交路〔二〕，歎曰：「此復何異王莽時？」〔三〕漢書曰：「王莽宗族凡十侯、五大司馬。」

【校　文】

注「大司馬」下景宋本、沈本有「外戚莫盛焉」一句。

【箋　疏】

〔一〕劉盼遂曰：「按禮記檀弓：『負手曳杖，消搖於門。』疏：『消搖，放蕩以自寬縱。』莊子逍遥遊釋文云：『義取閒放不拘，怡然自得。』按逍遥即消搖之俗字。」

〔二〕李詳云：「案張衡西京賦：『商旅聯隔，隱隱展展。』薛綜注：『隱隱展展，重車聲。』此言謝車聲屬路也。」

〔三〕嘉錫案：識鑒篇云：「韓康伯與謝玄亦無深好，玄北伐，康伯曰：『此人好名，必能戰。』玄聞之甚忿。」可見康伯與諸謝積有夙嫌。書鈔六十四引晉起居注曰：「武帝太始四年詔曰：『尚書韓伯陳疾解職，領軍閑，無上直之勞，可得從容養疾，更以伯爲領軍。』」武帝太始四年乃孝武帝太元四年之誤。時苻堅强盛，諸將敗退相繼，謝安遣弟石及兄子玄應機征討（見安傳）。是年四月，秦將俱難、彭超攻淮南。五月，圍幽州刺史田洛於三阿。兖州刺史謝玄自廣陵救三阿，難、超戰敗。六月退屯淮北，玄追之，戰於君川，復大敗之，難、超僅以身免。玄還廣陵，詔進號冠軍將軍、加領徐州刺史（通鑑一百四）。五年五月，以謝安爲衛將軍、儀同三司（孝武紀）、封建昌縣公（安傳）。石封興平縣伯。（石傳稱石以尚書僕射征俱難，誤也。據紀石由尚書遷僕射在六年正月。）玄封東興縣侯。（石、玄封爵，本傳無年月，以本紀安遷官推之，當在同時。）康伯拄杖消摇，必此時事也。蓋其心既與謝氏不平，見其兄弟叔姪三人同時受封，忌其太盛，故以王莽之十侯爲比。據建康實録九，康伯即以五年八月卒。其後苻堅入寇，玄與安子琰大破之於肥水，爲國家建再造之功，則康伯已不及見矣。謝安善處功名之際，玄、琰亦盡瘁國事，有何跋扈，至同王莽！此乃康伯懷挾私憤，肆行譏謗。臨川不察，濫加採摭，甚無謂也。孝標注亦未詳。嘉錫又案：康伯此言，極爲唐突，殆非無因而發。晉書韓伯傳曰：「陳郡周勰爲謝安主簿，居喪廢禮，脱落名教。伯爲中正，不通勰議曰：『拜下之敬，猶違衆從禮，情理之極，不宜以多比爲通。』時人憚焉。識者謂伯可謂澄世所不能澄，而裁世所不能裁者矣。與夫容己順衆者，豈得同時而共稱哉！」按中正之設，原所以主持清議，故阮咸重服追婢，世議紛然（見任誕篇注）。温嶠絶裾勸進，鄉品不過（見尤悔篇）。況如周勰之居喪廢禮，伯不通其議，事至尋常。勰位不過主簿，非如温嶠之崇貴，有何不能裁者，而議者之言如此。蓋以勰與謝安同郡，又爲其幕僚，他人不免爲求容己而曲順其意，伯獨不畏强禦故也。安雖未必以此介意，而伯固已存芥蔕於胸中矣。

58　王文度爲桓公長史時，桓爲兒求王女，王許咨藍田。王坦之、王述並已見。既還，藍田愛念文度，雖長大猶抱著厀上。文度因言桓求己女婚。藍田大怒，排文度下厀，曰：「惡見文度已復癡，畏桓温面？兵，那可嫁女與之！」〔一〕文度還報云：「下官家中先得婚處。」桓公曰：「吾知矣，此尊府君不肯耳。」後桓女遂嫁文度兒〔二〕。王氏譜曰：「坦之子愷，娶桓温第二女，字伯子。」中興書曰：「愷字茂仁，歷吳國内史、丹陽尹，贈太常。」〔三〕

【校　文】

「王文度爲桓公長史時」　景宋本及沈本無「時」字。

「惡見文度已復癡畏桓温面」　此十一字沈本無。

【箋　疏】

〔一〕李詳云：「案晉書王述傳作『汝竟癡耶？詎可畏温面，而以女妻兵也』，語較世説爲優。本書容止篇『桓温鬢如反猬皮，眉如紫石稜』，故自可畏。」

〔二〕嘉錫案：謝奕爲温司馬，嘗逼温飲。温走入南康主間避之。奕遂引温一兵帥共飲曰：「失一老兵，得一老兵，亦何所在？」（見晉書奕傳）今藍田又呼其子爲兵。蓋温雖爲桓榮之後、桓彝之子，而彝之先世名位不昌，不在名門貴族之列。故温雖位極人臣，而當時士大夫猶鄙其地寒，不以士流處之。於此可見門户之嚴。本篇載劉真長作色語温：「使君寧可戰鬬求勝？」亦是此意。又案：王湛娶郝普之女，周浚娶李伯宗之女（均見賢媛篇），皆非其偶。而王源嫁女與滿氏，沈休文至掛之彈章，謂王、滿連姻，寔駭物聽。知寒族之女，可適名門；而名門之女，必不可下嫁寒族也。

〔三〕野客叢書十八云：「世説注謂王愷娶桓温第二女，不知乃其弟愉，非愷也。」嘉錫案：晉書王湛傳稱愉爲桓氏壻，又謂愉子綏爲桓氏甥。宋書武帝紀亦云綏，桓氏甥，有自疑之志，高祖誅之。唐修晉書縱不足據，沈約宋書固當可信。然則世説注果誤也。觀注引中興書，所謂「歷吴國内史、丹陽尹，贈太常」者，皆愷之官職。是孝標固以爲娶桓温女者，是王愷而非王愉。非今本傳寫之誤，豈孝標所見王氏譜先已誤耶？抑文度兩兒，皆娶桓氏女耶？夫正史雖屬可信，家譜尤不應有誤，既彼此參互，所當存疑。

59 王子敬數歲時，嘗看諸門生樗蒲〔一〕。見有勝負，因曰：「南風不競。」春秋傳曰：「楚伐鄭。師曠曰：『不害，吾驟歌南風。南風不競，多死聲，楚必無功。』」杜預曰：「歌者吹律，以詠八風，南風音微，故曰不競也。」門生輩輕其小兒，迺曰：「此郎亦管中窺豹〔二〕，時見一斑。」〔三〕子敬瞋目曰：「遠慙荀奉倩，近愧劉真長！」遂拂衣而去〔四〕。荀、劉，已見。

【箋疏】

〔一〕日知録二十四有門生一條略云：「南史所稱門生，今之門下人也。其人所執者，奔走僕隸之役。其初至，皆入錢爲之。南齊書謝超宗傳云，白從王永先，又云門生王永先，謂之白從，以其異於在官之人。陳書沈洙傳：『建康令沈孝軌門生陳三兒，牒稱主人翁。』顔氏家訓亦以門生、僮僕並稱。而宋書顧琛傳：『尚書寺門有制：八座以下，門生隨入者，各有差，不得雜以人士。』其宂賤可知矣。梁傳昭不畜私門生，蓋所以矯時人之弊乎？」陔餘叢考三十六則曰：「六朝時仕宦者，許各募部曲，謂之義從。其在門下親侍者，則謂之門生，如今門子之類耳。其與僮僕稍異者，僮僕則在私家，此蓋在官人役，與胥史同。然富人子弟多有爲之者。蓋其時仕宦皆世族，而寒人則無進身之路，惟此可以年資得官，故不惜身爲賤役，且有出賄賂以爲之者。陸慧曉爲吏部尚書，王晏典選，内外要職，多用門生義故，慧曉不甚措意。王琨爲吏部，自公卿下至士大夫，例用兩門生。江夏王義恭屬用二人，後復有所屬，琨不許。此可以見當日規制也。顧寧人既謂六朝門生與傔僕同而謂其非在官之人，則未知門生有可入仕之路，則不得謂非在官之人也。」嘉錫案：所謂在官之人，本書賞譽篇：「謝公作宣武司馬，屬門生數十人於田曹中郎趙悦子，悦子以告宣武。宣武云：『且爲用半。』趙俄而悉用之。」則雖以謝安之力，猶幾乎半不得用，况在他人之門生，又豈得人人入仕！史稱之曰白從，曰私門生，其非在官之人亦明矣。如宋書謝靈運傳：「靈運爲永嘉太守，稱疾去職，還始寧。因父祖之資，奴僮既衆，義故門生數百，鑿山浚湖，功役無已。」於時靈運身已無官，其門生安得在官乎？竊謂此種門生蓋即通典食貨五所謂「都下人多爲諸王公貴人左右佃客、典計、衣食客之類，皆無課役」者也。其初至時，入錢爲之，尤與衣食客之義協。晉書食貨志言官品第一第二者，佃客可至五十户（通典作四十户），假設二十餘人爲一户，則五十户可至千餘人矣。典計及衣食客最多各不過三人，然未必無溢數。特不知所謂門生者，究屬何等耳。趙氏以門生爲胥史，官私不分，可謂亂道。顧氏、趙氏所引證甚詳，文繁不備録。法書要録二梁虞龢論書表云：「羲之嘗詣一門生家，設佳饌，感之，欲以書相報。見有一新棐牀几，至滑净，乃書之，草正相半。」晉書本傳略同。此羲之家有門生之證也。魏志荀彧傳注及本書惑溺篇並引荀粲別傳曰：「粲簡貴不與常人交接，所交皆一時俊傑。」晉書劉惔傳云：「爲政清整，門無雜賓。」本篇又載真長言「小人不可與作緣」。二人之嚴於擇交如此，必不畜門生。即令有之，亦必不與之欵洽。獻之自悔看門生游戲，且輕易發言，致爲所侮，故以荀、劉爲愧。觀其詞氣如此，可謂幼有成人之度矣。然虞龢表云：「子敬門生以子敬書種蠶，後人於蠶紙中大有所得。」則子敬後來竟不能不自畜門生。其發此言，特一時之憤耳。荀、劉二人爲風流宗主，其行事播在人口，無不知者。故子敬童而習焉。孝標亦不復詳注，後人讀之，有不解其爲何語者矣。

〔二〕日知録云：「郎者，奴僕稱其主人之辭。（原注：「通鑑注：『門生、家奴呼其主爲郎，今俗猶謂之郎主。』」）其名起自秦、漢郎官。三國志：周瑜至吳時，年二十四，吳中皆呼爲周郎。江表傳：孫策年少，雖有位號，而士民皆呼爲孫郎。世說：桓石虔小字鎮惡，年十七八，未被舉，而僮隸已呼爲鎮惡郎。後周獨孤信少年好自修飾，服章有殊於衆，軍中呼爲獨孤郎。隋書：滕王瓚，周世以貴公子，又尚公主，時人號曰楊三郎。温大雅創業起居注：時文武官人，並未署置，軍中呼太子、秦王爲大郎、二郎。自唐以後，僮僕稱主人，通謂之郎。」嘉錫案：漢時公卿得任子弟爲郎，其後習俗相沿，凡貴公子及年少爲人所尊敬者，皆呼爲郎，如周瑜、孫策等是也。乃至妻父母呼壻爲某郎，嫂呼叔爲小郎，皆緣於此。僮僕呼人爲郎，本以稱其主人之子。如此條羲之門生呼獻之爲郎，豪爽篇桓豁童隸呼石虔爲鎮惡郎，輕詆篇王丞相輕蔡公條注引妒記「丞相曹夫人望見兩三兒騎羊，問是誰家兒？給使答云：是第四、五等諸郎」是也。乃唐以後，凡於主人皆呼郎者，蓋少主人年雖長大，其舊日僮僕猶稱之不改。其後乃一例呼主爲郎，不問其年之老少矣。

〔三〕雞肋編上云：「管中窺豹，世人惟知爲王獻之事，而其原乃魏武令中語也。魏志注：『建安八年庚申，令曰：「議者或以軍吏雖有功能，德行不足堪任郡國之選。故明君不官無功之臣，不賞不戰之士。治平尚德行，有事賞功能。論者之言，一似管窺虎豹。」』」嘉錫案：魏志注實作「管窺虎歟」，並無豹字。文館詞林六百九十五載此令作「管窺獸」。乃唐人避諱所改，亦無豹字。但此既言「時見一斑」，自是窺豹矣。

〔四〕李慈銘晉書札記四曰：「所舉荀奉倩、劉真長，皆主壻。獻之時方數歲，何由豫知尚主取以自比？疑此二語是尚主以後，因他事觸怒之言。世説誤合觀樗蒲爲一事。或世説傳寫脱落耳。」

60 謝公聞羊綏佳，致意令來，終不肯詣。羊氏譜曰：「綏字仲彦，太山人。父楷，尚書郎。綏仕至中書侍郎。」後綏爲太學博士，因事見謝公，公即取以爲主簿。

61 王右軍與謝公詣阮公，阮思曠也。至門語謝：「故當共推主人。」謝曰：「推人正自難。」〔一〕

【箋　疏】

〔一〕程炎震云：「王長於謝十七歲。阮以年少呼右軍，亦當長十餘歲，視謝更爲宿齒矣。而謝不相推，豈亦如根矩之於康成耶？」

62 太極殿始成，徐廣晉紀曰：「孝武寧康二年，尚書令王彪之等啟改作新宫。太元三年二月，内外軍六千人始營築，至七月而成。太極殿高八丈，長二十七丈，廣十丈。尚書謝萬監視，賜爵關内侯。大匠毛安之，關中侯。」王子敬時爲謝公長史，謝送版，使王題之。王有不平色，語信云〔一〕：「可擲著門外。」謝後見王曰：「題之上殿何若？昔魏朝韋誕諸人〔二〕，亦自爲也。」王曰：「魏阼所以不長。」謝以爲名言。宋明帝文章志曰：「太元中，新宫成，議者欲屈王獻之題榜，以爲萬代寶。謝安與王語次，因及魏時起陵雲閣忘題榜，乃使韋仲將縣梯上題之。比下，鬚髮盡白，裁餘氣息。還語子弟云：『宜絶楷法！』安欲以此風動其意。王解其旨，正色曰：『此奇事。韋仲將魏朝大臣，寧可使其若此？有以知魏德之不長。』安知其心，迺不復逼之。」〔三〕

【校文】

注「縣梯」「梯」，景宋本作「橙」。

【箋疏】

〔一〕信，使人也。東觀餘論上法帖刊誤云：「續帖中炎報帖：炎，晉武名，非孝武也。帖末云：故遣信還。古人謂使爲信，故逸少帖云：信遂不取答。真誥云：公至山下，又遣一信相告。謝宣城傳云：荆州信去倚待。陶隱居帖云：明旦信還，仍過取反。凡言信者，皆謂使人也。近世猶有此語，故虞永興帖云：事已，信人口具。而今之流俗，遂以遺書饋物爲信，故謂之書信。而謂前人之語亦然，不復知魏、晉以還所謂信者，乃使之别名耳。」日知録三十二云：「東觀餘論謂凡言信者，皆謂使人，楊用修又引古樂府『有信數寄書，無信長相憶』爲證，良是。然此語起於東漢以下。楊太尉夫人袁氏答曹公卞夫人書云：『輒附往信。』古詩爲焦仲卿妻作：『自可斷來信，徐徐更謂之。』魏杜摯贈毌丘儉詩：『聞有韓衆藥，信來給一丸。』以使人爲信，始見於此。若古人所謂信者，乃符驗之别名。墨子：『大將使人操信符。』史記刺客傳：『今行而無信，則秦未可親也。』周禮掌節注：『節，猶信也。行者所執之信。』此如今人言印信、信牌之信，不得爲使人也。」黄汝成集釋曰：「司馬相如諭巴蜀檄云：『故遣信使。』是西漢已然。」嘉錫案：相如蓋因出使，執有符信，故自稱信使。顔師古、李善以爲誠信之使，恐非。且爲天子之使，與魏、晉人以尋常使人爲信尤不同。使人之稱信，仍當從顧氏説，起於東漢以下。

〔二〕水經穀水注曰：「魏明帝上法太極，於洛陽南宫起太極殿於漢崇德之故處。改雉門爲閶闔門。昔在漢世，洛陽宫殿門題，多是大篆，言是蔡邕諸字。自董卓焚宫殿，魏太祖平荆州，漢吏部尚書安定梁孟皇，善師宜官八分體，求以贖死。太祖善其法，常仰繫帳中愛翫，以爲勝宜官。北宫榜題，咸是鵠筆。南宫既建，明帝令侍中京兆韋誕以古篆書之。」嘉錫案：安石言韋誕諸人，蓋兼指梁鵠言之也。

〔三〕元李治敬齋古今黈以忘釘榜之事爲不實。詳見巧藝篇「韋仲將能書」條。晉書獻之傳與文章志全同。李慈銘晉書札記四曰：「宫殿題榜，國之大事。雖在高流，豈宜爲恥。謝以宰相擇人書之，何至難言？王亦何能深拒？據世説言：『謝送版使王題之，王有不平色。後謝見王，言昔魏韋誕諸人亦爲之。王曰：「魏阼所以不長。」』是則獻之特以謝不先語之，逕使書，故有不平。及謝舉韋事，獻之意猶歉然，故有此對。然世説雖曰謝公以爲名言，亦未云遂不之逼。蓋獻之終亦書之，不能辭也。劉孝標注引宋明帝文章志，乃有『欲屈獻之題榜爲萬代寶』及『謝安舉韋仲將懸梯上題』等語，此傳云云，全本彼注，非事實也。」嘉錫案：世説固未云謝安遂不之逼，但亦不言獻之終竟書之。蕁客不知據何徵驗，乃能懸斷晉書之不然。考御覽七百四十八、廣記二百七并引書斷曰：「晉韋昶字文休，太元中，孝武帝改治宮室及廟諸門，並欲使王獻之隸書題榜，獻之固辭。乃使劉瓌以八分書之，後又使文休以大篆改八分焉（今本書斷脱去太元中以下）。」法書要録二引梁庾肩吾書品論，有云「文休題注」，似亦指其書宮殿榜事。然則獻之終已固辭，謝安果不之逼矣。凡考史事，最忌鑿空，蕁客臆説，不可從也。

63 王恭欲請江盧奴爲長史〔一〕，晨往詣江，江猶在帳中。王坐，不敢即言，良久乃得及。江不應，盧奴，江敳小字也。晉安帝紀曰：「敳字仲凱，濟陽人。祖正〔二〕，散騎常侍。父虨，僕射。並以義正器素，知名當世。敳歷位内外，簡退著稱，歷黄門侍郎、驃騎咨議。」直喚人取酒，自飲一盌，又不與王。王且笑且言：「那得獨飲？」江云：「卿亦復須邪？」更使酌與王，王飲酒畢，因得自解去。未出户，江歎曰：「人自量，固爲難。」宋書曰：「敳即湘州江夷之父也。夷字茂遠，湘州刺史。」

【校　文】

注「父虨」　景宋本及沈本作「父彪」。

【箋　疏】

〔一〕嘉錫案：山谷内集注八引作「江虜奴」，當從之。蓋以虜奴爲小字，取其賤而易長成。猶之陶胡奴及謝家之封、胡、羯、末也。程炎震云：「晉書孝武紀：太元十五年，王恭爲前將軍，青、兗二州刺史，持節，故得置長史。」

〔二〕程炎震云：「正當作統，即江應元也。」晉書江彪傳吴士鑑注云：「世説注晉安帝紀曰：『散祖正，散騎常侍。』案祖統改爲祖正，蓋梁世避諱，凡統字皆作正。識鑒篇注引車頻秦書徐正，即載記之徐統，此可證也。」嘉錫案：此避昭明太子之諱，吴説是也。然本書注中統字亦多不避，蓋爲宋人所回改，此二條則改之未盡者耳。

64 孝武問王爽：「卿何如卿兄？」王答曰：「風流秀出，臣不如恭，忠孝亦何可以假人！」中興書曰：「爽忠孝正直。烈宗崩，王國寶夜開門入，爲遺詔。爽爲黄門郎，距之曰：『大行晏駕，太子未立，敢有先入者，斬！』國寶懼，乃止。」

65 王爽與司馬太傅飲酒。太傅醉，呼王爲「小子」。王曰：「亡祖長史，與簡文皇帝爲布衣之交。亡姑、亡姊，伉儷二宫。何小子之有？」中興書曰：「王濛女諱穆之，爲哀帝皇后。王藴女諱法惠，爲孝武皇后。」

66 張玄與王建武先不相識，張玄已見。建武，王忱也。晉安帝紀曰：「忱初作荆州刺史，後爲建武將軍。」後遇於范豫章許，范令二人共語。范寧，已見。張因正坐斂衽，王孰視良久，不對。張大失望，便去。范苦譬留之，遂不肯住。范是王之舅，王氏譜曰：「王坦之娶順陽郡范汪女，名蓋，即寧妹也，生忱。」〔一〕乃讓王曰：「張玄，吴士之秀，亦見遇於時，而使至於此，深不可解。」王笑曰：「張祖希若欲相識，自應見詣。」范馳報張，張便束帶造之。遂舉觴對語，賓主無愧色。

【箋疏】

〔一〕程炎震云：「晉書忱傳叙於忱爲驃騎長史之後。」

雅量第六

1 豫章太守顧邵，環濟吴紀曰：「邵字孝則，吴郡人。年二十七起家爲豫章太守，舉善以教民，風化大行。」

是雍之子。邵在郡卒，雍盛集僚屬，自圍棊。江表傳曰：「雍字元歎，曾就蔡伯喈，伯喈賞異之，以其名與之。」吴志曰：「雍累遷尚書令，封陽遂鄉侯，拜侯還第，家人不知。爲人不飲酒，寡言語。孫權嘗曰：『顧侯在坐，令人不樂。』位至丞相。」外啟信至，而無兒書，雖神氣不變，而心了其故。以爪掐掌，血流霑褥。賓客既散，方歎曰：「已無延陵之高，豈可有喪明之責？」禮記曰：「延陵季子適齊，及其反也，其長子死，葬於嬴、博之間。孔子曰：『延陵季子，吴之習於禮者也。』往而觀其葬焉。其坎深不至於泉，其斂以時服。既葬而封，廣輪掩坎，其高可隱也。既封，左袒，右還其封，且號者三，曰：『骨肉歸復於土，命也。若魂氣，則無不之也。』而遂行。孔子曰：『延陵季子之於禮也，其合矣乎！』子夏哭其子而喪其明，曾子弔之，曰：『朋友喪明則哭之。』曾子哭，子夏亦哭，曰：『天乎！予之無罪也。』曾子怒曰：『商，汝何無罪也？吾與汝事夫子於洙、泗之間，退而老於西河之上，使西河之民，疑汝於夫子，爾罪一也；喪爾親，使民未有聞焉，爾罪二也；喪爾子，喪爾明，爾罪三也。』子夏投其杖而拜曰：『吾過矣！吾過矣！』」於是豁情散哀，顏色自若。

【校　文】

正文及注「邵」字　景宋本俱作「劭」。

2 嵇中散臨刑東市〔一〕，神氣不變。索琴彈之，奏廣陵散。曲終曰：「袁孝尼嘗請學此散〔三〕，吾靳固不與，廣陵散於今絶矣！」〔三〕晉陽秋曰：「初，康與東平吕安親善。安嫡兄遜淫安妻徐氏，安欲告遜遣妻，以咨於康，康喻而抑之〔四〕。遜内不自安，陰告安撾母，表求徙邊。安當徙，訴自理，辭引康。」〔五〕文士傳曰：「吕安罹事，康詣獄以明之。鍾會庭論康〔六〕，曰：『今皇道開明，四海風靡，邊鄙無詭隨之民，街巷無異口之議。而康上不臣天子，下不事王侯，輕時傲世，不爲物用，無益於今，有敗於俗。昔太公誅華士，孔子戮少正卯，以其負才亂群惑衆也。今不誅康，無以清潔王道。』於是録康閉獄，臨死，而兄弟親族咸與共别。康顔色不變，問其兄曰：『向以琴來不邪？』兄曰：『以來。』康取調之，爲太平引，曲成，歎曰：『太平引於今絶也！』」太學生三千人上書，請以爲師，不許。文王亦尋悔焉。王隱晉書曰：「康之下獄，太學生數千人請之，于時豪俊皆隨康入獄，悉解喻，一時散遣。康竟與安同誅。」

【校　文】

「不與」　景宋本及沈本俱作「未與」。

注「清潔」　景宋本及沈本作「清絜」。

【箋　疏】

〔一〕程炎震云：「水經注穀水篇：『水南即馬市。洛陽有三市，斯其一也。亦嵇叔夜爲司馬昭所害處也。』朱箋引陸機洛陽記曰：『洛陽舊有三市：一曰金市，在宮西大城内。二曰馬市，在城東。三曰羊市，在城南。』」洛陽伽藍記二曰：「出建春門外一里餘，至東石橋，南北而行。晉太康元年造橋，南有魏朝時馬市，刑嵇康之所也。」嘉錫案：據楊衒之自序：「洛陽城東面第一門曰建春門，漢曰上東門。」然則馬市一名東市者，以其在東門外耳。

〔二〕魏志袁渙傳注云：「袁氏世紀曰：『準字孝尼，著書數十萬言，論治五經滯義，聖人之微言，以傳於世。』荀綽九州記稱『準有儁才，泰始中爲給事中』。」

〔三〕唐無名氏文選集注八十五趙景真與嵇茂齊書注引公孫羅文選鈔曰：「干寶晉紀云：『呂安與康相善，安兄巽。康有隱遁之志，不能披褐懷玉寶，矜才而上人。安妻美，巽使婦人醉而幸之。醜惡發露，巽病之，反告安謗己。巽善鍾會，有寵於太祖，遂徙安邊郡。安還書與康，其中云：「顧影中原，憤氣雲踊。哀物悼世，激情風厲。龍嘯大野，虎睇六合。猛志紛紜，雄心四據。思躡雲梯，横奮八極。披艱掃難，蕩海夷嶽。蹴崑崙使西倒，蹋太山令東覆。平滌九區，恢維宇宙。斯吾之鄙願也。豈能與吾同大丈夫之憂樂哉？」太祖惡之，追收下獄。康理之，俱死。』又嵇紹集云：『此書趙景真與從兄嵇茂齊書，時人誤以爲呂仲悌與先君書，故具列其本末。』尋其至實，則干寶説呂安書爲實，何者？嵇康之死，實爲呂安事相連。呂安不爲此書言太壯，何爲至死？當死之時，人即稱爲此書而死。嵇紹晚始成人，惡其父與呂安爲黨，故作此説以拒之。若説是景真爲書，景真孝子，必不肯爲不忠之言也。又景真爲遼東從事，於理何苦而云『憤氣雲踊，哀物悼世』乎？實是呂安見枉，非理從邊之言也。但爲此言，與康相知，所以得使鍾會構成其罪。若真爲殺安（二字有誤）遺妻，引康爲證，未足以加刑也。干寶見紹之非，故於脩史，陳其正義。今文選所撰，以爲親不過子，故從紹言以書之，其實非也。」文選五君詠注引顧凱之嵇康讚曰：「南海太守鮑靚，通靈士也，東海徐寧師之。寧夜聞靚室有琴聲，怪其妙而問焉。靚曰：『嵇叔夜。』寧曰：『嵇臨命東市，何得在茲？』靚曰：『叔夜迹示終，而實尸解。』」廣記三百十七引靈鬼志曰：「嵇康燈下彈琴，忽有一人長丈餘，著黑單衣革帶，熟視之。乃吹火滅之，曰：『恥與魑魅争光。』嘗行，去路數十里，有亭名月華。投此亭，由來殺人。中散心神蕭散，了無懼意。至一更，操琴先作諸弄，雅聲逸奏，空中稱善。中散撫琴而呼之：『君是何人？』答云：『身是故人，幽没於此。聞君彈琴，音曲清和，昔所好，故來聽耳。身不幸非理就終，形體殘毁，不宜接見君子，然愛君之琴，要當相見，君勿怪惡之。君可更作數曲。』中散復爲撫琴擊節曰：『夜已久，何不來也？形骸之間，復何足計？』乃手挈其頭曰：『聞君奏琴，不覺心開神悟，怳若蹔生。』遂與共論音聲之趣，辭甚清辯，謂中散曰：『君試以琴見與。』乃彈廣陵散，便從受之，果悉得。中散先所受引，殊不及。與中散誓：不得教人。天明語中散：『相與雖一遇於今夕，可以遠同千載。於此長絶，不能悵然。』」御覽五百七十九引作靈異志，無「恥與魑魅争光」事。「去路」作「去洛」，「月華」作「華陽」，與晉書本傳合。餘亦互有異同。廣記三百二十四又引幽明録曰：「會稽賀思令善彈琴，嘗夜在月中坐，臨風撫奏。忽有一人形器甚偉，著械，有慘色，至其中庭。稱善，便與共語。自云是嵇中散，謂賀云：『卿下手極快，但於古法未合。』因授以廣陵散。賀因得之，於今不絕。」御覽五百七十九引作世說，蓋誤也。嘉錫案：廣陵散異聞甚多。靈鬼志見隋志，題荀氏撰。廣記三百二十二引其書「鑾兵」條，自言義熙初爲南平國郎中，當是晉、宋間人。幽明録即臨川王義慶所撰，去嵇康之死皆不過百數十年，而其所載廣陵散之源流率恍惚如此。然文選十八嵇叔夜琴賦曰：「若次其曲引所宜，則廣陵止息，東武太山，飛龍鹿鳴，鵾雞遊絃。更唱迭奏，聲若自然。」李善注云：「廣陵等曲，今並猶存，未詳所起。應璩與劉孔才書曰：聽廣陵之清散。傅玄琴賦曰：馬融譚思於止息。」然引應及傅者，明古有此曲，轉以相證耳。非嵇康之言，出於此也。文選同卷又載潘安仁笙賦曰：「輟張女之哀彈，流廣陵之名散。」由斯以談，則廣陵散乃古之名曲，彈之者不一其人，非嵇康之所獨得。康死之後，其曲仍流傳不輟，未嘗因康死而便至絕響也。世説及魏志注所引康別傳，載康臨終之言，蓋康自以爲妙絕時人，不同凡響，平生過自珍貴，不肯教人。及將死之時，遂發此歎，以爲從此以後，無復能繼己者耳。後人耳食相傳，誤以爲能彈此曲者，惟叔夜一人。遂轉相傅會，造此言語，謂其初爲古之靈鬼所授，其後爲嵇之精魂所傳。信若斯言，則魏志王粲傳注引文章叙録，應璩以嘉平四年卒，通鑑七十八書嵇康以景元三年卒，相去不過十年，正同時之人。璩所謂聽廣陵之清散者，豈康爲之鼓撫耶？抑靈鬼先出教之操弄耶？潘岳之死，通鑑八十三繫之永康元年，距康被害已三十八年，廣陵散當已久絕。而云「流廣陵之名散」，豈康死後數數顯靈耶？讀李善注古有此曲，今並猶存之語，知一切誌怪之書，皆非實録，無稽之談，本不足辯。以欲明世説所載，不過康時感歎之言，廣陵散實未嘗絕，故不免詞費如此。其餘一切紀載，如謂廣陵散爲嵇叔夜所作及袁孝尼所傳者，皆不可信。具詳輔仁學誌五卷戴生明揚廣陵散考中，此不復論。

〔四〕嵇中散集二與吕悌絶交書曰：「昔與足下年時相比，以故數面相親。足下篤意，遂成大好。及中間知阿都志力開悟，每喜足下家復有此弟。而阿都去年向吾有言，誠忿足下，意欲發舉，吾深抑之。亦自恃足下不足迫之，故從吾言。間令足下因其順親，蓋惜足下門户，欲令彼此無恙也。又足下許吾終不繫都，以子父六人爲誓，吾乃慨然感足下。重言慰都，都遂釋然，不復興意。足下陰自阻疑，密表繫都。先首服誣都。此爲都故信吾，又無言。何意足下苞藏禍心耶！都之含忍足下，實由吾言。今都獲罪，吾爲負之。吾之負都，由足下之負吾也。悵然失圖，復何言哉？若此，無心復與足下交矣。古之君子絶交，不出醜言。從此别矣，臨别恨恨。嵇康白。」嘉錫案：吕巽字長悌，見魏志杜畿傳注。阿都蓋吕安小字。中散調停吕氏兄弟間之曲折，具見於此書。據其所言，巽先密表繫安，旋復自承誣告，後乃别以陰謀陷害也。至云「今都獲罪，吾爲負之」。可見安先定罪徙邊，後乃見殺，與干寶之言合。嚮使安入獄即死，則中散亦已繫獄，豈尚從容與巽絶交哉？

〔五〕嘉錫案：叔夜之死，晉書本傳及魏志王粲傳注引魏氏春秋，文選恨賦注引臧榮緒晉書，并孝標此注所引晉陽秋文士傳，均言吕安被兄誣告，引康爲證見誅，不言安嘗徙邊及與康書事。惟文選思舊賦注亦引干寶晉書，與公孫羅所引略同。然李善於此無所考辨，羅獨明干寶之是，證嵇紹之非，其言甚覈。五臣李周翰注，亦謂紹之家集未足可據。然則叔夜之死，實因吕安一書，牽連受禍，非僅因證安被誣事也。是亦讀史者所當知矣。文選集注又引陸善經注，以爲詳其書意，自「吾子植根芳苑」已下，則非與康明矣。陸氏之意，蓋謂呂安與康至善，不應詆康也。余謂叔夜下獄之後，作幽憤詩亦云：「曰余不敏，好善闇人。」似有悔與安交之意。當時情事如何，固非吾輩所瞭。惟使呂安下獄即死，無從邊之事，則景真書中明云「經迴路，涉沙漠」，所言皆邊塞之景。安既未至其地，時人惡得誤以爲安作也？且嵇紹欲辨明此書非呂仲悌與其父者，只須曰「仲悌未嘗至邊郡，書中情景皆不合」，數語足矣。何用屑屑叙趙景真之本末哉？惟其呂安實嘗徙邊，雖紹亦不敢言無此事，始詳叙趙景真之本末，明其嘗至遼東，以證此書之爲景真作也。夫呂安既已徙邊，又追回下獄，與叔夜俱死，則二人之死，不獨因呂巽之誣亦明矣。嵇紹欲爲晉忠臣，不欲其父不忠於晉，使人謂彼爲罪人之子，故有此辯。其實不忠於晉者，未必非忠於魏也。紹叙趙景真事，見言語篇注。

〔六〕嘉錫案：鍾會銜康不爲之禮，遂因而譖康。事見本書簡傲篇及魏志王粲傳注。鍾會本傳亦曰：「遷司隸校尉，雖在外司，時政損益，當世與奪，無不綜與。嵇康等見誅，皆會謀也。」蓋會時以司隸治呂安之獄，故得庭論康。

3 夏侯太初嘗倚柱作書。時大雨，霹靂破所倚柱，衣服焦然，神色無變，書亦如故〔一〕。賓客左右，皆跌蕩不得住。見顧愷之書贊。語林曰：「太初從魏帝拜陵，陪列於松柏下。時暴雨霹靂，正中所立之樹。冠冕焦壞，左右覩之皆伏，太初顔色不改。」臧榮緒又以爲諸葛誕也〔二〕。

【校　文】

「衣服焦然」　「焦」，景宋本及沈本作「燋」。

注「松柏下」　沈本「柏」下有「之」字。

【箋　疏】

〔一〕嘉錫案：山谷内集注引作「讀書如故」。

〔二〕嘉錫案：書鈔百五十二、御覽十三、事類賦三並引曹嘉之晉紀曰：「諸葛誕以氣邁稱。常倚柱讀書，霹靂震其柱，誕自若。」臧榮緒晉書蓋本於此。

4　王戎七歲，嘗與諸小兒遊。看道邊李樹多子折枝。諸兒競走取之，惟戎不動。人問之，答曰：「樹在道邊而多子，此必苦李。」取之，信然。名士傳曰：「戎由是幼有神理之稱也。」

5　魏明帝於宣武場上斷虎爪牙，縱百姓觀之〔一〕。王戎七歲〔二〕，亦往看。虎承間攀欄而吼，其聲震地，觀者無不辟易顛仆。戎湛然不動，了無恐色。竹林七賢論曰：「明帝自閣上望見，使人問戎姓名而異之。」

【箋疏】

〔一〕水經十六穀水注引竹林七賢論曰：「王戎幼而清秀。魏明帝於宣武場上爲欄苞虎阱，使力士袒裼，迭與之搏，縱百姓觀之。」

〔二〕程炎震云：「晉書戎傳云『惠帝永興二年卒，年七十二』，則七歲是齊王芳正始二年。此云明帝，誤矣。」

6　王戎爲侍中，南郡太守劉肇遺筒中箋布五端〔一〕，戎雖不受，厚報其書。晉陽秋曰：「司隸校尉劉毅奏：『南郡太守劉肇以布五十疋雜物遺前豫州刺史王戎，請檻車徵付廷尉治罪，除名終身。』戎以書未達，不坐。」竹林七賢論曰：「戎報肇書，議者僉以爲譏。世祖患之，乃發口詔曰：『以戎之爲士，義豈懷私？』」議者乃息，戎亦不謝。」

【箋疏】

〔一〕李詳云：「案文選蜀都賦劉逵注：『黄潤筒中，細布也。』揚雄蜀都賦：『筒中黄潤，一端數金。』左傳昭二十六年杜注：『二丈爲一端。』」

7 裴叔則被收，神氣無變，舉止自若。求紙筆作書。書成，救者多，乃得免。後位儀同三司。晉諸公贊曰：「楷息瓚，取楊駿女。駿誅，以相婚黨，收付廷尉。侍中傅祗證楷素意，由此得免。」名士傳曰：「楚王之難，李肇惡楷名重，收將害之。楷神色不變，舉動自若，諸人請救，得免。」晉陽秋曰：「楷與王戎俱加儀同三司。」〔一〕

【校文】

注「以相婚黨」「相」，景宋本及沈本作「楷」。

【箋疏】

〔一〕程炎震云：「晉書楷傳：『楚王之難，楷以匿免，不被收。』劉注具二説而不能決，蓋以廣異同。以當日情事推之，瑋舉事一日而敗，恐不得收楷。晉書不從名士傳，得之。」

8 王夷甫嘗屬族人事，經時未行，遇於一處飲燕，因語之曰：「近屬尊事，那得不行？」族人大怒，便舉樏擲其面〔一〕。夷甫都無言，盥洗畢，牽王丞相臂，與共載去。在車中照鏡語丞相曰：「汝看我眼光，迺出牛背上。」王夷甫蓋自謂風神英俊，不至與人校。

【箋疏】

〔一〕李慈銘云：「案玉篇木部：『樏，力詭切。扁榼謂之樏。』廣韻四紙：『樏，力委切。似盤，中有隔也。』樏即説文之欙，讀平聲，力追切。引虞書説：『山行乘欙。』康熙字典引唐韻：『音累，似盤，中有隔也。』」嘉錫案：類聚八十二引杜蘭香別傳曰「香降張碩，賫瓦榼酒、七子樏。樏多菜而無他味，亦有世間常菜，并有非時菜」云云。七子樏，蓋樏中有七隔，以盛肴饌，即今之食盒，一名攢盒者是也。書鈔一百四十二引祖台之志怪云，「建康小吏曹著見廬山夫人，爲設酒饌，下七子盒盤，盤内無俗間常肴敉。」所謂七子盒盤，亦即樏也。東坡續集卷四與滕達道書簡云：「某好攜具野飲，欲問公求紅朱累子兩卓二十四隔者。」累子亦即樏也。日本狩谷望之倭名類聚鈔注卷六曰：「樏，其器有隔，故謂之累，言其多也。後從木作樏。」餘詳任誕篇「襄陽羅友」條。

9　裴遐在周馥所〔一〕，馥設主人。鄧粲晉紀曰：「馥字祖宣，汝南人。代劉淮爲鎮東將軍，鎮壽陽。移檄四方，欲奉迎天子。元皇使甘卓攻之，馥出奔，道卒。」遐與人圍棊，馥司馬行酒〔二〕。遐正戲，不時爲飲。司馬恚，因曳遐墜地。遐還坐，舉止如常，顔色不變〔三〕，復戲如故。王夷甫問遐：「當時何得顔色不異？」答曰：「直是闇當故耳。」〔四〕一作「闇故當耳」，一作「真是鬬將故耳」。

【箋疏】

〔一〕嘉錫案：遐附見裴楷傳。

〔二〕程炎震云：「晉書遐傳云：『在平東將軍周馥坐。』故得有司馬。」

〔三〕程炎震云：「御覽三百九十三引鄧粲晉紀曰：『同類有試遐者，推墮牀下，遐拂衣還坐，言無異色。』」

〔四〕「闇當」未詳。陳僅捫燭脞談十二曰：「闇當似云默受，當讀爲抵當之當，去聲。」嘉錫案：陳説亦想當然耳。未便可從。

10 劉慶孫在太傅府，于時人士，多爲所構。唯庾子嵩縱心事外，無跡可間。後以其性儉家富，説太傅令換千萬，冀其有吝，於此可乘。晉陽秋曰：「劉輿字慶孫〔一〕，中山人。有豪俠才算，善交結。爲范陽王虓所暱，虓薨，太傅召之，大相委仗，用爲長史。」八王故事曰：「司馬越字元超，高密王泰長子。少尚布衣之操，爲中外所歸。累遷司空、太傅。」太傅於衆坐中問庾，庾時頽然已醉，幘墜几上，以頭就穿取〔二〕，徐答云：「下官家故可有兩娑千萬〔三〕，隨公所取。」於是乃服。後有人向庾道此，庾曰：「可謂以小人之慮，度君子之心。」〔四〕

【箋疏】

〔一〕嘉錫案：劉輿乃劉琨之兄，晉書附琨傳。世説此條注及賞譽篇「太傅府有三才」條注皆作「輿」。而仇隟篇「劉璵兄弟」，正文及注則皆作「璵」，必有一誤。丁國鈞晉書校文三曰：「以弟名琨例之，疑本作『璵』。」然今晉書無作「璵」者。

〔二〕程炎震云：「通典五十七云：『幘，漢制，上下群臣貴賤皆服之。晉因之。』幘有屋，故得以頭就穿取。」

〔三〕程炎震云：「故可字，娑字，晉書本傳皆無。」李慈銘云：「案晉書作二千萬，娑字蓋當時方言，如馨字、阿堵字之比耳。『以小人之慮』二句，晉書作司馬越語。」劉盼遂曰：「按：兩娑千萬者，兩三千萬也。娑以聲借作三。娑、三雙聲，今北方多讀三如沙，想當典午之世而已然矣。世説多録當日方言，此亦一斑。劉氏助字辨略云：『兩娑千萬，娑，語辭，猶言兩箇千萬也。』按淇以娑爲語辭，無徵。晉書庾敳傳作『兩千萬』，蓋不知古語而删。」嘉錫案：北史儒林李業興傳云：「業興上黨長子人，家世農夫，雖學殖而舊音不改。梁武問其宗門多少？答曰：『薩四十家。』」蓋三轉爲沙，重言之則爲薩。此又兩娑爲兩三之證。今山西人猶讀三爲薩。

〔四〕程炎震云：「晉書以小人云云爲司馬越語。」

11 王夷甫與裴景聲志好不同。景聲惡欲取之，卒不能回。乃故詣王，肆言極罵，要王答己，欲以分謗。王不爲動色，徐曰：「白眼兒遂作。」晉諸公贊曰：「邈字景聲，河東聞喜人。少有通才，從兄頠器賞之，每與清言，終日達曙。自謂理構多如，輒每謝之，然未能出也。歷太傅從事中郎、左司馬，監東海王軍事。少爲文士，而經事爲將，雖非其才，而以罕重稱也。」

【校　文】

注「多如」　「如」，景宋本及沈本俱作「知」。

12 王夷甫長裴成公四歲〔一〕，不與相知。時共集一處，皆當時名士，謂王曰：「裴令令望何足計！」王便卿裴。裴曰：「自可全君雅志。」裴頠，已見。

【箋　疏】

〔一〕程炎震云：「據晉書王、裴二傳，則王長裴五歲。」

13 有往來者云：庾公有東下意。或謂王公：「可潛稍嚴，以備不虞。」王公曰：「我與元規雖俱王臣，本懷布衣之好。若其欲來，吾角巾徑還烏衣〔一〕，丹陽記曰：「烏衣之起，吳時烏衣營處所也。江左初立，琅邪諸王所居。」何所稍嚴。」中興書曰：「於是風塵自消，内外緝穆。」

【箋　疏】

〔一〕程炎震云：「通典五十七云：『葛巾，東晉制。以葛爲之，形如帢而横著之，尊卑共服。太元中，國子生見祭酒博士，冠角巾。』晉書導傳作『角巾還第』，似失語妙。羊祜傳：『祜與從弟琇書曰：「既定邊事，當角巾東歸故里。」』」景定建康志十六引舊志云：「烏衣巷在秦淮南。晉南渡，王、謝諸名族居此，時謂其子弟爲烏衣諸郎。今城南長干寺北有小巷曰烏衣，去朱雀橋不遠。」又四十二引舊志云：「王導宅在烏衣巷中，南臨驃騎航。」

14 王丞相主簿欲檢校帳下。公語主簿：「欲與主簿周旋，無爲知人几案間事。」

15 祖士少好財，阮遥集好屐，並恒自經營。同是一累，而未判其得失。祖約別傳曰：「約字士少，范陽遒人。累遷平西將軍、豫州刺史，鎮壽陽。與蘇峻反，峻敗，約投石勒。約本幽州冠族，賓客填門，勒登高望見車騎，大驚。又使佔奪鄉里先人田地，地主多恨。勒惡之，遂誅約。」晉陽秋曰：「阮孚字遥集，陳留人，咸第二子也。少有智調，而無儁異。累遷侍中、吏部尚書、廣州刺史。」人有詣祖，見料視財物。客至，屏當未盡，餘兩小簏著背後，傾身障之，意未能平。或有詣阮，見自吹火蠟屐，因歎曰：「未知一生當著幾量屐？」神色閑暢。於是勝負始分〔一〕。孚別傳曰：「孚風韻疏誕，少有門風。」

【箋疏】

〔一〕嘉錫案：好財之爲鄙俗，三尺童子知之。即好屐亦屬嗜好之偏，何足令人介意，本可置之不談。而晉人以此品量人物，甚至不能判其得失，無識甚矣。王若虛滹南遺老集二十八曰：「晉史載祖約好財事，其爲人猥鄙可知。阮孚蠟屐之嘆，雖若差勝，然何所見之晚耶？是區區者而未能忘懷，不知二子所以得天下重名者果何事也？」又曰：「晉士以虛談相高，自名而誇世者不可勝數。『將無同』三語有何難道？或者乃因而辟之。一生幾量屐，婦人所知，而遂以決祖、阮之勝負，其風至此，天下蒼生，安得不誤哉？」梁溪漫志五云：「晉史書事，鄙陋可笑。如論阮孚好屐，祖約好財，同是累而未判得失。夫蠟屐固非雅事，然特嗜好之僻爾，豈可與貪財下俚者同日語哉？而作史者必待客見其料財物傾身障簏意未能平，方以分勝負，此乃市井屠沽之所不若，何足以汙史筆，尚足論勝負哉！許敬宗之徒，汙下無識，東坡以爲人奴，不爲過也。」

16 許侍中、顧司空俱作丞相從事，爾時已被遇，遊宴集聚，略無不同。晉百官名曰：「許璪字思文，義興陽羨人。」許氏譜曰：「璪祖鮎，字子良，永興長。父裴，字季顯，烏程令。璪仕至吏部侍郎。」嘗夜至丞相許戲，二人歡極，丞相便命使入己帳眠。顧至曉回轉，不得快孰。許上牀便咍臺大鼾〔一〕。丞相顧諸客曰：「此中亦難得眠處。」顧和字君孝，少知名。族人顧榮曰：「此吾家騏驥也，必興吾宗。」仕至尚書令。五子：治、隗、淳、履、之。

【校　文】

「快孰」　「孰」，景宋本及沈本作「熟」。

【箋　疏】

〔一〕劉盼遂曰：「莊子達生篇：『公反誒詒爲病。』釋文：『誒詒，司馬云解倦貌，李頤云失魂魄也。詒音臺。』誒詒同從日聲，咍臺即誒詒也。之部，疊韻連語。」

17 庾太尉風儀偉長，不輕舉止，時人皆以爲假。亮有大兒數歲，雅重之質，便自如此，人知是天性。温太真嘗隱幔怛之，此兒神色恬然，乃徐跪曰：「君侯何以爲此？」論者謂不減亮。蘇峻時遇害。庾氏譜曰：「會字會宗，太尉亮長子。年十九，咸和六年遇害。」或云：「見阿恭，知元規非假。」阿恭，會小字也。

18 褚公於章安令遷太尉記室參軍，按庾亮啟參佐名，裒時直爲參軍，不掌記室也。名字已顯而位微，人未多識。公東出，乘估客船，送故吏數人投錢唐亭住。錢唐縣記曰：「縣近海，爲潮漂沒，縣諸豪姓，斂錢雇人，輦土爲塘，因以爲名也。」〔一〕爾時吳興沈充爲縣令，未詳。當送客過浙江，客出，亭吏驅公移牛屋下。潮水至，沈令起彷徨，問：「牛屋下是何物？」吏云：「昨有一傖父來寄亭中〔二〕，晉陽秋曰：「吳人以中州人爲傖。」有尊貴客，權移之。」令有酒色，因遥問：「傖父欲食䴵不？姓何等？可共語。」褚因舉手答曰：「河南褚季野。」遠近久承公名，令於是大遽，不敢移公，便於牛屋下修刺詣公，更宰殺爲饌具，於公前鞭撻亭吏，欲以謝慙。公與之酌宴，言色無異，狀如不覺。令送公至界。

【校　文】

「屋下是何物」　景宋本「物」下有「人」字，袁本同。

【箋疏】

〔一〕按此條注爲宋人所删改，非復本文。演繁露卷十三引世説注錢塘云：「晉人沈姓而令其縣者，將築塘，患土不給用，設詭曰：『有致土一畚者，以錢一畚易之。』土既大集，遂誘曰：『今不復須土矣。』人皆棄土而去。因取此土，以築塘岸，故名錢塘。」嘉錫案：所引與今本大異。原本説郛卷十七有希通録，不知何人所作，其引世説注亦與演繁露略同。蓋所據皆未删改以前之本。然考水經注卷四十引錢唐記曰：「防海大塘在縣東一里許，郡議曹華信家議立此塘，以防海水。始開，募有能致一斛土者，即與錢一千。旬日之間，來者雲集。塘未成而不復取。于是載土石者皆棄而去，塘以之成，故名錢塘焉。」世説注所引，當即此條，互有删節耳。而以爲晉沈令築塘，與華信姓名不同，未詳其故。或因下文「吴興沈爲縣令」而誤，非孝標原本也。元和郡縣志卷二十五曰：「錢塘記云：『昔州境逼近海，縣理靈隱下，今餘址猶存。郡議曹華信乃立塘以防水。募有能致土石者，即與錢。及塘成，縣境蒙利，乃移理此地，于是改爲錢塘。』按華信漢時爲郡議曹，據史記：始皇至錢塘，臨浙江。秦時已有此名，疑所説爲謬。」則錢塘記之説，已爲李吉甫所駁矣。

〔二〕程炎震云：「玉篇人部：『傖，士衡切。』亦引晉陽秋云：『吴人謂中國人爲傖。』此文但以作謂，州作國。廣韻十二庚：『傖，楚人别種也。助庚切。』」嘉錫案：晉陽秋所稱中國人，指西晉時北人及過江人士言之。此中州字，必孝標所改，蓋不欲稱北朝所在之地爲中國也。慧琳一切經音義六十五云：「晉陽秋曰：『吴人謂中國人爲傖人。又總謂江、淮間雜楚謂傖。』」然並不言所以名傖之義。

惟漢書賈誼傳,「國制搶攘」注引晉灼曰:「搶音傖,吴人駡楚人曰傖。傖攘,亂貌也。」余謂傖字蓋有四義:傖攘本釋亂貌,故凡目鄙野不文之人皆曰傖,本無地域之分。廣記二百六十二引笑林曰「傖人欲相共弔喪,各不知儀,一人言粗習,謂同伴曰:『汝隨我舉止。』」云云,此但極言鄉愚之粗俗,不必其楚人、中國人也。一也。中國爲聲名文物之邦,彬彬大雅,本不當有荒傖之稱。但自三國鼎峙,南北相輕,於是北人駡吴人爲貉子(見本書尤悔篇「孫秀降晉」條),吴人駡北人曰傖父。類聚七十二引笑林曰:「吴人至京師,爲設食者有酪蘇,食之,歸吐,遂至困頓。謂其子曰:『與傖人同死,亦無所恨,然汝故宜慎之!』」笑林,隋志以爲漢給事中邯鄲淳撰。淳潁川人,在三國時未嘗入吴,而其書記有張温事,非淳所及見。僧贊寧筍譜稱陸雲著笑林論,當必有據。此所謂京師,洛陽也。晉書左思傳曰:「陸機入洛,與弟雲書曰:『此間有傖父欲作三都賦。』」降至東晉,此語尤繁。過江士大夫,皆被此目。而中原舊族,居吴既久,又以目後來之北人。晉陽秋所謂吴人以中國人爲傖也。二也。孫權初都武昌,旋徙建業。吴人輕薄,自名上國,鄙楚人爲荒陋,亦被此目。晉灼著書於典午中朝(見漢書序例),而云吴人駡楚人爲傖,是未過江以前語也。三也。長江以北,淮水流域,本屬楚境。永嘉喪亂,幽、冀、青、并、兗諸州之民相率避地於江、淮之間。於是僑立州郡以司牧之(見宋書州郡志)。其地多中原村鄙之民與楚人雜處,謂之雜楚。吴人薄之,亦呼傖楚。别目九江、豫章諸楚人爲傒(詳見容止篇「石頭事故」條)。而於荆州之楚,無所指目,非復如東渡以前,統駡楚人爲傖矣。晉陽秋云:「吴人總謂江、淮間雜楚爲傖。」梁書鍾嶸傳云:「僑雜傖楚,應在綏附。」皆其義也。四也。由此觀之，傖之爲名，本無定地。但於其所鄙薄，則以此加之。故南北朝時，北人亦目南人爲傖楚。北史王昕傳：文宣下詔曰：「元景（昕字）本自庸才，素無動行，僞賞賓郎之味，好詠輕薄之篇。自謂模擬傖楚，曲盡風制。」此乃以楚統目南人，而罵之爲傖。與吴人謂江、淮間人爲傖楚者，又異矣。章炳麟新方言二云：「尋方言：壯、將皆訓大。將、倉聲通，如『鶬聲將將』，『鳥獸蹌蹌』，是傖人猶言壯夫耳。昔陸機謂左思爲傖父，蓋謂其粗勇也。今自鎮江而下至於海濱，無賴相呼曰老傖。」按章氏不知傖之爲名，取義於搶攘，乃以將、倉聲通，訓爲壯夫，真曲説也。

19 郗太傅在京口〔一〕，遣門生與王丞相書，求女壻。丞相語郗信：「君往東廂，任意選之。」門生歸，白郗曰：「王家諸郎，亦皆可嘉，聞來覓壻，咸自矜持。惟有一郎，在牀上坦腹卧〔二〕，如不聞。」郗公云：「正此好！」訪之，乃是逸少，因嫁女與焉。王氏譜曰：「逸少，羲之小字。羲之妻，太傅郗鑒女，名璿，字子房。」

【校　文】

「在牀上坦腹卧」　景宋本「牀」上有「東」字。

【箋疏】

〔一〕程炎震云：「晉書成紀：咸和元年，郗鑒以車騎將軍領徐州刺史。考之鑒傳，初爲兗州刺史，鎮廣陵，至是兼領徐州。至蘇峻平後，乃城京口，故地理志亦云然也。然咸和四年，右軍年二十七矣。」

〔二〕御覽八百六十引王隱晉書曰：「王羲之幼有風操。郗虞卿聞王氏諸子皆後（當作俊），令使選壻。諸子皆飾容以待客，羲之獨坦腹東牀，囓胡餅，神色自若。使具以告。虞卿曰：『此真吾子壻也！』問爲誰？果是逸少。乃妻之。」今晉書羲之傳與世說全同。而獨改「在牀上坦腹卧」爲「在東牀坦腹食」。用王隱「囓胡餅」之説也。宋王觀國學林四遂謂古人稱牀榻非特卧具也，多是坐物。引羲之「東牀坦腹而食」爲證。不知牀之爲物，固可坐可卧。世説自作「在牀上坦腹卧」，與晉書不同。不得謂羲之必坐而不卧也。袁文甕牖閒評八又云：「東牀坦腹，乃繩牀之牀，非牀榻之牀也。人多以其坦腹，誤認牀榻之牀，豈繩牀之上，獨不容坦腹耶？」嘉錫案：繩牀即古之胡牀，固是坐具。但晉書及世説並不云是胡牀，不識袁氏何以知之。且胡牀又名交牀，元爲可以隨處移置。今晉書既云東牀，恐仍是牀榻之牀耳。

20 過江初，拜官，輿飾供饌。羊曼拜丹陽尹〔一〕，客來蚤者，並得佳設。日晏漸罄，不復及精，隨客早晚，不問貴賤。曼别傳曰：「曼字延祖，泰山南城人。父暨，陽平太守。曼頹縱宏任，飲酒誕節，與陳留阮放等號兗州八達。累遷丹陽尹，爲蘇峻所害。」羊固拜臨海，竟日皆美供。雖晚至，亦獲盛饌。時論以固之豐華，不如曼之真率。明帝東宮僚屬名曰：「固字道安，太山人。」文字志曰：「固父坦，車騎長史。固善草行，著名一時，避亂渡江，累遷黄門侍郎。褒其清儉，贈大鴻臚。」

【箋　疏】

〔一〕程炎震云：「晉書云：代阮孚爲丹陽尹，蓋在咸和二年。」

21 周仲智飲酒醉，瞋目還面謂伯仁曰：「君才不如弟，而横得重名！」須臾，舉蠟燭火擲伯仁。伯仁笑曰：「阿奴火攻〔一〕，固出下策耳！」孫子兵法曰：「火攻有五：一曰火人，二曰火積，三曰火車，四曰火軍，五曰火隊〔二〕。凡軍必知五火之變，故以火攻者，明也。」

【箋　疏】

〔一〕嘉錫案：方正篇注云「阿奴，謨小字」，此條上文云「周仲智飲酒」，則是嵩，而非謨，謨字叔治，不當稱阿奴。吴士鑑晉書周顗傳注據御覽四百八十九引郭子作「阿拏」。今考影宋本御覽作「阿拏」，不作「阿拏」。且郭子所言乃周叔治爲晉陵周侯仲智送別之事，與方正篇同。則「阿拏自愛」仍是呼叔治。奴、孥通用字耳。後識鑒篇注亦引鄧粲晉紀曰：「阿奴，嵩之弟周謨也。」能改齋漫録八云：「投燭之事，當云『阿嵩，火攻固出下策耳』。其稱阿奴，蓋史誤也。」嘉錫以爲周嵩、周謨皆稱阿奴，可見爲父兄泛稱子弟之辭，非謨小字，説見方正篇「周叔治」條下。

〔二〕嘉錫案：孫子火攻作「三曰火輜，四曰火庫」。

22 顧和始爲楊州從事。月旦當朝，未入頃，停車州門外。周侯詣丞相，歷和車邊。語林曰：「周侯飲酒已醉，著白袷，憑兩人來詣丞相。」和覓蝨，夷然不動。周既過，反還，指顧心曰：「此中何所有？」顧搏蝨如故，徐應曰：「此中最是難測地。」周侯既入，語丞相曰：「卿州吏中有一令僕才。」中興書曰：「和有操量，弱冠知名。」

【校　文】

「楊州」　「楊」，景宋本作「揚」。

「蝨」字　景宋本俱作「虱」。

23 庾太尉與蘇峻戰，敗，率左右十餘人，乘小船西奔。晉陽秋曰：「蘇峻作逆，詔亮都督征討，戰於建陽門外，王師敗績，亮於陳攜二弟奔温嶠。」亂兵相剥掠，射誤中柂工，應弦而倒。舉船上咸失色分散，亮不動容，徐曰：「此手那可使著賊！」衆迺安〔一〕。

【校　文】

注「二弟」　「二」，景宋本作「三」。

【箋　疏】

〔一〕晉書亮傳及通鑑九十四作「此手何可使著賊」。胡注云：「言射不能殺賊，而反射殺柂工，自恨之辭也。」嘉錫案：晉書、通鑑均言亮左右射賊，誤中柂工。世説先言亮率左右十餘人乘小船西奔，方叙射中柂工事，則射者亦是亮左右，非亮也。假使是亮手自發矢，則左右何爲失色不安，豈畏亮盡殺餘人耶？既非亮所射，亮何用作自恨之辭。胡注望文生義，理不可通。顧炎武日知録二十七以注爲非是，而曰亮意蓋謂有此善射之手，使著賊身，亦必應弦而倒耳。解嘲之語也。趙紹祖通鑑胡注商五則曰：「余按柂工在船後，亮船正走，而賊追之。故左右射賊，誤中柂工，船上人不知，疑舟中有變，失色欲散。而亮故示閒暇以安之。言此箭若得著賊，亦必應弦而倒也。解嘲之辭耳。」嘉錫又案：顧氏之解庾亮語雖是，而云解嘲之語，則仍以爲亮所自射，尚沿胡注之誤。趙氏以爲亮左右所射是也。而謂船上人疑舟中有變，則於情事尚未協。蓋亮左右射賊，流矢亂發。及誤中柂工，亦不知此箭是誰所射。既已肇禍，人人自疑，畏亮嗔怒，且悔且懼。故倉黄欲散，亮乃鎮静不驚，從容談笑，言此手所發之箭若使著賊，那可復當？不惟不怒，且反奬其善射。於是衆心遂安也。晉書亦未解此意，改那可爲何可，不合當時語氣矣。

24 庾小征西嘗出未還。婦母阮是劉萬安妻，劉氏譜曰：「劉綏妻，陳留阮蕃女，字幼娥。」綏，别見〔一〕。與女上安陵城樓上〔二〕。俄頃翼歸，策良馬，盛輿衛。阮語女：「聞庾郎能騎，我何由得見？」婦告翼，庾氏傳曰：「翼娶高平劉綏女，字静女。」翼便爲於道開鹵簿盤馬，始兩轉，墜馬墮地，意色自若。

【箋疏】

〔一〕嘉錫案：劉綏見賞譽篇「劉萬安」條。

〔二〕程炎震云：「安陵當作安陸。晉書地理志：江夏郡治安陸。翼本傳：康帝即位，翼上疏移鎮襄陽。帝紀、通鑑並繫於建元元年。翼以永和元年卒，年四十一，則是年三十九矣。」

25 宣武桓溫。與簡文、太宰武陵王晞。共載，密令人在輿前後鳴鼓大叫。鹵簿中驚擾，太宰惶怖求下輿。顧看簡文，穆然清恬。宣武語人曰：「朝廷間故復有此賢。」〔一〕續晉陽秋曰：「帝性温深，雅有局鎮。嘗與桓温、太宰武陵王晞同乘，至板橋，温密勑令無因鳴角鼓譟，部伍並驚馳，温陽駭異，晞大震，帝舉止自若，音顔無變。温每以此稱其德量，故論者謂温服憚也。」

【箋　疏】

〔一〕程炎震云：「晉書簡文紀亦云『嘗與桓温及武陵王晞同載遊板橋』云云。御覽九十九引晉中興書同。晞有武幹，爲温所忌，何至惶怖乎？據御覽知出於中興書，知是簡文立後，史臣歸美之詞，未足據信。」嘉錫案：黜免篇注引司馬晞傳曰：「晞少不好學，尚武凶恣。時太宗輔政，晞以宗長不得執權，常懷憤慨。欲因桓温入朝殺之。」然則其人甚有膽勇，必不聞鼓譟而惶怖亦明矣。程氏以爲史臣歸美簡文之詞，蓋是也。

26 王劭、王薈共詣宣武，劭薈別傳曰：「劭字敬倫，丞相導第五子。清貴簡素，研味玄賾。大司馬桓温稱爲鳳雛〔一〕。累遷尚書僕射、吴國内史。薈字敬文，丞相最小子。有清譽，夷泰無競。仕至鎮軍將軍。」正值收庾希家。中興書曰：「希字始彦，司空冰長子。累遷徐、兖二州刺史。希兄弟貴盛，桓温忌之，諷免希官，遂奔於暨陽。初，郭璞筮冰子孫必有大禍，惟固三陽可以有後。故希求鎮山陽，弟友爲東陽，希自家暨陽。及温誅希弟柔、倩，聞希難，逃於海陵。後還京口聚衆，事敗，爲温所誅。」〔二〕薈不自安，逡巡欲去；劭堅坐不動，待收信還，得不定迺出。論者以劭爲優。

【箋疏】

〔一〕御覽三百八十九引劭別傳（誤作桓邵）「清貴簡素」下作「風姿甚美，而善治容儀，雖家人近習，莫見其怠墮之貌。温見而稱之曰：『可謂鳳雛。』」

〔二〕程炎震云：「庾希事，據晉書簡文紀在咸安二年。庾亮傳謂『温先殺柔、倩，希逃，經年乃於京口聚衆』。與中興書異。」嘉錫案：注中引中興書「聞希難」若作「希聞難」，便與晉書無不合矣。傳寫誤倒一字耳。亮傳云：「倩太宰長史，最有才器，桓温深忌之。及海西公廢，温陷倩及柔以武陵王黨，殺之。希聞難便與弟邈及子攸之逃於海陵陂澤中。温遣兵捕希，希聚衆於海濱，略漁人船，夜入京口城。温遣東海太守周少孫討之，城陷被擒。希、邈及子姪五人斬於建康市。」餘詳賞譽篇「庾公云逸少國舉」條。

27 桓宣武與郗超議芟夷朝臣，條牒既定，其夜同宿。續晉陽秋曰：「超謂温雄武，當樂推之運，遂深自委結。温亦深相器重，故潛謀密計，莫不預焉。」明晨起，呼謝安、王坦之入，擲疏示之，郗猶在帳内。謝都無言，王直擲還，云：「多！」宣武取筆欲除，郗不覺竊從帳中與宣武言〔一〕。謝含笑曰：「郗生可謂入幕賓也。」「帳」，一作「帷」。

【箋　疏】

〔一〕程炎震云：「晉書但云王、謝詣温論事，不言芟夷朝臣。蓋以帳中竊言，事近難信也。然叙於太和以前則誤。通鑑從晉書而移於寧康元年，殆近之。」

28 謝太傅盤桓東山時，與孫興公諸人汎海戲。中興書曰：「安先居會稽，與支道林、王羲之、許詢共遊處。出則漁弋山水，入則談説屬文，未嘗有處世意也。」風起浪涌，孫、王諸人色並遽，便唱使還。太傅神情方王，吟嘯不言。舟人以公貌閑意説，猶去不止。既風轉急，浪猛，諸人皆諠動不坐。公徐云：「如此，將無歸！」衆人即承響而回。於是審其量，足以鎮安朝野。

【校　文】

注「安先居會稽」　「先」，景宋本作「元」。

29 桓公伏甲設饌，廣延朝士，因此欲誅謝安、王坦之。晉安帝紀曰：「簡文晏駕，遺詔桓溫依諸葛亮、王導故事。溫大怒，以爲黜其權，謝安、王坦之所建也。入赴山陵，百官拜於道側，在位望者，戰慄失色。」或云自此欲殺王、謝。王甚遽，問謝曰：「當作何計？」謝神意不變，謂文度曰：「晉阼存亡，在此一行。」相與俱前。王之恐狀，轉見於色。謝之寬容，愈表於貌。望階趨席，方作洛生詠，諷「浩浩洪流」〔一〕。桓憚其曠遠，乃趣解兵。按宋明帝文章志曰：「安能作洛下書生詠，而少有鼻疾，語音濁。後名流多斅其詠，弗能及，手掩鼻而吟焉。桓溫止新亭，大陳兵衛，呼安及坦之，欲於坐害之。王入失措，倒執手版，汗流霑衣。安神姿舉動，不異於常。舉目徧歷溫左右衛士，謂溫曰：『安聞諸侯有道，守在四鄰。明公何有壁間著阿堵輩？』溫笑曰：『正自不能不爾。』於是矜莊之心頓盡。命部左右，促燕行觴，笑語移日。」王、謝舊齊名，於此始判優劣。

【校　文】

注「弗能及」　「弗」，景宋本作「菩」，非。沈本作「莫」。

注「失措」　「措」，景宋本作「厝」。

注「何有」　景宋本及沈本俱作「何須」。

注「命部左右」　「部」，景宋本作「卻」。

【箋疏】

〔一〕嘉錫案：洛下書生詠，其辭不傳。觀安石作洛生詠，而所諷爲嵇康詩。是蓋仿洛下書生讀書之聲以詠詩，本非篇名矣。顏氏家訓音辭篇曰：「音韻鋒出，各有土風，遞相非笑。指馬之諭，未知孰是。共以帝王都邑，參校方俗，考覈古今，爲之折衷。搉而量之，獨金陵與洛下耳。」按琅邪顏氏，自西平靖侯含隨晉元過江，至之推已歷九世（見北齊書之推傳及元和姓纂四），金陵爲南朝所都，故之推以與洛下並論。至於東晉士夫，多是中原舊族，家存東都之俗，人傳洛下之音。是以茂弘熨腹，真長笑其吴語；安石病鼻，名流斆其高詠焉。洛生詠音本重濁（見輕詆篇「人問顧長康」條注），安以有鼻疾，自然逼真，而時人以吴音讀之，故非掩鼻不能近似也。南齊書張融傳曰：「獠賊執融將殺食之，融神色不動，方作洛生詠，賊異之而不害也。」蓋江南名士慕安石之風流，故久而傳其聲。然融竟因以免禍，與安石同，斯亦異矣。吾友陳寅恪嘗考東晉南朝之吴語（見歷史語言研究所集刊第七本第一分），引世說此條及張融事論之曰：「據此則江東士族不獨操中原之音，亦且斆洛下之詠。張融本吴人，而臨危難仍能作洛生詠，雖由其心神鎮定，異乎常人，要必平日北音習俗，否則決難致此無疑也。」程炎震云：「嵇康贈秀才入軍詩：『浩浩洪流，帶我邦畿。』劉氏失注。」

30 謝太傅與王文度共詣郗超，日旰未得前，王便欲去。謝曰：「不能爲性命忍俄頃？」超得寵桓温，專殺生之威。

31 支道林還東，高逸沙門傳曰：「遁爲哀帝所迎，遊京邑久，心在故山，乃拂衣王都，還就巖穴。」時賢並送於征虜亭。丹陽記曰：「太安中，征虜將軍謝安立此亭〔一〕，因以爲名。」蔡子叔前至，坐近林公。中興書曰：「蔡系字子叔，濟陽人，司徒謨第二子。有文理，仕至撫軍長史。」謝萬石後來，坐小遠。蔡暫起，謝移就其處。蔡還，見謝在焉，因合褥舉謝擲地，自復坐。謝冠幘傾脱，乃徐起振衣就席，神意甚平，不覺瞋沮。坐定，謂蔡曰：「卿奇人，殆壞我面。」〔二〕蔡答曰：「我本不爲卿面作計。」其後，二人俱不介意。

【箋疏】

〔一〕程炎震云：「御覽一百九十四引丹陽記云：『謝石創征虜亭，太元中。』則太安當作太元。謝安當作謝石。」

〔二〕程炎震云：「據高僧傳支遁傳：『哀帝即位，出都，止東林寺。涉將三載，乃還東山。』考哀帝以升平五年辛酉即位，謝萬召爲散騎常侍（見初學記十二），會卒。則支遁還東時，萬已卒一二年矣。晉書萬傳叙此事，但云送客，不言支遁，殆已覺其誤也。高僧傳作謝安石，亦誤。安石此時當在吴興，不在建康也。謝石有謝白面之稱，以殆壞我面語推之，疑是謝石，後人罕見石奴，故於石字上或着安，或着萬耳。」嘉錫案：程氏謂支遁還東時，謝萬已死。其言固有明證，謂安石此時不得在建康，已失之拘。至因謝石號謝白面，遂以殆壞我面之語推定爲石，則不免可笑。擲地壞面，豈問其色之白黑耶！

32 郗嘉賓欽崇釋道安德問，安和上傳曰：「釋道安者，常山薄柳人，本姓衛，年十二作沙門。神性聰敏而貌至陋，佛圖澄甚重之。值石氏亂，於陸渾山木食修學，爲慕容俊所逼，乃住襄陽。以佛法東流，經籍錯謬，更爲條章，標序篇目，爲之注解。自支道林等皆宗其理。無疾卒。」餉米千斛，修書累紙，意寄殷勤。道安答直云：「損米。」愈覺有待之爲煩〔一〕。

【箋　疏】

〔一〕劉盼遂曰：「莊子齊物論：『景曰：吾有待而然者邪？吾所待又有待而然者邪？吾待蛇蚹蜩翼耶？』安公蓋引此語。」嘉錫案：高僧傳五作「安答書云：『損米千斛。』」世説殆因千斛二字複出從省。詳審文義，「愈覺有待之爲煩」一句，乃記者叙事之辭，非安公語也。蓋嘉賓之書，填砌故事，言之累牘不能休。而安公答書，乃直陳其事，不作才語。讀之言簡意盡，愈覺必待詞采而後爲文者，無益於事，徒爲煩費耳。由此觀之，駢文之不如散文便於叙事，六朝人已知之矣。

33 謝安南免吏部尚書還東，晉百官名曰：「謝奉字弘道，會稽山陰人。」謝氏譜曰：「奉祖端，散騎常侍。父鳳，丞相主簿。奉歷安南將軍、廣州刺史、吏部尚書。」謝太傅赴桓公司馬出西〔一〕，相遇破岡。既當遠別，遂停三日共語。太傅欲慰其失官，安南輒引以它端。雖信宿中塗，竟不言及此事。太傅深恨在心未盡，謂同舟曰：「謝奉故是奇士。」

【箋疏】

〔一〕程炎震云：「晉書禮志，穆帝崩，哀帝立，議繼統事，有尚書謝奉。則昇平五年，奉猶爲尚書。免官還東，更在其後。安石出西赴桓温司馬，則當在升平四年，參差不合，豈弘道前此嘗免官，復再起耶？」真誥八甄命授篇陶弘景注曰：「謝奉字宏道，會稽人。仕至吴郡丹陽尹、吏部尚書。」

34 戴公從東出，謝太傅往看之。謝本輕戴，見但與論琴書。戴既無吝色，而談琴書愈妙。謝悠然知其量。晉安帝紀曰：「戴逵字安道，譙國人。少有清操，恬和通任，爲劉真長所知。性甚快暢，泰於娛生。好鼓琴，善屬文，尤樂遊燕，多與高門風流者游，談者許其通隱。屢辭徵命，遂著高尚之稱。」

35 謝公與人圍棊，俄而謝玄淮上信至。看書竟，默然無言，徐向局。客問淮上利害，答曰：「小兒輩大破賊。」意色舉止，不異於常。續晉陽秋曰：「初，符堅南寇，京師大震。謝安無懼色，方命駕出墅，與兄子玄圍棊。夜還乃處分，少日皆辦。破賊又無喜容。其高量如此。」謝車騎傳曰：「氐賊符堅，傾國大出，衆號百萬。朝廷遣諸軍距之，凡八萬。堅進屯壽陽，玄爲前鋒都督，與從弟琰等選精鋭決戰。射傷堅，俘獲數萬計，得僞輦及雲母車，寶器山積，錦罽萬端，牛、馬、驢、騾、駝十萬頭匹。」〔一〕

【校　文】

注「符堅」　「符」，景宋本俱作「苻」，是。

注「十萬頭匹」　景宋本及沈本無「匹」字。

【箋　疏】

〔一〕晉書謝安傳曰：「苻堅强盛，率衆號百萬，次於淮、肥。京師震恐，加安征討大都督。玄入問計，安夷然無懼色，答曰：『已别有旨。』既而寂然。玄不敢復言，乃令張玄重請。安遂命駕出山墅，親朋畢集。方與玄圍棊賭别墅，安常棊劣於玄，是日玄懼，便爲敵手，而又不勝。安顧謂其甥羊曇曰：『以墅乞汝。』安遂游步，至夜乃還。指授將帥，各當其任。玄等既破堅，有驛書至，安方對客圍棊。

看書既竟，便攝放牀上，了無喜色，棊如故。客問之，徐答云：『小兒輩遂已破賊。』既罷還内，過户限，心喜甚，不覺屐齒之折。其矯情鎮物如此。」嘉錫案：所言與世説及續晉陽秋略同而加詳。馮景解春集文鈔卷七題圍棊賭墅圖曰：「嘗觀古之人，當大事危疑倉卒之時，往往託情博弈，以示鎮静。魏公子無忌已開其先，不自謝安始也。費禕督師禦魏，嚴駕將發，來敏就求圍棊，禕留意對戲，色無厭倦。敏起曰：『聊試卿耳！信自可人，必能辦賊。』安之與玄賭墅，亦猶敏之試禕與！抑不惟是，古人當大哀大樂死生呼吸之際，亦以圍棊示度量。如顧雍與僚屬圍棊，外啟信至，而無兒書，雖神色不變，而心瞭其故。以爪掐掌，血流霑褥，賓客既散，方歎曰：『已無延陵之高，豈可有喪明之責！』夫元歎逆知子凶問而漠然終弈，與安石既得捷書而漠然終弈，其矯情鎮物同也。然哀之極而掌血流與樂之過而屐齒折，同一鬱極而發，及其悲喜横決，反十倍於常情，不能自主也。」馮氏此文，頗切於情事，不同空言，故録之於此。趙蕤長短經臣行篇云：「或曰：『謝安石爲相，可與何人爲比？』虞南曰：『昔顧雍封侯之日，而家人不知，前代稱其質重，莫以爲偶。夫以東晉衰微，疆場日駭。永固六夷英主，親率百萬；苻融儁才名相，執鋭先驅。厲虎狼之爪牙，騁長蛇之鋒鍔。先築賓館，以待晉君。强弱而論，鴻毛泰山不足爲喻。文靖深拒桓沖之援，不喜謝玄之書，則勝敗之數，固已存於胸中矣。夫斯人也，豈以區區萬户之封，動其方寸者歟？若論其度量，近古以來，未見其匹。』」嘉錫案：舊唐志雜史類、新唐志雜家類並有虞世南帝王略論五卷。趙蕤所引，蓋出此書，避太宗諱，故稱虞南。

36 王子猷、子敬曾俱坐一室，上忽發火。子猷遽走避，不惶取屐；晉百官名曰：「王徽之，字子猷。」中興書曰：「徽之，羲之第五子。卓犖不羈，欲爲傲達，仕至黄門侍郎。」子敬神色恬然，徐喚左右，扶憑而出，不異平常。續晉陽秋曰：「獻之雖不修賞貫，而容止不妄。」世以此定二王神宇。

【校　文】

注「賞貫」　「賞」，景宋本作「常」。

37 符堅遊魂近境，堅別見。謝太傅謂子敬曰：「可將當軸，了其此處。」〔一〕

【校　文】

「符」　景宋本作「苻」，是。

【箋　疏】

〔一〕鹽鐵論雜論篇曰：「車丞相即周、魯之列，當軸處中，括囊不言，容身而去。彼哉！彼哉！」漢書車千秋傳贊作「車丞相履伊、吕之業」，餘同。文選干令升晉紀總論曰：「秉鈞當軸之士，身兼官以十數。」

38 王僧彌、謝車騎共王小奴許集。王珉、謝玄並已見。小奴，王薈小字也。僧彌舉酒勸謝云：「奉使君一觴。」謝曰：「可爾。」謝玄曾爲徐州，故云使君〔一〕。僧彌勃然起，作色曰：「汝故是吳興溪中釣碣耳〔二〕！何敢譸張！」玄叔父安，曾爲吳興，玄少時從之遊〔三〕，故珉云然。謝徐撫掌而笑曰：「衛軍，僧彌殊不肅省〔四〕，乃侵陵上國也。」〔五〕

【箋疏】

〔一〕程炎震云：「玄前爲兗州，不必定作徐州乃云使君也。此注殊泥。」

〔二〕李慈銘云：「案碣當作羯，玄之小名也。世說作遏。以封、胡推之，作羯爲是。蓋取胡、羯字爲小名，寓簡賤之意。如犬子、狗子（亦作苟子）、佛犬之類。古人小名皆此義也。此舉其小名，故曰釣羯。」嘉錫案：御覽四百四十六引語林：「謝碣絕重其姊」，正作「碣」。蓋羯、碣通用。又八百三十四引謝玄與兄書曰：「居家大都無所爲，正以垂綸爲事，足以永日。北固下大有鱸魚，一出手，釣得四十七枚。」又與書曰：「昨日疏成後，出釣。手所獲魚，以爲二坩鮓，今奉送。」又八百六十二引謝玄與婦書曰：「昨出釣，獲魚，作一坩鮓。今奉送。」是則謝玄平生性好釣魚，故王珉就其小字生義，詆爲吳興溪中釣碣，言汝不過釣魚之羯奴耳。

〔三〕嘉泰吳興志二記州治坊巷，有車騎坊。引舊圖經云：「城東北二里，有晉車騎將軍謝玄宅，在衙東門投北大街。」

〔四〕程炎震云：「晉書王薈傳不言爲『衛軍』。珉爲薈族子，玄長珉八歲，故得於薈許斥珉小字。」

〔五〕嘉錫以爲珉先斥玄小字，故玄以此報之，不必更論長幼也。然珉語近於醜詆，想見聲色俱厲，而玄出之以游戲，固足稱爲雅量。

39 王東亭爲桓宣武主簿，既承藉，有美譽，公甚欲其人地爲一府之望。初，見謝失儀，而神色自若。坐上賓客即相貶笑。公曰：「不然，觀其情貌，必自不凡，吾當試之。」後因月朝閣下伏〔一〕，公於内走馬直出突之，左右皆宕仆，而王不動。名價於是大重，咸云「是公輔器也」。續晉陽秋曰：「珣初辟大司馬掾，桓温至重之，常稱『王掾必爲黑頭公，未易才也』。」

【校 文】

「欲」 沈本作「敬」。

【箋 疏】

〔一〕嘉錫案：「閣下伏」，詳見文學篇「王東亭到桓公吏」條。

40 太元末，長星見，孝武心甚惡之。徐廣晉紀曰：「泰元二十年九月，有蓬星如粉絮，東南行，歷須女〔一〕，至央星。」按太元末，惟有此妖，不聞長星也。且漢文八年，有長星出東方〔二〕。文穎注曰：「長星有光芒，或竟天，或長十丈，或二三丈，無常也。」〔三〕此星見，多爲兵革事。此後十六年，文帝乃崩。蓋知長星非關天子，世説虛也。夜，華林園中飲酒，舉桮屬星云：「長星！勸爾一桮酒。自古何時有萬歲天子？」〔四〕

【校文】

注「至央星」　「央」，沈本作「哭」。

注「太元」　景宋本及沈本作「泰元」。

【箋疏】

〔一〕程炎震云：「晉書天文志作『歷女虛，至哭星』。」嘉錫案：注文「歷須女」當作「女虛」，見前引文。

〔二〕「漢文八年，長星見」，見漢書文帝紀。

〔三〕嘉錫案：此引文穎漢書注也。今顏師古注亦引之。

〔四〕嘉錫案：開元占經八十六引郄萌曰：「蓬星出太微中，天子（當爲下）立王，期不出三年。」又引荊州占曰：「蓬星出北斗魁中，王者坐賊死。若大臣諸侯，有受誅者。蓬星出司命，王者疾死。」又引何法盛中興書曰：「晉孝武太元二十年九月，有蓬星如粉絮，東南行。歷女、虚、危至哭星。其年烈宗崩。」然則孝武因蓬星之出，其占爲王者死，故言古無萬歲天子。世説誤「蓬星」爲「長星」耳。其言未必虚也。占經八十八引幽明録與此同。末多「取杯酬之，帝亦尋崩也」二句。

41 殷荆州有所識，作賦，是束晳慢戲之流。文士傳曰：「晳字廣微，陽平元城人，漢太子太傅踈廣後也。王莽末，廣曾孫孟達自東海避難元城，改姓，去『踈』之足以爲束氏〔一〕。晳博學多識〔二〕，問無不對。元康中，有人自嵩高山下得竹簡一枚，上兩行科斗書，司空張華以問晳。晳曰：『此明帝顯節陵中策文也。』檢校果然。曾爲䴵賦諸文〔三〕，文甚俳諧。三十九歲卒〔四〕，元城爲之廢市。」殷甚以爲有才，語王恭：「適見新文，甚可觀。」便於手巾函中出之〔五〕。王讀，殷笑之不自勝。王看竟，既不笑，亦不言好惡，但以如意帖之而已〔六〕。殷悵然自失。

【箋疏】

〔一〕晉書束晳傳載改姓之説，略同文士傳。二十二史考異二十一曰：「説文：疏，從㐬，從疋，以疋得聲。隸變疏爲踈，與束縛之束本不相涉。疋古胥字，古人胥、疏同聲，故從疋聲也。疏之改束，自取聲相轉，如耿之爲簡，奚之爲嵇耳。唐人不通六書，乃有去足之説。」嘉錫案：此説出自張隲文士傳。隲雖不詳時代，然裴松之、劉孝標皆引其書，則其人當生於晉代，不得歸罪於唐人也。錢氏但就晉書言之耳。松之於魏志王粲傳注中譏隲虛僞妄作，是其學識甚陋，容或不知六書。然疎孟達時，佐隸書已盛行，隸書疏字變爲從足從束。去其偏旁，因有去足之説。此如説文序所謂馬頭人爲長，人持十爲斗，何必定合六書耶？考元和姓纂入聲三燭引晉書云：「疎廣曾孫孟達，（今本姓纂作疎廣之後孫孟達，據古今姓氏遥華韻癸集一引改。）避王莽亂，自東海徙沙鹿山南田，因去𤴓爲束氏。」則晉書本作去𤴓，不作去足，未嘗誤也。第不知所引是否唐修晉書耳。

〔二〕御覽三百六十二引作「廣曾孫孟造，自東海避難歸蕪城」，非是。文選補亡詩注引王隱晉書曰：「束晳字廣微，平陽陽干人也。父惠，馮翊太守。兄璆，與晳齊名。嘗覽古詩，惜其不補，故作詩以補之。賈謐請爲著作郎。」嘉錫案：今晉書束晳傳稱「祖混，隴西太守。父龕，馮翊太守。晳與兄璆俱知名」云云。其父兄之名與王隱書皆不同，未詳其故。

〔三〕嘉錫案：晳餅賦，嚴可均全晉文八十七據書鈔、類聚、初學記、御覽輯録成篇。考宋祝穆事文類聚續集十七，亦載有此賦。視嚴輯本僅少六句。若非自古書録出，則必是宋人已有輯本也。

〔四〕程炎震云：「晉書云：『年四十卒。』」

〔五〕程炎震云：「御覽三百九十一引函中二字作亟。」

〔六〕程炎震云：「帖，御覽作點。」

42 羊綏第二子孚，少有儁才，與謝益壽相好，益壽，謝混小字也。嘗蚤往謝許，未食。俄而王齊、王睹來。王睹已見〔一〕。齊，王熙小字也。中興書曰：「熙字叔和，恭次弟。尚鄱陽公主，太子洗馬，早卒。」既先不相識，王向席有不説色，欲使羊去。羊了不眄，惟腳委几上，詠矚自若。謝與王叙寒温數語畢，還與羊談賞，王方悟其奇，乃合共語。須臾食下，二王都不得餐，惟屬羊不暇〔二〕。羊不大應對之，而盛進食，食畢便退。遂苦相留〔三〕，羊義不住，直云：「向者不得從命，中國尚虛。」〔四〕二王是孝伯兩弟。

【箋疏】

〔一〕嘉錫案：睹，王爽小字。見文學篇「王孝伯在京行散」條。

〔二〕嘉錫案：二王敬其人，故代謝作主人，勸其加餐。

〔三〕嘉錫案：「苦相留」，二王留之也。

〔四〕嘉錫案：二王先欲羊去，羊已覺之，而置不與較。及二王前倨後恭，苦留共談，羊乃云：「向者，君欲我去。不得從命者，直因腹内尚虛。今食已飽，便當逕去耳。」云中國尚虛者，蓋當時人常語，以腹心比中國，四肢比夷狄也。

中國古典文學基本叢書

世說新語箋疏

中册

〔南朝宋〕劉義慶 撰
〔南朝梁〕劉孝標 注
余嘉錫 箋疏

中華書局

〔一〕人物志英雄篇曰：「夫草之精秀者爲英，獸之特群者爲雄，故人之文武茂異，取名於此。是故聰明秀出謂之英，膽力過人謂之雄。此其大體之别名也。若校其分數，則互相須各以二分，取彼一分，然後乃成。必聰能謀始，明能見機，膽能決之，然後可以爲英。張良是也。氣力過人，勇能行之，智足斷事，乃可以爲雄。韓信是也。體分不同，以多爲目，故英雄異名。然皆偏至之材，人臣之任也。若一人之身，兼有英雄，則能長世。高祖、項羽是也。」今人湯用彤讀人物志曰：「英雄者，漢、魏間月旦人物所有名目之一也。天下大亂，撥亂反正，則需英雄。漢末豪俊並起，群欲平定天下，均以英雄自許。故王粲著有漢末英雄傳。夫撥亂端仗英雄，故後漢書言許子將目曹操曰：『子清平之姦賊，亂世之英雄。』而孟德爲之大悦。蓋操素以創業自任也。」

2　曹公問裴潛曰：「卿昔與劉備共在荆州，卿以備才如何？」潛曰：「使居中國，能亂人，不能爲治。若乘邊守險，足爲一方之主。」〔一〕

〔一〕魏志曰：「潛字文行，河東人。避亂荆州，劉表待之賓客禮。潛私謂王粲、司馬芝曰：『劉牧非霸王之才，而欲以西伯自處，其敗無日矣！』遂南渡，適長沙。」

【校　文】

注「待之賓客禮」　「之」，景宋本作「以」。

注「遂南渡適長沙」　景宋本作「累遷尚書令，贈太常」。

【箋疏】

〔一〕嘉錫案：以劉備之才，若使早居中國，乘時得位，與曹操易地而處。備既寬厚愛人，輔之以諸葛亮，皋、伊之亞，其施政治民，奚啻高出於操，何至不能爲治哉？而裴潛之言乃如此。考之潛本傳，叙潛與操問答後即云：「時代郡大亂，以潛爲代郡太守。在代三年，還後數十日，三單于反問至，乃遣鄢陵侯彰征之。」檢魏武紀：「代郡、上谷、烏丸、無臣、氐等叛，遣鄢陵侯彰討破之。」事在建安二十三年夏四月。故潛之守代郡，通鑑六十七叙之於二十一年五月之後。劉備已先於十九年夏四月尅成都。方操與潛問答之時，備之取蜀，亦已久矣。此必二十年冬操已降張魯，與備争漢中之時。方以備爲勁敵，懼其不克，故發此問。潛知備之才足以定蜀，而地狹兵少，必不能遽復中原。操雖强盛，而所值乃當世人傑，亦決不能并蜀。故推測形勢而爲是言。此特戰國策士揣摩之餘習，不足以言識鑒也。

3　何晏、鄧颺、夏侯玄並求傅嘏交，而嘏終不許。魏略曰：「鄧颺字玄茂，南陽宛人，鄧禹之後也。少得士名。明帝時爲中書郎，以與李勝等爲浮華被斥。正始中，遷侍中、尚書。爲人好貨，臧艾以父妾與颺，得顯官，京師爲之語曰：『以官易富鄧玄茂。』何晏選不得人，頗由颺，以黨曹爽誅。」諸人乃因荀粲説合之，謂嘏曰：

「夏侯太初一時之傑士，虚心於子，而卿意懷不可交。合則好成，不合則致隙。二賢若穆，則國之休，此藺相如所以下廉頗也。」史記曰：「相如以功大拜上卿，位在廉頗右。頗怒，欲辱之。相如每稱疾，望見，引車避匿。其舍人欲去之，相如曰：『夫以秦王之威而吾廷叱之，何畏廉將軍哉？顧秦彊趙弱，秦以吾二人故不敢加兵於趙。今兩虎鬬，勢不俱生，吾以公家急而後私讐也。』頗聞，謝罪。」傅曰：「夏侯太初志大心勞，能合虚譽，誠所謂利口覆國之人。何晏、鄧颺有爲而躁，博而寡要，外好利而内無關籥，貴同惡異，多言而妬前。多言多釁，妬前無親。以吾觀之：此三賢者，皆敗德之人耳！遠之猶恐罹禍，況可親之邪？」後皆如其言。傅子曰：「是時何晏以才辯顯於貴戚之間，鄧颺好交通，合徒黨，鬻聲名於閭閻，夏侯玄以貴臣子，少有重名，皆求交於嘏，嘏不納也。嘏友人荀粲有清識遠志，然猶勸嘏結交云。」〔一〕

【箋疏】

〔一〕李慈銘云：「案夏侯重德，平叔名儒，嘏於是時名位未顯，何至内交見拒，且煩奉倩爲言？觀晉書列女傳，當何、鄧在位時，嘏之弟玄以見惡於何、鄧，至於求婚不得。豈有太初嶽嶽，反藉嘏輩爲重？此自緣三賢敗後，晉人增飾惡言，國史既以忠爲逆，私家復誣賢爲奸。如魏志嘏傳，皆不可信。傅子即玄所作，出於仇怨之辭，世説轉據舊聞，是非多謬。然太初名德，終著古今，不能相累。平叔論語，永列學官，以視嘏輩，直蜉蝣耳。近儒王氏懋竑白田雜著中言之當矣。」魏志荀彧傳注引何劭所爲荀粲傳曰：「粲與嘏善，夏侯玄亦親。常謂嘏、玄曰：『子等在世塗間，功名必勝我，但識劣我耳！』嘏難曰：『能盛功名者，識也。天下孰有本不足，而末有餘者邪？』粲曰：『功名者，志局之所奬也。然則志局自一物耳，固非識之所獨濟也。我以能使子等爲貴，然未必齊子等所爲也。』」嘉錫案：傅嘏傳注引傅子稱嘏與何曾善，劭即曾之子。晉書曾傳稱劭與武帝同年。帝以太熙元年崩，年五十五，則劭與帝蓋同生於魏青龍四年。當正元二年，傅嘏卒時，劭年已二十矣。以通家子記其父執之生平，自必確鑿可信。觀其載荀粲評論夏侯玄與傅嘏之言，一則曰子等，再則曰子等，是必三人覿面之所談也。夫促膝抵掌，相與論心，其交情之密可知。嘏之答粲，第謂識爲功名之本，而不言己與玄志局之不同，是於粲之所評，固已默許之矣。其意氣之相合，又可知也。而謂玄欲求交，而嘏不許，此矯誣之言，但欲以欺天下後世，而無如同時之何劭已載筆而從其後，何也？蓋玄與嘏最初皆欲立功於國，已而各行其志，嘏爲司馬氏之死黨，而玄則司馬師之讎敵也。二人之交，遂始合而終暌。抑或玄敗之後，嘏始諱之，飾爲此言以自解免。傅玄著書，爲其從兄門户計，又從而傅會之耳。嘏於叛君負國之事，攘臂恐後，則其忍於誣罔以賣其死友，亦固其所。獨怪世說竟採其語，列於識鑒之篇，而後世論史者，亦皆深信而不疑，無一人能發其覆者，爲可歎也！據本書方正篇及注：玄不與鍾會交，及下獄後，會因便狎玄，而玄正色拒之。與陳本善，而不與本弟騫相見，其嚴於交游如此。嘏與玄友，不爲所拒亦幸矣。玄何爲獨虚心於嘏，欲求交而不可得乎？魏志嘏傳注引傅子云：「司隸校尉鍾會年甚少，嘏以明智交會。」考之會傳及注：會於司馬師執政時，爲中書侍郎，師稱其有王佐才。師伐毌丘儉，嘏、會皆從，而會典知密事，蓋有盛寵於師。師死後，二人協謀召司馬昭而授之以兵，遂成魏室之禍。嘏先與荀粲善，粲者，荀彧之子，知名當世。傅子又稱嘏與會及何曾、陳泰、荀顗、鍾毓並相友善，蓋在司馬氏得政以後，以黨援相結納。然則嘏之取友，因名與勢以爲離合者也。方曹爽未敗以前，玄以貴公子有重名，嘏未爲何晏所排時，與爽亦無隙。及爽既敗，司馬懿猶以通家子遇玄，故晏等死而玄獨免。嘏亦何所畏憚而不樂與玄交，且拒絶之乎？故吾謂此乃嘏與傅玄事後撰造之辭，而非其實也。又案：何晏、鄧颺雖有浮華之過，然並一時名士。其死則因陷於曹爽之黨，爲司馬懿所殺。爽等死，而司馬氏篡逆之勢成，爲魏之臣子者當悲之，不當幸之也。至於夏侯玄之死，事由中書令李豐與皇后父光禄大夫張緝謀欲以玄輔政而誅司馬師，事洩被殺。具見魏志夏侯尚傳。緝等此謀，奉君命以討逆臣，與董承衣帶詔事無以異。玄爲國家而死，尤不當以成敗議之也。王懋竑白田雜著四論李豐、傅嘏曰：「李豐爲司馬師所引用，乃與魏主謀，以夏侯玄代師輔政。此魏之忠臣，莫有過焉者也。」「傅嘏論夏侯玄、何晏、鄧颺語，論李豐語，皆出傅子，傅子，傅玄所著。玄、嘏從父兄弟，故多載其語。按嘏本傳：『魏黄門侍郎，以與晏等不合免官，後起爲滎陽太守，不就。司馬懿請爲從事中郎，遂附從懿父子以傾魏。爽之誅，齊王之廢，嘏皆與有力焉。』故爽誅，即以嘏爲河南尹，轉尚書，賜爵關内侯。齊王廢，進爵武鄉亭侯。及毌丘儉、文欽兵起，嘏勸師自行，與之俱東。師卒，中詔嘏還師。嘏輒與昭俱還，以成司馬氏之篡。跡其始末，蓋與賈充不異。幸其早死，不與佐命之數。此乃魏之逆臣，其與何晏、鄧颺及玄、豐不平，皆以其爲魏故，而自與鍾毓、鍾會、何曾、陳泰、荀顗善，則皆司馬氏之黨也。所譏議晏等語，大率以愛憎爲之。如晏輩固不足道，若豐、玄豈不勝於鍾會、何曾、荀顗，而嘏之好惡如此。陳壽論嘏用才達顯，而裴松之謂嘏當時高流。壽所評不足見其美，庸人之論，淺陋可笑。」嘉錫案：世説此節與嘏傳裴注所引傅子大同小異。孝標取世説所删去者，存之於注，以著其緣起，且以明世説之出於傅子也。傅玄在魏官位未高，或尚非司馬氏之腹心。然其於何晏、鄧颺，則讎敵也。晉書列女傳曰：「杜有道妻嚴氏，字憲。女韡有淑德，傅玄求爲繼室，憲便許之。時玄與何晏、鄧颺不穆，晏等每欲害之，時人莫肯共婚，及憲許玄，内外以爲憂懼。或曰：『何、鄧執權，必爲玄害，亦由排山壓卵，以湯沃雪耳。奈何與之爲親？』憲曰：『晏等驕侈，必將自敗，司馬太傅，睡獸耳！吾恐卵破雪消，行自有在。』遂與玄爲婚。晏等尋亦爲宣帝所誅。」此傳末言憲以妹女妻玄子咸，必是玄父子所作，而晉史採之。觀其言玄與晏、颺等不相容如此，固宜其載傅嘏之言，力詆晏等，以快其宿憤也。乃後之人爲玄之文采所炫惑，裴松之既採其言入傅嘏傳注中，劉義慶又録之世説，司馬公作通鑑亦載於卷七十六，皆以嘏言爲定評。不知李豐固忠臣，夏侯玄亦英傑，其人品皆非傅嘏所敢望。何晏爲正始名士，雖與王弼鼓扇虚浮，不爲無罪，而其死要爲不幸，亦非嘏、玄兄弟所得而議也。李蓴客以晏有注論語之功，推爲名儒，未免太過。惟王氏之論爲能協是非之公，故具録之於此，俾與蓴客之評相參證焉。若夫嘏未嘗拒不與玄交，已具見於前，此不復論。

4 晉武帝講武於宣武場，帝欲偃武修文，親自臨幸〔一〕，悉召群臣。山公謂不宜爾，因與諸尚書言孫、吳用兵本意。遂究論，舉坐無不咨嗟。皆曰：「山少傅乃天下名言。」〔二〕史記曰：「孫武，齊人。吳起，衛人。並善兵法。」竹林七賢論曰：「咸寧中，吳既平，上將爲桃林、華山之事，息役弭兵，示天下以大安。於是州郡悉去兵，大郡置武吏百人，小郡五十人。時京師猶講武，山濤因論孫、吳用兵本意。濤爲人常簡默，蓋以爲國者不可以忘戰，故及之。」名士傳曰：「濤居魏、晉之間，無所標明〔三〕，嘗與尚書盧欽言及用兵本意。武帝聞之，曰：『山少傅名言也。』」〔四〕後諸王驕汰，輕遘禍難，於是寇盜處處蟻合，郡國多以無備，不能制服，遂漸熾盛，皆如公言。時人以謂山濤不學孫、吳，而闇與之理會。王夷甫亦歎云：「公闇與道合。」竹林七賢論曰：「永寧之後，諸王構禍，狡虜欻起，皆如濤言。」名士傳曰：「王夷甫推歎濤『晻晻爲與道合，其深不可測』。皆此類也。」

【校文】

注「無所標明」「明」，景宋本及沈本作「名」。

【箋疏】

〔一〕程炎震云：「武紀：泰始十年、咸寧元年、三年十一月，數臨宣武觀大閱。」

〔二〕程炎震云：「濤傳：『咸寧初，轉太子少傅，舉盧欽論用兵之本，以爲不宜去州郡武備。』武紀：『咸寧四年三月，尚書左僕射盧欽卒，山濤代之。』」

〔三〕宋本賞譽篇注引顧愷之畫贊亦云：「濤無所標名。」

〔四〕吴士鑑晉書山濤傳注曰：「案武帝紀：帝臨宣武觀大閱事，在咸寧三年。尚在平吴之前。七賢論誤謂『吴既平』也。盧欽卒於咸寧四年，亦不逮平吴之後。世説謂『舉坐以爲名言』，與本傳及名士傳作武帝之言亦異。」

5 王夷甫父乂爲平北將軍，有公事，使行人論不得。時夷甫在京師，命駕見僕射羊祜、尚書山濤。夷甫時總角，姿才秀異，叙致既快，事加有理，濤甚奇之。既退，看之不輟，乃歎曰：「生兒不當如王夷甫邪？」羊祜曰：「亂天下者，必此子也！」〔一〕

〔一〕晉陽秋曰：「夷甫父乂，有簡書，將免官，夷甫年十七〔二〕，見所繼從舅羊祜，申陳事狀，辭甚俊偉。祜不然之，夷甫拂衣而起。祜顧謂賓客曰：『此人必將以盛名處當世大位，然敗俗傷化者，必此人也！』」漢晉春秋曰：「初，羊祜以軍法欲斬王戎，夷甫又忿祜言其必敗，不相貴重。天下爲之語曰：『二王當朝，世人莫敢稱羊公之有德。』」

【箋疏】

〔一〕李慈銘云：「案此條諸人皆名，夷甫獨字，孝標爲梁武諱，追改之耳。」

〔二〕程炎震云：「王衍以永嘉五年卒，年五十六。則十七歲，乃泰始八年。考羊祜爲尚書左僕射，五年二月督荆，此當是泰始五年事。晉書衍傳作年十四，是也。」嘉錫案：晉書武帝紀「泰始四年二月，以中軍將軍羊祜爲尚書左僕射。五年二月，以尚書左僕射羊祜都督荆州諸軍事。」則祜之爲僕射，首尾僅及一年，王衍之見祜，必當在泰始四、五年之間。衍傳言：衍年十四，在京師造僕射羊祜。案衍爲石勒所殺，年五十六。本傳不言其死之年月。考之通鑑卷八十七，事在永嘉五年。以此推之，則泰始五年，衍年十四。蓋其時祜尚未赴荆州，故衍得往見，情事正合。若如晉陽秋之言，衍年十七，始見羊祜，則祜去僕射之任，已三年矣。蓋傳聞異辭，與世説不同。孝標引以爲注，失之不考。晉書於羊祜傳，亦叙王衍詣祜於祜都督荆州之後，蓋雜採成書，而未覈其年月，不悟其與衍傳自相牴牾也。吳承仕曰：「晉書羊祜傳：衍詣祜，辭甚俊辯。祜不然之。衍拂衣而起。祜顧謂賓客曰『王夷甫方以盛名處大位』云云，按方以二字，當爲將以。以衍傳證之，時年方十四耳。王衍傳言：泰始八年詔舉奇才可以安邊者，衍初好論縱横之術，故尚書盧欽舉爲遼東太守，不就。按泰始八年，衍年僅十七，恐非情實。」

6 潘陽仲見王敦小時，謂曰：「君蜂目已露，但豺聲未振耳。必能食人，亦當爲人所食。」〔一〕

晉陽秋曰：「潘滔字陽仲，滎陽人，太常尼從子也。有文學才識。永嘉末，爲河南尹，遇害。」漢晉春秋曰：「初，王夷甫言東海王越，轉王敦爲楊州。潘滔初爲太傅長史，言於太傅曰：『王處仲蜂目已露，豺聲未發，今樹之江外，肆其豪彊之心，是賊之也。』」晉陽秋曰：「敦爲太子舍人，與滔同僚，故有此言。」習、孫二説，便小遷異〔二〕。春秋傳曰：「楚令尹子上謂世子商臣，蜂目而豺聲，忍人也。」

【校　文】

注「楊州」　景宋本作「揚州」。

【箋　疏】

〔一〕李詳云：「詳案：漢書王莽傳，有用方技待詔黄門者，或問以莽形貌。待詔曰：『莽所謂鴟目虎吻，豺狼之聲者也。故能食人，亦當爲人所食。』陽仲之語本此。」

〔二〕程炎震云：「如習説，則在惠帝末；如孫説，則在惠帝初。皆非王敦小時。孝標此注，蓋隱以規正本文，今晉書則從孫説。」

7　石勒不知書，石勒傳曰：「勒字世龍，上黨武鄉人，匈奴之苗裔也。雄勇好騎射。晉元康中，流宕山東，與平原茌平人師懽家庸，耳恒聞鼓角鞞鐸之音，勒私異之。初，勒鄉里原上地中生石日長，類鐵騎之象。國中生人參，葩葉甚盛。于時父老相者皆云：『此胡體貌奇異，有不可知。』勸邑人厚遇之，人多哂而不信。永嘉初，豪傑並起，與胡王陽等十八騎詣汲桑，爲左前督。桑敗，共推勒爲主。攻下州縣，都於襄國。後僭正號，死，謚明皇帝。」使人讀漢書。聞酈食其勸立六國後，刻印將授之，大驚曰：「此法當失，云何得遂有天下？」至留侯諫，乃曰：「賴有此耳！」鄧粲晉紀曰：「勒手不能書，目不識字，每於軍中令人誦讀，聽之，皆解其意。」漢書曰：「項羽急圍漢王於滎陽，漢王與酈食其謀撓楚權。食其勸立六國後，王令趣刻印。張良入諫，以爲不可。輟食吐哺，罵酈生曰：『豎儒，幾敗乃公事！』趣令銷印。」

【校文】

注「勒手不能書」　景宋本及沈本作「勒不知書」。

8 衛玠年五歲，神衿可愛。祖太保曰：「此兒有異，顧吾老，不見其大耳！」〔一〕晉諸公贊曰：「瓘字伯玉，河東安邑人。少以明識清尤稱。傅嘏極貴重之，謂之甯武子〔二〕。仕至太保，爲楚王瑋所害。」玠別傳曰：「玠有虛令之秀，清勝之氣，在群伍之中，有異人之望。祖太保見玠五歲曰：『此兒神爽聰令，與衆大異，恐吾年老，不及見爾。』」

【箋疏】

〔一〕程炎震云：「伯玉死於永康元年，玠年六歲。」

〔二〕論語公冶長：「子曰：『甯武子，邦有道則知，邦無道則愚。其知可及也，其愚不可及也。』」注：孔安國曰：「詳愚似實，故曰不可及也。」皇侃義疏引王朗曰：「或曰：『詳愚，蓋運智之所得，緣有此智，故能有此愚。豈得云同此智而闕其愚哉？』答曰：『智之爲名，止於布德尚善，動而不黜者也，愚無預焉。至於詳愚，韜光潛綵，恬然無用，支流不同，故其稱亦殊。且智非足者之目可有，雖審其顯，而未盡其愚者矣。』」嘉錫案：以甯武子之愚爲詳愚，乃漢、魏人解論語與宋儒異處。晉書衛瓘傳云：「弱冠爲魏尚書郎，轉中書郎。時權臣專政，瓘優游其間，無所親疎，甚爲傅嘏所重，謂之甯武子。」權臣謂曹爽也。傅嘏乃司馬氏之黨，與爽等異趣，故以爽執政之時爲無道之世，而歎瓘之能韜光潛綵，爲似甯武子也。

9 劉越石云：「華彦夏識能不足，彊果有餘。」虞預晉書曰：「華軼字彦夏，平原人，魏太尉歆曾孫也。累遷江州刺史。傾心下士，甚得士歡心。以不從元皇命見誅。」漢晉春秋曰：「劉琨知軼必敗，謂其自取之也。」

10 張季鷹辟齊王東曹掾〔一〕，在洛見秋風起，因思吴中菰菜羹、鱸魚膾〔二〕，曰：「人生貴得適意爾，何能羈宦數千里以要名爵！」遂命駕便歸〔三〕。俄而齊王敗，時人皆謂爲見機〔四〕。文士傳曰：「張翰字季鷹。父儼，吴大鴻臚。翰有清才美望，博學善屬文，造次立成，辭義清新。大司馬齊王冏辟爲東曹掾。翰謂同郡顧榮曰：『天下紛紛未已，夫有四海之名者，求退良難。吾本山林間人，無望於時久矣。子善以明防前，以智慮後。』榮捉其手，愴然曰：『吾亦與子採南山蕨，飲三江水爾！』翰以疾歸，府以輒去除吏名。性至孝，遭母艱，哀毀過禮。自以年宿，不營當世，以疾終於家。」

【校　文】

注「府以輒去除吏名」　「府」沈本作「榮」。

【箋　疏】

〔一〕程炎震云：「晉書翰傳：齊王冏辟爲大司馬東曹掾。」

〔二〕御覽引作「菰菜、蓴羹、鱸魚膾」，與晉書合，當據補。齊民要術八作羹臛法篇有膾魚、蓴羹，則蓴北方亦有之，不必吴中。而季鷹思之不置者，以他處之蓴入秋輒不可食也。要術曰：「四月蓴生，莖而未葉，名作雉尾蓴。第一作肥羹。葉舒長足，名曰絲蓴。五月、六月用絲蓴。入七月盡。九月、十月内不中食，蓴有蝸蟲著故也。蟲甚細微，與蓴一體，不可識别，食之損人。」嘉泰吴興志二十曰：「長興縣西湖出佳蓴。今水鄉亦種，夏初來賣，軟滑宜羹。夏中輒麄澀不可食，不如吴中者，至秋初亦軟美。」此張翰所以思也。御覽八百六十二引春秋佐助期曰：「八月雨後，苽菜生於洿下地中，作羹臛甚美。吳中以鱸魚作膾，（原作鱸，誤。）苽菜爲羹，魚白如玉，菜黄若金，稱爲金羹玉鱸，一時珍食。」吳郡志二十九曰：「菰葉羹，晉張翰所思者。按菰即茭也。菰首，吳謂之茭白，甘美可羹，而葉殊不可噉。疑葉衍或誤。」嘉錫案：晉書張翰傳作「菰菜、蓴羹」，世説作「菰菜羹」，無作菰葉羹者。吳郡志實誤引而誤辨。志又曰：「鱸魚生松江，尤宜膾。潔白鬆軟，又不腥，在諸魚之上。江與太湖相接。湖中亦有鱸。俗傳江魚四鰓，湖魚止三鰓，味輒不及。秋初魚出，吳中好事者競買之。或有游松江就膾之者。」金谷園記謂鱸魚常以仲秋從海入江。

〔三〕歲華紀麗三：「張季鷹之歌發。鱸魚歌曰：『秋風起兮木葉飛，吳江水兮鱸正肥。三千里兮家未歸，恨難禁兮仰天悲。』遂掛冠而去。」

〔四〕文廷式純常子枝語卷五曰：「季鷹真可謂明智矣。當亂世，惟名爲大忌。既有四海之名而不知退，則雖善於防慮，亦無益也。季鷹、彦先皆吳之大族。彦先知退，僅而獲免。季鷹則鴻飛冥冥，豈世所能測其淺深哉？陸氏兄弟不知此義，而乾没不已，其淪胥以喪，非不幸也！」

11 諸葛道明初過江左，自名道明，名亞王、庾之下。中興書曰：「恢避難過江，與潁川荀道明〔一〕、陳留蔡道明俱有名譽，號曰『中興三明』。時人爲之語曰：『京都三明各有名，蔡氏儒雅荀、葛清。』」〔二〕先爲臨沂令，丞相謂曰：「明府當爲黑頭公。」〔三〕語林曰：「丞相拜司空，諸葛道明在公坐，指冠冕曰：『君當復著此。』」

【校　文】

注「恢避難」　書鈔所引「恢」下有：「字道明，弱冠知名。中宗元帝爲安東，召爲主簿。」

注「與潁川荀道明陳留蔡道明」　書鈔「與」作「于時」，「荀」下有「顗字」二字，「蔡」下有「謨字」二字。

【箋　疏】

〔一〕程炎震云：「荀道明名闓，見晉書恢傳。文選王文憲集序注引中興書同。」嘉錫案：荀闓者，勖之孫。晉書附見勖傳，文選注引中興書作荀顗者誤。顗字景倩，彧子。晉書有傳。程氏於此未能考正。

〔二〕嘉錫案：書鈔六十九引世説即此條注也，較今本多數句。蓋宋人因恢仕履已見方正篇注中，以此爲重複而刪之。其實兩注所引不同，無妨互見也。「避難過江」四字，「各有名」三字，書鈔無。

〔三〕李慈銘云：「案王導臨沂人，故稱恢爲明府。漢人稱明府皆屬太守。晉以後始以稱縣令，蓋尊崇之若太守。然而至今以爲故事，不知本義矣。」

12 王平子素不知眉子，曰：「志大其量，終當死塢壁間。」晉諸公贊曰：「王玄字眉子，夷甫子也。東海王越辟爲掾，後行陳留太守。大行威罰，爲塢人所害。」

【校　文】

「其量」　「其」，景宋本及沈本俱作「無」。

13 王大將軍始下，楊朗苦諫不從，遂爲王致力，乘「中鳴雲露車」逕前曰〔一〕：「聽下官鼓音，一進而捷。」王先把其手曰：「事克，當相用爲荊州。」既而忘之，以爲南郡。晉百官名曰：「朗字世彦，弘農人。」楊氏譜曰：「朗祖囂，典軍校尉。父淮〔二〕，冀州刺史。」王隱晉書曰：「朗有器識才量，善能當世。仕至雍州刺史。」王敗後，明帝收朗，欲殺之。帝尋崩，得免。後兼三公〔三〕，署數十人爲官屬。此諸人當時並無名，後皆被知遇。于時稱其知人。

【箋　疏】

〔一〕程炎震云：「晉書平原王幹傳：『陰雨則出犢車。』王尼傳：『惟蓄露車，有牛一頭。』」嘉錫案：此云「中鳴雲露車」，疑與尋常所謂露車不同，俟考。

〔二〕程炎震云：「魏志陳思王傳注：『楊修子囂，囂子準，皆知名於晉世。準，惠帝末爲冀州刺史。』品藻篇『冀州刺史楊淮』條，宋本亦作準，晉書樂廣傳亦作準。」

〔三〕李慈銘云：「案三公下當有一曹字。三公曹郎主典選。」程炎震云：「晉書職官志列曹尚書有三公曹。渡江止有吏部、祠部、五兵、左民、度支五尚書，而十八曹郎内仍有三公曹。蓋以他尚書攝職，故云兼也。」

14 周伯仁母冬至舉酒賜三子曰：「吾本謂度江託足無所。爾家有相，爾等並羅列吾前，復何憂？」周嵩起，長跪而泣曰：「不如阿母言。伯仁爲人志大而才短，名重而識闇，好乘人之弊，此非自全之道。嵩性狼抗，亦不容於世。惟阿奴碌碌，當在阿母目下耳！」鄧粲晉紀曰：「阿奴，嵩之弟周謨也。」三周並已見。

15 王大將軍既亡，王應欲投世儒，世儒爲江州。王含欲投王舒，舒爲荆州。含語應曰：「大將軍平素與江州云何，而汝欲歸之？」應曰：「此迺所以宜往也。晉陽秋曰：「應字安期，含子也。敦無子，養爲嗣，以爲武衛將軍，用爲副貳，伏誅。」江州當人彊盛時，能抗同異〔一〕，此非常人所行。及覩衰危，必興愍惻。王彬別傳曰：「彬字世儒，琅邪人。祖覽，父正，並有名德。彬爽氣出儕類，有雅正之韻。與元帝姨兄弟，佐佑皇業，累遷侍中。從兄敦下石頭，害周伯仁，彬與顗素善，往哭其尸，甚慟。既而見敦，敦怪其有慘容而問之。答曰：『向哭周伯仁，情不能已。』敦曰：『伯仁自致刑戮，汝復何爲者哉？』彬曰：『伯仁清譽之士，有何罪？』因數敦曰：『抗旌犯上，殺戮忠良！』音辭忼慨，與淚俱下。敦怒甚。丞相在坐，代爲之解，命彬曰：『拜謝。』彬曰：『有足疾。比來見天子尚不能拜，何跪之有？』敦曰：『腳疾何如頸疾？』以親故不害之。累遷江州刺史、左僕射。贈衛將軍。」荆州守文，豈能作意表行事？」含不從，遂共投舒。舒果沈含父子於江。傳曰：「舒字處明，琅邪人。祖覽，知名。父會，御史。舒器業簡素，有文武幹。中宗用爲北中郎將、荆州刺史、尚書僕射。出爲會稽太守。以父名會，累表自陳。討蘇峻有功，封彭澤侯，贈車騎大將軍。」彬聞應當來，密具船以待之，竟不得來，深以爲恨。含之投舒，舒遣軍逆之，含父子赴水死。昔酈寄賣友見譏，況販兄弟以求安，舒非人矣！

【校　文】

注「傳曰舒字處明」　「傳」上景宋本及袁本有「王舒」二字。

【箋　疏】

〔一〕通鑑九十三胡注云：「王應之見，猶能出乎尋常。此敦所以以之爲後歟？能立同異，謂哭周顗數敦罪及諫敦爲逆也。」

16 武昌孟嘉作庾太尉州從事，已知名。褚太傅有知人鑒，罷豫章還，過武昌，問庾曰：「聞孟從事佳，今在此不？」庾云：「卿自求之。」褚眄睞良久，指嘉曰：「此君小異，得無是乎？」庾大笑曰：「然！」于時既歎褚之默識，又欣嘉之見賞。嘉别傳曰：「嘉字萬年，江夏鄳人。曾祖父宗，吴司空。祖父揖，晉廬陵太守。宗葬武昌陽新縣，子孫家焉。嘉少以清操知名。太尉庾亮，領江州，辟嘉部廬陵從事。下都還，亮引問風俗得失。對曰：『待還，當問從事吏。』亮舉麈尾掩口而笑，語弟翼曰：『孟嘉故是盛德人。』轉勸學從事。太傅褚裒有器識，亮正旦大會，裒問亮：『聞江州有孟嘉，何在？』亮曰：『在坐，卿但自覓。』裒歷觀久之，指嘉曰：『將無是乎？』亮欣然而笑，喜裒得嘉，奇嘉爲裒所得，乃益器之。後爲征西桓温參軍，九月九日温遊龍山〔一〕，參寮畢集。時佐史並著戎服，風吹嘉帽墮落，温戒左右勿言，以觀其舉止。嘉初不覺，良久如廁，命取還之。令孫盛作文嘲之，成，着嘉坐。嘉還即答，四坐嗟歎。嘉喜酣暢，愈多不亂。温問：『酒有何好，而卿嗜之？』嘉曰：『明公未得酒中趣爾。』又問：『聽伎，絲不如竹，竹不如肉，何也？』答曰：『漸近自然。』轉從事中郎，遷長史。年五十三而卒。」〔二〕

【箋　疏】

〔一〕范成大吴船録卷下云：「辛未泊沙頭道大隄，入城謁諸官，詢龍山落帽臺，云在城北三十里，一小丘耳。」嘉錫案：此所謂城，指江陵城也。

〔二〕程炎震云：「晉書褚裒傳云：『康帝爲瑯玡王，聘裒女爲妃，由是出爲豫章太守。及康帝即位，徵拜侍中。』則裒罷豫章時，亮死二年矣。晉書嘉傳作『褚裒時爲豫章太守，正旦朝亮』，蓋依淵明所爲別傳而略節之。此注引別傳，並刪裒爲豫章一語，亦小失也。」

17 戴安道年十餘歲，在瓦官寺畫。王長史見之曰：「此童非徒能畫，續晉陽秋曰：「逵善圖畫，窮巧丹青也。」亦終當致名。恨吾老，不見其盛時耳！」

18 王仲祖、謝仁祖、劉真長俱至丹陽墓所省殷揚州，殊有確然之志。中興書曰：「浩棲遲積年，累聘不至。」既反，王、謝相謂曰：「淵源不起，當如蒼生何？」深爲憂嘆。劉曰：「卿諸人真憂淵源不起邪？」

19 小庾臨終，自表以子園客爲代〔一〕。園客，爰之小字也。庾氏譜曰：「爰之字仲真，翼第二子。」中興書曰：「爰之有父翼風，桓溫徙於豫章。年三十六而卒。」朝廷慮其不從命，未知所遣，乃共議用桓溫。劉尹曰：「使伊去，必能克定西楚，然恐不可復制。」陶侃別傳曰：「庾翼薨，表其子爰之代爲荊州。何充曰：『陶公重勳也，臨終高讓。丞相未薨，敬豫爲四品將軍〔二〕，于今不改。親則道恩，優游散騎，未有超卓若此之授。』乃以徐州刺史桓溫爲安西將軍、荊州刺史。」宋明帝文章志曰：「翼表其子代任，朝廷畏憚之，議者欲以授桓溫。時簡文輔政，然之。劉惔曰：『温去必能定西楚，然恐不能復制。願大王自鎮上流，惔請爲從軍司馬。』〔三〕簡文不許。温後果如惔所算也。」

【箋疏】

〔一〕程炎震云：「永和元年七月，庚翼卒。晉書翼傳曰：『疾篤，表第二子爰之行輔國將軍、荆州刺史。』」

〔二〕程炎震云：「敬豫，王恬也。導第二子，爲後將軍。導薨，去官。俄起爲後將軍。通典晉官品：後軍將軍，第四品。」

〔三〕程炎震云：「晉書作『勸帝自鎮上流，而己爲軍司』，此從字、馬字並誤衍。」

20 桓公將伐蜀，在事諸賢咸以李勢在蜀既久，承藉累葉，且形據上流，三峽未易可克。惟劉尹云：「伊必能克蜀。觀其蒱博，不必得，則不爲。」〔一〕華陽國志曰：「李勢字子仁，洛陽臨渭人〔二〕。本巴西宕渠賨人也。其先李特，因晉亂據蜀，特子雄，稱號成都。勢祖驤，特弟也。驤生壽，壽篡位自立，勢即壽子也。晉安西將軍伐蜀〔三〕，勢歸降，遷之揚州。自起至亡，六世三十七年。」〔四〕温別傳曰：「初，朝廷以蜀處險遠，而温衆寡少，縣軍深入，甚以憂懼。而温直指成都，李勢面縛。」語林曰：「劉尹見桓公每嬉戲必取勝，謂曰：『卿乃爾好利，何不焦頭？』及伐蜀，故有此言。」

【校　文】

「克」　景宋本及沈本作「剋」。

注「縣軍」　「縣」，景宋本及沈本作「懸」。

【箋　疏】

〔一〕嘉錫案：李氏在蜀，並不難取，特以晉之士大夫皆因循無遠略，遂以爲難耳。晉書袁喬傳載喬勸温曰：「蜀人自以斗絶一方，恃其完固，不修攻戰之具。若以精卒一萬，輕軍速進，比彼聞之，我已入其險要。李氏君臣，不過自力一戰，擒之必矣。」考穆帝紀：温以永和二年十一月伐蜀，拜表輒行。三年三月，李勢降。師行萬里，不過一百許日而滅一國。取之至易，何難之有？宋郭允蹈蜀鑑四曰：「李雄之據蜀也，北不得漢中，而瞿塘灩澦又無一夫之守。二門悉開，洞見堂奥。桓温之泝魚復也，徘徊以觀八陣之圖，如入無人之境，而遂制蜀之死命矣。」

〔二〕程炎震云：「洛陽，晉書李特載記作略陽。」嘉錫案：華陽國志亦作略陽，當據改。

〔三〕程炎震云：「『安西將軍』下當有脱文，因此所引皆檃括志文，故不能悉校。」嘉錫案：考御覽百二十三李勢條引曰：「嘉寧二年，晉遣安西將軍荆州刺史桓温來伐。」此處所脱當是「荆州刺史桓温」六字。

〔四〕程炎震云：「『三十七』，李特載記作『四十六』。華陽國志卷九云：『李氏自起事至亡，六世四十七年。』正僭號四十三年。」

21 謝公在東山畜妓〔一〕，簡文曰：「安石必出。既與人同樂，亦不得不與人同憂。」宋明帝文章志曰：「安縱心事外，疎略常節，每畜女妓，攜持遊肆也。」

【箋　疏】

〔一〕通鑑一百一注云：「東山在今紹興府上虞縣西南四十五里，安故居今爲國慶禪寺。」

22 郗超與謝玄不善〔一〕。符堅將問晉鼎，既已狼噬梁、岐〔二〕，又虎視淮陰矣。車頻秦書曰：「符堅字永固，武都氐人也。本姓蒲，祖父洪，詐稱讖文，改曰『符』。言己當王，應符命也。堅初生，有赤光流其室，及誕，背赤色隱起，若篆文。幼有美度，石虎司隸徐正名知人，堅六歲時，嘗戲於路，正見而異焉，問曰：『符郎！此官街，小兒行戲，不畏縛邪？』堅曰：『吏縛有罪，不縛小兒。』正謂左右曰：『此兒有王霸相。』石氏亂，伯父健及父雄西入關，健夢天神使者朱衣冠，拜肩頭爲龍驤將軍。肩頭，堅小字也。健即拜爲龍驤，以應神命。後健僭帝號。死，子生立，凶暴，群臣殺之而立堅。堅立十五年，遣長樂公丕攻没襄陽。十九年，大興師伐晉〔三〕，衆號百萬，水陸俱進，次於項城。

自項城至長安，連旗千里，首尾不絶。乃遣告晉曰：『已爲晉君於長安城中建廣夏之室，今故大舉渡江相迎，克日入宅也。』」于時朝議遣玄北討，人間頗有異同之論。惟超曰：「是必濟事。吾昔嘗與共在桓宣武府，見使才皆盡，雖履屐之間，亦得其任。以此推之，容必能立勳。」〔四〕元功既舉，時人咸歎超之先覺，又重其不以愛憎匿善。中興書曰：「于時氐賊彊盛，朝議求文武良將可鎮靖北方者。衛大將軍安曰：『惟兄子玄可任此事。』中書郎郗超聞而歎曰：『安違衆舉親，明也。玄必不負其舉。』」〔五〕

【校　文】

「符堅」　「符」，景宋本俱作「苻」，是。

【箋　疏】

〔一〕嘉錫案：晉書超傳曰：「常謂其父名公之子，位遇應在謝安右。而安入掌機權，愔優游而已。恒懷憤憤，發言慷慨，由是與謝氏不穆。安亦深恨之。」超之與謝玄不善，蓋亦由此。

〔二〕程炎震云：「梁謂梁州。寧康元年冬，秦取梁、益二州。岐字無着，或益之誤。」

〔三〕程炎震云：「此十五年、十九年，並是苻堅建元之年，非始立之年也。車頻本書，不應有誤。蓋本是『堅建元十五年』云云，今本出於後人妄改。堅之建元十五年，是爲晉太元四年己卯，其十九年則太元八年癸未也。」

〔四〕嘉錫案：善知人者觀人於微，即其平居動静之間而知其才。吴志潘濬傳注曰：「樊伷頗能弄脣吻，而實無才略。臣所以知之者，伷昔嘗爲州人設饌，比至日中，食不可得，而十餘自起，此亦侏儒觀一節之驗也。」劉惔之論桓温，郗超之知謝玄，皆觀其一節而已。

〔五〕程炎震云：「據通鑑百零四：太元二年，謝玄以征西司馬爲兖州刺史，領廣陵相。其年十二月，郗超卒。淝水之役，超固不及見。堅將彭超等攻彭城淮陰，亦後超卒一年。」嘉錫案：謝玄以太元二年冬十月爲兖州刺史，已見晉書孝武帝紀。惟郗超之卒，本傳不著年月，獨見於通鑑耳。文選謝玄暉和王著作八公山詩注引中興書曰：「時盜賊彊盛，侵寇無已，朝議求文武良將可以鎮北方者，衛將軍謝安曰：『惟兄子玄可堪此任。』於是拜建武將軍，兖州刺史領廣陵相，監江北諸軍事。」孝標注與選注所引互有詳略。太平御覽五百一十二合爲一條。觀其言，則安之舉玄與郗超之歎玄不負所舉，皆在太元二年玄刺兖州之時可知矣。惟謝安之拜衛將軍，據孝武紀在太元五年五月。中興書於此時已稱衛將軍安，不免小有差互耳。唐修晉書（玄傳）與何法盛悉合。世説云苻堅將問晉鼎，似是太元八年苻堅傾國入侵時事。然云虎視淮陰，則正是預指後來三四年間秦據彭城，克淮陰，拔盱眙事也。雖遣玄時淮陰尚未失，而堅已有此謀矣。孝標引秦書「堅建元十九年大興師伐晉」以注之，殊爲失考。程氏頗疑其誤，而言之未暢，故復考之如此。

23 韓康伯與謝玄亦無深好。玄北征後，巷議疑其不振。康伯曰：「此人好名，必能戰。」續晉陽秋曰：「玄識局貞正，有經國之才略。」玄聞之甚忿，常於衆中厲色曰：「丈夫提千兵，入死地，以事君親，故發，不得復云爲名。」

24 褚期生少時，謝公甚知之，恒云：「褚期生若不佳者，僕不復相士。」期生，褚爽小字也。續晉陽秋曰：「爽字茂弘〔一〕，河南人。太傅裒之孫，秘書監韶之子〔二〕。太傅謝安見其少時，歎曰：『若期生不佳，我不復論士。』及長，果俊邁有風氣。好老、莊之言，當世榮譽，弗之屑也，惟與殷仲堪善。累遷中書郎、義興太守。女爲恭帝皇后。」

【箋疏】

〔一〕程炎震云：「茂弘，晉書爽傳作弘茂。」

〔二〕程炎震云：「韶，爽傳作歆，裒傳亦作歆，云字幼安。則從音從欠爲是。」

25 郗超與傅瑗周旋。瑗見其二子，並總髮〔一〕。超觀之良久，謂瑗曰：「小者才名皆勝，然保卿家，終當在兄。」〔二〕即傅亮兄弟也。傅氏譜曰：「瑗字叔玉，北地靈州人。歷護軍長史、安城太守。」宋書曰：「迪字長猷，瑗長子也。位至五兵尚書。贈太常。」丘淵之文章録曰：「亮字季友，迪弟也。歷尚書令，仕光禄大夫〔三〕。元嘉三年，以罪伏誅。」

【校　文】

注「仕光禄大夫」　「仕」，景宋本及沈本作「左」。

【箋　疏】

〔一〕程炎震云：「亮以宋元嘉三年死，年五十三。則生於晉孝武寧康二年。則當太元二年丁丑郗超卒時，年四歲耳。」

〔二〕嘉錫案：宋書傅亮傳云：「父瑗，與郗超善。超嘗造瑗，瑗見其二子迪及亮。亮年四五歲，超令人解亮衣使左右持去，初無吝色。超謂瑗曰：『卿小兒才名位宦當遠踰於兄，然保家傳祚，終在大者。』」其叙事較世説爲詳。蓋超之品目二傅，亦驗之於行事。猶見謝玄履屐間咸得其任，而知其必能立勳也。

〔三〕李慈銘云：「案仕當作左。李本作任更誤。宋書傅亮傳：少帝時，亮爲中書監、尚書令。太祖登阼，加光禄大夫、開府儀同三司。本官悉如故。」

26 王恭隨父在會稽〔一〕，王大自都來拜墓，恭父藴、王忱，並已見。恭暫往墓下看之。二人素善，遂十餘日方還。父問恭：「何故多日？」對曰：「與阿大語，蟬連不得歸。」因語之曰：「恐阿大非爾之友，終乖愛好。」果如其言。忱與恭爲王緒所間，終成怨隙。别見〔二〕。

【箋　疏】

〔一〕程炎震云：「王藴爲會稽内史，當在太元四年以後，九年以前。」

〔二〕程炎震云：「恭、忱之隙，别見忿狷篇『王大、王恭俱在何僕射坐』條。據賞譽篇『王恭始與王建武甚有情』條注引晉安帝紀，則間之者乃袁悦，非因王緒也。此注微誤。」嘉錫案：袁悦即袁悦之，王國寶之黨也。事蹟附見晉書國寶傳。考唐寫本世説規箴篇「王緒、王國寶相爲脣齒」條注引晉安帝紀，緒爲會稽王從事中郎，以佞邪親幸，間王珣、王恭於王。而賞譽篇注亦引晉安帝紀，謂恭憂孝武及會稽王之不咸，欲忱諫王。忱令袁悦言之，悦乃於王坐責讓恭妄生同異。此即所謂間恭於王，與離間忱、恭正是一事。然則袁悦之謀，實發蹤指使於緒。孝標之言，自有所本。特於賞譽篇注未及王緒，以致前後不相照，是其偶疏耳。然參互觀之，情事自可見也。程氏未見唐本，故以此注爲誤。

27 車胤父作南平郡功曹，太守王胡之避司馬無忌之難〔一〕，置郡於酆陰。是時胤十餘歲，胡之每出，嘗於籬中見而異焉。謂胤父曰：「此兒當致高名。」後遊集，恒命之。胤長，又爲桓宣武所知。清通於多士之世，官至選曹尚書。續晉陽秋曰：「胤字武子，南平人。父育，爲郡主簿。太守王胡之有知人識，裁見，謂其父曰：『此兒當成卿門户，宜資令學問。』胤就業恭勤，博覽不倦。家貧不常得油，夏月則練囊盛數十螢火以繼日焉〔二〕。及長，風姿美劭，機悟敏率。桓温在荆州取爲從事，一歲至治中。胤既博學多聞，又善於激賞，當時每有盛坐，胤必同之，皆云：『無車公不樂。』太傅謝公遊集之日，開筵以待之。累遷丹陽尹、護軍將軍、吏部尚書。」

【校　文】

「酆陰」　「酆」，景宋本作「澧」。

【箋　疏】

〔一〕程炎震云：「王敦使胡之父廙殺譙王承，見仇隟篇『王大將軍執司馬愍王』條，無忌嘗爲南郡太守，蓋與胡之同時，故胡之避之。」

〔二〕康熙東華録卷一百七云：「六十年三月諭大學士等曰：『書册所載有不可盡信者，如云囊螢讀書。

朕曾於熱河取螢數百，盛以大囊，照書字畫，竟不能辨。此書之不可盡信者也。』」嘉錫案：螢火之光極微，又閃爍不定，而復隔練囊以照書，自不能辨點畫，其理固可推而知之。檀道鸞之言，蓋里巷之訛傳，不免浮誇失實耳。

28 王忱死，西鎮未定，朝貴人人有望。時殷仲堪在門下，雖居機要，資名輕小，人情未以方嶽相許。晉孝武欲拔親近腹心，遂以殷爲荆州。事定，詔未出。王珣問殷曰〔一〕：「陝西何故未有處分？」〔二〕殷曰：「已有人。」王歷問公卿，咸云「非」。王自計才地必應在己，復問：「非我邪？」殷曰：「亦似非。」其夜詔出用殷。王語所親曰：「豈有黄門郎而受如此任！仲堪此舉，迺是國之亡徵。」〔三〕晉安帝紀曰：「孝武深爲晏駕後計，擢仲堪代王忱爲荆州。仲堪雖有美譽，議者未以方嶽相許也。既受腹心之任，居上流之重，議者謂其殆矣。終爲桓玄所敗。」

【箋　疏】

〔一〕程炎震云：「珣時爲尚書左僕射。」

〔二〕寰宇記百四十六引盛弘之荆州記云：「自晉室東遷，王居建業。則以荆、揚爲京師根本之所寄。荆、楚爲重鎮，上流之所總，擬周之分陝，故有西陝之號焉。」

〔三〕梁釋寶唱比丘尼傳一曰：「妙音，未詳何許人也。晉孝武帝、太傅會稽王道子並相敬奉。每與帝及太傅中朝學士談論屬文。一時内外才義者，因之以自達。供嚫無窮，富傾都邑，貴賤宗事，門有車馬日百餘乘。荆州刺史王忱死，烈宗意欲以王恭代之。時桓玄在江陵，爲忱所折挫，聞恭應往，素又憚恭。殷仲堪時爲黄門侍郎，玄知仲堪弱才，亦易制禦，意欲得之。乃遣使憑妙音尼爲堪圖州。既而烈宗問妙音尼：『荆州缺，外聞云誰應作者？』答曰：『貧道出家人，豈容及俗中論議。如聞内外談者，並云無過殷仲堪，以其意慮深遠，荆、楚所須。』帝然之，遂以代忱。權傾一朝，威行内外。」嘉錫案：此事奇秘，非惟史册所不載，抑亦學者所未聞。考其紀叙曲折，與當時情事悉合。晉書王國寶傳曰：「中書郎范甯，國寶舅也。疾其阿諛，勸孝武帝黜之。國寶乃使陳郡袁悦之因尼支妙音致書與太子母陳淑媛，説國寶忠謹，宜見親信。帝知之，託以他罪殺悦之。國寶大懼。」又會稽王道子傳曰：「于時孝武帝不親萬機，但與道子酣歌爲務，媒姆尼僧尤爲親暱，並竊弄其權。左衛領營將軍會稽許榮上疏曰：『僧尼乳母，競進親黨，又受貨賂，輒臨官領衆。』」傳中亦及王國寶、尼妙音事，與國寶傳同。是妙音之干預朝政，竊弄威權，實有其事。王忱傳曰：「及鎮荆州，威風肅然。桓玄時在江陵，既其本國，且奕葉故義，常以才雄駕物，忱每裁抑之。玄嘗詣忱，通人未出，乘轝直進。忱對玄鞭門幹。玄怒去之，忱亦不留。」則謂玄爲忱所折挫，亦非虚語。孝武既發怒殺袁悦之，而仍以外事訪之妙音者，或不知致書之事出於妙音。或知之而敬奉既深，寵信如故。昏庸之主，不可以常理測也。惟考孝武紀太元十五年二月，以中書令王恭爲都督青兗幽并冀五州諸軍事、前將軍、青兗二州刺史。十七年十月，荆州刺史王忱卒。十一月以黄門郎殷仲堪爲都督荆益梁（本傳作荆益寧）三州諸軍事、荆州刺史。則王忱死時，王恭已出鎮，而比丘尼傳謂烈宗欲以恭代王忱者，蓋恭雖鎮京口，總北府强兵，號爲雄劇，而所督五州，皆僑置無實地。（恭本傳所督尚有徐州及晉陵郡，乃太元以後事，傳未分析言之，詳見二十二史考異二十二。）荆州地處上游，控制胡虜，爲國藩屏，歷來皆以重臣坐鎮。孝武方爲身後之計，故欲移恭當此鉅任。而又慮無人代恭，乃訪外論於妙音，而桓玄之計得行。玄之爲此，必嘗與仲堪相要約，雖所謀得遂，固已落其度内矣。宜乎爲玄所制，聽人穿鼻，隨之俯仰，不敢少立異同。稱兵作亂，狼狽相依。逮乎玄既得志，争權不協，情好漸乖，馴至舉兵相圖。而玄勢已成，卒身死其手，而國亦亡。王珣之言，不幸而中矣。尤悔篇注引隆安記曰：「仲堪以人情注於玄，疑朝廷欲以玄代己。遣道人竺僧慜齎寶物遺相王寵幸媒尼左右，以罪狀玄。玄知其謀而擊滅之。」所謂媒尼疑即是妙音。既因玄納交以得官，又欲師其故智以傾玄。成敗皆出於一尼，所謂君以此始，必以此終者與？

世説新語卷中之下

賞譽第八 上

1 陳仲舉嘗歎曰：「若周子居者，真治國之器。汝南先賢傳曰：「周乘字子居，汝南安城人。天姿聰朗，高峙嶽立，非陳仲舉、黄叔度之儔則不交也。仲舉嘗歎曰：『周子居者，真治國之器也。』爲太山太守，甚有惠政。」〔一〕譬諸寶劒，則世之干將。」〔二〕吴越春秋曰：「吴王闔閭請干將作劒。干將者，吴人，其妻曰莫邪。干將採五山之精，六金之英，候天地，伺陰陽，百神臨視，而金鐵之精未流。夫妻乃翦髮及爪而投之鑪中，金鐵乃濡，遂成二劒。陽曰『干將』，而作龜文，陰曰『莫邪』，而作漫理。干將匿其陽，出其陰以獻闔閭，闔閭甚寶重之。」

【箋疏】

〔一〕風俗通五曰：「豫章太守封祈武興、泰山太守周乘子居爲太守李張所舉，函封未發，張病物故，夫人於柩側下帷見六孝廉，曰：『李氏蒙國厚恩，據重任，咨嘉休懿，相授歲貢。上欲報稱聖朝，下欲流惠氓隸。今李氏獲保首領，以天年終，而諸君各懷進退，未肯發引。妾幸有三孤，足統喪紀，正相追隨，蓬轂墳栢，何若曜德王室，昭顯亡者？亡者有靈，實寵賴之。殁而不朽，此其然乎？』於是周乘顧謂左右：『諸君欲行，周乘當止者。莫逮郎君，盡其哀惻。』乘與鄭伯堅即日辭行。祈與黄叔度、郅伯嚮、盛孔叔留隨轜柩。乘拜郎，遷陵長，治無異稱，意亦薄之。」應劭論之曰：「民生於三，事之如一。夫人雖有懇切之教，蓋子不以從令爲孝。而乘囂然要勒同儕，去喪即寵，謂能有功異也。明試無效，亦旋告退，安在其顯君父德美之有？」嘉錫案：應仲遠叙子居事，言其遷陵長，旋即告退。而其前又題爲泰山太守。蓋罷官後復起至太守也。汝南先賢傳稱其「在太山，甚有惠政」。而仲遠則謂「治無異稱」。豈優於二千石，而絀於令長耶？子居之爲人，見褒於陳仲舉，而見貶於應仲遠。仲舉名列三君，有知人之鑒，殆非仲遠所能及。御覽二百三十引續漢書曰：「周乘字子居，拜侍御史、公車司馬令。不畏强禦，以是見怨於幸臣。」書鈔三十六引汝南先賢傳曰：「周乘爲交州刺史，上言願爲聖朝掃清一方。太守聞乘之威，即上疾乞骸，屬縣解印，四十餘城。」然則子居真治國之器，仲舉賞譽不虚，而仲遠顧不滿之。考仲遠亦嘗爲太山太守，與子居正先後同官。豈因治郡所見不同，遂并毁其平生乎？子居舉孝廉事，亦見聖賢群輔録引杜元凱女誡，李張作太守李倀，鄭伯堅作艾伯堅。略謂：倀妻於柩側下帷見之，厲以宜行。子居歎曰：「不有行者，莫宣公；不有止者，莫衈居。」於是與伯堅即日辭行。封、黄四人，留隨柩車。是則居者行者，各有其人，兩俱無憾。可無庸以去喪即寵爲譏議也。子居，范書無傳，事蹟湮没。惠棟後漢書補注十三只引女誡，不及風俗通。故詳考之如此。

〔二〕晉書文苑王沈傳載沈所作釋時論有曰：「談名位者，以諂媚附勢；舉高譽者，因資而隨形。至乃空囂者，以泓噌爲雅量；璅慧者，以淺利爲鎗鎗。脢胎者，以無檢爲弘曠；僂垢者，以守意爲堅貞。嘲哮者，以粗發爲高亮；韞蠢者，以色厚爲篤誠。痷婪者，以博納爲通濟；眡眡者，以難入爲凝清。拉答者，有沈重之譽；嗛閃者，得清勳之聲。嗆哼怯畏於謙讓，闒茸勇敢於饕諍。斯皆寒素之死病，榮達之嘉名。」嘉錫案：沈此論作於晉初，其言當時之褒貶無憑、毀譽失實乃如此。流風所扇，沈迷不返，蓋至過江之後而未已。此篇所載，雖未必皆然，然觀其賞譽人者，如鍾會、王戎、王衍、王敦、王澄、司馬越、桓温、郗超、王恭、司馬道子、殷仲堪之徒，並典午之罪人。被賞譽者，若樂廣、郭象、劉輿、祖約、楊朗、王應之類，亦金行之亂賊。則其高下是非，又惡可盡信哉！

2 世目李元禮：「謖謖如勁松下風。」李氏家傳曰：「膺嶽峙淵清，峻貌貴重。華夏稱曰：『潁川李府君，頵頵如玉山。汝南陳仲舉，軒軒若千里馬。南陽朱公叔，飂飂如行松柏之下。』」

3 謝子微見許子將兄弟，曰：「平輿之淵，有二龍焉。」見許子政弱冠之時，歎曰：「若許子政者，有幹國之器。正色忠謇，則陳仲舉之匹；汝南先賢傳曰〔一〕：謝甄字子微，汝南邵陵人。明識人倫，雖郭林宗不及甄之鑒也〔二〕。見許子將兄弟弱冠時，則曰：『平輿之淵有二龍。』仕爲豫章從事。許虔字子政，平輿人。體尚高潔，雅正寬亮。謝子微見虔兄弟，歎曰：『若許子政者，幹國之器也。』虔弟劭，聲未發時，時人以謂不如虔。虔恒撫髀稱劭，自以爲不及也。釋褐爲郡功曹，黜姦廢惡，一郡肅然。年三十五卒。」海内先賢傳曰：「許劭字子將〔三〕，虔弟也。山峙淵停，行應規表。邵陵謝子微高才遠識，見劭十歲時〔四〕，歎曰：『此乃希世之偉人也。』初，劭拔樊子昭於市肆，出虞承賢於客舍〔五〕，召李叔才於無聞，擢郭子瑜於小吏。廣陵徐孟本來臨汝南〔六〕，聞劭高名，召功曹。時袁紹以公族爲濮陽長，棄官還。副車從騎將入郡界，乃歎曰：『許子將秉持清格，豈可以吾輿服見之邪？』遂單馬而歸。辟公府掾，敦辟皆不就。避地江南，卒於豫章也。」伐惡退不肖，范孟博之風。」張璠漢紀曰：「范滂字孟博，汝南伊陽人〔七〕。爲功曹，辟公府掾。升車攬轡，有澄清天下之志。百城聞滂高名，皆解印綬去。爲黨事見誅。」

【校文】

注「召功曹」「召」，沈本作「辟」。

【箋疏】

〔一〕嘉錫案：汝南先賢傳，魏周斐撰。斐，汝南人。仕至永寧少府。見品藻篇「劉令言」條注引王隱晉書。

〔二〕嘉錫案：後漢書郭太傳曰：「謝甄字子微，汝南召陵人也。與陳留邊讓，並善談論，俱有盛名。每共候林宗，未嘗不連日達夜。林宗謂門人曰：『二子英才有餘，而並不入道，惜乎！』甄後不拘細行，爲時所毁。」汝南先賢傳乃言其知人過於林宗，殆不免阿私鄉曲之言也。

〔三〕續談助卷四載殷芸小説引許劭列傳曰：「汝南中正周斐表稱：許劭高節遺風，與郭林宗、李元禮、盧子幹、陳仲弓齊名。劭特有知人之鑒。自漢中葉以來，其狀人取士，援引扶持，進導招致，則有郭林宗。若其看形色，目童亂，斷冤滯，摘虚名，誠未有如劭之懿也。嘗以簡别清濁爲務。有一士失所，便謂投之潢汙。雖負薪抱關之類，吐一善言，未曾不有尋究欣然。兄子政常抵掌擊節，自以爲不及遠矣。劭幼時，謝子微便云：『此賢當持汝南管籥。』樊子昭幘賈（原作責）之子，年十五六，爲縣小吏。劭一見便云：『汝南第三士也，此可保之。』後果有令名。」按隋志汝南先賢傳五卷，魏周斐撰。蓋斐既撰傳以稱頌郡中人士，又表揚劭之功德於朝也。太平寰宇記一百六曰：「洪州南昌縣，許子將墓在州南三里，縣南六里。」按雷次宗豫章記云：「劭就劉繇於曲阿。繇敗，隨繇奔豫章，中途疾卒，因焚屍柩。天紀中，太守吴興沈法秀招魂葬劭於此。」杭世駿道古堂文集二十一論許劭曰：「太史慈暫渡江，到曲阿見劉繇，會孫策至。或勸繇可以慈爲大將軍，繇曰：『我若用子義，許子將不當笑我耶？』（按見吴志太史慈傳）繇固碌碌不足責，劭之鑒裁，此可略見。蔣濟著萬機論云：『許子將褒貶不平，以拔樊子昭而抑許文休。』（按見蜀志龐統傳注及本書品藻篇注引）諸葛誕與陸遜書又以爲『自漢末以來，中國士大夫如許子將輩，所以更相謗訕，或至於禍。原其本起，非爲大讎。惟坐克己不能盡如禮，而責人專以正義』。（按諸葛誕乃諸葛恪之誤，見吴志恪傳。）由二言觀之，則劭所謂月旦評者，特出於汝南一時之俗，傭耳僦目，借劭以自重。未數十年，而四方之士已有起而議之者。吾以知劭之無真賞也。」嘉錫案：袁宏後漢紀二十七云：「孫策略地江東，軍及曲阿，劉繇敗績，將奔會稽，許劭曰：『不如豫章。』又云：『天下亂，劭渡江投劉繇。與繇俱行，終於豫章焉。』」然太史慈到曲阿之日，正子將依劉繇之時。繇之不以慈爲將，必子將嘗譏貶慈也。杭氏之論當矣。蜀志許靖傳曰：「少與從弟劭俱知名，並有人倫臧否之稱，而私情不協。劭爲郡功曹，排擯靖，不得齒叙，以馬磨自給。」御覽四百九十六引典論曰：「汝南許劭與族兄靖俱避地江東，保吴郡。争論於太守許貢座，至於手足相及。」（杭氏論中亦略及此二事）可以知劭所以抑文休之故矣。兄弟之間尚如此，其於他人之褒貶，豈能盡得其平乎？抱朴子自叙篇曰：「漢末俗弊，朋黨分部。許子將之徒，以口舌取戒，争訟論議，門宗成讎。故汝南人士無復定價，而有月旦之評。魏武帝亦深疾之，欲取其首。爾乃奔波亡走，殆至屠滅。」就諸葛恪、葛洪之言觀之，則許劭所謂汝南月旦評者，不免臧否任意，以快其恩怨之私，正漢末之弊俗。雖或頗能奬拔人材，不過藉以植黨樹勢，不足道也。

〔四〕「十歲時」，魏志和洽傳注引汝南先賢傳作「年十八時」。

〔五〕程炎震云：「承賢，魏志和洽傳注作永賢。」

〔六〕程炎震云：「徐孟本，徐璆也。范書字孟玉。魏志武紀注引先賢行狀字孟平。和洽傳注引汝南先賢傳則同此，作字孟本。」

〔七〕後漢書黨錮傳曰：「滂，汝南征羌人。」注引謝承書曰：「汝南細陽人。」嘉錫案：續漢書郡國志汝南郡無伊陽縣，伊當是細之誤。

4 公孫度目邴原：「所謂雲中白鶴，非燕雀之網所能羅也。」魏書曰：「度字叔濟，襄平人。累遷冀州刺史、遼東太守。」邴原別傳曰：「原字根矩，東管朱虛人〔一〕。少孤，數歲時過書舍而泣。師問曰：『童子何泣也？』原曰：『凡得學者，有親也。一則願其不孤，二則羡其得學，中心感傷，故泣耳。』師惻然曰：『苟欲學，不須資也。』於是就業。長則博覽洽聞，金玉其行。知世將亂，避地遼東。公孫度厚禮之。中國既寧，欲還鄉里，爲度禁絶。原密自治嚴，謂部落曰：『移比近郡。』以觀其意。皆曰：『樂移。』原舊有捕魚大船，請村落，皆令熟醉，因夜去之。數日，度乃覺，吏欲追之，度曰：『邴君所謂雲中白鶴，非鶉鷃之網所能羅也。』魏王辟祭酒〔二〕，累遷五官中郎長史。」

【校　文】

注「移比近郡」　「比」，景宋本作「北」。

【箋　疏】

〔一〕程炎震云：「管當作莞，魏志邴原傳曰：『北海朱虛人。』按北海漢郡，東莞建安中所立。」

〔三〕程炎震云：「魏志注引别傳曰：『辟東閤祭酒。』」

5 鍾士季目王安豐「阿戎了了解人意」。王隱晉書曰：「戎少清明曉悟。」謂「裴公之談，經日不竭」。裴頠，已見。吏部郎闕〔一〕，文帝問其人於鍾會，會曰：「裴楷清通，王戎簡要，皆其選也。」於是用裴。按諸書皆云：鍾會薦裴楷、王戎於晉文王，文王辟以爲掾，不聞爲吏部郎〔二〕。

【箋疏】

〔一〕嘉錫案：吏部郎以下當别爲一條。吏部郎以下出王隱晉書，見御覽四百四十五。

〔二〕程炎震云：「文選五十八褚淵碑注引臧榮緒晉書，與世説同。今晉書楷傳則又轉據臧書。孝標此駁，蓋以楷辟掾有年，則爲吏部郎時，無假鍾會再薦，非謂楷不爲吏部郎也。」嘉錫案：孝標謂諸書並無此事。臧榮緒書雖有之，或因榮緒齊人，後出之書不足爲據。然御覽四百四十五引王隱晉書，亦與世説同，僅少「於是用裴」四字，頗疑孝標失檢。及細考之御覽，此卷所引王書自「衛玠妻父」以下凡十條，並與今晉書一字不異。蓋其間必有一條，本引「晉書曰」，誤作「又曰」，於是諸條並蒙上文爲王隱晉書矣。證以此注，尤爲明白。使其事果先見王書，孝標必不束書不觀，妄發此言也。

6 王濬沖、裴叔則二人，總角詣鍾士季。須臾去後，客問鍾曰：「向二童何如？」鍾曰：「裴楷清通，王戎簡要。後二十年，此二賢當爲吏部尚書，冀爾時天下無滯才。」〔一〕晉陽秋曰：「戎爲兒童，鍾會異之。」〔二〕

【箋疏】

〔一〕嘉錫案：德行篇注引晉諸公贊曰：「戎字濬沖，文皇帝輔政，鍾會薦之曰：『裴楷清通，王戎簡要。』即俱辟爲掾。」考魏志高貴鄉公紀：正元二年二月丁巳，以衞將軍司馬文王爲大將軍，録尚書事。所謂文皇帝輔政也。晉書裴楷傳但云卒年五十七，不著年月。然言「楚王瑋既伏誅，以楷爲中書令，加侍中，與張華、王戎並管機要。楷有渴利疾，不樂處勢，王渾爲楷請，不聽，就加光禄大夫、開府儀同三司。疾篤，其年卒」。以張華、王戎傳參互考之，知楷即卒於惠帝元康元年誅楚王瑋之後。由此上推五十七年，當生於魏明帝景初元年。王戎傳云「永興二年卒，年七十二」，當生於明帝青龍二年，長於裴楷者四歲。當司馬昭輔政之時，楷年十八，戎年二十二，俱因鍾會之薦而被辟爲掾。則清通簡要之評，不獨不發於二人總角之時，且不在裴楷爲吏部郎之日也。傅暢生於西晉，叙所見聞，自當不謬。此條之言，疑即出於孫盛晉陽秋。蓋因鍾會之辭，加之傅會，以爲美談，不足信也。

〔二〕嘉錫案：初學記十一引王隱晉書曰：「王戎爲左僕射，領吏部尚書。自戎居選，未嘗進一寒素，退一虚名，理一冤枉，殺一疽嫉。隨其浮沈，門調户選。」然則戎之爲吏部，葺闒不才已甚。鍾會復何所見，而於二十年前豫以天下無滯才期之？會之藻鑒，本無足道。藉使果有此言，戎既不副所期，會爲謬於賞譽，何足播爲美談！且古之名爲知人者，不過一見決其必貴。或曰當至公輔，或曰必爲卿相，如是而已。若其剋期懸擬某年必除某官，此非方技之徒不能。會不聞精於卜相，果操何術而知其二十年後必爲吏部尚書乎？由斯以談，其爲後人因鍾會嘗薦裴、王，加以傅會，昭然可見矣。通典二十三引「無」下有「復」字，作「無復滯才」。此與上條疑即一事，傳者有異耳。

7　諺曰：「後來領袖有裴秀。」虞預晉書曰：「秀字季彦，河東聞喜人。父潛，魏太常。秀有風操，八歲能著文。叔父徽，有聲名。秀年十餘歲，有賓客詣徽，出則過秀。時人爲之語曰：『後進領袖有裴秀。』大將軍辟爲掾。父終，推財與兄。年二十五，遷黄門侍郎。晉受禪，封鉅鹿公。後累遷左光禄、司空。四十八薨〔一〕，謚元公，配食宗廟。」

【箋　疏】

〔一〕程炎震云：「泰始七年三月，秀薨。」

8 裴令公目夏侯太初：「肅肅如入廊廟中，不修敬而人自敬。」禮記曰：「周豐謂魯哀公曰：『宗廟社稷之中，未施敬而民自敬。』」一曰：「如入宗廟，琅琅但見禮樂器。見鍾士季，如觀武庫，但覩矛戟。見傅蘭碩，江廧靡所不有〔一〕。見山巨源，如登山臨下，幽然深遠。」〔二〕玄、會、嘏、濤，並已見上。

【校　文】

「江廧」「江」，景宋本作「汪」。

【箋　疏】

〔一〕李慈銘云：「案江當作汪。晉書裴楷傳作『傅嘏汪翔靡所不見』。汪翔即汪洋，言其廣大也。廧、翔同音通借字。」劉盼遂曰：「晉書裴楷傳作『傅嘏汪翔，靡所不見』。汪廧與汪翔同，通作汪洋。」

〔二〕嘉錫案：此出王隱晉書，見御覽四百四十五。

9 羊公還洛，郭奕爲野王令。晉諸公贊曰：「奕字泰業，太原陽曲人。累世舊族〔一〕。奕有才望，歷雍州刺史、尚書。」羊至界，遣人要之，郭便自往。既見，歎曰：「羊叔子何必減郭太業！」復往羊許，小悉還，又歎曰：「羊叔子去人遠矣！」〔二〕羊既去，郭送之彌日，一舉數百里，遂以出境免官。復歎曰：「羊叔子何必減顔子！」

【箋　疏】

〔一〕程炎震云：「魏志郭淮傳注引晉諸公贊曰：『淮弟配，配弟鎮，鎮子奕。』」

〔二〕嘉錫案：奕再見羊，稍復熟悉，便自歎弗如也。

10　王戎目山巨源：「如璞玉渾金，人皆欽其寶，莫知名其器。」顧愷之畫贊曰：「濤無所標明，淳深淵默，人莫見其際，而其器亦入道。故見者莫能稱謂，而服其偉量。」

【校　文】

注「標明」　「明」，景宋本作「名」。

注「而其器亦入道」　「其器」，景宋本及沈本作「囂然」。

11　羊長和父繇，與太傅祜同堂相善，仕至車騎掾。蚤卒。長和兄弟五人，幼孤。羊氏譜曰：「繇字堪甫，太山人。祖續，漢太尉，不拜。父祕，京兆太守。繇歷車騎掾，娶樂國禎女，生五子：乘、洽、式、亮、悦也。」〔一〕祜來哭，見長和哀容舉止，宛若成人，乃歎曰：「從兄不亡矣！」

【校　文】

注「乘洽式亮悦」　「乘」，景宋本作「秉」；「悦」，景宋本作「忱」。

【箋　疏】

〔一〕程炎震云：「羊長和名忱，已見方正篇『羊忱性甚貞烈』條。此注乘字當作忱。晉書羊祜傳云：『亮字長玄。』」李慈銘云：「案乘當作秉，即卷上言語篇所謂『羊秉爲撫軍參軍』者也。各本皆誤。悦當作忱，説已見前。」嘉錫案：觀越縵所校「裴令公」條「江廧」字及此條「乘」字，知所據亦紛欣閣本，未嘗見明刻本也。

12 山公舉阮咸爲吏部郎，目曰：「清真寡欲，萬物不能移也。」名士傳曰：「咸字仲容，陳留人，籍兄子也。任達不拘，當世皆怪其所爲。及與之處，少嗜欲，哀樂至到，過絶於人，然後皆忘其向議。爲散騎侍郎。山濤舉爲吏部，武帝不用〔一〕。太原郭奕見之心醉，不覺歎服。解音，好酒以卒。」山濤啟事曰：「吏部郎史曜出，處缺當選。濤薦咸曰：『真素寡欲，深識清濁，萬物不能移也。若在官人之職，必妙絶於時。』詔用陸亮。」晉陽秋曰：「咸行已多違禮度，濤舉以爲吏部郎，世祖不許。」竹林七賢論曰：「山濤之舉阮咸，固知上不能用，蓋惜曠世之儁，莫識其真故耳。夫以咸之所犯，方外之意，稱其清真寡欲，則迹外之意自見耳。」

【校　文】

注「莫識其真」　「真」，景宋本作「意」。

【箋　疏】

〔一〕文選顏延年五君詠注引曹嘉之晉紀曰：「山濤舉咸爲吏部郎，三上，武帝不能用也。」

13 王戎目阮文業：「清倫有鑒識，漢元以來，未有此人。」杜篤新書曰：「阮武字文業，陳留尉氏人。父諶，侍中〔一〕。武闊達博通，淵雅之士。」陳留志曰：「武，魏末河清太守〔二〕。族子籍，年總角未知名，武見而偉之，以爲勝己。知人多此類。著書十八篇，謂之阮子，終於家。」郭泰友人宋子俊稱泰：「自漢元以來，未有林宗之匹。」〔三〕

【校　文】

注「河清太守」　「河清」，沈本作「清河」。

【箋　疏】

〔一〕程炎震云：「魏志杜恕傳注引阮氏譜曰：『諶字士信，徵辟無所就。』」

〔二〕程炎震云：「杜恕傳云：『恕從趙郡還陳留，阮武亦從清河太守徵。』其事尚在齊王芳嘉平之前，則非魏末。」

〔三〕御覽七百十三引郭林宗別傳曰：「泰以有道君子徵。同邑宋子俊勸使往，泰遂辭以疾，闔門教授。」後漢紀二十三曰：「泰字林宗，太原介休人。同邑宋仲字雋，有高才，諷書日萬言，與相友善。」又曰：「石雲考從容謂宋子俊曰：『吾與子不及郭生，譬猶由、賜不敢望回也。今卿言稱宋、郭，此河西之人疑卜商於夫子者也。若遇曾參之詰，何辭以對乎？』子俊曰：『魯人謂仲尼東家丘，蕩蕩體大，民不能名。子所明也。陳子禽以子貢賢於仲尼，淺見之言，故然有定耶！吾嘗與杜周甫論林宗之德也：清高明雅，英達瓌瑋，學問淵深，妙有俊才。然其愷悌玄澹，格量高俊，含弘博恕，忠粹篤誠。非今之人，三代士也。漢元以來，未見其匹也。周甫深以爲然。此乃宋仲之師表也，子何言哉？』」嘉錫案：水經注卷六汾水注云：「汾水又西南逕介休縣故城西，城東有徵士郭林宗、宋子浚二碑。宋沖以有道司徒徵。」據此，則宋沖字子浚，今本後漢紀作宋仲字雋或子俊者，皆誤。水經注又言：林宗之卒，心喪期年者：韓子助、宋子浚等二十四人。則其傾服林宗，可謂至矣。嘉錫又案：林宗爲人倫領袖，高名蓋世，故宋子俊稱之如此。王戎取以稱阮武，信如所言，先無以處林宗。此名士標榜之言，不足據也。

14 武元夏目裴、王曰：「戎尚約，楷清通。」〔一〕虞預晉書曰：「武陔字元夏，沛國竹邑人。父周，魏光禄大夫。陔及二弟歆、茂皆總角見稱，並有品望，鄉人諸父，未能覺其多少。時同郡劉公榮名知人，嘗造周，周見其三子。公榮曰：『君三子皆國士。元夏器量最優，有輔佐之風，力仕宦，可爲亞公。叔夏、季夏不減常伯、納言也。』陔至左僕射。」

【校文】

注「品望」　「品」，景宋本作「器」。

【箋疏】

〔一〕程炎震云：「陔在泰始初已爲宿齒，故得目戎、楷。」

15 庾子嵩目和嶠〔一〕：「森森如千丈松〔二〕，雖磊砢有節目〔三〕，施之大廈，有棟梁之用。」晉諸公贊曰：「嶠常慕其舅夏侯玄爲人，故於朝士中峨然不群，時類憚其風節。」

【校　文】

注「憚其風節」　「憚」，景宋本作「傳」。

【箋　疏】

〔一〕程炎震云：「王觀國學林卷三曰：『晉書和嶠傳：「嶠遷潁川太守，太傅從事中郎庾敳見而歎曰云云。」又庾敳傳曰：「敳有重名，而聚斂積實，都官從事温嶠奏之，敳更器嶠云云。」兩傳所載，一以爲和嶠，一以爲温嶠，必有一失。今按庾敳參東海王越太傅軍事，自惠、懷以來，敳仕漸顯，正與温嶠同時。而温嶠傳亦曰嶠舉奏庾敳。以此知所譽者乃温嶠，非和嶠也。和嶠早顯，與張華同佐武帝，又在前矣。』炎震曰：王説是也。敳爲峻之第三子。和嶠於武帝時已與峻及純同官，於敳爲先達。就令爲之題目，亦當如王戎之稱太保，謝安之歎伯道，不得抑揚其詞也。若非晉書兩載，無以證臨川之誤矣。」

〔二〕姚範援鶉堂筆記三十三曰：「晉書和嶠傳云，『太傅從事中郎庾敳見而歎曰，嶠森森如千丈松』云云。又庾敳傳云『敳有重名，而聚斂積實，談者譏之。都官從事温嶠奏之，敳更器嶠，目嶠森森如千丈松』云云。宋王楙野客叢譚云『世説與和嶠傳並云目和嶠，疑敳傳作温嶠誤』。按爲都官從事者實温嶠，和嶠未嘗歷是職。且和嶠卒於元康二年，司馬越之爲太傅，則在永興元年。敳爲越從事中郎，上去元康二年相縣一紀，況其齒位亦復殊邈，和嶠豈待敳語爲重哉？晉書敳傳作温嶠，自不誤。其和嶠傳乃又採世説語妄入之，斯爲誤耳。梁玉繩瞥記四亦曰：『子嵩所器者乃温太真，非和長輿也。因二嶠名同，遂誤屬於和。世説亦誤。』」嘉錫案：庾敳目和嶠語出自王隱晉書，見御覽九百五十三，而世説採之。類聚八十八引晉袁宏詩曰：「森森千丈松，磊砢非一節。雖無榱桷麗，較爲棟梁桀。」全用庾敳之語。知非始見於世説矣。至温嶠舉奏庾敳，敳更器之事，出孫盛晉陽秋，見汪藻考異敬胤注中。今本晉書雜採諸家，失於契勘耳。凡世説所載事，皆自有出處，晉書往往與之同出一源。後人讀晉書，見其與世説同，遂謂採自世説，實不然也。

〔三〕文選八上林賦「水玉磊砢」，郭璞注曰：「磊砢，魁壘貌也。」原本玉篇二十二曰：「砢，力可反。説文：磊砢也。野王案：累石之貌也。」嘉錫案：此言其節目之多，猶石之磊磊然也。

16 王戎云：「太尉神姿高徹，如瑶林瓊樹，自然是風塵外物。」名士傳曰：「夷甫天形奇特，明秀若神。」八王故事曰：「石勒見夷甫，謂長史孔萇曰：『吾行天下多矣！未嘗見如此人，當可活不？』萇曰：『彼晉三公，不爲我用。』勒曰：『雖然，要不可加以鋒刃也。』夜使推牆殺之。」

17 王汝南既除所生服，遂停墓所。兄子濟每來拜墓，略不過叔，叔亦不候。濟脱時過，止寒温而已。後聊試問近事，答對甚有音辭，出濟意外，濟極惋愕。仍與語，轉造清微。濟先略無子姪之敬，既聞其言，不覺懍然，心形俱肅。遂留共語，彌日累夜。濟雖儁爽，自視缺然，乃喟然歎曰：「家有名士，三十年而不知！」濟去，叔送至門。濟從騎有一馬絶難乘，少能騎者。濟聊問叔：「好騎乘不？」曰：「亦好爾。」濟又使騎難乘馬，叔姿形既妙，回策如縈，名騎無以過之。濟益歎其難測非復一事。鄧粲晉紀曰：「王湛字處沖，太原人。隱德，人莫之知，雖兄弟宗族，亦以爲癡，惟父昶異焉。昶喪，居墓次，兄子濟往省湛，見牀頭有周易，謂湛曰：『叔父用此何爲？頗曾看不？』湛笑曰：『體中佳時，脱復看耳〔一〕。今日當與汝言。』因共談易。剖析入微，妙言奇趣，濟所未聞，歎不能測。濟性好馬，而所乘馬駿駛，意甚愛之。湛曰：『此雖小駛，然力薄不堪苦。近見督郵馬，當勝此，但養不至耳。』濟取督郵馬，穀食十數日，與湛試之。湛未嘗乘馬，卒然便馳騁，步驟不異於濟，而馬不相勝。湛曰：『今直行車路，何以别馬勝不，惟當就蟻封耳！』於是就蟻封盤馬，果倒踣〔二〕。其儁識天才乃爾。」既還，渾問濟：「何以暫行累日？」濟曰：「始得一叔。」渾問其故，濟具歎述如此。渾曰：「何如我？」濟曰：「濟以上人。」武帝每見濟，輒以湛調之曰：「卿家癡叔死未？」濟常無以答。既而得叔，後武帝又問如前，濟曰：「臣叔不癡。」稱其實美。帝曰：「誰比？」濟曰：「山濤以下，魏舒以上。」晉陽秋曰：「濟有人倫鑒識，其雅俗是非，少有優潤。見湛，歎服其德宇。時人謂湛『上方山濤不足，下比魏舒有餘』。湛聞之曰：『欲以我處季孟之間乎？』」王隱晉書曰：「魏舒字陽元，任城人。幼孤，爲外氏甯家所養。甯氏起宅，相者曰：『當出貴甥。』外祖母意以盛氏甥小而惠，謂應相也。舒曰：『當爲外氏成此宅相。』少名遲鈍，叔父衡使守水碓，每言：『舒堪八百户長，我願畢矣。』舒不以介意。身長八尺二寸，不修常人近事。少工射，著韋衣入山澤，每獵大獲。爲後將軍鍾毓長史，毓與參佐射戲，舒常爲坐畫籌。後值朋人少，以舒充數，於是發無不中，加博措閑雅，殆盡其妙。毓歎謝之曰：『吾之不足盡卿，如此射矣！』轉相國參軍。晉王每朝罷，目送之曰：『魏舒堂堂，人之領袖！』累遷侍中、司徒。」於是顯名。年二十八，始宦〔三〕。

【校　文】

注「少有優潤」　「潤」，景宋本及沈本作「調」。

注「加博措閑雅」　「博」，沈本作「舉」。

【箋　疏】

〔二〕程炎震云：「王昶以甘露四年卒，濟年甫十一耳。除服後，停墓所亦不過數年，安得云三十年乎？今晉書同鄧粲，皆誤也。當如世説云『所生服』爲是，蓋謂所生母也。『體中』下晉書湛傳有『不』字。」

〔二〕李慈銘云：「『便』下疑有脱字，當作『卒然便騎』，下以『馳騁步驟』爲一句。」又案：「『果』上有脱字，當作『濟馬果倒踣』。晉書王濟傳作『濟馬果躓，而督郵馬如常』。」

〔三〕程炎震云：「晉書：湛年四十九，元康五年卒。則二十八是咸寧二年丙申。」

18 裴僕射，時人謂爲「言談之林藪」。惠帝起居注曰：「頠理甚淵博，贍於論難。」

19 張華見褚陶，語陸平原曰：「君兄弟龍躍雲津，顧彦先鳳鳴朝陽，謂東南之寶已盡，不意復見褚生。」陸曰：「公未覩不鳴不躍者耳！」褚氏家傳曰：「陶字季雅，吳郡錢塘人，褚先生後也。陶聰惠絶倫，年三十，作鷗鳥、水碓二賦。宛陵嚴仲弼見而奇之曰：『褚先生復出矣！』弱不好弄，清談閑默，以墳、典自娱。語所親曰：『聖賢備在黄卷中，舍此何求？』州郡辟不就。吴歸命世祖，補臺郎、建忠校尉。司空張華與陶書曰：『二陸龍躍於江漢，彦先鳳鳴於朝陽，自此以來，常恐南金已盡，而復得之於吾子！故知延州之德不孤，淵岱之寶不匱。』仕至中尉。」

【校　文】

注「年三十」　袁本作「年十三」。

注「水磑」　「磑」，景宋本及沈本俱作「碓」。

注「清談閑默」　「談」，景宋本作「淡」。

20 有問秀才：「吴舊姓何如？」答曰：「吴府君聖王之老成，明時之俊乂。朱永長理物之至德，清選之高望。嚴仲弼九皋之鳴鶴，空谷之白駒。顧彦先八音之琴瑟，五色之龍章。張威伯歲寒之茂松，幽夜之逸光。陸士衡、士龍鴻鵠之裴回，懸鼓之待槌。秀才，蔡洪也。集載洪與刺史周俊書曰：「一日侍坐，言及吴士，詢於芻蕘，遂見下問。造次承顔，載辭不舉，敕令條列名狀，退輒思之。今稱疏所知：吴展字士季，下邳人。忠足矯非，清足厲俗，信可結神，才堪幹世。仕吴爲廣州刺史、吴郡太守。吴平，還下邳，閉門自守，不交賓客。誠聖王之老成，明時之儁乂也。朱誕字永長，吴郡人。體履清和，黄中通理。吴朝舉賢良，累遷議郎，今歸在家。誠理物之至德，清選之高望也。嚴隱字仲弼，吴郡人。稟氣清純，思度淵偉。吴朝舉賢良，宛陵令。吴平，去職。九皋之鳴鶴，空谷之白駒也。張暢字威伯，吴郡人。稟性堅明，志行清朗，居磨涅之中，無淄磷之損。歲寒之松柏，幽夜之逸光也。」陸雲别傳曰：「雲字士龍，吴大司馬抗之第五子，機同母之弟也。儒雅有俊才，容貌瓌偉，口敏能談，博聞彊記。善著述，六歲便能賦詩，時人以爲項託、揚烏之儔也。年十八，刺史周俊命爲主簿。俊常歎曰：『陸士龍當今之顔淵也！』累遷太子舍人、清河内史。爲成都王所害。」凡此諸君：以洪筆爲鉏耒，以紙札爲良田。以玄默爲稼穡，以義理爲豐年。以談論爲英華，以忠恕爲珍寶。著文章爲錦繡，蘊五經爲繒帛。坐謙虚爲席薦，張義讓爲帷幕。行仁義爲室宇，修道德爲廣宅。」〔一〕按蔡所論士十六人，無陸機兄弟，又無「凡此諸君」以下，疑益之。

【校　文】

「陸士衡士龍」　景宋本及沈本無「士衡」二字。

【箋　疏】

〔一〕李慈銘云：「案太平廣記，聖王之老成作聖朝之盛佐，至德作宏德，鳴鶴作鴻鵠，士龍上無士衡二字，玄默作玄墨，義讓作議意，修作循，廣宅作牆宅。中惟鳴鶴作鴻鵠當是廣記傳寫之誤，其餘皆較此本爲長。」嘉錫案：敦煌寫本殘類書薦舉篇引世説，有「士衡」二字。餘亦皆與今本同，但有誤字耳。

21　人問王夷甫：「山巨源義理何如？是誰輩？」王曰：「此人初不肯以談自居，然不讀老、莊，時聞其詠，往往與其旨合。」顧愷之畫贊曰：「濤有而不恃，皆此類也。」

22 洛中雅雅有三嘏：劉粹字純嘏，宏字終嘏，漠字沖嘏〔一〕，是親兄弟，王安豐甥，並是王安豐女壻。宏，真長祖也。晉諸公贊曰：「粹，沛國人。歷侍中、南中郎將。宏，歷秘書監、光禄大夫。」晉後略曰：「漠少以清識爲名，與王夷甫友善，並好以人倫爲意，故世人許以才智之名。自相國右長史出爲襄州刺史。以貴簡稱。」按劉氏譜：劉邠妻，武周女，生粹、宏、漠。非王氏甥。洛中錚錚馮惠卿，名蓀，是播子〔二〕。晉後略曰：「播字友聲，長樂人。位至大宗正，生蓀。」八王故事曰：「蓀少以才悟，識當世之宜。蚤歷清職，仕至侍中。爲長沙王所害。」蓀與邢喬俱司徒李胤外孫〔三〕，及胤子順並知名。時稱：「馮才清，李才明，純粹邢。」晉諸公贊曰：「喬字曾伯，河間人。有才學，仕至司隸校尉。順字曼長，仕至太僕卿。」〔四〕

【箋　疏】

〔一〕程炎震云：「漠，魏志管輅傳作漢，晉書劉惔傳作潢，皆形近之誤。以其字沖嘏推之，漠爲是也。」

〔二〕晉書馮紞傳：「子播，大長秋。」晉書惠帝紀：「太安二年，乂殺馮蓀。」

〔三〕晉書李胤傳：「胤字宣伯，遼東襄平人。」

〔四〕魏志邢顒傳注引晉諸公贊曰：「顒曾孫喬，字曾伯，有體量局幹，美於當世。歷清職。元康中與劉渙俱爲尚書吏部郎，稍遷至司隸校尉。」晉書惠紀云：「光熙元年五月戊申，驃騎、范陽王虓殺司隸校尉邢喬。」又李胤傳云：「三子：固、真長、修。真長位至太僕卿。」蓋真長即曼長，或有二名。

23 衛伯玉爲尚書令，見樂廣與中朝名士談議，奇之曰：「自昔諸人没已來，常恐微言將絶，今乃復聞斯言於君矣！」命子弟造之曰：「此人，人之水鏡也，見之若披雲霧覩青天。」晉陽秋曰：「尚書令衛瓘見廣曰：『昔何平叔諸人没，常謂清言盡矣，今復聞之於君！』」王隱晉書曰：「衛瓘有名理，及與何晏、鄧颺等數共談講，見廣奇之曰：『每見此人，則瑩然猶廓雲霧而覩青天。』」

24 王太尉曰：「見裴令公精明朗然，籠蓋人上，非凡識也。若死而可作，當與之同歸。」或云王戎語〔一〕。禮記曰：「趙文子與叔譽觀於九原，文子曰：『死者如可作也，吾誰與歸？』」鄭玄曰：「作，起也。」

【箋疏】

〔一〕程炎震云：「楷爲中書令時，衍爲黄門郎，故稱爲令公。若王戎則爲尚書僕射，名位相當矣。云衍語爲是。」

25 王夷甫自歎：「我與樂令談，未嘗不覺我言爲煩。」晉陽秋曰：「樂廣善以約言厭人心，其所不知，默如也。太尉王夷甫、光禄大夫裴叔則能清言，常曰：『與樂君言，覺其簡至，吾等皆煩。』」

26　郭子玄有俊才，能言老、莊。庾敳嘗稱之，每曰：「郭子玄何必減庾子嵩！」名士傳曰：「郭象字子玄，自黄門郎爲太傅主簿，任事用勢，傾動一府。敳謂象曰：『卿自是當世大才，我疇昔之意，都已盡矣！』其伏理推心，皆此類也。」〔一〕

【箋　疏】

〔一〕嘉錫案：晉書象本傳云：「東海王越引爲太傅主簿，甚見親委。遂任職當權，熏灼内外。由是素論去之。」又荀晞傳：「晞上表曰：『東海王越得以宗臣遂執朝政，委任邪佞，寵樹姦黨，至使前長史潘滔、從事中郎畢邈、主簿郭象等操弄天權，刑賞由己。』」云云，此庾子嵩所以失望也。而象以好老、莊能清言之人，行爲如此，蓋與太傅之三才，皆爲當時所側目。以雅量篇「王夷甫與裴景聲志好不同」條注「邈歷太傅從事中郎」及下條「裴景聲清才」證之，晞表中之畢邈乃裴邈之誤也。

27　王平子目太尉：「阿兄形似道，而神鋒太儁。」太尉答曰：「誠不如卿落落穆穆。」王隱晉書曰：「澄通朗好人倫，情無所繫。」

【校　文】

注「繫」　景宋本作「係」。

28 太傅有三才：劉慶孫長才，晉陽秋曰：「太傅將召劉輿，或曰：『輿猶膩也，近將汙人。』太傅疑而禦之。輿乃密視天下兵簿諸屯戍及倉庫處所、人穀多少、牛馬器械、水陸地形，皆默識之。是時軍國多事，每會議事，自潘滔以下皆不知所對。輿便屈指籌計，所發兵仗處所，糧廩運轉，事無凝滯。於是太傅遂委仗之。」潘陽仲大才，裴景聲清才〔一〕。八王故事曰：「劉輿才長綜覈，潘滔以博學爲名，裴邈彊力方正，皆爲東海王所暱，俱顯一府。故時人稱曰：輿長才，滔大才，邈清才也。」〔二〕

【校　文】

注「諸屯戍」　「戍」，景宋本作「戍」。

【箋　疏】

〔一〕嘉錫案：此出語林，見御覽二百六引。

〔二〕嘉錫案：此三人者，劉輿最爲邪鄙。裴邈事蹟不甚詳。惟潘滔能識王敦，可謂智士。要之爲司馬越所暱，輔之爲惡，皆非君子也。

賞譽第八　下

29 林下諸賢〔一〕，各有儁才子。籍子渾，器量弘曠。世語曰：「渾字長成，清虛寡欲，位至太子中庶子。」康子紹，清遠雅正。已見。濤子簡，疏通高素。虞預晉書曰：「簡字季倫，平雅有父風。與嵇紹、劉漠等齊名〔二〕。遷尚書，出爲征南將軍。」咸子瞻，虛夷有遠志。瞻弟孚，爽朗多所遺。名士傳曰：「瞻字千里，夷任而少嗜欲，不修名行，自得於懷。讀書不甚研求，而識其要。仕至太子舍人。年三十卒。」中興書曰：「孚風韻疎誕，少有門風。初爲安東參軍，蓬髮飲酒，不以王務嬰心。」秀子純、悌，並令淑有清流。竹林七賢論曰：「純字長悌，位至侍中。悌字叔遜〔三〕，位至御史中丞。」晉諸公贊曰：「洛陽敗，純、悌出奔，爲賊所害。」戎子萬子，有大成之風，苗而不秀。晉諸公贊曰：「王綏字萬子，辟太尉掾，不就。年十九卒。」晉書曰：「戎子萬，有美號而太肥，戎令食糠，而肥愈甚也。」惟伶子無聞。凡此諸子，惟瞻爲冠，紹、簡亦見重當世。

【箋　疏】

〔一〕程炎震云：「林謂竹林也，解見任誕篇。」

〔二〕程炎震云：「漢即沖嘏，今晉書簡傳誤作謨。」嘉錫案：劉漢見上「洛中三嘏」條。

〔三〕嘉錫案：晉人最重家諱，弟名悌，而兄字長悌，絶不爲弟子孫地，似非人情，恐有誤字。

30 庾子躬有廢疾，甚知名。家在城西，號曰城西公府〔一〕。虞預晉書曰：「琮字子躬，潁川人，太常峻第二子，仕至太尉掾。」

【箋疏】

〔一〕程炎震云：「棲逸篇注『李廞常爲二府辟，故號李公府』。此云城西公府，亦以琮嘗爲太尉掾也。」

31 王夷甫語樂令：「名士無多人，故當容平子知。」王澄別傳曰：「澄風韻邁達，志氣不群。從兄戎、兄夷甫，名冠當年。四海人士，一爲澄所題目，則二兄不復措意，云『已經平子』，其見重如此。是以名聞益盛，天下知與不知，莫不傾注。澄後事迹不逮，朝野失望。及舊遊識見者，猶曰：『當今名士也。』」

32 王太尉云：「郭子玄語議如懸河寫水，注而不竭。」〔一〕名士傳曰：「子玄有儁才，能言莊、老。」

【箋　疏】

〔一〕嘉錫案：書鈔九十八引語林云：「王太尉問孫興公曰：『郭象何如人？』答曰：『其辭清雅，奕奕有餘。吐章陳文，如懸河瀉水，注而不竭。』」以爲孫綽之語，與此不同。

33 司馬太傅府多名士，一時儁異。庾文康云：「見子嵩在其中，常自神王。」〔一〕晉陽秋曰：「敳爲太傅從事中郎。」

【箋　疏】

〔一〕程炎震云：「今晉書庾敳傳云：『敳在其中，常自神王。』不作庾亮語，蓋有脱誤。亮傳云：『年十六，東海王越辟爲掾，不就。』按亮年五十二，以咸康六年卒。則十六年是惠帝永興元年，正越爲太傅時。」御覽二百四十九引臧榮緒晉書曰：「庾敳參太傅軍事，從子亮少時見敳在太傅府，僚佐多名士，皆一世秀異。敳處其中，常自神王。」

34 太傅東海王鎮許昌，以王安期爲記室參軍，雅相知重。敕世子毗曰：「夫學之所益者淺，體之所安者深。閑習禮度，不如式瞻儀形。諷味遺言，不如親承音旨。王參軍人倫之表，汝其師之！」或曰：「王、趙、鄧三參軍，人倫之表，汝其師之！」謂安期、鄧伯道、趙穆也〔一〕。趙吴郡行狀曰：「穆字季子，汲郡人。貞淑平粹，才識清通。歷尚書郎、太傅參軍。後太傅越與穆及王承、阮瞻、鄧攸書曰：『禮：八歲出就外傅，十年曰幼，學。明可以漸先王之教也。然學之所受者淺，體之所安者深。是以閑習禮度，不如式瞻軌儀。諷味遺言，不如親承辭旨。小兒毗既無令淑之資，未聞道德之風，欲屈諸君，時以閑豫，周旋燕誨也。』穆歷晉明帝師、冠軍將軍、吴郡太守，封南鄉侯。」袁宏作名士傳直云王參軍。或云：「趙家先猶有此本。」〔二〕

【箋疏】

〔一〕程炎震云：「今晉書阮瞻傳作『瞻與王承、謝鯤、鄧攸俱在越府，越與瞻書』。而王承傳則與此同。蓋兩存之。文選竟陵王行狀注引何法盛晉中興書亦與此同，蓋臨川所取也。」嘉錫案：此當出於王隱晉書。書鈔六十九引王晉書：「王丞爲東海王越記室。越與世子毗敕曰：『王參軍人倫師表。』」王晉書即王隱晉書。是記此事者，不始於何法盛。且世説明云「袁宏作名士傳直云王參軍」，則臨川實取之名士傳。據沈約自序，何法盛爲宋世祖時人，年輩當尚在臨川之後，安得取其書乎？

〔二〕程炎震云：「全晉文一百三十八張湛列子注序云『尋從輔嗣女壻趙季子家得六卷』，蓋即趙穆。輔嗣以嘉平元年卒，至永嘉二年已六十年。穆過江時，當暮齒矣。即於三參軍中，亦最爲老宿也。」嘉錫案：王輔嗣亡時年二十四，其女不過數歲。又十餘年，方可適人。趙穆之年，若與之相匹，則過江之時最長亦不過四十餘耳。鄧攸不知得年若干。王承卒於元帝時，年四十六。蓋與穆齒相上下，無以見穆爲老宿也。

35 庾太尉少爲王眉子所知。庾過江，嘆王曰：「庇其宇下，使人忘寒暑。」晉諸公贊曰：「玄少希慕簡曠。」八王故事曰：「玄爲陳留太守。或勸玄過江投琅邪王，玄曰：『王處仲得志於彼，家叔猶不免害，豈能容我？』謂其器宇不容於敦也。」

36 謝幼輿曰：「友人王眉子清通簡暢，嵇延祖弘雅劭長，董仲道卓犖有致度。」王隱晉書曰：「董養字仲道，太始初，到洛下，干禄求榮。永嘉中，洛城東北角步廣里中地陷，中有二鵝，蒼者飛去，白者不能飛。問之博識者，不能知。養聞，歎曰：『昔周時所盟會狄泉，此地也。卒有二鵝，蒼者胡象，後明當入洛，白者不能飛，此國諱也。』」謝鯤元化論序曰〔一〕：「陳留董仲道於元康中見惠帝廢楊悼后，升太學堂歎曰：『建此堂也，將何爲乎？每見國家赦書，謀反逆皆赦，孫殺王父母、子殺父母不赦，以爲王法所不容也。奈何公卿處議，文飾禮典以至此乎？天人之理既滅，大亂斯起。』顧謂謝鯤、阮孚曰：『易稱：知幾其神乎！君等可深藏矣！』乃與妻荷擔入蜀，莫知其所終。」〔二〕

【校　文】

注「到洛下干禄」「下」，沈本作「不」。

注「後明當入洛」「明」，景宋本作「胡」。

【箋　疏】

〔一〕程炎震云：「晉書董養傳：『及楊后廢，養因游太學，升堂歎曰云云。因著無化論以非之。』此則元化當作无化。養作論而鯤序之也。」

〔二〕御覽五百二引王隱晉書曰：「董養字仲道。惠帝時遷楊后於金墉，有侍婢十餘人，賈后奪之，然後絶膳，八日而崩。仲道喟然嘆曰：『天人既滅，大亂將至。傾危宗廟，在其日矣！』顧謂謝鯤、阮千里等曰：『時既如斯，難可保也。不如深居巖洞耳！』乃自荷擔，妻推鹿車，入於蜀山，莫知所止。」嘉錫案：蓋即此注所引之下篇。孝標因其事出於元化論序，故捨彼取此耳。

37　王公目太尉：「巖巖清峙，壁立千仞。」顧愷之夷甫畫贊曰：「夷甫天形瓌特，識者以爲巖巖秀峙，壁立千仞。」〔一〕

【箋疏】

〔一〕程炎震云：「此王公當是茂宏，晉書則直用顧語。」

38 庾太尉在洛下，問訊中郎。庾敳。中郎留之云：「諸人當來。」尋温元甫、晉諸公贊曰：「温幾字元甫，太原人。才性清婉。歷司徒右長史、湘州刺史，卒官。」劉王喬〔一〕、曹嘉之晉紀曰：「劉疇字王喬，彭城人。父訥，司隸校尉。疇善談名理。曾避亂塢壁，有胡數百欲害之。疇無懼色，援笳而吹之，爲出塞入塞之聲，以動其遊客之思。於是群胡皆泣而去之〔二〕。位至司徒左長史。」裴叔則俱至，酬酢終日。庾公猶憶劉、裴之才儁，元甫之清中〔三〕。「中」，一作「平」。

【箋疏】

〔一〕程炎震云：「晉書劉隗傳云：『隗伯父訥，字令言。子疇，永嘉中位至司徒左長史，尋爲閻鼎所殺。』文選王文憲集序注引晉諸公贊曰：『傅宣定九品，未訖，劉疇代之，悉改宣法。於是人人望品，求者奔競。』即此劉王喬也。傅宣以懷帝即位轉吏部郎。疇之代宣，晉書略之。」

〔二〕李慈銘云：「案晉書劉琨傳言：『琨在晉陽，嘗爲胡騎所圍。琨乃乘月登樓清嘯，賊聞之，皆悽然長歎。中夜奏胡笳，賊又流涕歔欷，有懷土之切。向曉復吹之，賊並棄圍而走。』此以爲劉疇事。疇晉

〔三〕程炎震云：「庾敳死於永嘉五年，亮時年二十三，雖早從父過江，容能憶洛下時事。若裴楷死時，亮纔數歲，縱能追爲題目，焉得憶其酬酢耶？」

書附劉隗傳，亦載此事。兩事相同，又皆劉姓，蓋傳聞各異。」

39 蔡司徒在洛，見陸機兄弟住參佐廨中，三間瓦屋，士龍住東頭，士衡住西頭。士龍爲人，文弱可愛。士衡長七尺餘，聲作鍾聲，言多忼慨〔一〕。文士傳曰：「雲性弘静，怡怡然爲士友所宗。機清厲有風格，爲鄉黨所憚。」

【校　文】

「忼慨」　「忼」，景宋本作「慷」。

【箋　疏】

〔一〕程炎震云：「機、雲死於惠帝太安二年癸亥，謨年十九矣。謨父子尼與士衡同仕於成都王穎。士衡之死，子尼救之，其投分爲不淺矣。」

40 王長史是庾子躬外孫，王氏譜曰：「濛父訥，娶潁州庾琮之女〔一〕，字三壽也。」丞相目子躬云：「入理泓然，我已上人。」子躬，子嵩兄也。

【箋　疏】

〔一〕程炎震云：「晉書濛傳云：訥，新淦令。」又云：「王本潁州作潁川。」

41 庾太尉目庾中郎：「家從談談之許〔一〕。」名士傳曰：「敳不爲辨析之談，而舉其旨要。太尉王夷甫雅重之也。」一作「家從談之祖」。「從」，一作「誦」。「許」，一作「辭」。

【箋　疏】

〔一〕程炎震云：「敳與亮父琛皆庾道之孫。亮爲敳之族子，敳爲從父矣，故曰家從。」李詳云：「談談猶沈沈，謂言論深邃也。史記陳涉世家：『涉之爲王沈沈者。』索隱：『應劭以爲沈沈，宮室深邃貌，音長含反。劉伯莊以沈沈猶談談，猶俗云談談漢是。』伯莊唐人，偶舉俗語。是晉人此稱，尚至唐代。要皆指爲深邃，或狀人物，或指言論，皆可通也。」嘉錫案：應劭語乃集解所引，以爲索隱者誤。「談談漢」，殿本作「談談深」。

42 庾公目中郎：「神氣融散，差如得上。」晉陽秋曰：「數穨然淵放，莫有動其聽者。」

43 劉琨稱祖車騎爲朗詣，曰：「少爲王敦所歎。」〔一〕虞預晉書曰：「逖字士穉，范陽遒人。豁蕩不修儀檢，輕財好施。」晉陽秋曰：「逖與司空劉琨俱以雄豪著名。年二十四，與琨同辟司州主簿，情好綢繆，共被而寢。中夜聞雞鳴，俱起曰：『此非惡聲也。』〔二〕每語世事，則中宵起坐，相謂曰：『若四海鼎沸，豪傑共起，吾與足下相避中原耳！』爲汝南太守，值京師傾覆，率流民數百家南度，行達泗口，安東板爲徐州刺史。逖既有豪才，常忼慨以中原爲己任，乃說中宗雪復神州之計，拜爲豫州刺史，使自招募。逖遂率部曲百餘家，北度江，誓曰：『祖逖若不清中原而復濟此者，有如大江！』攻城略地，招懷義士，屢摧石虎，虎不敢復闚河南，石勒爲逖母墓置守吏。劉琨與親舊書曰：『吾枕戈待旦，志梟逆虜，常恐祖生先吾著鞭耳！』會其病卒。先有妖星見豫州分，逖曰：『此必爲我也！天未欲滅寇故耳！』贈車騎將軍。」

【校　文】

注「則中宵起坐」　「則」，景宋本及沈本作「或」。

注「忼慨」　「忼」，景宋本作「慷」。

【箋　疏】

〔一〕嘉錫案：晉書劉琨傳載琨聞逖被用，與親故書，與晉陽秋同。愚謂世說此條，當亦琨書中之語。

〔二〕文選集注六十三引續文章志云:「早與祖逖友善,嘗二大角枕同寐,聞雞夜鳴,喜而相蹋,逖遂墜地。」嘉錫案:開元占經百十五引京房曰:「雞夜半鳴,有軍。」又曰:「雞夜半鳴,流血滂沱。」蓋時人惡中夜雞鳴爲不祥。逖、琨素有大志,以兵起世亂,正英雄立功名之秋,故喜而相蹋。且曰「非惡聲也」。此與尹緯見袄星喜而再拜(見晉書姚興載記),用心雖異,立意則同。今晉書逖傳作「中夜聞荒雞鳴」。周亮工因樹屋書影四曰:「古以三更前雞鳴爲荒雞,又曰兵象。」晉書祖逖傳史臣曰:「祖逖散穀周貧,聞雞暗舞。思中原之燎火,幸天步之多艱。原其素懷,抑爲貪亂。」「中夜聞雞鳴」,晉書祖逖傳作「中夜聞荒雞鳴」。嘉錫又案:元王惲秋澗集卷十有荒雞行云:「茆簷月落霜稜稜,夜半起聽荒雞聲。不知首唱自何處,喔喔滿城爭亂鳴。爾緣氣類司早晏,乃今失職能無驚。淒風吹空星斗黑,漫漫長夜何時明。」讀其詩,可以識荒雞之義矣。明胡侍真珠船七云:「晉書:祖逖與劉琨共被同寢,中夜聞荒雞鳴,蹴琨覺曰:『此非惡聲也!』因起舞。史臣曰:『祖逖聞雞暗舞,思中原之燎火,幸天步之多艱。原其素懷,抑爲貪亂者矣。』元史:史天倪金大安末舉進士不第,乃歎曰:『大丈夫立身,獨以文乎哉?使吾遇荒雞夜鳴,擁百萬之衆,功名可唾手取也!』草木子:南陽府廉訪僉事保保巡按至彼,忽初更聞雞啼,曰:『此荒雞也。不久此地當爲丘墟,天下其將亂乎?』遂棄官而隱。後南陽果陷。蓋初更啼,即爲荒雞。余謂凡雞夜鳴不時,皆謂之荒。祖逖之聞,在於中夜,不特初更,乃有茲稱。有問荒雞之説及起舞之義者,因述此。」魏志管輅傳注引輅別傳曰:「清河令徐季龍言:『世有軍事,則感雞雉先鳴,其道何由?』輅言:『貴人有事,其應在天。在天，則日月星辰也。兵動民憂，其應在物。在物，則山林鳥獸也。夫雞者，兑之畜；金者，兵之精；雉者，離之鳥；獸者，武之神。故太白揚輝則雞鳴，熒惑流行則雉驚。各感數而動。』」

44 時人目庾中郎：「善於託大，長於自藏。」名士傳曰：「敳雖居職任，未嘗以事自嬰，從容博暢，寄通而已。是時天下多故，機事屢起，有爲者拔奇吐異，而禍福繼之。敳常默然，故憂喜不至也。」

45 王平子邁世有儁才，少所推服〔一〕。每聞衛玠言，輒歎息絶倒〔二〕。玠別傳曰：「玠少有名理，善通莊、老。琅邪王平子高氣不群，邁世獨傲，每聞玠之語議，至於理會之間，要妙之際，輒絶倒於坐。前後三聞，爲之三倒。時人遂曰：『衛君談道，平子三倒。』」

【箋疏】

〔一〕程炎震云：「澄、玠皆以永嘉六年卒。澄四十四，玠二十七。蓋以澄長玠十七歲而推服玠，故爲異耳。」

〔二〕元俞德鄰佩韋齋輯聞三云：「世謂大笑爲絶倒。然晉書王澄每聞衛玠言，輒歎息絶倒。則絶倒，因歎息也。北齊崔瞻使陳，過彭城，讀道傍碑絶倒。從者以爲中惡。史謂：是碑瞻父爲徐州所立，故哀感焉。則又因哀感而絶倒矣。要之絶倒者，形體欹傾，不自支持之貌。笑而絶倒，歎而絶倒，哀而絶倒，皆以形體言，不專謂大笑也。」

46 王大將軍與元皇表云：「舒風概簡正，允作雅人，自多於邃。王舒已見。王邃别傳曰：「邃字處重，琅邪人，舒弟也。意局剛清，以政事稱。累遷中領軍、尚書左僕射。」舒、邃並敦從弟。最是臣少所知拔。中間夷甫、澄見語〔一〕：『卿知處明、茂弘。茂弘已有令名，真副卿清論；處明親疏無知之者，吾常以卿言爲意，殊未有得，恐已悔之。』臣慨然曰：『君以此試。』頃來始乃有稱之者。言常人正自患知之使過，不知使負實。」「使」，一作「便」。

【箋　疏】

〔一〕李慈銘云：「案此於王衍獨稱字者，亦是孝標避梁武諱，追改其文。」

47 周侯於荆州敗績還，未得用。王丞相與人書曰：「雅流弘器，何可得遺？」鄧粲晉紀曰：「顗爲荆州，始至，而建平民傅密等叛迎蜀賊。顗狼狽失據，陶侃救之，得免。顗至武昌投王敦〔一〕，敦更選侃代顗。顗還建康，未即得用也。」

【箋　疏】

〔一〕程炎震云："周顗爲杜弢所敗，投王敦。通鑑在建興元年。"

48 時人欲題目高坐而未能，桓廷尉以問周侯，周侯曰："可謂卓朗。"桓公曰："精神淵著。"高坐傳曰："庾亮、周顗、桓彝一代名士，一見和尚，披衿致契。曾爲和尚作目，久之未得。有云：『尸利密可稱卓朗。』於是桓始咨嗟，以爲標之極似。宣武嘗云：『少見和尚，稱其精神淵著，當年出倫。』其爲名士所歎如此。"

49 王大將軍稱其兒云："其神候似欲可。"王應也。

50 卞令目叔向："朗朗如百間屋。"〔一〕春秋左氏傳曰："叔向，羊舌肸也。晉大夫。"〔二〕

【箋　疏】

〔一〕程炎震云："周嬰巵林一曰：『世説賞譽、品藻止於魏、晉兩朝。因曹蜍、李志而及廉、藺，因高士傳而出井丹。若尚論古人，羌無義例。予以爲望之有叔名向，爲之題目，以相標榜，若王大將軍稱其兒類耳。』炎震案：周氏所疑是也。惟壼叔名向，未見其證。"

〔二〕文廷式純常子枝語卷五云：「世説皆當時語。若評論古人，不當收入。疑『叔向』二字有誤。注則明人妄增也。」嘉錫案：凡題目人者，必親見其人，挹其風流，聽其言論，觀其氣宇，察其度量，然後爲之品題。其言多用比興之體，以極其形容。如本篇世目李元禮謖謖如勁松下風，公孫度目邴原爲雲中白鶴，以及裴令公之目夏侯太初等，庾子嵩之目和嶠皆是也。卞令目「叔向」朗朗如百間屋，蓋言其氣度恢宏，此非與之親熟者不能道。若爲春秋時之晉大夫，卞望之與之相去且千年，安得見其人而爲之題目乎？然則「叔向」之非羊舌肸，亦已明矣。稱「叔向」而不言其姓，周氏以爲卞令之叔，不爲無理也。

51 王敦爲大將軍，鎮豫章。衛玠避亂，從洛投敦，相見欣然，談話彌日。于時謝鯤爲長史，敦謂鯤曰：「不意永嘉之中，復聞正始之音。阿平若在，當復絶倒。」〔一〕玠別傳曰：「玠至武昌見王敦，敦與之談論，彌日信宿。敦顧謂僚屬曰：『昔王輔嗣吐金聲於中朝，此子今復玉振於江表，微言之緒，絶而復續。不悟永嘉之中，復聞正始之音。阿平若在，當復絶倒。』」〔二〕

【校　文】

注「當復絶倒」　景宋本及沈本「倒」下有「矣」字。

【箋疏】

〔一〕程炎震云：「玠以永嘉四年六月南行，六年五月至豫章。王澄之死，亦當在六年。則玠、敦相見時，澄未必便死矣。且敦實殺澄，而爲此言，亦殊不近事情。晉書云：『何平叔若在，當復絶倒。』或唐人所見世説不誤，抑阿平固指何晏言，而後人附會爲王澄耶？」日知録十三曰：「魏明帝殂，少帝即位。改元正始，凡九年。其十年則太傅司馬懿殺大將軍曹爽，而魏之大權移矣。三國鼎立，至此垂三十年。一時名士風流，盛於雒下。乃其棄經典而尚老、莊，蔑禮法而崇放達，視其主之顛危若路人然。即此諸賢爲之倡也。自此以後，競相祖述。如晉書言王敦見衛玠，謂長史謝鯤曰：『不意永嘉之末，復聞正始之音。』沙門支遁以清談著名於時，莫不崇敬。以爲造微之功，足參諸正始。宋書：『羊玄保二子，太祖賜名曰咸，曰粲。謂玄保曰：「欲令卿二子有林下正始餘風。」』王微與何偃書曰：『卿少陶玄風，淹雅修暢，自是正始中人。』南齊書言：袁粲言於帝曰：『臣觀張緒有正始遺風。』南史言：何尚之謂王球：『正始之風尚在。』其爲後人企慕如此。然而晉書儒林傳序云：『擯闕里之典經，習正始之餘論。指禮法爲流俗，目縱誕以清高。』此則虚名雖被於時流，篤論未忘乎學者。是以講明六藝，鄭、王爲集漢之終；演説老、莊，王、何爲開晉之始。以至國亡於上，教淪於下，羌戎互僭，君臣屢易。非林下諸賢之咎而誰咎哉？」

〔二〕程炎震云：「通鑑八十八永嘉六年考異曰：『王澄死，周顗敗，王敦鎮豫章，王機入廣州，紀傳皆無年月。按衛玠傳：玠依敦於豫章，以永嘉六年卒，故附於此。』」嘉錫案：以「王平子邁世有儁才」條及此條注合而觀之，知此二事同出於衛玠别傳。先言平子聞玠之語議，輒絶倒於坐；後言阿平若在，當復絶倒。則阿平自是指王平子，文義甚明。唐修晉書作何平叔者，後人妄改耳。通鑑書王澄之死、王敦之鎮豫章於永嘉六年者，特因不得其年月，故約略其時，總叙之於此。其實澄未必果死於是年，更無以見澄死定在玠至豫章之後也。

52 王平子與人書，稱其兒「風氣日上，足散人懷」〔一〕。永嘉流人名曰：「澄第四子微。」澄别傳曰：「微邁上有父風。」〔二〕

【校　文】

注「微」　沈本俱作「徽」。

【箋　疏】

〔一〕李慈銘云：「案晉、宋、六朝膏粱門第，父譽其子，兄夸其弟，以爲聲價。其爲子弟者，則務鄙父兄，以示通率。交相僞扇，不顧人倫。世人無識，沿流波詭，從而稱之。於是未離乳臭，已得華資。甫識一丁，即爲名士。淪胥及溺，凶國害家。平子本是妄人，荆産豈爲佳子？所謂風氣日上者，淫蕩之風、癡頑之氣耳。長松下故當有清風，斯言婉矣。」

〔二〕程炎震云：「晉書澄傳微作徽。」嘉錫案：微當作徽，説詳言語篇。

53 胡毋彥國吐佳言如屑，後進領袖〔一〕。言談之流，靡靡如解木出屑也。

【箋疏】

〔一〕程炎震云：「晉書輔之傳作王澄與人書語。」劉盼遂曰：「按本條宜連上『王平子與人書』爲一條。晉書胡毋輔之傳：澄嘗與人書曰：『胡毋彥國吐佳言如鋸木屑，霏霏不絕，誠爲後進領袖也。』嚴鐵橋輯全晉文，於王澄卷中迻録輔之傳此札，乃注出世説注，且於王澄標目下注太原人，緟貤悂謬矣。」

54 王丞相云：「刁玄亮之察察，戴若思之巖巖，虞預書曰：「戴儼字若思〔一〕，廣陵人。才義辯濟，有風標鋒穎。累遷征西將軍，爲王敦所害。贈左光禄大夫、儀同三司。」卞望之之峰距。」〔二〕卞壼別傳曰：「壼字望之，濟陰寃句人。父粹，太常卿。壼少以貴正見稱，累遷御史中丞，權門屏迹，轉領軍、尚書令。蘇峻作亂，率衆距戰，父子二人俱死王難。」鄧粲晉紀曰：「初，咸和中，貴遊子弟能談嘲者，慕王平子、謝幼輿等爲達。壼厲色於朝曰：

『悖禮傷教，罪莫斯甚！中朝傾覆，實由於此！』欲奏治之。王導、庾亮不從，乃止。其後皆折節爲名士。」〔三〕語林曰：「孔坦爲侍中，密啟成帝，不宜往拜曹夫人〔四〕。丞相聞之曰：『王茂弘駑痾耳！若卞望之之巖巖，刁玄亮之察察，戴若思之峰距，當敢爾不？』」此言殊有由緒，故聊載之耳。

【校　文】

注「率衆距戰」　「距」，景宋本及沈本作「拒」。

注「不宜往拜」　景宋本及沈本俱無「往」字。

【箋　疏】

〔一〕李慈銘云：「案戴若思本名淵，晉書因避唐高祖諱但稱字。此云名儼，是若思有二名也。」

〔二〕李慈銘云：「案距，晉書作岠。」陳僅捫燭脞存十二曰：「峰距，猶嶽峙也。言其高峻，使人不可近。」李詳云：「詳案：丞相品此三人，語意未罄。據注：孔坦阻成帝不往拜曹夫人，故丞相激爲此語。御覽四百四十七引郭子，語與此同。下有『並一見我而服也』。如此方合。義慶書多本郭子，即郭頒世語也。」嘉錫案：隋志史部雜史類：魏晉世語十卷，晉襄陽令郭頒撰。子部小説家類：郭子三卷，東晉中郎將郭澄之撰。畔然二書。本書方正篇「夏侯玄既被桎梏」條注，以郭頒爲西晉人，則自不得記王導之事。審言此語，可稱巨謬。

〔三〕文苑英華三百六十二楊夔原晉亂説曰：「晉室南遷，制度草創，永嘉之後，嚚風未除。廷臣猶以謝鯤輕佻，王澄曠誕，競相祖習，以爲高達。卞壼厲色於朝曰：『帝祚流移，社稷傾蕩，職茲浮僞，致此隳敗。猶欲崇慕虛誕，汙蠹時風，奏請鞫之，以正頹俗。』王導、庾亮抑之而止。噫！西晉之亂，百代所悲。移都江左，是塞源端本之日也。猶乃翼虛駕僞，宗扇佻薄，躡諸敗跡，踵其覆轍。以此創立朝綱，基構王業，何異登膠船而泛巨浸，操朽索以馭奔駟乎？設使從卞壼之奏，黜屏浮僞，登進豪賢，左右大法，維持紀綱，則晉亦未可量也。其後王敦作逆，蘇峻繼亂，余以爲晉亂不自敦、峻，而稔於導、亮。」

〔四〕程炎震云：「通鑑：咸康元年，帝幸司徒府拜導，並拜其妻。孔坦諫。」

55 大將軍語右軍：「汝是我佳子弟，按王氏譜：「羲之是敦從父兄子。」當不減阮主簿。」中興書曰：「阮裕少有德行，王敦聞其名，召爲主簿，知敦有不臣之心，縱酒昏酣，不綜其事。」

56 世目周侯「嶷如斷山」。晉陽秋曰：「顗正情嶷然，雖一時儕類，皆無敢媟近。」

57 王丞相招祖約夜語，至曉不眠。明旦有客，公頭鬢未理，亦小倦。客曰：「公昨如是，似失眠。」公曰：「昨與士少語，遂使人忘疲。」

【校　文】

「亦小倦」　「亦」上沈本有「體」字。汪藻考異同。

58 王大將軍與丞相書，稱楊朗曰：「世彦識器理致，才隱明斷，既爲國器，且是楊侯淮之子。世語曰：「淮字始立〔一〕，弘農華陰人。曾祖彪、祖脩，有名前世。父囂，典軍校尉。淮元康末爲冀州刺史。」荀綽冀州記曰：「淮見王綱不振，遂縱酒不以官事規意，消搖卒歲而已。成都王知淮不治，猶以其名士，惜而不遺，召爲軍咨議祭酒，府散停家。關東諸侯欲以淮補三事，以示懷賢尚德之事，未施行而卒。時年二十有七。」位望殊爲陵遲，卿亦足與之處。」

【箋　疏】

〔一〕程炎震云：「淮當作準，見前識鑒篇。御覽四百四十四引郭子曰：『準字彦清。』」李慈銘云：「案淮三國魏志陳思王植傳注引世説作準，以字始立推之，作準爲是。蓋準或省作准，遂誤爲淮。如劉宋時王準之亦作准之，今遂誤爲王淮之矣。」

59 何次道往丞相許，丞相以麈尾指坐，呼何共坐曰：「來！來！此是君坐。」〔一〕何充，已見。

【箋疏】

〔一〕此出郭子，見御覽三百九十三及七百三引。

60 丞相治楊州廨舍，按行而言曰：「我正爲次道治此爾！」何少爲王公所重，故屢發此歎〔一〕。晉陽秋曰：「充，導妻姊之子，明穆皇后之妹夫也。思韻淹濟，有文義才情，導深器之。由是少有美譽，遂歷顯位。導有副貳己使繼相意，故屢顯此指於上下。」

【箋疏】

〔一〕此出郭子，見御覽二百五十五引。

61 王丞相拜司徒而歎曰：「劉王喬若過江，我不獨拜公。」曹嘉之晉紀曰：「疇有重名，永嘉中爲閻鼎所害。司徒蔡謨每歎曰：『若使劉王喬得南渡，司徒公之美選也。』」

62 王藍田爲人晚成，時人乃謂之癡。晉陽秋曰：「述體道清粹，簡貴靜正，怡然自足，不交非類。雖群英紛紛，俊乂交馳，述獨蔑然，曾不慕羨。由是名譽久蘊。」王丞相以其東海子，辟爲掾〔一〕。常集聚，王公每發言，衆人競贊之。述於末坐曰：「主非堯、舜〔二〕，何得事事皆是！」丞相甚相歎賞〔三〕。言非聖人，不能無過。意譏讚述之徒。

【箋疏】

〔一〕程炎震云：「晉書司徒王導辟爲中兵屬。」

〔二〕程炎震云：「晉書作『人非堯舜』，是也。」

〔三〕御覽二百四十九引語林曰：「王藍田少有癡稱，王丞相以地辟之。既見，無所他問，問：『來時米幾價？』藍田不答，直張目視王公。王公云：『王掾不癡，何以云癡？』」

63 世目楊朗「沈審經斷」。蔡司徒云：「若使中朝不亂，楊氏作公方未已。」謝公云：

「朗是大才。」〔一〕八王故事曰：「楊淮有六子，曰：喬、髦、朗、琳、俊、仲，皆得美名。論者以謂悉有台輔之望。文康庾公每追歎曰：『中朝不亂，諸楊作公未已也。』」

【校　文】

注「楊淮」　沈本作「楊準」。

注「仲」　景宋本及沈本俱作「伸」。

【箋　疏】

〔一〕嘉錫案：劉疇典選，改傅宣之成法，致令人人奔競，而王導、蔡謨以爲可作司徒公。楊朗爲王敦致力，稱兵犯順，而謨及庾亮又惜其不作三公。當時所謂公輔之器者，例皆如此。其人才可想矣。王、庾不足論，道明、安石號稱賢者，不知其鑒裁安在也！

64 劉萬安即道真從子，庾公琮字子躬。所謂「灼然玉舉」〔一〕。又云：「千人亦見，百人亦見。」劉氏譜曰：「綏字萬安，高平人。祖奧，太祝令。父斌，著作郎。綏歷驃騎長史。」

【箋疏】

〔一〕李詳云：「詳案：郝懿行晉宋書故：『晉書鄧攸傳「舉灼然二品」，不審灼然爲何語。讀阮瞻傳「舉止灼然」，温嶠傳「舉秀才灼然」，爲當時科目之名。』案此『灼然玉舉』，亦似被舉灼然之後，庾公加以贊辭，故下云『千人亦見，百人亦見』也。」嘉錫案：孫志祖讀書脞録續編三云：「晉書阮瞻傳『舉止灼然』，案止字疑衍。灼然者，晉世選舉之名，於九品中正中爲第二品也。温嶠傳：『舉秀才灼然二品。』蓋江左初不以第一流評嶠，故但得二品耳。鄧攸傳亦云：『舉灼然二品。』」孫氏此說在郝氏之前。余考書鈔六十八引續漢書云：「陳寔字仲躬，舉灼然，爲司徒屬、大丘長。」則灼然之爲科目自後漢已有之，不起於魏之中正也。又晉書苻堅載記云：「堅下書悉發諸州公私馬人，十丁遣一兵。門在灼然者，爲崇文義從。」可見當時名列灼然者甚衆。雖在九品之中，然並不能盡登二品。否則必如紀瞻、温嶠之流，始與此選，其人當稀如星鳳，安能發爲義從乎？孫氏、郝氏所考，皆未爲詳備。

65 庾公爲護軍〔一〕，屬桓廷尉覓一佳吏，乃經年。桓後遇見徐寧而知之，遂致於庾公曰：「人所應有，其不必有；人所應無，已不必無〔二〕。真海岱清士。」〔三〕徐江州本事曰：「徐寧字安期，東海郯人。通朗有德素，少知名。初爲輿縣令。譙國桓彝有人倫鑒識，嘗去職無事，至廣陵尋親舊，遇風，停浦中累日，在船憂邑，上岸消搖，見一空宇，有似廨署，彝訪之。云：『輿縣廨也，令姓徐名寧。』彝既獨行，思逢悟賞，聊造之。寧清惠博涉，相遇怡然。遂停宿，因留數夕，與寧結交而别。至都，謂庾亮曰：『吾爲卿得一佳吏部郎。』亮問所在，彝即叙之。累遷吏部郎、左將軍、江州刺史。」

【校　文】

注「有似廨署」「署」，景宋本及沈本作「舍」。

【箋　疏】

〔一〕程炎震云：「大寧三年十月，庾亮爲護軍將軍。」

〔二〕李慈銘云：「案『己不必無』，『不』是衍字，當作『己必無』。與下王長史道江道群語同。若作『不必無』，則庸下人矣，安得謂之清士？」

〔三〕劉盼遂曰：「『己不必無』，『不』字疑涉上文而衍。本篇『王長史道江道群：人可應有，乃不必有；人所應無，己必無』。可據正。晉書桓彝傳作『人所應有，而不必有；人所應無，而不必無』，亦誤。文選二十一顏延年五君詠注引顧愷之嵇康讚曰『南海太守鮑靚，通靈士也。東海徐寧師之』云云，疑即此徐寧。」嘉錫案：盼遂所言雖似有據，然余以爲徐寧、江灌之爲人原不必相同，則桓彝、王濛之品題，亦故當有異。夫所謂人所應無者，謂衡之禮法不當有者也。而晉之名士固不爲禮法所拘，禮所應無而竟有之者多矣。如王平子、謝幼輿之徒所爲皆是也。時流競相慕效，卞望之欲奏治之，而王導、庾亮不從。徐寧行事不知何如，然見用於庾亮，疑亦不羈之流，故桓彝評之如此。若江灌者，本傳稱其以執正積忤謝奕、桓溫，視權貴蔑如，則實方正之士。故王濛反用桓彝之語，以爲之目。其所取者既不一致，斯其所言，自不盡同矣。

66 桓茂倫云：「褚季野皮裏陽秋。」〔一〕謂其裁中也。晉陽秋曰：「裒簡穆有器識，故爲彝所目也。」

【箋疏】

〔一〕程炎震云：「晉書九十三裒傳作季野有皮裏陽秋。言其外無臧否、而內有褒貶也。」

67 何次道嘗送東人，瞻望見賈寧在後輪中〔一〕，曰：「此人不死，終爲諸侯上客。」晉陽秋曰：「寧字建寧，長樂人，賈氏孽子也。初自結於王應、諸葛瑤。應敗，浮遊吳會，吳人咸侮辱之。聞京師亂，馳出投蘇峻，峻甚暱之，以爲謀主。及峻聞義軍起，自姑孰屯於石頭，是寧之計。峻敗，先降。仕至新安太守。」

【校　文】

注「字建寧」　「寧」，沈本作「長」。

【箋　疏】

〔一〕李慈銘云：「案『輪』疑是『掄』或『艙』字之誤。」

68 杜弘治墓崩，哀容不稱。庾公顧謂諸客曰：「弘治至羸，不可以致哀。」晉陽秋曰：「杜乂字弘治，京兆人。祖預、父錫，有譽前朝。乂少有令名，仕丹陽丞，蚤卒。成帝納乂女爲后。」又曰：「弘治哭不可哀。」

69 世稱「庾文康爲豐年玉，穉恭爲荒年穀」。庾家論云是文康稱「恭爲荒年穀〔一〕，庾長仁爲豐年玉」〔二〕。謂亮有廊廟之器，翼有臣世之才，各有用也。

【校　文】

注「臣世之才」　「臣」，景宋本作「匡」，是也。

【箋　疏】

〔一〕程炎震云：「諸庾別無名『恭』者，此當脱『穉』字。」

〔二〕程炎震云：「長仁，庾統。見本篇『簡文目庾赤玉』條。」

70 世目「杜弘治標鮮，季野穆少」。江左名士傳曰：「乂，清標令上也。」

71 有人目杜弘治「標鮮清令，盛德之風，可樂詠也」。語林曰：「有人目杜弘治，標鮮甚清令，初若熙怡，容無韻〔一〕，盛德之風，可樂詠也。」

【箋　疏】

〔一〕李慈銘云：「案此當以『怡』字爲句。『容』字上下當有脱字。」

72 庾公云：「逸少國舉。」故庾倪爲碑文云〔一〕：「拔萃國舉。」倪，庾倩小字也。徐廣晉紀曰：「倩字少彦，司空冰子，皇后兄也。有才具，仕至太宰長史。桓温以其宗彊，使下邳王晃誣與謀反而誅之。」〔二〕

【箋疏】

〔一〕程炎震云：「桓温殺庾倩，在咸安元年。若右軍以太元四年方卒，倩安得爲作碑乎？」

〔二〕程炎震云：「『下邳』，晉書紀傳皆作『新蔡』，是也。西晉初别有下邳王晃，非此人。」顔之推還冤志云：「太宰武陵王晞，性尚武事，温常忌之，故加罪狀，奏免晞及子綜官。又逼新蔡王晃使列晞、綜及前著作郎殷涓、太宰長史庾倩等謀反，頻請殺之。詔特赦晞父子，乃徙新安。殺涓、倩。倩坐有才望，且宗族甚强，所以致極法。」嘉錫案：各本還冤志此條有脱誤，今據寶顔堂祕笈本。

73 庾穉恭與桓温書，稱「劉道生日夕在事，大小殊快。義懷通樂既佳，且足作友，正實良器，推此與君，同濟艱不者也」。宋明帝文章志曰：「劉恢字道生，沛國人。識局明濟，有文武才。王濛每稱其思理淹通，蕃屏之高選。爲車騎司馬。年三十六卒，贈前將軍。」〔一〕

【箋疏】

〔一〕晉書劉惔傳曰：「字真長，沛國相人也。」吴士鑑斠注曰：「世説德行篇注引劉尹别傳作沛國蕭人。又賞譽篇注引宋明帝文章志曰：『劉恢字道生，沛國人。』案本傳云，遷丹陽尹。隋志亦云：『梁有丹陽尹劉恢集二卷，亡。』本傳云：『年三十六。』世説注引文章志亦云三十六卒。是劉恢皆爲劉惔之譌。惟一字真長，一字道生。或古人亦有兩字歟？」嘉錫案：劉惔傳云：「尚明帝女廬陵公主。」而本書排調篇「袁羊嘗詣劉恢」條云：「劉尚晉明帝女。」注引晉陽秋曰：「恢尚廬陵長公主，名南弟。」益可證其爲一人。佚存叢書本蒙求「劉恢傾釀」句下李翰自注引世説曰：「劉恢字真長，爲丹陽尹，常云：『見何次道飲酒，使人欲傾家釀。』」案此事見本篇，作「劉尹云見何次道」云云。而蒙求以爲真長名恢，亦可爲古本世説恢、惔互出之證。然孝標注書，於一人仕履，例不重敘。真長始末已見德行篇「劉尹在郡」條下。而於此又別引文章志，則亦未悟其爲一人也。本書言語篇云：「竺道潛在簡文座，劉尹問道人何以游朱門。」高僧傳卷四竺道潛傳作「沛國劉恢嘲之」云云。劉惔傳不云「爲車騎司馬，贈前將軍」。此可以補史闕。嘉錫又案：魏志管輅傳引晉諸公贊曰：「劉邠位至太子僕。子粹，字純嘏，侍中。次宏，字終嘏，太常。次漢，字仲嘏，光禄大夫。宏子耽，晉陵内史。耽子恢，字真長，尹丹陽，爲中興名士也。」所叙恢祖父名字，與本書賞譽上篇「洛中雅雅有三嘏」條及晉書劉惔傳並合。惟仲嘏之名，賞譽上作「漠」，晉書作「潢」，爲異耳。而真長之名，則一作恢，一作惔，其官又同爲丹陽尹。然則恢之與惔，即是一人，無疑也。

74　王藍田拜揚州〔一〕，主簿請諱，教云：「亡祖、先君，名播海内，遠近所知。内諱不出於外，禮記曰：「婦人之諱不出門。」餘無所諱。」〔二〕

【箋疏】

〔一〕程炎震云：「永和二年十月，王述爲揚州刺史。」

〔二〕李慈銘云：「案此條是六朝人矜其門第之常語耳。所謂專以冢中枯骨驕人者也。臨川列之賞譽，謬矣！」

75 蕭中郎，孫丞公婦父〔一〕。劉尹在撫軍坐，時擬爲太常，劉尹云：「蕭祖周不知便可作三公不？自此以還，無所不堪。」晉百官名曰：「蕭輪字祖周，樂安人。」劉謙之晉紀曰：「輪有才學，善三禮，歷常侍、國子博士。」

【箋疏】

〔一〕程炎震云：「孫統字丞公，别見品藻篇『孫丞公云謝公清於無奕』條。」

76 謝太傅未冠，始出西，詣王長史，清言良久。去後，苟子問曰：王濛、子修並已見。「向客何如尊？」長史曰：「向客亹亹，爲來逼人。」〔一〕

【箋疏】

〔一〕程炎震云：「安石長王脩十四歲，此言未必然。」

77 王右軍語劉尹：「故當共推安石。」劉尹曰：「若安石東山志立，當與天下共推之。」〔一〕續晉陽秋曰：「初，安家於會稽上虞縣，優遊山林，六七年間，徵召不至，雖彈奏相屬，繼以禁錮，而晏然不屑也。」

【箋疏】

〔一〕施注蘇詩卷七遊東西巖詩題下注云：「公自注：『即謝安東山也。』東山在會稽上虞縣西南四十五里，晉太傅文靖公謝安所居，一名謝安山。巋然特立於衆峰間，拱揖虧蔽，如鸞鶴飛舞。其巔有謝公調馬路，白雲、明月二堂址。千嶂林立，下視蒼海，天水相接，蓋絕景也。下山出微徑，爲國慶寺。乃安石故宅。安石傳云：『寓居會稽，與王羲之、許詢、支遁遊，出則漁獵山水，入則言詠屬文，後雖受朝寄，然東山之志，始終不渝。』安石孫靈運傳云：『父祖並葬始寧山中，并有故宅及墅。』故其詩云：『偶與張邴合，久欲還東山。』世說王羲之語劉惔曰：『若安石東山志立，當與天下共推之。』注引續晉陽秋曰：安石家於上虞。放情邱壑，正在此山。自東漢末，析上虞之始寧鄉爲始寧縣，至東晉有上虞、始寧二邑。陽秋所載，得其實矣。汝陰王性之銍遊東山記，刻石國慶，考究甚備。性之云：『今臨安境中亦有東山，金陵土山，俱非是。』臨安山則許邁所稱『文靖當往坐石室，臨濬谷，謂與伯夷何遠』者，蓋爲海山之遊，而非所居之山也。」嘉錫案：東坡所謂謝安東山，實指臨安之東山。故咸淳臨安志卷二十五收東坡遊東西巖詩於臨安縣東山條下。施注所考雖是，然不可謂東坡之自注爲非也。謝靈運爲謝玄之孫，謝渙之子，乃安石之姪曾孫，非其嫡孫。施注亦誤。

78 謝公稱藍田：「掇皮皆真。」徐廣晉紀曰：「述貞審，真意不顯。」

79 桓温行經王敦墓邊過，望之云：「可兒！可兒！」〔一〕孫綽與庾亮牋曰：「王敦可人之目，數十年間也。」

【箋疏】

〔一〕李慈銘云：「案此是桓温包藏逆謀，引爲同類，正與『作此宋宋，將令文景笑人』語同一致。深識之士，當屏弗談；即欲收之，亦當在假譎、尤悔之列。而歸之賞譽，自爲不倫。」陸游老學庵筆記六曰：「晉語兒人二字通用。世說桓温曰：『可兒！可兒！』蓋謂可人爲可兒也。故晉書及孫綽與庾亮牋，皆以爲可人。又陶淵明『不欲束帶見鄉里小兒』，亦是以小人爲小兒耳。故宋書云『鄉里小人』也。」文館詞林六百九十九東晉庾亮黜故江州刺史王敦像贊教云：「王敦始者以朗素致稱，遂饕可人之名。然其晚節，晉賊也。猶漢公之與王莽耳。」嘉錫案：此與孫綽牋，可以互證。知王敦生時，固有「可人」之目，故桓温從而稱之。然其意則贊敦能爲非常之舉，猶其自命爲司馬宣王一流人物云耳。禮記雜記云：「管仲遇盜，取二人焉，上以爲公臣，曰：『其所與游辟也，可人也。』」鄭注云：「言此人可也。」「可人」二字出於此。但晉人之言「可人」，謂其爲可愛之人，與雜記之意微不同。喬松年蘿藦亭札記五云：「可兒可人，六朝人通用。蓋兒字古讀聲近泥。人字江南人讀近寧。泥、寧雙聲，故人與兒通用。」程炎震云：「據綽與亮牋，是温少時語。晉書叙此於鎮姑蘇後，誤。」

80 殷中軍道王右軍云：「逸少清貴人〔一〕。吾於之甚至〔二〕，一時無所後。」文章志曰：「羲之高爽有風氣，不類常流也。」

【箋疏】

〔一〕孫志祖讀書脞録七云：「世説：『逸少清貴人。』楊升菴丹鉛録云：『右軍清真，謂清致而真率也。李太白用其語爲詩「右軍本清真」，是其證也。近日吳中刻世説，乃妄改作清貴。』志祖案：太白詩乃借用山公目阮咸語爾，正不必泥。世説又云：『殷中軍道右軍清鑒貴要。』則是清貴非清真，刻本不誤也。晉書庾亮上疏，稱羲之『清貴有鑒裁』，亦可證。」

〔二〕李詳云：「詳案：呂氏春秋不侵篇：『豫讓國士也，而猶以人之於己也爲念。』高誘注：『於，猶厚也。』此引申爲親愛，皆古義。或作相於，繁欽孔融均有其語。」

81 王仲祖稱殷淵源「非以長勝人，處長亦勝人」。晉陽秋曰：「浩善以通和接物也。」

82 王司州與殷中軍語，歎云：「己之府奧，蚤已傾寫而見，殷陳勢浩汗，衆源未可得測。」徐廣晉紀曰：「浩清言妙辯玄致，當時名流，皆爲其美譽。」

83 王長史謂林公：「真長可謂金玉滿堂。」〔一〕林公曰：「金玉滿堂，復何爲簡選？」王曰：「非爲簡選，直致言處自寡耳。」謂吉人之辭寡，非擇言而出也。

【箋疏】

〔一〕老子道經曰：「金玉滿堂，莫之能守。」

84 王長史道江道群：「人可應有，乃不必有；人可應無，己必無。」中興書曰：「江灌字道群，陳留人，僕射彪從弟也。有才器，與從兄道名相亞〔一〕。仕尚書、中護軍。」

【校　文】

注「兄道」　「道」，景宋本作「迥」。

【箋　疏】

〔一〕程炎震云：「晉書八十三灌傳云：『才識亞於逌。』疑此注『道』字爲『逌』之誤。」

85 會稽孔沈、魏顗〔一〕、虞球、虞存、謝奉，並是四族之儁，于時之桀。沈、存、顗、奉並別見。虞氏譜曰：「球字和琳，會稽餘姚人。祖授，吳廣州刺史。父基，右軍司馬。球仕至黃門侍郎。」孫興公目之曰：「沈爲孔家金，顗爲魏家玉，虞爲長、琳宗，謝爲弘道伏。」長、琳，即存及球字也。弘道，謝奉字也。言虞氏宗長、琳之才，謝氏伏弘道之美也。

【校　文】

「桀」　沈本作「傑」。

【箋　疏】

〔一〕程炎震云：「魏顗别見排調『魏長齊雅有體量』條。」

86　王仲祖、劉真長造殷中軍談，談竟，俱載去。劉謂王曰：「淵源真可。」王曰：「卿故墮其雲霧中。」中興書曰：「浩能言理，談論精微，長於老、易，故風流者皆宗歸之。」

87　劉尹每稱王長史云：「性至通，而自然有節。」濛别傳曰：「濛之交物，虚己納善，恕而後行，希見其喜愠之色。凡與一面，莫不敬而愛之。然少孤，事諸母甚謹，篤義穆族，不修小潔，以清貧見稱。」

【校　文】

注「穆族」　「族」，景宋本及沈本作「親」。

88 王右軍道謝萬石「在林澤中，爲自遒上」。歎林公「器朗神儁」。支遁別傳曰：「遁任心獨往，風期高亮。」道祖士少「風領毛骨，恐沒世不復見如此人」。道劉真長「標雲柯而不扶疎」〔一〕。劉尹別傳曰：「惔既令望，姻婭帝室，故屢居達官。然性不偶俗，心淡榮利。雖身登顯列，而每挹降，閑靜自守而已。」

【箋疏】

〔一〕程炎震云：「御覽四百四十七引郭子曰：『祖士少道右軍「王家阿菟，何緣復減處仲」？』原注：『羲之小名吾菟。』」嘉錫案：御覽四百四十七引郭子曰：「祖士少道右軍：『王家阿菟（原注菟羲之小名吾菟），何緣復減處仲？』右軍道士少『風領毛骨，恐沒世不復見如此人』。王子猷説『世目士少爲朗邁，我家亦以爲徹朗』。」觀郭子之言，乃知王氏父子假借士少者，感其獎譽之私耳。此正晉人互相標榜之習。逸少賢者，亦自不免。郭子連類叙之，故自有意。汪藻考異載敬胤注，亦有祖士少道王右軍一條。今本世説傳寫脱去耳。又案：祖約叛賊，觀敬胤注所引王隱晉書叙其平生，至可嗤鄙。而王導與之夜談，至於忘疲。逸少高識之士，亦稱美之如此，所未解也。

89 簡文目庾赤玉「省率治除」，謝仁祖云：「庾赤玉胷中無宿物。」赤玉，庾統小字。中興書曰：「統字長仁，潁川人，衛將軍懌子也〔一〕。少有令名，仕至尋陽太守。」

【箋　疏】

〔一〕李慈銘云：「案『擇』當作『懌』，亮之弟也。」

90　殷中軍道韓太常曰：「康伯少自標置，居然是出群器。及其發言遣辭，往往有情致。」續晉陽秋曰：「康伯清和有思理，幼爲舅殷浩所稱。」

91　簡文道王懷祖：「才既不長，於榮利又不淡〔一〕；直以真率少許，便足對人多多許。」晉陽秋曰：「述少貧約，簞瓢陋巷，不求聞達，由是爲有識所重。」

【箋　疏】

〔一〕李慈銘云：「案晉書述傳云：『初述家貧，求試宛陵令，頗受贈遺而修家具。爲州司所檢，有一千三百條。王導使謂之曰：「名父之子，不患無禄，屈臨小縣，甚不宜耳。」答曰：「足自當止。」』故曰『於榮利又不淡』也。」

92　林公謂王右軍云：「長史作數百語，無非德音，如恨不苦。」苦謂窮人以辭。王曰：「長史自不欲苦物。」

【校　文】

「謂王右軍云」　景宋本及沈本無「云」字。

93 殷中軍與人書，道謝萬「文理轉遒，成殊不易」。中興書曰：「萬才器儁秀，善自衒曜，故致有時譽。兼善屬文，能談論，時人稱之。」

94 王長史云：「江思悛思懷所通，不翅儒域。」〔一〕徐廣晉紀曰：「江惇字思悛，陳留人，僕射虨弟也。性篤學，手不釋書，博覽墳典，儒道兼綜。徵聘無所就，年四十九而卒。」〔二〕

【箋　疏】

〔一〕劉盼遂曰：「翅、啻古通。按衆經音義引蒼頡篇：『不啻，多也。』『不啻儒域』，謂所通不止於儒域，以其並綜文學也。文學篇殷浩曰：『使我解四本，談不翅爾。』謂談議當勝於此也。排調篇婦笑曰：『若使新婦得配參軍，生兒故可不啻如此。』謂生兒當勝於此也。假譎篇『王文度阿智惡乃不翅』，謂冥頑殊甚也。世儒習知不翅爲無異，因鉏鋙而鮮通矣。孟子之『奚翅色重』，注言『何其重也』（依阮校删不字）。正與此同。」嘉錫案：「不翅儒域」即注所謂儒道兼綜也。盼遂以爲並綜文學者非是。王引之經傳釋詞九有「啻翅適」一條，略云：「書多士曰：『爾不啻不有爾土』，釋文曰：『啻，徐本作翅。』説文：『適從辵，啻聲。』適、啻聲相近，故古字或以適爲啻。秦策曰：『疑臣者，不適三人。』不適與不啻同。故高注讀適爲翅。史記甘茂傳作『疑臣者，非特三人』。非特猶不啻也。孟子告子篇曰：『飲食之人，無有失也。則口腹豈適爲尺寸之膚哉。』適亦與啻同，故趙注曰『口腹豈但爲肥長尺寸之膚邪』，但字正釋適字。」嘉錫謂世説中之「不翅」，皆當作「不但」解。「不翅儒域」者，所通不但儒家之學也。「惡乃不翅」者，謂阿智之爲人，不但是惡而已也。

〔三〕江惇，晉書附其父統傳，云：「徵拜博士、著作郎，皆不就。東陽太守阮裕、長山令王濛，皆一時名士，並與惇游處，深相欽重。」

95 許玄度送母，始出都，人問劉尹：「玄度定稱所聞不？」劉曰：「才情過於所聞。」

許氏譜曰：「玄度母，華軼女也。」按詢集〔一〕，詢出都迎姊，於路賦詩，續晉陽秋亦然。而此言送母，疑繆矣〔二〕。

【箋疏】

〔一〕隋志晉徵士許詢集八卷，録一卷。

〔二〕嘉錫案：本篇下文「許掾嘗詣簡文」條注引續晉陽秋曰：「詢能言理，曾出都迎姊」云云，故此注言續晉陽秋亦然。

96 阮光禄云：「王家有三年少：右軍、安期、長豫。」阮裕、王悦、安期王應並已見〔一〕。

【箋疏】

〔一〕王先謙曰：「按右軍，羲之；安期，王承字；長豫，王悦字。晉書王羲之傳，裕目羲之與王承、王悦，不及王應。此註語應有誤。」劉盼遂曰：「按晉書蓋摭世説而誤，未可據晉書駁世説也。考王承字安期，王應亦字安期。承卒於元帝渡江之初，自不與敬豫、羲之相接。應名德雖不若敬豫、羲之，然應叛荆州之守文（本書識鑒篇文），知迴飆於撾鼓（本書豪爽注），敦亦稱其神候似欲可者，則應亦爾時之髦士也。與敬豫、羲之既同德業，又居昆弟，三少同稱，亦固其所。且三年少皆出琅琊，承望屬太原，何能與敬豫、逸少並論乎？特以世人知承字安期者多，知應字安期者少，故唐修晉書遂誤王應爲王承，而未計及於情勢及劉注皆不合也。葵園乃是晉書而非劉注，是可謂倒植矣。」嘉錫案：劉説是。惟敬豫乃王恬字，此言長豫乃王悦，作敬豫誤。

97 謝公道豫章：「若遇七賢，必自把臂入林。」〔一〕江左名士傳曰：「鯤通簡有識，不修威儀。好迹逸而心整〔二〕，形濁而言清。居身若穢，動不累高。隣家有女，嘗往挑之。女方織，以梭投折其兩齒。既歸，傲然長嘯曰：『猶不廢我嘯歌。』其不事形骸如此。」

【箋疏】

〔一〕程炎震云：「晉書劉伶傳：『與阮籍、嵇康相遇，欣然神解，攜手入林。』」

〔二〕程炎震云：「晉書鯤傳云『好老易』。此注『跡逸』上蓋脱二字。」

98 王長史歎林公：「尋微之功，不減輔嗣。」支遁別傳曰：「遁神心警悟，清識玄遠，嘗至京師，王仲祖稱其造微之功，不異王弼。」

99 殷淵源在墓所幾十年。于時朝野以擬管、葛，起不起，以卜江左興亡〔一〕。續晉陽秋曰：「時穆帝幼沖，母后臨朝，簡文親賢民望，任登宰輔。桓温有平蜀、洛之勳，擅彊西陝。帝自料文弱，無以抗之。陳郡殷浩，素有盛名，時論比之管、葛。故徵浩爲揚州，温知意在抗己，甚忿焉。」

【箋疏】

〔一〕嘉錫案：世説但稱「朝野」云云，不言何人，而晉書謂王濛、謝尚「以卜江左興亡」。識鑒篇云：「王、謝相謂曰：『淵源不起，當如蒼生何？』」晉書之言，即本於此。浩傳又載簡文答浩書曰：「足下去就，即是時之廢興。」則簡文之意，與王、謝等。以殷浩擬管、葛者，必是此輩。蓋簡文以親賢輔政，王、謝爲風流宗主，此數人之言，即朝野之論所從出也。簡文畏桓温之跋扈，仗浩以爲之抗。温雖甚忿，而弗之憚，聲言北伐，行達武昌（見温傳），朝廷大懼，浩遂欲去位以避温（見通鑑九十九）。王彪之謂「當静以待之，令相王爲手書，示以款誠」。浩曰：「處大事正自難。頃日來欲使人悶，聞卿此謀，意始得瞭。」（見彪之傳）昏庸如此，殊堪大噱；而猶不自揆，妄欲立功。連年北伐，師徒屢敗，糧械都盡（見通鑑），浩敗而内外大權，一歸於温。遂懷異志，窺覬非望（見温傳），皆由簡文任用非人之所致也。然則浩之起，但能速晉之亡耳。江左蒼生，其如浩何？唐史臣之論浩曰：「入處國鈞，未有嘉謀善政；出總戎律，惟聞蹙國喪師。是知風流異貞固之士，談論非奇正之要。」諒哉！晉人之賞譽，多不足據，如殷浩者，可以鑒矣！程炎震云：「晉書七十七浩傳云『王濛、謝尚伺其出處，以卜江左興亡』。」

100 殷中軍道右軍「清鑒貴要」。晉安帝紀曰：「羲之風骨清舉也。」

101 謝太傅爲桓公司馬，續晉陽秋曰：「初，安優游山水，以敷文析理自娱。桓温在西蕃，欽其盛名，諷朝廷請爲司馬。以世道未夷，志存匡濟。年四十〔一〕，起家應務也。」桓詣謝，值謝梳頭，遽取衣幘，桓公云：「何煩此！」因下共語至暝。既去，謂左右曰：「頗曾見如此人不？」

【箋疏】

〔一〕程炎震云：「謝年四十，是升平三年，謝萬敗廢時也。」

102 謝公作宣武司馬，屬門生數十人於田曹中郎趙悦子。伏滔大司馬寮屬名曰：「悦字悦子，下邳人。歷大司馬參軍、左衛將軍。」悦子以告宣武，宣武云：「且爲用半。」趙俄而悉用之，曰：「昔安石在東山，縉紳敦逼，恐不豫人事；況今自鄉選，反違之邪？」

103 桓宣武表云：「謝尚神懷挺率，少致民譽。」温集載其平洛表曰：「今中州既平，宜時綏定。鎮西將軍豫州刺史尚，神懷挺率，少致人譽，是以入贊百揆，出蕃方司。宜進據洛陽，撫寧黎庶。謂可本官都督司州諸軍事。」

104 世目謝尚爲「令達」。阮遥集云：「清暢似達。」或云：「尚自然令上。」晉陽秋曰：

「尚率易挺達，超悟令上也。」

105 桓大司馬病〔一〕。謝公往省病，從東門入。温時在姑孰。桓公遥望，歎曰：「吾門中久不見如此人！」

【箋疏】

〔一〕程炎震云：「御覽四百五引『病』下有『篤』字。」

106 簡文目敬豫爲「朗豫」。王恬，已見。文字志曰：「恬識理明貴，爲後進冠冕也。」

107 孫興公爲庾公參軍，共游白石山。衛君長在坐，衛氏譜曰：「承字君長〔一〕，成陽人，位至左軍長史。」孫曰：「此子神情都不關山水，而能作文。」庾公曰：「衛風韻雖不及卿諸人，傾倒處亦不近。」孫遂沐浴此言。

【箋　疏】

〔一〕「衛承」當爲「衛永」之誤。世説人名譜衛氏譜云：「永字君長，成陽人，左軍長史。」

108 王右軍目陳玄伯「壘塊有正骨」。陳泰，已見。

109 王長史云：「劉尹知我，勝我自知。」〔一〕濛别傳曰：「濛與沛國劉惔齊名，時人以濛比袁曜卿，惔比荀奉倩，而共交友，甚相知賞也。」

【箋　疏】

〔一〕程炎震云：「御覽四百四十四引郭子曰：『王仲祖云：「真長知我，勝我自知。」』蓋臨川改之。然仲祖未必稱真長爲尹，不如本文爲得。」

110 王、劉聽林公講，王語劉曰：「向高坐者，故是凶物。」復東聽，王又曰：「自是鉢釪後王、何人也。」〔一〕高逸沙門傳曰：「王濛恒尋遁，遇祇洹寺中講，正在高坐上，每舉麈尾，常領數百言，而情理俱暢。預坐百餘人，皆結舌注耳。濛云：『聽講衆僧，向高坐者，是鉢釪後王、何人也。』」

【校　文】

「復東聽」　「東」，景宋本作「更」。

注「濛云」　景宋本及沈本俱無「云」字。然實有脱文，疑當作「語」或「謂」，不當作「云」也。

【箋　疏】

〔一〕程炎震云：「高僧傳作濛歎曰：『實緯鉢之王、何也。』音義：『緯，側持切，舊作紂，與緇同。』緇鉢之王、何，是以王弼何晏比遁，於文爲合。世説此文，傳寫之誤耳。」嘉錫案：此言林公之善談名理，乃沙門中之王弼、何晏。本篇云「王長史歎林公尋微之功，不減輔嗣」，是也。釪即盂之借用字。玄應一切經音義十四四分律音云：「鉢盂，律文作釪，釪古文鏵字。」

111　許玄度言：「琴賦所謂『非至精者，不能與之析理』，劉尹其人；『非淵静者，不能與之閑止』，簡文其人。」稽叔夜琴賦也。劉惔眞長，丹陽尹。

【校　文】

注「稽叔夜」　「稽」，景宋本及沈本作「嵇」。

112 魏隱兄弟，少有學義，魏氏譜曰：「隱字安時，會稽上虞人。歷義興太守〔一〕、御史中丞。弟遏，黃門郎。」總角詣謝奉。奉與語，大說之，曰：「大宗雖衰，魏氏已復有人。」

【箋疏】

〔一〕程炎震云：「晉書安紀：『隆安三年十一月，妖賊孫恩陷會稽，義興太守魏隱委官遁。』」

113 簡文云：「淵源語不超詣簡至，然經綸思尋處，故有局陳。」〔一〕

【箋疏】

〔一〕嘉錫案：此「陳」字，當讀「兵陳」之「陳」。言其語布置有法，如兵陳之局勢也。又案：袁本「陳」字誤連次行，沈校云：「『簡文云』至『故有局陳』爲一則。『初』字提行起。影宋本擠刻，『陳』字適抵行末。」

114 初，法汰北來未知名，車頻秦書曰：「釋道安爲慕容晉所掠〔一〕，欲投襄陽，行至新野，集衆議曰：『今遭凶年，不依國主，則法事難舉。』乃分僧衆，使竺法汰詣揚州，曰：『彼多君子，上勝可投。』法汰遂渡江至揚土焉。」王領軍供養之。中興書曰：「王洽字敬和，丞相導第三子，累遷吴郡内史，爲士民所懷。徵拜中領軍，尋加中書令，不拜。年二十六而卒。」〔二〕每與周旋，行來往名勝許〔三〕，輒與俱。不得汰，便停車不行。因此名遂重〔四〕。名德沙門題目曰：「法汰高亮開達。」孫綽爲汰贊曰：「淒風拂林，明泉映壑。爽爽法汰，校德無作。事外瀟灑，神内恢廓。實從前起，名隨後躍。」泰元起居注曰：「法汰以十二卒〔五〕。烈宗詔曰：『法汰師喪逝，哀痛傷懷，可贈錢十萬。』」

【校　文】

注「慕容晉」　「晉」，景宋本及沈本作「俊」。

注「十二卒」　景宋本及沈本作「十五年卒」。

【箋　疏】

〔一〕程炎震云：「晉書載記『慕容晉』作『慕容儁』。」

〔二〕程炎震云：「『二十六』晉書王洽傳作『三十六』。」

〔三〕程炎震云：「『行來』蓋晉、宋間恒語，宋書六十三王華傳：『張邵性豪，每行來常引夾轂。』」

〔四〕高僧傳卷五曰：「法汰與道安避難，行至新野，安分張徒衆，命汰下京，臨別謂安曰：『法師儀軌西北，下座弘教東南。江湖道術，此焉相忘矣。至於高會浄國，當期之歲寒耳。』於是分手，涕泣而別。汰下都止瓦官寺。太宗簡文皇帝深相敬重。領軍王洽、東亭王珣、太傅謝安，並欽敬無極。以晉太元十二年卒，春秋六十有八。烈宗孝武詔曰：『汰法師道播八方，澤流後裔。奄爾喪逝，痛貫於懷。可賻錢十萬，喪事所須，隨由備辦。』」

〔五〕程炎震云：「高僧傳五云：『汰以太元十二年卒，年六十八。』」

115 王長史與大司馬書，道淵源「識致安處，足副時談」。

116 謝公云：「劉尹語審細。」孫綽爲惔諫敘曰：「神猶淵鏡，言必珠玉。」

【校文】

注「諫」 景宋本作「誄」，是也。

117 桓公語嘉賓：「阿源有德有言，向使作令僕，足以儀刑百揆。朝廷用違其才耳。」嘉賓，郗超小字也。阿源，殷浩也。

118 簡文語嘉賓：「劉尹語末後亦小異，回復其言，亦乃無過。」

119 孫興公、許玄度共在白樓亭〔一〕，會稽記曰：「亭在山陰，臨流映壑也。」共商略先往名達。林公既非所關，聽訖云：「二賢故自有才情。」

【箋疏】

〔一〕程炎震云：「御覽四十七引孔華會稽記曰：『重山，大夫種墓，語訛成重。漢江夏太守宋輔於山南立學教授，今白樓亭處是也。』又一百九十四引同，並引郡國志曰：『沛國桓儼，避地至會稽，聞陳業賢而往候之，不見。臨去入交州，留書繫白樓亭柱而別。』」

120 王右軍道東陽「我家阿林，章清太出」。「林」應爲「臨」。王氏譜曰：「臨之字仲產，琅邪人，僕射彪之子。仕至東陽太守。」

121 王長史與劉尹書，道淵源「觸事長易」。

122 謝中郎云：「王修載樂託之性〔一〕，出自門風。」王氏譜曰：「耆之字修載，琅邪人，荊州刺史廙第三子。歷中書郎、鄱陽太守、給事中。」

【箋疏】

〔一〕劉盼遂曰：「『樂託』即『落拓』，連綿字無定形也。亦作『落魄』（漢書酈食其傳）、『落穆』（晉書王澄傳）、『落度』（通鑑晉紀），今世則言『邋遢』。」

123 林公云：「王敬仁是超悟人。」文字志曰：「脩之少有秀令之稱。」

124 劉尹先推謝鎮西，謝後雅重劉，曰：「昔嘗北面。」按謝尚年長於惔，神穎夙彰，而曰北面於劉，非可信。

【校文】

「謝後雅重」　景宋本及沈本俱無「後」字。

125 謝太傅稱王修齡曰："司州可與林澤遊。"王胡之别傳曰："胡之常遺世務，以高尚爲情，與謝安相善也。"〔一〕

【箋疏】

〔一〕嘉錫案：文館詞林一百五十七有謝安與王胡之詩一首，其五章曰："往化轉落，運萃句芒。仁風虚降，與時抑揚。蘭棲湛露，竹帶素霜。蘂點朱的，薰流清芳。觸地舞雩，遇流濠梁。投綸同詠，褰褐俱翔。"又六章曰："朝樂朗日，嘯歌丘林。夕翫望舒，入室鳴琴。五絃清激，南風披襟。醇醪淬慮，微言洗心。幽暢者誰？在我賞音。"可想見二人同游之樂。

126 諺曰："揚州獨步王文度，後來出人郄嘉賓。"續晉陽秋曰："超少有才氣，越世負俗，不循常檢。時人爲一代盛譽者，語曰：『大才槃槃謝家安，江東獨步王文度，盛德日新郄嘉賓。』"其語小異，故詳録焉。

【校文】

"郄"　景宋本作"郗"。

127 人問王長史江虨兄弟群從，王答曰：「諸江皆復足自生活。」虨及弟淳〔一〕、從灌，並有德行，知名於世。

【校　文】

「虨」　沈本作「彪」。

【箋　疏】

〔一〕程炎震云：「『淳』，當據晉書作『惇』。」

128 謝太傅道安北：「見之乃不使人厭，然出户去，不復使人思。」安北，王坦之也。續晉陽秋曰：「謝安初攜幼釋同好，養志海濱，襟情超暢，尤好聲律，然抑之以禮，在哀能至。弟萬之喪，不聽絲竹者將十年。及輔政，而修室第園館，麗車服，雖朞功之慘，不廢妓樂。王坦之因苦諫焉。」按謝公蓋以王坦之好直言，故不思爾。

【校　文】

注「幼釋」　景宋本作「幼稚」。案「釋」當是「穉」字之誤。

129 謝公云：「司州造勝遍決。」宋明帝文章志曰：「胡之性簡，好達玄言也。」

130 劉尹云：「見何次道飲酒，使人欲傾家釀。」〔一〕充飲酒能温克。

【箋疏】

〔一〕晉書何充傳亦載此語。然書鈔一百四十八引鄭子，乃作何幼道。並有注云：「何唯，字幼道也。」嘉錫案：「鄭子」當作「郭子」。「唯」當作「準」。何準字幼道，見棲逸篇注引中興書及今晉書外戚傳。郭子爲晉郭澄之所撰，見隋志。其注則齊賈淵所作，見南齊書文苑傳。時代早於二劉，而所記不同，蓋傳聞異辭也。考中興書言：「準散帶衡門，不及世事，于時名德皆稱之。」而政事篇注引晉陽秋曰：「何充與王濛、劉惔好尚不同，由此見譏於當世。」則劉尹此言，似當爲幼道而發，豈後人以準名不如充，遂移之次道耶？老學庵筆記十曰：「晉人所謂『見何次道飲酒，令人欲傾家釀』，猶云：『欲傾竭家貲，以釀酒飲之也。』故魯直云：『欲傾家以繼酌。』」嘉錫案：唐李翰蒙求曰：「劉恢傾釀，孝伯痛飲。」詳其文義，則所謂傾釀者，乃欲傾倒其家釀，而非傾家貲以釀酒也。楊守敬日本訪書志十一曰：「傾家釀何等直捷，乃增成傾家貲以釀酒，迂曲少味矣。山谷詩翦截爲句，亦非務觀之意。」

131 謝太傅語真長：「阿齡於此事，故欲太厲。」修齡，王胡之小字也。劉曰：「亦名士之高操者。」胡之別傳曰：「胡之治身清約，以風操自居。」

132 王子猷說：「世目士少爲朗，我家亦以爲徹朗。」〔一〕晉諸公贊曰：「祖約少有清稱。」

【箋疏】

〔一〕劉盼遂曰：「『我家』似指其父右軍也。本篇『謝公問孫僧奴，「君家道衛君長云何」』。排調篇『嘉賓謂郗倉曰：「人以汝家比武侯，復何所言？」』皆以家爲父。」嘉錫案：謝問孫語，見品藻篇，非本篇也。

133 謝公云：「長史語甚不多，可謂有令音。」王濛別傳曰：「濛性和暢，能清言，談道貴理中，簡而有會。商略古賢，顯默之際，辭旨劭令，往往有高致。」

134 謝鎮西道敬仁「文學鏃鏃，無能不新」。語林曰：「敬仁有異才，時賢皆重之。王右軍在郡迎敬仁，叔仁輒同車，常惡其遲。後以馬迎敬仁，雖復風雨，亦不以車也。」

135 劉尹道江道群「不能言而能不言」。江灌，已見。

136 林公云：「見司州警悟交至，使人不得住，亦終日忘疲。」王胡之別傳曰：「胡之少有風尚，才器率舉，有秀悟之稱。」

137 世稱「苟子秀出，阿興清和」。苟子已見。阿興，王蘊小字。

138 簡文云：「劉尹茗柯有實理。」〔一〕「柯」，一作「打」，又作「仃」，又作「打」。

【校　文】

注「一作打」「打」，景宋本及沈本俱作「朾」。

【箋　疏】

〔一〕李詳云：「詳案：黄生義府引此，謂此種語言當即襄陽人歌山簡之茗艼。茗艼即酩酊，後轉聲爲懵懂，皆一義。此云『茗柯有實理』，言當其醉中亦無妄語。傳寫訛誤，其義遂晦。」嘉錫案：黄説是也。考釋慧琳一切經音義三十曰：「憕懵，考聲云：精神不爽也。字書：惛昧也。」卷四十二又曰：「憕懵，上鄧登反，下墨崩反。字書：失志貌也。」憕懵即茗艼，亦即懵懂。此言真長精神雖似惛懵，而發言卻有實理，不必是醉後始可稱茗艼也。黄氏必并山簡事言之，微失之拘。焦循易餘籥録十九曰：「世説賞譽篇『劉尹茗柯有實理』，劉峻注『柯一作打，一作仃』，按作打、仃是也。任誕篇載山季倫歌云：『日暮倒載歸，茗艼無所知。』茗仃即茗艼。言無所知而有實理，如酒醉無所知稱酩酊。打，撞也。今俗寫作釘（原注去聲），而讀打爲大上聲，而以打撞爲頂撞，乃釘字古爲金銀之稱，今俗作錠，即釘字也。茗打、茗艼則皆當日方言，而假借爲文耳。或解作茶茗之枝柯則戾矣。」嘉錫又案：本書注中凡一作某，皆宋人校記，説詳凡例。焦氏以爲劉峻注者，非也。茗艼爲疊韻，乃形容之詞，本無定字。故焦氏以爲作打、作仃皆可。宋本云一作朾。説文：「朾，橦也。從木，丁聲。宅耕切。」蓋即打之本字。原本當作朾，其作柯者，傳寫誤耳。通雅卷六曰：「酩酊一作茗艼。茗仃，晉山簡傳作酩酊，世説作茗艼。升菴引簡文帝曰：劉尹茗仃有實理。今本一作茗柯，誤。」

139 謝胡兒作著作郎〔一〕，嘗作王堪傳。晉諸公贊曰：「堪字世胄，東平壽張人，少以高亮義正稱。爲尚書左丞，有準繩操。爲石勒所害〔二〕，贈太尉。」不諳堪是何似人，咨謝公。謝公答曰：「世胄亦被遇。堪，烈之子，晉諸公贊曰：「烈字陽秀，蚤知名魏朝，爲治書御史。」阮千里姨兄弟，潘安仁中外。安仁詩所謂『子親伊姑，我父惟舅』。是許允壻。」岳集曰：「堪爲成都王軍司馬。岳送至北邙別，作詩曰：『微微髮膚，受之父母。峩峩王侯，中外之首。子親伊姑，我父惟舅。』」〔三〕

【校　文】

景宋本於「堪烈之子」下，另析爲一條。

【箋　疏】

〔一〕晉書職官志：著作郎一人，謂之大著作郎，專掌史任。又置佐著作郎八人。著作郎始到職，必撰名臣傳一人。

〔二〕程炎震云：「晉書懷紀：『永嘉四年二月，石勒襲白馬，車騎將軍王堪死之。』」

〔三〕嘉錫案：類聚二十九有晉潘岳北芒送別王世胄詩，只八句。文館詞林一百五十二載其全篇，題作贈王胄，凡五章。見於類聚者，乃其末章。本注所引，則首章也。尚有二句曰：「昆同瓜瓞，心齊執友。」

140 謝太傅重鄧僕射，常言「天地無知，使伯道無兒」〔一〕。晉陽秋曰：「鄧攸既棄子，遂無復繼嗣，爲有識傷惜。」

【箋　疏】

〔一〕嘉錫案：伯道棄子事，詳見德行篇「鄧攸始避難」條。晉書九十史臣曰：「攸棄子存姪，以義斷恩。若力所不能，自可割情忍痛，何至預加徽纆，絶其奔走者乎？斯豈慈父仁人之所用心也？卒以絶嗣，宜哉！勿謂天道無知，此乃有知矣。」

141 謝公與王右軍書曰：「敬和棲託好佳。」中興書曰：「洽於公子中最知名，與潁川荀羨俱有美稱。」

142 吴四姓舊目云：張文、朱武、陸忠、顧厚。吴録士林曰：「吴郡有顧、陸、朱、張，爲四姓。三國之間，四姓盛焉。」

【校　文】

「舊目」　「目」，景宋本及沈本作「日」。

143 謝公語王孝伯：「君家藍田，舉體無常人事。」按述雖簡，而性不寬裕，投火怒蠅，方之未甚。若非太傅虚相褒飾，則世説謬設斯語也。

144 許掾嘗詣簡文，爾夜風恬月朗，乃共作曲室中語。襟懷之詠，偏是許之所長。辭寄清婉，有逾平日。簡文雖契素，此遇尤相咨嗟，不覺造厀，共叉手語，達於將旦。既而曰：「玄度才情，故未易多有許。」續晉陽秋曰：「詢能言理，會出都迎姊，簡文皇帝、劉真長説其情旨及襟懷之詠，每造厀賞對，夜以繫日。」

【校　文】

「厀」　景宋本作「膝」。

145 殷允出西，郗超與袁虎書云：「子思求良朋，託好足下，勿以開美求之。」中興書曰：「允字子思，陳郡人，太常康第六子。恭素謙退，有儒者之風。歷吏部尚書。」世目袁爲「開美」，故子敬詩曰：「袁生開美度。」

146 謝車騎問謝公：「真長性至峭，何足乃重？」答曰：「是不見耳〔一〕！阿見子敬，尚使人不能已。」語林曰：「羊驎因酒醉，撫謝左軍謂太傅曰：『此家詎復後鎮西？』太傅曰：『汝阿見子敬，便沐浴爲論兄輩。』」推此言意，則安以玄不見真長，故不重耳。見子敬尚重之，況真長乎？

【箋疏】

〔一〕程炎震云：「劉惔卒時，謝玄才六七歲，故不見也。」

147 謝公領中書監，王東亭有事應同上省〔一〕，王後至，坐促，王、謝雖不通〔二〕，太傅猶斂厀容之。王、謝不通事，別見。王神意閑暢，謝公傾目。還謂劉夫人曰：「向見阿瓜，故自未易有。按王詢小字法護，而此言阿瓜，未爲可解，儻小名有兩耳。雖不相關，正是使人不能已已。」

【校文】

「阿瓜」 「瓜」，景宋本及沈本俱作「苽」。

注「王詢」 「詢」，沈本作「珣」，是。

【箋　疏】

〔一〕程炎震云："太元元年正月，謝安爲中書監，王恂於時蓋爲黄門侍郎。"

〔二〕王東亭與謝公交惡，見傷逝篇。

148 王子敬語謝公："公故蕭灑。"謝曰："身不蕭灑。君道身最得，身正自調暢。"續晉陽秋曰："安弘雅有氣，風神調暢也。"

【校　文】

注"氣"　景宋本及沈本俱作"器"。

149 謝車騎初見王文度曰："見文度雖蕭灑相遇，其復愔愔竟夕。"〔一〕

【箋　疏】

〔一〕左氏昭十二年傳："祈招之愔愔，式昭德音。"注云："愔愔，安和貌。"

150 范豫章謂王荆州：范甯、王忱並已見。「卿風流儁望，真後來之秀。」王曰：「不有此舅，焉有此甥！」

151 子敬與子猷書，道「兄伯蕭索寡會，遇酒則酣暢忘反，乃自可矜」。

152 張天錫世雄涼州，以力弱詣京師，雖遠方殊類，亦邊人之桀也〔一〕。天錫已見。聞皇京多才，欽羡彌至。猶在渚住，司馬著作往詣之。未詳。言容鄙陋，無可觀聽。天錫心甚悔來，以遐外可以自固。王彌有儁才，美譽當時，聞而造焉。續晉陽秋曰：「珉風情秀發，才辭富贍。」既至，天錫見其風神清令，言話如流，陳説古今，無不貫悉。又諳人物氏族中來〔二〕，皆有證據。天錫訝服〔三〕。

【箋　疏】

〔一〕李慈銘云：「案天錫爲軌曾孫。晉書軌傳稱：『軌爲安定烏氏人，漢張耳十七代孫。家世孝廉，以儒學顯。』是則張氏非殊類矣。臨川生長江東，外視諸國，故有此言耳。」

〔二〕李慈銘云：「案『中來』當是『中表』之誤。魏、晉以來，重婚姻門望。上『謝胡兒欲作王堪傳咨謝公』一條，謝公便歷舉其中外姻親，即此可證。」嘉錫案：隋志有齊永元中表簿五卷。可見六朝人之重中表。

〔三〕嘉錫案：晉書孝武帝紀：「太元元年秋七月，苻堅將苟萇陷涼州，虜刺史張天錫，盡有其地。」又張軌傳云：「苻堅先爲天錫起宅，至以爲尚書，封歸義侯。堅大敗於淮肥時，天錫爲苻融征南司馬，於陣歸國。詔以爲散騎常侍、左員外。」本書言語篇亦云「張天錫爲涼州刺史，稱制西隅。既爲苻堅所禽，用爲侍中。後於壽陽俱敗，至都，爲孝武所器」，注引張資涼州記，與晉書略同。建康實録九云：「太元八年十月乙亥，玄、琰與桓伊等涉肥水決戰，大破秦軍於淝南。臨陣斬苻融，而朱序、張天錫俱奔歸。十一月乙未，以天錫爲員外散騎常侍。」以諸書考之，天錫自亡國後，身爲降虜，既已八年，至黜爲苻融僚屬。乘堅之敗，始得奔逃歸晉。本條乃云「天錫世雄涼州，以力弱詣京師」。似天錫與苟萇戰敗後，即已歸晉者，殆類目不覩史册人語。又云「天錫心甚悔來，以遐外可以自固」，尤非事實。天錫國破家亡，羈旅異域，涼州已入秦版圖，尺土一民，非其所有，不知何地可以自固。苻堅之敗，慕容、拓跋並乘機復國，姚萇、吕光亦崛起自立，誠梟雄奮發之秋，而天錫非其人也。孝武紀云：「太元九年十二月，苻堅將吕光稱制於河右，自號酒泉公。十年九月，吕光據姑臧，自稱涼州刺史。」又吕光載記云：「初苻堅之敗，張天錫南奔，其世子大豫爲長水校尉王穆所匿。是月，大豫陷昌松郡，進逼姑臧，光出擊破之。大豫奔廣武，廣武人執送之，斬於姑臧市。」向使天錫不臨陣奔晉，而竟扈從還，反覆於喪亂之中，則非燕、秦之纍囚，即父子同死呂光之手耳。涼州山河雖固，寧復有託足地乎？此條首贊天錫爲邊人之傑，末乃盛稱僧彌才美，蓋即王氏子弟之所爲。此輩裒展風流，不知外事，苟欲張大其詞，以見其祖爲遠方豪傑所傾服。其實天錫弑君之賊，亡國之餘，末年形神昏喪，甘爲司馬元顯弄臣，庸劣若斯，亦何足道！從來好事之徒喜假借外人以邀聲譽，梯航偶通，輒以爲一佛出世。考其始末，大都不過如此。豈真天仙化人，來自清都紫微也哉！

153 王恭始與王建武甚有情，後遇袁悦之間，遂致疑隙〔一〕。晉安帝紀曰：「初，忱與族子恭少相善，齊聲見稱。及並登朝，俱爲主相所待，内外始有不咸之論。恭獨深憂之，乃告忱曰：『悠悠之論，頗有異同，當由驃騎簡於朝覲故也。將無從容切言之邪？若主相諧睦，吾徒得戮力明時，復何憂哉？』忱以爲然，而慮弗見令，乃令袁悦具言之。悦每欲間恭，乃於王坐責讓恭曰：『卿何妄生同異，疑誤朝野？』其言切厲。恭雖惋悵，謂忱爲搆己也。忱雖心不負恭，而無以自亮。於是情好大離，而怨隙成矣。」然每至興會，故有相思時。恭嘗行散至京口射堂〔二〕，于時清露晨流，新桐初引。恭目之曰：「王大故自濯濯。」

【校 文】

注「弗見令」 「令」，景宋本及沈本俱作「用」。

注「於王坐責讓」「責」，景宋本作「嗔」。

注「搆己」「搆」景宋本作「構」。

【箋　疏】

〔一〕嘉錫案：觀忿狷篇「王大王恭」條。因大勸恭酒，恭不爲飲，逼之轉苦，至各呼左右，便欲相殺，其怨隙可見。

〔二〕程炎震云：「太元十五年，王恭爲青、兖二州刺史，鎮京口。」

154 司馬太傅爲二王目曰：「孝伯亭亭直上，阿大羅羅清疎。」恭，正亮沈烈，忱，通朗誕放。

【校　文】

注「沈烈」　景宋本及沈本俱作「亢烈」。

155 王恭有清辭簡旨，能叙説，而讀書少，頗有重出。中興書曰：「恭雖才不多，而清辯過人。」有人道孝伯「常有新意，不覺爲煩」。

156 殷仲堪喪後，桓玄問仲文：「卿家仲堪，定是何似人？」仲文曰：「雖不能休明一世，足以映徹九泉。」〔一〕續晉陽秋曰：「仲堪，仲文之從兄也，少有美譽。」

【箋疏】

〔一〕嘉錫案：左氏宣三年傳：「定王使王孫滿勞楚子，楚子問鼎之大小輕重焉。對曰：『在德不在鼎。德之休明，雖小，重也。』」桓玄夙輕仲堪，侮弄之於前，又屠割之於後，乃復問其爲人於仲文者，欲觀其應對耳。蓋仲堪爲仲文之兄，而靈寶之仇，過毁過譽，皆不可也。「休明一世」，意以指玄。言仲堪平生之功業，雖不及玄，然固是一時名士，故身死之後，猶能光景常新。

品藻第九

1 汝南陳仲舉、潁川李元禮二人〔一〕，共論其功德，不能定先後。蔡伯喈續漢書曰：「蔡伯喈，陳留圉人。通達有儁才，博學善屬文，伎藝術數，無不精綜。仕至左中郎將，爲王允所誅。」評之曰：「陳仲舉彊於犯上，李元禮嚴於攝下。犯上難，攝下易。」張璠漢紀曰：「時人爲之語曰：『不畏彊禦陳仲舉，天下模楷李元禮。』」仲舉遂在「三君」之下，謝沈漢書曰：「三君者，一時之所貴也。竇武、劉淑、陳蕃，少有高操，海內尊而稱之，故得因以爲目。」元禮居「八俊」之上。薛瑩漢書曰：「李膺、王暢、荀緄、朱寓〔二〕、魏朗、劉佑、杜楷、趙典爲八俊。」英雄記曰：「先是張儉等相與作衣冠糺彈，彈中人相調，言：『我彈中誠有八俊、八乂，猶古之八元、八凱也。』」〔三〕謝沈書曰：「俊者，卓出之名也。」姚信士緯曰：「陳仲舉體氣高烈，有王臣之節。李元禮忠壯正直，有社稷之能。海內論之未決，蔡伯喈抑一言以變之，疑論乃定也。」〔四〕

【校文】

注「朱寓」　「寓」，景宋本及沈本作「寓」。

注「劉佑」　「佑」，沈本作「祐」。

【箋疏】

〔一〕李慈銘云：「案二人疑士人之誤。」

〔二〕程炎震云：「宋本朱寓作朱寓，與范書合。」

〔三〕張儉等二句宋本疑有誤。袁本亦不甚可解。

〔四〕御覽四百四十七引士緯，與世說及注略同。

2 龐士元至吴，吴人並友之。蜀志曰：「周瑜領南郡，士元爲功曹。瑜卒，士元送喪至吴，吴人多聞其名，及當還西，並會閶門與士元言。」見陸績、文士傳曰：「績字公紀，幼有儁朗才數，博學多通。龐士元年長於績，共爲交友。仕至鬱林太守。自知亡日，年三十二而卒。」顧劭、全琮環濟吴紀曰：「琮字子黄，吴郡錢塘人。有德行義概，爲大司馬。」而爲之目曰：「陸子所謂駑馬有逸足之用，顧子所謂駑牛可以負重致遠。」或問：「如所目，陸爲勝邪？」曰：「駑馬雖精速，能致一人耳。駑牛一日行百里，所致豈一人哉？」〔一〕吴人無以難。「全子好聲名，似汝南樊子昭。」〔二〕蔣濟萬機論曰：「許子將褒貶不平，以拔樊子昭而抑許文休。劉曄難曰：『子昭拔自賈豎，年至七十，退能守静，進不苟競。』濟答曰：『子昭誠自幼至長，容貌完潔。然觀其插齒牙，樹頰頦，吐脣吻，自非文休之敵。』」

【校　文】

注「琮字子黄」　沈本作「琮字子璜」。

【箋　疏】

〔一〕嘉錫案：荀子勸學篇曰：「騏驥一躍，不能十步。駑馬十駕，功在不舍。」是則駑馬所以爲人用者，以其能長行而不舍耳，本不望其奔逸絶塵也。若駑馬而有逸足之用，則雖不能如騏驥一日千里；

而在衆馬之中，固已出群矣。此言陸績之奉公守職，不惟能盡力匪懈，其才亦有過人者。但不過庸中佼佼，未得爲一代之英傑也。又案：駑之爲言奴也，本以稱馬之凡下者。玉篇：「駑，乃呼切，最下馬也。駘也。」漢書王陵傳曰：「陛下不以臣駑下。」師古曰：「駑，凡馬之稱，非駿者也。」楚辭謬諫注曰：「駑，頓馬也。」吕氏春秋貴卒篇曰：「所爲貴驥者，爲其一日千里也。旬日取之，與駑駘同。」注云：「駑駘十日亦致千里。」淮南子齊俗訓曰：「夫騏驥千里，一日而通；駑馬十舍，旬亦至之。」然則駑馬一日所行，不過百里矣。今士元乃謂「駑馬有逸足之用，駑牛可以負重致遠」，是駑之名非復凡下之稱，而駑馬所行亦不止百里。昔人以駑下自謙，而今翻以題目名士，蓋所謂美惡不嫌同辭也。禮記雜記下曰：「凶年則乘駑馬。」鄭注：「駑，馬六種，最下者。」正義曰：「馬有六種，六曰駑馬，負重致遠所乘。」案六馬之名見周禮夏官校人。彼注謂「駑馬給宮中之役」，而孔疏以爲「負重致遠所乘」者，蓋「宮中」乃「官中」之誤。穀梁莊二十九年疏正引作「官」（孫詒讓説）。駑馬既用以給官役，故知其爲負重致遠之所乘也。夫欲求其神駿，則駑馬固不如騏驥，而駑牛亦自不如善走之快牛。然千里馬、八百里駮不易得，得亦不可以駕鹽車。負重致遠，乃專恃駑牛馬，斯其爲用，亦已大矣。士元之於績、劭，許其有實用，而不許其能致千里，故題目之如此耳。駑馬固不能追風絶景，然使與牛並驅，便覺神速莫及。但其筋骨遠不如牛，充其力之所極，不過能載送一人耳。牛行遲緩，固不如馬之善走，然窮日之力，亦能及百里。而其負重載，動至千斤，百貨轉輸，惟牛是賴，夫豈駑馬之所能及哉！蓋績性俊快，而劭厚重。統言二人，雖各有短長，而劭之幹濟，非績所及也。其後劭爲豫章太守，風化大行，而績在鬱林，但篤志著述。雖並蚤卒，未竟其用，統之所評，諒不虚矣。

〔二〕程炎震云：「據蜀龐統傳注，此文出於張勃吴録。」嘉錫案：「吴人無以難」，乃張勃記事之詞。「全子」以下，又爲士元語。此種文法於古有之。俞樾古書疑義舉例三有叙論並行例，舉左傳、史記各二條。如僖三十三年左傳：「秦伯素服郊次，鄉師而哭曰：『孤違蹇叔，以辱二三子，孤之罪也。』不替孟明。『孤之過也，大夫何罪？且吾不以一眚掩大德。』」前後皆穆公語，中間著「不替孟明」四字，乃左氏記事之詞是也。

3 顧劭嘗與龐士元宿語，問曰：「聞子名知人，吾與足下孰愈？」曰：「陶冶世俗，與時浮沈，吾不如子；吴志曰：「劭好樂人倫，自州郡庶幾及四方人事〔一〕，往來相見，或諷議而去，或結友而别，風聲流聞，遠近稱之。」論王霸之餘策，覽倚仗之要害〔二〕，吾似有一日之長。」劭亦安其言。吴録曰：「劭安其言，更親之。」

【校　文】

「倚仗」　景宋本及沈本作「倚伏」，是也。

【箋疏】

〔一〕李詳云：「詳案：姚氏範援鶉堂筆記三十六：『庶幾，乃謂當時知名士，國志多見。如吴志張承傳：「凡在庶幾之流，無不造門。」又王羲之誓墓文：「母兄鞠育，得見庶幾。」』錢少詹三國志考異與姚略同。」

〔二〕嘉錫案：「倚仗」當作「倚伏」。老子德經云：「禍兮福之所倚，福兮禍之所伏。」作「倚仗」，則義不可通。日知録二十七云：「漢書西南夷傳注，師古曰：『要害者，在我爲要，於敵爲害也。』此解未盡。要害，謂攻守必争之地。我可以害彼，彼可以害我，謂之害。人身亦有要害。素問岐伯對黄帝曰『脈有要害』，後漢書來歙傳『中臣要害』。黄生義府下云：『中臣要害（自注：猶今言致命傷），言身中緊要處犯之，必爲害也。借地之衝要者，謂之要害。舊解「於我爲要，於彼爲害」，未確。』」嘉錫又案：要害本謂人身要處，黄説是也。事務之紛來，必有其至要之關節。皆處之得宜，則爲福；反之則爲禍。倚伏之機，正在於此。惟明者一覽而知其然，此王霸之術，士元之所長也。故司馬德操曰：「識時務者在乎俊傑，此間自有伏龍、鳳雛。」

4　諸葛瑾、弟亮及從弟誕〔一〕，吴書曰：「瑾字子瑜，其先葛氏，琅邪諸縣人，後徙陽都。陽都先有姓葛者，時人謂『諸葛』，因爲氏。瑾少以至孝稱。累遷豫州牧，六十八卒。」魏志曰：「誕字公休，爲吏部郎，人有所屬託，輒顯其言而亟用之。後有當不，則公議其得失〔二〕，以爲褒貶。自是群寮莫不慎其所舉。累遷揚州刺史、鎮東將軍、司空。

謀逆伏誅。」並有盛名，各在一國。于時以爲「蜀得其龍，吴得其虎，魏得其狗」〔三〕。誕在魏與夏侯玄齊名；瑾在吴，吴朝服其弘量。吴書曰：「瑾避亂渡江，大皇帝取爲長史，遣使蜀，但與弟亮公會相見，反無私面，而又有容貌思度。時人服其弘量。」

【校　文】

注「時人謂諸葛因爲氏」　「謂」下沈本有「之」字，「因」下有「以」字。案沈校所據宋本，與吴志注合。

注「後有當不」　「有」下景宋本及沈本俱有「得失」二字。

注「司空」　景宋本作「以其」。

注「反無私面」　「反」，景宋本作「退」。

【箋　疏】

〔一〕嘉錫案：魏志誕傳不言誕爲亮之從弟，然吴志諸葛瑾傳注引吴書曰：「族弟誕顯名於魏。」諸葛恪傳載臧均表曰：「故太傅諸葛恪伯叔諸人，遭漢祚盡，九州鼎立，分託三方，並履忠勤，熙隆世業。」又孫皓傳注引襄陽記，載張悌答諸葛靚曰：「且我作兒童時，便爲卿家丞相所拔。」並可爲誕與瑾、亮是同族兄弟之證。

〔二〕魏志無「得失」字。

〔三〕李慈銘云：「案誕名德既重，身爲魏死，忠烈凜然，安得致此鄙薄之稱？蓋緣公休敗後，司馬之黨，造此穢言，誣衊不經，深堪髮指。承祚之志，世期之注，削而不登，當矣。臨川取之，抑何無識！」嘉錫案：司馬之黨必不以孔明爲龍。此所謂狗，乃功狗之狗，謂如韓盧宋鵲之類。雖非龍虎之比，亦甚有功於人。故曰「並有盛名」，非鄙薄之稱也。觀世說下文云「誕在魏與夏侯玄齊名」，則無詆毀公休之意亦明矣。太公六韜以文、武、龍、虎、豹、犬爲次，知古人之視犬，僅下龍虎一等。凡讀古書，須明古人詞例，不可以後世文義求之也。胡應麟史書佔畢四曰：「漢末，諸葛氏分處三國，並著忠誠。以爲蜀得其龍，吴得其虎，並自篤論。至魏迺曲爲訾詆，此晉人諛上之詞耳。」所見與尊客暗合。御覽四百七十引晉中興書曰：「諸葛氏之先，出自葛國。漢司隸校尉諸葛豐以忠強立名，子孫代居二千石。三國之興，蜀有丞相亮，吴有大將軍瑾，魏有司空誕，名並蓋海内，爲天下盛族。」全祖望鮚埼亭集外編二十八書諸葛氏家譜後曰：「方遜志謂『諸葛兄弟三人，才氣雖不相類，皆人豪也。當司馬昭僭竊之時，征東拒賈充之言，起兵討之，事雖無成，身不失爲忠義。豈非大丈夫乎？世俗乃以是訾之，謂「漢得龍，吴得虎，魏得狗」，爲斯言者，必賈充之徒。揚雄所謂「舍其沐猴，而謂人沐猴者」』，善哉斯言！予觀東漢之末，東南淑氣萃於諸葛一門。觀其兄弟分居三國，世莫有以爲猜者，非大英雄不能。厥後各以功名忠孝表著，而又皆有令嗣，何多材也！」

5 司馬文王問武陔："陳玄伯何如其父司空？"陔曰："通雅博暢，能以天下聲教爲己任者，不如也。明練簡至，立功立事，過之。"魏志曰："陔與泰善，故文王問之。"

6 正始中，人士比論，以五荀方五陳〔一〕：荀淑方陳寔，荀靖方陳諶，逸士傳曰："靖字叔慈，潁川人。有儁才，以孝著名。兄弟八人，號『八龍』。隱身修學，動止合禮。弟爽，亦有才學，顯名當世。或問汝南許章〔二〕：『爽與靖孰賢？』章曰：『二人皆玉也。慈明外朗，叔慈内潤。』太尉辟，不就。年五十終，時人惜之，號玄行先生。"荀爽方陳紀，荀彧方陳群，典略曰："彧字文若，潁川人。爲漢侍中、守尚書令。彧爲人英偉，折節待士，坐不累席。其在臺閣間，不以私欲撓意。年五十薨，謚曰敬侯。以其德高，追贈太尉。"荀顗方陳泰。晉諸公贊曰："顗字景倩，彧之子。蹈禮立德，思義温雅，加深識國體，累遷光禄大夫。晉受禪，封臨淮公。典朝儀，刊正國式，爲一代之制。轉太尉，爲台輔，德望清重，留心禮教。卒，謚康公。"又以八裴方八王：裴徽方王祥，裴楷方王夷甫〔三〕，裴康方王綏，晉百官名曰："康字仲豫，徽之子。"晉諸公贊曰："康有弘量，歷太子左率。"裴綽方王澄，王朝目録曰："綽字仲舒，楷弟也，名亞於楷。歷中書、黄門侍郎。"裴瓚方王敦，晉諸公贊曰："瓚字國寶，楷之子。才氣爽儁，終中書郎。"裴遐方王導，裴頠方王戎，裴邈方王玄。

【校　文】

注「以其德高」　「其」下景宋本有「名」字。

【箋　疏】

〔一〕李慈銘云：「案范武子以清談禍始，歸罪王、何，謂其浮於桀、紂。予謂漢末之五荀、五陳，實任達之濫觴，浮華之作俑。觀其父子兄弟，自相標榜，坐致虚聲，託名高節。太丘弔張讓之母，朱子謂其風節始頽。其後群附曹氏，泰黨司馬。荀氏則爽爲卓用，彧成操篡，勗以還名節掃地。桀、紂之禍，自有所歸。輔嗣名通，平叔正直，所不受也。」嘉錫案：謂荀、陳虚聲誠是。欲爲王、何減清談之罪，則非事實。」

〔二〕嘉錫案：「或問汝南許章」之「章」字誤，當作「劭」。魏志荀彧傳注引逸士傳作「或問汝南許子將」。群輔録引荀氏譜作「汝南許劭」，皆可證。

〔三〕李慈銘云：「案此稱夷甫，亦孝標追改之文。」

7　冀州刺史楊淮二子喬與髦〔一〕，俱總角爲成器。淮與裴頠、樂廣友善，遣見之。頠性弘方，愛喬之有高韻，謂淮曰：「喬當及卿，髦小減也。」廣性清淳，愛髦之有神檢，謂淮曰：「喬自及卿，然髦尤精出。」淮笑曰：「我二兒之優劣，乃裴、樂之優劣。」論者評之，以爲喬雖高韻，而檢不匝，樂言爲得，然並爲後出之儁〔二〕。荀綽冀州記曰：「喬字國彦，爽朗有遠意。髦字士彦，清平有貴識。並爲後出之儁。爲裴頠、樂廣所重。」晉諸公贊曰：「喬似淮而疎，皆爲二千石。髦爲石勒所害。」

【校　文】

「楊淮」　「淮」，沈本俱作「準」。

【箋　疏】

〔一〕程炎震云：「楊淮，宋本注均作準。御覽四百九又四百四十四引郭子，亦均作準。」

〔二〕李詳云：「詳案：此條采自荀綽冀州記，見魏志陳思王植傳裴注引。志注淮作準，喬作嶠。案喬字國彦，自宜從喬爲是。」又云：「志注作『而神檢不逮』。案上文云『愛髦之有神檢』，此故云『神檢不逮』，當以志注爲長。」

8　劉令言始入洛，劉氏譜曰：「納字令言〔一〕，彭城叢亭人。祖瑾，樂安長。父𪊲，魏洛陽令。納歷司隸校尉。」見諸名士而歎曰：「王夷甫太解明〔二〕，樂彦輔我所敬，張茂先我所不解，周弘武巧於用短，王隱晉書曰：「周恢字弘武，汝南人。祖斐〔三〕，永寧少府。父隆，州從事。恢仕至秦相，秩中二千石。」杜方叔拙於用長。」晉諸公贊曰：「杜育字方叔，襄城鄧陵人〔四〕，杜襲孫也。育幼便岐嶷，號神童。及長，美風姿，有才藻，時人號曰『杜聖』。累遷國子祭酒。洛陽將没，爲賊所殺。」

【校　文】

注「納」　沈本俱作「訥」。

【箋　疏】

〔一〕程炎震云：「宋本納作訥，晉書劉隗傳亦作訥。」

〔二〕程炎震云：「晉書劉隗傳解作鮮。禮記月令：『季夏行春令，則穀實鮮落。』吕氏春秋季夏紀、淮南時則訓並作『解落』。墨子節葬篇『則解而食』，魯問篇作『鮮而食之』。孫氏閒詁引顧千里校語，謂『作鮮者誤』。古鮮、解兩字或相亂。易説卦『爲蕃鮮』，疏：『鮮，明也。取其春時蕃育而鮮明。』文選卷四張平子南都賦曰：『巾幘鮮明。』御覽引抱朴子云：『棺中有人，髩毛班白鮮明。』漢書王吉傳云：『皆好車馬衣服，其自奉養，極爲鮮明。』文選二十二左思招隱詩李善注曰：『峭蒨，鮮明貌。』」嘉錫案：晉書劉隗傳作「太鮮明」，當從之。

〔三〕嘉錫案：周斐著有汝南先賢傳五卷，本書賞譽篇注曾引之，他書引用尤多。章宗源隋書經籍志考證、侯康補三國藝文志並不能舉其仕履。姚振宗隋志考證二十以爲始末未詳，皆爲失考。

〔四〕程炎震云：「晉無鄧陵縣，魏書杜襲傳云『潁川定陵縣人』，此鄧陵當作定陵。漢潁川縣，晉分屬襄城。」

9 王夷甫云：「閭丘沖〔一〕，荀綽兖州記曰：「沖字賓卿，高平人，家世二千石。沖清平有鑒識，博學有文義。累遷太傅長史，雖不能立功蓋世，然聞義不惑，當世莅事，務於平允，操持文案，必引經誥，飾以文采，未嘗有滯。性尤通達，不矜不假。好音樂，侍婢在側，不釋弦管。出入乘四望車，居之甚夷，不能虧損恭素之行，淡然肆其心志。論者不以爲侈，不以爲僭，至於白首，而清名令望，不渝於始。爲光禄勳，京邑未潰，乘車出，爲賊所害，時人皆痛惜之。」優於滿奮、郝隆〔二〕。晉諸公贊曰：「隆字弘始，高平人。爲人通亮清識。爲吏部郎、楊州刺史。齊王冏起義，隆應檄稽留，爲參軍王邃所殺。」此三人並是高才，沖最先達。」兖州記曰：「于時高平人士偶盛，滿奮、郝隆達在沖前，名位已顯，而劉寶、王夷甫猶以沖之虚貴，足先二人。」

【校文】

注「不能虧損」　「能」，景宋本及沈本俱作「以」。

【箋　疏】

〔一〕隋志云："梁有晉光禄勳閭丘沖集二卷，録一卷，亡。"元和姓纂九魚云："晉有太常閭丘沖。"

〔二〕李慈銘云："案晉書郝隆作郗隆，乃太尉鑒之叔父也。事附鑒傳。此作郝，疑誤。郝隆乃桓温時人。"

10 王夷甫以王東海比樂令，江左名士傳曰："承言理辯物，但明其旨要，不爲辭費，有識伏其約而能通。太尉王夷甫一世龍門，見而雅重之，以比南陽樂廣。"故王中郎作碑云："當時標榜，爲樂廣之儷。"

11 庾中郎與王平子鴈行。晉陽秋曰："初，王澄有通朗稱，而輕薄無行。兄夷甫有盛名，時人許以人倫鑒識。常爲天下士目曰：『阿平第一，子嵩第二，處仲第三。』敳以澄、敦莫己若也。及澄喪，敦敗，敳世譽如初。"〔一〕

【箋　疏】

〔一〕程炎震云："澄喪敦敗之時，敳先死矣。"

12 王大將軍在西朝時，見周侯輒扇障面不得住。敦性彊梁，自少及長，季倫斬妓，曾無異色，若斯傲狠，豈憚於周顗乎？其言不然也。後度江左，不能復爾。王歎曰：「不知我進，伯仁退？」沈約晉書曰：「周顗，王敦素憚之，見輒面熱，雖復臘月，亦扇面不休，其憚如此。」〔一〕

【校文】

注「其言不然」「其」，景宋本作「此」。

【箋疏】

〔一〕嘉錫案：禮記大學曰：「小人閒居爲不善，無所不至，見君子而後厭然。」小人之憚君子，蓋有發於不自覺者。言語篇注引晉陽秋曰：「顗正體嶷然，儕輩不敢媟也。」然則周侯之丰采，必有使王敦自然懾服之處，見輒障面，不可謂必無其事也。又案：建康實録五引中興書曰：「王敦素憚顗，每見顗，輒面熱。雖冬月仍交扇不休。」則沈約之言係采自中興書，非取世説也。

13 會稽虞駿，元皇時與桓宣武同俠〔一〕，其人有才理勝望。虞光禄傳曰：「駿字思行，會稽餘姚人。虞翻曾孫，右光禄潭兄子也。雖機幹不及潭，而至行過之。歷吏部郎、吳興守，徵爲金紫光禄大夫，卒。」王丞相嘗謂駿曰：「孔愉有公才而無公望，丁潭有公望而無公才，愉已見。會稽後賢記曰：「潭字世康，山陰人，吴司徒固曾孫也〔二〕。沈婉有雅望，少與孔愉齊名。仕至光禄大夫。」晉陽秋曰：「孔敬康、丁世康、張偉康俱著名，時謂『會稽三康』。偉康名茂，嘗夢得大象，以問萬雅。雅曰：『君當爲大郡而不善也。象，大獸也。取其音狩，故爲大郡，然象以齒喪身。』後爲吴郡，果爲沈充所殺。」兼之者其在卿乎？」駿未達而喪。虞光禄傳曰：「駿未登台鼎，時論稱屈。」

【箋疏】

〔一〕程炎震云：「晉書七六虞駿傳曰：『與譙固、桓彝俱爲吏部郎，情好甚篤。彝遺温拜駿，駿使子谷拜彝。』則此宣武，當作宣城。而同俠二字，亦有訛脱。」嘉錫案：同俠蓋同僚之誤。

〔二〕程炎震云：「吴書十二虞翻傳注：『丁固子彌，字欽遠。孫潭。』則此曾字當衍。」嘉錫案：晉書丁潭傳云：「祖固，吴司徒。」

14 明帝問周伯仁〔一〕：「卿自謂何如郗鑒？」周曰：「鑒方臣，如有功夫。」復問郗。郗曰：「周顗比臣，有國士門風。」鄧粲晉紀曰：「伯仁清正嶷然，以德望稱之。」

【箋疏】

〔一〕程炎震云：「此明帝疑亦元帝之誤，互參後『明帝問周伯仁卿自謂何如庾元規』條。」

15 王大將軍下〔一〕，庾公問：「卿有四友，何者是？」答曰：「君家中郎，我家太尉、阿平，胡毋彥國。八王故事曰：「胡毋輔之少有雅俗鑒識，與王澄、庾敳、王敦、王夷甫爲四友。」今故答也〔二〕。阿平故當最劣。」庾曰：「似未肯劣。」庾又問：「何者居其右？」王曰：「自有人。」又問：「何者是？」王曰：「噫！其自有公論。」左右躡公，公乃止。敦自謂右者在己也。

【校　文】

「卿有四友」　景宋本「卿」上有「聞」字。

【箋　疏】

〔一〕李慈銘云：「案下者下都也。王敦鎮武昌，在上流，故以至建業爲下。」

〔二〕程炎震云：「晉書輔之傳以澄、敦、敳、輔之爲王衍四友，蓋各自標榜，不無異同也。」

16 人問丞相：「周侯何如和嶠？」答曰：「長輿嵯櫱。」〔一〕虞預晉書曰：「嶠厚自封植，嶷然不群。」

【箋疏】

〔一〕程炎震云：「説文、玉篇、廣韻皆無嶭字，蓋即嶭之俗體。嵯嶭，猶云嵯峨、巀嶭，狀其高耳。漢書地理志：『左爲馮翊，池陽，巀嶭山在北。』師古曰：『巀嶭，今俗所呼嵳峩山是也。』説文段注九卷下曰：『巀語轉爲嵳，嶭語轉爲峩。』」

17 明帝問謝鯤〔一〕：「君自謂何如庾亮？」答曰：「端委廟堂，使百僚準則，臣不如亮。一丘一壑，自謂過之。」〔二〕晉陽秋曰：「鯤隨王敦下，入朝，見太子於東宫，語及夕，太子從容問鯤曰：『論者以君方庾亮，自謂孰愈？』對曰：『宗廟之美，百官之富，臣不如亮。縱意丘壑，自謂過之。』」鄧粲晉紀曰：「鯤與王澄之徒，慕竹林諸人，散首披髮，裸袒箕踞，謂之八達。故隣家之女，折其兩齒。世爲謡曰：『任達不已，幼輿折齒。』鯤有勝情遠概，爲朝廷之望，故時以庾亮方焉。」

【箋疏】

〔一〕程炎震云：「晉書鯤傳亦云明帝在東宫。」

〔二〕翟灝通俗編二云：「晉書謝鯤傳：『一丘一壑，自謂過之。』按漢書叙傳班嗣論莊周曰：『漁釣于一壑，則萬物不干其志。栖遲于一丘，則天下不易其樂。』謝鯤本此爲語，故云『過之』，非泛道丘壑之勝也。」

18 王丞相二弟不過江，曰潁〔一〕，曰敞。時論以潁比鄧伯道，敞比温忠武。議郎〔二〕、祭酒者也。王氏譜曰：「潁字茂英，位至議郎，年二十卒。敞字茂平，丞相祭酒，不就。襲爵堂邑公，年二十有二而卒。」

【箋疏】

〔一〕程炎震云：「晉書王導傳潁作穎。」

〔二〕李慈銘云：「案議郎上有脱字。」

19 明帝問周侯：「論者以卿比郗鑒，云何？」周曰：「陛下不須牽顗比。」按顗死彌年，明帝乃即位。世説此言妄矣〔一〕。

【箋疏】

〔一〕嘉錫案：此即前條「明帝問周，周答『鑒方臣，如有工夫』」一事，而紀載不同者也。孝標獨駁此條，以其稱「陛下」耳。

20 王丞相云：「頃下論以我比安期、千里。亦推此二人〔一〕。唯共推太尉，此君特秀。」晉諸公贊曰：「夷甫性矜峻，少爲同志所推。」

【箋　疏】

〔一〕李慈銘云：「案安期王承，千里阮瞻也。『亦推此二人』句上當有脱字。」嘉錫案：御覽四百四十七引郭子，「頃下」作「雒下」，「亦推此二人」作「我亦不推此二人」，皆於義爲長，世説傳寫誤耳。

21 宋禕曾爲王大將軍妾〔一〕，後屬謝鎮西〔二〕。鎮西問禕：「我何如王？」答曰：「王比使君，田舍、貴人耳！」鎮西妖冶故也。未詳宋禕。

【校　文】

注「未詳宋禕」　沈本作「宋禕未詳」。

【箋疏】

〔一〕程炎震云：「御覽三百八十一美婦人引俗説曰：『宋禕是石崇妓珠緑弟子，有色，善吹笛。後在晉明帝處，帝疹患篤，群臣進諫，請出宋禕。帝曰：「卿諸人誰欲得之？」阮遥集時爲吏部尚書，對曰：「願以賜臣。」即與之。』珠緑二字蓋誤倒。」劉盼遂曰：「初學記笛類云：『古之善吹笛宋禕。』自注：『見世説。』藝文類聚笛類引俗説同。宋吴淑笛賦注引世説：『石崇婢緑珠弟子名宋禕，國色，善笛。後入宫，帝疾篤，出宋禕。帝曰：「誰欲得者？」阮遥集曰：「願以賜臣。」即與之。』據三書所引，似出世説注，而今亡矣。」

〔二〕御覽四百九十七引俗記（當作説）曰：「宋禕死後葬在金城南山，對琅琊郡門。袁崧爲琅琊太守，每醉，輒乘輿上宋禕冢，作行路難歌。」嘉錫案：石崇以惠帝永康元年爲孫秀所殺，謝尚以穆帝永和十一年加鎮西將軍，前後相距五十三年。禕既緑珠弟子，至此當已七十内外矣，方爲謝尚所納，殊不近情。蓋世説例以鎮西稱尚，不必定在此時。但禕稱尚爲使君，必在建元二年以南中郎將領江州刺史之後。上距石崇、緑珠之死，亦四十餘年矣。殆因禕善吹笛，故尚取之，以教伎人，猶之桓温之得劉琨巧作老婢耳。

22 明帝問周伯仁：「卿自謂何如庾元規？」對曰：「蕭條方外，亮不如臣；從容廊廟，臣不如亮。」〔一〕按諸書皆以謝鯤比亮，不聞周顗。

【箋疏】

〔一〕嘉錫案：此條語意，全同謝鯤，必傳聞之誤也。

23 王丞相辟王藍田爲掾，庾公問丞相：「藍田何似？」王曰：「真獨簡貴，不減父祖；然曠澹處故當不如爾。」王述狷隘故也。

24 卞望之云郗公〔一〕：「體中有三反：方於事上，好下佞己，一反。治身清貞，大脩計校，二反。自好讀書，憎人學問，三反。」按太尉劉寔論王肅：方於事上，好下佞己，性嗜榮貴，不求苟合，治身不穢，尤惜財物。王、郗志性，儻亦同乎〔二〕？

【箋疏】

〔一〕程炎震云：「卞死時，郗未拜公，不得稱郗公。此云字當作目。」

〔二〕嘉錫案：劉寔論王肅語，見魏志肅傳。

25 世論温太真，是過江第二流之高者〔一〕。時名輩共說人物，第一將盡之間，温常失色。溫氏譜序曰：「晉大夫郤至封於溫，子孫因氏，居太原祁縣，爲郡著姓。」

【箋　疏】

〔一〕嘉錫案：太真智勇兼備，忠義過人，求之兩晉，殆罕其匹，而當時以爲第二流。蓋自汝南月旦評以來，所謂人倫鑒裁者，久矣夫不足盡據矣。

26　王丞相云：「見謝仁祖恒令人得上。」〔一〕與何次道語，唯舉手指地曰：「正自爾馨！」前篇及諸書皆云王公重何充，謂必代己相。而此章以手指地，意如輕詆。或清言析理，何不逮謝故邪〔二〕？

【箋　疏】

〔一〕嘉錫案：本篇後章云「嘉賓故自上」，注謂「超拔也」。此言見謝尚之風度，令人意氣超拔。

〔二〕嘉錫案：導與充言，而充輒曰「正自爾馨」。是充與導意見相合，無復疑難。論語所謂「於吾言無所不説」也。導之賞充，正在於此，似無輕詆之意。

27　何次道爲宰相，人有譏其信任不得其人。晉陽秋曰：「充所暱庸雜，以此損名。」阮思曠慨然曰：「次道自不至此。但布衣超居宰相之位，可恨唯此一條而已！」語林曰：「阮光禄聞何次道爲宰相，歎曰：『我當何處生活？』」此則阮未許何爲鼎輔，二説便相符也〔一〕。

【校　文】

注「充所暱」　「暱」，景宋本作「昵」。

【箋　疏】

〔一〕程炎震云：「符字語意未合，恐有誤」。嘉錫案：言二説相合，符字不誤。

28　王右軍少時，丞相云：「逸少何緣復減萬安邪？」劉綏，已見。

29　郗司空家有傖奴〔一〕，知及文章，事事有意。王右軍向劉尹稱之。劉問：「何如方回？」郗愔别傳曰：「愔字方回，高平金鄉人，太宰鑒長子也。淵靖純素，無執無競，簡私暱，罕交遊。歷會稽内史、侍中、司徒。」〔二〕王曰：「此正小人有意向耳！何得便比方回？」劉曰：「若不如方回，故是常奴耳！」

【箋疏】

〔一〕程炎震云：「司空謂郗鑒。晉書悏傳作郗愔，誤。愔爲司空時，王、劉死久矣。」

〔二〕程炎震云：「晉書紀傳司徒作司空。」

30 時人道阮思曠：「骨氣不及右軍，簡秀不如真長，韶潤不如仲祖，思致不如淵源。而兼有諸人之美。」中興書曰：「裕以人不須廣學，正應以禮讓爲先，故終日頹然，無所修綜，而物自宗之。」

31 簡文云：「何平叔巧累於理，嵇叔夜儁傷其道。」理本真率，巧則乖其致；道唯虚澹，儁則違其宗。所以二子不免也。

32 時人共論晉武帝出齊王之與立惠帝，其失孰多？晉陽秋曰：「齊王攸，字大猷，文帝第二子。孝敬忠肅，清和平允，親賢下士，仁惠好施。能屬文，善尺牘。初，荀勖、馮紞爲武帝親幸，攸惡勖之佞，勖懼攸或嗣立，必誅己，且攸甚得衆心，朝賢景附。會帝有疾，攸及皇太子入問訊，朝士皆屬目於攸，而不在太子。至是勖從容曰：『陛下萬年後，太子不得立也。』帝曰：『何故？』勖曰：『百寮内外，皆歸心於齊王，太子安得立乎？陛下試詔齊王歸國，必舉朝謂之不可。若然，則臣言徵矣。』侍中馮紞又曰：『陛下必欲建諸侯，成五等，宜從親始，親莫若齊王。』帝從之。於是下詔，使攸之國。攸聞勖、紞間己，憂忿不知所爲。入辭，出，嘔血薨。帝哭之慟。馮紞侍曰：『齊王名過其實，而天下歸之。今自薨殞，陛下何哀之甚？』」帝乃止。劉毅聞之，故終身稱疾焉。」多謂立惠帝爲重。桓溫曰：「不然，使子繼父業，弟承家祀，有何不可？」武帝兆禍亂，覆神州，在斯而已。輿隸且知其若此，況宣武之弘儁乎？此言非也。

33　人問殷淵源：「當世王公以卿比裴叔道，云何？」殷曰：「故當以識通暗處。」遐與浩並能清言。

34　撫軍問殷浩：「卿定何如裴逸民？」良久答曰：「故當勝耳。」

35　桓公少與殷侯齊名，常有競心。桓問殷：「卿何如我？」殷云：「我與我周旋久〔一〕，寧作我。」

【箋　疏】

〔一〕程炎震云：「晉書七十七浩傳作『我與君』。」

36 撫軍問孫興公：「劉真長何如？」曰：「清蔚簡令。」「王仲祖何如？」曰：「温潤恬和。」徐廣晉紀曰：「凡稱風流者，皆舉王、劉爲宗焉。」「桓温何如？」曰：「高爽邁出。」「謝仁祖何如？」曰：「清易令達。」「阮思曠何如？」曰：「弘潤通長。」「袁羊何如？」曰：「洮洮清便。」「殷洪遠何如？」曰：「遠有致思。」「卿自謂何如？」曰：「下官才能所經，悉不如諸賢；至於斟酌時宜，籠罩當世，亦多所不及。然以不才，時復託懷玄勝，遠詠老、莊，蕭條高寄，不與時務經懷，自謂此心無所與讓也。」〔一〕

【校　文】

「清易令達」　沈本作「清令易達」。

【箋　疏】

〔一〕嘉錫案：綽所以自許，正是晉人通病。「不與世務經懷」，干寶所謂「當官者以望空爲高，而笑勤恪。其倚仗虛曠，依阿無心者，皆名重海内」者也。

37 桓大司馬下都，問真長曰：「聞會稽王語奇進，爾邪？」桓温别傳曰：「興寧九年〔一〕，以温克復舊京，肅静華夏，進都督中外諸軍事、侍中、大司馬，加黄鉞，使入參朝政。」劉曰：「極進，然故是第二流中人耳！」桓曰：「第一流復是誰？」劉曰：「正是我輩耳！」〔二〕

【箋　疏】

〔一〕程炎震云：「九年當作元年，興寧無九年，檢晉紀是元年事，各本皆誤。」又云：「興寧元年，劉惔死久矣。此當是桓温自徐移荆時，永和元年也。」

〔二〕嘉錫案：續談助四引殷芸小説曰：「宣武（原作帝，今改。）問真長：會稽（原脱稽字，今補。）王如何？劉惔答：『欲造微。』桓曰：『何如卿？』曰：『殆無異。』桓温乃喟然曰：『時無許、郭，人人自以爲稷、契。』」（原注云出雜記）是真長方以會稽王自比，而世説此條則自許在相王之上，蓋所出不同，傳聞異辭故也。

38 殷侯既廢，桓公語諸人曰：「少時與淵源共騎竹馬，我棄去，已輒取之，故當出我下。」續晉陽秋曰：「簡文輔政，引殷浩爲揚州，欲以抗桓。桓素輕浩，未之憚也。」

39 人問撫軍：「殷浩談竟何如？」答曰：「不能勝人，差可獻酬群心。」

40 簡文云：「謝安南清令不如其弟，安南，謝奉也。已見。謝氏譜曰：「奉弟聘，字弘遠。歷侍中、廷尉卿。」學義不及孔嚴，中興書曰：「巖字彭祖，會稽山陰人。父儉〔一〕，黄門侍郎。巖有才學，歷丹陽尹、尚書、西陽侯，在朝多所匡正。爲吳興太守，大得民和。後卒於家。」居然自勝。」言奉任天真也。

【校文】

注「父儉」「儉」，景宋本作「倫」。

【箋疏】

〔一〕程炎震云：「晉書本傳：巖作嚴，父儉作父倫。」

41 未廢海西公時，王元琳問桓元子：「箕子、比干，迹異心同，不審明公孰是孰非？」曰：「仁稱不異，寧爲管仲。」論語曰：「微子去之，箕子爲之奴，比干諫而死。子曰：『殷有三仁焉。』」「子路曰：『桓公殺公子糾，召忽死之，管仲不死，曰未仁乎？』子曰：『桓公九合諸侯，一匡天下，不以兵車，管仲之力。如其仁！如其仁！』」

42 劉丹陽、王長史在瓦官寺集，桓護軍亦在坐，桓伊，已見。共商略西朝及江左人物。或問：「杜弘治何如衛虎？」桓答曰：「弘治膚清，衛虎奕奕神令。」王、劉善其言。虎，衛玠小字。玠別傳曰：「永和中，劉真長、謝仁祖共商略中朝人。或問：『杜弘治可方衛洗馬不？』謝曰：『安得比！其間可容數人。』」江左名士傳曰：「劉真長曰：『吾請評之，弘治膚清，叔寶神清。』論者謂爲知言。」

43 劉尹撫王長史背曰：「阿奴比丞相，但有都長。」〔一〕阿奴，濛小字也〔二〕。都，美也。司馬相如傳曰：「閑雅甚都。」語林曰：「劉真長與丞相不相得，每曰：『阿奴比丞相，條達清長。』」

【箋疏】

〔一〕程炎震云：「文選卷四十七袁宏三國名臣贊：『子瑜都長。』注曰：『都長，謂體貌都閑而雅，性長厚也。』」

〔二〕嘉錫案：阿奴，非濛字，説見方正篇「周叔治作晉陵太守」條。

44 劉尹、王長史同坐，長史酒酣起舞。劉尹曰：「阿奴今日不復減向子期。」類秀之任率也。

45 桓公問孔西陽：「安石何如仲文？」西陽即孔巖也。孔思未對，反問公曰：「何如？」答曰：「安石居然不可陵踐，其處故乃勝也。」〔一〕

【校　文】

「故乃勝也」　景宋本及沈本無「乃」字。

【箋　疏】

〔一〕程炎震云：「此仲文未知何人，劉氏無注，蓋即殷仲文也。仲文之妻，桓玄之姊，即溫壻矣。故欲以安石擬之。又以其年輩不倫，故仍以安爲勝耳。」又云：「巖蓋嘗事桓溫，晉書略之。」

46 謝公與時賢共賞說，遏、胡兒並在坐。公問李弘度曰：「卿家平陽，何如樂令？」晉諸公贊曰：「李重字茂曾，江夏鍾武人。少以清尚見稱。歷吏部郎、平陽太守。」於是李潸然流涕曰：「趙王簒逆，樂令親授璽綬。晉陽秋曰：「趙王倫簒位，樂廣與滿奮、崔隨進璽綬。」亡伯雅正，恥處亂朝，遂至仰藥〔一〕。恐難以相比！此自顯於事實，非私親之言。」晉諸公贊曰：「趙王爲相國，取重爲左司馬，重以倫將簒，辭疾不就。敦喻之，重不復自治〔二〕，至於篤甚。扶曳受拜，數日卒。時人惜之。贈散騎常侍。」謝公語胡兒曰：「有識者果不異人意。」

【校　文】

注「茂曾」　袁本誤「茂重」。沈校改。

【箋　疏】

〔一〕本書賢媛篇曰：「孫秀欲立威權，遂逼重自裁。」

〔二〕嘉錫案：魏志李通傳注引晉諸公贊作「重遂不復自活」，然賢媛篇注云：「重知趙王倫作亂，有疾不治，遂以致卒。」則作治爲是。

47 王脩齡問王長史：「我家臨川，何如卿家宛陵？」長史未答，脩齡曰：「臨川譽貴。」長史曰：「宛陵未爲不貴。」中興書曰：「羲之自會稽王友，改授臨川太守〔一〕。王述從驃騎功曹，出爲宛陵令。述之爲宛陵，多脩爲家之具，初有勞苦之聲。丞相王導使人謂之曰：『名父之子，屈臨小縣，甚不宜爾。』述答曰：『足自當止。』時人未之達也。後屢臨州郡，無所造作，世始歎服之。」

【箋　疏】

〔一〕程炎震云：「右軍爲臨川，今晉書本傳不載。據此，知與述爲宛陵同時也。蓋庾亮在江州時，咸康間。」何焯義門讀書記評曾鞏墨池記曰：「中興書云：『羲之授臨川太守。』梁虞龢論書表曰：『羲之所書紫紙，多是少年臨川時迹。』今晉書漏其爲臨川太守。」

48 劉尹至王長史許清言，時苟子年十三〔一〕，倚牀邊聽。既去，問父曰：「劉尹語何如尊？」長史曰：「韶音令辭〔二〕，不如我；往輒破的，勝我。」劉惔別傳曰：「惔有儁才，其談詠虚勝，理會所歸，王濛略同，而叙致過之，其詞當也。」

【箋　疏】

〔一〕程炎震云：「苟子年十三，是永和三年，其年王濛死矣。」

〔二〕韶音，猶美音也。説文云：「韶，虞舜樂也。書曰『簫韶九成，鳳皇來儀』，從音召聲。」原本玉篇云：「韶，視昭反。野王案：『舜樂名也。』禮記：『韶，繼也。』鄭玄曰：『韶之言紹也。言舜能紹堯之德也。』」嘉錫案：唐以前字書及經傳訓詁凡釋韶字，不出顧野王所舉諸義。而繼也，紹也，正釋舜樂之所以名韶，只是一義，别無他解。故段玉裁説文注云：「韶字蓋舜時始製也。至宋人之集韻平聲四宵及類篇三始云：『一曰美也。』元人韻會舉要下平二蕭亦云『一曰美也』。凡言韶華、韶光，取此。」今據世説此條云「韶音令辭」，後又云「長史韶興」，知以韶爲美，東晉人已如此。蓋因論語謂「韶盡美，又盡善」，遂引申之云爾。此六朝人用字與兩漢不同處。

49 謝萬壽春敗後〔一〕，簡文問郗超：「萬自可敗，那得乃爾失士卒情？」超曰：「伊以率任之性，欲區別智勇。」中興書曰：「萬之爲豫州，氐、羌暴掠司、豫，鮮卑屯結并、冀。萬既受方任，自率衆入潁，以援洛陽。萬矜豪傲物，失士衆之心。北中郎郗曇以疾還彭城，萬以爲賊盛致退，便向還南，遂自潰亂，狼狽單歸。太宗責之，廢爲庶人。」

【校　文】

注「士衆之心」　「心」，景宋本及沈本作「和」。

注「便向還南」　「向」，景宋本及沈本作「回」。

【箋　疏】

〔一〕程炎震云：「謝萬之敗，在升平三年。」

50 劉尹謂謝仁祖曰：「自吾有四友〔一〕，門人加親。」謂許玄度曰：「自吾有由，惡言不及於耳。」二人皆受而不恨。尚書大傳曰：「孔子曰：『文王有四友，自吾得回也，門人加親，是非胥附邪？自吾得賜也，遠方之士至，是非奔走邪？自吾得師也，前有輝，後有光，是非先後邪？自吾得由也，惡言不入於耳，是非禦侮邪？』」

【箋疏】

〔一〕程炎震云：「李蒓客曰：『四友字當爲回，與下句一例，形近故誤耳。』」

51 世目殷中軍「思緯淹通，比羊叔子」。羊祜德高一世，才經夷險。淵源蒸燭之曜，豈喻日月之明也。

52 有人問謝安石、王坦之優劣於桓公。桓公停欲言，中悔，曰：「卿喜傳人語，不能復語卿。」

53 王中郎嘗問劉長沙曰：「我何如荀子？」大司馬官屬名曰：「劉奭字文時，彭城人。」劉氏譜曰：「奭祖昶，彭城內史。父濟，臨海令。奭歷車騎咨議、長沙相、散騎常侍。」劉答曰：「卿才乃當不勝荀子，然會名處多。」王笑曰：「癡！」

54 支道林問孫興公：「君何如許掾？」孫曰：「高情遠致，弟子蚤已服膺；一吟一詠，許將北面。」

55 王右軍問許玄度：「卿自言何如安石？」〔一〕許未答，王因曰：「安石故相爲雄，阿萬當裂眼争邪？」中興書曰：「萬器量不及安石，雖居藩任，安在私門之時，名稱居萬上也。」

【校　文】

「何如安石」　「石」，沈本作「萬」。

「相爲雄」　「爲」，景宋本作「與」。

【箋　疏】

〔一〕程炎震云：「宋本石作萬。」

56 劉尹云：「人言江彪田舍，江乃自田宅屯。」謂能多出有也。

57 謝公云：「金谷中蘇紹最勝。」〔一〕紹是石崇姊夫〔二〕，蘇則孫，愉子也。石崇金谷詩叙曰：「余以元康六年，從太僕卿出爲使持節、監青徐諸軍事、征虜將軍。有別廬在河南縣界金谷澗中，或高或下，有清泉茂林，衆果竹柏、藥草之屬，莫不畢備。又有水碓、魚池、土窟，其爲娱目歡心之物備矣。時征西大將軍祭酒王詡當還長安，余與衆賢共送往澗中，晝夜遊宴，屢遷其坐。或登高臨下，或列坐水濱。時琴瑟笙筑，合載車中，道路並作。及住，令與鼓吹遞奏。遂各賦詩，以叙中懷。或不能者，罰酒三斗。感性命之不永，懼凋落之無期。故具列時人官號、姓名、年紀，又寫詩著後。後之好事者，其覽之哉！凡三十人，吴王師、議郎、關中侯始平武功蘇紹字世嗣，年五十，爲首。」〔三〕魏書曰：「蘇則字文師，扶風武功人。剛直疾惡，常慕汲黯之爲人。仕至侍中、河東相。」晉百官名曰：「愉字休豫，則次子。」山濤啟事曰：「愉忠義有智意。」位至光禄大夫。

【箋疏】

〔一〕嘉錫案：大唐傳載曰：「洛陽金谷去城二十五里。晉石崇依金谷爲園苑，高臺飛閣，餘址隱嶙。獨有一皀莢樹，至今鬱茂。」晉書李含傳云：「含隴西狄道人，僑居始平。司徒選含領始平中正。含自以隴西人，雖户屬始平，非所綜悉，以讓常山太守蘇韶。」今此蘇紹，正籍始平，當即一人。紹、韶不同，以其字世嗣推之，作紹爲是。

〔二〕李詳云：「詳案：魏志蘇則傳裴注云『石崇妻，紹之兄女』。此云紹爲石崇姊夫，疑爲輩行不倫。」

〔三〕嘉錫案：御覽九百十九引石崇金谷詩序曰：「吾有廬在河南金谷中，去城十里，有田十頃，羊二百口，雞猪鵞鴨之類莫不畢備。」字句多出孝標注所引之外。案本書企羨篇曰：「王右軍得人以蘭亭集序方金谷詩序，又以己敵石崇，甚有欣色。」若如此注所引，寂寥短章，遠不如蘭亭序之情文兼至，右軍何取而欣羨之哉？以御覽證之，知其所刊削多矣。疑亦出於宋人晏殊輩之妄删，未必孝標原本如此也。至於御覽九百六十四又引金谷詩序曰「雜果庶乎萬株」，則文選四十五所載石季倫思歸引序亦有「百木幾於萬株」之句，疑御覽誤引，非此篇佚文。孫星衍續古文苑十一曰：「案容止篇注又引石崇金谷詩叙曰：『王詡字季允，琅玡人。』蓋三十人皆有爵里名氏，品藻篇不曾備引也。」魏志蘇則傳注曰：「臣松之案：愉子紹，字世嗣，爲吴王師。石崇妻，紹之兄女也。紹有詩在金谷集。」

58 劉尹目庾中郎：「雖言不愔愔似道，突兀差可以擬道。」名士傳曰：「敳頽然淵放，莫有動其聽者。」

59 孫承公云：「謝公清於無奕，中興書曰：「孫統字承公〔一〕，太原人。善屬文，時人謂其有祖楚風。仕至餘姚令。」潤於林道。」陳逵別傳曰：「逵字林道，潁川許昌人。祖淮，太尉。父畛，光禄大夫。逵少有幹，以清敏

立名。襲封廣陵公、黄門郎、西中郎將，領梁、淮南二郡太守。」〔二〕

【箋疏】

〔一〕嘉錫案：此統字不避昭明諱，蓋宋人所校正。

〔二〕程炎震云：「魏志二十二陳群傳注曰：『群之後名位遂微，諶孫佐，佐子準太尉，封廣陵郡公，準孫逵。』」

60 或問林公：「司州何如二謝？」林公曰：「故當攀安提萬。」王胡之别傳曰：「胡之好談諧，善屬文辭，爲當世所重。」

【校文】

注「談諧」「諧」，景宋本作「講」。

61 孫興公、許玄度皆一時名流。或重許高情，則鄙孫穢行；或愛孫才藻，而無取於許。宋明帝文章志曰：「綽博涉經史，長於屬文，與許詢俱與負俗之談。詢卒不降志，而綽嬰綸世務焉。」續晉陽秋曰：「綽雖有文才，而誕縱多穢行，時人鄙之。」

【校　文】

注「俱與負俗」　「與」，景宋本及沈本作「有」。

62 郗嘉賓道謝公：「造膝雖不深徹，而纏綿綸至。」又曰：「右軍詣嘉賓。」嘉賓聞之云：「不得稱詣，政得謂之朋耳！」謝公以嘉賓言爲得。凡徹、詣者，蓋深覈之名也。謝不徹，王亦不詣。謝、王於理，相與爲朋儔也。

63 庾道季云：「思理倫和，吾愧康伯；志力彊正，吾愧文度。自此以還，吾皆百之。」庾龢，已見。

64 王僧恩輕林公，藍田曰：「勿學汝兄，汝兄自不如伊。」僧恩，王禕之小字也。王氏世家曰：「禕之字文劭，述次子。少知名，尚尋陽公主。仕至中書郎，未三十而卒。坦之悼念，與桓温稱之，贈散騎常侍。」

65 簡文問孫興公：「袁羊何似？」答曰：「不知者不負其才，知之者無取其體。」言其有才而無德也。

66 蔡叔子云〔一〕：「韓康伯雖無骨幹，然亦膚立。」〔二〕

【箋疏】

〔一〕程炎震云：「蔡系字子叔。此叔子二字蓋誤倒。」

〔二〕嘉錫案：康伯爲人肥壯，故輕詆篇注引范啟云：「韓康伯似肉鴨。」此言其雖無骨幹，而其見於外者亦足自立也。

67 郗嘉賓問謝太傅曰：「林公談何如嵇公？」謝云：「嵇公勤著腳，裁可得去耳。」〔一〕又問：「殷何如支？」謝曰：「正爾有超拔，支乃過殷。然亹亹論辯，恐□欲制支。」〔二〕

支遁傳曰：「遁神悟機發，風期所得，自然超邁也。」

【箋疏】

〔一〕嘉錫案：高僧傳四曰：「郗超問謝安：『林公談何如嵇中散？』安曰：『嵇努力裁得去耳。』」此云

「勤著腳」，蓋謂嵇須努力向前，方可及支。

〔二〕嘉錫案：本篇載安答王子敬語，以爲支遁不如庾亮。又答王孝伯，謂支并不如王濛、劉惔。今乃謂中散努力，纔得及支；而殷浩卻能制支，是中散之不如庾亮輩也。乃在層累之下也。夫庾、殷庸才，王仲祖亦談客耳，詎足上擬嵇公？劉真長雖有才識，恐亦非嵇之比。支遁緇流，又不足論。安石褒貶，抑何不平？雖所評專指清談，非論人品，然安石之去中散遠矣！何從親接謦欬，而遽裁量其高下耶？此必流傳之誤，理不可信。程炎震云：「高僧傳云：『恐殷制支。』此處□必是殷字，宋初諱殷，後來未及填寫耳。」

68 庾道季云〔一〕：「廉頗、藺相如雖千載上死人，懍懍恒如有生氣〔二〕。史記曰：「廉頗者，趙良將也，以勇氣聞諸侯。藺相如者，趙人也。趙惠文王時，得楚和氏璧，秦昭王請以十五城易之。趙遣相如送璧，秦受之，無還城意。相如請璧示其瑕，因持璧卻立倚柱，怒髮上衝冠曰：『王欲急臣，臣頭今與璧俱碎。』秦王謝之。後秦王使趙王鼓瑟，相如請秦王擊筑。趙以相如功大，拜上卿，位在廉頗上。」曹蜍、蜍，曹茂之小字也。曹氏譜曰：「茂之字永世，彭城人也。祖韶，鎮東將軍司馬。父曼，少府卿。茂之仕至尚書郎。」李志晉百官名曰：「志字温祖，江夏鍾武人。」李氏譜曰：「志祖重，散騎常侍。父慕，純陽令〔三〕。志仕至員外常侍、南康相。」雖見在，厭厭如九泉下人〔四〕。人皆如此，便可結繩而治，但恐狐狸貒貉噉盡。」言人皆如曹、李質魯淯慤，則天下無姦民，可結繩致治。然才智無聞，功迹俱滅，身盡於狐狸，無擅世之名也。

【箋　疏】

〔一〕程炎震云：「金樓子九上引此文云：『並抑抗之論也。』惟云『晉中朝庾道季』，中朝字有誤。」嘉錫案：金樓子立言篇作「曹攄」，或梁元帝所見本與孝標不同。

〔二〕山谷外集注一引作「尚凜凜有生氣」。

〔三〕程炎震云：「晉無純陽縣，恐是綏陽，屬荆州新城郡。」

〔四〕「厭厭」，金樓子作「黯黯」。

69 衛君長是蕭祖周婦兄，謝公問孫僧奴：僧奴，孫騰小字也。晉百官名曰：「騰字伯海，太原人。」中興書曰：「騰，紞子也〔一〕。博學。歷中庶子、廷尉。」「君家道衛君長云何？」孫曰：「云是世業人。」謝曰：「殊不爾，衛自是理義人。」于時以比殷洪遠。

【箋　疏】

〔一〕嘉錫案：騰，孫統子，見晉書五十六孫楚傳。此作紞誤。

70 王子敬問謝公：「林公何如庾公？」謝殊不受，答曰：「先輩初無論，庾公自足没林公。」殷羡言行曰：「時有人稱庾太尉理者，羡曰：『此公好舉宗本槌人。』」

【校　文】

注「宗本槌人」　「宗」，景宋本作「素」。

71 謝遏諸人共道「竹林」優劣，謝公云：「先輩初不臧貶七賢。」魏氏春秋曰：「山濤通簡有德，秀、咸、戎、伶朗達有儁才。於時之談，以阮爲首，王戎次之，山、向之徒，皆其倫也。」若如盛言，則非無臧貶，此言謬也〔一〕。

【箋　疏】

〔一〕嘉錫案：竹林諸人，在當時齊名並品，自無高下。若知人論世，考厥生平，則其優劣，亦有可言。叔夜人中卧龍，如孤松之獨立。乃心魏室，菲薄權奸，卒以伉直不容，死非其罪。際正始風流之會，有東京節義之遺。雖保身之術疏，而高世之行著。七子之中，其最優乎！嗣宗陽狂玩世，志求苟免，知括囊之無咎，故縱酒以自全。然不免草勸進之文詞，爲馬昭之狎客，智雖足多，行固無取。宜其慕浮誕者，奉爲宗主；而重名教者，謂之罪人矣。巨源之典選舉，有當官之譽；而其在霸府，實入幕之賓。雖號名臣，卻爲叛黨。平生善與時俯仰，以取富貴。迹其終始，功名之士耳。仲容借驢追婢，偕豬共飲，貽譏清議，直一狂生。徒以從其叔父游，爲之附庸而已。子期以注莊顯，伯倫以酒德著。流風餘韻，蔑爾無聞，不足多譏，聊可備數。濬沖居官則闒茸，持身則貪恪。王夷甫輩承其衣鉢，遂致神州陸沈。斯真竊位之盜臣，抑亦王綱之巨蠹。名士若茲，風斯下矣。魏氏春秋之評，乃庸人之謬論，不足據也。」

72 有人以王中郎比車騎，車騎聞之曰：「伊窟窟成就。」〔一〕續晉陽秋曰：「坦之雅貴有識量，風格峻整。」

【箋　疏】

〔一〕嘉錫案：車騎，謝玄也。窟窟無義，當作掘掘，以形聲相近致譌耳。說文：「搰，掘也。掘，搰也。」左氏哀二十六年傳：「掘褚師定子之墓焚之。」釋文云：「本或作搰。」莊子天地篇云：「子貢過漢陰，見一丈人，方將爲圃畦，鑿遂而入井，抱甕而出灌，搰搰然用力甚多，而見功寡。」釋文云：「搰搰，用力貌。」晉人談論，好稱引老、莊，必莊子別本有作掘掘者，故謝玄用之，云掘掘成就者，言坦之隨事輒搰搰用力，故能成就其志業也。謝玄有經國之略，其平生使才，雖履屐間，咸得其任。是亦能搰搰用其心力者。卒之克建大勳，爲晉室安危所繫，與王坦之功名略等。其稱坦之之言，殆即所以自寓也。

73 謝太傅謂王孝伯：「劉尹亦奇自知，然不言勝長史。」

74 王黄門兄弟三人俱詣謝公，子猷、子重多説俗事，王氏譜曰：「操之字子重，羲之第六子。歷秘書監、侍中、尚書、豫章太守。」子敬寒温而已。既出，坐客問謝公：「向三賢孰愈？」謝公曰：「小者最勝。」客曰：「何以知之？」謝公曰：「吉人之辭寡，躁人之辭多〔一〕，推此知之。」

【箋　疏】

〔一〕劉盼遂曰：「二語本易繫辭傳。」

75 謝公問王子敬：「君書何如君家尊？」答曰：「固當不同。」公曰：「外人論殊不爾。」王曰：「外人那得知？」〔一〕宋明帝文章志曰：「獻之善隸書，變右軍法爲今體。字畫秀媚，妙絶時倫，與父俱得名。其章草疎弱，殊不及父。或訊獻之，云羲之書勝不？莫能判。有問羲之云：『世論卿書不逮獻之？』答曰：『殊不爾也。』它日見獻之，問：『尊君書何如？』獻之不答。又問：『論者云，君固當不如？』獻之笑而答曰：『人那得知之也。』」

【箋疏】

〔一〕法書要録一南齊王僧虔論書云：「謝安亦入能流，殊亦自重。得子敬書，有時裂作校紙。」張懷瓘書斷卷中云：「謝安學草正於右軍，右軍云：『卿是解書者。』」又卷下云：「小王嘗與謝安書，意必珍録；乃題後答之，亦以爲恨。或曰：安問子敬：『君書何如家君？』答云：『固當不同。』安云：『外論殊不爾！』又云：『人那得知。』此乃短謝公也。」嘉錫案：據此兩書所言，則謝安既自重其書，又甚尊右軍，而頗輕子敬。其發問時，蓋亦有此意。子敬心不平之，故答之如此。所謂「外人那得知」者，即以隱斥安石，非真與其父争名也。

76 王孝伯問謝太傅：「林公何如長史？」太傅曰：「長史韶興。」〔一〕問：「何如劉尹？」謝曰：「噫！劉尹秀。」王曰：「若如公言，並不如此二人邪？」謝云：「身意正爾也。」

【箋　疏】

〔一〕嘉錫案：濛自言「韶音令辭勝劉惔」，故謝亦贊其有韶美之興會也。

77 人有問太傅：「子敬可是先輩誰比？」謝曰：「阿敬近撮王、劉之標。」續晉陽秋曰：「獻之文義並非所長，而能撮其勝會，故擅名一時，爲風流之冠也。」

78 謝公語孝伯：「君祖比劉尹，故爲得逮。」孝伯云：「劉尹非不能逮，直不逮。」言濛質，而惔文也。

79 袁彦伯爲吏部郎〔一〕，子敬與郗嘉賓書曰：「彦伯已入，殊足頓興往之氣。故知捶撻自難爲人，冀小卻，當復差耳。」〔二〕

【箋　疏】

〔一〕程炎震云：「彦伯爲吏部郎在寧康中。」

〔二〕嘉錫案：御覽二百十六引袁宏與謝僕射書曰：「聞見擬爲吏部郎，不知審爾？果當至此，誠相遇之過。」謝僕射者，安也。晉書孝武帝紀：寧康元年九月，以吏部尚書謝安爲尚書僕射。捶撻，謂笞刑也。唐律疏議一曰：「笞者，擊也。又訓爲恥。言人有小愆，法須懲誡，故加捶撻以恥之。」唐書刑法志亦曰：「笞之爲言恥也。凡過之小者，捶撻以恥之。」子敬所以言此者，既喜彦伯之入吏部，又以晉世尚書郎不免笞撻，慮其蒙受恥辱，殆難爲人也。日知録二十八有「職官受杖」一條，略云：「撞郎之事，始自漢明，後代因之，有杖屬官之法。曹公性嚴，掾屬公事，往往加杖。魏略：『韓宣以當受杖，豫脱袴纏褌而縛。』晉書王濛傳：『爲司徒左西屬，濛以此職有譴則應受杖，固辭。詔爲停罰，猶不就。』南齊書陸澄傳：『郎官舊有坐杖，有名無實。澄在官，積前後罰，一日并受千杖。』南史蕭琛傳：『齊明帝用法嚴峻，尚書郎坐杖罰者，皆即科行。琛乃密啟曰：「郎有杖起自後漢，爾時郎官位卑，親主文案，與令史不異，故郎三十五人，令史二十人。士人多恥爲此職。自魏、晉以來，郎官稍重。今方參用高華，吏部又近於通貴。不應官高昔品，而罰遵曩科。所以從來彈舉，止是空文。許以推遷，或逢赦恩，或入春令，便得停息。乞特賜輸贖，使與令史有異，以彰優緩之澤。」帝納之。自是應受罰者，依舊不行。』此今日公譴擬杖之所自始。」顧氏所引，雖無晉世吏部郎受杖之明文，然御覽六百五十引王隱晉書曰：「武帝以山濤爲司徒，頻讓，不許。出而徑歸家。左丞白褒又奏濤違詔，杖褒五十。」又引傅集曰：「咸爲左丞，楊濟與咸書曰：『昨遣人相視，受罰云大重，以爲恒然，相念杖痕不耐風寒，宜深慎護，不可輕也。』咸答：『違距上命，稽停詔罰，退思此罪，在於不測。纔加罰黜，退用戰悸。何復以杖重爲劇？』」考宋書百官志：尚書丞郎雖爲第六品，然書鈔六十引晉百官志曰「左丞總領綱紀」，則其職任實遠在曹郎之上。故宋志又稱郎呼二丞曰左君右君。左丞尚以公事至受重杖，何有於吏部郎乎？子敬之意謂彦伯既知此職不免捶撻，當即進表辭讓，或可得詔停罰，如王濛故事。故曰：「冀小卻，當復差耳。」廣雅釋言：「卻，退也。」方言三：「差，愈也。南楚病愈者謂之差。」此條因言彦伯有興往之氣，故入品藻。

80 王子猷、子敬兄弟共賞高士傳人及贊。子敬賞「井丹高潔」，子猷云：「未若『長卿慢世』。」〔一〕

〔一〕嵇康高士傳曰：「丹字大春，扶風郿人。博學高論，京師爲之語曰：『五經紛綸井大春，未嘗書刺謁一人。』北宮五王更請，莫能致。新陽侯陰就使人要之，不得已而行。侯設麥飯、葱菜，以觀其意，丹推卻曰：『以君侯能供美膳，故來相過，何謂如此！』乃出盛饌。侯起，左右進輦，丹笑曰：『聞桀、紂駕人車，此所謂人車者邪？』侯即去輦。越騎梁松，貴震朝廷，請交丹，丹不肯見。後丹得時疾，松自將醫視之，病愈。久之，松失大男磊，丹一往弔之。時賓客滿廷，丹裘褐不完，入門，坐者皆悚，望其顔色。丹四向長揖〔二〕，前與松語，客主禮畢後，長揖徑坐，莫得與語。不肯爲吏，徑出，後遂隱遁。其贊曰：『井丹高潔，不慕榮貴。抗節五王，不交非類。顯譏輦車，左右失氣。披褐長揖，義陵群萃。』」「司馬相如者，蜀郡成都人，字長卿。初爲郎，事景帝。梁孝王來朝，從遊説士鄒陽等，相如説之，因病免遊梁。後過臨邛，富人卓王孫女文君新寡，好音，相如以琴心挑之，文君奔之，俱歸成都。後居貧，至臨邛買酒舍，文君當壚，相如著犢鼻褌，滌器市中。爲人口吃，善屬文。仕宦不慕高爵，常託疾不與公卿大事。終於家。其贊曰：『長卿慢世，越禮自放。犢鼻居市，不恥其狀。託疾避官，蔑此卿相。乃賦大人，超然莫尚。』」

【箋疏】

〔一〕嘉錫案：二王平生，皆可於此見之。子敬賞井丹之高潔，故其爲人峻整，不交非類（見忿狷篇注）。子猷愛長卿之慢世，故任誕不羈。中興書言其欲爲傲達，放肆聲色頗過度。時人欽其才，穢其行（見任誕篇注）。豈非慢世之效歟？右軍嘗箴謝安之虚談廢務，浮文妨要，以爲非宜（見言語篇）。又嘗誡謝萬之邁往不屑，勸其積小以致高大（見本傳）。而子猷爲桓沖騎兵參軍，至不知身在何署，惟解道「西山朝來致有爽氣」耳（見簡傲篇）。以此爲名士，真庾翼所謂「此輩宜束之高閣」者也。右軍欲教子孫以敦厚退讓，令舉策數馬，仿佛萬石之風（見本傳與謝萬書）。而子猷之輕薄如此，即子敬亦不免有驕慢之失，致爲郗愔、顧辟疆所憤怒（見簡傲篇）。乃知自王、何清談，嵇、阮作達，終晉之世，成爲風氣。雖名父不能化其子。而其習俗，往而不返。晉之所以爲晉，亦可知矣。

〔二〕劉盼遂曰：「按四向長揖，猶袁紹之横揖也（魏志紹傳注引獻帝春秋）。今吾鄉謂之撒網揖。王葵園校謂『四向無解』，改作『西向』，失之。」嘉錫案：「四向長揖」，今俗又謂之『羅圈揖』。

81 有人問袁侍中袁氏譜曰：「恪之字元祖，陳郡陽夏人。祖王孫，司徒從事中郎。父綸，臨汝令。恪之仕黄門侍郎，義熙初爲侍中。」曰：「殷仲堪何如韓康伯？」答曰：「理義所得，優劣乃復未辨；然門庭蕭寂，居然有名士風流，殷不及韓。」故殷作誄云：「荆門晝掩，閑庭晏然。」

82 王子敬問謝公：「嘉賓何如道季？」答曰：「道季誠復鈔撮清悟，嘉賓故自上。」〔一〕

謂超拔也。

【箋　疏】

〔一〕說文：「鈔，叉取也。」「撮，四圭也。一曰兩指撮也。」春秋序正義引劉向別録云：「左丘明授曾申，申授吳起，起授其子期，期授楚人鐸椒，鐸椒作抄撮八卷，授虞卿。虞卿作抄撮九卷，授荀卿。荀卿授張蒼。」嘉錫案：史記十二諸侯年表曰：「魯君子左丘明因孔子史記具論其語，成左氏春秋。鐸椒爲楚威王傅，爲王不能盡觀春秋，采取成敗，卒四十章，爲鐸氏微。」然則鐸椒書所以名抄撮，正謂采取春秋以著書耳。此云「鈔撮清悟」，與續晉陽秋言王獻之於文義能撮其勝會同意。言庾龢之談名理，雖復采取群言，得其清悟，然不如郗超之自然超拔也。

83 王珣疾，臨困，問王武岡曰：中興書曰：「謐字雅遠，丞相導孫，車騎劭子。有才器，襲爵武岡侯，位至司徒。」「世論以我家領軍比誰？」武岡曰：「世以比王北中郎。」東亭轉臥向壁，歎曰：「人固不可以無年！」〔一〕領軍王洽，珣之父也。年二十六卒〔二〕。珣意以其父名德過坦之而無年，故致此論。

【箋疏】

〔一〕劉盼遂曰：「按孝標指北中郎爲王坦之。坦之學詣績業，與安石齊名，洽非其比。借時人阿好，擬於不倫，珣亦宜欣然相領，不至有無年之嘆。竊謂北中郎係指王舒。本傳：『褚裒薨，遂代裒鎮，除北中郎將。』考舒平生，庸庸無奇迹，正洽之媲，故時人得以相提并論。特人知王坦之之爲北中郎者多，知舒之爲北中郎者少，故孝標有此失耳。又南朝矜尚伐閱，擬人往往取其支屬之中。此處不應獨以太原王比琅邪也。」嘉錫案：劉説固亦有理，但舒即謐之族祖。使謐所指爲舒，則第稱爲北中郎可矣，似不必加王字。孝標之註，恐不可易。姑存其説，以俟再考。

〔二〕程炎震云：「二十六應作三十六，辨見前。」

84 王孝伯道謝公「濃至」。又曰：「長史虚，劉尹秀，謝公融。」謂條暢也。

85 王孝伯問謝公：「林公何如右軍？」謝曰：「右軍勝林公，林公在司州前亦貴徹。」不言若義之，而言勝胡之。

86 桓玄爲太傅〔一〕，大會，朝臣畢集。坐裁竟，問王楨之曰：「我何如卿第七叔？」王氏譜曰：「楨之字公幹，琅邪人，徽之子。歷侍中、大司馬長史。」第七叔，獻之也。于時賓客爲之咽氣。王徐答曰：「亡叔是一時之標，公是千載之英。」一坐懽然。

【箋　疏】

〔一〕程炎震云：「桓玄不爲『太傅』，當是『太尉』之誤，事在元興元年。晉書楨之傳作『太尉』。」

87 桓玄問劉太常曰〔一〕：「我何如謝太傅？」〔二〕劉瑾集叙曰：「瑾字仲璋，南陽人。祖遐，父暢。暢娶王羲之女，生瑾。瑾有才力，歷尚書、太常卿。」劉答曰：「公高，太傅深。」又曰：「何如賢舅子敬？」〔三〕答曰：「樝、梨、橘、柚，各有其美。」莊子曰：「樝、梨、橘、柚，其味相反，皆可於口也。」

【箋　疏】

〔一〕程炎震云：「晉書九十九玄傳：『玄爲相國、楚王，以平西長史劉瑾爲尚書。』」嘉錫案：隋志有晉太常卿劉瑾集九卷。

〔二〕法書要録二梁中書侍郎虞龢論書表曰：「謝靈運母劉氏，子敬之甥。故靈運能書，而特多王法。」嘉錫案：靈運母蓋即劉暢之女也。

〔三〕嘉錫案：桓玄之爲人，性耽文藝，酷愛書畫，純然名士家風，而又暴戾恣睢，有同狂狡。蓋是楊廣、趙佶一流人物，但彼皆帝王家兒，適承末運；而玄乃欲爲開國之太祖，爲可笑耳。其平生最得意者，尤在書法。今以法書要録考之，王僧虔論書云：「桓玄書自比右軍，議者未之許，云可比孔琳之。」虞龢論書表云：「二王暮年，皆勝於少，同爲終古之獨絶，百代之楷式。桓玄耽玩，不能釋手。乃撰二王紙迹，雜有縑素正行之尤美者，各爲一帙，常置左右。及南奔，雖甚狼狽，猶以自隨。擒獲之後，莫知所在。」又云：「子敬常牋與簡文十許紙，題最後云：『民此書甚合，願存之。』此書爲桓玄所寶。」又云：「謝奉起廟，悉用棐材。右軍取棐，書之滿牀，奉收得一大簣。子敬後往，謝爲説右軍書甚佳，而密已削作數十棐板，請子敬書之，亦甚合。奉並珍録。奉後孫履，分半與桓玄，用履爲揚州主簿。」庾肩吾書品：桓玄、敬道，品在中上。論曰：「季琰（王珉字）、桓玄，筋力俱駿。」李嗣真後書品中中品云：「桓玄如驚蛇入草，銛鋒出匣。」竇臮述書賦云：「敬道耽翫，鋭思毫翰。依憑右軍，志在淩亂。草狂逸而有度，正疎澀而猶憚。如浴鳥之畏人，等驚波之泛岸。」張懷瓘書斷妙品云：「桓玄嘗慕小王，善於草法，譬之於馬，則肉翅已就，蘭筋初生，畜怒而馳，日可千里。洸洸赳赳，實亦武哉。非王之武臣，即世之刺客。列缺吐火，共工觸山，尤剛健倜儻。夫水火之性，各有所長。火能外光，不能内照。水能内照，不能外光。若包五行之長，則可謂通矣。」按嗣真之意謂玄書雖佳，但嫌其過剛，而乏柔美之趣耳。綜各書之言觀之，玄賞鑒之精既如彼，毫素之工又如此。畢生景仰，惟在二王。結習既深，故屢以獻之自比。其不上擬右軍者，以永和勝流，淪喪都盡，無可發問故也。身爲操、莽，而自命若斯，寧復有英雄之氣乎？

88 舊以桓謙比殷仲文。中興書曰：「謙字敬祖，沖第三子。尚書僕射、中軍將軍。」晉安帝紀曰：「仲文有器貌才思。」桓玄時，仲文入，桓於庭中望見之，謂同坐曰：「我家中軍，那得及此也！」

規箴第十

1 漢武帝乳母嘗於外犯事，帝欲申憲，乳母求救東方朔。漢書曰：「朔字曼倩，平原厭次人。」朔別傳曰：「朔，南陽步廣里人。」列仙傳云：「朔是楚人。武帝時上書説便宜，拜郎中。宣帝初，棄官而去，共謂歲星也。」朔曰：「此非脣舌所争，爾必望濟者，將去時但當屢顧帝，慎勿言！此或可萬一冀耳。」乳母既至，朔亦侍側，因謂曰：「汝癡耳！帝豈復憶汝乳哺時恩邪？」帝雖才雄心忍，亦深有情戀，乃悽然愍之，即敕免罪。史記滑稽傳曰：「漢武帝少時，東武侯母嘗養帝，後號大乳母。其子孫從奴，横暴長安中，當道奪人衣物。有司請徙乳母於邊，奏可。乳母入辭。帝所幸倡郭舍人發言陳辭，雖不合大道，然令人主和説。乳母乃先見，爲下泣。舍人曰：『即入辭，勿去，數還顧。』乳母如其言。舍人疾言駡之曰：『咄！老女子，何不疾行，陛下已壯矣，寧尚須乳母活邪？尚何還顧邪？』於是人主憐之。詔止毋徙，罰請者。」

2 京房與漢元帝共論，因問帝：「幽、厲之君何以亡？所任何人？」答曰：「其任人不忠。」房曰：「知不忠而任之，何邪？」曰：「亡國之君，各賢其臣，豈知不忠而任之？」房稽首曰：「將恐今之視古，亦猶後之視今也。」漢書曰：「京房字君明，東郡頓丘人。尤好鍾律，知音聲，以孝廉爲郎。是時中書令石顯專權，及友人五鹿充宗爲尚書令，與房同經，論議相是非，而此二人用事，房嘗宴見，問上曰：『幽、厲之君何以亡？所任何人？』上曰：『君亦不明，而臣巧佞。』房曰：『知其巧佞而任之邪？將以爲賢邪？』上曰：『賢之。』房曰：『然則今何以知其不賢？』上曰：『以其時亂而君危知之。』房曰：『是任賢而理，任不肖而亂，自然之道也。幽、厲何不覺悟而蚤納賢？何爲卒任不肖以至亡？』於是上曰：『亂亡之君，各賢其臣。令皆覺悟，安得亂亡之君？』房曰：『齊桓、二世何不以幽、厲疑之，而任豎刁、趙高，政治日亂邪？』上曰：『唯有道者能以往知來耳。』房曰『自陛下即位，盜賊不禁，刑人滿市』云云，問上曰：『今治也？亂也？』上曰：『然愈於彼。』房曰：『前二君皆然。臣恐後之視今，猶今之視前也。』上曰：『今爲亂者誰？』房曰：『上所親與圖事帷幄中者。』房指謂石顯及充宗。顯等乃建言，宜試房以郡守，遂以房爲東郡。顯發其私事，坐棄市。」

【校 文】

注「以房爲東郡」 「東」，沈本作「魏」。

3 陳元方遭父喪，哭泣哀慟，軀體骨立。其母愍之，竊以錦被蒙上。郭林宗弔而見之，謂曰：「卿海内之儁才，四方是則，如何當喪，錦被蒙上？孔子曰：『衣夫錦也，食夫稻也，於汝安乎？』論語曰：「宰我問：『三年之喪，朞已久矣。』子曰：『食夫稻，衣夫錦，於汝安乎？夫君子居喪，食旨不甘，聞樂不樂，居處不安，故不爲也！今汝安，則爲之。』」吾不取也！」奮衣而去〔一〕。自後賓客絶百所日〔二〕。「所」，一作「許」。

【箋疏】

〔一〕程炎震云：「林宗之没，乃先於太丘二十餘年。范書、蔡集皆明著之，此之誣謗，可謂巨謬。」

〔二〕嘉錫案：此出語林，見御覽五百六十一，文較略。又七百七引較詳。而云「傅信字子思，遭父喪」云云。蓋有兩説。

4 孫休好射雉，至其時則晨去夕反。群臣莫不止諫：「此爲小物，何足甚耽？」休曰：「雖爲小物，耿介過人，朕所以好之。」〔一〕環濟吴紀曰：「休字子烈，吴大帝第六子。初封琅邪王，夢乘龍上天，顧不見尾。孫琳廢少主，迎休立之。鋭意典籍，欲畢覽百家之事〔二〕。頗好射雉，至春，晨出莫反，唯此時舍書。崩，謚景皇帝。」條列吴事曰：「休在位烝烝，無有遺事，唯射雉可譏。」〔三〕

【校　文】

「莫不止諫」　唐本作「莫不上諫曰」。

注「吴大帝第六子」　唐本作「齊太皇帝第六子也」。

注「晨出莫反」「莫」，唐本作「暮」。

注「無有遺事」「無」，唐本作「少」。

注「唯射雉可譏」　唐本作「頗以射雉爲譏云爾」。

【箋　疏】

〔一〕嘉錫案：按吴志潘濬傳注引江表傳曰：「權數射雉，濬諫權。權曰：『相與別後，時時蹔出耳，不復如往日之時也。』濬出，見雉翳故在，手自撤壞之。權由是自絶，不復射雉。」今讀世説及吴紀，知權父子皆有此好。但權聞義能徙，而休飾辭拒諫，以故貽譏當世。

〔二〕嘉錫案：今吴志孫休傳言「休鋭意典籍」云云，與吴紀同。且載休答張布曰：「孤之涉學，群書略徧，所見不少。」又韋曜傳言「休命曜依劉向故事，校定群書」，均可見休之好學。

〔三〕嘉錫案：初學記十一引有薛瑩條列吴事。吴志薛綜傳注引干寶晉紀：「武帝問瑩孫皓之所以亡，吴士存亡者之賢愚。瑩各以狀對。」

5 孫皓問丞相陸凱曰：「卿一宗在朝有幾人？」陸曰：「二相、五侯、將軍十餘人。」皓曰：「盛哉！」陸曰：「君賢臣忠，國之盛也。父慈子孝，家之盛也。今政荒民弊，覆亡是懼，臣何敢言盛！」吴録曰：「凱字敬風，吴人，丞相遜族子。忠鯁有大節，篤志好學。初爲建忠校尉，雖有軍事，手不釋卷。累遷左丞相。時後主暴虐，凱正直彊諫，以其宗族彊盛，不敢加誅也。」

【校文】

「有幾人」 唐本作「有人幾」。

注「字敬風」下 唐本有「吴郡」二字。

注「不釋卷」 「卷」，唐本作「書」。

注「不敢加誅也」 沈本「不」上有「故」字。

6 何晏、鄧颺令管輅作卦，云：「不知位至三公不？」卦成，輅稱引古義，深以戒之。颺曰：「此老生之常談。」輅别傳曰：「輅字公明，平原人也。明周易，聲發徐州。冀州刺史裴徽舉秀才，謂曰：『何、鄧二尚書有經國才略，於物理無不精也〔一〕。何尚書神明清徹，殆破秋豪，君當慎之。自言不解易中九事，必當相問。比至洛，宜善精其理。』輅曰：『若九事皆至義，不足勞思。若陰陽者，精之久矣。』輅至洛陽，果爲何尚書問，九事皆明。何曰：『君論陰陽，此世無雙也。』時鄧尚書在曰：『此君善易，而語初不論易中辭義，何邪？』輅答曰：『夫善易者，不論易也。』何尚書含笑贊之曰：『可謂要言不煩也。』因謂輅曰：『聞君非徒善論易，至於分蓍思爻，亦爲神妙，試爲作一卦，知位當至三公不？又頃夢青蠅數十來鼻頭上，驅之不去，有何意故？』輅曰：『鴟鴞，天下賤鳥也。及其在林食桑椹，則懷我好音。況輅心過草木，注情葵藿，敢不盡忠？唯察之爾。昔元、凱之相重華，宣慈惠和，仁義之至也。周公之翼成王，坐以待旦，敬慎之至也。故能流光六合，萬國咸寧，然後據鼎足而登金鉉，調陰陽而濟兆民，此履道之休應，非卜筮之所明也。今君侯位重山岳，勢若雷霆，望雲赴景，萬里馳風。而懷德者少，畏威者衆，殆非小心翼翼，多福之士〔二〕。又鼻者，艮也，此天中之山，高而不危，所以長守貴也。今青蠅臭惡之物，而集之焉。位峻者顛，輕豪者亡，必至之分也。夫變化雖相生，極則有害。虛滿雖相受，溢則有竭。聖人見陰陽之性，明存亡之理，損益以爲衰，抑進以爲退。是故山在地中曰謙，雷在天上曰大壯。謙則裒多益寡，大壯則非禮不履。伏願君侯上尋文王六爻之旨，下思尼父彖象之義，則三公可決，青蠅可驅。』鄧曰：『此老生之常談。』輅曰：『夫老生者見不生，常談者見不談也。』」〔三〕晏曰：「知幾其神乎！古人以爲難。交疏吐誠，今人以爲難。今君一面盡二難之道，可謂『明德惟馨』。詩不云乎：『中心藏之，何日忘之！』」〔四〕名士傳曰：「是時曹爽輔政，識者慮有危機。晏有重名，與魏姻戚，内雖懷憂，而無復退也。著五言詩以言志曰：『鴻鵠比翼遊，群飛戲太清。常畏大網羅，憂禍一旦并。豈若集五湖，從流唼浮萍。永寧曠中懷，何爲怵惕驚？』」蓋因輅言，懼而賦詩。

【校　文】

注「輅别傳」　唐本與今本文字頗有不同，另録如下：輅别傳曰：輅字公明，平原人也。八歲便好仰觀星辰，得人輒問。及成人，果明周易，仰觀風角占相之道，聲發徐州，號曰「神童」。冀州刺史裴徽召補文學，一見清論終日，再見轉爲部鉅鹿從事，三見轉爲治中，四見轉爲別駕。至十月，舉爲秀才。臨辭，徽謂曰：「何、鄧二尚書有經國才幹，於物理不精也。何尚書神明清徹，殆破秋豪，君當慎之。自言不解易中九，必當相問。比至洛，宜善精其理也。」輅曰：「若九事皆王義者，不足勞思也。若陰陽者，精之久矣。」輅至洛，果爲何尚書所請，共論易九事，九事皆明。何曰：「君論陰陽，此世無雙也。」時鄧尚書在坐曰：「此君善易，而語初不及易中辭義，何耶？」輅尋聲答曰：「夫善易者不論易。」何尚書含笑贊之曰：「可謂要言不煩也。」因謂輅曰：「聞君非徒善論易而已，至於分蓍思爻亦爲神妙。試爲作一卦，知位當至三公不？又項連青蠅數十頭來鼻上，驅之不去，有何意故？」輅曰：「鴟鴞，天下賊鳥。及其在林食桑椹，則懷我好音。況輅心過草木，注情葵藿，敢不盡忠，唯之耳。昔元、凱之相重華，惠和仁義之至也。周公之翼成王，坐而待旦，敬慎之至也。故能流光六合，萬國咸寧，然後據鼎足而登金，調陰陽而濟兆民。此履道之休應，非卜筮之所明也。今君侯位重山岳，勢若雷電，望雲赴景，萬里馳風，而懷德者少，畏威者衆，殆非小心翼翼多福之士。又鼻者艮，此天中之山，高而不危，所以長守貴也。今青蠅，臭惡之物，集而之焉。位峻者顛，輕豪者亡，必至之分也。夫變化雖相生，極則有害；虚滿雖相受，溢則有竭。聖人見陰陽之性，明存亡之理，損益以爲衰，抑進以退，是故山在地中曰謙，雷在天上曰大壯。謙則裒多益寡，大壯則非禮不履。仲伏願君侯上尋文王六爻之旨，下思尼父彖象之義，則三公可決，青蠅可驅。」鄧尚書曰：「此老生之常談。」輅曰：「夫老生者見不生，常談者見不談也。」

【箋疏】

〔一〕嘉錫案：「無不精也」，魏志本傳注引無「無」字。

〔二〕嘉錫案：「位重山岳」，唐本「山」字似是後人所補。疑原本作「東」字。魏志本傳作「山」。「多福之士」，傳作「多福之仁」。

〔三〕嘉錫案：魏志注引輅别傳皆與唐本合而加詳。其與何晏問答，至「常談者見不談」，則已采入本傳。但承祚有所删潤，此其本文爾。

〔四〕嘉錫案：此出管辰所作輅别傳，見魏志管輅傳注。

7 晉武帝既不悟太子之愚，必有傳後意。諸名臣亦多獻直言。帝嘗在陵雲臺上坐，衛瓘在側，欲申其懷，因如醉跪帝前，以手撫牀曰：「此坐可惜。」帝雖悟，因笑曰：「公醉邪？」晉陽秋曰：「初，惠帝之爲太子，咸謂不能親政事。衛瓘每欲陳啟廢之而未敢也。後因會醉，遂跪牀前曰：『臣欲有所啟。』帝曰：『公所欲言者，何邪？』瓘欲言而復止者三，因以手撫牀曰：『此坐可惜。』帝意乃悟，因謬曰：『公真大醉也。』帝後悉召東宫官屬大會，令左右齎尚書處事以示太子，令處決。太子不知所對。賈妃以問外人，代太子對，多引古詞義。給使張弘曰：『太子不學，陛下所知，宜以見事斷，不宜引書也。』妃從之。弘具草奏，令太子書呈，帝大説，以示瓘。於是賈充語妃曰：『衛瓘老奴，幾敗汝家。』妃由是怨瓘，後遂誅之。」

【校　文】

「欲申其懷」　唐本「欲」下有「微」字。

注「晉陽秋」　唐本與今本文字不同，另録如下：晉陽秋曰：初，惠帝之爲太子，朝廷百寮咸謂太子不能親政事。衛瓘每欲陳啟廢之而未敢也。後因會醉，遂跪世祖床前曰：「臣欲有所啟。」帝曰：「公所言何耶？」欲言而止者三，因以手撫床曰：「此坐可惜！」意乃悟，因謬曰：「公真大醉耶？」帝後悉召東宮官屬大會，令左右賫尚書處事以示太子處決，太子不知所對。賈妃以問外，或代太子對，多引古義。給使張泓曰：「太子不學，陛下所知，今宜以見事斷，不宜引書也。」妃從之。泓具草，令太子書呈帝，帝讀大悦，以示瓘。於是賈充語妃：「衛瓘老奴，幾破汝家！」妃由是怨瓘，後遂誅。嘉錫案：唐本所無之字，惟「奏」字是衍文，餘皆傳寫脱耳。

8　王夷甫婦郭泰寧女〔一〕，晉諸公贊曰：「郭豫字太寧，太原人。仕至相國參軍，知名。早卒。」才拙而性剛，聚斂無厭，干豫人事。夷甫患之而不能禁。時其鄉人幽州刺史李陽，京都大俠，晉百官名曰：「陽字景祖，高尚人〔二〕。武帝時爲幽州刺史。」語林曰：「陽性遊俠，盛暑，一日詣數百家別，賓客與別，常填門，遂死於几下，故懼之。」猶漢之樓護，漢書遊俠傳曰：「護字君卿，齊人。學經傳，甚得名譽。母死，送葬車三千兩。仕至天水太守。」郭氏憚之。夷甫驟諫之，乃曰：「非但我言卿不可，李陽亦謂卿不可。」郭氏小爲之損〔三〕。

【校文】

「干豫」 唐本「豫」作「預」。

注「高尚人」 唐本、景宋本及沈本作「高平人」。

注「故懼之」 唐本無。

注「學經傳」 唐本作「學淵博」。

注「送葬車三千兩」 唐本作「送葬者二三千兩」。

「小爲之損」 唐本作「爲之小損」。

【箋疏】

〔一〕程炎震云：「魏志二十六郭淮傳注引晉諸公贊曰：『淮弟配，配子豫，女適王衍。』」

〔二〕李慈銘云：「案晉無高尚縣，二字有誤。」程炎震云：「高尚人宋本作高平。李陽云鄉人，則當爲并州人。然并州無高尚縣，而高平國高平縣別屬兗州，恐皆有誤字。」

〔三〕晉書王衍傳曰：「衍妻郭氏，賈后之親，藉中宮之勢，剛愎貪戾。」嘉錫案：魏志郭淮傳注引晉諸公贊曰：「淮弟配，字仲南，裴秀、賈充皆配女壻。子豫，字泰寧，女配王衍。」然則衍婦之與賈后，中表女兄弟也。依倚其權勢，是以衍雖患之，而不能禁。此事本出郭子，乃郭澄之所著。晉書文苑傳稱澄之太原陽曲人。蓋即淮、配之後，故能知夷甫家門之事矣。又案：此出郭子，見御覽四百九十二引，不全。

9 王夷甫雅尚玄遠，常嫉其婦貪濁，口未嘗言「錢」字。晉陽秋曰：「夷甫善施舍，父時有假貸者，皆與焚券，未嘗謀貨利之事。」王隱晉書曰：「夷甫求富貴得富貴，資財山積，用不能消，安須問錢乎？而世以不問爲高，不亦惑乎！」婦欲試之，令婢以錢遶牀，不得行。夷甫晨起，見錢閡行〔一〕，呼婢曰：「舉卻阿堵物。」〔二〕

【校文】

「嫉」唐本作「疾」。

「錢字」唐本無「字」字。

注「焚券」唐本作「之」。

「呼婢曰舉卻阿堵物」唐本「呼」作「令」，無「曰」「卻」二字。

【箋疏】

〔一〕廣雅釋言：「礙，閡也。」玉篇：「閡，止也。與礙同。」

〔二〕程炎震云：「沈濤銅熨斗齋隨筆七云：『馬永卿嬾真子曰：「所謂阿堵者，乃今所謂兀底也。王衍云去阿堵物，謂口不言去卻錢，但云去卻兀底耳。又如『傳神寫照，正在阿堵中』，蓋當時以手指眼，謂在兀底中耳。後人遂以錢爲阿堵物，眼爲阿堵中，皆非是。」濤案：此說阿堵字甚確。』王楙野客叢書亦云：『阿堵，晉人方言，猶言這個耳。王衍當時指錢而爲是言，非直以錢爲阿堵也。』」容齋隨筆卷四曰：「寧馨、阿堵，晉、宋間人語助耳。後人但見王衍指錢云『舉阿堵物卻』，遂以阿堵爲錢，殊不然也。顧長康畫人物，不點目睛，曰：『傳神寫照，正在阿堵中。』猶言此處也。」郝懿行晉宋書故曰：「阿堵音者，即今人言者箇。阿發語詞，堵從者聲，義得相通。說文云：『者，別事詞也。』故指其物而別之曰者箇。淺人不曉，書作這箇，不知這字音彥，以這爲者，其謬甚矣。凡言者箇，隨其所指，理俱可通。晉書王衍傳：『口未嘗言錢。晨起見錢，謂婢曰：「舉阿堵物卻。」』謂錢也。世說巧藝篇顧長康曰：『傳神寫照，正在阿堵中。』謂眼也。文學篇殷中軍見佛經云：『理亦應阿堵上。』謂經也。雅量篇注，謝安目衛士謂温曰：『明公何用壁間著阿堵輩。』謂兵也。益知此語爲晉代方言。今人讀堵爲覩音，則失之矣。」馬永卿嬾真子録卷三曰：「古所謂阿堵者，乃今所謂兀底也。王衍曰『去阿堵物』，謂口不言去卻錢，但云去卻兀底爾。如『傳神寫照，正在阿堵中』，蓋當時以手指眼，謂在兀底中爾。」嘉錫案：永卿述王衍語，作去阿堵物，且辯去字當音口舉反，與諸書皆不同，未詳其故。王若虛滹南詩話卷二曰：「阿堵者，謂阿底耳。」嘉錫案：此出郭子，見御覽，與上文合爲一條。

10 王平子年十四五，見王夷甫妻郭氏貪欲〔一〕，令婢路上儋糞。平子諫之，並言不可。郭大怒，謂平子曰：「昔夫人臨終，以小郎囑新婦，不以新婦囑小郎！」永嘉流人名曰：「澄父乂，第三娶樂安任氏女，生澄。」急捉衣裾，將與杖。平子饒力，爭得脱，踰窗而走。

【校　文】

「儋糞」　唐本「儋」作「檐」。

「並言不可」　唐本「言」下有「諸」字。

【箋　疏】

〔一〕程炎震云：「衍長澄十三歲。」

11 元帝過江猶好酒，王茂弘與帝有舊，常流涕諫。帝許之，命酌酒一酣〔一〕，從是遂斷。鄧粲晉紀曰：「上身服儉約，以先時務。性素好酒，將渡江，王導深以諫，帝乃令左右進觴，飲而覆之〔二〕，自是遂不復飲。克己復禮，官修其方，而中興之業隆焉。」

【校　文】

「一酣」　唐本作「一唾」。

「遂斷」　唐本無「遂」字。

注「渡江」　「渡」，唐本作「度」。

注「深以諫」　唐本「諫」上有「戒」字，「諫」下無「帝」字。

注「遂不復飲」　唐本無「遂」字。

【箋　疏】

〔一〕周祖謨云：「此條敬胤注：『舊云酌酒一唾，因覆桮寫地，遂斷也。』唐寫本『一唾』，唾當即唾字之誤。」

〔二〕程炎震云：「清一統志五十，建康志：『覆杯池，在上元縣北三里。晉元帝以酒廢事，王導諫之，帝覆杯池中以爲戒。因名。』」

12 謝鯤爲豫章太守，從大將軍下至石頭。敦謂鯤曰：「余不得復爲盛德之事矣。」〔一〕鯤曰：「何爲其然？但使自今已後，日亡日去耳！」〔二〕鯤別傳曰：「鯤之諷切雅正，皆此類也。」敦又稱疾不朝，鯤諭敦曰：「近者，明公之舉，雖欲大存社稷，然四海之内，實懷未達。若能朝天子，使群臣釋然，萬物之心於是乃服。仗民望以從衆懷，盡沖退以奉主上，如斯，則勳侔一匡，名垂千載。」時人以爲名言。晉陽秋曰：「鯤爲豫章太守，王敦將肆逆，以鯤有時望，逼與俱行。既克京邑，將旋武昌，鯤曰：『不就朝覲，鯤懼天下私議也。』敦曰：『君能保無變乎？』對曰：『鯤近日入覲，主上側席，遲得見公，宫省穆然，必無不虞之慮。公若入朝，鯤請侍從。』敦曰：『正復殺君等數百，何損於時？』遂不朝而去。」

【校文】

注「鯤有時望」　唐本「時」作「民」。

注「不就朝覲」　「就」，唐本作「敢」。

注「入覲」　唐本「入」下有「朝」字。

【箋疏】

〔一〕通鑑九十二注曰：「敦無君之心，形於言也。」

〔二〕程炎震云：「日亡，晉書作日忘，是。」通鑑注曰：「言日復一日，浸忘前事，則君臣猜嫌之跡亦日去耳。」

13 元皇帝時，廷尉張闓葛洪富民塘頌曰〔一〕：「闓字敬緒，丹陽人，張昭孫也。」〔二〕中興書曰：「闓，晉陵内史，甚有威德。轉至廷尉卿。」〔三〕在小市居，私作都門〔四〕，蚤閉晚開，群小患之。詣州府訴，不得理，遂至檛登聞鼓，猶不被判。聞賀司空出至破岡〔五〕，連名詣賀訴。賀循别傳曰：「循字彦先，會稽山陰人。本姓慶，高祖純，避漢帝諱，改爲賀氏。父劭，吴中書令，以忠正見害。循少嬰家禍，流放荒裔，吴平乃還。秉節高舉，元帝爲安東，王循爲吴國内史。」〔六〕賀曰〔七〕：「身被徵作禮官〔八〕，不關此事。」群小叩頭曰：「若府君復不見治，便無所訴。」賀未語，令且去，見張廷尉當爲及之。張聞，即毁門，自至方山迎賀。賀出見辭之曰〔九〕：「此不必見關，但與君門情〔一〇〕，相爲惜之。」張愧謝曰：「小人有如此，始不即知，蚤已毁壞。」

【校　文】

注「富民塘頌曰」　唐本「頌」下有「叙闓」二字。

注「中興書曰闓晉陵内史」　唐本作「累遷侍陵内史」，疑當有脱誤。

注「甚有威德」　唐本「德」作「惠」。

注「轉至廷尉卿」　唐本作「轉廷尉光禄大夫卒也」。

「檛」　唐本作「打」。

注「避漢帝諱」　唐本「漢」下有「安」字。

注「忠正」　唐本作「中正」。

注「秉節高舉」　唐本作「秉節高厲舉，動以」，「以」下有脱文。

注「安東王」　「王」，唐本作「上」，是也。

注「内史」　下唐本有「遷太常、太傅，薨贈司空也」。

「賀出見辭之曰」　唐本「賀」下有「公之」二字，「見辭」作「辭見」。

【箋　疏】

〔一〕李慈銘云：「案晉書闓傳：闓爲昭之曾孫，補晉陵内史。立曲阿新豐塘，溉田八百餘頃，每歲豐稔。葛洪爲其頌。即此所云『富民塘』者也。」

〔二〕程炎震云：「晉書闓傳云：『張昭曾孫。』」

〔三〕元和郡縣志二十五曰：「丹陽縣新豐湖，在縣東北三十里。晉元帝大興四年，晉陵内史張闓所立。

舊晉陵地廣人稀，且少陂渠，田多惡穢。闓創湖，成灌溉之利。初以勞役免官，後追紀其功，超爲大司農。」

〔四〕程炎震云：「晉書八十循傳云：『廷尉張闓住在小市，將奪左右近宅以廣其居，乃私作都門。』於事明顯。御覽一百八十引丹陽記曰：『張子布宅在淮水，面對瓦官寺門。』」

〔五〕程炎震云：「循傳云：『贈司空。』」

〔六〕李慈銘云：「案王當作上，元帝以琅邪王爲安東將軍，上循爲吴國内史。見循本傳。」

〔七〕唐本自「賀曰」提行另起，非是。

〔八〕李慈銘云：「案此云被徵作禮官，是循改拜太常之日。今晉書循傳叙此事在循起爲元帝軍諮祭酒之日，蓋誤。」程炎震云：「被徵作禮官，當是建武、太興間改拜太常時。晉書叙於元帝承制以爲軍諮祭酒時，非也。」

〔九〕嘉錫案：「賀出見辭之曰」，唐寫本作「賀公之出辭見之曰」，「公之」二字當是衍文。「出辭見之」者，以群小訴詞示闓也。今本「辭見」二字誤倒。

〔一〇〕李慈銘云：「案循祖齊爲吴將軍，與張昭交善，故云門情。」

14 郗太尉晚節好談〔一〕，既雅非所經，而甚矜之。中興書曰：「鑒少好學博覽，雖不及章句，而多所通綜。」後朝覲，以王丞相末年多可恨，每見，必欲苦相規誡。王公知其意，每引作它言。臨還鎮，故命駕詣丞相。丞相翹須厲色，上坐便言：「方當乖別，必欲言其所見。」意滿口重，辭殊不流。王公攝其次曰：「後面未期，亦欲盡所懷，願公勿復談。」〔二〕郗遂大瞋，冰衿而出〔三〕，不得一言。

【校文】

注「博覽」下　唐本有「群書」二字。又「雖不及章句」，唐本作「學雖不章句」。

「丞相翹須厲色」　唐本及沈本無「丞相」二字。「翹須」，唐本作「翹鬚」。

「乖別」　唐本作「永别」。

「不流」　唐本作「不溜」。

「冰衿」　唐本作「冰矜」。

【箋疏】

〔一〕程炎震云：「郗鑒以咸和四年三月爲司空，猶鎮京口。」

〔二〕程炎震云：「陶侃、庾亮先後欲起兵廢導，皆以鑒不許而止。導乃拒諫如是，信乎其憒憒乎。」

〔三〕嘉錫案：「冰衿」不可解，余初疑「冰」字爲「硃」字之誤。乃觀唐寫本，則作「冰矜」，點畫甚分明，其疑始解。蓋郗公不善言辭，故瞋怒之餘，惟覺其顏色冷若冰霜，而有矜奮之容也。陳僅捫燭脞存十二謂「冰衿謂涕泗沾衿」，未是。

15 王丞相爲揚州〔一〕，遣八部從事之職〔二〕。顧和時爲下傳還〔三〕，同時俱見。諸從事各奏二千石官長得失，至和獨無言。王問顧曰：「卿何所聞？」答曰：「明公作輔，寧使網漏吞舟，何緣采聽風聞〔四〕，以爲察察之政？」丞相咨嗟稱佳，諸從事自視缺然也。

【箋疏】

〔一〕程炎震云：「晉志州所領郡各置部從事一人。元帝時，揚州當領十郡。一丹陽，二宣城，三吴，四吴興，五會稽，六東陽，七新安，八臨海，九義興，十晉陵也。通鑑卷九十太興元年胡注，不數義興、晉陵。」

〔二〕通鑑九十注曰：「揚州時統丹陽、會稽、吴、吴興、宣城、東陽、臨海、新安八郡」，故分遣部從事八人。程炎震云「之職，晉書和傳作之部，是」。

〔三〕程炎震云：「通典三十二：『别駕從事史一人，從刺史行部，别乘傳車。』此云『下傳』，蓋和但以從事隨部從事之部，如别駕從刺史，别乘傳車，故云『下傳』。炎震案：晉制，從事、部從事，各職。」

〔四〕因樹屋書影七曰：「按『風聞』二字始此。」嘉錫案：漢書南粤王趙佗傳曰：「佗上書皇帝，又風聞老夫父母墳墓已壞削，兄弟宗族已誅論。」注師古曰：「風聞，聞風聲。」文選四十沈休文奏彈王源曰：「風聞東海王源嫁女與富陽滿氏。」李善注即引尉佗語爲證。可見二字始於漢書，不始於世説。史記南越尉佗傳作「遥聞」，詞亦不同。

16 蘇峻東征沈充，晉陽秋曰：「充字士居，吴興人。少好兵，諂事王敦。敦克京邑，以充爲車騎將軍，領吴國内史。明帝伐王敦，充率衆就王含，謂其妻曰：『男兒不建豹尾，不復歸矣！』敦死，充將吴儒斬首於京都。」請吏部郎陸邁與俱。陸碑曰：「邁字功高，吴郡人。器識清敏，風檢澄峻。累遷振威太守、尚書吏部郎。」將至吴，密勑左右，令入閶門放火以示威。陸知其意，謂峻曰：「吴治平未久，必將有亂。若爲亂階，請從我家始。」峻遂止。

【校　文】

注「充將吴儒斬首於京師」　沈本「於」作「送」，是也。唐本作「使蘇峻討充，充將吴儒斬送充首」。

注「功高」　唐本，沈本「功」作「公」。

注「振威太守」唐本作「振威長史」。

「密勑左右」唐本及沈本「密」上皆有「峻」字。

「請從我家始」唐本「請」作「可」。

17 陸玩拜司空〔一〕，玩别傳曰：「是時王導、郗鑒、庾亮相繼薨殂，朝野憂懼，以玩德望，乃拜司空。玩辭讓不獲，乃歎息謂朋友曰：『以我爲三公，是天下無人矣。』時人以爲知言。」〔二〕有人詣之，索美酒，得，便自起，瀉著梁柱間地，祝曰：「當今乏才，以爾爲柱石之用，莫傾人棟梁。」玩笑曰：「戢卿良箴。」

【校　文】

注「以玩德望，乃拜司空」唐本作「以玩有德望，乃拜爲司空」。

注「辭讓不獲，乃歎息謂朋友曰」唐本「獲」下有「免既拜」三字，「朋友」作「賓客」。

「瀉」唐本作「寫」。

「柱石之用」唐本作「柱石之臣」。

【箋　疏】

〔一〕程炎震云：「咸康六年正月，陸玩爲司空。」

〔二〕嘉錫案：書鈔五十二引晉中興書，略同別傳。且言玩雖居公輔，謙虚不辟掾屬。然則玩非貪榮干進者也。或人之譏，蓋狂誕之積習耳。

18 小庾在荆州，公朝大會，問諸僚佐曰：「我欲爲漢高、魏武何如？」翼別見。宋明帝文章志曰：「庾翼名輩，豈應狂狷如此哉？時若有斯言，亦傳聞者之謬矣。」一坐莫答，長史江虨曰：「願明公爲桓、文之事，不願作漢高、魏武也。」

【校　文】

注「時若有斯言亦傳聞者之謬矣」　唐本作「諸有若此之言，斯傳聞之謬矣」。景宋本及沈本無「時」字。

19 羅君章爲桓宣武從事，含別傳曰：「刺史庾亮初命含爲部從事，桓温臨州，轉參軍。」謝鎮西作江夏，往檢校之〔一〕。中興書曰：「尚爲建武將軍、江夏相。」羅既至，初不問郡事；徑就謝數日，飲酒而還。桓公問有何事，君章云：「不審公謂謝尚何似人。」桓公曰：「仁祖是勝我許人。」君章云：「豈有勝公人而行非者，故一無所問。」桓公奇其意而不責也。

【校　文】

注「轉參軍」　唐本作「轉爲參軍也」。

「謝尚何似人」　唐本「謝尚」下有「是」字。

【箋　疏】

〔一〕程炎震云：「案晉書七十九謝尚傳：尚爲江夏相時，庾翼以安西將軍鎮武昌，在咸康之間。至建元二年，庾冰薨時，已遷江州刺史。温以永和元年代翼爲荆州，尚已去江夏矣。晉書八十二含傳與此同。蓋皆誤以庾翼爲桓温也。又案刺史庾亮以含爲部從事，晉書含傳亦同。惟御覽引羅含别傳作庾廙，廙即翼之誤文，知是稚恭，非元規也。」

20 王右軍與王敬仁、許玄度並善。二人亡後，右軍爲論議更克〔一〕。孔巖誡之曰：「明府昔與王、許周旋有情〔二〕，及逝没之後，無慎終之好，民所不取。」右軍甚愧。

【校　文】

「孔巖」　唐本作「孔嚴」。

【箋　疏】

〔一〕程炎震云：「觀此知許詢先右軍卒。嚴可均全晉文一百三十五謂詢咸安中徵士，誤。」

〔二〕李慈銘云：「案右軍爲會稽内史，孔山陰人，故稱王爲明府。」

21 謝中郎在壽春敗，臨奔走，猶求玉帖鐙。太傅在軍，前後初無損益之言。爾日猶云：「當今豈須煩此？」按萬未死之前，安猶未仕。高卧東山，又何肯輕入軍旅邪？世説此言，迂謬已甚。

【校　文】

注「迂謬」　唐寫本作「迕謬」。

22 王大語東亭：「卿乃復論成不惡〔一〕，那得與僧彌戲！」續晉陽秋曰：「珉有儁才，與兄珣並有名，聲出珣右。故時人爲之語曰：『法護非不佳，僧彌難爲兄。』」〔二〕

【校　文】

「論成」　唐本作「倫伍」。

注「並有名，聲出珣右」 唐本、景宋本及沈本「名」下俱有「而」字。

【箋　疏】

〔一〕李慈銘云：「案『論成不惡』四字，當有誤。或云：論成者，謂時人『法護非不佳，僧彌難爲兄』之語。珣劣於珉，世論已成也。」

〔二〕嘉錫案：唐本與上文連爲一條，非是。

23 殷覬病困。看人政見半面。殷荆州興晉陽之甲，春秋公羊傳曰：「晉趙鞅取晉陽之甲，以逐荀寅、士吉射，寅、吉射者，君側之惡人。」往與覬別，涕零，屬以消息所患。覬答曰：「我病自當差，正憂汝患耳！」晉安帝紀曰：「殷仲堪舉兵，覬弗與同，且以己居小任，唯當守局而已；晉陽之事，非所宜豫也。仲堪每邀之，覬輒曰：『吾進不敢同，退不敢異。』遂以憂卒。」〔一〕

【校　文】

注「士吉射寅」 唐本「射」下有「荀」字，「寅」下有「士」字。

注「非所宜豫也」 「豫」，唐本作「預」。

【箋疏】

〔一〕李慈銘云：「案晉書『殷覬』作『殷顗』。顗傳：顗謂仲堪曰：『我病不過身死，但汝病在滅門。幸熟爲慮，勿以我爲念也。』語較明顯而伉直。」嘉錫案：本書德行篇稱：「殷仲堪謀奪覬南蠻校尉，覬曉其旨，嘗因行散，便不復還。」行散者，服寒食散後，當行步勞動，以行其藥氣也。巢氏諸病源候論六寒食散發候篇引皇甫謐論，其略云：寒食藥者，御之至難，將之甚苦。服藥之後，宜煩勞，不能行者，扶起行之。常當寒衣、寒飲、寒食、寒卧，極寒益善。又當數冷食，無晝夜，一日可六七食。藥雖良，令人氣力兼倍，然甚難將息。大要在能善消息節度，專心候察，不可失意，當絶人事。其失節度者，或兩目欲脱，坐犯熱在肝，速下之，將冷自止。或眩冒欲蹶，坐衣裳犯熱，宜科頭冷洗之。或目痛如刺，坐熱氣衝肝，上奔兩眼故也。或寒熱累月，張口大呼，眼視高，精候不與人相當。或瞑無所見，坐飲食居處温故也。或苦頭眩目疼，不用食，由食及犯熱，心膈有澼故也，可下之。由是觀之，則殷覬之病困，正坐因小病而誤服寒食散至熱之藥，又違失節度，飲食起居，未能如法，以致諸病發動，至於困劇耳。凡散發之病，巢氏所引皇甫謐語列舉諸症，多至五十餘條。今雖不知覬病爲何等，而其看人政見半面，明係熱氣衝肝，上奔兩眼，暈眩之極，遂爾瞑瞑漠漠，目光欲散，視瞻無準，精候不與人相當也。散發至此，病已沈重。甚者用冷水百餘石不解。晉司空裴秀即以此死。覬既病困，益以憂懼，固宜其死耳。

24 遠公在廬山中，豫章舊志曰：「廬俗字君孝〔一〕，本姓匡，夏禹苗裔〔二〕，東野王之子。秦末，百越君長與吴芮助漢定天下，野王亡軍中。漢八年，封俗鄡陽男〔三〕，食邑兹部，印曰廬君〔四〕。俗兄弟七人，皆好道術，遂寓于洞庭之山〔五〕，故世謂廬山。孝武元封五年，南巡狩，浮江，親覩神靈，乃封俗爲大明公，四時秩祭焉。」遠法師廬山記曰：「山在江州尋陽郡，左挾彭澤，右傍通川，有匡俗先生，出自殷、周之際，遁世隱時，潛居其下。或云：匡俗受道於仙人，而共遊其嶺，遂託室崖岫，即巖成館，故時人謂爲神仙之廬而命焉。」法師遊山記曰：「自託此山二十三載，再踐石門，四遊南嶺，東望香鑪峰，北眺九江。傳聞有石井方湖，中有赤鱗踊出，野人不能叙，直歎其奇而已矣。」〔六〕雖老，講論不輟。弟子中或有墮者〔七〕，遠公曰：「桑榆之光，理無遠照；但願朝陽之暉，與時並明耳。」執經登坐，諷誦朗暢，詞色甚苦。高足之徒，皆肅然增敬。

【校　文】

注「食邑兹部，印曰廬君」　唐本作「食邑滋部，號曰越廬君」。

注「遂寓于洞庭之山」　唐本「寓」下有「爽」字。

注「四遊南嶺」　「四」，唐本作「西」。

注「踊出」　「踊」，唐本作「涌」。

「有墮者」　「墮」，唐本作「惰」。

【箋疏】

〔一〕李慈銘云：「案『君孝』續漢書郡國志作『匡俗字君平』。」

〔二〕嘉錫案：水經注三十九引豫章舊志，廬俗名字，與此注同。陳舜俞廬山記一曰：「豫章舊記云：『匡裕字君平，夏禹之苗裔也。或曰字君孝。』」疑舜俞參用續漢志注及此注爲之，未必見原書也。

〔三〕嘉錫案：山谷外集注九引作「鄡陽」，與水經注合，當據改。

〔四〕水經注作「漢封俗于鄡陽，曰越廬君」。

〔五〕御覽四十一引廬山記作「遂寓精爽於洞庭之山」。

〔六〕高僧傳六慧遠傳曰：「後隨安公，南逝樊、沔。僞秦建元九年，秦將苻丕寇并襄陽，道安爲朱序所拘，不能得去，乃分張徒衆，各隨所之。遠於是與弟子數十人南適荆州，住上明寺。後欲往羅浮山。及屆潯陽，見廬峰清静，足以息心，始住龍泉精舍。刺史桓伊爲遠復於山東更立房殿，即東林是也。遠創立精舍，洞盡山美，卻負香爐之峰，傍帶瀑布之壑。仍石疊基，即松栽構，清泉環階，白雲滿室。復於寺内別置禪林，森樹煙凝，石逕苔合。凡在瞻履，皆神清而氣肅焉。」

〔七〕李慈銘云：「案『墮』當作『惰』。」

25 桓南郡好獵〔一〕，每田狩，車騎甚盛。五六十里中，旌旗蔽隰。騁良馬，馳擊若飛，雙甄所指〔二〕，不避陵壑。或行陳不整，麏兔騰逸，參佐無不被繫束。桓道恭，玄之族也，桓氏譜曰：「道恭字祖猷，彝同堂弟也。父赤之，太學博士。道恭歷淮南太守、僞楚江夏相〔三〕。義熙初，伏誅。」時爲賊曹參軍，頗敢直言。常自帶絳綿繩著腰中，玄問：「此何爲？」答曰：「公獵，好縛人士，會當被縛，手不能堪芒也。」玄自此小差。

【校文】

「玄問此何爲」　唐本「問」下有「用」字。

【箋疏】

〔一〕渚宮舊事五云：「玄常作龍山獵詩，其序云：『故老相傳，天旱獵龍山，輒得雨。因時之旱，宵往畋之。』其假仁狗欲如此。」

〔二〕程炎震云：「晉書五十八周訪傳：『訪繫杜曾，使將軍李桓督左甄，許朝督右甄。』音義：『甄，音堅。』左傳文十一年杜注：『將獵，張兩甄。』通鑑九十建武元年胡注曰：『蓋晉人以左右翼爲左右甄。』」

〔三〕李慈銘云：「案桓道恭別無所見。但以時代論之：彝者，玄之祖，道恭安得爲彝之同堂弟？疑此注字下有脱文。當是道恭之祖名猷，爲彝同堂弟耳。『江夏相』，晉書桓玄傳作『江夏太守』。」

26 王緒、王國寶相爲脣齒〔一〕，並上下權要。王氏譜曰：「緒字仲業，太原人。祖延。父乂，撫軍。」晉安帝紀曰：「緒爲會稽王從事中郎，以佞邪親幸。王珣、王恭惡國寶與緒亂政，與殷仲堪克期同舉，内匡朝廷。及恭表至，乃斬緒以説諸侯。國寶，平北將軍坦之第三子。太傅謝安，國寶婦父也，惡而抑之不用。安薨，相王輔政，遷中書令，有妾數百。從弟緒有寵於王，深爲其説，國寶權動内外，王珣、王恭、殷仲堪爲孝武所待，不爲相王所眄。恭抗表討之，車胤又争之。會稽王既不能拒諸侯兵，遂委罪國寶，付廷尉賜死。」王大不平其如此，乃謂緒曰：「汝爲此欻欻，曾不慮獄吏之爲貴乎？」史記曰：「有上書告漢丞相欲反，文帝下之廷尉。勃既出歎曰：『吾嘗將百萬之軍，安知獄吏之爲貴也？』」〔二〕

【校　文】

「上下」　唐本作「弄」，是也。「弄」俗作「卡」。

注「王氏譜」　唐本與今本文字不同，另録如下：王氏譜曰：緒字仲業，太原人。祖延早終，父乂撫軍。晉安帝紀曰：「緒爲會稽王從事中郎，以佞邪親幸，間王珣、王恭於王。王恭惡國寶與緒亂政，與殷仲堪克期同舉，内匡朝廷。及恭至，乃斬緒於市，以説于諸侯。」國寶别傳曰：「國寶字國寶，平北將軍坦之第三子也。少不脩士業，進趣當世。太傅謝安，國寶婦父也，惡其爲人，每抑而不用。會稽王妃，國寶從妹也，由是得與王早遊，問安於王。安薨，相王輔政，超遷侍中、中書令，而貪恣聲色，妓妾以百數，坐事免官。國寶雖爲相王所重，既未爲孝武所親，及上覽萬機，乃自進於上，上甚愛之。俄而上崩，政由宰輔。國寶從弟緒有寵於王，深爲其說，王忿其去就，未之納也。緒說漸行，遷左僕射、領吏部、丹陽尹，以東宫兵配之。國寶既得志，權震外内，王珣、恭、殷仲堪並爲孝武所待，不爲相王所昵。國寶深憚疾之。仲堪、王恭疾其亂政，抗表討之。國寶懼之，不知所爲，乃求計於王珣。珣曰：『殷、王與卿素無深讎，所競不過勢利之間耳。若放兵權，必無大禍。』國寶曰：『將不爲曹爽乎？』珣曰：『是何言與！卿寧有曹爽之罪，殷、王，宣王之疇耶？』車胤又勸之，國寶尤懼，遂解職。會稽王既不能距諸侯之兵，遂委罪國寶，收付廷尉賜死也。」

【箋疏】

〔一〕魏書僭晉司馬叡傳曰：「道子以王緒爲輔國將軍、琅邪内史，輒并石頭之兵，屯於建業。緒猶領其從事中郎，居中用事，寵幸當政。」

〔二〕嘉錫案：晉書王珣傳云：「恭起兵，國寶將殺珣等，僅而得免。語在國寶傳。」及考國寶傳，亦僅云：「反，問計於珣，珣勸國寶放兵權以迎恭。國寶信之。語在珣傳。」竟不知珣所説者爲何等語，惟通鑑卷一百九有之，疑即本之孝標注所引國寶別傳，而今本竟爲晏元獻輩奮筆删去。又車胤與珣同時勸國寶事，見國寶傳。乃改勸之爲争之，不知向誰争之，所争者又何事也。以此推之，全書中之遺文佚事，因其删改而失真者多矣。乃知刻書而書亡，在兩宋已如此，不得專罪明人也。篇末所引史記，刊削太甚。不見獄吏之所以爲貴，亦失古人引書之意。總之，謬妄而已矣。

27 桓玄欲以謝太傅宅爲營〔一〕，謝混曰：「召伯之仁，猶惠及甘棠；韓詩外傳曰：「昔周道之隆，召伯在朝，有司請召民。召伯曰：『以一身勞百姓，非吾先君文王之志也。』乃暴處於棠下而聽訟焉。詩人見召伯休息之棠，美而歌之曰：『蔽芾甘棠，勿翦勿伐，召伯所茇。』」文靖之德，更不保五畝之宅。」玄慙而止。

【校　文】

注「暴處於棠下」　唐本作「曝處於棠樹之下」。

注「休息之棠」　唐本「休」上有「所」字，「棠」作「樹」。

【箋　疏】

〔一〕景定建康志四十二引舊志云：「謝安宅在烏衣巷驃騎航之側，乃秦淮南岸，謝萬居之北。」

捷悟第十一

1 楊德祖爲魏武主簿，時作相國門，始搆榱桷，魏武自出看，使人題門作「活」字，便去。楊見，即令壞之。既竟，曰：「門中『活』，『闊』字。王正嫌門大也。」文士傳曰：「楊脩字德祖，弘農人，太尉彪子。少有才學思幹。魏武爲丞相，辟爲主簿。脩常白事，知必有反覆教，豫爲答對數紙，以次牒之而行。敕守者曰：『向白事，必教出相反覆，若按此次第連答之。』已而風吹紙次亂，守者不別，而遂錯誤。公怒推問，脩慚懼，然以所白甚有理，終亦是脩。後爲武帝所誅。」〔一〕

【校 文】

注「思幹」下 唐本有「早知名」三字。

注「必教出相反覆」 唐本作「必有教出相反覆」。

注「脩慚懼」下唐本作「以實對，然所白甚有理。初雖見怪，事亦終是，脩之才解皆此類矣。爲武帝所誅」。

【箋疏】

〔一〕嘉錫案：魏志陳思王傳注引世語曰：「脩爲植所友，每當就植，慮事有闕，忖度太祖意，豫作答教十餘條，勑門下：教出以次答。教裁出，答已入。太祖怪其捷，推問始泄。」與此風吹紙亂之説不同。文選集注七十九答臨淄侯牋注引典略云：「楊脩字德祖，少謙恭有才學，早流奇譽。魏武爲丞相，轉主簿，軍國之事皆預焉。脩思謀深長，常預爲答教，故猜而惡焉。初臨淄侯植有代嫡之議，脩厚自委昵，深爲植所欽重。太子亦愛其才。武帝慮脩多譎，恐終爲禍亂，又以袁氏之甥，遂因事誅之。」此與魏志陳思王傳注所引詳略不同。范書楊彪傳即本之世語及典略。故具録之，以見德祖之始末云。

2 人餉魏武一桮酪，魏武噉少許，蓋頭上題「合」字以示衆。衆莫能解。次至楊脩，脩便噉，曰：「公教人噉一口也，復何疑？」

3 魏武嘗過曹娥碑下，楊脩從，碑背上見題作「黄絹幼婦，外孫韲臼」八字。魏武謂脩曰：「解不？」答曰：「解。」魏武曰：「卿未可言，待我思之。」行三十里，魏武乃曰：「吾已得。」令脩别記所知。脩曰：「黄絹，色絲也，於字爲絶。幼婦，少女也，於字爲妙。

外孫，女子也，於字爲好。虀臼，受辛也，於字爲辭。所謂『絶妙好辭』也。」魏武亦記之，與脩同，乃歎曰：「我才不及卿，乃覺三十里。」〔一〕會稽典録曰：「孝女曹娥者，上虞人。父盱，能撫節按歌，婆娑樂神。漢安二年，迎伍君神，泝濤而上，爲水所淹，不得其尸。娥年十四，號慕思盱，乃投瓜于江〔二〕，存其父尸曰〔三〕：『父在此，瓜當沈。』旬有七日，瓜偶沈，遂自投於江而死。縣長度尚悲憐其義，爲之改葬，命其弟子邯鄲子禮爲之作碑。」按曹娥碑在會稽中。而魏武、楊修未嘗過江也。異苑曰：「陳留蔡邕避難過吴，讀碑文，以爲詩人之作，無詭妄也。因刻石旁作八字。魏武見而不能了，以問群寮，莫有解者。有婦人浣於汾渚，曰：『第四車解。』既而，禰正平也。衡即以離合義解之。或謂此婦人即娥靈也。」〔四〕

【校文】

「魏武謂脩曰解不」　唐本「曰」下有「卿」字。又兩「辭」字，唐本俱作辤。

注「按歌」　唐本作「安歌」。

注「投瓜」　及下文「瓜」字唐本俱作「衣」。

注「存其父尸」　「存」，沈本作「祝」。

【箋疏】

〔一〕「乃覺」，山谷外集注十五引「覺」作「較」。方以智通雅卷三曰：「晉語『有秦客廋辭於朝』，注：

『廋，隱也。』漢志有隱書十八篇。吕覽審應篇：『成公賈之讔喻。』高注曰：『讔語。』劉勰曰：『讔者，隱也。』孔融作離合詩，曹娥碑陰八字，參同契後序與越絶書隱袁康、吴平，皆後漢人伎倆也。智按：曹娥上虞人。舊説曹孟德不及楊修三十里，孫權霸越，曹何以至？因楊脩知雞肋而附會耳。」吴承仕曰：「覺三十里」，覺讀爲校。後云「東亭一人常在前，覺數十步」，亦同。嘉錫案：此出語林，見琱玉集聰慧篇引。

〔二〕後漢書列女傳注曰：「娥投衣於水，祝曰：『父屍所在當沈。』衣字或作瓜，見項原列女傳。」然則此書唐、宋本各有所據。但以理度之，作「衣」爲是。

〔三〕程炎震云：「宋本『存』作『祝』。」

〔四〕嘉錫案：蔡邕題字，實有其事，見後漢書注引會稽典録。至於楊脩、禰衡之事，則皆妄也。

4 魏武征袁本初，治裝，餘有數十斛竹片，咸長數寸，衆云並不堪用，正令燒除。太祖思所以用之，謂可爲竹椑楯，而未顯其言。馳使問主簿楊德祖。應聲答之，與帝心同。衆伏其辯悟。

【校　文】

「衆云並不堪用」　唐本作「衆並謂不堪用」。

「太祖思所以用之」　唐本「太祖」下有「甚惜」二字。

「竹椑楯」　「椑」，唐本作「柙」。

「應聲答之，與帝心同」　唐本作「應聲答，與帝同」。

5　王敦引軍垂至大桁，明帝自出中堂。温嶠爲丹陽尹，帝令斷大桁，故未斷，帝大怒，瞋目，左右莫不悚懼〔一〕。按晉陽秋、鄧紀皆云：敦將至，嶠燒朱雀橋以阻其兵。而云未斷大桁，致帝怒，大爲譌謬。一本云「帝自勸嶠入」，一本作「噉飲帝怒」，此則近也〔二〕。召諸公來。嶠至不謝，但求酒炙。王導須臾至，徒跣下地，謝曰：「天威在顔，遂使温嶠不容得謝。」嶠於是下謝，帝乃釋然。諸公共嘆王機悟名言。

【校　文】

注「鄧紀」　唐本作「鄧粲晉紀」。

注「阻其兵」　唐本「兵」下有「勢」字。

注「一本作噉」　唐本無。

「不容」　唐本無「容」字。

【箋　疏】

〔一〕建康實録七云：「成帝咸康二年，更作朱雀門，新立朱雀浮航。航在縣城東南四里，對朱雀門，南度淮水，亦名朱雀橋。」注云：「案地志：本吴南津大吴橋也。王敦作亂，温嶠燒絶之，遂權以浮航往來。至是，始議用杜預河橋法作之，長九十步，廣六丈，冬夏隨水高下也。」景定建康志十六引舊志云：「鎮淮橋在今府城南門裏。即古朱雀航所。」嘉錫案：據孝標注及建康實録，則明帝時温嶠所燒者是朱雀橋，而非浮航。敬胤注引丹陽記云「太元中，驃騎府立東桁，改朱雀爲大桁」，則大桁之名，非明帝時所有。世説蓋事後追紀之詞耳。敬胤注徵引甚詳，在考異中，兹不備引。

〔二〕程炎震云：「晉書六十七嶠傳云：嶠燒朱雀橋以挫其鋒。帝怒之，嶠曰：『今宿衛寡弱，徵兵未至，若賊豕突，危及社稷，陛下何惜一橋？』蓋同孫、鄧。」

6　郗司空在北府，桓宣武惡其居兵權。南徐州記曰：「徐州人多勁悍，號精兵，故桓温常曰：『京口酒可飲，箕可用，兵可使。』」郗於事機素暗，遣牋詣桓：「方欲共獎王室，脩復園陵。」世子嘉賓出行，於道上聞信至，急取牋，視竟，寸寸毁裂，便回。還更作牋，自陳老病，不堪人間，欲乞閑地自養。宣武得牋大喜，即詔轉公督五郡、會稽太守〔一〕。晉陽秋曰：「大司馬將討慕容暐，表求申勸平北愔及袁真等嚴辦。愔以羸疾求退，詔大司馬領愔所任。」按中興書：愔辭此行，温責其不從，轉授會稽。世説爲謬。

【校文】

注「徐州人多勁悍，號精兵」　唐本作「徐州民勁悍，號曰精兵」。

「急取牋視竟」　唐本「視」下重一「視」字。

注「表求申勸平北愔」云云　唐本作「表求勒平北將軍愔及袁真等嚴辦。愔以羸疾不堪戎行，自表求退。聽之。詔大司馬領愔所任，授愔冠軍將軍、會稽内史。按中興書，愔辭此行，温責其不從處分，轉授會稽。疑世説爲謬者」。

【箋疏】

〔一〕程炎震云：「太和二年九月，郗愔爲徐州刺史。四年，轉會稽。」又云：「晉書六十七愔傳云：用其子超計，以己非將帥才，不堪軍旅，又固辭，解職。通鑑一百二則用此文。」

7　王東亭作宣武主簿，嘗春月與石頭兄弟乘馬出郊。時彦同遊者，連鑣俱進。石頭，桓遐小字〔一〕。中興書曰：「遐字伯道，温長子也。仕至豫州刺史。」唯東亭一人常在前，覺數十步〔二〕，諸人莫之解。石頭等既疲倦，俄而乘輿回，諸人皆似從官，唯東亭奕奕在前。其悟捷如此。

【校　文】

「郊」下　唐本有「野」字。

注兩「遐」字　唐本俱作「熙」。

「悟捷」　唐本作「悟攝」。

【箋　疏】

〔一〕嘉錫案：晉書桓温傳，温六子：熙、濟、歆、禕、偉、玄。熙字伯道。未有名遐者。自宋本世説誤作遐，諸本並從之，莫有知其誤者矣。唐寫本作熙，不誤。

〔二〕程炎震云：「鍾山札記三曰：『覺有與校義音義並同。詩「定之方中」，正義引鄭志云：「今就校人職，相覺有異趣。」趙岐孟子注「中也養不中」章：「如此賢不肖相覺，何能分寸？」又「富歲子弟多賴」章：「聖人亦人耳，其相覺者，以心知耳。」續漢書律曆志中：「至元和二年，太初失天益遠，日月宿度，相覺浸多。」晉書傅玄傳：「古以百步爲畝，今以二百四十步爲畝。所覺過倍。」宋書天文志：「斗二十一，升二十五，南北相覺，四十八度。」凡此皆以覺爲校也。後人有不得其義而致疑者，更或輒改他字，故爲詳證之。』炎震曰：盧説是也。此覺數十步亦是校數十步。」

夙惠第十二

1 賓客詣陳太丘宿，太丘使元方、季方炊。客與太丘論議，二人進火，俱委而竊聽。炊忘著箄〔一〕，飯落釜中。太丘問：「炊何不餾？」〔二〕元方、季方長跪曰：「大人與客語，乃俱竊聽，炊忘著箄，飯今成糜。」太丘曰：「爾頗有所識不？」對曰：「仿佛志之。」二子俱説，更相易奪，言無遺失。太丘曰：「如此，但糜自可，何必飯也？」〔三〕

【校　文】

「夙惠」　唐本作「夙慧」。

「志」　唐本作「記」。

「二子」　下唐本有「長跪」二字。

【箋　疏】

〔一〕李慈銘云：「案説文『箄，蔽也，所以蔽甑底』，甑者，蒸飯之器。考工記『陶人爲甑七穿』，蓋甑底有七穿，必以竹席蔽之，米乃不漏。爾雅釋言「饙、餾，稔也」，稔者，飪之假借。説文：「飪，大熟也。」郭注：「饙熟爲餾。」詩大雅釋文引孫炎云：「蒸之曰饙，均之曰餾。」説文「餾，飯氣蒸也」，詩正義引作「飯氣流也」，蓋餾之爲言流也，再蒸而飯熟均，則氣液欲流也。」程炎震云：「箄當作箅，字之誤也。説文：「箅，蔽也。所以蔽甑底。從竹，畀聲。」段注曰：「甑底有七穿，必以竹席蔽之，米乃不漏。雷公炮炙論云：「常用之甑，中箅能淡鹽味。煮昆布，用弊箅。」哀江南賦曰：「敝箅不能救鹽池之鹹。」箅，必至切。玉篇：「箅，甑箅也。補計切。」廣韻：「博計切。」皆是此字。」今吾鄉人或以銅爲之，呼爲飯閉。箄從卑聲，音韻各異。」

〔二〕爾雅釋言：「饙、餾，稔也。」郭注：「今呼餐飯爲饙。饙熟爲餾。」郝懿行疏曰：「釋文引蒼頡篇云：『餐，饙也。』又引字書云：『饙，一蒸米。』玉篇云：『半蒸飯。』洞酌釋文引孫炎云：『蒸之曰饙。均之曰餾。』然則饙者半蒸之，尚未熟。故釋名云：『饙，分也。衆粒各自分也。』餾者，説文云：『飯氣蒸也。』詩正義引作『飯氣流也』。蓋餾之爲言流也，飯皆蒸熟則氣欲流。故孫炎云『均之曰餾』，郭云『饙熟爲餾』，詩正義引作『飯均熟爲餾』，義本孫炎。」

〔三〕御覽四百三十二引袁山松後漢書曰：「荀淑與陳寔神交。及其棄朗陵而歸也，數命駕詣之。淑御，慈明從，叔慈抱孫文若而行。寔亦令元方侍側，季方作食。抱孫長文而坐，相對怡然。嘗一朝求食。季方尚少，跪曰：『向聞大人、荀君言甚善，竊聽之。甑壞，飯成糜。』寔曰：『汝聽談解乎？』諶曰：『唯。』因令與二慈説之，不失一辭。二公大悦。」嘉錫案：與世説異。蓋如世説之言，元方、季方年皆尚幼，故列之夙慧篇。據山松書，則元方年已長大，亦既抱子矣。太丘有六子（見本傳）。後漢紀二十三稱長子元方，小子季方，則二人之年相去必遠，不得如世説所記，俱是幼童也。然荀淑卒時，彧尚未生（詳見德行篇）。山松之言，亦非實録。嘉錫又案：御覽七百五十七引袁山松後漢書曰：「荀淑與陳寔神交，棄官，常命駕相就。令元方侍側，季方作食。嘗一朝食遲，季方跪曰：『向聞大人與荀君言甚善，竊聽之，甑壞飯糜。』寔曰：『汝聽談解乎？』答曰：『解。』令説之，不誤一言，公悦。」與此即一事，而傳聞異辭。

2　何晏七歲，明惠若神，魏武奇愛之。因晏在宮内〔一〕，欲以爲子。晏乃畫地令方，自處其中。人問其故，答曰：「何氏之廬也。」〔二〕魏武知之，即遣還。魏略曰：「晏父蚤亡，太祖爲司空時納晏母。其時秦宜禄阿鰾亦隨母在宮〔三〕，並寵如子，常謂晏爲假子也。」〔四〕

【校文】

「明惠」　唐本作「明慧」。

「因晏在宮内，欲以爲子」　唐本作「以晏在宮内，因欲以爲子」。

「即遣還」　唐本作「即遣還外」。

注「納晏母」以下唐本作「并收養。其時秦宜禄何鰺亦隨母在公家，並見如寵公子。鰺性謹慎，而晏無所顧，服飾擬太子，故太子特憎之，每不呼其姓字，常謂之假子。魏氏春秋曰：晏母尹爲武王夫人，故晏長於王宫也」。「如寵」當作「寵如」。

【箋疏】

〔一〕程炎震云：「御覽三百八十五引『在宫内』上有『母』字。是也。」

〔二〕御覽三百八十五引何晏别傳曰：「晏小時養魏宫，七八歲便慧心大悟。衆無愚智，莫不貴異之。魏武帝讀兵書，有所未解，試以問晏。晏分散所疑，無不冰釋。」又三百九十三引何晏别傳曰：「晏小時，武帝雅奇之，欲以爲子。每挾將遊觀，命與諸子長幼相次。晏微覺，於是坐則專席，止則獨立。或問其故，答曰：『禮，異族不相貫坐位。』」

〔三〕程炎震云：「魏書曹爽傳注引作『阿蘇』，即秦朗也。『鰾』是誤字。」

〔四〕李慈銘云：「案三國志曹爽傳云：『晏，何進孫也。母尹氏，爲太祖夫人。晏長於宫省，又尚公主。』注引魏略云：『太祖爲司空時，納晏母，并收養晏。其時秦宜禄兒阿蘇亦隨母在公家，並見寵如公子。』蘇即朗也。」嘉錫案：魏志注引魏略與此同。惟魏氏春秋語僅見於此。以魏略校本注，「秦宜禄」下當有「兒」字，「阿鰾」當是「阿蘇」。

3 晉明帝數歲，坐元帝厀上。有人從長安來，元帝問洛下消息，潸然流涕。明帝問何以致泣？具以東渡意告之。因問明帝：「汝意謂長安何如日遠？」答曰：「日遠。不聞人從日邊來〔一〕，居然可知。」元帝異之。明日集群臣宴會，告以此意，更重問之。乃答曰：「日近。」元帝失色，曰：「爾何故異昨日之言邪？」答曰：「舉目見日，不見長安。」〔二〕

【校文】

「渡」　唐本作「度」。

「長安」　下唐本有「案桓譚新論：『孔子東遊，見兩小兒辨，問其遠近。日中時遠。一兒以日初出遠，日中近者，日初出大如車蓋，日中裁如盤蓋。此遠小而近大也。言遠者日月初出，愴愴涼涼，及中如探湯。此近熱遠愴乎？』明帝此對，爾二兒之辨耶也」。文字頗有譌奪。

【箋疏】

〔一〕李慈銘云：「案初學記卷一、事類賦卷一引劉昭幼童傳『不聞人從日邊來』下，俱有『只聞人從長安來』一句。」

〔二〕李慈銘云：「案初學記引幼童傳作『舉頭不見長安，只見日』。事類賦引幼童傳作『舉頭見日，不見長安』。」程炎震云：「永嘉元年，元帝始鎮建業。明帝時年九歲。若建興元年，愍帝立於長安，則十五歲矣。初學記卷一引劉昭幼童傳云『元帝爲江東都督，鎮揚州，時中原喪亂，有人從長安來。元帝問洛下消息，潸然流涕。帝年數歲，問泣故』云云。以爲元帝始鎮時較合。」嘉錫案：嚴可均全後漢文卷十五新論輯本於此條僅據法苑珠林卷七删節之辭輯入曰：「余小時聞閭巷言：孔子東游，見兩小兒辯鬭，問其故，一兒曰：『我以日始出時近，日中時遠。』一兒以『日初出遠，日中時近』。」嚴氏自注曰「案殷敬順列子釋文卷下云：滄滄，桓譚新論亦述此事作愴涼。據知新論原文具如列子湯問篇，惟愴涼字有異」云云。今觀唐本此注，足以證成嚴氏之説。且知晉人僞撰列子叙此事，全襲自新論也。惟此注脱誤太多，宋本全删去，豈亦以其脱誤不可校耶？今姑仍原本録之。

4 司空顧和與時賢共清言，張玄之、顧敷是中外孫，年並七歲，顧愷之家傳曰：「敷字祖根，吴郡吴人。滔然有大成之量。仕至著作郎，二十三卒。」在牀邊戲。于時聞語，神情如不相屬。暝於燈下〔一〕，二兒共叙客主之言，都無遺失。顧公越席而提其耳曰：「不意衰宗復生此寶。」

【校　文】

注「著作郎」　唐本無「郎」字，「作」下有「佐，苗而不秀，年」六字。

「二兒」　唐本「二」下有「小」字。

【箋疏】

〔一〕孫志祖讀書脞録七曰：「能改齋漫録云：『牀凳之凳，晉已有此器。』引世説張元之、顧敷瞑於鐙下，共叙主客之情。以爲牀凳之始。志祖案：鐙即燈古字。楚詞『華鐙錯些』可證。又借爲鞍鐙字。與牀凳何涉耶？世説自謂燈下，不得云凳下也。」嘉錫案：説文有「鐙」，無「燈」。文選二十三贈五官中郎將詩注曰：「鐙與燈音義同。」世説唐、宋本俱作燈。蓋宋時偶有他本，從古字作鐙者。吳曾不識字，遂生異説。

5 韓康伯數歲，家酷貧，至大寒，止得襦。母殷夫人自成之，令康伯捉熨斗，謂康伯曰：「且著襦，尋作複褌。」兒云：「已足，不須複褌也。」母問其故，答曰：「火在熨斗中而柄熱，今既著襦，下亦當煖，故不須耳。」母甚異之，知爲國器。

【校文】

「康伯」下　唐本有「年」字。

「幝」　唐本俱作「褌」。

「而柄熱」　唐本「柄」下有「尚」字。

6 晉孝武年十二，時冬天，晝日不著複衣，但著單練衫五六重〔一〕，夜則累茵褥。謝公諫曰：「聖體宜令有常。陛下晝過冷，夜過熱，恐非攝養之術。」帝曰：「晝動夜静。」謝公出歎曰：「上理不減先帝。」簡文帝善言理也。

老子曰：「躁勝寒，静勝熱。」此言夜静寒，宜重肅也。

【校　文】

「十二」　唐本作「十三四」。

注「熱」　唐本及景宋本俱作「署」。

注「夜静寒宜重肅也」　唐本作「夜静則寒，宜重茵」。

【箋　疏】

〔一〕程炎震云：「練當作綀。晉書王導傳：『綀布單衣。』音義：『色魚反。』廣韻：『所葅切。』『綀葛』，御覽二十七作『單縜』，則練字似不誤。」

7 桓宣武薨，桓南郡年五歲，服始除，桓車騎與送故文武别，桓沖别傳曰：「沖字玄叔，温弟也。累遷車騎將軍、都督七州諸軍事。」因指與南郡：「此皆汝家故吏佐。」玄應聲慟哭，酸感傍人。車騎每自目己坐曰：「靈寶成人，當以此坐還之。」靈寶，玄小字也。鞠愛過於所生。

【校　文】

注「諸軍事」下　唐本有「荆州刺史，薨，贈太尉」八字。

「因指與南郡」　「與」，唐本及景宋本俱作「語」。

「慟哭」　唐本作「泣慟」。

豪爽第十三

1 王大將軍年少時，舊有田舍名，語音亦楚〔一〕。武帝唤時賢共言伎藝事。人皆多有所知，唯王都無所關，意色殊惡，自言知打鼓吹。帝令取鼓與之，於坐振袖而起，揚槌奮擊，音節諧捷，神氣豪上，傍若無人。舉坐歎其雄爽。或曰：敦嘗坐武昌釣臺，聞行船打鼓，嗟稱其能。俄而一槌小異，敦以扇柄撞几曰：「可恨！」應侍側曰：「不然，此是回颿槌。」使視之，云「船人入夾口」。應知鼓又善於敦也〔二〕。

【校　文】

「人皆多有所知」　唐本「人」下重一「人」字。

「帝令取鼓與之」　唐本「帝」下有「即」字。

【箋　疏】

〔一〕日知録二十九「方音」條引宋書「高祖雖累葉江南，楚音未變。雅道風流，無聞焉爾」，又「長沙王道憐素無才能，言音甚楚。舉止施爲，多諸鄙拙」，及世説此條。又引梁書儒林傳：「孫詳、蔣顯曾習周官，而音革楚、夏，學徒不至。」（見沈峻傳。）又引文心雕龍云：「張華論韻，謂士衡多楚，可謂銜靈均之聲餘，失黄鍾之正響也。」嘉錫案：此數書所指之楚，雖稱名無異，而區域不同。則其語音亦當有别，未可一概而論也。宋高祖兄弟世爲彭城綏里人，自其曾祖混始過江，居晉陵郡丹徒縣。彭城於春秋屬宋，戰國時屬楚。自項羽爲西楚霸王，以及前漢之楚元王交、楚孝王囂、後漢之楚王英並都彭城。宋書所謂楚言者，指彭城郡言之也。其地爲清之江蘇徐州府銅山縣。以其越在江北，密邇胡虜，僑人雜處，號爲傖楚。故南朝人鄙夷之如此。王敦爲琅琊臨沂人，其地屬魯，當作齊、魯間語。陸機吴人，當操吴語，並不得忽用楚音。戰國時魯爲楚所滅，吴先滅於越，而越并於楚。故諸國之地，皆得蒙楚稱。史記貨殖傳云：「自淮北沛、陳、汝南、南郡，此西楚也。彭城以東，東海、吴、廣陵，此東楚也。衡山、九江、江南、豫章、長沙，是南楚也。」臨沂於漢屬東海郡，吴縣屬吴郡，並是東楚。世説謂王敦語音亦楚，張華論韻，謂士衡多楚者，指戰國時楚地言之也。其爲楚雖同，而實非一地。琅琊之方音不與吴同，則其語言必不同。此乃西晉全盛之時，洛下士大夫鄙視外郡，故用秦、漢舊名，概被以楚稱耳。至於陸倕所謂音革楚、夏，則又别是一義。梁書儒林盧廣傳云「時北來人儒學者，有崔靈恩、孫詳、蔣顯，並聚徒講説，而音辭鄙拙。惟廣言論清雅，不類北人」云云。陸倕者，吴中舊族，（本傳云：「晉太尉玩六世孫。」）世仕南朝，故以江左爲華夏，而又區别三吴之外，目之爲楚。此乃吴人鄉曲之見，猶之目中國人爲傖耳。孫詳、蔣顯來自北朝，並是傖父。倕謂其音革楚、夏者，言北方之音非楚非夏，人所不解也。任昉作王儉集序云：「以本官領丹陽尹，公不謀聲訓，而楚、夏移情。」意與陸倕同。言丹陽居民，雜有楚、夏之人，而皆能服儉之教化也。李善引史記貨殖傳「潁川、南陽，夏人之居」爲注，則與丹陽無與矣。故六朝人之所謂楚，因時因地，互有不同。而其立言之意亦區以别矣。

〔二〕嘉錫案：袁本有此注，而唐本及宋本皆無之。考之汪藻考異，乃知是敬胤注也。孝標本未見敬胤書，故二家注無一條之偶合者。不應於此條獨録其注，而没其名。袁本亦出於宋本。此必宋人所羼入，猶之尤悔篇「劉琨善能招延」條下有敬胤按云云，亦宋人所附録耳。

2 王處仲世許高尚之目，嘗荒恣於色，體爲之敝。左右諫之，處仲曰：「吾乃不覺爾。如此者，甚易耳！」乃開後閤，驅諸婢妾數十人出路，任其所之，時人歎焉。鄧粲晉紀曰：「敦性簡脱，口不言財，其存尚如此。」

【校　文】

注「口不言財」　唐本「財」下有「位」字。

3 王大將軍自目「高朗疎率，學通左氏」。晉陽秋曰：「敦少稱高率通朗，有鑒裁。」〔一〕

【校　文】

「高朗」上　沈本有「性」字。

【箋　疏】

〔一〕敦煌本晉紀殘卷曰：「敦内體豺狼之性，而外飾詐爲，以眩或當世。自少及長，終不以財位爲言。布衣疎食，車服麄眚，語輒以簡約爲首。故世目以高帥朗素。」

4 王處仲每酒後輒詠「老驥伏櫪，志在千里。烈士暮年，壯心不已」。魏武帝樂府詩。以如意打唾壺〔一〕，壺口盡缺。

【校 文】

「壺口盡缺」 唐本「壺」上有「唾」字，「口」作「邊」。

【箋 疏】

〔一〕藝文類聚卷七十引胡綜別傳曰：「時有掘地得銅匣，長二尺二寸。開之，得白玉如意。吴大帝以綜多識，乃問之。綜答云：『昔秦始皇東遊金陵，埋寶物以當王者之氣，此抑是乎？』」狩谷望之倭名類聚鈔卷五注引指歸云：「古之爪杖也。或骨、角、竹、木，刻作人手指爪，柄可長三尺許。或脊背癢，手所不到，用以搔抓。如人之意，故曰如意。」通雅卷三十四引音義指歸云：「如意者，古之爪杖也。或骨、角、竹、木，作人手指，柄三尺許。背癢可搔，如人之意。清談者執之。鐵者兼藏禦侮。」程炎震云：「晉書敦傳『唾壺』下有『爲節』二字。」

5 晉明帝欲起池臺，元帝不許。帝時爲太子，好養武士。一夕中作池，比曉便成。

今太子西池是也〔一〕。丹陽記曰：「西池，孫登所創，吴史所稱西苑也。明帝修復之耳。」

【校　文】

注「丹陽記」云云　唐本作「丹陽記曰：西池者，孫登所創，吴史所稱西苑宜是也。中時堙廢，晉帝在東，更修復之，故俗稱太子西池也」。

【箋　疏】

〔一〕程炎震云：「初學記十引徐爰釋問注曰：『西苑内有太子池，孫權子和所穿。有土山臺，晉帝在儲宫所築，故呼爲太子池。或曰西池。』文選二十二謝混遊西池注曰：『西池，丹陽西池。』」

6　王大將軍始欲下都處分樹置，先遣參軍告朝廷，諷旨時賢。祖車騎尚未鎮壽春〔一〕，瞋目厲聲語使人曰：「卿語阿黑：敦小字也。何敢不遜！催攝面去〔二〕，須臾不爾，我將三千兵槊腳令上！」王聞之而止。

【校　文】

「處分」　唐本、景宋本及沈本俱作「更分」。

【箋　疏】

〔一〕程炎震云：「祖逖自梁國退屯淮南，通鑑在太興二年。胡注曰：『此淮南郡，治壽春。』」

〔二〕「催攝面去」，汪藻考異敬胤注本「面」作「回」。

7 庾穉恭既常有中原之志，文康時，權重未在己。及季堅作相，忌兵畏禍，與穉恭歷同異者久之，乃果行。傾荆、漢之力，窮舟車之勢，師次于襄陽〔一〕。漢晉春秋曰：「翼風儀美劭，才能豐贍，少有經緯大略。及繼兄亮居方州之任，有匡維内外，埽蕩群凶之志。是時，杜乂、殷浩諸人盛名冠世，翼未之貴也。常曰：『此輩宜束之高閣，俟天下清定，然後議其所任耳！』其意氣如此。唯與桓温友善，相期以寧濟宇宙之事。初，翼輒發所部奴及車馬萬數，率大軍入沔，將謀伐狄，遂次于襄陽。」翼别傳曰：「翼爲荆州，雅有正志。每以門地威重，兄弟寵授，不陳力竭誠，何以報國。雖蜀阻險塞，胡負凶力，然皆無道酷虐，易可乘滅。當此時，不能掃除二寇以復王業，非丈夫也。於是徵役三州，悉其帑實，成衆五萬，兼率荒附，治戎大舉，直指魏、趙，軍次襄陽，耀威漢北也。」大會參佐，陳其旌甲，親授弧矢曰：「我之此行，若此射矣！」遂三起三疊，徒衆屬目，其氣十倍〔二〕。

【校　文】

「歷同異」　「歷」，唐本作「厤」。

注「盛名冠世，翼未之貴」　唐本作「盛名冠當世，翼皆弗之貴」。

注「及車馬萬數」　唐本「車馬」作「車牛驢馬」。「萬」上有「以」字。

注「雅有正志」　「正」，景宋本及沈本作「大」。

注「魏趙」　沈本作「趙魏」。

注「漢北也」　唐本「漢」上有「沔」字，無「北也」二字。

「參佐」　唐本作「寮佐」。

「授」　唐本作「援」。

【箋　疏】

〔一〕程炎震云：「晉書康帝紀：建元元年，庾翼遷鎮襄陽。通鑑同。」

〔二〕李詳云：「詳案：晉書庾翼傳不見此事。庾冰傳：『弟翼，當伐石季龍，冰求外出，除都督七州軍事，以爲翼援。』翼傳：『翼遷襄陽，舉朝謂之不可，惟兄冰意同。』似季堅非與翼歷同異者。世説此語，不知何出。」

8 桓宣武平蜀〔一〕，集參僚置酒於李勢殿，巴、蜀縉紳，莫不來萃。桓既素有雄情爽氣，加爾日音調英發，叙古今成敗由人，存亡繫才，其狀磊落，一坐歎賞。既散，諸人追味餘言。于時尋陽周馥曰：「恨卿輩不見王大將軍。」中興書曰：「馥，周撫孫也，字濟隱。有將略，曾作敦掾。」

【校文】

「來萃」　唐本作「悉萃」。

「其狀」　唐本作「奇拔」。

「歎賞」　唐本作「讚賞不暇坐」。

「大將軍」　下唐本有「馥曾作敦掾」五字。

注「曾作敦掾」　唐本作「仕晉壽太守」。

【箋　疏】

〔一〕程炎震云：「永和三年，桓温平蜀。」

9 桓公讀高士傳，至於陵仲子，便擲去曰：「誰能作此溪刻自處！」皇甫謐高士傳曰：「陳仲子字子終，齊人。兄戴相齊，食禄萬鍾。仲子以兄禄爲不義，乃適楚，居於陵。曾乏糧三日，匍匐而食井李之實，三咽而後能視。身自織屨，令妻擗纑，以易衣食。嘗歸省母，有饋其兄生鵝者。仲子嚬顣曰：『惡用此鶂鶂爲哉！』後母殺鵝，仲子不知而食之。兄自外入曰：『鶂鶂肉邪？』仲子出門，哇而吐之。楚王聞其名，聘以爲相，乃夫婦逃去，爲人灌園。」

【校　文】

注「相齊」　唐本作「爲齊丞」。

注「居於陵」　下唐本有「自謂於陵仲子，窮不求不義之食」十三字。

注「惡用此」　「此」，唐本作「是」。

注「灌園」　下唐本有「終身不屈其節」六字。

10 桓石虔，司空豁之長庶也。豁别傳曰：「豁字朗子，温之弟。累遷荆州刺史，贈司空。」小字鎮惡，年十七八未被舉，而童隸已呼爲鎮惡郎。嘗住宣武齋頭。從征枋頭，車騎沖没陳，左右莫能先救。宣武謂曰：「汝叔落賊，汝知不？」石虔聞之，氣甚奮。命朱辟爲副，策馬於數萬衆中，莫有抗者，徑致沖還，三軍歎服〔一〕。河朔後以其名斷瘧。中興書曰：「石虔有才幹，有史學，累有戰功。仕至豫州刺史，贈後軍將軍。」

【校　文】

注「温之弟」　唐本下有「少有美譽也」五字。

注「贈司空」　唐本作「薨贈司空，謚敬也」。

「徑」　唐本作「遂」。

注「刺史」　下唐本有「封作唐縣」四字。

【箋　疏】

〔一〕程炎震云：「枋頭之役，在太和四年己巳。沖時已爲江州，不從征。晉書七十四石虔傳云：『從温入關，沖爲苻健所圍。石虔躍馬赴之，拔沖於數萬衆之中而還。』事在永和十年甲寅，相距十六年。

石虔蓋年少，較可信。」

11 陳林道在西岸〔一〕，晉陽秋曰：「逵爲西中郎將，領淮南太守，戍歷陽。」都下諸人共要至牛渚會。陳理既佳，人欲共言折。陳以如意拄頰，望雞籠山歎曰：「孫伯符志業不遂！」吴録曰：「長沙桓王諱策，字伯符，吴郡富春人。少有雄姿風氣，年十九而襲業，衆號孫郎。平定江東，爲許貢客射破其面，引鏡自照，謂左右曰：『面如此！豈可復立功乎？』乃謂張昭曰：『中國方亂，夫以吴、越之衆，三江之固，足以觀成敗。公等善相吾弟。』呼大皇帝授以印綬曰：『舉江東之衆，決機於兩陳之間，卿不如我；任賢使能，各盡其心，我不如卿。愼勿北渡！』語畢而薨，年二十有六。」於是竟坐不得談。

【校文】

「既佳」　唐本作「甚佳」。

注「風氣」　唐本無「氣」字。

注「射破其面」　唐本「破」作「傷」。

注「豈可復立功乎」　唐本無「可」字，「功」下有「業」字。

注「其心」　唐本下有「以保江東」四字。

【箋　疏】

〔一〕程炎震云：「穆紀：永和五年，有西中郎將陳逵。」

12 王司州在謝公坐，詠「入不言兮出不辭，乘回風兮載雲旗」。離騷九歌少司命之辭。語人云：「當爾時，覺一坐無人。」

13 桓玄西下，入石頭。外白「司馬梁王奔叛」。續晉陽秋曰：「梁王珍之字景度。」中興書曰：「初，桓玄簒位，國人有孔璞者，奉珍之奔尋陽。義旗既興，歸朝廷，仕至太常卿，以罪誅。」玄時事形已濟，在平乘上笳鼓並作，直高詠云：「簫管有遺音，梁王安在哉？」阮籍詠懷詩也。

【校　文】

注「奔尋陽」　唐本作「奔壽陽」。

世説新語卷下之上

容止第十四

1 魏武將見匈奴使，自以形陋，不足雄遠國，魏氏春秋曰：「武王姿貌短小，而神明英發。」使崔季珪代，帝自捉刀立牀頭〔一〕。既畢，令間諜問曰：「魏王何如？」匈奴使答曰：「魏王雅望非常，魏志曰：「崔琰字季珪，清河東武城人。聲姿高暢，眉目疏朗，鬚長四尺，甚有威重。」然牀頭捉刀人，此乃英雄也。」魏武聞之，追殺此使〔二〕。

【箋疏】

〔一〕程炎震云：「建安二十一年五月，操進爵爲魏王。其時代郡烏丸行單于普富盧與侯王來朝。七月，匈奴南單于呼廚泉將其名王來朝。殆此時事。然其年琰即誅死，恐非實也。」

〔二〕李詳云：「詳案：史通暗惑篇曰：『昔孟陽卧牀，詐稱齊后；紀信乘纛，矯號漢王。或主遘屯蒙，或朝罹兵革，故權以取濟，事非獲已。如崔琰本無此急，何得以臣代君？況魏武經綸霸業，南面受朝，而使臣居君坐，君處臣位，將何以使萬國具瞻，百寮僉矚也？又漢代之於匈奴，雖復賂以金帛，結以姻親，猶恐虺毒不悛，狼心易擾。如輒殺其使者，不顯罪名，何以懷四夷於外蕃，建五利於中國？』」嘉錫案：此事近於兒戲，頗類委巷之言，不可盡信。然劉子玄之持論，亦復過當。考後漢書南匈奴傳：自光武建武二十五年以後，南單于奉藩稱臣，入居西河，已夷爲屬國，事漢甚謹。順帝時，中郎將陳龜迫單于休利自殺。靈帝時，中郎將張脩遂擅斬單于呼徵。其君長且俯首受屠割，縱殺一使者，曾何足言？且終東漢之世，未嘗與匈奴結姻，北單于亦屢求和親。雖復時有侵軼，輒爲漢所擊破。子玄張大其詞，漫持西京之已事，例之建安之朝，不亦慎乎？

2 何平叔美姿儀，面至白；魏明帝疑其傅粉。正夏月，與熱湯餅。既噉，大汗出，以朱衣自拭，色轉皎然。魏略曰：「晏性自喜，動静粉帛不去手，行步顧影。」按：此言，則晏之妖麗，本資外飾。且晏養自宫中，與帝相長，豈復疑其形姿，待驗而明也〔一〕。

【箋　疏】

〔一〕嘉錫案：晉書五行志曰：「尚書何晏，好服婦人之服。傅玄曰：『此服妖也。』」晏之行動妖麗，於此可見。嘉錫又案：古之男子，固有傅粉者。漢書佞幸傳云：「孝惠時，郎侍中皆傅脂粉。」後漢書李固傳曰「梁冀猜專，每相忌疾。初，順帝時，諸所除官，多不以次，固奏免百餘人。此等既怨，又希望冀旨，遂共作飛章，虚誣固罪曰：『大行在殯，路人掩涕。固獨胡粉飾貌，搔頭弄姿』」云云。此雖誣善之詞，然必當時有此風俗矣。魏志王粲傳附邯鄲淳注引魏略曰「臨菑侯植得淳甚喜，延入坐。時天暑熱，植因呼常從取水，自澡訖，傅粉，遂科頭拍袒胡舞」云云。何晏之粉白不去手，蓋漢末貴公子習氣如此，不足怪也。

3 魏明帝使后弟毛曾與夏侯玄共坐，〔一〕時人謂「蒹葭倚玉樹」。魏志曰：「玄爲黄門侍郎，與毛曾竝坐。玄甚恥之，形於色。明帝恨之，左遷玄爲羽林監。」

【箋疏】

〔一〕程炎震云：「魏志后妃傳：『毛后，河内人。』曾駙馬都尉，遷散騎侍郎。又玄傳作『散騎黄門侍郎』。」

4 時人目「夏侯太初朗朗如日月之入懷，李安國頽唐如玉山之將崩」。魏略曰：「李豐字安國，衛尉李義子也。識别人物，海内注意。明帝得吴降人，問江東聞中國名士爲誰？以安國對之。是時豐爲黄門郎，改名宣。上問安國所在？左右公卿即具以豐封。上曰：『豐名乃被於吴、越邪？』仕至中書令，爲晉王所誅。」

5　嵇康身長七尺八寸，風姿特秀。康别傳曰：「康長七尺八寸，偉容色，土木形骸，〔一〕不加飾厲，而龍章鳳姿，天質自然。正爾在群形之中，便自知非常之器。」見者嘆曰：「蕭蕭肅肅，爽朗清舉。」或云：「肅肅如松下風，高而徐引。」山公曰：「嵇叔夜之爲人也，巖巖若孤松之獨立；其醉也，傀俄若玉山之將崩。」

【箋　疏】

〔一〕文選五君詠注引嵇康别傳曰：「康美音氣，好容色。」「土木形骸」，解見後。

6　裴令公目王安豐「眼爛爛如巖下電」〔一〕。王戎形狀短小，而目甚清炤，視日不眩〔二〕。

【箋　疏】

〔一〕李慈銘云：「案下裴令公疾，夷甫謂其『雙目閃閃，若巖下電』，此云裴以稱王戎。臨川雜采諸書，故有重互。」

〔二〕程炎震云：「藝文類聚十七引竹林七賢論云：『王戎眸子洞徹，視日而眼明不虧。』」

7 潘岳妙有姿容，好神情。岳別傳曰：「岳姿容甚美，風儀閒暢。」少時挾彈出洛陽道，婦人遇者，莫不連手共縈之〔一〕。左太沖絶醜，續文章志曰：「思貌醜顇，不持儀飾。」亦復效岳遊遨，於是群嫗齊共亂唾之，委頓而返。語林曰：「安仁至美，每行，老嫗以果擲之，滿車。張孟陽至醜，每行，小兒以瓦石投之，亦滿車。」二説不同〔二〕。

【箋疏】

〔一〕盧文弨鍾山札記三云：「晉書潘岳傳云：『岳美姿儀，婦人遇之者，皆連手縈繞，投之以果。』此蓋岳小年時，婦人愛其秀異，縈手贈果。今人亦何嘗無此風？要必非成童以上也。婦人亦不定是少艾，在大道上，亦斷不頓起他念。至岳更無用以此爲譏議。乃史臣作論，以挾彈盈果與望塵趨貴相提並論，無乃不倫！」嘉錫案：文選藉田賦注引臧榮緒晉書曰：「潘岳總角辨惠，摛藻清豔，鄉里稱爲奇童。」以此推之，則挾彈擲果，亦必總角時事。盧氏之辯甚確。然惜其未考世説注，不知擲果者之本是老嫗也。夫老年婦人愛憐小兒，乃其常情，了不足異。既令年在成童，亦不過以兒孫輩相視，復何嫌疑之有乎？

〔三〕程炎震云：「晉書潘岳傳作張載，蓋用語林。」

8　王夷甫容貌整麗，妙於談玄〔一〕，恒捉白玉柄麈尾〔二〕，與手都無分別。

【箋疏】

〔一〕文選四十九晉紀總論注引王隱晉書曰：「王衍不治經史，唯以莊、老虛談惑世。」

〔二〕能改齋漫録二引釋藏音義指歸云：「名苑曰：鹿之大者曰麈。群鹿隨之，皆看麈所往，隨麈尾所轉爲準。今講僧執麈尾拂子，蓋象彼有所指麾故耳。」嘉錫案：漢、魏以前，不聞有麈尾，固當起於魏、晉談玄之士。然未必爲講僧之所創有也。通鑑八十九注曰：「麈，麋屬。尾能生風，辟蠅蚋。晉王公貴人多執麈尾，以玉爲柄。」

9　潘安仁、夏侯湛並有美容，喜同行〔一〕，時人謂之「連璧」〔二〕。八王故事曰：「岳與湛著契，故好同遊。」

【箋疏】

〔一〕程炎震云：「晉書湛傳云：『每行止，同輿接茵。』」

〔二〕文選集注百十三上夏侯常侍誄注引臧榮緒晉書曰：「湛美容觀，才章富盛，早有名譽。與潘安仁友善，每行止，同輿接茵，京師謂之連璧。」

10 裴令公有儁容姿，一旦有疾至困，惠帝使王夷甫往看，裴方向壁臥，聞王使至，强回視之。王出語人曰：「雙目閃閃，若巖下電，精神挺動〔一〕，體中故小惡。」名士傳曰：「楷病困，詔遣黄門郎王夷甫省之，楷回眸屬夷甫云：『竟未相識。』夷甫還，亦歎其神儁。」

【箋疏】

〔一〕李詳云：「詳案：枚乘七發：『筋骨挺解』與上下文『四支委隨，手足墮窳』相厠，則『挺解』亦是倦埶之貌。挺動義並相同。」

11 有人語王戎曰：「嵇延祖卓卓如野鶴之在雞群。」〔一〕答曰：「君未見其父耳！」康已見上。

【箋　疏】

〔一〕程炎震云：「晉書紹傳云：起家爲秘書丞，始入洛。」

12 裴令公有儁容儀，脱冠冕，粗服亂頭皆好。時人以爲「玉人」。見者曰：「見裴叔則如玉山上行，光映照人。」

13 劉伶身長六尺，貌甚醜顇〔一〕，而悠悠忽忽，土木形骸〔二〕。梁祚魏國統曰：「劉伶，字伯倫，形貌醜陋，身長六尺；然肆意放蕩，悠焉獨暢。自得一時，常以宇宙爲狹。」

【校　文】

「顇」　景宋本作「悴」。

【箋　疏】

〔一〕文選集注九十三酒德頌注引臧榮緒晉書曰：「劉靈父爲太祖大將軍掾，有寵，早亡。靈長六尺，貌甚醜悴，而志氣曠放，以宇宙爲挾也。」悴不作顇，與宋本合。

〔二〕漢書東方朔傳曰：「土木衣綺繡，狗馬被繢罽。」類聚二十四引應璩百一詩曰：「奈何季世人，侈靡及宮牆。飾巧無窮極，土木被朱光。」嘉錫案：此皆言土木之質，不宜被以華采也。土木形骸者，謂亂頭粗服，不加修飾，視其形骸，如土木然。

14 驃騎王武子是衛玠之舅，儁爽有風姿，見玠輒歎曰：「珠玉在側，覺我形穢！」玠別傳曰：「驃騎王濟，玠之舅也。嘗與同遊，語人曰：『昨日吾與外生共坐，若明珠之在側，朗然來照人。』」

15 有人詣王太尉，遇安豐、大將軍、丞相在坐；往別屋見季胤、平子。石崇金谷詩叙曰：「王詡字季胤，琅邪人。」王氏譜曰：「詡，夷甫弟也，仕至脩武令。」還，語人曰：「今日之行，觸目見琳琅珠玉。」

16 王丞相見衛洗馬，曰：「居然有羸形，雖復終日調暢，若不堪羅綺。」玠別傳曰：「玠素抱羸疾。」西京賦曰：「始徐進而羸形，似不勝乎羅綺。」

17 王大將軍稱太尉「處衆人中，似珠玉在瓦石間」〔一〕。

【箋　疏】

〔一〕程炎震云：「晉書衍傳，王敦過江，嘗稱之。」

18 庾子嵩長不滿七尺，腰帶十圍，頽然自放。

19 衛玠從豫章至下都，人久聞其名，觀者如堵牆〔一〕。玠先有羸疾，體不堪勞，遂成病而死。時人謂「看殺衛玠」。玠别傳曰：「玠在群伍之中，寔有異人之望。齠齔時，乘白羊車於洛陽市上，咸曰：『誰家璧人？』於是家門州黨號爲『璧人』。」按永嘉流人名曰：「玠以永嘉六年五月六日至豫章，其年六月二十日卒。」此則玠之南度豫章四十五日，豈暇至下都而亡乎？且諸書皆云玠亡在豫章，而不云在下都也。

【箋　疏】

〔一〕禮記射義：「孔子射於矍相之圃，蓋觀者如堵牆。」

20 周伯仁道桓茂倫「嶔崎歷落，可笑人」〔一〕。或云謝幼輿言〔二〕。

【箋　疏】

〔一〕李治敬齋古今黈四曰：「周顗歎重桓彝云：『茂倫嶔崎歷落，可笑人也。』渭上老人以爲古人語倒，治以爲不然。蓋顗謂彝爲人不群，世多忽之，所以見笑於人耳！此正言其美，非語倒也。」

〔二〕程炎震云：「晉書彝傳亦謂是周顗語。」

21 周侯説王長史父王氏譜曰：「訥字文開〔一〕，太原人。祖默〔二〕，尚書。父祐〔三〕，散騎常侍。訥始過江，仕至新淦令。」「形貌既偉，雅懷有槩，保而用之，可作諸許物也」。

【校　文】

注「開」　景宋本作「淵」。

注「祐」　景宋本作「祐」。

【箋　疏】

〔一〕言語篇注引王長史別傳云：「父訥，葉令。」建康實録八云：「濛，安西司馬訥之子。」

〔二〕魏志王昶傳云：「兄子默，字處静。」

〔三〕程炎震云：「祜當作祐，各本皆誤。」嘉錫案：祜，言語篇注作佐，晉書楊駿、王湛、王濟、王濛等傳並作佑。湛傳云「嶠，字開山。父佑，位至北軍中候。嶠永嘉末攜其二弟渡江，元帝教曰：『王佑三息始至，名德之胄，竝有操行』」云云。則佑子三人齊名，訥蓋嶠之弟也。

22 祖士少見衛君長云：「此人有旄仗下形。」

【校文】

「仗」　景宋本作「杖」。

23 石頭事故，朝廷傾覆。晉陽秋曰：「蘇峻自姑孰至于石頭，逼遷天子。峻以倉屋爲宮，使人守衛。」靈鬼志謠徵曰：「明帝末有謠歌：『側側力，放馬出山側〔一〕。大馬死，小馬餓。』後峻遷帝於石頭，御膳不具。」温忠武與庾文康投陶公求救〔二〕，陶公云：「肅祖顧命不見及，且蘇峻作亂，釁由諸庾，誅其兄弟，不足以謝天下。」徐廣晉紀曰：「肅祖遺詔，庾亮、王導輔幼主而進大臣官，陶侃、祖約不在其例。侃、約疑亮竄遺詔也。」中興書曰：「初，庾亮欲徵蘇峻，卞壼不許。温嶠及三吳欲起兵衛帝室，亮不聽，下制曰：『妄起兵者誅！』故峻得作亂京邑也。」于時庾在温船後聞之，憂怖無計。別日，温勸庾見陶，庾猶豫未能往，温曰：

「溪狗我所悉〔三〕，卿但見之，必無憂也！」庾風姿神貌，陶一見便改觀。談宴竟日，愛重頓至。

【校　文】

「投陶公求救」　景宋本及沈本俱無「陶公求救」四字。

【箋　疏】

〔一〕程炎震云：「晉書五行志作『明帝太寧初』，又重力字，無出字。」

〔二〕程炎震云：「以晉書陶侃、温嶠、庾亮諸傳參考之，亮奔温嶠於尋陽。侃後自江陵至，温、庾未嘗投陶也。」

〔三〕程炎震云：「溪狗之溪，當從亻。傒狗字亦見南史胡諧之傳。陶，豫章人，故云傒狗。李蒓客孟學齋日記以明人呼江西人爲雞，是傒之誤。」「溪狗」，孝標無注。案「溪」當作「傒」。李慈銘越縵堂日記第五册云：「前代人呼江西人爲雞。高新鄭見嚴介溪，有『大雞小雞』之謔，常不解所謂。按南史胡諧之傳：『諧之，豫章南昌人。齊武帝欲獎以貴族盛姻，以諧之家人語傒音不正，乃遣宫内四五人往諧之家教子女語。二年後，帝問諧之曰：「卿家人語音正未？」答曰：「宫人少，臣家人多，非唯不能得正音，遂使宮人頓成傒語。」帝大笑。』又范栢年云：『胡諧是何傒狗』，乃知江西人曰傒，因傒誤爲雞也。」嘉錫案：吾鄉人至今猶呼江西人爲雞。淮南子本經訓云：「傒人之子女。」注云：「傒，繫囚之繫，讀若雞。」是傒可轉爲雞之證。南朝士夫呼江右人爲傒狗，猶之呼北人爲傖父，皆輕詆之辭。陶侃本鄱陽人，家於尋陽，皆江右地，故得此稱。然温太真不應詆侃，蓋庾亮與侃不協，必其平日與人言及侃，不曰士行，而曰傒狗。太真因順其旨言之耳。高拱謔嚴嵩語見王肯堂鬱岡齋筆麈二。梁書楊公則傳云：「公則所領，是湘溪人，性怯懦，城内輕之，以爲易與。」南史作：「公則所領，多是湘人，溪性懦怯。」是齊、梁之時，并呼湘州人爲溪矣。

24 庾太尉在武昌，秋夜氣佳景清，使吏殷浩、王胡之之徒登南樓理詠〔一〕。音調始遒，聞函道中有屐聲甚厲〔二〕，定是庾公。俄而率左右十許人步來，諸賢欲起避之。公徐云：「諸君少住，老子於此處興復不淺！」〔三〕因便據胡牀，與諸人詠謔，竟坐甚得任樂。後王逸少下，與丞相言及此事。丞相曰：「元規爾時風範，不得不小頹。」右軍答曰：「唯丘壑獨存。」孫綽庾亮碑文曰：「公雅好所託，常在塵垢之外。雖柔心應世，蠖屈其迹，而方寸湛然，固以玄對山水。」

【校文】

「使吏」　「使」，景宋本及沈本俱作「佐」。

「因便」「因」，沈本作「自」。

「小積」「積」，景宋本作「頹」。

【箋疏】

〔一〕程炎震云：「『使』字宋本及晉書亮傳均作『佐』。」

〔二〕宋吴聿觀林詩話云：「『函道』，今所謂『胡梯』是也。」

〔三〕翟灝通俗編十八曰：「老學菴筆記：『南鄭俚俗謂父曰老子，雖年十七八，有子亦稱老子。乃悟西人所謂大范老子，蓋尊之以爲父也。』按西人並不以老子爲尊，唯有自稱。然後漢書韓康傳：『亭長使奪其牛，康即與之。使者欲奏殺亭長，康曰：「此自老子與之，亭長何罪？」』康乃京兆霸陵人，正可爲的證者。三國志甘寧傳注：『夜入魏軍，軍皆鼓譟舉火。還見權，權曰：「足驚駭老子否？」』此老子似指曹操。權豈欲尊操而云然乎？晉書陶侃傳：『顧謂王愆期曰：「老子婆娑，正坐諸君輩。」』應詹傳：『鎮南大將軍劉弘謂曰：「君器識宏深，後當代老子于荆南矣。」』庾亮傳：『諸君少住，老子于此興復不淺。』諸人不皆西産，而其自稱如此，必當時無以稱父者，故得通行不爲嫌。若五代史馮道傳：『耶律德光誚之曰：「汝是何等老子？」對曰：「無材無德，癡頑老子。」』更顯見其稱之不尊矣。」嘉錫案：曲禮曰：「大夫七十而致仕，若不得謝，則必賜之几杖，行役以婦人，適四方，乘安車，自稱曰老夫。」注曰：「老夫，老人稱也。」左氏隱四年傳曰：「石碏使告於陳曰：『衛國褊小，老夫耄矣，無能爲也。』」注曰：「稱國小己老，自謙以委陳。」漢、晉人之自稱老子，猶老夫也，有自謙之意焉。至宋時，流俗乃稱爲人父者爲老子。陸游言西人稱大范老子，事見朱子三朝名臣録七引名臣傳云：「仲淹領延安，養兵畜鋭，夏人聞之，相戒曰：『今小范老子腹中自有兵甲，不比大范老子可欺也。』戎人呼知州爲老子，大范謂雍也。」是則西夏人之稱大范，固非尊敬其人，然呼知州爲老子，正是以其爲父母官而尊之，猶後人之稱官爲老爺也。翟氏據漢、晉人之所以自稱者以駁陸游，是不知古今之異也。但宋人仍有用古人之意入文詞者，如老學庵筆記二載黄魯直在戎州作樂府曰：「老子江南、江北，愛聽臨風笛。」此又非當時流俗人之所謂老子，不可以一概而論也。

25　王敬豫有美形，問訊王公。王公撫其肩曰：「阿奴，恨才不稱！」〔一〕又云〔二〕：「敬豫事事似王公。」語林曰：「謝公云：『小時在殿廷會見丞相，便覺清風來拂人。』」〔三〕

【箋　疏】

〔一〕德行篇云：「丞相見長豫輒喜，見敬豫輒嗔。」注引文字志曰：「王恬字敬豫，少卓犖不羈，疾學尚武，不爲導所重。」嘉錫案：此恨其才不稱貌，亦嗔之也。

〔二〕李慈銘云：「案『又云』字有誤，上文乃導自謂其子之語。下不得作『又云』也。當是他人品目之語。」

〔三〕程炎震云：「王導卒時，謝安才二十歲，何由於殿廷見導乎？蓋從其父裒官京師，故得見耳。」

26 王右軍見杜弘治，歎曰：「面如凝脂，眼如點漆，此神仙中人。」江左名士傳曰：「永和中，劉真長、謝仁祖共商略中朝人士。或曰：『杜弘治清標令上，爲後來之美，又面如凝脂，眼如點漆，粗可得方諸衛玠。』」時人有稱王長史形者，蔡公曰：「恨諸人不見杜弘治耳！」

27 劉尹道桓公：鬢如反猬皮，眉如紫石稜，自是孫仲謀、司馬宣王一流人〔一〕。宋明帝文章志曰：「温爲温嶠所賞，故名温。」吴志曰：「孫權字仲謀，策弟也。漢使者劉琬語人曰：『吾觀孫氏兄弟，雖並有才秀明達，皆禄胙不終。唯中弟孝廉，形貌魁偉，骨體不恒，有大貴之表。』」晉陽秋曰：「宣王天姿傑邁，有英雄之略。」

【校文】

注「禄胙」「胙」，景宋本及沈本俱作「祚」。

【箋　疏】

〔一〕程炎震云：「晉書温傳作『眼如紫石稜，鬚作蝟毛磔，孫仲謀、晉宣王之流亞也』。御覽三百六十六引『眉』亦作『眼』。」御覽三百九十六引語林曰：「桓温自以雄姿風氣是司馬宣王、劉越石一輩器。有以比王大將軍者，意大不平。征苻健還，於北方得一巧作老婢，乃是劉越石妓女。一見温入，潸然而泣。温問其故，答曰：『官家甚似劉司空。』温大悦，即出外脩整衣冠，又入呼問：『我何處似司空？』婢答曰：『眼甚似，恨小；面甚似，恨薄；鬚甚似，恨赤；形甚似，恨短；聲甚似，恨雌。』宣武於是弛冠解帶，不覺惛然而睡，不怡者數日。」嘉錫案：唐人修晉書采入温本傳。余謂温太真識温於襁褓之中，聞其啼聲，稱爲英物，則其聲必不雌。劉真長許爲孫仲謀、司馬宣王一流人，則其雄姿可想。亦何至眼小面薄，如語林所云者？此蓋東晉末人憤温之自命梟雄，覬覦神器，造爲此言，以醜詆之耳。晉書信爲實録，非也。

28　王敬倫風姿似父。作侍中，加授桓公公服〔一〕，從大門入。桓公望之曰：「大奴固自有鳳毛。」〔二〕大奴，王劭也。已見。中興書曰：「劭美姿容，持儀操也。」

【校　文】

注「儀操也」　景宋本及沈本俱無「操」字。

【箋疏】

〔一〕程炎震云：「御覽二百七引晉中興書曰：『桓温授侍中、太尉，固讓不受。旬月之中，使者八至，軺軒相望於道。温遂親職。』按晉書穆紀：『永和八年七月丁酉，以征西大將軍桓温爲太尉。』温傳則云『固讓不拜』，據此知温終就職也。晉書哀紀：『興寧元年五月，加征西大將軍桓温侍中、大司馬、都督中外諸軍事、假黄鉞、録尚書事。』似加侍中在後。然侍中爲門下省之長官，温既爲太尉，必加侍中。其後自尉轉馬，則加官如故，晉書不及析言也。劭之授温，蓋即永和八年事。至晉書劭傳不言其爲侍中，此『作侍中』字恐有誤，文或應在『加授桓公』下。」

〔二〕程炎震云：「晉書劭傳云：『雖家人近習，未嘗見其有墮替之容。』」又云：「雅量篇『王劭王薈共詣宣武』條注引劭、薈别傳曰：『桓温稱劭爲鳳雛。』然則有鳳毛者，猶鳳雛耳。」南齊書謝超宗曰：「新安王子鸞，孝武帝寵子。超宗以選補王國常侍，王母殷淑儀卒，超宗作誄奏之。帝大嗟賞曰：『超宗殊有鳳毛，恐靈運復出。』」金樓子雜記篇上曰：「世人相與呼父爲鳳毛。而孝武亦施之祖，便當可得通用。不知此言意何所出？」嘉錫案：金樓子梁元帝所撰。據其所言，是南朝人通稱人子才似其父者爲鳳毛。元帝已不能知其出處矣。劭、薈别傳言桓温稱劭爲鳳雛，彼自用龐士元事，與此意同而語異，不必即出於一時。雖可取以互證，然不得謂鳳毛即鳳雛也。若云「大奴固自有鳳雛」，則不成語矣。

29 林公道王長史：「斂衿作一來，何其軒軒韶舉！」語林曰：「王仲祖有好儀形，每覽鏡自照，曰：『王文開那生如馨兒！』時人謂之達也。」

30 時人目王右軍「飄如遊雲，矯若驚龍」〔一〕。

【箋疏】

〔一〕程炎震云：「晉書羲之傳，論者稱其筆勢是也，今乃列於容止篇。」

31 王長史嘗病，親疏不通。林公來，守門人遽啟之曰：「一異人在門，不敢不啟。」王笑曰：「此必林公。」按語林曰：「諸人嘗要阮光禄共詣林公。阮曰：『欲聞其言，惡見其面。』」此則林公之形，信當醜異。

32 或以方謝仁祖不乃重者〔一〕。桓大司馬曰：「諸君莫輕道，仁祖企腳北窻下彈琵琶〔二〕，故自有天際真人想。」〔三〕晉陽秋曰：「尚善音樂。」裴子云：「丞相嘗曰：『堅石挈腳枕琵琶，有天際想。』」堅石，尚小名。

【箋疏】

〔一〕嘉錫案：言有比人爲謝尚者，其意乃實輕之。若曰「某不過謝仁祖之流耳」。

〔二〕李慈銘云：「案『企』同『跂』，企亦舉也。」樂府詩集七十五載謝尚大道曲曰：「青陽二三月，柳青桃復紅。車馬不相識，音落黄埃中。」并引樂府廣題曰：「謝尚爲鎮西將軍，嘗著紫羅襦，據胡牀，在市中佛國門樓上彈琵琶，作大道曲。市人不知其三公也。」

〔三〕類聚四十四引俗説曰：「謝仁祖爲豫州主簿，在桓温閤下。桓聞其善彈箏，便呼之。既至，取箏令彈，謝即理絃撫箏，因歌秋風，意氣甚遒。桓大以此知之。」

33 王長史爲中書郎〔一〕，往敬和許。敬和，王洽，已見。爾時積雪，長史從門外下車，步入尚書，著公服。敬和遥望，歎曰：「此不復似世中人！」

【校文】

「著公服」　景宋本及沈本「著」作「省」，又無「公服」二字。

【箋疏】

〔一〕程炎震云：「王濛爲中書郎，當在康帝時。王洽傳不言爲尚書省何官，蓋略之。」

34 簡文作相王時，與謝公共詣桓宣武。王珣先在内，桓語王：「卿嘗欲見相王，可住帳裏。」二客既去，桓謂王曰：「定何如？」王曰：「相王作輔，自然湛若神君，續晉陽秋曰：「帝美風姿，舉止端詳。」公亦萬夫之望。不然，僕射何得自没？」僕射，謝安〔一〕。

【校　文】

注「端詳」　「端」，景宋本及沈本作「安」。

【箋　疏】

〔一〕程炎震云：「桓温自徐移荆，迄於廢立，與簡文會者二：前在興寧三年乙丑洌洲，後在太和四年己巳涂中。此是會涂中事。據排調篇『君拜於前，臣立於後』語，知太和六年謝安猶爲侍中。則太和四年，安亦以侍中從行，非僕射也。尋其時日，僕射乃王彪之。檢彪之傳，三爲僕射：初以病不拜。次在穆帝升平二年戊午謝奕卒時，其年當出爲會稽内史，居郡八年，至興寧三年爲桓温劾免下吏，會赦免，左降爲尚書。頃之，復爲僕射。考廢紀：興寧三年，即位有赦。十二月以會稽内史王彪之爲尚書僕射。紀傳皆合。自此至孝武寧康元年桓温死後，乃自僕射遷尚書令。珣爲彪之子侄行。『僕射何得自没』者，正以彪之不從行，巽言以解其被劾之前嫌耳。注以僕射爲安，不知安爲僕射在孝武寧康元年桓温死後。且安嘗事温，珣即謝壻，何爲辭費乎？此等似非劉注，孝標不至若是。知非洌洲會者。王珣以隆安四年卒，年五十二，則生於穆帝永和五年己酉。傳云『弱冠爲桓温掾』，則洌洲會時，珣年十七，未入温幕。簡文以太和元年始爲丞相，前此不得稱相王也。」

35 海西時，諸公每朝，朝堂猶暗；唯會稽王來，軒軒如朝霞舉。

36 謝車騎道謝公「遊肆復無乃高唱，但恭坐捻鼻顧睞，便自有寢處山澤間儀」。

37 謝公云：「見林公雙眼黯黯明黑。」孫興公「見林公稜稜露其爽」〔一〕。

【箋疏】

〔一〕李慈銘云：「案『孫興公』下當有『亦云』二字。」

38 庾長仁與諸弟入吴，欲住亭中宿。諸弟先上，見群小滿屋，都無相避意。長仁曰：「我試觀之。」乃策杖將一小兒，始入門，諸客望其神姿，一時退匿。長仁已見，一說是庾亮。

39 有人歎王恭形茂者，云：「濯濯如春月柳。」

自新第十五

1 周處年少時，兇彊俠氣〔一〕，爲鄉里所患。處別傳曰：「處字子隱，吴郡陽羨人〔二〕。父魴，吴鄱陽太守。處少孤，不治細行。」晉陽秋曰：「處輕果薄行，州郡所棄。」又義興水中有蛟，山中有邅跡一作「白額」。虎，並皆暴犯百姓，義興人謂爲三横，而處尤劇。或説處殺虎斬蛟，實冀三横唯餘其一。處即刺殺虎，又入水擊蛟，蛟或浮或没，行數十里，處與之俱。經三日三夜，鄉里皆謂已死，更相慶，竟殺蛟而出。聞里人相慶，始知爲人情所患，有自改意〔三〕。孔氏志怪曰：「義興有邪足虎，溪渚長橋有蒼蛟，並大噉人，郭西周，時謂郡中三害。」周即處也。乃自吴尋二陸，平原不在，正見清河，具以情告，並云：「欲自修改，而年已蹉跎，終無所成。」清河曰：「古人貴朝聞夕死，況君前途尚可。且人患志之不立，亦何憂令名不彰邪？」處遂改勵，終爲忠臣孝子〔四〕。晉陽秋曰：「處仕晉爲御史中丞，多所彈糾。氐人齊萬年反，乃令處距萬年。伏波孫秀欲表處母老，處曰：『忠孝之道，何當得兩全？』乃進戰。斬首萬計。弦絶矢盡，左右勸退，處曰：『此是吾授命之日。』遂戰而没。」

【校　文】

「乃自吴尋二陸」　「自」，景宋本及沈本作「入」。

【箋　疏】

〔一〕程炎震云：「御覽三百八十六引俠作使。」

〔二〕嘉錫案：陽羨漢屬吴郡，吴寶鼎元年分屬吴興郡，見吴志孫皓傳注。晉惠帝永興元年分屬義興郡，見晉書地理志。此作吴郡，乃吴興之誤。

〔三〕初學記七引祖台之志怪曰：「義興郡溪渚長橋下有蒼蛟，吞噉人。周處執劍橋側伺，久之，遇出，於是懸自橋上投下蛟背，而刺蛟數創，流血滿溪。自郡渚至太湖句浦乃死。」

〔四〕嘉錫案：晉書周處傳亦有殺猛獸斬蛟入吴尋二陸事，與此略同。勞格讀書雜識五晉書校勘記曰：「案此采自世説，予以處傳及陸機傳覈之，知係小説妄傳，非實事也。案處没於惠帝元康七年，年六十有二。推其生年，當在吴大帝之赤烏元年。陸機没於惠帝太安二年，年四十三。推其生年，當在吴景帝之永安五年。赤烏與永安相距二十餘載，則處弱冠之年，陸機尚未生也。此云入吴尋二陸，未免近誣。又考陸機傳：年二十而吴滅，退居舊里。是吴未亡之前，機未嘗還吴也。或以爲處尋二陸，當在吴亡之後，亦非也。考吴亡之歲，處年亦四十三，筮仕已久。據本傳：處仕吴爲東觀左丞、無難督。故王渾之登建鄴宮，處有對渾之言。如使吴亡之後，處方厲志好學，則爲東觀左丞、無難督者，果何人乎？以此推之，知世説所云盡屬謬妄。晉書不加考核，遽採入本傳，可謂無識。劉子玄譏其好採小説，誠非過也。又案處碑，世傳陸機所撰，亦有『來吴事余厥弟』之語。此碑係唐劉從諫所重樹，竄改舊文，事迹錯互，不可盡據以爲信。」

2 戴淵少時，遊俠不治行檢，嘗在江、淮間攻掠商旅。陸機赴假還洛，輜重甚盛。淵使少年掠劫，淵在岸上，據胡床〔一〕，指麾左右，皆得其宜。淵既神姿峰穎〔二〕，雖處鄙事，神氣猶異。機於船屋上遥謂之曰：「卿才如此，亦復作劫邪？」淵便泣涕，投劍歸機，辭厲非常〔三〕。機彌重之，定交，作筆薦焉〔四〕。虞預晉書曰：「機薦淵於趙王倫曰：『蓋聞繁弱登御，然後高墉之功顯；孤竹在肆，然後降神之曲成。伏見處士戴淵，砥節立行，有井渫之潔；安窮樂志，無風塵之慕。誠東南之遺寶，朝廷之貴璞也。若得寄跡康衢，必能結軌驥騄；耀質廊廟，必能垂光璵璠。夫枯岸之民，果於輸珠；潤山之客，烈於貢玉。蓋明暗呈形，則庸識所甄也。』倫即辟淵。」過江，仕至征西將軍。

【箋疏】

〔一〕嘉錫案：「胡床」即「交床」，解在任誕篇「王子猷出都」條。

〔二〕「峰潁」，御覽四百九作「鋒穎」。

〔三〕「辭厲非常」，御覽四百九作「辭屬非常」。

〔四〕程炎震云：「晉書若思傳云：『遂與定交，後舉孝廉，機薦於趙王倫。』」

企羡第十六

1 王丞相拜司空〔一〕，桓廷尉作兩髻、葛帬、策杖，路邊窺之，歎曰：「人言阿龍超〔二〕，阿龍故自超！」〔三〕阿龍，丞相小字〔四〕。不覺至臺門〔五〕。

【箋疏】

〔一〕程炎震云：「元紀太興四年七月，王導爲司空。」

〔二〕李詳云：「詳案：日知録卷三十二：『阿者，助語之辭，古人以爲漫應聲。老子：「唯之與阿，相去幾何？」今南人呼爲入聲，非。』又案隸釋漢殽阬碑陰云：『其間四十人，皆字其名，而繫以阿字。如劉興阿興，潘京阿京之類。必編户民未有表德書石者，欲其整齊而强加之。』此見阿字託始之義。」

〔三〕程炎震云：「導、彝同年生，彝蓋差長，故李闡爲顔含碑云：『王公雖重，故是吾家阿龍。君是王親丈人，故呼王小字。』碑見續古文苑卷十五。晉人自言呼小字之例如此。洪容齋隨筆卷七以爲晉人浮虛之習，似未考也。」嘉錫案：彝與導長幼不可知。晉人於相與親狎者，亦得呼其小字，不必皆丈人行也。程氏因此遂謂彝長於導，未免過泥。容齋隨筆卷七曰：「顔魯公書遠祖西平靖侯顔含碑，晉李闡之文也。云：『含爲光禄大夫，馮懷欲爲王導降禮，君不從曰：「王公雖重，故是吾家阿龍。」君是王親丈人，故呼王小字。』晉書亦載此事，而不書小字。世說：『王丞相拜司空，桓廷尉歎曰：「人言阿龍超，阿龍故自超。」』呼三公小字，晉人浮虛之習如此。」

〔四〕御覽引郭子注云：「導小名赤龍。」

〔五〕此事出郭子，見御覽三百九十四。

2 王丞相過江，自說昔在洛水邊，數與裴成公、阮千里諸賢共談道。羊曼曰：「人久以此許卿，何須復爾？」王曰：「亦不言我須此，但欲爾時不可得耳！」「欲」，一作「歎」。

3 王右軍得人以蘭亭集序方金谷詩序〔一〕，又以己敵石崇〔二〕，甚有欣色〔三〕。王羲之臨河敘曰：「永和九年，歲在癸丑〔四〕，莫春之初，會于會稽山陰之蘭亭，修禊事也。群賢畢至，少長咸集〔五〕。此地有崇山峻嶺，茂林修竹。又有清流激湍，映帶左右。引以爲流觴曲水，列坐其次。是日也，天朗氣清，惠風和暢，娱目騁懷，信可樂也。雖無絲竹管絃之盛，一觴一詠，亦足以暢叙幽情矣。故列序時人，録其所述。右將軍司馬太原孫丞公等二十六人，賦詩如左，前餘姚令會稽謝勝等十五人不能賦詩，罰酒各三斗。」〔六〕

【箋疏】

〔一〕寰宇記九十六「越州山陰縣蘭亭在縣西南二十七里。輿地志云：『山陰郭西有蘭渚，渚有蘭亭，王羲之所謂曲水之勝境。製序於此。』」水經注四十漸江水注云：「湖水下注浙江，又逕會稽山陰縣，浙江又東與蘭谿水合。湖南有天柱山，湖口有亭，號曰蘭亭，亦曰蘭上里。太守王羲之、謝安兄弟數往造焉。太守王廙之移亭水中。晉司空何無忌之臨郡也，起亭於山椒，極高盡眺矣。亭宇雖壞，基陛尚存。」

〔二〕嘉錫案：此以金谷詩序與石崇分言之者，蓋時人不獨謂兩序文詞足以相敵，且以逸少爲蘭亭宴集主人，猶石崇之在金谷也。今晉書羲之傳乃云：「或以潘岳金谷詩序方其文，羲之比於石崇，聞而甚喜。」與此不同。考諸書引用金谷詩序，無題爲潘岳者，其文已略見品藻篇「金谷中蘇紹最勝」條注中。觀其波瀾意度，知逸少臨河叙實有意仿之。故時人以爲比。潘岳金谷集詩在文選内，不聞有序。縱安仁嘗别爲之序，亦必非逸少所仿也。桂馥札樸六據羲之傳遂謂石崇金谷詩叙即安仁代作，實非崇文。夫石季倫非不能文者，何須安仁捉刀？況他書並無此言，晉書單文孤證，恐係紀載之誤，未可便以爲據也。

〔三〕程炎震云：「晉書取此，東坡譏之。」

〔四〕太平廣記二百七引羊欣筆陣圖曰：「王羲之三十三書蘭亭序。」宋桑世昌蘭亭考八引同。嘉錫案：晉書羲之本傳但云年五十九卒，不著年月。陶弘景真誥十六闡幽微注云：「逸少爲會稽太守，永和十一年去郡，告靈不復仕。至升平五年辛酉歲亡，年五十九。」真誥雖不可信，而隱居之注，考證不苟，必有所據。張懷瓘書斷卷中亦云：「升平五年卒，年五十九。」後來如黄伯思東觀餘論卷下跋瘞鶴銘後，謂王逸少以晉惠帝大安二年癸亥歲生，至穆帝升平五年辛酉歲卒。蘭亭考載李兼跋，與伯思同，因以推知右軍蘭亭之遊，年五十有一。大抵皆據書斷爲説也。至錢大昕疑年録一獨移下十八年，謂生大興四年辛巳，卒太元四年己卯。且以東觀餘論爲誤，而不言其何所本。偏檢晉書考異、諸史拾遺，及養新録諸書亦並無一言。第以其説推之，則永和九年正得年三十有三，疑即本之羊欣筆陣圖耳。考本書汰侈篇曰：「王右軍少時，在周侯末坐，割牛心噉之，於此改觀。」本傳亦曰：「年十三，嘗謁周顗，顗察而異之。時重牛心炙，坐客未噉，顗先割啗羲之，由是始知名。」按元帝大興紀元盡四年，改元永昌。周顗即以其年四月爲王敦所害。若如錢氏之説，則當顗之死，右軍方在襁褓之中，安能與其末座噉牛心炙耶？蓋所謂羊欣筆陣圖者，本不可信，遠不如真誥書斷之足據也。

〔五〕御覽一百九十四引王隱晉書曰：「王羲之初渡江，會稽有佳山水，名士多居之。與孫綽、許詢、謝尚、支遁等宴集於山陰之蘭亭。」嘉錫案：蘭亭考一載蘭亭詩及雲谷雜記，一載蘭亭石刻，皆無許詢、謝尚、支遁等三人。然考法書要録三所載唐何延之蘭亭記，僅略舉主賓十一人姓名，其中乃有支遁。不審何以不在石刻四十二人之内，又不審當修禊賦詩之時，許詢、謝尚果在座中與否也。古事難考，如此類者多矣。

〔六〕嚴可均録此序入全晉文卷二十六。自注云：「此與帖本不同，又多篇末一段，蓋劉孝標從本集節録者。」嘉錫案：今本世説注經宋人晏殊、董弅等妄有删節，以唐本第六卷證之，幾無一條不遭塗抹。況於人人習見之蘭亭序哉。然則此序所删除之字句，未必盡出於孝標之節録也。

4　王司州先爲庾公記室參軍，後取殷浩爲長史。始到，庾公欲遣王使下都，王自啟求住曰：「下官希見盛德，淵源始至，猶貪與少日周旋。」

5　郗嘉賓得人以己比符堅，大喜。

【校　文】

「符堅」　景宋本作「苻堅」，是。

6 孟昶未達時，家在京口〔一〕。晉安帝紀曰：「昶字彦達，平昌人。父馥，中護軍。昶矜嚴有志局，少爲王恭所知。豫義旗之勳，遷丹陽尹。盧循既下，昶慮事不濟，仰藥而死。」嘗見王恭乘高輿，被鶴氅裘。于時微雪，昶於籬間窺之，歎曰：「此真神仙中人！」〔二〕

【箋疏】

〔一〕程炎震云：「太元十五年二月，王恭爲青、兗二州刺史，鎮京口。」

〔二〕李慈銘云：「案顔氏家訓勉學篇云：『梁朝全盛之時，貴游子弟無不燻衣剃面，傅粉施朱，駕長簷車，跟高齒屐，坐棊子方褥，憑斑絲隱囊，從容出入，望若神仙。』昶之所謂，正此類也。王恭憑藉戚畹，早據高資，學術全無，驕淫自恣。及荷孝武之重委，任北府之屏藩，首創亂謀，妄清君側。要求既遂，跋扈益張，再動干戈，連横群小。昧於擇將，還以自焚。坐使諸桓得志，晉祚遽移。金行之亡，實爲罪首。梟首滅族，未抵厥辜。孟昶寒人，奴顔乞相，驚其炫麗，望若天人，鄙識瑣談，何足稱述？而當時歎爲名士，後世載其風流，六代陵遲，職由於此。昶得遭時會，緣藉侯封，其子靈休，遂移志願。臨汝之飾，貽穢千秋。其父報仇殺人，其子必將行刼，此之謂矣！」嘉錫案：矜飾容止，固是南朝士大夫一病。然名士風流，儀形儁美者，自易爲人所企羨，此亦常情。晉書王恭傳載此事云：「恭美姿儀，人多愛悦，或目之云『濯濯如春月柳』。嘗被鶴氅裘，涉雪而行。孟昶窺見之，歎曰：

『此真神仙中人也！』」然則昶之贊恭，乃美其姿容，非第羡其高輿鶴氅裘而已。尊客乃鄙昶爲寒人，詆爲奴顔乞相，不知本書所載，若此者多矣！即如上篇王長史於積雪中著公服入尚書，王敬和歎爲不復似世中人，此與昶之贊恭何異？敬和宰相之子，豈亦寒人奴顔乞相耶？尊客此評，深爲無謂。若移家訓語入容止篇下，以見風氣之弊，則善矣。

傷逝第十七

1 王仲宣好驢鳴。魏志曰：「王粲字仲宣，山陽高平人。曾祖龔、父暢〔一〕，皆爲漢三公。粲至長安見蔡邕，邕奇之，倒屣迎之曰：『此王公孫，有異才，吾不及也！吾家書籍，盡當與之。』避亂荆州，依劉表，以粲貌寢通脱，不甚重之。太祖以從征吴，道中卒。」〔二〕既葬，文帝臨其喪，顧語同遊曰：「王好驢鳴，可各作一聲以送之。」赴客皆一作驢鳴。按戴叔鸞母好驢鳴，叔鸞每爲驢鳴以説其母。人之所好，儻亦同之〔三〕。

【箋疏】

〔一〕「父暢」，當從三國志本傳作「祖父暢」。王粲父名謙，爲何進長史。

〔二〕程炎震云：「『太祖』以下，當有脱文。」又云：「魏志粲傳，建安二十一年，從征吴。二十二年春，道病卒，時年四十一。」

〔三〕嘉錫案：叔鸞名良，事見後漢書逸民傳。此可見一代風氣，有開必先。雖一驢鳴之微，而魏、晉名士之嗜好，亦襲自後漢也。況名教禮法，大於此者乎？

2　王濬沖爲尚書令，著公服，乘軺車，經黄公酒壚下過，韋昭漢書注曰：「壚，酒肆也。以土爲墮，四邊高似壚也。」顧謂後車客：「吾昔與嵇叔夜、阮嗣宗共酣飲於此壚，竹林之遊，亦預其末。自嵇生夭、阮公亡以來，便爲時所羈紲。今日視此雖近，邈若山河。」〔一〕竹林七賢論曰：「俗傳若此。潁川庾爰之嘗以問其伯文康，文康云：『中朝所不聞，江左忽有此論，皆好事者爲之也。』」

【箋　疏】

〔一〕程炎震云：「王戎爲尚書令，在惠帝永寧二年，去嵇、阮之亡，且四十年矣。此語殊闊於世情。晉書取此而不云爲尚書令時，蓋亦知戴逵之説而不能割愛也。」嘉錫案：此事蓋出裴啟語林。輕詆篇注引續晉陽秋曰：「晉隆和中，河東裴啟撰語林，時人多好其事，文遂流行。後説太傅事不實，而有人於謝坐叙其黄公酒壚，司徒王珣爲之賦。謝公加以與王不平，乃云：『君遂復作裴郎學。』自是衆咸鄙其事矣。」可與此注所引七賢論互證。臨川既載謝安語入輕詆，而仍叙黄公酒壚於此，其不能割愛，與晉書同。又案：淮南覽冥訓云：「考其功烈，上際九天，下契黄壚。」注云：「黄泉下壚土也。」文選曹子建責躬詩云：「昊天罔極，生命不圖。嘗懼顛沛，抱罪黄壚。」魏志王粲傳注引吴質别傳曰：「文帝崩，質思慕作詩曰：『何意中見棄，棄我歸黄壚。』」然則黄壚所以喻人死後歸土，猶之九京黄泉之類也。此疑王戎追念嵇、阮云亡，生死永隔，故有黄壚之歎。傳者不解其義，遂附會爲黄公酒壚耳。

3 孫子荆以有才，少所推服，唯雅敬王武子。武子喪時〔一〕，名士無不至者。子荆後來，臨屍慟哭，賓客莫不垂涕。哭畢，向靈牀曰：「卿常好我作驢鳴，今我爲卿作。」體似真聲〔二〕，賓客皆笑。孫舉頭曰：「使君輩存，令此人死！」語林曰：「王武子葬，孫子荆哭之甚悲，賓客莫不垂涕。既作驢鳴，賓客皆笑。孫曰：『諸君不死，而令武子死乎？』賓客皆怒。」

【校　文】

注「孫曰」　景宋本及沈本「孫」下俱有「聞之」二字。

注「而令武子死乎」　景宋本及沈本「令」下有「王」字。

【箋　疏】

〔一〕程炎震云：「晉書濟傳：年四十六，先渾卒。不著何年。」

〔二〕李慈銘云：「案『真聲』誤倒。晉書王濟傳作『體似聲真』，今據改。李本亦誤。」

4 王戎喪兒萬子〔一〕，山簡往省之，王悲不自勝。簡曰：「孩抱中物，何至於此？」王曰：「聖人忘情，最下不及情；情之所鍾，正在我輩。」簡服其言，更爲之慟。王隱晉書曰：「戎子綏，欲取裴遁女。綏既蚤亡，戎過傷痛，不許人求之，遂至老無敢取者。」一説是王夷甫喪子，山簡弔之〔二〕。

【箋　疏】

〔一〕賞譽篇注引晉諸公贊曰：「王綏字萬子，年十九卒。」

〔二〕程炎震云：「晉書王衍傳取此，云衍嘗喪幼子。蓋以萬年十九卒，不得云孩抱中物也。」嘉錫案：今晉書王衍傳作「衍嘗喪幼子，山簡弔之」。即注所載一説也。吳士鑑注曰：「王戎喪子，年已十九，不得云孩抱中物。世説誤衍作戎，合爲一事。注引王綏事以實之，亦誤也。」

5 有人哭和長輿曰：「峨峨若千丈松崩。」〔一〕

【箋疏】

〔一〕程炎震云：「晉書四十五和嶠傳云：『元康二年卒，永平初策謚曰簡。』周保緒晉略列傳五曰：『元康在永平後，嶠非先卒，必豫於衛瓘之禍，何謚之有？』清殿本考證曰：『永平定屬永康之誤，今改正。』按永康元年四月，賈后廢後，追復故皇太子位號，嶠得策謚，事或有之。然晉初追謚者少，衛瓘受禍，僅乃得之。張華且不得謚，恐嶠非其比也。疑永平字不誤。嶠自永熙元年卒，誤爲元康二年耳。永熙元年之明年，即永平元年。」

6 衛洗馬以永嘉六年喪，謝鯤哭之，感動路人。永嘉流人名曰：「玠以六年六月二十日亡，葬南昌城許徵墓東。玠之薨，謝幼輿發哀於武昌，感慟不自勝。人問：『子何卹而致哀如是？』答曰：『棟梁折矣，何得不哀？』」咸和中，丞相王公教曰：「衛洗馬當改葬〔一〕。此君風流名士，海內所瞻，可脩薄祭，以敦舊好。」玠別傳曰：「玠咸和中改遷於江寧。丞相王公教曰：『洗馬明當改葬。此君風流名士，海內民望，可脩三牲之祭，以敦舊好。』」

【箋疏】

〔一〕建康實録五曰：「玠卒，葬新亭東，今在縣南十里。」自注曰：「按地志：咸和中王導爲揚州刺史，下令云云，改葬即此地也。未悉本葬何處。」嘉錫案：許嵩未考世説注，故不知其本葬南昌城。

7 顧彦先平生好琴，及喪〔一〕，家人常以琴置靈牀上。張季鷹往哭之，不勝其慟，遂徑上牀，鼓琴，作數曲竟，撫琴曰：「顧彦先頗復賞此不？」因又大慟，遂不執孝子手而出〔二〕。

【箋疏】

〔一〕程炎震云：「永嘉六年，顧榮卒。晉書榮傳：子毗。」

〔二〕嘉錫案：顔氏家訓風操篇曰「江南凡弔者，主人之外，不識者不執手」云云。然則凡弔者，皆須執主人之手。此條言不執孝子手，後王東亭條言不執末婢手，皆著其獨於死者悼慟至深，本不爲生者弔，故不執手，非常禮也。

8 庾亮兒遭蘇峻難遇害。諸葛道明女爲庾兒婦，既寡，將改適，亮子會，會妻父彪〔一〕，並已見上。與亮書及之。亮答曰：「賢女尚少，故其宜也。感念亡兒，若在初没。」

【箋　疏】

〔一〕李慈銘云：「案父當作文。會妻名文彪也。見卷中方正篇注。」程炎震云：「此父字當作文。文彪，會妻名也。見方正篇注。」

9 庾文康亡，何揚州臨葬云〔一〕：「埋玉樹著土中，使人情何能已已！」搜神記曰：「初，庾亮病，術士戴洋曰：『昔蘇峻事，公於白石祠中許賽車下牛，從來未解。爲此鬼所考，不可救也。』明年，亮果亡。」〔二〕靈鬼志謠徵曰：「文康初鎮武昌，出石頭，百姓看者於岸歌曰：『庾公上武昌，翩翩如飛鳥；庾公還揚州，白馬牽旒旐。』又曰：『庾公初上時，翩翩如飛鴉；庾公還揚州，白馬牽旐車。』後連徵不入，尋薨，下都葬焉。」

【箋　疏】

〔一〕程炎震云：「咸康六年，庾亮卒。何充時爲護軍將軍、參録尚書事。」

〔二〕還寃志曰：「晉時庾亮誅陶稱。後咸康五年冬節會，文武數十人忽然悉起向階拜揖。庾驚問故，並云：『陶公來。』陶公是稱父侃也。庾亦起迎。陶公扶兩人，悉是舊怨，傳詔左右數十人皆操伏戈。陶公謂庾曰：『老僕舉君自代，不圖此恩；反戮其孤，故來相問。陶稱何罪？身已得訴于帝矣。』庾不得一言，遂寢疾。八年一月死。」嘉錫案：此與搜神記不同，雖荒誕之言，無足深論，然使世無鬼神則已，如猶姑存其説，則與其謂亮死於白石之鬼，不如謂亮死於陶侃。使知嫉功妒能、背恩負義之不可爲，亦以見人心世道之公也。亮以咸康五年殺陶稱，六年正月卒。還冤記作八年，傳寫之誤耳。

10　王長史病篤，寢臥鐙下，轉麈尾視之，歎曰：「如此人，曾不得四十！」〔一〕及亡，劉尹臨殯，以犀柄麈尾著柩中，因慟絶〔二〕。濛别傳曰：「濛以永和初卒，年三十九。沛國劉惔與濛至交，及卒，惔深悼之。雖友于之愛，不能過也。」

【箋疏】

〔一〕程炎震云：「法書要録卷九載張懷瓘書斷稱：『濛以永和三年卒，年三十九。』」

〔二〕高僧傳八釋道慧傳云：「慧以齊建元二年卒，春秋三十有一。臨終呼取麈尾授友人智順，順慟曰：『如此之人，年不至四十，惜矣！』因以麈尾納棺中而葬焉。」嘉錫案：智順此言，正斅王濛耳。

11　支道林喪法虔之後，精神實喪，風味轉墜。支遁傳曰：「法虔，道林同學也。儁朗有理義，遁甚重之。」常謂人曰：「昔匠石廢斤於郢人，莊子曰：「郢人堊漫其鼻端若蠅翼，使匠石運斤斲之，堊盡而鼻不傷，郢人立不失容。」牙生輟絃於鍾子，韓詩外傳曰：「伯牙鼓琴，鍾子期聽之。方鼓琴，志在太山，子期曰：『善哉乎鼓琴！巍巍乎若太山！』莫景之間，志在流水，子期曰：『善哉乎鼓琴！洋洋乎若流水！』鍾子期死，伯牙擗琴絶絃，終身不復鼓之，以爲在者無足爲之鼓琴也。」推己外求，良不虛也！冥契既逝，發言莫賞，中心藴結，余其亡矣！」卻後一年，支遂殞〔一〕。

【箋疏】

〔一〕程炎震云：「高僧傳卷四云：『乃著切晤章，臨亡成之，落筆而卒。』」又云：「『外求』高僧傳作『求人』。」高僧傳四云：「遁有同學法虔，精理入神，先遁亡。遁歎曰云云，乃著切悟章。臨亡成之，落筆而卒。」

12 郗嘉賓喪，左右白郗公「郎喪」，既聞，不悲，因語左右：「殯時可道。」公往臨殯，一慟幾絶。中興書曰：「超年四十一，先愔卒〔一〕。超所交友，皆一時俊乂。及死之日，貴賤爲誄者四十餘人。」續晉陽秋曰：「超黨戴桓氏，爲其謀主，以父愔忠於王室，不令知之。將亡，出一小書箱付門生，云：『本欲焚此，恐官年尊，必以傷愍爲斃〔二〕。我亡後，若大損眠食，則呈此箱。』愔後果慟悼成疾，門生乃如超旨，則與桓温往反密計。愔見即大怒曰：『小子死恨晚！』後不復哭。」

【箋疏】

〔一〕程炎震云：「晉書超傳不著卒年。通鑑繫之太元二年十二月，當必有據。」又云：「宋本作『二』，晉書亦云『四十二』。」

〔二〕「斃」晉書作「弊」，是。

13 戴公見林法師墓，支遁傳曰：「遁太和元年終于剡之石城山，因葬焉。」曰：「德音未遠，而拱木已積。冀神理緜緜，不與氣運俱盡耳！」王珣法師墓下詩序曰：「余以寧康二年，命駕之剡石城山，即法師之丘也。高墳鬱爲荒楚，丘隴化爲宿莽，遺跡未滅，而其人已遠。感想平昔，觸物悽懷。」其爲時賢所惜如此。

14 王子敬與羊綏善。綏清淳簡貴，爲中書郎，少亡。綏已見。王深相痛悼，語東亭云：「是國家可惜人！」

15 王東亭與謝公交惡。中興書曰：「珣兄弟皆壻謝氏，以猜嫌離婚。太傅既與珣絶婚，又離妻〔一〕，由是二族遂成仇釁。」王在東聞謝喪〔二〕，便出都詣子敬，道欲哭謝公。子敬始卧，聞其言，便驚起曰：「所望於法護。」〔三〕法護，珣小字。王於是往哭。督帥刁約不聽前，曰：「官平生在時，不見此客。」王亦不與語，直前，哭甚慟，不執末婢手而退。末婢，謝琰小字。琰字瑗度，安少子。開率有大度，爲孫恩所害。贈侍中、司空。

【箋　疏】

〔一〕李慈銘云：「案離下脱珉字。」嘉錫案：「又離珉妻」，事見晉書王珣傳。

〔二〕嘉泰吴興志四云：「三鵝岡，在長興縣西南六十五里，有晉謝安墓。岡中有斷處，梁朝有童謡：『鳥山出天子。』故鑿焉。」又十三云：「謝太傅廟，在縣南三鵶岡，廟前即其墓。」按「三鵝」「三鵶」，必有一誤。元和郡縣志二十五云：「上元縣謝安墓在縣東南十里石子崗北。」景定建康志四十三云：「謝安墓在城南九里梅嶺崗。」南唐書：「梅頤崗相接處，即謝安墓。」輿地紀勝十七云：「謝安墓在上元縣東十里石子岡北。」陳始興王叔陵傳：「晉世王公貴人，多葬梅嶺。及叔陵所生母彭氏卒，啟求梅嶺，乃發故太傅謝安舊墓，棄去安柩，以藏其母。」嘉錫案：安石墓本在建康，而嘉泰吴興志乃云墓在長興者，錢泳履園叢話卷十九云：「謝安墓在長興縣西南六十里，地名三鵶岡。今尚有子孫守墓者。陳叔陵發冢以葬其母，裔孫夷吾適爲長興令，徙葬於此。」

〔三〕程炎震云：「子敬長元琳五歲，故得斥其小字。晉書珣傳云『詣族弟獻之』，誤矣。」

16 王子猷、子敬俱病篤，而子敬先亡。子猷問左右：「何以都不聞消息？此已喪矣！」語時了不悲。便索輿來奔喪，都不哭。子敬素好琴，便徑入坐靈牀上，取子敬琴彈，弦既不調，擲地云：「子敬！子敬！人琴俱亡。」因慟絶良久，月餘亦卒。獻之以泰元十三年卒，年四十五〔一〕。幽明録曰：「泰元中，有一師從遠來，莫知所出。云：『人命應終，有生樂代者，則死者可生。若逼人求代，亦復不過少時。』人聞此，咸怪其虚誕。王子猷、子敬兄弟，特相和睦。子敬疾屬纊，子猷謂之曰：『吾才不如弟，位亦通塞，請以餘年代弟。』師曰：『夫生代死者，以己年限有餘，得以足亡者耳。今賢弟命既應終，君侯算亦當盡，復何所代？』子猷先有背疾，子敬疾篤，恒禁來往。聞亡，便撫心悲惋，都不得一聲，背即潰裂。推師之言，信而有實。」〔二〕

【校　文】

「子敬子敬」　景宋本及沈本無下「子敬」二字。

【箋　疏】

〔一〕程炎震云：「法書要録九載張懷瓘書斷曰：『子敬爲中書令，太元十一年卒於官，年四十三。族弟珉代居之，至十三年而卒，年三十八。』案所載珉年，與晉書合，知所稱子敬之年，亦當不誤。此注或傳寫之譌耳。」

〔二〕嘉錫案：據世説：子敬亡時，子猷尚能奔喪，且有人琴俱亡之歎。其不哭也，蓋强自抑止，以示其曠達，猶原壤之登木，莊生之鼓缶耳！非不能哭也。安得謂之都不得一聲乎？當時雖復慟絕，然月餘乃卒，若其背疾即時潰裂，恐不能活至月餘矣。世説、幽明録均劉義慶所著，而其叙事不同如此，當由雜采諸書，不出一源故也。持矛刺盾，兩相乖謬，其爲虛誕，不攻自破。蓋爲天師道者，欲自神其術，造此妄説，以惑庸愚。以子敬兄弟名高，又家世奉道，故託之以取信耳。孝標取以作注，以爲實有此事，不免爲其所欺矣。

17 孝武山陵夕，王孝伯入臨〔一〕，告其諸弟曰：「雖榱桷惟新，便自有黍離之哀！」中興書曰：「烈宗喪，會稽王道子執政，寵幸王國寶，委以機任。王恭入赴山陵，故有此歎。」

【箋疏】

〔一〕程炎震云：「晉書安紀：『太元二十一年十月，葬孝武帝於隆平陵。王恭自京口入赴。』」

18 羊孚年三十一卒〔一〕，桓玄與羊欣書曰：「賢從情所信寄，暴疾而殞，孚已見。宋書曰：「欣字敬元，太山南城人。少懷静默，秉操無競。美姿容，善笑言，長於草隸。」羊氏譜曰：「孚即欣從祖。」〔二〕祝予之歎，如何可言！」公羊傳曰：「顔淵死，子曰：『噫！天喪予！』子路亡，子曰：『噫！天祝予！』」何休曰：「祝者，斷也。天將亡夫子耳。」

【箋疏】

〔一〕李慈銘云：「案卷上言語篇注引羊氏譜，稱孚卒年四十六。」程炎震云：「言語篇『桓玄問羊孚』條注引羊氏譜，作『年四十六』。」

〔二〕李慈銘云：「案孚與欣爲從祖兄弟，皆徐州刺史忱之曾孫。孚祖楷，父綏。欣祖權，父不疑。以年論之，孚當爲欣之兄。此注從祖下脱一兄字，各本皆誤。」

19　桓玄當篡位，語卞鞠云：卞範，已見。「昔羊子道恒禁吾此意。今腹心喪羊孚，爪牙失索元，索氏譜曰：「元字天保，燉煌人。父緒，散騎常侍。元歷征虜將軍、歷陽太守。」幽明録曰：「元在歷陽，疾病，西界一年少女子姓某，自言爲神所降，來與元相聞，許爲治護。元性剛直，以爲妖惑，收以付獄，戮之於市中。女臨死曰：『卻後十七日，當令索元知其罪。』如期，元果亡。」而悤悤作此詆突，詎允天心？」

棲逸第十八

1 阮步兵嘯，聞數百步。蘇門山中，忽有真人，樵伐者咸共傳説。阮籍往觀，見其人擁膝巖側。籍登嶺就之，箕踞相對。籍商略終古，上陳黄、農玄寂之道，下考三代盛德之美，以問之，仡然不應。復叙有爲之教、棲神導氣之術以觀之，彼猶如前，凝矚不轉。籍因對之長嘯。良久，乃笑曰：「可更作。」籍復嘯。意盡，退，還半嶺許，聞上啾然有聲，如數部鼓吹，林谷傳響。顧看，迺向人嘯也〔一〕。魏氏春秋曰：「阮籍常率意獨駕，不由徑路，車跡所窮，輒慟哭而反。嘗遊蘇門山，有隱者莫知姓名〔二〕，有竹實數斛，杵臼而已。籍聞而從之，談太古無爲之道，論五帝三王之義，蘇門先生翛然曾不眄之。籍乃嘐然長嘯，韻響寥亮。蘇門先生乃逌爾而笑。籍既降，先生喟然高嘯，有如鳳音。籍素知音，乃假蘇門先生之論以寄所懷〔三〕。其歌曰：『日没不周西，月出丹淵中。陽精晦不見，陰光代爲雄。亭亭在須臾，厭厭將復隆。富貴俛仰間，貧賤何必終。』」〔四〕竹林七賢論曰：「籍歸，遂著大人先生論〔五〕，所言皆胸懷間本趣，大意謂先生與己不異也。觀其長嘯相和，亦近乎目擊道存矣。」

【校　文】

注「三王之義」　「王」，景宋本及沈本作「皇」。

【箋疏】

〔一〕嘉錫案：此出戴逵竹林七賢論，見類聚十九、御覽三百九十二引，較世説稍略。

〔二〕文選集注四十二引公孫羅文選鈔曰：「隱有三種：一者求於道術，絶棄喧囂，以居山林。二者無被徵召，廢於業行，真隱人。三者求名譽，詐在山林，望大官職，召即出仕，非隱人也，徼名而已。」

〔三〕御覽五百十引袁淑真隱傳曰：「蘇門先生嘗行，見採薪於阜者。先生嘆曰：『汝將以是終乎？哀哉！』薪者曰：『以是終者，我也；不以是終者，我也。且聖人無懷，何其爲哀？聖人以道德爲心，不以富貴爲志。』因歌二章，莫知所終。」嘉錫案：袁淑所言，略本之阮籍大人先生傳。然此特籍之寓言耳，未必真有是採薪者，乃能與先生相應答也。

〔四〕嘉錫案：此歌即大人先生傳中採薪者所歌二章之一。

〔五〕阮嗣宗集大人先生傳云：「大人先生，蓋老人也，不知姓字。陳天地之始，言神農、黄帝之事昭然也。莫知其生年之數，嘗居蘇門之山，故世咸謂之閒。養性延壽，與自然齊光。其視堯、舜之所事，若手中耳。先生以爲中區之在天下，曾不若蠅蚊之著帷，故終不以爲事，而極意乎異方奇域。遊覽觀樂，非世所見，徘徊無所終極，遺其書于蘇門之山而去，天下莫知其所如往也。」

2 嵇康遊於汲郡山中，遇道士孫登，遂與之遊。康臨去，登曰：「君才則高矣，保身之道不足。」康集序曰：「孫登者，不知何許人。無家，於汲郡北山土窟住。夏則編草爲裳，冬則被髮自覆。好讀易，鼓一絃琴，見者皆親樂之。」魏氏春秋曰：「登性無喜怒，或没諸水，出而觀之，登復大笑。時時出入人間，所經家設衣食者，一無所辭，去皆舍去。」文士傳曰：「嘉平中，汲縣民共入山中，見一人，所居懸巖百仞，叢林鬱茂，而神明甚察。自云『孫姓，登名，字公和』。康聞，乃從遊三年。問其所圖，終不答。然神謀所存良妙，康每薾然歎息。將別，謂曰：『先生竟無言乎？』登乃曰：『子識火乎？生而有光，而不用其光，果然在於用光。人生有才，而不用其才，果然在於用才。故用光在乎得薪，所以保其曜；用才在乎識物，所以全其年。今子才多識寡，難乎免於今之世矣！子無多求！』康不能用。及遭吕安事，在獄爲詩自責云：『昔慚下惠，今愧孫登！』」王隱晉書曰：「孫登即阮籍所見者也。嵇康執弟子禮而師焉。魏、晉去就，易生嫌疑，貴賤並没，故登或默也。」〔一〕

【箋　疏】

〔一〕李慈銘云：「案水經洛水篇注曰：『臧榮緒晉書稱：孫登嘗經宜陽山，作炭人見之，與語，登不應。作炭者覺其精神非常，咸共傳説。太祖聞之，使阮籍往觀，與語，亦不應。籍因大嘯。登笑曰：「復作向聲。」又爲嘯。求與俱出，登不肯，籍因别去。登上峰，行且嘯，如簫韶笙簧之音，聲振山谷。籍怪而問作炭人，作炭人曰：「故是向人聲。」籍更求之，不知所止。推問久之，乃知姓名。余按孫綽叙高士傳言在蘇門山。又别作登傳。孫盛魏氏春秋亦言在蘇門山，又不列姓名。阮嗣宗感著大人先生論，言「吾不知其人。既神游自得，不與物交」。阮氏尚不能動其英操，復不識何人而能得其姓名。』案酈氏之論甚覈。蘇門長嘯者與汲郡山中孫登，自是二人。王隱蓋以時地相同，牽而合之。榮緒推問二語，即承隱書而附會。唐修晉書復沿臧説，不足信也。」嘉錫案：葛洪神仙傳六孫登傳叙事與嵇康集序及文士傳略同，只多太傅楊駿遺以布袍，登以刀斫碎，及登死，駿給棺埋之，而登復活二事。並無一字及於阮籍者。蓋洪爲西晉末人，去登時不遠，故其書雖怪誕，猶能知登與蘇門先生之爲二人也。水經清水注云：「百門陂方五百步，在共縣故城西，即共和之故國也。共伯既歸帝政，逍遥於共山之上。山在國北，所謂共北山也，仙者孫登之所處。袁彦伯竹林七賢傳：『嵇叔夜嘗採藥山澤，遇之于山，冬以被髮自覆，夏則編草爲裳，彈一絃琴，而五聲和。』」御覽五百二引王隱晉書曰：「魏末有孫登，字公和，汲郡人。無家屬，時人於汲郡北山上土窟中得之。夏則編草爲裳，冬則被髮覆面，對人無言。好讀易，鼓琴。初，宜陽山中作炭者忽見有人不語，精神不似常人。帝使阮籍往視，與語，亦不應。籍因大嘯，野人乃笑曰：『爾復作向聲。』籍又爲嘯。籍將求出，野人不聽而去。登山並嘯，如簫韶笙簧之音，聲震山谷。而還問，炭人曰：『故是向人耳。』尋知求（此句中有脱誤），不知所止。推問久之，乃知姓名。」嘉錫案：大人先生傳及魏氏春秋並言蘇門先生不知姓名，而王隱以爲即嵇康所師事之孫登，與嵇、阮本集皆不合，顯出附會。劉孝標引以爲注，失於考覈矣。今試以王隱之言與水經注所引臧榮緒書互較，知榮緒所述，全出於隱，並「推問久之」二句，亦隱之原文。如此，榮緒直録之耳。李蒓客以爲榮緒即承隱書而附會，非也。魏志王粲傳注引魏氏春秋曰：「初，康採藥於汲郡共北山中，見隱者孫登。康欲與之言，登默然不對。踰時將去，康曰：

『先生竟無言乎？』登乃曰：『子才多識寡，難乎免於今之世。』及遭呂安事，爲詩自責曰：『欲寡其過，謗議沸騰。性不傷物，頻致怨憎。昔慚柳下，今愧孫登。内負宿心，外赧良朋。』」又晉陽秋云：「康見孫登，登對之長嘯，踰時不言。康辭還曰：『先生竟無言乎？』登曰：『惜哉！』」嘉錫案：魏、晉兩春秋皆孫盛所撰，其敘康之見登，一則曰踰時將去，再則曰踰時不言。然則康、登相見，不過一炊許時耳，而張隲文士傳謂康從游三年。久暫不同，顯然乖異。盛與隲雖不知孰先孰後，然裴松之嘗譏隲虚僞妄作，不可勝紀，則其書疑未可信。

3 山公將去選曹，欲舉嵇康；康與書告絶〔一〕。康別傳曰：「山巨源爲吏部郎，遷散騎常侍，舉康，康辭之，並與山絶。豈不識山之不以一官遇己情邪？亦欲標不屈之節，以杜舉者之口耳！乃答濤書，自説不堪流俗，而非薄湯武。大將軍聞而惡之。」

【箋　疏】

〔一〕程炎震云：「魏志二十一嵇康傳注曰：『案濤行狀，濤以景元二年除吏部郎。』蓋當年即遷，故康書云：『女年十三，男年八歲。』而景元四年康被誅時，嵇紹十歲也。晉書康傳亦云：『濤去選官，舉康自代。』惟文選注引魏氏春秋云：『山濤爲選曹郎，舉康自代。』而裴松之因之，蓋漏去濤之遷官一節耳。」程炎震云：「康書云『聞足下遷』，是濤已遷官之證。又云：『前年從河東還，顯宗、阿都説足下議以吾自代。』則别是一事，不必定是代爲吏部郎。」

4　李廞是茂曾第五子，清貞有遠操，而少羸病，不肯婚宦。居在臨海，住兄侍中墓下。既有高名，王丞相欲招禮之，故辟爲府掾。廞得牋命〔一〕，笑曰：「茂弘乃復以一爵假人！」〔二〕文字志曰：「廞字宗子，江夏鍾武人。祖康〔三〕，秦州刺史。父重，平陽太守。世有名望。廞好學，善草隸，與兄式齊名。躄疾不能行坐，常仰卧彈琴，讀誦不輟。河間王辟太尉掾，以疾不赴。後避難，隨兄南渡，司徒王導復辟之。廞曰：『茂弘乃復以一爵加人！』永和中卒。廞嘗爲二府辟，故號李公府也。式字景則，廞長兄也。思理儒隱，有平素之譽。渡江，累遷臨海太守、侍中。年五十四而卒。」

【箋　疏】

〔一〕程炎震云：「御覽三百八十六引牋命作板命，是也。」

〔二〕嘉錫案：廞本不肯婚宦，兼素有高名，恥復屈身掾史，故其言如此。漢書朱雲傳曰：「薛宣爲丞相，雲往見之，宣從容謂雲曰：『在田野亡事，且留我東閣，可以觀四方奇士。』雲曰：『小生迺欲相吏耶？』」李廞之意，亦若此而已。

〔三〕程炎震云：「祖康當作祖秉，見德行篇。」

5 何驃騎弟以高情避世，而驃騎勸之令仕。答曰：「予第五之名，何必減驃騎？」中興書曰：「何準字幼道，廬江灊人。驃騎將軍充第五弟也。雅好高尚，徵聘一無所就。充位居宰相，權傾人主，而準散帶衡門，不及世事。于時名德皆稱之。年四十七卒。有女，爲穆帝皇后。贈光禄大夫，子恢讓不受〔一〕。」

【箋疏】

〔一〕程炎震云：「恢，晉書準傳作惔。」

6 阮光禄在東山，蕭然無事，常内足於懷。阮裕别傳曰：「裕居會稽剡山，志存肥遁。」有人以問王右軍，右軍曰：「此君近不驚寵辱，老子曰：「寵辱若驚，得之若驚，失之若驚。」雖古之沈冥，何以過此？」楊子曰：「蜀莊沈冥。」李軌注曰：「沈冥，猶玄寂，泯然無迹之貌。」

7 孔車騎少有嘉遁意，年四十餘，始應安東命。未仕宦時，常獨寢，歌吹自箴誨，自稱孔郎，遊散名山。孔愉别傳曰：「永嘉大亂，愉入臨海山中，不求聞達，中宗命爲參軍。」百姓謂有道術，爲生立廟。今猶有孔郎廟〔一〕。

【校　文】

「歌吹」　景宋本無「吹」字。

「名山」　景宋本及沈本俱作「山石」。

【箋　疏】

〔一〕李慈銘云：「案『歌吹自箴誨』句有誤。晉書孔愉傳云：『東還會稽，入新安山中，改姓孫氏。以稼穡讀書爲務，信著鄉里。後忽捨去，皆謂爲神人，而爲之立祠。』」程炎震云：「晉書七十八愉傳云：『永嘉中，元帝以安東將軍鎮揚土，命爲參軍。邦族尋求，莫知所在。建興初，始出應召。』又晉書云：『入新安山中。』」水經注四十漸江水注云：「湖水又逕會稽山陰縣。縣南九里有侯山，山孤立長湖中，晉車騎將軍孔敬康少時遯世，棲跡此山。」嘉泰會稽志九：「會稽縣侯山在縣西四里。舊經云：『南湖侯山，迴在湖中，俗名九里山。蓋昔時去縣之數也。』孔愉少棲此山。」寰宇記一百四曰：「歙縣孔靈村，在縣南二十五里。按晉書云：『孔愉字敬康，會稽人。永嘉之亂，避地入新安山谷中，以稼穡讀書爲業，信著鄰里。後忽捨去，皆以爲神人，爲之立廟。』按所居止在此，故謂之孔靈山。祀其上。」羅願新安志三歙縣古跡云：「孔靈村在縣南三十里。孔愉東還會稽，入新安山中，事見晉書本傳。而世説亦云：『自稱孔郎，游散名山，百姓爲生立廟。』是其事也。今此村禱賽猶及孔愉先生云。」自注曰：「愉别傳云『愉入臨海山中』，而晉書又以爲會稽有新安山，然世説既稱游散名山，明非一處。今此地以孔名，而寰宇志、祥符經皆言是愉隱處，不可没也。」嘉錫案：晉書言歸會稽，後入新安山中耳。非謂會稽有新安山也。

8 南陽劉驎之，高率善史傳，隱於陽岐〔一〕。于時苻堅臨江，荆州刺史桓沖將盡訏謨之益，徵爲長史，遣人船往迎，贈貺甚厚。驎之聞命，便升舟，悉不受所餉〔二〕，緣道以乞窮乏〔三〕，比至上明亦盡〔四〕。一見沖，因陳無用，翛然而退。居陽岐積年，衣食有無常與村人共。值己匱乏，村人亦如之。甚厚爲鄉閭所安〔五〕。

鄧粲晉紀曰：「驎之字子驥，南陽安衆人。少尚質素，虚退寡欲。好遊山澤間，志存遁逸。桓沖嘗至其家，驎之方條桑，謂沖：『使君既枉駕光臨，宜先詣家君。』沖遂詣其父。父命驎之，然後乃還，拂短褐與沖言。父使驎之自持濁酒葅菜供賓，沖敕人代之。父辭曰：『若使官人，則非野人之意也。』沖爲慨然，至昏乃退。因請爲長史，固辭。居陽岐，去道斥近，人士往來，必投其家。驎之身自供給，贈致無所受。去家百里，有孤嫗疾將死，謂人曰：『唯有劉長史當埋我耳！』驎之身往候之，疾終，爲治棺殯。其仁愛皆如此。以壽卒。」〔六〕

【校　文】

「符堅臨江」　北堂書鈔六十八引作「苻永固臨江上」。

「桓沖」　北堂書鈔引作「桓車騎」。

「倏然」　北堂書鈔引作「蕭然」。嘉錫案：書鈔所引與今本不同處，皆義得兩通，未詳孰是。

注「拂短褐」　「短」，景宋本作「裋」。

【箋　疏】

〔一〕李詳云：「詳案：陽岐，村名，去荆州二百里。見後任誕篇注。」程炎震云：「陽岐注見任誕篇『桓車騎在荆州』條。」

〔二〕李慈銘云：「案當作『悉受所餉』，『不』字衍。」

〔三〕李詳云：「乞，與也。」

〔四〕程炎震云：「晉書七十四桓沖傳：『孱陵縣界，地名上明，北枕大江，西接三峽。於是移鎮上明。』水經注三十四江水篇：『江水又東經上明城北。晉太元中苻堅之寇荆州也，刺史桓沖徙渡江南，使劉波築之，徙州治此城。其地夷敞，北據大江。』通典一百八十三：『江陵郡松滋縣西有廢上明城，即沖所築。』通鑑一百四：『桓沖自江陵移鎮上明。』在太元二年。」通鑑地理通釋十三引郡縣志云：

「三明故城，亦謂之桓城，在江陵府松滋縣西一里，居上明之地，而桓沖所築，故兼二名。苻堅南侵，沖爲荆州刺史。渡江南上明，築城以禦之。上明在縣東三十步，明猶渠也。晉末朱齡石開三明，引江水以灌稻田，後隄壞，遂廢。」嘉錫案：郡縣志即元和郡縣圖志也。今本殘闕，故無此條。輿地紀勝六十四亦引之，不如此詳。宋書朱齡石傳：「義熙八年，高祖西伐劉毅，齡石從至江陵。九年始自江陵伐蜀。」其開三明，當在此時。事在桓沖之後。然沖時既有上明，則當已有此三渠。其後淤廢，齡石重開之耳。

〔五〕李慈銘云：「案『厚』字疑衍。」

〔六〕御覽五百三引王隱晉書曰：「鄧粲，長沙人也。少以高潔著名，與南陽劉驎之、南郡劉尚公同志友善，並不應州郡辟命。荆州刺史桓公卑辭厚禮，請粲爲别駕。粲嘉其好賢，乃起應召。驎之、尚公謂粲曰：『卿道學深，衆所推服，忽然改節，誠失所望。』」嘉錫案：據史通古今正史篇，王隱以咸康六年奏上其書，不應下及太元時爲鄧粲立傳。御覽所引，不知爲何書之誤。然由此可見粲所紀驎之事，乃親所見聞，皆實録也。今晉書八十二粲傳，與御覽略同。御覽五百四引晉中興書曰：「劉驎之字子驥，一字道民。好遊于山澤，志在存道，常採藥至名山，深入忘返。見有一澗水，南有二石囷，一囷開，一囷閉，或説囷中皆仙方秘藥，驎之欲更尋索，終不能知。桓沖請爲長史，固辭，居于陽岐。人士往來，無不投止，驎之自供給，人人豐足。凡人致贈，一無所受。」嘉錫案：初學記五引臧榮緒晉書略同。惟名山作衡山，今晉書隱逸傳從之。案此叙驎之所見，頗類桃花源，蓋即一事而傳聞異辭。陶淵明集五桃花源記，正太元中事，其末曰：「南陽劉子驥，高尚士也。聞之，欣然規往，未果，尋病終。後遂無問津者。」據記，驎之蓋即卒於太元間。晉書謂驎之爲光禄大夫耽之族。而淵明作其外祖父孟嘉傳，言耽與嘉同在桓温府，淵明從父太常夔嘗問嘉於耽，則淵明與耽世通家，宜得識驎之，故知其有欲往桃源事，惟不知與晉中興書所記，孰得其真耳。嘉錫又案：搜神後記卷一兼載桃源及衡山二事，其書即託名陶潛。但易桃花源記中之南陽劉子驥爲太守劉歆，作僞之迹顯然。然亦梁以前書也。

9 南陽翟道淵〔一〕與汝南周子南少相友〔二〕，共隱于尋陽。庾太尉説周以當世之務，周遂仕，翟秉志彌固。其後周詣翟，翟不與語。晉陽秋曰：「翟湯字道淵，南陽人，漢方進之後也。篤行任素，義讓廉潔，饋贈一無所受。值亂多寇，聞湯名德，皆不敢犯。」尋陽記曰：「初，庾亮臨江州，聞翟湯之風，束帶躡屐而詣焉。亮禮甚恭。湯曰：『使君直敬其枯木朽株耳。』亮稱其能言，表薦之。徵國子博士，不赴〔三〕。主簿張玄曰：『此君卧龍，不可動也。』終于家。」

【箋疏】

〔一〕程炎震云：「道淵，晉書九十四湯傳作道深，唐人避諱改也。南陽晉書作尋陽，帝紀兩見，前云尋陽，後云南陽，當兩存之。」御覽五百三引晉中興書曰：「翟湯字長淵，尋陽人。耕而後食。凡有饋贈，一無所受。庾亮薦湯，以國子博士徵，不起。」嘉錫案：湯爲方進之後，則其先本南陽翟氏，過江後僑居尋陽。長淵之與道淵，不知孰是。

〔二〕程炎震云：「子南別見尤悔篇『庾公欲起周子南』條。」

〔三〕程炎震云：「晉書成紀：咸和八年四月，以束帛徵。康紀：建元元年六月，又以束帛徵。」

10 孟萬年及弟少孤，居武昌陽新縣。萬年遊宦，有盛名當世，少孤未嘗出，京邑人士思欲見之，乃遣信報少孤，云「兄病篤」。狼狽至都。時賢見之者，莫不嗟重，因相謂曰：「少孤如此，萬年可死。」袁宏孟處士銘曰：「處士名陋，字少孤，武昌陽新人，吴司空孟宗後也。少而希古，布衣蔬食，棲遲蓬蓽之下，絶人間之事，親族慕其孝。大將軍命會稽王辟之，稱疾不至。相府歷年虚位，而澹然無悶，卒不降志，時人奇之。」〔一〕

【箋疏】

〔一〕程炎震云：「晉書云『以壽終』。此銘仍稱會稽王，則在簡文未立時。」御覽五百四引晉中興書曰：「孟陋字少孤，少而貞潔，清操絶倫，口不言世事。時或漁弋，雖家人亦不知所之。太宗輔政，以爲參軍，不起。桓温躬往造焉。或謂温宜引在府，温歎曰：『會稽王不能屈，非敢擬議也。』陋聞之曰：『億兆之人，無官者十居八九，豈皆高士哉？我病疾，不堪忝相王之命，非敢爲高也。』」今晉書隱逸傳同。

11 康僧淵在豫章，去郭數十里，立精舍。旁連嶺，帶長川，芳林列於軒庭，清流激於堂宇。乃閒居研講，希心理味，庾公諸人多往看之。觀其運用吐納，風流轉佳。加已處之怡然，亦有以自得，聲名乃興。後不堪，遂出〔一〕。僧淵已見。

【校文】

「加已處之怡然」　景宋本及沈本俱無「已」字。

【箋疏】

〔一〕程炎震云：「高僧傳云：『後卒於寺。』」

12 戴安道既厲操東山，續晉陽秋曰：「逵不樂當世，以琴書自娛，隱會稽剡山。國子博士徵，不就。」而其兄欲建式遏之功。戴氏譜曰：「逯字安丘，譙國人。祖碩，父綏，有名位。逯以武勇顯，有功，封廣陵侯，仕至大司農。」謝太傅曰：「卿兄弟志業，何其太殊？」戴曰：「下官『不堪其憂』，家弟『不改其樂』。」〔一〕

【箋疏】

〔一〕李慈銘云：「案『逯』晉書作『遯』，附見謝玄傳。言是逵之弟，封廣信侯。『家弟』作『家兄』。」

13 許玄度隱在永興南幽穴中，每致四方諸侯之遺。或謂許曰：「嘗聞箕山人似不爾耳！」許曰：「筐篚苞苴，故當輕於天下之寶耳！」〔一〕鄭玄禮記注云：「苞苴，裹肉也。或以葦，或以茅。」此言許由尚致堯帝之讓，筐篚之遺，豈非輕邪？

【箋疏】

〔一〕嘉錫案：易繫辭傳曰：「天地之大德曰生，聖人之大寶曰位。」此言天下之寶，謂堯讓許由以天子之位耳。

14 范宣未嘗入公門，韓康伯與同載，遂誘俱入郡，范便於車後趨下〔一〕。續晉陽秋曰：「宣少尚隱遁，家于豫章，以清潔自立。」

【箋疏】

〔一〕吴承仕曰：「據此，是晉時車制與周制略同。據考工記，皆從車後登降也。」

15 郗超每聞欲高尚隱退者，輒爲辦百萬資，并爲造立居宇。在剡爲戴公起宅，甚精整。戴始往舊居，與所親書曰：「近至剡，如官舍。」郗爲傅約亦辦百萬資，傅隱事差互，故不果遺。約，瓊小字〔一〕。

【箋疏】

〔一〕嘉錫案：劉注但稱約爲傅瓊小字，而不言瓊爲何如人，似有脱文。本書識鑒篇言「郗超與傅瑗周旋」，南史傅亮傳云：「亮，晉司隸校尉咸之玄孫也。父瑗，與郗超善。」瓊疑亦咸之曾孫，瑗之兄弟行，故得與超相識。其隱事差互，事不可考。

16 許掾好遊山水，而體便登陟。時人云：「許非徒有勝情，實有濟勝之具。」〔一〕

【箋　疏】

〔一〕「許」，后山詩集注引作「卿」。

17 郗尚書與謝居士善，常稱「謝慶緒識見雖不絶人，可以累心處都盡」。尚書，郗恢也，別見。檀道鸞續晉陽秋曰：「謝敷字慶緒，會稽人，崇信釋氏。初入太平山中十餘年，以長齋供養爲業，招引同事，化納不倦。以母老還南山若邪中。內史郗愔表薦之，徵博士，不就。初，月犯少微星，一名處士星〔一〕。占云：『以處士當之。』時戴逵居剡，既美才藝而交遊貴盛，先敷著名，時人憂之。俄而敷死，會稽人士以嘲吴人云：『吴中高士，便是求死不得。』」

【箋　疏】

〔一〕程炎震云：「初學記一、御覽七引此，『一名處士星』上有『少微』二字。」

賢媛第十九〔一〕

【箋疏】

〔一〕嘉錫案：本篇凡三十二條，其前十條皆兩漢、三國事。有晉一代，唯陶母能教子，爲有母儀，餘多以才智著，於婦德鮮可稱者。題爲賢媛，殊覺不稱其名。唐修晉書，列女傳纔三十四人，而五人出於外族。其晉人行義足尚者，不過十餘人耳。考之傳記，晉之婦教，最爲衰敝。夫君子之道，造端夫婦。故關雎以爲風始，未有家不齊而國能治者。婦職不修，風俗陵夷，晉之爲外族所侵擾，其端未必不由於此也。故具列當時有識之言，以爲世戒。干寶晉紀總論曰：「其婦女莊櫛織紝，皆取成於婢僕，未嘗知女工絲枲之業，中饋酒食之事也。先時而婚，任情而動，故皆不恥淫逸之過，不拘妬忌之惡。有逆于舅姑，有反易剛柔，有殺戮妾媵，有黷亂上下，父兄弗之罪也，天下莫之非也。又況責之聞四教於古，修貞順於今，以輔佐君子者哉？」抱朴子外篇疾謬篇曰：「今俗婦女，休其蠶織之業，廢其玄紞之務。不績其麻，市也婆娑。舍中饋之事，修周旋之好。更相從詣，之適親戚。承星舉火，不已於行。多將侍從，暐曄盈路。婢使吏卒，錯雜如市。尋道褻謔，可憎可惡。或宿于他門，或冒夜而返。游戲佛寺，觀視畋漁。登高臨水，去境慶弔。開車褰幃，周章城邑。盃觴路酌，絃歌行奏。轉相高尚，習非成俗。生致因緣，無所不肯。誨淫之源，不急之甚。刑于寡妻，邦家乃正。願諸君子，少可禁絶。婦無外事，所以防微矣。」

1 陳嬰者，東陽人〔一〕。少脩德行，著稱鄉黨。秦末大亂，東陽人欲奉嬰爲主，母曰〔二〕：「不可！自我爲汝家婦，少見貧賤，一旦富貴，不祥！不如以兵屬人。事成，少受其利；不成，禍有所歸。」〔三〕史記曰：「嬰故東陽令史，居縣素信，爲長者。東陽人欲立長，乃請嬰。嬰母見之。乃以兵屬項梁，梁以嬰爲上柱國。」〔四〕

【校　文】

注「嬰母見之」　「見」，景宋本及沈本作「諫」。

【箋　疏】

〔一〕史記正義引括地志云：「東陽故城，在楚州盱眙縣東七十里，秦東陽縣城也，在淮水南。」

〔二〕史記集解引張晏曰：「陳嬰母，潘旌人。墓在潘旌。」索隱曰：「潘旌是邑聚之名，後爲縣，屬臨淮。」

〔三〕史記項羽本紀曰：「東陽少年殺其令，欲置長，無適用，乃請陳嬰。嬰謝不能，遂彊立嬰爲長。縣中從者，得二萬人。少年欲立嬰便爲王，異軍蒼頭特起。陳嬰母謂嬰曰：『自我爲汝家婦，未嘗聞汝先古之有貴者。今暴得大名，不祥，不如有所屬。事成，猶得封侯；事敗，易以亡，非世所指名也。』嬰乃不敢爲王，以兵屬項梁。」列女傳八陳嬰母傳略同。世説此條事同而辭異，未知其所本。

〔四〕嘉錫案：史記東陽人之請嬰，乃請爲東陽長耳，未嘗請見嬰母。嬰母云云，自以告嬰，非見東陽人而語之也。此注所引過求省略，遂失本意。

2 漢元帝宮人既多，乃令畫工圖之，欲有呼者，輒披圖召之。其中常者，皆行貨賂。王明君姿容甚麗，志不苟求，工遂毀爲其狀〔一〕。後匈奴來和，求美女於漢帝，帝以明君充行。既召見而惜之。但名字已去，不欲中改，於是遂行。漢書匈奴傳曰：「竟寧元年，呼韓邪單于來朝，自言願壻漢氏以自親，元帝以後宮良家子王嬙字明君賜之。單于懽喜，上書願保塞。」文穎曰：「昭君本蜀郡秭歸人也。」琴操曰：「王昭君者，齊國王穰女也。年十七，儀形絶麗，以節聞國中。長者求之者，王皆不許，乃獻漢元帝。帝造次不能別房帷，昭君恚怒之。會單于遣使，帝令宮人裝出，使者請一女，帝乃謂宮中曰：『欲至單于者起。』昭君喟然越席而起。帝視之，大驚悔。是時使者並見，不得止，乃賜單于。單于大説，獻諸珍物。昭君有子曰世違。單于死，世違繼立。凡爲胡者，父死妻母。昭君問世違曰：『汝爲漢也？爲胡也？』世違曰：『欲爲胡耳。』昭君乃吞藥自殺。」〔二〕石季倫曰：「『昭』以觸文帝諱，故改爲『明』。」〔三〕

【校　文】

注「單于求朝」　「求」，景宋本及沈本作「來」。

注「昭君恚怒之」　「之」，景宋本及沈本作「久」。

【箋　疏】

〔一〕李詳云：「御覽三百八十一作『志不苟求，工遂毁爲甚醜』，當從御覽，否則今本必去『爲』字，方令人解。」嘉錫案：此以求字絶句。爲者，作也。謂工人於作畫時故意毁其容貌。無不可解者，不必從御覽也。

〔二〕西京雜記二叙昭君事，與此略同。然其事實不可信。宋王觀國學林四曰：「前漢元帝紀『竟寧元年正月，匈奴呼韓邪單于來朝。賜單于待詔掖庭王嬙爲閼氏』。匈奴傳曰『王昭君號寧胡閼氏』。後漢南匈奴傳曰：『王嬙字昭君，南郡人。漢元帝時，以良家子選入掖庭。時呼韓邪來朝，帝勑宫女五人賜之。昭君入宫數歲，不得見御，積悲怨，乃請掖庭令求行。呼韓邪臨辭大會，帝召五女以示之。昭君豐容靚飾，光明漢宫，顧景裴回，竦動左右。帝見大驚，意欲留之，而難於失信，遂與匈奴。』小説西京雜記曰：『漢元帝嘗令畫工圖宫人，欲呼者，披圖以召。故宫人多行賂於畫工。王昭君姿容甚麗，無所苟求，工遂毁其狀。後匈奴求美女，帝以昭君充行。既召見，帝悦之，而名字已去，遂不復留。帝怒，殺畫工毛延壽。』觀國案：前漢元帝紀曰：『匈奴呼韓邪單于來朝，詔賜單于待詔掖廷王嬙爲閼氏。』蓋單于請婚，當時朝議許與單于和親。則漢之君臣講之素定矣。及單于來朝，而以待詔掖廷王嬙爲閼氏，豫選定也。其禮儀恩數，皆已素定，非臨事而爲之也。而後漢匈奴傳乃謂『以宮女五人賜之』，又謂『昭君自求行』，又謂『呼韓邪臨朝辭，帝召五女以示之，而昭君豐容靚飾，帝見大驚，意欲留之而難於失信』。此皆誤也。蓋王嬙爲閼氏者，行婚禮也。若以宮女五人賜之，則何人爲閼氏耶？漢既許婚矣，必待單于臨辭，然後以五女示之耶？後漢匈奴傳所言王昭君一節，首尾皆乖謬之甚。殺畫工毛延壽之事，尤不可信。按匈奴和親，乃漢家大事。若以宮女妻之，而未嘗簡閱其人，憑圖畫以定大事，恐當時君臣，不如此之鹵莽。漢賜單于閼氏，乃披畫圖擇貌陋者賜之，又非和親之意。蓋小説多出于傳聞，不可全信。」嘉錫案：觀國所引西京雜記與今本字句多不合，而反與世説相同。但多殺毛延壽一事，未詳其故。至其駁後漢書及雜記，則甚有理。漢書明言呼韓邪願壻漢氏以自親，則其意在求尚漢公主，非如雜記以世説所言，但求美女而已。漢以呼韓邪已爲藩臣，與漢高和親時强弱不侔，不欲以宗室女妻之，而賜之以後宮良家子。故昭君之爲閼氏，漢所命也。豈泛賜以宮女數人，而使之自擇者哉？且如後漢書之説，則昭君之下嫁匈奴，乃出於其所自請，初非因畫工毀其容貌，元帝案圖而遣之也。雜記之説，真顏師古所謂「其書淺俗，出於里巷，多有妄説」者矣。世説從而述之，孝標亦未加以辨正，皆惑也。

〔三〕嘉錫案：漢書匈奴傳云：「王昭君號寧胡閼氏，生一男伊屠智牙師，爲右日逐王。大閼氏生四子：

長曰雕陶莫皋。呼韓邪死，雕陶莫皋立，爲復株絫若鞮單于。復株絫單于復妻王昭君，生二女。」後漢書南匈奴傳曰：「初，單于弟右谷蠡王伊屠知牙師以次當左賢王。左賢王即是單于儲副，單于欲傳其子，遂殺知牙師。（此單于與時事，輿亦呼韓邪庶子。）知牙師者，王昭君子也。昭君生二子。及呼韓邪死，其前閼氏子代立，欲妻之。昭君上書求歸。成帝勑令從胡俗，遂復爲後單于閼氏焉。」據兩漢書所言，則昭君子不名世違，且未立爲單于，昭君亦未自殺。琴操之言，與正史不合。孝標不引兩漢書而引琴操，豈欲曲成昭君之美耶？

3　漢成帝幸趙飛燕，飛燕讒班婕妤祝詛，於是考問。辭曰：「妾聞死生有命，富貴在天。脩善尚不蒙福，爲邪欲以何望〔一〕？若鬼神有知，不受邪佞之訴〔二〕；若其無知，訴之何益？故不爲也。」漢書外戚傳曰：「成帝趙皇后，本長安宮人。初生，父母不舉，三日不死，乃收養之。及壯，屬河陽主家學歌舞，號曰飛燕。帝微行過主，見而説之，召入宮，大得幸，立爲后。班婕妤者，雁門人〔三〕。成帝初，選入宮，大得幸，立爲婕妤。帝遊後庭，嘗欲與同輦，婕妤辭之。趙飛燕譖許皇后及婕妤，婕妤對有辭致〔四〕，上憐之，賜黄金百斤。飛燕嬌妒〔五〕，婕妤恐見危中，求供養太后於長信宮〔六〕。帝崩，婕妤充奉園陵。薨，葬園中。」

【校　文】

注「河陽主」　據漢書外戚傳及師古注，當作「陽阿主」。

【箋疏】

〔一〕嘉錫案：漢書外戚傳作「修正尚不蒙福」，正與邪對，所以辨祝詛之無益，此改爲脩善，非也。

〔二〕漢書作「不受不臣之訴」。嘉錫案：趙飛燕譖告許皇后、班倢伃挾媚道祝詛後宮，詈及主上，故曰「不臣之訴」。改爲「邪佞」，則其語泛而不切。

〔三〕陳漢章列女傳斠注曰：「今本漢書外戚傳無雁門人三字。」

〔四〕嘉錫案：「有辭致」三字，乃檃括之詞，非原文。

〔五〕漢書作「趙氏姊弟驕妒」。

〔六〕李慈銘云：「案中字當衍。今本漢書作『恐久見危，求共養太后長信宮』，無中字。」

4 魏武帝崩，文帝悉取武帝宮人自侍。及帝病困，卞后出看疾。太后入户，見直侍並是昔日所愛幸者。太后問：「何時來邪？」云：「正伏魄時過。」因不復前而歎曰：「狗鼠不食汝餘〔一〕，死故應爾！」至山陵，亦竟不臨。魏書曰：「武宣卞皇后，琅邪開陽人。以漢延熹三年生齊郡白亭，有黃氣滿室移日。父敬侯怪之，以問卜者王越。越曰〔二〕：『此吉祥也。』年二十，太祖納於譙。性約儉，不尚華麗，有母儀德行。」

【箋疏】

〔一〕左氏莊六年傳曰：「楚文王伐申過鄧。鄧祁侯曰：『吾甥也。』止而享之。騅甥、聃甥、養甥請殺楚子，鄧侯弗許曰：『人將不食吾餘。』」杜注曰：「言自害其甥，必爲人所賤。」嘉錫案：卞后言此，斥丕之所爲，禽獸不如也。

〔二〕程炎震云：「魏志后妃傳注引兩越字均作且。」

5 趙母嫁女，女臨去，敕之曰：「慎勿爲好！」女曰：「不爲好，可爲惡邪？」母曰：「好尚不可爲，其況惡乎？」列女傳曰〔一〕：「趙姬者，桐鄉令東郡虞韙妻，潁川趙氏女也。才敏多覽。韙既没，文皇帝敬其文才〔二〕，詔入宫省。上欲自征公孫淵，姬上疏以諫。作列女傳解，號趙母注〔三〕。賦數十萬言。赤烏六年卒。」淮南子曰：「人有嫁其女而教之者，曰：『爾爲善，善人疾之。』對曰：『然則當爲不善乎？』曰：『善尚不可爲，而況不善乎？』」〔四〕景獻羊皇后曰：「此言雖鄙，可以命世人。」〔五〕

【校文】

「其況惡乎」　沈本無「其」字。

注「姬上書以諫」　沈本無「以」字。

【箋　疏】

〔一〕李慈銘云：「案隋書經籍志，自劉向撰列女傳後，有高氏列女傳八卷，項原列女後傳十卷，皇甫謐列女傳六卷，綦母邃列女傳七卷。此所引當是項原列女傳。」

〔二〕李慈銘云：「案文皇帝當作大皇帝，謂孫權也。」

〔三〕李慈銘云：「孫氏志祖曰：『後漢書皇后紀論、文選李善注言列女傳有虞貞節注，蓋即趙母注也。』」

〔四〕淮南説山訓曰：「人有嫁其子而教之曰：『爾行矣，慎無爲善！』曰：『不爲善，將爲不善邪？』應之曰：『善且由弗爲，況不善乎？』」孝標所引與今本不同。

〔五〕嘉錫案：敦煌本古類書殘本第二種貞烈部首引獻皇后語二條，羊皇后語一條。羅振玉跋謂即晉景獻羊后是也。其第四條曰：「昔人有女將嫁，其父誡之曰：『慎勿立善名。』女曰：『當作惡，可乎？』父曰：『善名尚不可立，而況於惡乎？』后聞之曰：『善哉！訓言「鳥惡網羅，人惡勝己」，豈虛也哉？』」意與此同而文異。其語較趙母及淮南子尤爲明晰。蓋古之教女者之意，特不願其遇事表暴，斤斤於爲善之名，以招人之妒嫉，而非禁之使不爲善也。其所謂后聞之者，亦即羊皇后，與孝標所引，當是同出一篇，而去取各異，故不同耳。

6 許允婦是阮衛尉女，德如妹，魏略曰：「允字士宗，高陽人。少與清河崔贊，俱發名於冀州。仕至領軍將軍。」陳留志名曰：「阮共字伯彥，尉氏人。清真守道，動以禮讓。仕魏，至衛尉卿。少子侃，字德如，有俊才，而飭以名理。風儀雅潤，與嵇康爲友。仕至河内太守。」奇醜〔一〕。交禮竟，允無復入理，家人深以爲憂。會允有客至，婦令婢視之，還，答曰：「是桓郎。」桓郎者，桓範也。魏略曰：「範字允明，沛郡人。仕至大司農，爲宣王所誅。」婦云：「無憂，桓必勸入。」桓果語許云：「阮家既嫁醜女與卿，故當有意〔二〕，卿宜察之。」許便回入内。既見婦，即欲出。婦料其此出，無復入理，便捉裾停之〔三〕。許因謂曰：「婦有四德，卿有其幾？」周禮：「九嬪掌婦學之法，以教九御。婦德、婦言、婦容、婦功。」鄭注曰：「德謂貞順，言謂辭令，容謂婉娩，功謂絲枲。」婦曰：「新婦所乏唯容爾〔四〕。然士有百行，君有幾？」許云：「皆備。」婦曰：「夫百行以德爲首，君好色不好德，何謂皆備？」〔五〕允有慚色，遂相敬重〔六〕。

【箋疏】

〔一〕「奇醜」下殘類書多「有德藝」三字。

〔二〕「故當有意」下，殘類書有「門承儒胄，必有德藝」二句。

〔三〕「便捉裾停之」，殘類書作「捉衫裙停之」。

〔四〕黄生義府下曰：「漢以還，呼子婦爲新婦。後漢何進傳：『張讓向子婦叩頭云：「老臣得罪，當與新婦俱歸私門。」』世説王渾妻鍾氏云云，此自稱新婦。涼張駿時童謡云：『劉新婦簸，石新婦炊。』北齊時童謡云：『寄書與婦母，好看新婦子。』蓋必當時謂婦初來者爲新婦，習之既久，遂不復改耳。」嘉錫案：後漢書列女傳周郁妻阿傳曰：「郁父偉謂阿曰：『新婦賢者女，當以道匡夫。郁之不改，新婦過也。』」此呼其子婦也。本書文學篇王夫人云：「新婦少遭家難，一生所寄，唯在此兒。」又本篇本條許允婦曰：「新婦所乏唯容爾。」此自稱也。其他類此者尚多，姑舉其顯著者耳。

〔五〕「何謂皆備」，殘類書此下作「放衫，允不敢去，甚有愧懟，乃謝過」。

〔六〕嘉錫案：此事見初學記十九引郭子及魏志夏侯玄傳注引魏氏春秋。殘類書貞烈部於引羊皇后語四條之次引列女傳魯女師一事，即母儀傳中之魯母師。復次引鍾、郝兩夫人、李勢女、諸葛誕女各一事，許允婦阮三事，周宣王姜后一事、五言詩一首，列女傳魯漆室女一事。其鍾、郝夫人以下至姜后凡七事，均不出書名。而六事見於世説，惟鍾、郝夫人及諸葛誕女兩事與世説合。其餘文字皆有異同。羅振玉跋疑其即采自世説。今本經宋人改訂，自不能無差異。余考之，殊不然。試以唐寫本及諸類書所引用者，與今本校，其於孝標之注固多所刊落，而正文則但有譌奪，絶無删改。何以此數條爲例獨殊？不惟有溢出之句，乃至文詞事蹟亦頗不同，其非采自世説亦明矣。考周宣姜后事出劉向賢明傳，余初以鍾夫人等六事既雜廁於魯母師及姜后之間，頗疑其亦是六朝人列女續傳之文，繼思此等兔園策子，恐不可以體例求之。其爲果出何書，蓋無可考。要之文辭爾雅，其必采自古書則可斷言也。

7 許允爲吏部郎，多用其鄉里，魏明帝遣虎賁收之。其婦出誡允曰〔一〕：「明主可以理奪，難以情求。」既至，帝覈問之。允對曰：「『舉爾所知。』〔二〕臣之鄉人，臣所知也。陛下檢校爲稱職與不？若不稱職，臣受其罪。」既檢校，皆官得其人，於是乃釋。允衣服敗壞，詔賜新衣。初，允被收，舉家號哭。阮新婦自若云：「勿憂，尋還。」作粟粥待，頃之允至。魏氏春秋曰：「初，允爲吏部，選遷郡守。明帝疑其所用非次，將加其罪。允妻阮氏跣出，謂曰：『明主可以理奪，不可以情求。』允頷之而入。帝怒詰之，允對曰：『某郡太守雖限滿，文書先至，年限在後，日限在前。』帝前取事視之，乃釋然。遣出，望其衣敗，曰：『清吏也。』」〔三〕

【箋　疏】

〔一〕「其婦出誡允」，殘類書作「有人告明帝，明帝收之。其婦出閤，隔紗帳誡允」。

〔二〕「允對曰」下殘類書作「臣比奉詔，各令『舉爾所知』」。

〔三〕嘉錫案：此事見類聚四十八引郭子，與魏氏春秋不同，世説則采自郭子也。

8 許允爲晉景王所誅，門生走入告其婦。婦正在機中，神色不變，曰：「蚤知爾耳！」魏志曰：「初，領軍與夏侯玄、李豐親善，有詐作尺一詔書，以玄爲大將軍，允爲太尉，共録尚書事。無何，有人天未明乘馬以詔版付允門吏，曰：『有詔。』因便驅走。允投書燒之，不以關呈景王。」魏略曰：「明年，李豐被收，允欲往見大將軍。已出門，允回遑不定，中道還取袴。大將軍聞而怪之曰：『我自收李豐，士大夫何爲悤悤乎？』會鎮北將軍劉静卒，以允代静。大將軍與允書曰：『鎮北雖少事，而都典一方。念足下震華鼓，建朱節，歷本州，此所謂著繡晝行也。』會有司奏允前擅以廚錢穀，乞諸俳及其官屬。減死徙邊，道死。」魏氏春秋曰：「允之爲鎮北，喜謂其妻曰：『吾知免矣！』妻曰：『禍見於此，何免之有？』」〔一〕晉諸公贊曰：「允有正情，與文帝不平，遂幽殺之。」婦人集載阮氏與允書，陳允禍患所起，辭甚酸愴，文多不録〔二〕。門人欲藏其兒，婦曰：「無豫諸兒事。」後徙居墓所，景王遣鍾會看之，若才流及父，當收〔三〕。兒以咨母。母曰：「汝等雖佳，才具不多，率胸懷與語，便無所憂。不須極哀，會止便止。又可少問朝事。」〔四〕兒從之。會反以狀對，卒免。世語曰：「允二子：奇，字子太。猛，字子豹。並有治理。」晉諸公贊曰：「奇，泰始中爲太常丞，世祖嘗祠廟，奇應行事，朝廷以奇受害之門，不令接近，出爲長史。世祖下詔，述允宿望，又稱奇才，擢爲尚書祠部郎。猛禮學儒博，加有才識，爲幽州刺史。」〔五〕

【校　文】

注「取袴」　「袴」，景宋本作「絝」。

注「允有正情」　沈本作「主」。

【箋　疏】

〔一〕魏志夏侯玄傳曰：「後豐等事覺，徙允爲鎮北將軍，假節督河北軍事。未發，以放散官物，收付廷尉，徙樂浪。道死。」注引魏略，與此同。「減死徙邊」下，作「允以嘉平六年秋徙，妻子不得自隨，行道未到，以其年冬死」。嘉錫案：師欲殺允而先遷其官，且與書通殷勤者，蓋師雖因允與夏侯玄、李豐親善而疑之，然無實狀可指。所謂詐作尺一詔書走馬付允，事殊恍惚，有無不可知。即令有之，而其人不知誰何，無從質證。故師雖疑允，亦無可發怒，乃令出鎮河北，慰諭使去，欲以軍法誅之耳。阮氏明智，知其將然。故曰：「禍見於此也。」師既念念欲殺允，於其未行，適有放散官物事，因摭以爲罪，便收付獄，不復待其至河北矣。

〔二〕嘉錫案：魏志魏略均言允徙邊道死，而此云文帝幽殺之。允實死於司馬師爲大將軍時。文帝當是景帝之誤。道死之與幽殺，亦自不同。考魏志毌丘儉傳注引儉及文欽等表曰：「近者領軍許允，當爲鎮北，以廚錢給賜，而師舉奏加辟，雖云流徙，道路餓殺。天下聞之，莫不哀傷。」則允實爲師所殺，非僅死於道路而已。或疑儉等之表，出於仇口，欲著師之罪，未必不故甚其辭。然世說此條本之孫盛魏氏春秋，亦云「允爲景王所誅」。裴松之齊王紀注據夏侯玄傳及魏略以考允之事，而云：

「允收付廷尉，徙樂浪，追殺之。」不用道死之説。夫豈無所見而云然？蓋師以允與李豐交結，事出曖昧，所坐放散官物，又罪不至死，故使人暗害之，託云道卒。魚豢、陳壽，多爲時諱，亦不敢著其實。傅暢書著於胡中（見魏志傅嘏傳注），無所避忌；孫盛書則作於東晉，爲時已遠。故皆得存其直筆耳。當司馬懿勒兵閉城門，奏廢曹爽時，使允及陳泰解語爽，允與泰因説爽，使早自歸罪（見爽傳及注）。則允本黨於司馬氏，而卒死於師手，允之所不及料也。惜乎不見阮氏與允書，莫能知其禍患所由起矣。

〔三〕嘉錫案：此事亦見魏志注引魏氏春秋。疑郭子中或亦有之。殘類書載此事，首數語與世説同。「神色不變」下作：「歎曰：『故知耳爾。』（當作爾耳）織仍不止。門生欲抱其兒藏之，婦曰：『無預君事。』後提子徙居墓側，積年露宿，晨夕哭臨。景帝聞之，使大將軍鍾會看之，（大將軍下有脱字，會後在司馬昭大將軍府管記室事，疑此處所脱亦是記室二字。）并視□□，若子神彩及父，當收養之，所司供給。帝慙其婦，悔之不已。」以上許允婦三事，殘類書所引，均與世説不盡同。而此一事，尤爲文情俱異。世説言「才流及父當收」者，慮其長大後不可制，或爲晉室之害，故欲收殺之，以除後患耳。而類書所引，則是師聞阮氏之哀毁，内愧於心，乃使鍾會視其子，若人材似父，有可造就，當令官爲收養，以示恩意。兩者情事，大相逕庭。知其所出，決非一書。羅氏跋謂其即采自世説，真大誤也。兩書所言雖未知孰是，然允本司馬氏之黨，師特以疑而殺之，其罪狀原不甚明。否則當已與李豐、夏侯玄等諸所連及者，同夷三族矣。觀允出鎮時，師所與書，其平日交情可知。允既死，師愧對其婦，感念舊勛，因思收養其孤，容或有之，不可謂事所必無。懿父子兄弟殺人之父，亦已多矣！除深仇如曹爽、王淩、李豐等皆族滅外，其餘亦未嘗因慮其子之報讎，而盡誅其童稚。後來昭殺嵇康，尋亦中悔，未嘗并誅嵇紹也。類書之言，故當存之，以資參考矣。

〔四〕嘉錫案：會蓋假弔問之名以來，故必涕泣。會止兒亦止，以示不知其父得禍之酷。又令兒少問及朝廷之事者，陽爲愚不曉事，不知會之偵己，無所疑懼也。

〔五〕政事篇「成帝在石頭」條引許氏譜曰「猛吏部郎」，與此不同。隋志云：「梁有太子中庶子許孟集三卷，録一卷，亡。」文廷式補晉書藝文志六云：「許孟當作許猛。」

9 王公淵娶諸葛誕女。入室，言語始交，王謂婦曰：「新婦神色卑下，殊不似公休！」婦曰：「大丈夫不能仿佛彦雲，而令婦人比蹤英傑！」魏氏春秋曰：「王廣字公淵，王淩子也。有風量才學，名重當世。與傅嘏等論才性同異，行於世。」魏志曰：「廣有志尚學行，淩誅，并死。」臣謂王廣名士，豈以妻父爲戲，此言非也。

10 王經少貧苦，仕至二千石，母語之曰：「汝本寒家子，仕至二千石，此可以止乎！」經不能用。爲尚書，助魏，不忠於晉〔一〕，被收。涕泣辭母曰：「不從母敕，以至今日！」母都無慽容，語之曰：「爲子則孝，爲臣則忠。有孝有忠，何負吾邪？」〔二〕世語曰：「經字彦偉〔三〕，清河人。高貴鄉公之難，王沈、王業馳告文王，經以正直不出。因沈、業申意，後誅經及其母。」晉諸公贊曰：「沈、業將出，呼經，不從，曰：『吾子行矣！』」漢晉春秋曰：「初，曹髦將自討司馬昭，經諫曰：『昔魯昭不忍季氏，敗走失國，爲天下笑。今權在其門久矣，朝廷四方，皆爲之致死，不顧逆順之理，非一日也。且宿衛空闕，寸刃無有，陛下何所資用？而一旦如此，無乃欲除疾而更深之邪？』髦不聽。後殺經，并及其母。將死，垂泣謝母。母顔色不變，笑而謂曰：『人誰不死，往所以止汝者，恐不得其所也。以此并命，何恨之有？』」干寶晉紀曰：「經正直，不忠於我，故誅之。」按傅暢、干寶所記，則是經實忠貞於魏，而世語既謂其正直〔四〕，復云因沈、業申意，何其相反乎？故二家之言深得之。

【校　文】

注「笑而謂曰」　「笑」，景宋本及沈本作「哭」。

【箋　疏】

〔一〕孫志祖讀書脞録續編三曰：「陳壽魏志不爲王經立傳，而附見於夏侯尚傳末。朱昭芑史糾譏之。志祖案：壽爲司馬氏之臣，不能無所回避。其曲筆猶可諒也。宋臨川王義慶作世説時，晉室久移，乃於賢媛篇載經母事而曰：『經助魏，不忠於晉。』此何言歟？夫司馬氏亦魏臣也。經以身殉國，豈得謂之助魏不忠於晉乎？臨川此言，三綱壞矣。」嘉錫案：世說雜采群書，此條出自裴啟語林，見御覽四百四十。「助魏不忠於晉」，亦用語林本文。裴啟晉人，其立言自不得不如此。然云助魏，正是許其以身殉國。云不忠於晉，則其忠於魏可知。微文見意，何損於經？且曰「爲子則孝，爲臣則忠」，其稱經亦至矣。孫氏此言，似正而實未達文義，殆不足取。

〔二〕魏志夏侯玄傳注引晉武帝太始元年詔曰：「故尚書王經，雖身陷法辟，然守志可嘉。門户湮没，意常愍之。其賜經孫郎中。」

〔三〕文選四十七三國名臣序贊曰：「王經字承宗，李注云：『裴松之曰「經字彦緯」，今云承宗，蓋有二字也。』」嘉錫案：今本魏志夏侯尚傳注引世語作「字彦偉」，與此同。而文選集注九十四引陸善經李善注皆作「字彦緯」，當從之。

〔四〕程炎震云：「魏志高貴鄉公紀注引重經字是也。」又云：「此正直，謂以尚書在直，非忠貞之謂也。因沈、業申意，固是誣善之辭，然孝標誤認正直二字與干寶同解，肆其彈射，亦爲失矣。」

11 山公與嵇、阮一面，契若金蘭。山妻韓氏，覺公與二人異於常交，問公，公曰：「我當年可以爲友者，唯此二生耳！」妻曰：「負羈之妻亦親觀狐、趙，意欲窺之，可乎？」他日，二人來，妻勸公止之宿，具酒肉。夜穿墉以視之，達旦忘反。公入曰：「二人何如？」

妻曰：「君才致殊不如，正當以識度相友耳。」公曰：「伊輩亦常以我度爲勝。」〔一〕晉陽秋曰：「濤雅素恢達，度量弘遠，心存事外，而與時俛仰。嘗與阮籍、嵇康諸人著忘言之契。至于群子，屯蹇於世，濤獨保浩然之度。」〔二〕王隱晉書曰：「韓氏有才識，濤未仕時，戲之曰：『忍寒，我當作三公，不知卿堪爲夫人不耳？』」〔三〕

【校　文】

「君才致」　景宋本及沈本俱無「才」字。

注「雅素」　景宋本作「雅量」。

【箋　疏】

〔一〕程炎震云：「此文全出於竹林七賢論，見全晉文一百三十七引御覽四九，又四百四十四。」

〔二〕嘉錫案：嵇、阮雖以放誕鳴高，然皆狹中不能容物。如康之箕踞不禮鍾會（見簡傲篇），與山濤絶交書自言「不喜俗人，剛腸疾惡，輕肆直言，遇事輒發」，又幽憤詩曰「惟此褊心，顯明臧否」，皆足見其剛直任性，不合時宜。籍雖至慎，口無臧否（見德行篇），然能爲青白眼，見凡俗之士，輒以白眼對之（見簡傲篇注）。則亦孤僻，好與俗忤。特因畏禍，能銜默不言耳。康卒掇殺身之禍。籍亦僅爲司馬昭之狎客，苟全性命而已。濤一見司馬師，便以吕望比之，尤見賞於昭，委以腹心之任，摇尾於姦雄之前，爲之功狗。是固能以柔媚處世者，宜其自以爲度量勝嵇、阮，必當作三公也。嗚呼！觀於竹林諸人之事，則人之生當亂世而欲身名俱泰，豈不難哉！然士苟能不以富貴爲心，則固有辟人辟世，處進退存亡而不失其正者。雖不爲山濤，豈無自全之道也歟？嘉錫又案：晉書濤本傳云：「與鍾會、裴秀並申款昵。以二人居勢争權，濤平心處中，各得其所，而俱無恨焉。鍾會作亂於蜀，文帝將西征，時魏氏諸王公並在鄴。帝謂濤曰：『西偏吾自了之，後事深以委卿。』以本官行軍司馬，給親兵五百人鎮鄴。」夫鍾會之爲人，嵇康所不齒，而濤與之欵昵，又處會與裴秀交鬨之際，能並得其歡心，豈非以會爲司馬氏之子房，而秀亦參謀略，皆昭之寵臣，故曲意交結，相與比周，以希詭遇之獲歟？至爲昭居留守之任，以監視魏之王公，儼然以鍾繇、華歆自命。身爲人作伍伯，視宗室如囚徒，非權奸之私昵，誰肯任此？與時俯仰是矣。然實身入局中，未嘗心存事外也。通鑑八十四：「帝決意伐吴，賈充、荀勖、馮紞固争之。帝大怒，充免冠謝罪。僕射山濤退而告人曰：『自非聖人，外寧必有内憂。今釋吴爲外懼，豈非筭乎？』」胡注曰：「山濤身爲大臣，不昌言於朝，而退以告人，蓋求合於賈充者也。」胡氏此言，深得濤之用心。蓋濤善揣摩時勢，故司馬氏權重，則攘臂以與其逆謀；賈充寵盛，則緘口以避其朋黨。進不廷争，以免帝怒；退有後言，以結充歡。首鼠兩端，所如輒合。此真所謂心存事外，與時俯仰也。傳言「濤再居選職，每一官缺，輒擬數人，視帝意所欲爲先」。其迎合之術，可謂工矣。操是術以往，其取三公，直如俯拾地芥，豈但以度量勝嵇、阮而已乎？

〔三〕嘉錫案：嵇、阮諸人，雖屯蹇於世，然如濤浩然之度，則固叔夜之所深羞，而嗣宗之所不屑也。

12 王渾妻鍾氏生女令淑，虞預晉書曰：「渾字玄沖，太原晉陽人，魏司徒昶子。仕至司徒。」武子爲妹求簡美對而未得。有兵家子，有儁才，欲以妹妻之，乃白母。王氏譜曰：「鍾夫人名琰之，太傅繇之孫。」〔一〕曰：「誠是才者，其地可遺，然要令我見。」武子乃令兵兒與群小雜處，使母帷中察之。既而，母謂武子曰：「如此衣形者，是汝所擬者非邪？」武子曰：「是也。」母曰：「此才足以拔萃，然地寒，不有長年，不得申其才用。觀其形骨，必不壽，不可與婚。」武子從之。兵兒數年果亡。

【箋疏】

〔一〕程炎震云：「晉書云：『字琰，繇曾孫。父徽，黄門郎。』下條亦云曾孫。」

13 賈充前婦，是李豐女。豐被誅，離婚徙邊。婦人集曰：「充妻李氏，名婉字淑文〔一〕。豐誅，徙樂浪。」後遇赦得還，充先已取郭配女。賈氏譜曰：「郭氏名玉璜，即廣宣君也。」〔二〕武帝特聽置左右夫人。李氏別住外，不肯還充舍。晉諸公贊曰：「世祖踐阼，李氏赦還，而齊獻王妃欲令充遣郭氏，更納其母。充不許，爲李氏築宅而不往來。充母柳氏將亡，充問所欲言者。柳曰：『我教汝迎李新婦尚不肯，安問他事！』」郭氏語充：「欲就省李。」充曰：「彼剛介有才氣，卿往不如不去。」充別傳曰：「李氏有淑性令才也。」郭氏於是盛威儀，多將侍婢。既至，入户，李氏起迎，郭不覺腳自屈，因跪再拜。既反，語充，充曰：「語卿道何物？」〔三〕按晉諸公贊曰：「世祖以李豐得罪晉室，又郭氏是太子妃母，無離絶之理，乃下詔勑斷，不得往還。」而王隱晉書亦云：「充既與李絶婚，更取城陽太守郭配女，名槐。李禁錮解，詔充置左右夫人。充母柳亦勑充迎李。槐怒，攘臂責充曰：『刊定律令，爲佐命之功，我有其分。李那得與我並？』充乃架屋永年里中以安李。槐晚乃知。充出，輒使人尋充。詔許充置左右夫人〔四〕。充答詔以謙讓不敢當盛禮。」晉贊既云世祖下詔不遣李還，而王隱晉書及充別傳並言詔聽置立左右夫人。充憚郭氏，不敢迎李。三家之説並不同，未詳孰是。然李氏不還，別有餘故，而世説云自不肯還，謬矣。且郭槐彊狠，豈能就李而爲之拜乎？皆爲虚也〔五〕。

【校　文】

注「彊狠」　「狠」，景宋本作「很」。

【箋　疏】

〔一〕李詳云：「詳案：隋書經籍志：梁有晉太傅賈充妻李扶集一卷。是充妻之名扶也。」嘉錫案：李氏名字，劉注引婦人集甚明。婉之與扶，無因致誤。隋志有司徒王渾妻鍾夫人集一卷，此之李扶，疑亦李夫人之誤。下條注「世稱李夫人訓」，可以爲證。

〔二〕李慈銘云：「案郭氏先封廣城君，病篤改封宜城君。無廣宣之號。」

〔三〕吴承仕曰：「『語卿道何物』以今語譯之，當云：『我曾告訴你説的是什麽？』何物即什麽，麽即物之聲轉。」

〔四〕嘉錫案：注稱充别傳云云，而上文所引别傳，但有「李氏有淑性令才也」八字，并無此處所述之語。其引王隱晉書，乃兩言「詔充置左右夫人」，文義重復，知「使人尋充」之下，蓋脱去「充别傳曰」四字。然仍無充憚郭氏不敢迎李之事。疑其猶有脱文，或以所叙與王隱書同，故櫽括其詞，不復詳引耳。

〔五〕嘉錫案：以注之所引合觀之，三家之言皆是也。晉諸公贊言世祖踐阼，李氏赦還，當是以泰始元年十二月遇赦。文館詞林六百六十八：西晉武帝即位，改元大赦，詔所謂「自謀反大逆不道已下，在今年十二月七日昧爽以前，皆赦除之」是也。其時充年四十八矣。齊王攸年已十九，李氏女必已爲齊王妃。武帝素敬憚攸（見攸傳），故李自樂浪還後，帝以其王妃之母，不使令充離異。充又寵後妻而輕故劍，不肯聽其母之言，遣郭納李。帝亦不欲重違其意，乃調停其間，聽令兩妻並立。此王隱書及充别傳所以言「詔充置左右夫人」也。充既奉詔，其母亦勑充迎李，而郭槐攘臂與之争。充畏其悍，乃託言「謙讓不敢當盛禮」，爲李氏别架屋而不與之同居，猶不敢令郭知之。諸公贊言其不相往來，然王隱書言「槐晚乃知之。充出，輒使人尋充」，則其初之不免密相往來可知也。其後乃奉勑禁斷，不得往還。以爲郭氏是太子妃之母，無離絶之理。晉書亦言「郭槐女爲太子妃，帝乃下詔，斷如李比，皆不得還」。按之通鑑七十九及后妃傳：充之謀結婚太子，在泰始七年。而册拜太子妃，則在八年二月，去李氏之還，已六年矣。此必郭氏疑充猶未與李氏絶，乃交通宫掖，求帝下詔，假王言以臨之。所謂李豐得罪晉室者，託詞焉耳。否則此詔何以不下於李氏初還之時，而顧待至六年以後乎？王隱書及沖别傳所言「詔置左右夫人」，與晉諸公贊言「世祖下詔，勑斷往還」，本非一時之事。傅暢與王隱等各記其所聞，雖不相通，而未嘗牴牾。孝標未能細心推勘，乃疑三家之説不同耳。即李氏之不還，雖緣郭槐妒嫉，及有勑禁斷，然二女同居，其志必不相得。當「詔置左右夫人」時，郭固不願與李並，李亦未必願與郭爲伍。孝標必以世説云「李自不肯還」爲謬，亦非也。今晉書充傳兼采三家及世説，得之矣。由斯以談，武帝感充能爲晉爲成濟之事，及己之得立爲太子，充與有力，其待充乃如慈母之愛嬌子，務順適其意，惟恐不至。既爲創匹嫡之制，又寵樹其後妻，斷其結髪之恩，顛倒錯謬，未有如斯之甚者也！晉書何曾傳言曾嘗告其子遵等曰：「國家創業垂統，未嘗聞經國遠圖，惟説平生常事，非貽厥孫謀之道也。」今觀帝之於賈充，不惜以王言綸綍，屢與人牀第之事，豈但非經國遠圖而已乎？開國之規模如此，有以知晉祚之不長矣。

14 賈充妻李氏作女訓，行於世。李氏女，齊獻王妃；郭氏女，惠帝后。充卒，李、郭女各欲令其母合葬，經年不決。賈后廢，李氏乃祔葬，遂定。晉諸公贊曰：「李氏有才德，世稱李夫人訓者。生女合〔一〕，亦才明，即齊王妃。」婦人集曰：「李氏至樂浪，遺二女典式八篇。」〔二〕王隱晉書曰：「賈后字南風，爲趙王所誅。」

【箋疏】

〔一〕程炎震云：「晉書四十九充傳云：『李氏生二女：裒、裕。裒一名荃，裕一名濬。』此合字，蓋即荃字之誤。」

〔二〕文廷式補晉書藝文志四曰：「初學記卷四：『華勝起於晉代，見賈充妻李夫人典戒。云像瑞圖金勝之形，又取像西王母戴勝也。』玉燭寶典卷一引賈充李夫人典誡云：『每見時人月旦，問信（文氏誤作訊）到户，至花勝交相遺與，爲之煩心勞倦。』」嘉錫案：兩書作「戒」或「誡」，而此作「式」，未知孰是？疑當作「誡」。世説所言女訓，蓋即此書，文氏分著於録，非也。

15 王汝南少無婚，自求郝普女〔一〕。郝氏譜曰：「普字道匡，太原襄城人。仕至洛陽太守。」〔二〕司空以其癡，會無婚處，任其意，便許之。魏氏志曰：「王昶字文舒，仕至司空。」既婚，果有令姿淑德。生東海，遂爲王氏母儀。或問汝南何以知之？曰：「嘗見井上取水，舉動容止不失常，未嘗忤觀。以此知之。」汝南别傳曰：「襄城郝仲將〔三〕，門至孤陋，非其所偶也。君嘗見其女，便求聘焉。果高朗英邁，母儀冠族。其通識餘裕，皆此類。」

【箋　疏】

〔一〕程炎震云：「王昶卒時，湛纔十一歲，豈能自覓婦耶？」

〔二〕程炎震云：「襄城不屬太原，洛陽亦無太守，皆有誤字。御覽四百九十引此事，云出郭子，注云：『郝氏，襄城人。父臣，字仲時，一名普，洛陽太守。』」

〔三〕嘉錫案：郝氏譜云「普字道臣」，而此稱郝仲將，郭子注又云「臣字仲時」。「時」、「將」二字，必有一誤，以其名臣推之，疑作「時」爲是。

16 王司徒婦，鍾氏女，太傅曾孫，王氏譜曰：「夫人，黄門侍郎鍾琰女。」〔一〕亦有俊才女德。婦人集曰：「夫人有文才，其詩賦頌誄行於世。」〔二〕鍾、郝爲娣姒，雅相親重。鍾不以貴陵郝，郝亦不以賤下鍾。東海家内，則郝夫人之法。京陵家内，範鍾夫人之禮〔三〕。

【箋　疏】

〔一〕李慈銘云：「案晉書列女傳：琰父徽，黄門侍郎。三國志：繇孫名見者，曰豫，封列侯；曰駿，嗣爲定陵侯；（毓七子，而毓弟會。傳又有兄子峻，蓋即一人。）曰邕，曰毅，曰辿。邕、毅皆隨鍾會死於蜀。徽又一人也。琰是鍾夫人名，此注誤。」程炎震云：「琰當作徽，説見前。」

〔二〕文廷式補晉書藝文志丁部曰：「初學記卷三引鍾夫人詩曰：『冽冽季冬，素雪其霏。』類聚九十二有鍾夫人鶯賦。」

〔三〕姚振宗隋志考證二十四云：「王汝南者，名湛，字處仲，仕至汝南太守。東海者，湛子承，字安期，東海内史。王司徒名渾，襲父爵，京陵侯湛之兄也。」嘉錫案：姚氏意謂京陵家内，即指渾家也。然上文言「則郝夫人之法」，係舉其子承之家庭。此言「範鍾夫人之禮」，何以獨舉其夫？且渾之官以司徒爲重，不應忽稱其世爵。余謂此亦指其子孫襲封者言之也。考晉書渾傳：渾子濟嗣，先渾卒。子卓，字文宣，嗣渾爵，拜給事中。卓名不顯，故世説但稱爲京陵侯之家耳。

17 李平陽，秦州子，李重已見。永嘉流人名曰：「康字玄冑〔一〕，江夏人，魏秦州刺史。」中夏名士，于時以比王夷甫。孫秀初欲立威權，咸云：「樂令民望不可殺，減李重者又不足殺。」晉諸公贊曰：「孫秀字俊忠，琅邪人。初，趙王倫封琅邪，秀給爲近職小吏。倫數使秀作書疏，文才稱倫意。倫封趙，秀徙户爲趙人，用爲侍郎，信任之。」晉陽秋曰：「倫篡位，秀爲中書令，事皆決於秀。爲齊王所誅。」遂逼重自裁。初，重在家，有人走從門入，出髻中疏示重，重看之色動。入内示其女，女直叫「絶」。了其意，出則自裁〔二〕。按諸書皆云：「重知趙王倫作亂，有疾不治，遂以致卒。」而此書乃言自裁，甚乖謬。且倫、秀兇虐，動加誅夷，欲立威權，自當顯戮，何爲逼令自裁〔三〕？此女甚高明，重每咨焉。

【箋疏】

〔一〕李慈銘云：「案康當作秉，已見前。」

〔二〕程炎震云：「李重之死，本傳云『永康初』，永康止一年，故通鑑繫之元年。」

〔三〕李慈銘云：「案前品藻篇亦有『仰藥自裁』之言。則重之死，當時固有異論。」嘉錫案：品藻篇載李弘度答謝公曰：「趙王篡逆，亡伯雅正，恥處亂朝，遂至仰藥。」孝標於彼注但引晉諸公贊，言「重有疾不治，至於篤甚，卒」。而不言仰藥之是非，顧於此發之，何也？

18 周浚作安東時，行獵，值暴雨，過汝南李氏。李氏富足，而男子不在。有女名絡秀，聞外有貴人，與一婢於内宰豬羊，作數十人飲食，事事精辦，不聞有人聲。密覘之，獨見一女子，狀貌非常，浚因求爲妾。父兄不許。絡秀曰：「門户殄瘁，何惜一女？若連姻貴族，將來或大益。」父兄從之。八王故事曰：「浚字開林，汝南安城人。少有才名。太康初，平吳，自御史中丞出爲揚州刺史。元康初，加安東將軍。」遂生伯仁兄弟〔一〕。絡秀語伯仁等：「我所以屈節爲汝家作妾，門户計耳！按周氏譜：「浚取同郡李伯宗女。」此云爲妾，妄耳。汝若不與吾家作親親者，吾亦不惜餘年。」伯仁等悉從命。由此李氏在世，得方幅齒遇〔二〕。

【箋疏】

〔一〕程炎震云：「伯仁死於永昌元年壬午，年五十四。則生於泰始五年己丑。開林若於元康初爲安東始納絡秀，伯仁已二十餘歲。此之誣妄，不辨可明。孝標更以譜證之，尤爲堅據。晉書乃猶取入列女，誤矣。」

〔二〕李慈銘云：「郝氏懿行云：『方幅，當時方言，猶今語云公然也。』世語曰：『王以圍棋爲手談。故其在哀制中，祥後客來，方幅會戲。』宋書武三王義季傳云：『本無馳驅中原，方幅争鋒理。』吴喜傳云：『不欲方幅露其罪惡。』與此皆同。」嘉錫案：此郝氏晉宋書故之説也。其實出於意測，殊非確詁。如世説此條，若解作「由此李氏在世，得公然齒遇」，已不成語。又如周禮宰夫注：「若今時舉孝廉方正。」賈疏云：「方正者，人雖無别行，而有方幅正直者也。」真誥稽神樞第一叙大茅山事云：「至齊初，乃敕句容人王文清仍立此館，號爲崇玄。開置堂宇廂廊，殊爲方副。」皆不得解爲公然也。蓋截木爲方，裁帛爲幅，皆整齊有度。故六朝人謂凡事之出於光明顯著者爲方幅。此言「方幅齒遇」，猶言正當禮遇之也。

19　陶公少有大志，家酷貧，與母湛氏同居。同郡范逵素知名，舉孝廉，逵未詳。投侃宿。于時冰雪積日，侃室如懸磬，而逵馬僕甚多。侃母湛氏語侃曰：「汝但出外留客，吾自爲計。」湛頭髮委地，下爲二髲，一作「髢」。賣得數斛米，斫諸屋柱，悉割半爲薪，剉諸薦以爲馬草。日夕，遂設精食，從者皆無所乏〔一〕。逵既歎其才辯，又深愧其厚意。明旦去，侃追送不已，且百里許。逵曰：「路已遠，君宜還。」侃猶不返，逵曰：「卿可去矣！至洛陽，當相爲美談。」侃迺返。逵及洛，遂稱之於羊晫、顧榮諸人，大獲美譽。晉陽秋曰：「侃父丹，娶新淦湛氏女〔二〕，生侃。湛虔恭有智算，以陶氏貧賤，紡績以資給侃，使交結勝己。侃少爲尋陽吏，鄱陽孝廉范逵嘗過侃宿，時大雪，侃家無草，湛徹所臥薦剉給。陰截髮，賣以供調〔三〕。逵聞之歎息。逵去，侃追送之。逵曰：『豈欲仕乎？』侃曰：『有仕郡意。』逵曰：『當相談致。』過廬江，向太守張夔稱之。召補吏，舉孝廉，除郎中。時豫章顧榮或責羊晫曰：『君奈何與小人同輿？』晫曰：『此寒俊也。』」王隱晉書曰：「侃母既截髮供客，聞者歎曰：『非此母不生此子。』乃進之於張夔。羊晫亦簡之。後晫爲十郡中正，舉侃爲鄱陽小中正，始得上品也。」〔四〕

【校　文】

注「侃父丹」下　沈本有「吳揚武將軍」五字。

【箋　疏】

〔一〕宋詩紀事五引詩律武庫云：「晉陶侃少時，家貧，有友人見訪，無以致誠。其鄰人頗賢，謂侃曰：『子門有長者車，何不延之，以論當世事？』侃曰：『貧不能備酒醴。』鄰人密於牆頭度以濁酒隻鷄，遂成終日之樂。本朝王冀公欽若過其廟題詩云：『九重天闕夢掉臂，黄鷄白酒鄰舍恩。』用此事也。」嘉錫案：此不知出何書，疑即因陶母事而傅會。姑識於此，容俟再考。

〔二〕李詳云：「詳案：晉書列女傳湛氏傳『侃父丹娉爲妾』，與晉陽秋異。然云娉，似非妾稱。」

〔三〕輿地紀勝二十三云：「饒州延賓坊在蕭家巷，世傳爲陶侃所居。陶侃傳：孝廉范逵嘗過侃，倉卒無以待。其母乃截髮得雙髢，以易酒炙。樂飲極歡。故後世以延賓坊名之。又云：陶侃字士行，鄱陽人，後徙居于潯陽。今城中有延賓坊，即其故居也。」

〔四〕程炎震云：「晉書云：『時豫章國郎中令楊晫，侃州里士也，爲鄉論所歸。侃詣之，晫曰：「易稱『貞固足以幹事』，陶士行是也。」與同乘，見中書郎顧榮』，此注有脱文。」嘉錫案：晉書侃傳云：「時豫章國郎中令楊晫，侃州里也，爲鄉論所歸。侃詣之，晫曰：『易稱「貞固足以幹事」，陶士行是也。』與同乘，見中書郎顧榮。榮甚奇之。吏部郎温雅謂晫曰：『奈何與小人共載。』晫曰：『此人非凡器也。』」御覽二百六十五引晉書曰：「楊晫、陶侃共載詣顧榮。州大中正温雅責晫與小人共載，晫曰：『江州名少風俗，卿已不能養成寒儁，且可不毀之。』楊晫代雅爲大中正，舉侃爲鄱陽小中正。」其事與今晉書同而文異。職官分紀四十引作王隱晉書，是也。此注所引晉陽秋，初不言羊晫事，而忽云或責晫與小人同載，語意突兀。且「豫章顧榮」四字，亦無着落。蓋由宋人妄删，原文必不如此。

20 陶公少時，作魚梁吏，嘗以坩鮺餉母〔一〕。母封鮺付使，反書責侃曰：「汝爲吏，以官物見餉，非唯不益，乃增吾憂也。」侃别傳曰：「母湛氏，賢明有法訓。侃在武昌，與佐吏從容飲燕，常有飲限。或勸猶可少進，侃悽然良久曰：『昔年少，曾有酒失，二親見約，故不敢踰限。』及侃丁母憂，在墓下，忽有二客來弔，不哭而退，儀服鮮異，知非常人。遣隨視之，但見雙鶴沖天而去。」幽明録曰：「陶公在尋陽西南一塞取魚，自謂其池曰鶴門。」按吴司徒孟宗爲雷池監，以鮺餉母，母不受。非侃也。疑後人因孟假爲此説〔二〕。

【校文】

「鮺」　景宋本及沈本俱作「鮓」。

注「常有飲限」　沈本作「飲常有限」。

【箋疏】

〔一〕程炎震云：「晉書湛氏傳：『以一坩鮓遺母。』音義：『坩，苦甘反。』玉篇：『坩，口甘切，土器也。』」

廣韻二十三談：『坩，坩甒，苦甘切。』」又云：「説文：『鮺，臧魚也。南方謂之魿，北方謂之鮺。一曰大魚爲鮺，小魚爲魿。從魚，差省聲。』玉篇：『鮺，仄下切，藏魚也。鮓同上。』廣韻三十五馬：『鮓，釋名曰：鮓葅也。以鹽米釀魚以爲葅，側下切。』御覽八百三十四謝玄與兄書：『昨日疏成後出釣，手所獲魚，以爲二坩鮓，今奉送。』又八百六十二與婦書略同。并據全晉文八十三。」緯略一云：「謝玄與妹書曰：『昨出釣獲魚，以爲三坩鮓，今奉送。』亦用坩字。説文曰：『鮓，藏魚也。』坩音龕。纂文曰：『大坩爲坊。』東宮舊事曰：『白坩五枚。』」嘉錫案：謝玄語見御覽八百六十二，作與婦書。

〔二〕程炎震云：「孟宗事見孝子傳，御覽六十五雷水部引之。」類聚七十二引列女後傳曰：「吴光禄勳孟宗爲監魚池司馬。罷職，道作兩器鮓以歸奉母。母怒之曰：『吾老，爲母戒言，唯聽飲彼水，何吾言之不從也？』宗曰：『於道作之，非池魚也。』母曰：『汝爲主魚吏，而獲鮓以歸，豈可家至户告耶？』乃還鮓於宗。宗伏，謝罪，遂沈鮓於江。」嘉錫案：此注作雷池監，而列女後傳作監魚池司馬，彼此不同。三國志孫皓傳：「建衡三年，司空孟仁卒。」注引吴録曰：「仁字恭武，江夏人也。本名宗，避皓字易焉。除爲鹽池司馬。自能結網，手以捕魚，作鮓寄母。母因以還之曰：『汝爲魚官，而以鮓寄我，非遠嫌也。』」「鹽」疑當作「監」，以形近致誤。

21 桓宣武平蜀，以李勢妹爲妾〔一〕，甚有寵，常著齋後。主始不知，既聞，與數十婢拔白刃襲之。續晉陽秋曰：「温尚明帝女南康長公主。」正值李梳頭，髮委藉地，膚色玉曜，不爲動容。徐曰：「國破家亡，無心至此。今日若能見殺，乃是本懷。」主慚而退。妒記曰：「温平蜀，以李勢女爲妾，郡主兇妒，不即知之。後知，乃拔刃往李所，因欲斫之。見李在窗梳頭，姿貌端麗，徐徐結髮，斂手向主，神色閑正，辭甚悽惋。主於是擲刀前抱之曰：『阿子〔二〕，我見汝亦憐，何況老奴。』遂善之。」〔三〕

【箋　疏】

〔一〕程炎震云：「御覽一百五十四引妹作女。」

〔二〕宋書五行志二曰：「晉穆帝升平中，童子輩忽歌於道，曰阿子聞。曲終輒曰：『阿子，汝聞不？』無幾，穆帝崩。太后哭曰：『阿子，汝聞不？』」嘉錫案：據此，則「阿子」乃晉人呼兒女之詞。蓋公主憐愛李勢妹，以兒女子畜之，呼爲「阿子」者，親之也。類聚十八引妒記作「阿姊」者，非。

〔三〕敦煌本殘類書第二種曰：「桓宣武平蜀，以李勢女爲妾，甚有寵，私置之後齋。公主初不知，既聞，領數十婢將棒襲之。正值李梳頭，髮委藉地，姿貌絕麗，膚色玉曜，不爲動容。徐下地結髮，斂手而言曰：『國破家亡，父母屠□，偷存旦暮，無心以生。今日若能見殺，實愜本懷。』主乃擲刀杖，泣而前抱之曰：『我見汝尚憐愛，心神悽愴，何況賊種老奴耶！』因厚禮相遇。」與此事同而加詳。羅叔言先生跋，疑其即采自世説。今本經宋人改訂，自不能無差異。嘉錫案：余嘗以唐寫本世説與宋本校，知宋人所删者，劉孝標注耳。其臨川正文，但偶有三數字不同，未有刊削如此者。類書蓋別有所本，非采自世説也。然其叙事詳贍，過於世説及妒記矣。

22 庾玉臺，希之弟也。希誅，將戮玉臺。希已見。玉臺，庾友小字。庾氏譜曰：「友字惠彦，司空冰第三子。歷中書郎、東陽太守。」玉臺子婦，宣武弟桓豁女也。庾氏譜曰：「友字弘之，長子宣，娶宣武弟桓豁之女〔一〕，字女幼。」徒跣求進，閽禁不內。女厲聲曰：「是何小人？我伯父門，不聽我前！」因突入，號泣請曰：「庾玉臺常因人，脚短三寸，當復能作賊不？」宣武笑曰：「壻故自急。」〔二〕遂原玉臺一門。中興書曰：「桓温殺庾希弟倩，希聞難而逃，希弟友當伏誅。子婦桓氏女，請温，得宥。」

【校　文】

注「請温得宥」　沈本作「訴」。

【箋　疏】

〔一〕李詳云：「詳案：晉書庾冰傳作桓祕女。」

〔二〕嘉錫案：友若不獲赦，則宣亦當從坐。故曰「壻故自急」。

23 謝公夫人幃諸婢，使在前作伎，使太傅暫見，便下幃。太傅索更開，夫人云：「恐傷盛德。」〔一〕劉夫人已見。

【箋疏】

〔一〕類聚三十五引妒記曰：「謝太傅劉夫人，不令公有別房。公既深好聲樂，後遂頗欲立妓妾。兄子外生等微達此旨，共問訊劉夫人，因方便稱關雎螽斯有不忌之德。夫人知以諷己，乃問：『誰撰此詩？』答云：『周公。』夫人曰：『周公是男子，相爲爾，若使周姥撰詩，當無此也。』」嘉錫案：自古未聞有以關雎螽斯爲周公撰者。謝氏子弟不應發此無稽之言。且夫人爲真長之妹，孫綽就謝公宿，言至欵雜，夫人謂「亡兄門未有此客」（見輕詆篇）。何至出辭鄙倍如此？疑是時人造作此言，以爲戲笑耳。然亦可見其以妒得名，乃有此等傳説矣。

24 桓車騎不好著新衣。浴後，婦故送新衣與。桓氏譜曰：「沖娶琅邪王恬女，字女宗。」〔一〕車騎大怒，催使持去。婦更持還，傳語云：「衣不經新，何由而故？」桓公大笑，著之。

【箋疏】

〔一〕嘉錫案：仇隟篇注引桓氏譜又曰：「桓沖後娶潁川庾蔑女，字姚。」此條所記之婦，不知是王是庾也。

25 王右軍郗夫人謂二弟司空、中郎曰：司空，愔已見。郗曇别傳曰：「曇字重熙，鑒少子。性韻方質，和正沈簡。累遷丹陽尹、北中郎將、徐兗二州刺史。」「王家見二謝〔一〕，傾筐倒庋；二謝：安、萬。見汝輩來，平平爾。汝可無煩復往。」

【校　文】

「倒庋」「庋」，景宋本及沈本作「屣」。

【箋　疏】

〔一〕嘉錫案：此王家乃指其夫右軍。

26 王凝之謝夫人既往王氏，大薄凝之。既還謝家，意大不説。太傅慰釋之曰：「王郎，逸少之子，人材亦不惡，汝何以恨乃爾？」答曰：「一門叔父，則有阿大、中郎〔一〕。群從兄弟，則有封、胡、遏、末〔二〕。封胡，謝韶小字。遏末，謝淵小字。韶字穆度，萬子，車騎司馬。淵字叔度，奕第二子，義興太守。時人稱其尤彦秀者。或曰封、胡、遏、末。封謂朗〔三〕，遏謂玄，末謂韶，朗玄淵。一作胡謂淵，遏謂玄，末謂韶也。不意天壤之中，乃有王郎！」

【校文】

「乃」　景宋本作「迺」。

【箋疏】

〔一〕程炎震云：「中郎，謝萬。阿大不知何指，當即謂安。」嘉錫案：道韞不應面呼安爲阿大，疑是謝尚耳。尚父鯤，只生尚一人，故稱阿大。安兄弟六人，見紕漏篇注。大兄奕，次兄據，均見言語篇及注。則安乃第三，非大也。其於叔父獨不及安者，尊者之前，不敢斥言之也。

〔二〕李慈銘云：「案晉書謝萬傳作封、胡、羯、末。」

〔三〕李慈銘云：「案此處封謂下脱韶胡謂三字。韶玄朗三字誤衍，當作『封謂韶，胡謂朗，遏謂玄，末謂淵』。晉書謝萬傳可證。彼淵作川，唐人避高祖諱。又案一作下脱封謂朗三字，以文義推之可知。」程炎震云：「晉書七十九謝萬傳及九十六列女傳作『封、胡、羯、末』。又云『封謂謝韶，胡謂謝朗，羯謂謝玄，末謂謝川』。按川即淵，唐人避諱改。」陸龜蒙甫里集八自注云：「羯，謝玄小字。末，謝川小字。」與晉書合。嘉錫案：傷逝篇云：「王東亭聞謝喪，往哭，不執末婢手而出。」注云：「末婢，謝琰小字。」則末當即謝琰。孝標此注乃謂「遏末，謝淵小字」。晉書亦謂末是謝淵，淵與琰爲從父兄弟，不應小字同用末字，其誤必矣。

27 韓康伯母，隱古几毀壞，卞鞠見几惡，欲易之。鞠，卞範之。母之外孫也。答曰：「我若不隱此，汝何以得見古物？」〔一〕

【箋　疏】

〔一〕嘉錫案：晉書範之傳云：「玄僭位，以範之爲侍中，封臨汝縣公。玄既奢侈無度，範之亦盛營館第，自以佐命元勳，深懷矜伐，以富貴驕人。」然則範之爲人，蓋習於奢靡，平生服用，必力求新異，韓母言不因已不得見古物，蓋譏之也。

28 王江州夫人語謝遏曰：「汝何以都不復進，夫人，玄之妹。爲是塵務經心，天分有限？」〔一〕

【箋疏】

〔一〕嘉錫案：王江州即凝之，夫人即謝道韞。後條明云「謝遏絶重其姊」。御覽八百二十四引有謝玄與姊書，則道韞是姊，非妹。況其言爲爾汝之辭，直相誡勵，亦非所以對兄。妹字決爲傳寫之誤無疑。

29 郗嘉賓喪，婦兄弟欲迎妹還，終不肯歸。郗氏譜曰：「超娶汝南周閔女，名馬頭。」曰：「生縱不得與郗郎同室，死寧不同穴！」毛詩曰：「穀則異室，死則同穴。」鄭玄注曰：「穴謂壙中墟也。」

30 謝遏絶重其姊，張玄常稱其妹，欲以敵之。有濟尼者，並遊張、謝二家。人問其優劣，答曰：「王夫人神情散朗，故有林下風氣。顧家婦清心玉映，自是閨房之秀。」〔一〕

【箋疏】

〔一〕嘉錫案：林下，謂竹林名士也。賞譽篇曰：「林下諸賢，各有儁才子。」是其證。此言王夫人雖巾幗，而有名士之風，言顧不如王。晉書列女傳所載道韞事蹟，如施青綾步障爲小郎解圍，嫠居後見劉柳與之談議，皆足見其神情之散朗，非復尋常閨房中人舉動。類聚八十八引其擬嵇中散詩曰：「遥望山上松，隆冬不能彫。願想遊下憩，瞻彼萬仞條。騰躍不能升，頓足俟王喬。時哉不我與，大運所飄颻。」居然有論養生服石髓之意，此亦林下風氣之一端也。道韞以一女子而有林下風氣，足見其爲女中名士。至稱顧家婦爲閨房之秀，不過婦人中之秀出者而已。不言其優劣，而高下自見，此晉人措辭妙處。

31 王尚書惠嘗看王右軍夫人〔一〕，宋書曰：「惠字令明，瑯邪人。歷吏部尚書，贈太常卿。」問：「眼耳未覺惡不？」婦人集載謝表曰：「妾年九十，孤骸獨存，願蒙哀矜，賜其鞠養。」〔二〕答曰：「髮白齒落，屬乎形骸；至於眼耳，關於神明，那可便與人隔！」

【箋　疏】

〔一〕程炎震云：「王惠，劭之孫，導之曾孫，右軍孫行也。」

〔二〕嘉錫案：真誥闡幽微篇注云：「逸少升平五年辛酉歲亡，年五十九。」夫人若與右軍年相上下，則其九十歲當在太元十七年前後。然王凝之至隆安三年五月始爲孫恩所害，夫人上此表時，若凝之猶在，則不應云孤骸獨存。夫人爲郗愔之姊，愔以太元九年卒，年七十二。夫人蓋較愔僅大二三歲，則其九十歲時，正當隆安三四年間，其諸子死亡殆盡，朝廷憫凝之歿於王事，故賜其母以鞠養也。

32 韓康伯母殷，隨孫繪之之衡陽，韓氏譜曰：「繪之字季倫。父康伯，太常卿。繪之仕至衡陽太守。」於闔廬洲中逢桓南郡。卞鞠是其外孫，時來問訊。謂鞠曰：「我不死，見此豎二世作賊！」在衡陽數年，繪之遇桓景真之難也〔一〕，續晉陽秋曰：「桓亮字景真，大司馬溫之孫。父濟，給事中。叔父玄，篡逆見誅。亮聚衆於長沙，自號湘州刺史。殺太宰甄恭、衡陽前太守韓繪之等十餘人。爲劉毅軍人郭珍斬之。」〔二〕殷撫屍哭曰：「汝父昔罷豫章，徵書朝至夕發。汝去郡邑數年，爲物不得動，遂及於難，夫復何言？」

【箋　疏】

〔一〕程炎震云：「桓亮之難，在義熙元年乙巳，距永和十二年殷浩歿時，整五十年。浩卒年五十二。康伯之母如是浩姊，年當百餘；如是浩妹，亦九十餘矣。」嘉錫案：晉書韓伯傳第云母殷氏，舅殷浩，不言是浩姊或妹。建康實録九云：「太元五年八月，太常韓伯卒。伯母殷浩姊，伯早孤，卒時年四十九。」以此推之，康伯當生於咸和七年壬辰，下至義熙元年乙巳繪之死時，首尾七十四年。其母爲殷浩之姊，生康伯時，年當三十餘，至此固已百餘歲矣。

又案：闔廬洲不知所在，徧考地理書未見。晉書安帝紀：隆安二年七月，王恭、庾楷、殷仲堪、桓玄、楊佺期等舉兵反。九月輔國將軍劉牢之擊敗恭，收送京師，斬之。玄等走尋陽。通鑑一百十云：「冬十月，仲堪自燕湖南歸，玄等狼狽西還，追仲堪，至尋陽及之。壬午，盟于尋陽。朝廷深憚之，以荆州還仲堪，優詔慰諭，仲堪等乃受詔，各還所鎮。玄乃屯於夏口，引始安太守濟陰卞範之以爲謀主。」世説言康伯母隨孫繪之之衡陽，逢桓玄，必是由建康赴任，遇之於道中。又言卞鞠時來問訊，知在範之已爲玄長史之後。然則闔廬洲必在大江之中，去夏口不遠。考影宋本寰宇記一百十三曰：「興國軍永興縣闔閭山，在州東四百七十里，（興國軍本屬鄂州，故言在州東。）在縣之北。史記云：『闔閭九年，子胥伐楚。』吴越春秋云：『子胥將兵破楚，掘平王之墓，屯軍城於此山。』」御覽四十八地部有闔閭山，引武昌記曰：「昔闔閭與伍子胥屯衆於此山爲城，故曰闔閭山。」輿地廣記二十五云：「永興縣有闔閭山，吴王闔閭與楚相持屯此。」此雖皆只言闔閭山而不言洲，然宋之興國軍即晉之陽新縣，其東北濱大江。夏口在武昌郡，自尋陽泝江至武昌，中途必過陽新。闔廬洲蓋即在闔閭山下。玄方由尋陽退屯夏口，故康伯母遇之於此。此洲所以不見紀載者，殆已沈没，或變爲陸地，與岸相連矣。範之事見寵禮篇注。晉書附桓玄傳云：「範之爲始安太守，桓玄少與之遊。及玄爲江州，引爲長史，委以心膂之任，潛謀密計，莫不決之。後玄將爲篡亂，範之與殷仲文陰撰策命。玄平，斬於江陵。」方康伯母遇之江中時，範之正從玄作亂，而韓母乃面斥玄爲賊，蓋欲以訓戒之也。惜乎範之不能從其外祖母之言，終與逆賊同死，負母意矣。晉之士大夫感温之恩，多黨附桓氏。母以一婦人獨名其父子作賊，雖是銜其兄浩被廢之讎，然詞嚴義正，能明於順逆，可不謂賢歟！

〔二〕李慈銘云：「案太宰下當有脱字。」又云：「案郭珍，桓玄傳作郭彌。」

術解第二十

1 荀勖善解音聲，時論謂之「闇解」。遂調律呂，正雅樂。每至正會，殿庭作樂，自調宮商，無不諧韻。阮咸妙賞，時謂「神解」〔一〕。每公會作樂，而心謂之不調。既無一言直勖，意忌之〔二〕，遂出阮爲始平太守。後有一田父耕於野，得周時玉尺，便是天下正尺。荀試以校己所治鐘鼓、金石、絲竹，皆覺短一黍，於是伏阮神識〔三〕。

晉後略曰：「鐘律之器，自周之末廢，而漢成、哀之間，諸儒修而治之。至後漢末，復隳矣〔四〕。魏氏使協律知音者杜夔造之，不能考之典禮，徒依于時絲管之聲、時之尺寸而制之，甚乖失禮度。於是世祖命中書監荀勖依典制，定鐘律。既鑄律管，募求古器，得周時玉律數枚，比之不差。又諸郡舍倉庫，或有漢時故鐘，以律命之，皆不叩而應，聲響韻合，又若俱成。」晉諸公贊曰：「律成，散騎侍郎阮咸謂勖所造聲高，高則悲。夫亡國之音哀以思，其民困。今聲不合雅，懼非德政中和之音，必是古今尺有長短所致。然今鐘磬是魏時杜夔所造，不與勖律相應，音聲舒雅，而久不知夔所造〔五〕，時人爲之，不足改易。勖性自矜，乃因事左遷咸爲始平太守，而病卒。後得地中古銅尺，校度勖今尺，短四分，方明咸果解音，然無能正者。」干寶晉紀曰：「荀勖始造正德、大象之舞，以魏杜夔所制律呂，校大樂本音不和〔六〕。後漢至魏尺，長於古四分有餘，而夔據之，是以失韻。乃依周禮，積粟以起度量，以度古器，符于本銘。遂以爲式，用之郊廟。」

【箋疏】

〔一〕通典一百四十四曰：「阮咸，亦秦琵琶也，而項長過於今制，列十有三柱。武太后時，蜀人蒯朗於古墓中得之。晉竹林七賢圖阮咸所彈與此類同，因謂之『阮咸』。咸世實以善琵琶知音律稱。」又自注曰：「蒯朗初得銅者，時莫有識之。太常少卿元行沖曰：『此阮咸所造。』乃令匠人改以木爲之，聲甚清雅。」

〔二〕李慈銘云：「案直下疑當重一勖字。謂咸無一言直勖，故勖忌之也。又案直同值，遇也。謂咸遭勖意忌也。」

〔三〕程炎震云：「晉書樂志云『出咸爲始平相』，誤。又云：『於此伏咸之妙，復徵咸歸。』」又云：「晉書律歷志云：『後始平掘地得古銅尺，歲久欲腐，不知何代所出，果長勖尺四分。』又史臣案云：『又漢章帝時，零陵文學史奚景於泠道舜祠下得玉律，度以爲尺，相傳謂之漢官尺。以校荀勖尺，勖尺短四分。漢官、始平兩尺度同。』又云：『文選注引晉諸公贊作「中護軍長史阮咸」。』」

〔四〕李慈銘云：「案墮，有徒規徒可二反。作隳者俗謬。」

〔五〕李慈銘云：「案不知疑當作不如，謂勖所造不如夔也。」又：「案此當以舒雅讀句，其聲舒雅，而人不知是夔所造。蓋勖未曾製鐘磬，猶是夔所爲也。」

〔六〕李慈銘云：「案本音當作八音。晉書律歷志、宋書律志俱作八音。」

2 荀勖嘗在晉武帝坐上食笱進飯，謂在坐人曰：「此是勞薪炊也。」坐者未之信，密遣問之，實用故車脚〔一〕。

【箋疏】

〔一〕隋書王劭傳劭上表請變火曰：「昔師曠食飯，云是勞薪所爨。晉平公使視之，果然車輞。」

3 人有相羊祜父墓，後應出受命君。祜惡其言，遂掘斷墓後，以壞其勢。相者立視之曰：「猶應出折臂三公。」俄而祜墜馬折臂，位果至公。幽明録曰：「羊祜工騎乘。有一兒五六歲，端明可喜。掘墓之後，兒即亡。羊時爲襄陽都督，因盤馬落地，遂折臂。于時士林咸歎其忠誠。」

4 王武子善解馬性。嘗乘一馬，著連錢障泥。前有水，終日不肯渡〔一〕。王云：「此必是惜障泥。」使人解去，便徑渡。語林曰：「武子性愛馬，亦甚别之。故杜預道『王武子有馬癖，和長輿有錢癖』。武帝問杜預：『卿有何癖？』對曰：『臣有左傳癖。』」

【校　文】

注「武帝問杜預」　景宋本及沈本無「杜」字。

【箋　疏】

〔一〕程炎震云：「連錢，晉書濟傳作連乾。御覽三百五十九引同。」又云：「終日不肯渡，御覽引無日字，是也。」

5 陳述爲大將軍掾，甚見愛重。及亡，郭璞往哭之，甚哀，乃呼曰：「嗣祖，焉知非福！」俄而大將軍作亂，如其所言。陳氏譜曰：「述字嗣祖，潁川許昌人。有美名。」

6 晉明帝解占冢宅，聞郭璞爲人葬，帝微服往看。因問主人：「何以葬龍角？此法當滅族！」主人曰：「郭云：『此葬龍耳，不出三年，當致天子。』」帝問：「爲是出天子邪？」答曰：「非出天子，能致天子問耳。」青烏子相冢書曰：「葬龍之角，暴富貴，後當滅門。」

【校 文】

注「青鳥子相冢書」「鳥」，宋本作「烏」。

7 郭景純過江，居于暨陽，墓去水不盈百步，時人以爲近水。景純曰：「將當爲陸。」璞別傳曰：「璞少好經術，明解卜筮。永嘉中，海内將亂，璞投策歎曰：『黔黎將同異類矣！』便結親暱十餘家，南渡江，居於暨陽。」今沙漲，去墓數十里皆爲桑田。其詩曰：「北阜烈烈，巨海混混；壘壘三墳，唯母與昆。」〔一〕

【校 文】

注「永嘉中」「中」，沈本作「末」。

【箋 疏】

〔一〕李慈銘云：「案暨陽，晉屬毗陵郡，即今常州府江陰縣。」寰宇記九十二江陰縣條下曰：「郭璞宅在黃山北長廣村，去縣七里，吳時烽火之所也。」日知録三十一曰：「晉書郭璞傳：『璞以母憂去職，卜葬地于暨陽，去水百步許。人以近水爲言，璞曰：「當即爲陸矣。」其後沙漲，去墓數十里皆爲桑田。』王惲集乃云：『金山西北大江中，亂石間有叢薄，鴉鵲棲集，爲郭璞墓。』按史文元謂去水百步許，不在大江之中。且當時即已沙漲爲田，而暨陽在今江陰縣界，不在京口，又所葬者璞之母，而非璞也。世之所傳皆誤。」顧氏自注云：「世説載璞詩曰：『壘壘三墳，惟母與昆。』則璞又有二兄同葬。」嘉錫案：王象之輿地紀勝九江陰軍古跡條下曰：「今父老云：申港八里許，有郭璞母墓。」象之此説，尚與史合。而其卷七鎮江府景物條云：「金山前有三島，號『石牌』，稱郭璞墓。」則又與俗傳相合。周必大奏事録曰：「金山龍游寺山門，借石門山爲案，乃焦山三石峰耳。其外小山，稍有樹木，而鳥雀不棲者，世傳爲郭璞墓。」又二老堂雜誌五記鎮江府金山曰：「山在京口江心，號龍遊寺，南朝謂之浮玉山。別有小島，相傳爲郭璞墓，大水不能没，下元水府亦在此。」必大此二條皆不免惑於世俗訛傳。然亦可見其説已盛傳於宋，不始於王惲也。

8　王丞相令郭璞試作一卦〔一〕，卦成，郭意色甚惡，云：「公有震厄！」王問：「有可消伏理不？」郭曰：「命駕西出數里，得一柏樹，截斷如公長，置牀上常寢處，災可消矣。」王從其語。數日中，果震柏粉碎，子弟皆稱慶。王隱晉書曰：「璞消災轉禍，扶厄擇勝，時人咸言京、管不及。」大將軍云：「君乃復委罪於樹木。」〔二〕

【箋　疏】

〔一〕程炎震云：「晉書璞傳云：『時參王導軍事。』」

〔二〕南史張裕傳曰：「初裕曾祖澄當葬父，郭璞爲占墓地曰：『葬某處，年過百歲，位至三司，而子孫不蕃。某處，年幾減半，位裁卿校，而累世貴顯。』澄乃葬其劣處。位光禄，年六十四而亡。其子孫遂昌云。」嘉錫案：合世說所載上二事觀之，則璞在當時，必以卜葬相冢墓著盛名，故有此等傳說。後世以葬書託之於璞，非無因也。又案：御覽九百五十四引幽明録，與此略同，惟無王大將軍語。幽明録亦義慶所著也。

9 桓公有主簿善別酒，有酒輒令先嘗。好者謂「青州從事」，惡者謂「平原督郵」。青州有齊郡，平原有鬲縣。「從事」言到臍〔一〕，「督郵」言在鬲上住〔二〕。

【箋　疏】

〔一〕李詳云：「詳案：臍古亦作齊，莊子達生篇：『與齊俱入。』釋文：『司馬云：「齊，回水，如磨齊也。」』史記封禪書：『祠天齊淵。』索隱：『臨淄城南有天齊泉，言如天之腹齊也。』」

〔二〕任淵山谷内集注一引至「平原督郵」止。以下作注云「青州有齊郡」云云。「言到臍」作「謂到齊下」，「言在髙上住」作「謂到髙上住也」。今本誤作大字，混入正文。

10 郗愔信道甚精勤〔一〕，常患腹内惡，諸醫不可療。聞于法開有名〔二〕，往迎之。既來，便脈云：「君侯所患，正是精進太過所致耳。」合一劑湯與之。一服，即大下，去數段許紙如拳大；剖看，乃先所服符也〔三〕。晉書曰：「法開善醫術，嘗行，莫投主人，妻產〔四〕，而兒積日不墮。法開曰：『此易治耳。』殺一肥羊，食十餘臠而針之。須臾兒下，羊膋裹兒出。其精妙如此。」

【箋疏】

〔一〕程炎震云：「郗愔奉天師道，見後排調篇『二郗奉道』條。」御覽六百六十六引太平經曰：「郗愔字方回，高平金鄉人。爲晉鎮軍將軍。心尚道法，密自遵行。善隸書，與右軍相埒。手自起寫道經，將盈百卷。於今多有在者。」排調篇注引中興書曰：「郗愔及弟曇，奉天師道。」晉書愔附父鑒傳云：「與姊夫王羲之、高士許恂並有邁世之風。俱棲心絶穀，修黄、老之術。」

〔二〕隋書經籍志有議論備豫方一卷，于法開撰。高僧傳四于法開傳曰：「晉升平五年，孝宗有疾，開視脈，知不起，不肯復入。康獻后令曰：『帝小不佳，昨呼于公視脈，但到門不前，種種辭憚，宜收付廷尉。』俄而帝崩，獲免。」嘉錫案：此可見法開視脈之精。文廷式純常子枝語卷十四云：「魏、晉沙門皆依師爲姓。余以僧傳考之：于法蘭高陽人。于道邃燉煌人。于法開不知何許人，然事蘭公爲弟子，則從師姓也。其姓于，未知何本。竊意其師必于闐國人，以國爲姓，文不具耳。」

〔三〕真誥運象篇有九月六日夕紫微夫人喻作示許長史并與同學詩注云：「同學，謂郗方回也。」又有九月九日紫微夫人喻作因許示郗詩注云：「郗猶是方回也。」嘉錫案：許長史名謐，一名穆，即道士許邁之弟。邁事附見晉書王羲之傳。真誥稱愔爲同學，是愔已入道受籙，同於道士。而許穆又示以神仙之詩，將謂飛昇可望，固宜其信道精勤矣。嘉錫又案：魏志張魯傳注引典略，謂太平道及五斗米道皆教病人叩頭思過，因以符水飲之。甄命授亦云：「若翻然奉張陵道者，我當與其一符使服之。如此，必愈而豁矣。」是奉天師道者，皆以符水治病。然亦有無病服符者。真誥協昌期篇有「明堂内經開心辟妄符」：用開日旦朱書，再拜服之，一月三服。郗愔所服，蓋此類也。

〔四〕李慈銘云：「案投下有脱字。嘉泰會稽志作『嘗旅行，莫投主人，其家妻産』。」

11　殷中軍妙解經脈〔一〕，中年都廢。有常所給使，忽叩頭流血。浩問其故，云：「有死事，終不可説。」詰問良久，乃云：「小人母年垂百歲，抱疾來久，若蒙官一脈，便有活理。訖就屠戮無恨。」浩感其至性，遂令舁來，爲診脈處方。始服一劑湯，便愈。於是悉焚經方。